Balli Kaur Jaswal

Die unglaubliche Reise von Sitas Töchtern

GOLDMANN
Lesen erleben

Balli Kaur Jaswal

Die unglaubliche Reise von Sitas Töchtern

Roman

Aus dem Englischen
von Stefanie Retterbush

GOLDMANN

Die englische Originalausgabe erschien 2019 unter dem Titel
»The Unlikely Adventures of the Shergill Sisters«
bei HarperCollins*Publishers*, London.

Dieses Buch ist auch als E-Book erhältlich.

MIX
Papier aus verantwortungsvollen Quellen
FSC® C014496

Verlagsgruppe Random House FSC® N001967

1. Auflage
Deutsche Erstveröffentlichung April 2020

Umschlaggestaltung: UNO Werbeagentur, München
Umschlagmotiv: FinePic®, München
Redaktion: Ann-Catherine Geuder
MR · Herstellung: kw
Satz: Uhl + Massopust, Aalen
Druck und Bindung: GGP Media GmbH, Pößneck
Printed in Germany
ISBN: 978-3-442-49010-3
www.goldmann-verlag.de

Besuchen Sie den Goldmann Verlag im Netz

Für Asher

Prolog

Meine liebsten Kinder,

wenn ihr das lest, dann wisst ihr, mein Ende ist gekommen. Ich hoffe, unsere letzten gemeinsamen Augenblicke verliefen friedlich und liebevoll, und ich habe euch sagen können, wie sehr ich jeden Einzelnen von euch liebe und schätze. Wenn nicht, hoffe ich, ihr alle wisst, wie sehr ihr mein Leben bereichert habt. Ich bin so stolz auf euch und auf den Weg, den ihr im Leben eingeschlagen habt. Ich hatte das unbeschreibliche Glück, eure Siege und Niederlagen, euren Herzschmerz und euer Glück miterleben zu dürfen. Euch von der Kindheit bis ins Erwachsenenalter begleiten zu dürfen hat mir die Möglichkeit eröffnet, viele Leben zu leben, und so kommt es mir heute vor, als hätte ich in meiner kurzen Zeit hier in diesem Universum unendlich viele verschiedene Welten betreten.

Natürlich gibt es einiges zu besprechen, darunter mein Testament und meinen Nachlass, aber dazu kommen wir später. Ich verlasse mich auf die Anwälte, die mit euch über euer Erbe und die Aufteilung von Grundbesitz und Vermögen sprechen werden, sobald sämtliche Formalitäten erledigt sind. Wenn ihr schon vorher mehr wissen wollt, seht bitte in die Anlage.

Bitte gebt gut Acht auf euch und aufeinander. Nehmt euch nicht nur zu besonderen Gelegenheiten Zeit, zusammen zu sein und den Familienzusammenhalt zu stärken. Wenn ich eins gelernt habe, dann, dass es das Wichtigste im Leben ist, einander zu zeigen, wie sehr wir uns schätzen. Denkt daran, es gibt nichts Wichtigeres.

Das war der Brief, den Sita Kaur Shergill die alte Frau aus dem Nebenbett am Telefon diktieren hörte. Mehrmals drohte ihr dabei die Stimme zu brechen, und sie musste kurz innehalten, um zu seufzen und sich umständlich zu schnäuzen. Sita hatte ihren Fernseher etwas leiser gestellt, als die Sache mit den Anwälten kam – am meisten interessierte sie eigentlich, was diese Frau ihren Kindern zu hinterlassen hatte, aber die »Anlage« war von ihrer Seite der Abtrennung aus leider nicht einsehbar. Sie kannte die Kinder vom Sehen. Regelmäßig kamen sie, um ihre Mutter zu besuchen – zwei Söhne mittleren Alters, womöglich Zwillinge, allerdings mit äußerst unterschiedlichen Ernährungsgewohnheiten, sowie eine gutaussehende blonde Frau, die immer dieselben tröstenden Worte sagte: »Wir sind da, Mum. Wir sind da.« Oft kamen sie einzeln und gingen dann zusammen, legten einander die Hand auf die Schulter und plauderten über belanglose Dinge wie Parkplätze oder die stetig nachlassende Qualität der miesen Plörre aus der Krankenhaus-Cafeteria.

Sita drückte den Summer auf ihrer Fernbedienung

und bat die Schwester, die daraufhin kam, um nach ihr zu sehen, um einen Stift und ein Blatt Papier. Es war frühmorgens, noch vor Beginn der Besuchszeit. Die beste Zeit, um übers Sterben nachzudenken. Die Schmerzen hatten inzwischen ihren ganzen Körper erfasst, sie strahlten von den Zehen bis in die Schläfen und vibrierten in ihren Knochen. Dem Morphium zum Trotz war der Schmerz allgegenwärtig – an guten Tagen sah sie ihn schemenhaft in den Schatten am Rand ihres Blickfelds kauern, an schlechten wrang er ihren zerbrechlichen Körper wie ein nasses Handtuch. Heute fühlte sie sich stark genug, um sich aufzusetzen. Der Brief der Frau im Nebenbett war ihr Ansporn, und wundersamerweise kam die Schwester augenblicklich ihrer Bitte nach.

Meine liebsten Töchter, setzte sie an. Dann brach sie ab und runzelte die Stirn. Wann hatte sie ihre Kinder je als ihre »Liebsten« bezeichnet? Sie strich die Zeile aus und fing noch einmal von vorne an. *An Rajni, Jezmeen und Shirina.* So – erst mal für ihre ungeteilte Aufmerksamkeit gesorgt. Früher stand sie oft unten an der Treppe und rief alle drei Töchter, auch wenn eigentlich nur eine von ihnen gemeint war. Für die beiden anderen fand sich immer etwas zu tun, wenn sie erst einmal da waren. Das ging so lange so, bis Jezmeen irgendwann anfing zurückzurufen: »WEN VON UNS MEINST DU GENAU?«

An Rajni, Jezmeen und Shirina
Inzwischen bin ich tot. Und das ist auch gut so, schließlich habe ich genug gelitten in diesem unerträglichen Leben – nichts als Plackerei und Leid und Sorge, und warum das alles? Bitte genießt eure Ge-

sundheit, solange ihr sie habt, denn wenn euer Körper euch erst einmal den Dienst verweigert, ist ohnehin alles zu spät.

Nein, so ging das nicht. Das war zu schonungslos ehrlich. Wären das ihre letzten Worte, sie würden ihr das nie verzeihen. Sie faltete das Blatt und legte es auf den Beistelltisch mit dem Kuli als Briefbeschwerer obendrauf. Dann schloss sie die Augen. Wie sollte man sie in Erinnerung behalten? Sie war Ehefrau gewesen, Mutter, Witwe, Großmutter. Bei Sikh-Totenfeiern gab es keine Trauerreden, weshalb es ihren Töchtern erspart bleiben würde, eine Liste ihrer mageren Erfolge herunterzubeten. An manchen Tagen glaubte sie zu wissen, welche ihrer Töchter sie am wenigsten liebevoll in Erinnerung behalten würde. An besseren Tagen sagte sie sich zuversichtlich, ihre Kinder würden sich zumindest darin einig sein, dass sie stets bemüht gewesen war.

Sita drückte abermals auf den Knopf, um die Krankenschwester zu rufen. Diesmal dauerte es ein bisschen länger, aber irgendwann kam das klapperdürre junge Mädchen mit den vielen Tätowierungen und dem halb kahl geschorenen Schädel. Sie war nicht so nett wie die jamaikanische Schwester, die ihr immer freundlich die Schulter tätschelte und sagte: »Ruhen Sie ein bisschen«, aber sie lächelte, als Sita sie fragte: »Wie alt sind Sie eigentlich?«

»Siebenundzwanzig«, antwortete sie. Das Mädchen hatte seitlich ein auffälliges Zickzack-Muster in die Haare rasiert, und Sita fragte sich, was das für ein Mann sein musste, dem so etwas gefiel.

»Waren Sie schon mal in Indien?«, fragte sie.

»Nein«, sagte die Schwester mit leichtem Bedauern, sehr zu Sitas Freude.

»Wenn Ihre Mutter Sie um einen Gefallen bitten würde, ganz gleich, um welchen, würden Sie es dann tun?«, fragte sie.

Die Schwester schob Sitas Tischchen zum Fußende des Bettes, damit sie die Decke hochziehen konnte, die sich um Sitas Füße gewickelt hatte. »Natürlich«, erwiderte sie. »Also, falls Sie noch irgendwas brauchen …«

»Welche Religion haben Sie?«, wollte Sita wissen.

Mit schmalen Augen sah das Mädchen sie an. »Ich finde, das ist eine ziemlich persönliche Frage.«

Sita runzelte die Stirn. Es hatte seinen Grund, warum sie die jamaikanische Schwester lieber mochte. Die trug ein zierliches Goldkreuz an einer Kette um den Hals, das ihr immer im V-Ausschnitt der Schwesterntracht baumelte. »Allmächtiger«, schnaufte sie leise, wenn sie am Ende einer langen Schicht den geschundenen Rücken reckte und streckte.

»Könnten Sie mir bitte meinen Stift und das Papier geben?«, bat Sita. Das Mädchen griff in die Schublade des Schränkchens gleich neben dem Bett, und Sita blieb fast das Herz stehen vor Schreck. *Doch nicht da!*

»Die liegen da oben auf dem Tisch«, bemerkte Sita spitz und wies auf das Tischchen, an das sie nun selbst nicht mehr herankam. Es war zwar eher unwahrscheinlich, dass die Schwester lange Finger machen und Sitas Schmucktasche aus der Schublade klauen würde, wo sie eingeklemmt zwischen Gebetbuch und Handyladegerät lag, aber Sita war alt genug, um zu wissen, dass man gar nicht vorsichtig genug sein konnte. Das Mädchen schob den Tisch wieder ans Bett und ging dann, vermutlich, um sie leise zu verfluchen und den anderen Schwestern brühwarm zu erzählen, die alte Mrs Shergill könne jetzt aber wirklich allmählich mal den Löffel abgeben. Letzte Woche hatte Rajni das Schwesternzimmer gestürmt und ihnen ordentlich die Meinung gegeigt, weil sie Sita während einer besonders schlimmen Schmerzattacke zitternd im Bett liegen gelassen hatten. »Es ist mir schnurzpiepegal, ob sie schon eine Decke hat. Holen Sie ihr gefälligst noch eine«, hatte Rajni sie beinahe angeschrien, und Sita wollte vor Dankbarkeit fast weinen und ihre Tochter gleichzeitig dafür rüffeln, dass sie so eine Szene machte.

Der Schmerz kroch wieder in ihren Körper, und sie spürte, es würde ein schlechter Tag werden. Ihre Töchter wollten sie heute Nachmittag besuchen – hoffentlich alle drei, denn Rajni hatte Shirina angerufen und ihr gesagt, sie solle sich in den nächsten Flieger setzen, weil ihrer Mutter nur noch ein paar Tage blieben. Sie musste diesen Brief zu Ende schreiben, bevor die Kraft sie endgültig verließ.

An Rajni, Jezmeen und Shirina
Erinnert ihr euch noch, als ich die Krebsdiagnose bekommen habe und nach Indien fahren und eine Pilgerreise machen wollte, zu Ehren der Lehren unseres großen Gurus? Ihr und die Ärzte habt mir davon abgeraten und gesagt, das sei keine gute Idee, weil ich damals schon so gebrechlich war. Aber ich glaube, eine solche Reise hätte meinen Geist erfrischt

und meine Seele erfreut, wenn schon nicht meine körperliche Verfassung verbessert.

Angefügt eine Liste von Orten, die ihr an meiner Stelle besuchen sollt, wenn ich nicht mehr bin. Sie liegen in Delhi, Amritsar und anderswo.

Die ganze Reise wird etwa eine Woche dauern. Ihr sollt zusammen hinfahren und alle Aufgaben gemeinsam erledigen, wie ich sie euch auftrage: Seva, um anderen zu dienen und euch in Bescheidenheit zu üben; ein rituelles Sarovar-Bad, zur Reinigung und zum Schutz der Seele vor Anfechtungen; und eine Wanderung zu den höchsten Gipfeln der Spiritualität, um euren Körper wieder schätzen zu lernen, der euch in diesem Leben beherbergt. Außerdem möchte ich, dass meine Asche in Indien verstreut wird.

Des Weiteren wünschte ich mir, dass ihr einige der Orte besucht, zu denen ich nicht mehr reisen konnte. Einfache Freuden, wie einen Sonnenaufgang am India Gate und gemeinsam eine bescheidene Mahlzeit zu teilen. Ich werde die Reisepläne auf dem nächsten Blatt detailliert darlegen. Bitte, tut mir den Gefallen. Auf diese Weise vollendet ihr meine Reise in dieser Welt und setzt eure eigene fort.

Alles Liebe,
eure Mutter Sita Kaur Shergill.

Die Schrift begann vor Sitas Augen zu verschwimmen, als sie sich den Brief noch einmal durchlas. Da war sie wieder, diese sengende Hitze in den Knochen. Sie kniff die Augen zusammen und klammerte sich an den Rand der Matratze. Die Schwestern durften ihr nur eine gewisse Menge Morphium am Tag geben, und keine legale Dosis schien noch auszureichen, um den Schmerz ganz zu betäuben. »Wir sind da, Mum, wir sind da«, stellte sie sich vor, würden ihre Töchter sagen, wenn sie ihnen den Brief gab, genau wie die blonde Frau. Ihre Gesichter wären tränenüberströmt, und sie würden sich an den Händen halten und ausnahmsweise einmal einträchtig beisammenstehen.

Als der Schmerz kurz ein wenig nachließ, griff Sita rasch wieder zum Kuli und drehte das Blatt um, um die genaue Reiseplanung auszutüfteln. Die Höllenqual war schnell vergessen, und stattdessen schwelgte Sita in nostalgischen Gedanken an Indien. Ihre Erinnerungen waren klarer denn je. Der Palliativberater namens Russ, der sie letzte Woche besucht hatte, hatte gesagt, es sei häufig so, dass Menschen, die dem Tod nahe sind, mehr in der Vergangenheit lebten als in der Gegenwart. »Sehen Sie es als einen Übergang«, hatte Russ gesagt. »Sie beenden einen Abschnitt und beginnen einen neuen.« Mit diesen Worten im Ohr dachte Sita über die Indienreise ihrer Töchter nach. Sie würde darauf bestehen, dass sie das für sie machten – keine Ausreden, kein davor Drücken. Es war ein tröstlicher Gedanke zu wissen, dass sie an ihren Ursprung zurückkehrten, während sie dabei war, ins Jenseits überzugehen. Wer wusste schon, wie lange es dauern würde, bis sie sich an die neue Umgebung gewöhnt, neue Freunde gefunden und herausbekommen hatte, wie die Kaffeemaschine funktionierte?

Was, wenn Devinder auch dort war? Sie müsste ihrem Mann von all den versäumten Jahren erzählen, aber erst, nachdem sie ihm gründlich den Kopf gewaschen hatte; wie hatte er sie nur so im Stich lassen können!

Gedanken und Erinnerungen an die frühen Jahre ihrer Ehe und die erste Zeit mit den Kindern überkamen Sita wie eine Woge, die alle verbliebenen Schatten ihrer Schmerzen hinwegspülte, bis nur noch ein dumpfer Druck in der Brust geblieben war. Was für eine chaotische Zeit! Damals musste sie erst noch lernen, Ehefrau zu sein und Mutter, einen Haushalt zu führen und sich in einem neuen fremden Land zurechtzufinden. Und just, als sie schließlich glaubte, endlich ein bisschen aufatmen zu können, war ganz unerwartet ihr Mann gestorben. In Sitas Leben hatte es nur eine ganz kurze Zeit gegeben, in der ihre Familie vollständig gewesen war. Sie notierte weitere Punkte auf ihrer Liste. Ihre letzte Indienreise lag beinahe dreißig Jahre zurück. Russ hatte ihr die verschiedenen Stadien des Trauerns beschrieben und auch gesagt, viele Menschen hätten das dringende Verlangen, die Zeit zurückzudrehen. Sita war zwar insgeheim stolz darauf, zu pragmatisch zu sein für solche unerfüllbaren Wünsche, aber sie hoffte, ihre Töchter würden Indien genauso vorfinden, wie sie es damals verlassen hatte.

Und dann war da noch etwas, das Sita ihren Töchtern sagen wollte. Es war so etwas wie ein Geständnis. Nachdem Russ gegangen war, hatte sie etwas getan. Sie würde den richtigen Moment abpassen müssen. Das aufzuschreiben schickte sich nicht. Sie würde die Stimme senken und flüstern müssen, und ihre Töchter würden ganz nahe herankommen müssen. Zuerst würden sie natürlich empört ablehnen. »Mum, sei nicht albern«, würden

Rajni oder Shirina sagen. »Das soll ein Witz sein, oder?«, würde Jezmeen spitz bemerken, denn Jezmeen nahm nichts im Leben wirklich ernst, nicht einmal den Tod. Das war das bei Weitem Frustrierendste daran, wenn man sterbenskrank war – alle dachten immer, sie wäre geistig umnachtet und denke vor Angst wie im Nebel und versuche verzweifelt, sich ans Leben zu klammern. Aber der Tod war die einzige Gewissheit im Leben. Um ihren Töchtern zu beweisen, dass es ihr wirklich ernst war, würde sie ihnen sagen, sie sollten die Schmucktasche aus der Schublade nehmen. Und hineinschauen. »Seht ihr?«, würde sie sagen. »So, und jetzt bitte streitet nicht mit eurer Mutter.«

Erstes Kapitel

Es wäre mir am liebsten, ihr unternehmt die Reise zu einer kühleren Jahreszeit, aber da Rajni nur während der Schulferien verreisen kann, werdet ihr wohl oder übel im Juli/August nach Indien fahren müssen. Bucht die Tickets und eure Hotelzimmer möglichst zeitig – ich weiß, meine letzte Indienreise liegt über zwanzig Jahre zurück, aber Last-Minute-Buchungen können sehr teuer werden.

Rajni neigte nicht zu Ohnmachtsanfällen. Nachdem Anil ihr von seiner neuen Freundin berichtet hatte, überlegte sie kurz, so zu tun, als verliere sie das Bewusstsein, wusste aber, im letzten Augenblick würde sie doch versuchen, den Sturz mit den Händen abzufangen. Niemand nahm eine Frau ernst, die ihre eigenen Zusammenbrüche inszenierte. Eine bewusste Bewusstlosigkeit, ha, ha.

Also hatte sie Anil nur stumm angestarrt, während sie im Kopf einige einfache Rechnungen anstellte:

36 – 18 = 18

Seine Freundin war achtzehn Jahre älter als Anil.

36 ÷ 18 = 2

Seine Freundin war genau doppelt so alt wie Anil.

43 – 36 = 7

Seine Freundin war nur sieben Jahre jünger als Rajni selbst.

Bei der letzten Gleichung wurde Rajni ein bisschen schwindelig. Und der durchdringende Geruch nach gekochtem Fisch machte es auch nicht besser. Zum Abendessen hatte sie drei Lachsfilets zubereitet, wegen Omega 3, mit dem man angeblich mindestens hundert Jahre alt werden konnte. Diese Freundin von Anil, wusste die überhaupt etwas über die Vorzüge von Omega 3? Wohl kaum.

»Mum, ich bitte dich«, sagte Anil. Aber Rajni konnte nur stumm den Kopf schütteln. Heute sollte eigentlich ein besonderer Abend sein: das letzte gemeinsame Abendessen vor ihrer Indienreise. Wenn Anil ihnen ausgerechnet an diesem Abend von seiner neuen Freundin erzählen musste, dann sollte es wenigstens ein, na ja… junges Mädchen sein. Ein junges Mädchen, das sie schüchtern Mrs Chadha nannte, und deren Eltern Anil misstrauisch beäugen würden, bis er sie mit seinen guten Manieren und den sauberen Fingernägeln schließlich doch für sich einnehmen konnte.

Anil wendete sich an Kabir. »Dad«, sagte er etwas verzweifelt, und so, wie er es sagte, wusste Rajni sofort, dass die beiden schon ohne sie darüber gesprochen hatten. Kabir verzog schuldbewusst das Gesicht. Verstohlen schaute er Rajni an.

»Du hast es gewusst?«, fragte Rajni. »Seit wann?«

Kabir hatte schmale Lippen, die fast ganz verschwanden, wenn er unglücklich war. »Er ist heute Morgen zu mir gekommen«, gestand er. »Du hast gerade deine Koffer gepackt, da wollte ich dich nicht stören.«

Abendessen – Morgen = ein ganzer Tag.

Rajni bedachte Kabir mit jenem strengen Blick, mit dem sie sonst nur ungezogene Schüler musterte, die sie in ihr Büro bestellt hatte. »Wie findest du das? Möchtest du vielleicht etwas dazu sagen?«

»Ich bin natürlich betroffen, aber Anil ist alt genug, um seine eigenen Entscheidungen zu treffen.«

»Betroffen? Betroffen bist du, wenn die alte Mrs Willis von nebenan mal wieder ihre vollen Mülltonnen nicht vor die Tür gestellt bekommt. Wir reden hier von deinem Sohn, Kabir. Der gerade erst vor ein paar Wochen seinen Schulabschluss gemacht hat und uns jetzt erzählt, dass er mit einer Frau zusammenziehen will, die doppelt so alt ist wie er!« Wo hatte Anil überhaupt eine Sechsunddreißigjähre kennengelernt? Ihr kam ein schrecklicher Gedanke. »Es ist doch nicht etwa eine deiner Lehrerinnen, oder?«

»Himmel, nein«, rief Anil entsetzt. Rajni seufzte erleichtert. Gott sei Dank. Sie hatte immer ein bisschen Sorge gehabt wegen Cass Finley, der Musiklehrerin, die sich, wenn sie die Aufsicht bei Schulfeiern führte, immer ein bisschen zu aufreizend am Rand der Tanzfläche zur Musik wiegte.

Kabir räusperte sich. »Anil, deine Mutter und ich sind uns sicher, dass dir eine strahlende Zukunft bevorsteht. Wir möchten nur nicht, dass du alles wegwirfst für ein ... ein Abenteuer.«

»Das ist kein Abenteuer«, widersprach Anil. »Es ist uns sehr ernst.«

»Ich glaube dir gerne, dass du das glaubst, aber früher oder später werdet ihr Probleme bekommen, mein

Sohn.« Rajni fand es immer sehr berührend, wenn Kabir Anil »mein Sohn« nannte. Es war altmodisch und entzückend, und ihr wurde ganz warm ums Herz. Jetzt sagte er es, als verlören die Worte rapide an Bedeutung.

»Es gibt für alles eine Lösung, oder?«, meinte Anil.

»Alles?«, wiederholte Rajni.

Anil zuckte die Achseln. »Wir haben denselben Background. Wir verstehen uns. Es heißt doch immer, das ist das Wichtigste.«

»Ihr beiden gehört nicht einmal zur selben Generation. Sie ist eine erwachsene Frau. Du bist noch ein Junge! Ihr könntet auch auf verschiedenen Planeten leben.«

»Alles«, wiederholte Anil knapp. Wenn er die Zähne zusammenbiss, ähnelte er Kabir so sehr, dass Rajni den Streit am liebsten kurz angehalten und die Kamera geholt hätte. Es hieß immer, Erstgeborene würden viel öfter fotografiert als die nachfolgenden Kinder. Da Anil ihr erstes und einziges Kind war, dokumentierte Rajni sein Leben, ohne auch nur einen Gedanken an geschwisterlichen Neid zu verschwenden. Ihr Haus war ein Schrein zu Ehren von Anils Kindheit: Porträts und Fingerfarbebilder, Bleistiftstriche an der Wand, an denen man sehen konnte, wie er im Laufe der Jahre gewachsen war.

Handfeste Krisen Anils Zukunft betreffend schienen zu einem alljährlich wiederkehrenden Phänomen zu werden. Im vergangenen Sommer hatte es einen großen Streit gegeben, nachdem Anil erklärt hatte, er wolle sich nicht auf einen Studienplatz bewerben – ihm reiche es nach dem Schulabschluss mit dem Lernen. »Was die mir beibringen, kann ich auch im Internet lernen, oder?«, hatte Anil gesagt. Rajni, der ganz komisch geworden war von der schludrigen Aussprache ihres Sohns, die sie sein ganzes Leben lang schon zu korrigieren versuchte, hatte aus dem Zimmer gehen müssen. Als sie zurückkam, versprach Kabir, ein ernstes Wörtchen mit Anil zu sprechen. Es dauerte Monate, aber schließlich einigte man sich auf einen Kompromiss: Anil würde sich an der Uni bewerben, durfte sich aber ein Jahr Auszeit nehmen. In dieser Zeit sollte er sich einen Job suchen (seine Eltern hofften insgeheim, er würde dabei einsehen müssen, wie eingeschränkt die Auswahl ohne Uniabschluss war), doch dann war seine Großmutter gestorben und hatte ihm ein bisschen Geld vermacht, weshalb aus der kleinen Auszeit ein ausgedehnter Urlaub geworden war.

»Denk noch mal darüber nach, Anil«, sagte Kabir. »Bestimmt ist sie in einem Alter, wo sie eine Familie gründen möchte.«

»Darum wollen wir ja auch zusammenziehen.«

»Aber ist dir überhaupt klar, was das bedeutet? Für sie?«

Anil klammerte sich an die Rückenlehne des Stuhls, vor dem er stand. Angesichts dieser Neuigkeiten hatte es niemand auf den Stühlen gehalten, und alle standen vor halb vollen Tellern um den Tisch herum. Der schuppige Lachsgeruch traf Rajni mit voller Wucht. Rasch räumte sie den Tisch ab und brachte die Teller in die Küche.

»Ich weiß ganz genau, was Davina möchte«, sagte Anil gerade. Während Rajni die Reste in den Mülleimer warf, drängte sich ihr plötzlich ungebeten das Bild ihres Sohnes auf, im Bett mit einer reiferen Frau. Schluss damit, sagte sie sich streng. Sie sah sich in der Küche nach etwas um, irgendetwas, um sich abzulenken. Auf der Arbeitsplatte lag eine Broschüre der Zeugen Jehovas, die gestern an der Tür geklingelt hatten. Sie waren schrecklich lästig, aber irgendwie schaffte sie es doch nie, ihnen einfach die Tür vor der Nase zuzuschlagen – wie sie dastanden, mit den blassen Gesichtern und den eindrucksvoll gestärkten Hemdkragen. »Ich hab gerade keine Zeit, aber vielleicht lassen Sie mir etwas zu lesen da«, hatte sie vorgeschlagen, zum Trost, weil sie sich nicht hatte erretten lassen wollen, auch wenn die Broschüre in spätestens ein, zwei Tagen im Müll landen würde. *Alles Leid wird bald enden*, verkündete die Schlagzeile über dem Gemälde einer sonnenbeschienenen grünen Wiese. Wie schön eine solche Gewissheit doch sein musste. Aber die salbungsvollen Worte lenkten Rajni nur kurz von ihrem Unglück ab, dann stürzte die Realität wieder unerbittlich auf sie ein.

»Eine Frau in ihrem Alter sucht etwas Festes«, sagte Kabir gerade zu Anil.

»Das ist ja auch nicht bloß nur eine *Phrase*, Dad.« Er meinte natürlich »Phase«. Rajni war zu aufgebracht, um ihn auf seinen Fehler hinzuweisen, nahm sich aber vor, ihm später den Unterschied zu erklären.

»Mein Sohn, hör mir zu. Ich nehme an, Davina hat größere, langfristigere Pläne.«

Rajni stürmte zurück ins Wohnzimmer. »Tick-tack!«, rief sie, und alle zuckten erschrocken zusammen. »So sagt man doch zu Frauen Mitte dreißig, egal, ob sie Kinder wollen oder nicht. ›Überleg's dir, bevor es zu spät ist.‹« (In ihrem Fall hatte es geheißen: »Überleg dir, ob ihr nicht noch eins wollt. Wer A sagt, muss auch B sagen! Lasst den armen Jungen nicht ohne Geschwister aufwachsen.« Als hätten sie und Kabir es nicht versucht und versucht und versucht, bis der Sex zwischen ihnen irgendwann zu einer lästigen Pflichtübung geworden war, genau wie Wäschewaschen oder die Wasserrechnung zu bezahlen.)

»Ja«, seufzte Kabir. »Gesellschaftliche Zwänge. Die sind größer, als du dir vorstellen kannst, Anil. Vor allem für Erwachsene.«

»Jetzt hört aber mal auf! Die Einzigen, die mich unter Druck setzen, seid ihr. Davina und ich sind total entspannt.«

»Und wenn sie morgen schon ein Kind will, wäre das für dich kein Problem? Du würdest alles aufgeben: das Reisen, die Pub-Abende mit deinen Jungs?«, fragte Kabir.

Das dürfte ihm einen ordentlichen Schrecken einjagen, dachte Rajni zufrieden, der nicht entging, was für ein gequältes Gesicht Anil dabei machte. Er hatte seine Europareise schon akribisch genau geplant: Skifahren in Bulgarien, Inselhopping in Griechenland, Gott-weiß-was in Amsterdam.

»Würde ich. Das werde ich alles aufgeben«, sagte Anil leise. Er klammerte sich an die Stuhllehne.

Es wurde ganz still im Zimmer. Anil biss sich auf die Unterlippe und schaute angestrengt auf die Fingerknöchel, die ganz weiß geworden waren.

Kabir starrte ihn an. »Was sagst du da?«

»Ich werde alles für sie aufgeben«, wiederholte Anil.

»Sohn?«

»Mum. Dad. Es ist keine große Sache, okay? Ihr müsst mir versprechen, nicht gleich auszuflippen.«

Die Ränder des Raums begannen zu verschwimmen, und der Fliesenboden kippte leicht. Dann hörte Rajni Kabir sanft sagen: »Okay, versprochen. Also, was ist los?«

»Davina ist schwanger«, sagte Anil.

Rajni fiel in Ohnmacht.

Die Kundin hatte ein Online-Video gesehen, in dem gezeigt wurde, wie man mit Hilfe von Bronze-Highlighter gut und gerne zehn Pfund aus dem Gesicht zaubern konnte. »Dieses Mädchen fährt sich einfach mit dem Pinsel durch das Gesicht, und auf einmal hat sie Wangenknochen«, schwärmte sie begeistert.

»Aus diesen Videos kann man viel lernen«, stimmte Jezmeen ihr zu. »Viele Tricks und Kniffe.« Besonders für Menschen wie sie, die überhaupt keinen Schimmer davon hatten, was sie da überhaupt machten. Nachdem sie als *DisasterTube*-Moderatorin auf unbestimmte Zeit suspendiert worden war, hatte eine der Maskenbildnerinnen Jezmeen diesen Job verschafft. Es war nur vorübergehend, musste Jezmeen sich immer wieder sagen. Irgendwann würde Gras über die Sache wachsen, und man würde ihr eine neue Rolle anbieten. Als Jezmeen das letzte Mal nachgesehen hatte, lag die Klickzahl des vermaledeiten Videos bei gerade mal 788. Also nicht unbedingt ein viraler Hit. Aber ihr Agent Cameron war trotzdem der Ansicht, besser jetzt vorsichtig sein, als hinterher das Nachsehen zu haben.

»Den Ball flachhalten. Warten, bis der Staub sich gelegt hat«, hatte er sie eindringlich ermahnt. Banalitäten und Floskeln hielt er stets im Überfluss bereit, wenn sie miteinander redeten – »Komm erst mal zu dir«, war noch so einer seiner Sprüche. Was im Grunde genommen nichts anderes bedeutete als: »Such dir den am wenigsten demütigenden Job, den man dir anbietet, und dann warten wir ab, bis die anonyme Masse des Internets über dein Schicksal entschieden hat.«

»Benutzen Sie auch Highlighter?«, wollte Stella wissen.

»Mit Ihnen habe ich etwas anderes vor«, entgegnete Jezmeen zuckersüß. Angefangen bei der zu Stellas Hautton passenden Grundierung. Augenblicklich sah sie weniger nach »mädchenhafter Sommerteint« aus als vielmehr nach »aus Versehen auf der Sonnenbank eingeschlafen«.

Während Jezmeen mit einem Abschminktuch Stellas Wangen bearbeitete, hatte sie plötzlich ein Déjà-vu. Früher, als sie noch klein war, hatte Rajni sie immer geschminkt, und sie hatte sich zusammenreißen müssen, um ganz still sitzen zu bleiben und nicht den Spiegel umzudrehen, um sich selbst darin zu betrachten. Jezmeen musste daran denken, wie sie Mum am Morgen von Shirinas Hochzeit geschminkt hatte. Die Visagistin, die auch das Braut-Make-up gemacht hatte, hatte Lidschatten in Dunkellila aufgetragen und darauf bestanden, Mum einen wachsmalstiftdicken Lidstrich zu verpassen. Mum war entsetzt. »So kann ich doch nicht unter die Leute gehen, geschweige denn in den Tempel«, hatte sie entgeistert gekeucht. »Die Leute müssen ja denken ...« Sie brachte den Satz nicht zu Ende. Sie brachte ihn selten zu Ende. Es war schlimm genug, dass die Leute überhaupt etwas dachten. »Jezmeen, hol schnell ein paar Abschminktücher«, hatte Mum sie angewiesen. Während sie ihrer Mum dabei geholfen hatte, sich die Schminke aus dem Gesicht zu wischen, hatte Jezmeen bemerkt, wie die Haut an den Wangen schlackerte und die Lider Falten warfen, und hatte sich geschworen, niemals alt zu werden.

Jezmeens Handy auf der Theke pingte. »Entschuldigen Sie bitte, Stella«, sagte Jezmeen und beugte sich vor, um einen Blick auf das Display zu werfen. Eine Nachricht von Rajni. Sie ignorierte sie einfach. Rajni machte sich bestimmt gerade verrückt wegen der Reise und wollte wissen, ob auch alle ihre Tetanus-Impfung hatten auffrischen lassen oder irgendwas ähnlich Hysterisches.

»Ich verwende jetzt diesen Primer«, erklärte Jezmeen. Sie zeigte Stella das Fläschchen. »Das ist eine gute Grundierung, damit hält Ihr Make-up den ganzen Tag.« Wieder zirpte ihr Telefon.

»Tut mir leid«, sagte Jezmeen und funkelte das Handy böse an.

»Nicht schlimm. Ihr Freund macht sich sicher Ihretwegen Sorgen«, meinte Stella.

Ha! Wäre es doch bloß ein eifersüchtiger Freund. Oder überhaupt irgendein Freund. Ihre letzte Beziehung hatte in einem derartigen Desaster geendet, dass es jeglicher Beschreibung spottete.

»Ach nein, das ist bloß meine Schwester«, winkte Jezmeen ab. »Wir fliegen am Donnerstag zusammen nach Indien, und bestimmt will sie mir nur sagen, ich soll Sonnencreme einpacken oder so was.«

»Urlaub, wie schön! Nur Sie beide?«

»Wir drei. Unsere jüngere Schwester lebt in Australien, wir treffen uns in Delhi.«

»Wie reizend«, rief Stella begeistert.

Das sagten die Leute immer, wenn Jezmeen ihre beiden Schwestern erwähnte. Reizend. Lange, gemütliche Nachmittage mit Teetrinken und Geplauder. Ein lebenslanges unverbrüchliches Band. Stella strahlte bis über beide Ohren, da wollte Jezmeen ihr lieber nicht sagen, wie sehr es sie vor dieser Reise mit der entnervend besserwisserischen Rajni und der unerträglich perfekten Shirina graute.

»Wir machen diese Reise zum Andenken an unsere Mum«, erklärte Jezmeen. »Sie ist vergangenen November gestorben, und jetzt machen wir in Erinnerung an sie eine gemeinsame Pilgerreise und verstreuen ihre Asche.«

»Ach, das ist ja rührend. Was für eine schöne Ehrung«, hauchte Stella hingerissen. Sie streckte die Hand aus und nahm Jezmeens Hand in ihre. Nun stellte Stella sich sicher die drei treusorgenden Töchter vor, wie sie in langen weißen Gewändern einhergingen und einen nebelverhangenen Berg hinaufpilgerten, während sie abwechselnd die Urne mit der Asche ihrer Mutter trugen. Wieder falsch. Pilgerfahrten waren in ihrer Religion nicht zwingend vorgeschrieben (das hatte eine rasche Google-Suche zum Thema Sikhismus ergeben, die entsprechenden Links hatte sie an Rajni weitergeleitet, nur um ihrer älteren Schwester wie immer zu widersprechen und grundsätzlich alles abzulehnen, was von ihr kam), aber nachdem die Krebsmedikamente nicht mehr geholfen hatten, hatte Mum es mit allen nur erdenklichen heiligen Heilmittelchen versucht. Auf ihrer To-Do-Liste standen Rituale, die auszuführen sie zu schwach gewesen war, und Orte, die zu besuchen sie nicht mehr die

Zeit gehabt hatte. Nun sollten ihre Töchter sich für sie auf die Reise machen. Jezmeen war nicht entgangen, dass Mum ein paar Punkte auf die Liste gesetzt hatte, deren alleiniger Zweck es war, die Schwestern zu zwingen, Zeit miteinander zu verbringen. Vermutlich, weil Mum gewusst hatte, dass sie sonst im Traum nicht auf die Idee gekommen wären. Wenn man Jezmeen fragte, ging es bei dieser Reise weniger um spirituelle Erhebung als vielmehr um erzwungene Geselligkeit.

Wieder klingelte Jezmeens Handy. »Verdammt noch mal«, brummte sie.

»Gehen Sie doch ran. Könnte wichtig sein.«

»Danke, Stella.« Jezmeen griff zum Handy. »Rajni, ich bin gerade bei der Arbeit.«

»Hast du meine Nachrichten nicht bekommen? Du musst irgendwie selbst zum Flughafen kommen. Gestern Abend ist bei uns etwas ... vorgefallen, und jetzt gibt es noch einiges zu klären. Kabir fährt mich direkt zum Flughafen.«

»Okay. Ist das alles?«

»Ja.« Rajni zögerte. »Wann wolltest du denn los?«

»Ich bin auf jeden Fall zwei Stunden vor unserem Flug in Heathrow, Rajni, mach dir deswegen keine Sorgen.«

»Du bist noch bei der Arbeit?«

»Ja, und ich muss jetzt weitermachen. Tschüss!«

Rajni wollte noch etwas sagen, aber da hatte Jezmeen schon aufgelegt. Sie stellte das Telefon stumm und wendete sich wieder ihrer Kundin zu. »Als Nächstes verwende ich zwei verschiedene Concealer, weil wir es hier mit zwei verschiedenen Arten von Unregelmäßigkeiten zu tun haben.«

»Mischt man die dann?«, wollte Stella wissen.

»Nein, die eine benutzen wir unter den Augen und die andere für die kleinen Verfärbungen am Kinn.« Jezmeen hielt die kleinen Tiegel hoch. Während Stella sie sich genauer ansah, schaute Jezmeen auf ihr Handy. Sie hatte ein ganz eigenartiges Gefühl. Warum wollte Rajni wissen, ob sie noch bei der Arbeit war, wo sie doch erst am Donnerstag flogen?

»Ich muss mir das notieren«, sagte Stella und kramte geschäftig in ihrer Handtasche. »Sonst habe ich gleich wieder vergessen, was wofür ist.«

»Bitte schön«, sagte Jezmeen und reichte ihr einen Bleistift und eine Karte mit einem stilisierten Gesicht darauf. »Sie malen einfach einen Pfeil auf die Augengegend und notieren dazu: ›Nude Secret 19‹.«

Stella schrieb langsam und sorgfältig. »Sie sind so was von nett, hat Ihnen das schon mal jemand gesagt?«

Jezmeen lächelte erstaunt. »Danke.«

»Ich muss mir Ihre Karte mitnehmen. Machen Sie auch Privattermine? Meine Tochter sucht eine gute Visagistin für ihre Hochzeit. Die ist zwar erst nächstes Jahr im Frühling, aber gute Dienstleister sind so schnell ausgebucht.«

Jezmeen gefror das Lächeln im Gesicht. Nächstes Frühjahr! Ihr Magen krampfte sich zusammen bei dem Gedanken, dann womöglich noch hier in der Kosmetikabteilung zu arbeiten. Nein, nein, unmöglich. Den Ball flachhalten und abwarten, bis der Staub sich gelegt hatte. Bald würde eine andere Sau durchs Dorf getrieben. Aber Cameron hatte gesagt, es liege gar nicht unbedingt an ihr. »Es gibt nicht viele Rollen für indische

Schauspielerinnen«, hatte er erklärt. »Und wenn ein Regisseur ein unbekanntes Gesicht besetzt, will er ganz bestimmt keine schlechte PR. Es sieht also gerade nicht besonders gut für dich aus.« Was er nicht sagte, war: Es gab schon eine Polly Mishra. Er wusste, dass Jezmeen es nicht ausstehen konnte, immer wieder in einem Atemzug mit ihr genannt zu werden. Seit Jezmeen versuchte, als Schauspielerin Fuß zu fassen, stand sie in ihrem langen Schatten.

Während Stella sorgfältig ihr Kärtchen beschriftete, schaute Jezmeen heimlich auf ihr Handy. Drei verpasste Anrufe von Rajni in den vergangenen zwei Minuten und eine Nachricht:

Dir ist schon klar, dass unser Flug heute Abend geht?

Jezmeen blieb fast das Herz stehen. Beinahe hätte sie das Handy fallen gelassen. Rasch schrieb sie zurück:

Ja, das weiß ich. Ich mache gerade Feierabend und fahre nach der Arbeit direkt zum Flughafen.

Wie zum Teufel war das nur passiert? Sie sollten doch am Donnerstag fliegen, oder? Nicht am Dienstag. Ganz vage erinnerte sie sich an ein Gespräch mit Rajni, die einen günstigeren Flug für Donnerstag gefunden hatte. »Der geht allerdings um zwei Uhr morgens«, hatte Rajni gesagt. »Das geht doch.« Und irgendetwas an ihrem Tonfall hatte Jezmeen derart gereizt, dass sie gezickt hatte: »Nicht jeder hat Schulferien, weißt du.« Dann hatte Rajni also doch den Flug am Dienstag gebucht.

Oder hatte Jezmeen sich nur eingebildet, Rajni hätte nachgegeben? Manchmal führte sie in ihrem Kopf lange Streitgespräche mit Rajni. Mit Mum hatte sie das auch oft gemacht – es war einfacher, als sich wirklich mit ihr zu streiten. In ihren Fantasie-Disputen behielt Jezmeen immer die Oberhand. Sie hatte immer recht, und am Ende entschuldigte der andere sich und flehte gelegentlich sogar um Verzeihung. Dann ging der Flug also schon heute Abend. Heute Abend! Sie musste sofort ihre Chefin anrufen und ihr sagen, es sei etwas dazwischengekommen – das würde doch bestimmt als familiärer Notfall durchgehen.

»Wie heißt der Primer?«, erkundigte Stella sich.

»Das ist einfach nur ein Primer«, sagte Jezmeen. *Mist, Mist, Mist.* Sie wusste nicht mal, wo ihr Koffer war.

»Ach herrje«, murmelte Stella, die mit dem spitzen Bleistift versehentlich das Kärtchen durchstochen hatte.

Das konnte man wohl laut sagen.

Am Flughafen von Melbourne wurde gerade ein älteres indisches Ehepaar von seiner weitläufigen Verwandtschaft verabschiedet. Shirina beobachtete, wie die gesamte Familie wie ein Bienenschwarm geschlossen in Richtung Abfluggate schwirrte. »Meinst du, sie fliegen nach Hause zurück? Oder machen sie bloß ein bisschen Ferien?«, fragte Shirina.

Sehaj zuckte bloß die Achseln. »Ist doch egal. Alle müssen durch dasselbe Gate.« Er scrollte gerade angestrengt auf seinem Handy. Shirina warf einen Blick auf das Display. Zahlen und Diagramme. Arbeit, würde er murmeln, wenn sie ihn fragte, was ihn da derart fesselte.

»Ich finde, sie sehen aus, als würden sie nur auf einen Besuch nach Indien fliegen. Was meinst du?«, fragte Shirina mit Blick auf die Familie.

»Weiß nicht«, brummte Sehaj.

»Ich versuche nur, mich ein bisschen mit dir zu unterhalten«, sagte Shirina. Sehaj schien sich auf seine gute Kinderstube zu besinnen, steckte das Handy weg und strich ihr eine lose Haarsträhne hinter das Ohr. »Entschuldige«, flüsterte er leise und drückte ihr die Lippen auf die Schläfe.

Shirina lehnte den Kopf gegen seine Brust. Endlich, auf diesem wuseligen, hektischen internationalen Flughafen ein kleines bisschen Zweisamkeit, bevor sie in den Flieger stieg. Die letzten Tage hatte angespanntes Schweigen zwischen ihnen geherrscht. Sie schloss die Augen. Sehajs Hemd roch nach einer Mischung aus seinem Aftershave und dem Weichspüler, den seine Mutter empfohlen hatte. Ihr Leben als verheiratete Frau roch nach gestärktem Leinen. Das war ihr damals als Erstes aufgefallen, als sie vor drei Jahren in das gemeinsame Zuhause der Familie gezogen war. Sehaj strich ihr mit den Fingern über die Haare. Sie fürchtete, gleich weinen zu müssen, also entwand sie sich ihm, und im selben Augenblick ratterte ihr ein schweres Gewicht über die Zehen.

»Aua«, rief sie und zog den Fuß weg. Es war ein Rollkoffer. Die Frau, die ihn hinter sich herzog, schien nichts gemerkt zu haben. Unbeirrt marschierte sie weiter in Richtung Gate, in Stilettos, die aussahen, als wollten sie mit jedem Schritt den Boden unter ihren Füßen aufspießen.

»Ich würde sagen, sie leben hier und fahren gerade in die Ferien«, sagte Sehaj und wies mit einem Nicken auf das ältere Ehepaar. »Die Familie wirkt viel zu fröhlich für einen langen Abschied.«

»Und warum werden sie dann von sämtlichen Kindern und Enkelkindern zum Flughafen gebracht?«, fragte Shirina sich laut.

»Vielleicht ist es eine längere Reise?«, mutmaßte Sehaj. »Vielleicht haben sie dort ein Haus und bleiben ein paar Monate?«

Es war eine gute Zeit, um Melbourne zu verlassen. Jeden Tag wälzte sich eine steingraue Wolkenwand über den Himmel und vergoss eisig kalten Regen über der Stadt. In England konnte sich niemand vorstellen, dass es in Australien so kalt sein konnte. Selbst Shirina hatte es nicht glauben wollen, ehe sie Sehaj geheiratet hatte und hierhergezogen war. Wenn sie jetzt im Fernsehen die Berichte über die sommerlichen Hitzewellen in Europa sah, schaute Shirina zu Hause aus dem Fenster auf die regennassen Straßen und die kahlen Äste der Bäume, die sich unter dem heftigen Wind duckten, und fragte sich ungläubig: Wie kann das nur sein?

»Und die?« Sehaj wies mit dem Kinn auf zwei junge Männer. »Brüder? Beste Freunde?«

»Beste Freunde«, erwiderte Shirina, die sich freute, dass er ihr Spiel mitspielte. Während ihrer Flitterwochen, als sie wegen eines Schneesturms am Istanbuler Flughafen festgesessen hatten (noch so eine Stadt, von der Shirina nicht geglaubt hätte, dass es da jemals Winter wurde, geschweige denn, dass es Schneestürme gab), hatten sie sich die Zeit damit vertrieben, sich haarsträubende Geschichten über wildfremde Menschen auszudenken. Zweieinhalb Jahre waren eigentlich keine so lange Zeit, aber Shirina hatte das Gefühl, Sehaj an diese sorglosen, unbeschwerten ersten Tage ihrer Ehe erinnern zu müssen.

»Weißt du noch, als wir endlich in den Flieger gestiegen sind und hinter dem Hollywood-Spion-Pärchen saßen?«, fragte Shirina.

Sehajs Augen leuchteten auf beim Gedanken daran. »Die aussahen wie Filmstars und die Finger nicht voneinander lassen konnten?« Den ganzen Flug über hatten sie geknutscht und gefummelt – Hochzeitsreisende, hatten Shirina und Sehaj sich gedacht, die andere frisch Vermählte mit ihren unübersehbaren Zuneigungsbekundungen und dem plakativen Gestöhne steif und prüde aussehen ließen. Dann, kurz vor der Landung, hatten sie sich auf zwei leere Plätze in verschiedenen Reihen gesetzt und waren einzeln ausgestiegen. Shirina und Sehaj hatten sie beobachtet, wie sie bei der Zollabfertigung in zwei verschiedenen Schlangen anstanden und dann, ohne den anderen auch nur eines Blickes zu würdigen, ihrer Wege gingen: die Frau zur U-Bahn, der Mann zur Gepäckausgabe.

»Eindeutig Spione«, meinte Sehaj. Er liebte fesselnde Spionage-Thriller aus der Zeit des Kalten Krieges.

Shirina schaute auf die Uhr. Sie musste bald los. Ständig blinkten auf der Abfluganzeige neue Flugziele und Boardingzeiten auf. Es gingen Flüge nach Berlin und Jakarta, Pretoria und Chicago – Shirina könnte die ganze Welt bereisen. Der Gedanke elektrisierte sie. Es war, als säße sie wieder vor dem Laptop und scrollte durch die Auswahl an Heiratskandidaten, und jedes Profil war das Fenster in eine neue, verheißungsvolle Zukunft.

Sehaj wirkte plötzlich angespannt, und Shirinas Magen krampfte sich zusammen. Er sah aus, als wolle er noch etwas Wichtiges sagen.

»Ich sollte besser gehen«, sagte Shirina. »Ich habe Jezmeen versprochen, ihr was aus dem Duty Free mitzubringen.« Eine harmlose kleine Schwindelei – wann hatte sie überhaupt das letzte Mal mit Jezmeen gesprochen? Selbst wenn Jezmeen etwas brauchte, ihrer Schwester würde sie es ganz bestimmt nicht sagen.

»Also gut«, murmelte Sehaj. Er schien ganz in Gedanken. Sie standen auf, und er nahm ihre Tasche. Die indische Familie drängte sich vor dem Abfluggate. Das ältere Ehepaar war nirgends zu sehen. »Entschuldigung«, sagte Sehaj. Die Inder rührten sich nicht vom Fleck. »Entschuldigung«, sagte er wieder, etwas lauter diesmal. Sie rückten ein bisschen beiseite, waren aber zu sehr ins Gespräch vertieft, um sich um ihn zu scheren.

»Kommt schon, Leute, das hier ist ein Flughafen. Aus dem Weg«, motzte Sehaj. Nun glotzen sie ihn an. Shirina nahm ihn an die Hand, aber er riss sich los und bahnte sich mit den Ellbogen rüde einen Weg durch die Menschenmenge. »Tschuldigung«, murmelte sie mit gesenktem Kopf, obwohl sie genauso genervt war vom rücksichtslosen Verhalten der Großfamilie. Nun war der intime Moment mit Sehaj unwiederbringlich vorbei.

Shirina umarmte ihren Mann und hoffte, damit seine schlechte Laune etwas aufzuhellen. Er blieb stocksteif. »Es tut mir leid, Sej«, flüsterte Shirina. Wie konnte es bloß sein, dass manche verheirateten Paare sich ständig stritten?, fragte sie sich verwundert. Für sie war es schon beinahe unerträglich, diesen einen Konflikt auszuhalten. Wenn sie sich entschuldigte, ging es ihr immer gleich ein bisschen besser. Obwohl sie ja gar nichts gemacht hatte, und schon gar nichts Falsches. Aber sie wollte die unschöne Situation so schnell wie irgend möglich aus der Welt schaffen.

Unvermittelt zog Sehaj etwas aus seiner Tasche. Shirina erkannte gleich das Briefpapier – eine feste, cremefarbene Karte, allerfeinste Qualität – und die Handschrift seiner Mutter. Shirina sah Namen und Adresse darauf und schaute Sehaj fragend an.

»Du darfst nicht zurückkommen, bevor das erledigt ist«, erklärte Sehaj und drückte Shirina die Karte in die Hand. Zeit für eine Antwort ließ er ihr nicht. Er drehte sich nur wortlos um und verschwand in der Menge.

Zweites Kapitel

Erster Tag: Ankunft in Delhi

Übt euch in Geduld. Indien ist nicht London. Die Luftverschmutzung und die vielen Menschen werden erst einmal ein Schock für euch sein. Ihr Mädchen habt immer gescherzt, dass ich zu laut rede und überall Chaos verbreite. Wenn ihr nach Indien kommt, möchte ich, dass ihr euch vorzustellen versucht, wie es war, von hier fortzugehen in ein Land, so ruhig und geordnet wie Großbritannien, wo die Häuser in schnurgeraden Reihen stehen und die Züge auf die Minute pünktlich fahren. Ich möchte, dass ihr versteht, wie schwer es mir gefallen ist, mich an die Stille zu gewöhnen.

Rajnis Kopfschmerzen waren wieder da, wie spitze Finger, die sich in ihren Schädel bohrten. Das neugebaute Boutique-Hotel in Karol Bagh mit dem Patio-Restaurant war eine Oase der Ruhe im Chaos von Delhi, das sie auf der Fahrt vom Flughafen hierher bereits hautnah miterlebt hatten – die aufdringlichen Gepäckträger, der Taxifahrer, der in den Gegenverkehr ausgeschert war, um die Autos vor ihm zu überholen, die Mädchen in zerrissenen, übergroßen T-Shirts, die mit einem Baby auf den schmalen Hüften den Rikschas und Schlaglöcher auswichen. Wie froh sie gewesen waren, heil im King's Paradise Hotel angekommen zu sein. Aber ein Blick in die Lobby beim Check-In und es wurde überdeutlich, dass die Fotos auf der Hotelbuchungsseite mehr Wunschtraum als Realität waren – die Hotelpagen hinterließen Fußabdrücke auf dem von einer dünnen Baustaubschicht bedeckten Boden, und irgendwo in einem der oberen Stockwerke waren laut hämmernd Bauarbeiten im Gange. Der Besitzer ließe gerade noch letzte Änderungen durchführen, erklärten die Angestellten, als könne ihr entschuldigendes Lächeln den durchdringenden Lösungsmitteldunst kaschieren, von dem Rajni der Kopf pochte. Und versprachen glaubhaft, das Café des Hotels sei »zu hundert Prozent« fertiggestellt.

Kaum hatten sie dort Platz genommen, fing Jezmeen auch schon an, sich über die Getränkekarte lustig zu machen. Grinsend wies sie auf die Aufzählung verführerisch klingender sommerlicher Getränke: *Geeister Vanille-Mango-Smoothie mit Schlagsahne und Früchten der Saison.* »Das ist doch sicher nur ein aufgetakelter Mango-Lassi«, meinte Jezmeen amüsiert. »Oder schau dir das an – *geeister Kurkuma Latte mit Zimt und Kokosraspeln.* Vermutlich einfach nur ein Haldi Doodh mit Eis und Gedöns, oder?«

»Klingt gut, wenn du mich fragst«, gab Rajni zurück. Sie konnte es nicht fassen, dass sie sich letzte Woche noch über das Wetter in London beklagt hatte, obwohl es da gerade mal siebenundzwanzig Grad gewesen waren. Hier waren es beinahe vierzig Grad. Eine

Hitze, so unerbittlich, dass sie eine Entschuldigung zu verlangen schien. Sollte Mum mit der Reise beabsichtigt haben, dass sie Großbritannien wieder mehr zu schätzen wussten, dann konnte man nur sagen, Mission erfüllt.

Jezmeen las weiter laut aus der Karte vor: *»King's Paradise Hotel Café ist eine Melange aus den Traditionen des Orients und den modernen Annehmlichkeiten des Okzidents.«* Sie verdrehte die Augen. »Also für die Menschen, die damit angeben wollen, in Indien gewesen zu sein, ohne jemals authentisch mit der Kultur in Berührung zu kommen.«

»Könntest du das bitte lassen?«, brummte Rajni. Sie ärgerte sich auch so schon genug über die falschen Versprechungen des Hotels. »Hätte ich ein Drei-Sterne-Hotel ausgesucht, mit Affen, die der Authentizität willen in die Lobby kacken, hätte ich mir wer weiß was anhören können von dir und Shirina.« Sie fügte »und Shirina« nur hinzu, um den Seitenhieb etwas abzumildern. Sie wussten beide nur zu gut, dass Shirina sich nie über irgendwas beklagte.

Jezmeen überhörte ihre Bemerkung einfach und wedelte mit der Getränkekarte. »Unsere Affen sind stubenrein und kacken natürlich nicht in die Hotellobby. Sie haben ihre eigenen Toiletten aus Fairtrade-Keramik, handgetöpfert von einheimischen Kunsthandwerkern, und den Hintern wischen sie sich mit Bio-Baumwoll-Lappen ab, handgewebt von blinden Nonnen aus dem Himalaya«, leierte sie herunter.

»Hör auf«, protestierte Rajni grinsend. Aber es tat gut zu lächeln. Während des Hinflugs hatte sie an nichts anderes denken können als an Anils Geständnis und das darauffolgende Nachbeben: die Panik in seinem Gesicht, als sie umgekippt war, die vollkommene Abwesenheit eines schlechten Gewissens, als sie wieder zu sich gekommen war. »Sei nicht so melodramatisch«, hatte er geschimpft, und Rajni hatte sich gefragt, ob sie in ihrer Ohnmacht in eine Zeitschleife geraten war, in der sie sich wieder und wieder mit Mum streiten musste. Sie hatten sich angeschrien, bis Anil irgendwann wutentbrannt zur Tür hinausgestürmt war. Am Tag danach drehten sich Rajnis und Kabirs Gedanken nur um eins: die Zukunft ihres Sohnes. Zwanzig Minuten, ehe sie zum Flughafen fahren mussten, war Anil endlich zurückgekommen und hatte erklärt: »Ich lasse nichts zwischen uns kommen, ist das klar?« Im ersten Augenblick hatte Rajni gedacht, er meine sie und ihre Familie. Fast hätte sie vor Erleichterung angefangen zu weinen. Doch dann fing Anil an, seine Sachen zu packen, und ihr ging ein Licht auf.

Wieder spürte Rajni diese Panik im Bauch. Ihr Sohn würde bald eine neue Familie gründen mit seiner sechsunddreißigjährigen Freundin. Sie fasste sich mit der Hand ans Herz und schnappte nach Luft.

»Alles okay?«, fragte Jezmeen.

»Bestens«, erwiderte Rajni. Was war diese Reise doch für ein Segen. So hatte Kabir genug Zeit, ihrem Sohn ins Gewissen zu reden – sie selbst hatte getan, was sie konnte (sprich umkippen und schimpfen), aber es hatte alles nichts genützt. Sie schaute vorbei an den gemauerten Wänden, die den kleinen Innenhof umgaben, hinauf in den dunstigen Himmel. In der Ferne zerschnitt ein Orchester schlecht gestimmter Autohupen die dicke Luft. Es roch nach verbranntem Gummi. Delhi. Es half wohl alles nichts, dachte Rajni, auch wenn sie nur zu gerne alles Unangenehme noch ein bisschen auf die lange Bank geschoben hätte. Sie hatte überhaupt keine Lust, in die Stadt zu gehen. Nicht nach ihrer letzten Reise hierher mit Mum. »Ich weiß, meine letzte Indienreise liegt über zwanzig Jahre zurück, aber Last-Minute-Buchungen können sehr teuer werden« – in diesem Satz konnte Rajni den spitzen Tonfall ihrer Mutter deutlich heraushören. Es hatte Jahre gedauert, bis sie den finanziellen Verlust verwunden hatte, und noch viel länger, bis sie Rajni verziehen hatte, was vorgefallen war.

Im Pool planschte ein junges Pärchen. Die dunkelgoldenen Schnörkel eines kürzlich aufgetragenen Mehndi-Musters zeichneten sich auffällig auf den blassen Händen der Frau ab, die gerade zu ausholenden Schwimmzügen ansetzte. Urlaubsstimmung wie aus dem Reisekatalog.

Rajni zog Kopien des Reiseplans aus der Handtasche. Sie hatte Mums Brief abgetippt und für Shirina und Jezmeen je einen Abzug gemacht. Vielleicht war sie ein bisschen übereifrig gewesen – Jezmeens Gesichtsausdruck bestätigte diesen Verdacht –, aber sie hatte sich sogar die Mühe gemacht, die einzelnen Punkte farblich gesondert zu markieren, und zwar anhand von drei Kategorien: Spiritualität, Touristenattraktion und sentimentale Erinnerungen.

»War dein Laminierer kaputt?«, bemerkte Jezmeen trocken und wedelte Rajni mit dem Blatt vor der Nase herum.

Das stimmte tatsächlich, aber das brauchte Rajni ihr ja nicht zu sagen. »Ich dachte, wir gehen das eben zusammen durch.«

»Sollten wir damit nicht lieber warten, bis Shirina ihr Nickerchen gemacht hat? Vielleicht hat sie auch noch was dazu zu sagen.«

»Mum hat den Plan ganz genau ausgearbeitet«, entgegnete Rajni streng. »Eigentlich gibt es da nichts zu besprechen oder zu verhandeln.«

»Aber er lässt sich doch sicher ein bisschen zusammenstreichen.«

Fassungslos schaute Rajni Jezmeen an. Nein, da gab es rein gar nichts »zusammenzustreichen«. Ihr Hang, Mums Wünsche nach ihrer eigenen Fasson auszulegen, hatte ihnen allen beinahe einen Riesenhaufen Ärger eingebrockt – hatte Jezmeen das schon ganz vergessen? Nein. Jezmeen hielt ihrem vorwurfsvollen Blick stand. Sie wusste, was sie tat: darauf beharren, im Recht zu sein.

»Jezmeen, ich glaube, du verstehst nicht ganz …«

»Würdest du mich bitte Jesmeen nennen?«, sagte Jezmeen plötzlich ganz ernst. »Mit weichem S? Ich habe meinen Namen vor zwei Jahren offiziell ändern lassen, und du bist die Einzige, die mich immer noch Jezmeen nennt.«

»Ich werde mir Mühe geben«, antwortete Rajni. Aber nicht allzu sehr. Sie mochte den Namen. Jezmeen. Den hatte sie damals aussuchen dürfen. Eins der Privilegien, wenn man elf Jahre älter war als die kleine Schwester. Vor zwei Jahren war Jezmeen dreißig geworden und hatte so etwas wie eine vorgezogene Midlife-Crisis erlebt. Sie hatte eine E-Mail an Freunde und Familie geschickt, um allen mitzuteilen, sie wolle ihren Namen ändern lassen. Rajni hatte nicht viel darauf gegeben – Jezmeen war einfach die geborene Drama Queen –, weshalb sie sich doch sehr gewundert hatte, als Jezmeen ihre großspurige Ankündigung tatsächlich wahrgemacht hatte. Was machte ein Buchstabe schon für einen Unterschied?, fragte sich Rajni. Aber sie brauchte keine weiteren Erklärungen von Jezmeen, mit Augenverdrehen und Schnuteziehen und »Du kapierst es einfach nicht«-Blick.

Rajni wies auf den Reiseplan und zeigte mit dem Finger auf die erste Zeile: *Der Goldene Tempel, Amritsar.* »Wenn es Ziel und Zweck dieser Reise ist, eine Pilgerfahrt für Mum zu unternehmen, dann halten wir uns an diesen Plan«, setzte sie erneut an.

»Schon klar. Ich meine nur, ein bisschen Spielraum dürfte doch wohl drin sein, sagen wir mal, wenn wir irgendwo nicht so lange bleiben oder anderswo noch einen Tag dranhängen wollen.«

»Das ist hier keine Vergnügungsfahrt«, entgegnete Rajni sehr bestimmt.

Jezmeen nahm die Sonnenbrille aus den Haaren und setzte sie sich auf die Nasenspitze. Dann wendete sie sich ab, bis Rajni sie nur noch im Profil sah – die markanten Wangenknochen, das kleine Muttermal seitlich über der Oberlippe. So eindringlich hatte Rajni ihre Schwester das letzte Mal bei der Trauerfeier ihrer Mutter gemustert. Da hatte Jezmeen einen verblassten blauen Fleck auf der Wange gehabt, gerade noch sichtbar. Inzwischen war er spurlos verschwunden.

»Wir werden viel Zeit miteinander verbringen, wir drei«, sagte Rajni. Als sie sich selbst und die aufgesetzte

Fröhlichkeit in ihrer Stimme hörte, war sie froh, Jezmeens Reaktion nicht so genau sehen zu können. Sie würden sich alle drei zusammenraufen und in Ruhe darüber reden müssen, was in Mums letzten Stunden vorgefallen war – ein ruhiges, therapeutisches Gespräch, jetzt, wo sie alle ein bisschen Abstand zu der Sache gewonnen hatten. Kabir hatte Rajni gewarnt, es sei naiv zu glauben, die Schwestern könnten sich einfach so wieder vertragen. Aber Rajni war überzeugt, in der richtigen Atmosphäre sei alles möglich. Die Ufer des sich sachte kräuselnden Wassers um den Goldenen Tempel in Amritsar waren einem offenherzigen Gespräch unter Schwestern doch viel zuträglicher als ein steriler Pret A Manger-Laden in London – und wie oft kamen die Schwestern überhaupt noch zusammen, jetzt, nach Shirinas Umzug nach Australien? Rajni war der felsenfesten Überzeugung, Frieden schließen und die Vergangenheit hinter sich lassen zu können.

»Du weißt aber schon, dass Pilgerfahrten für Sikhs kein Muss sind«, merkte Jezmeen an.

»Das weiß ich«, antwortete Rajni betont gelassen. Von Jezmeen würde sie sich nicht in die Suppe spucken lassen. Wenn einer um die Vergeblichkeit von Ritualen wusste, dann sie. Sie war noch ein Teenager gewesen, damals, als Dad gestorben war und Mum anfing, kleine Zeremonien abzuhalten, um das Karma der Familie zu reinigen. Rajni dachte eigentlich immer, Glück und Schicksal seien dasselbe – Dads Tod war ein Unglück gewesen. Aber Mum sah darin Verbindungen zu einem allumfassenden großen Ganzen, an dem nur ein paar kleine Korrekturen vorzunehmen waren.

Ein Kellner trat zu ihnen an den Tisch. Er war blutjung, hatte die glänzenden schwarzen Haare mit Gel zu Stacheln aufgestellt und trug ein Namensschild mit der Aufschrift *Tarun*. Bestimmt dachte er, Rajni würde nicht merken, wie sein Blick kurz in den viel zu tiefen Ausschnitt von Jezmeens Trägertop fiel.

»Ich nehme den Avocado-Limetten-Smoothie mit Koriander, bitte«, sagte sie. Jezmeen sah Tarun tief in die Augen und lächelte.

»Madam, es tut mir sehr leid, aber dieses Getränk ist derzeit leider nicht verfügbar«, sagte er.

»Okay, dann …«, murmelte Rajni und klappte die Karte wieder auf. »Dann nehme ich den … ach, das klingt doch gut. Den Pfirsich-Erdbeer-Daiquiri.«

Tarun guckte betreten zu Boden. »Madam, wir haben derzeit leider keine Erdbeeren.«

»Nicht schlimm«, gurrte Jezmeen. Also wirklich, wie konnte sie ihn nur derart hemmungslos anflirten?

Rajni überflog die Getränkekarte. »Hier. Das da.« Sie wies auf eine der Beschreibungen, über die Jezmeen sich vorhin noch lustig gemacht hatte. Darunter war eine Abbildung des geeisten Vanille-Mango-Smoothies mit Schlagsahne und Früchten der Saison. »Den nehme ich. Jezmeen, für dich auch?«

»Nein danke«, entgegnete Jezmeen. »Ich nehme einfach einen Chai.«

Tarun lächelte Jezmeen strahlend an. »Chai haben wir. Also, Madam, ich wiederhole: einen Chai, einen Vanille-Mango-Smoothie.« Und dann marschierte er los, bevor Rajni ihn nach der saisonalen Früchteauswahl befragen konnte.

Rajni versuchte noch einmal, auf den Reiseplan zu sprechen zu kommen. »Morgen müssen wir in aller Frühe los, wenn wir zur morgendlichen Seva im Bangla Sahib sein wollen«, sagte sie.

Jezmeen sagte nichts. Sie starrte plötzlich wie gebannt auf ihr Handy und kniff hochkonzentriert die Augen zusammen. Kurz darauf entspannte sie sich sichtlich, guckte aber immer wieder verstohlen auf das Display. »Bist du online?«, fragte Rajni. »Meinen Account haben sie immer noch nicht bestätigt.« Die Angestellte im Mobilfunkladen am Flughafen hatte Rajni versichert, es würde keine zehn Minuten dauern, ihre Daten zu verifizieren, aber da saß sie nun, beinahe zwei Stunden später, und hatte noch immer kein Datenvolumen.

»Ich bin im Hotel-WLAN«, sagte Jezmeen. »Und was machen wir da morgen?«

»Wir kochen und bedienen im Langar.« Es war der erste Punkt auf Mums Liste, aber es wäre wohl zu viel verlangt, von Jezmeen zu erwarten, sie hätte die Liste auch nur überflogen.

»Mum hat uns also nach Indien geschickt, damit wir Geschirr spülen«, stellte Jezmeen fest. Sie schaute von ihrem Handy auf. »Bestimmt hat sie sich ins Fäustchen gelacht, als sie den Punkt auf die Liste gesetzt hat – meine Töchter Hausarbeit machen lassen wie brave indische Mädchen.«

»Männer helfen da auch mit«, widersprach Rajni.

»Aber wenn die nach Hause gehen, legen sie die Füße hoch, oder meinst du nicht?«

Rajni musste an Kabir und Anil denken, die abends in ihren bequemen Relaxsesseln faul vor dem Fernseher herumlümmelten und Football guckten, während sie geschäftig um sie herumwuselte, manchmal sogar noch in Blazer und Büroschuhen. »Mmm«, murmelte sie. Das war ihre Standardantwort, wenn sie eigentlich zustimmen musste, das aber nicht zugeben wollte.

Ihr Handy auf dem Tisch summte. Eine Nachricht:

Mrs Rajni Shergill Chadha. Willkommen in Indien. Sie haben sich für 2MB Datenvolumen und kostenlose Anrufe innerhalb Indiens registriert. Bitte wählen Sie diese Nummer, um Ihre Identität zu bestätigen.

»Na endlich«, brummte sie.

Sie gab ihr Geburtsdatum ein und eine spezielle PIN, dann wurde Rajni an eine Hotline weitergeleitet. Die Mitarbeiterin bat sie um eine letzte Bestätigung ihrer Identität. »Den Name Ihres Vaters, Ma'am.« Bis zu dem Moment, als sie sich bereit erklärt hatte, die Vorbereitungen für die Indienreise zu übernehmen, hatte Rajni den Namen ihres Vaters seit Jahren nicht mehr laut ausgesprochen. Aber hier wurde sie ständig danach gefragt. Auf den Visaformularen musste sie seinen Namen eintragen. Der Zollbeamte ließ ihn sich noch einmal bestätigen, bevor er sie passieren ließ. Und jetzt konnte sie nicht einmal einen kurzfristigen Mobilfunkvertrag abschließen, ohne anzugeben, wessen Tochter sie war. Niemand scherte es, dass er schon seit Jahren tot war. »Devinder Singh Shergill«, sagte sie automatisch. Die Callcenter-Mitarbeiterin gab den Namen ein, und nach einigen Klicks und hastigem Getippe erklärte sie Rajnis Account für freigeschaltet.

»Wenn Shirina und du eure Handys ins Laufen bekommen habt, müsst ihr euch unbedingt diese App herunterladen«, sagte Rajni. »FindMe. Damit kann man mittels GPS sehen, wo der andere gerade ist. Benutze ich gerne bei Schulausflügen.« Angeblich saugte die App eine Menge Datenvolumen, aber da sie Rajni wiederholt davor bewahrt hatte, anderer Leute Kinder zu verlieren, lagen die Vorteile klar auf der Hand.

Jezmeen betrachtete angestrengt ihre Fingernägel und knabberte an einem Nietnagel. »Wieso das denn?«, fragte sie. »Wir sind doch sowieso die ganze Zeit zusammen.« Bei ihr klang das, als hätten sie eine hohe Haftstrafe abzusitzen.

»Es ist ein großes Land«, entgegnete Rajni. »Ein großes, unberechenbares Land. Hier kann man sich leicht aus den Augen verlieren.«

»Ist das nicht der Sinn einer jeden Indienreise?«, fragte Jezmeen und wies nickend auf das verliebte Pärchen im Pool. Das ließ sich inzwischen träge auf dem Rücken liegend treiben und paddelte gemächlich mit den Zehen. »Sich zu verlieren? Um sich dann selbst zu finden?«

Ach, du suchst Streit. Das hatte Mum immer gesagt, wenn eine von ihnen ihr widersprochen hatte – eine Warnung, es gut sein zu lassen und nicht weiter zu diskutieren. Ganz gleich, ob es darum ging, abends später nach Hause kommen zu dürfen oder einfach um des Streitens willen zu streiten, was Jezmeens Spezialität war. Rajni hatte sich auf die Zunge beißen müssen, um nicht immer, wenn Anil eine ihrer Entscheidungen in Frage stellte, genau dasselbe zu ihrem Sohn zu sagen.

Jezmeen winkte jemandem hinter ihr zu. »Hey, Schlafmütze.«

In einem strahlend türkisblauen Kaftan und weißen Espadrilles-Sandalen, deren Bänder sich anmutig um ihre schlanken Fesseln schlangen, kam Shirina ins Foyer. Sämtliche anwesenden Frauen drehten sich nach ihr um. Das war der Unterschied zwischen ihren beiden Schwestern, dachte Rajni. Jezmeen schauten die Männer hinterher und guckten ihr begehrlich auf die Beine, Shirina sahen die Frauen nach und bewunderten ihren Stil und ihre Eleganz – das glänzende schulterlange Haar, das zur Handtasche passende Armband.

Und dann der Ring! Als Rajni ihn das erste Mal gesehen hatte, hatte sie ihn fassungslos mit offenem Mund angestarrt. Und schien es nur so oder war der Diamant noch größer geworden? Der Ehering aus Weißgold blitzte zwar auch, aber der Diamant an ihrem Verlobungsring sah aus wie etwas, worauf man vielleicht bei einer archäologischen Ausgrabung stoßen könnte. *Billig und geschmacklos*, war ihr erster Gedanke gewesen, als sie ihn gesehen hatte. Obwohl sie genau gewusst hatte, wie viel Karat der Klunker haben musste. Darüber hatte Shirina natürlich kein Wort verloren. Rajni hatte »riesiger Diamantring« gegoogelt und sich durch endlos viele Abbildungen gewühlt, bis sie einen entdeckt hatte, der Shirinas verblüffend ähnelte. Dann hatte sie den Preis recherchiert. Wenn es stimmte, dass der Zukünftige drei Monatsgehälter in den Verlobungsring investiert haben sollte, musste Sehaj wirklich gut verdienen – aber das hatten sie ja auch schon vorher gewusst. Der Erbe eines der größten familiengeführten Unternehmen Australiens würde bei den Accessoires für seine Verlobte bestimmt nicht geizen.

»Ausgeschlafen?«, fragte Jezmeen.

»Noch nicht ganz«, antwortete Shirina. Als sie sich zu ihnen an den Tisch setzte, bemerkte Rajni die dunklen Ringe unter ihren Augen. »Hübsches Hotel, Raj«, stellte Shirina fest, nachdem sie sich umgeschaut hatte. »Und so ruhig.«

»Wie schön, dass wenigstens eine meine Mühe zu schätzen weiß«, bemerkte Rajni spitz und warf Jezmeen einen vielsagenden Blick zu.

»Schickes Kleid«, sagte Jezmeen, aber Rajni fiel auf, wie auch sie Shirina musterte. Die Schultern schienen ein bisschen zu hängen, was auch der leuchtend blaue Kaftan nicht verbergen konnte.

»Danke«, antwortete Shirina. »Tut mir leid, der Jetlag macht mir echt zu schaffen, also nehmt es mir nicht übel, wenn ich mich nachher noch mal rausschleiche und ein kleines Schläfchen mache.«

»Solange du im Morgengrauen parat stehst, um am Tempel mit anzupacken«, sagte Jezmeen.

»So früh?«, fragte Shirina.

»Sie übertreibt«, beschwichtigte Rajni. »Erzähl, wie geht es dir, Shirina? Du warst in letzter Zeit so still bei Facebook.«

»Ich bin kaum noch in den sozialen Medien unterwegs«, meinte Shirina achselzuckend.

Als Schuldirektorin war Rajni auch nicht allzu versessen darauf, ihr Privatleben in aller Öffentlichkeit auszubreiten. Aber sie nutzte die sozialen Medien, um den Kontakt zu alten Freunden zu halten, und hatte sich gewundert, als Shirina abrupt aufgehört hatte, Bilder und Status-Updates zu posten. Der letzte Post in ihrer Chronik war eine Beileidsbekundung einer alten Klassenkameradin am Tag nach Mums Trauerfeier gewesen.

»Wie läuft's bei der Arbeit?«

»Alles bestens«, versicherte Shirina rasch. »Viel zu tun in letzter Zeit. Ich bin froh, mal ein paar Tage frei zu haben.«

»Ach«, brummte Rajni. Das erklärte dann wohl die dunklen Augenringe. Sie wartete ab, ob Shirina noch mehr dazu sagen würde, aber die beugte sich zu Jezmeen hinüber und starrte ihr unverhohlen ins Dekolleté.

»Ist das ein neues Tattoo, Jez?«, fragte Shirina.

Jezmeen nickte grinsend. Sie zog den Ausschnitt ihres Trägertops herunter, und darunter kam ein schwarzes Z zum Vorschein, durchflochten mit Ranken und winzigen Blüten. Du lieber Himmel, dachte Rajni. »Das wollte ich mir schon seit meiner Namensänderung stechen lassen, aber ich wusste nicht so genau, wo.«

»Mit ›wo‹ meinst du, in welchem Tattoo-Studio oder wo auf deinem Körper?«, wollte Shirina wissen.

»Wo auf meinem Körper«, erklärte Jezmeen. »Es sollte nicht zu auffällig sein, wie auf dem Oberarm oder so. Kurz habe ich überlegt, es an einer ganz versteckten Stelle stechen zu lassen, wie auf der Innenseite des Oberschenkels, aber ein bisschen sichtbarer sollte es dann doch sein.«

»Autsch. Oberschenkelinnenseite«, meinte Shirina und verzog schmerzlich das Gesicht.

»Die Stelle hier gefällt mir«, sagte Jezmeen. Sie hielt das Top weiter fest.

»Du solltest ein bisschen vorsichtiger sein, Jezmeen«, sagte Rajni. Sie konnte sich diese Bemerkung einfach nicht verkneifen, auch wenn sie wusste, wie das klang.

»Ach, die Instrumente sind alle steril. Das war derselbe Tätowierer, der auch meine beiden anderen Tattoos gestochen hat.«

»Ich meine, du musst vorsichtig sein wegen …« Rajni wies auf Jezmeens Oberteil und machte schließlich eine Geste, die ihre gesamte Aufmachung einschloss.

Jezmeen schien das zu amüsieren. »Du glaubst doch nicht etwa, ich hätte nur Shorts und Bikini-Oberteile eingepackt? Wir sind schließlich in Delhi. Angeblich sind wir aus religiösen Gründen hier in Indien. Ich habe auch noch was anderes im Koffer.«

»Das hoffe ich doch sehr«, brummte Rajni.

Shirina griff zur Getränkekarte. »Hmm, die Fruchtsäfte sehen aber sehr erfrischend aus.« Sie winkte den Kellner heran, der sofort schwungvoll an ihren Tisch trat.

»Hallo noch mal, Tarun«, sagte Jezmeen und bedachte ihn mit einem herzlichen Lächeln. Ihr Tattoo war nicht mehr zu übersehen, und dann – Rajni war sich sicher, sie machte das nur, um sie zu ärgern – beugte Jezmeen sich auch noch nach vorne, wobei sie ihr ohnehin schon tiefes Dekolleté noch mehr entblößte.

»Ich nehme den Detox-Saft mit Minze, grünem Apfel und Karotte, bitte«, sagte Shirina.

»Madam, ich bedauere wirklich sehr, aber wir haben momentan leider keine Karotten«, erklärte Tarun.

»Dann einfach nur einen Apfelsaft«, sagte Shirina.

Tarun wirkte verstört. »Ich muss Sie um Entschuldigung bitten, Madam, aber wir haben momentan leider überhaupt kein Obst.«

Was bedeutete, dass Rajnis Smoothie woraus genau bestehen würde? »Was haben Sie denn?«, herrschte Rajni ihn an. Sie reichte ihm die Karte. »Nur zu. Zeigen Sie es mir.«

Tarun betrachtete nickend die Getränkekarte, als hätte sie ihn dazu aufgefordert, die fehlenden Zutaten aus der leeren Luft herbeizuzaubern. Die hochkonzentrierte Miene, die er dabei machte, ließ sie augenblicklich sehnsüchtig an Anil denken. Es war lange her, dass sie ihn so verletzlich gesehen hatte. Irgendwas musste ungefähr zu der Zeit, als er ins Teenager-Alter gekommen war, passiert sein, denn plötzlich drehte sich alles nur noch darum, möglichst cool und tough zu wirken. Nachdem Rajni sich widerstrebend einverstanden erklärt hatte, dass er sich ein Jahr Auszeit nahm, konnte sie es sich nicht verkneifen, ihn spitz darauf hinzuweisen, dass er in seiner gewohnten Aufmachung bestehend aus Hoodies und Baggypants bestimmt keinen zukünftigen Arbeitgeber beeindrucken würde. »Wenn sie mein authentisches Ich nicht akzentuieren, dann akzentuiere ich auch kein Jobangebot«, hatte Anil kühl entgegnet. »Akzeptieren!«, hatte Rajni ihn angefahren und war dann abgerauscht, während Anil schmollend zurückblieb und leise murmelte: »Hab ich doch gesagt.«

»Madam, ich weiß wirklich nicht, was ich Ihnen sagen soll …«, stammelte Tarun.

»Schon okay, Tarun«, beruhigte Jezmeen ihn. »Sie können ja nichts dafür.«

Tarun entschuldigte sich abermals und wieselte dann davon. »Wirklich, Raj, musstest du ihn so herunterputzen?«, fragte Jezmeen.

»Tut mir leid, aber wenn ich eine Getränkekarte bekomme, dann erwarte ich Dinge, die ich auch tatsächlich bestellen kann, keinen Wunschzettel.«

»Er tut, was er kann«, sagte Jezmeen. »Wir sind in Indien. Schraub deine Erwartungen ein bisschen herunter. Du kannst hier nicht herumpoltern wie ein Kolonialheimkehrer. Der Quatsch zieht nicht mehr.«

»Meinst du wirklich, du könntest dich so einfach unters Volk mischen? Ich würde gerne sehen, wie du in dieser Aufmachung, mit all der Schminke und dem Tattoo, auf die Straße gehst.«

Da. Nun war es doch passiert. Sie konnte nicht mal einen Tag lang mit Jezmeen zusammen sein, ohne sich mit ihr zu streiten. »Ich brauche keine zweite Mutter, die mir auf den Keks geht!«, hatte Jezmeen sie immer angeschrien, als sie noch ein Teenager war. *Mutter.* Jezmeen hatte das immer ausgespuckt wie ein schlimmes Schimpfwort.

Shirina hatte ein Talent dafür, sich aus diesen Streitgesprächen herauszuhalten. Rajni war nicht entgangen, wie sie das Pärchen im Pool beäugte, das sich spielerisch gegenseitig nass spritzte. Jetzt griff sie nach dem ausgedruckten Reiseplan. »Warum reden wir nicht lieber über den morgigen Tag?«, schlug sie vor.

»Ja, warum nicht?«, stimmte Jezmeen ihr zu. Sie nahm Shirina den Plan aus der Hand und überflog ihn. Rajni kannte ihn in- und auswendig, so oft hatte sie ihn durchgelesen. »Ich hatte wirklich gehofft, einen kleinen

Abstecher machen zu können, aber das passt vermutlich nicht in den Zeitplan.«

Rajni seufzte. »Und wo genau wolltest du hin, Jezmeen?«

»In Goa findet ein Musikfestival statt, und dann dachte ich, ich könnte einen kleinen Städtetrip nach Bombay machen, nachdem wir all die heiligen Stätten abgeklappert haben. Es gibt massenweise Billigflüge in den Süden.«

Ich will zum Skifahren nach Bulgarien ins Witoscha-Gebirge und dann für ein paar Tage nach Sofia. Anil und Jezmeen waren sich irgendwie sehr ähnlich. Sie redeten mit der größten Selbstverständlichkeit und Vertrautheit über Orte, an denen sie noch nie gewesen waren.

Wie Anil, als er sagte: »Ich werde das alles für sie aufgeben.« Rajni überlief ein Schaudern. Was für ein Narr, hatte sie wieder und wieder zu Kabir gesagt. Was für ein einfältiger Narr ihr Sohn doch war. Sein ganzes Leben lang hatten sie sich bemüht, ihm den Weg zu einer soliden Zukunft zu ebnen, ihm alle Möglichkeiten auf ein erfolgreiches Leben mitzugeben. *Mehr Möglichkeiten als Kinder mit Geschwistern*, wie Rajni und Kabir sich über die Jahre immer wieder gegenseitig versichert hatten. Balsam auf die Wunde, keine weiteren Kinder mehr bekommen zu können. Anil hatte alles. Alle zur Verfügung stehenden Mittel, alle Aufmerksamkeit. Und obwohl Rajni ihren Sohn nicht immer verstand – warum bestand er beispielsweise darauf, so zu tun, als käme er von der Straße, wo er doch in einem hübschen viktorianischen Reihenhäuschen im Norden Londons aufgewachsen war? –, hätte sie doch nie damit gerechnet, dass sein Pfad einmal so sehr von dem für ihn vorgezeichneten Weg abweichen würde.

»Meine Pläne haben sich leider auch etwas geändert«, murmelte Shirina. Sie wies auf den letzten Punkt des Reiseplans – die Wanderung und der Aufstieg zum Hemkund Sahib, wo sie Mums Asche im Lokpal See verstreuen sollten. »Ich wollte euch schon mailen, aber dann dachte ich, es ist besser, wenn ich es euch persönlich sage.«

»Uns was sagst?«, fragte Rajni.

Shirina holte tief Luft. »Es ist wirklich alles ganz kurzfristig. Sehajs Familie – die weitläufige Verwandtschaft in Punjab – hat mich noch nicht kennengelernt. Ich habe schon vor einer Ewigkeit versprochen, sie Ende Juli endlich zu besuchen.«

Rajni starrte Shirina nur fassungslos an. Wollte sie ihnen allen Ernstes sagen, dass sie den allerwichtigsten Teil ihrer Pilgerfahrt schwänzen würde? Die Wanderung durch die Berge und der anstrengende Aufstieg würden der beschwerlichste Abschnitt der Reise werden. Rajni hatte ihren Schwestern doch nicht ein halbes Dutzend Links zu verschiedenen Webseiten geschickt, mit Tipps, wie sich akute Höhenkrankheit vermeiden ließ, nur damit Shirina sich jetzt davor drückte.

»Es tut mir schrecklich leid«, sagte Shirina.

»Das ist eine der wichtigsten Stationen der gesamten Reise! Ich habe Mums Asche die ganze Zeit aufbewahrt und mit nach Indien gebracht, um ihr ihren letzten Wunsch zu erfüllen. Kannst du Sehajs Familie nicht ein paar Tage später besuchen?«, fragte Rajni.

»Die Familie ist sehr weitläufig, viele haben die Anreise bereits geplant. Wenn ich den Besuch im letzten Augenblick verschiebe, wirft das kein gutes Licht auf mich.«

Im letzten Augenblick? Sie planten diese Reise schon seit Mums Tod im vergangenen November. Rajni witterte eine günstige Gelegenheit, Shirina eine kleine Gardinenpredigt zu halten über die wichtigen und die unwichtigen Dinge des Lebens – bei Mums Totenfeier hatte sie die Gelegenheit versäumt, weil Shirina gleich danach wieder nach Australien abgereist war. Aber Shirina senkte den Blick, als erwartete sie einen Tadel.

Rajni warf Jezmeen einen Blick zu. Rajni und Jezmeen waren sich selten einig, aber Shirinas Heirat mit Sehaj hatte die beiden ungeahnt vereint. Zwar nur flüchtig, aber immerhin. Sie tauschten kleine Bemerkungen darüber aus, wie ihre Schwester in der neuen Rolle als Ehefrau fast gänzlich zu verschwinden drohte. Im ersten Jahr ihrer Ehe hatte Shirina, immer, wenn Rajni ihr eine Nachricht schickte und sich nach ihr erkundigte, irgendwas von Sehaj und seiner weitläufigen Familie erzählt – neue Business-Projekte, Hochzeitsfeiern von Freunden und Verwandten. Jezmeen berichtete Rajni außerdem, dass Shirina sämtliche Fotos von sich in sozialen Medien gelöscht hatte, auf denen sie mit einem weniger als knielangen Rock zu sehen war oder auf Partys mit Cocktailgläsern oder Bierflaschen in der Hand.

Es war eigenartig. Denn so gefällig Shirina schon immer gewesen war, hätte Rajni nie gedacht, dass sie einmal als erzkonservative Trophäenbraut enden würde. Im Studium war Shirina immerhin so ehrgeizig gewesen, diverse Praktika bei PR-Unternehmen zu machen, bei denen sie es sich vorstellen konnte zu arbeiten. Und mit ihrem Abschluss in der Tasche hatte sie einen ganz ordentlichen Job ergattert und gutes Geld verdient. Rajni wusste, dass sich heutzutage viele Frauen für eine arrangierte Ehe entschieden, nicht nur die traditionelleren, die einfach nur Hausfrau und Mutter sein wollten. Aber Sehajs Reichtum schien bei Shirina für eine eigenartig stumme Duldsamkeit zu sorgen. »Der Ring hat ihn mindestens sechsstellig gekostet«, hatte Rajni Jezmeen in einer einzeiligen E-Mail bestätigt, als Shirina sich verlobt hatte, worauf Jezmeen geantwortet hatte: OMG echt jetzt? Rajni hatte gehofft, Jezmeen werde ihr in der »Ist-es-denn-zu-fassen?«-Empörung zustimmen, aber Jezmeen starrte schon wieder auf ihr Handy. Hastig tippte sie auf dem Display herum, und ihre Lippen bewegten sich dazu, als lese sie stumm einen Text ab. Rajni war versucht, Jezmeen das Telefon aus der Hand zu reißen und es im hohen Bogen in den Pool zu schleudern.

»Madam, Ihre Bestellung.« Tarun trat mit einem Tablett an ihren Tisch. Die beiden Getränke darauf erinnerten nicht im Geringsten an die Abbildungen auf der Karte. »Vielen Dank«, sagte Shirina artig und räumte den Reiseplan beiseite, um ihm Platz auf dem Tisch zu machen. Rajni nippte an ihrem Smoothie. Es war ein Mango Lassi und so süß, als würde man unverdünnten Fruchtsirup trinken. Das Maschinengewehrrattern einer Bohrmaschine, das durch die Lobby knatterte, ließ sie aufschrecken.

»Kann ich sonst noch etwas für Sie tun, Madam?«, fragte Tarun zaghaft.

Ja. Ich möchte bitte so schnell wie irgend möglich zum Ende dieser Reise vorspulen, hätte Rajni am liebsten gesagt. Ehefrau und Mutter zu sein war schon schwer genug. Sie wollte nicht auch noch Tochter und Schwester sein müssen. *Ich möchte, dass diese Woche so rasch wie möglich vorbeigeht.* Tarun würde ihr auch diesen Wunsch nicht erfüllen können. Aber das war ja nichts Neues.

Drittes Kapitel

Zweiter Tag: Gurdwara Bangla Sahib
Hätten die Ärzte mich doch nur an einen einzigen Ort reisen lassen, es hätte dieser heilige Schrein zu Ehren unseres achten Gurus, Guru Harkrishan, sein müssen. Er kam als Gast hierher, als das Haus noch das prächtige Anwesen eines Rajputen-Prinzen war. Während des Aufenthalts des Gurus suchte eine Pocken- und Cholera-Epidemie Delhi heim. Statt behaglich in der Sicherheit des abgeschiedenen Hauses zu verweilen, ging er hinaus, um den Kranken Essen und Medikamente zu bringen.

Den Morgen sollt ihr damit verbringen, anderen zu dienen, indem ihr euch in der Küche des Gurdwara Bangla Sahib nützlich macht. Denkt darüber nach, was für ein Ort dies einmal war und immer noch ist – ein Zuhause und ein Ort der Heilung. Es ist ein Symbol für Selbstlosigkeit, Opferbereitschaft und den Dienst am Nächsten. Könnte ich doch nur dorthin fahren, ich weiß, es würde mir viel besser gehen.

Am nächsten Morgen wurde Jezmeen von einem schrillen *Ping!* geweckt, und sofort hechtete sie zu ihrem Handy. Dabei hätte sie beinahe die Nachttischlampe umgeworfen. Sie hatte einen Google-Alert eingerichtet, der sie benachrichtigen sollte, sobald im Internet ein neuer Eintrag mit ihrem Namen auftauchte, damit sie wusste, was so über sie geredet wurde. Bisher hatte niemand den Zusammenhang hergestellt zwischen der Moderatorin von *DesasterTube* und dem Video der Überwachungskamera des Restaurants Feng Shui in Soho, auf dem zu sehen war, wie eine Frau vollkommen außer sich herumtobte und dabei einen gigantischen Sachschaden anrichtete. Jezmeen blieb bei ihrer Eingangsbehauptung, in Notwehr gehandelt zu haben, obschon auf dem Video nichts von der angeblich gegen sie gerichteten Bedrohung zu sehen war.

Der Alert von heute Morgen war so ähnlich gewesen wie der von gestern, als sie mit ihren Schwestern am Pool gesessen hatte – jemand bezog sich auf einen Clip, den er auf *DesasterTube* gesehen hatte, und bemäkelte Jezmeens Anmoderation. »Kann mal bitte jemand Jezmeen Shergill sagen, dass sie einfach ihre große Klappe halten soll. Alter, was für eine Nervensäge!« Die Meldung von gestern war nicht ganz so unbarmherzig gewesen: eine Bildstrecke über Prominente, die Zwillinge sein könnten. Und natürlich wieder der unvermeidliche, abgelutschte Vergleich zwischen Jezmeen und Polly Mishra. Wobei der Autor Jezmeen als »witzige, talentierte Moderatorin« bezeichnet hatte, und Polly einfach bloß als »Schauspielerin«. War das ein versteckter Seitenhieb gegen Polly? Jezmeen hoffte es inständig.

Alter, was für eine Nervensäge. Jezmeen wusste eigentlich, dass sie sich Netz-Kommentare von wildfremden Menschen nicht zu Herzen nehmen sollte. Aber dann klickte sie doch auf das Profil dieses Typen und suchte nach seinen Kommentaren zu anderen Videos. Es dauerte ein paar Minuten, aber schließlich entdeckte sie eine weitere Kritik. »Willst du uns ernsthaft verklickern, solche Muckis bekäme man ohne Steroide – LOL, echt jetzt?«, hatte er unter das Video eines Bodybuilders gepostet, der eine wirklich beeindruckende Übungseinheit mit ganz gewöhnlichen Haushaltsgegenständen zeigte. Ein Gewohnheitstroll also. Wenigstens keiner von diesen Typen, die Online-Petitionen starteten mit der absurden Forderung, Jezmeen und Polly Mishra sollten zu einem Nackt-Boxkampf antreten. So was kam immer mal wieder vor. Vor ein paar Wochen war ein Mann an einer U-Bahn-Haltestelle auf Jezmeen zugekommen und hatte sie schüchtern angesprochen: »Ich hoffe, es stört Sie nicht, wenn ich Ihnen sage, dass Sie Polly Mishra zum Verwechseln ähnlich sehen.« Jezmeen hatte ihn freundlich angelächelt und gesagt: »Ja, das höre ich öfter, dass wir uns sehr ähneln.« Das lag an den tiefliegenden Augen und den markanten Wangenknochen, hatte sie sich sagen lassen. Sie und Polly Mishra trugen das Haar beide schulterlang, offen und ganz leicht gewellt, wobei Jezmeen in ihrem karamellblonde Highlights hatte. Worauf der Mann entgegnet hatte: »Ach, wie schön, dass Sie nicht eingeschnappt sind. Ich bin Polly Mishra mal begegnet und habe ihr gesagt, wie sehr sie Jezmeen Shergill ähnelt, und sie war sichtlich irritiert.«

Polly Mishra kann mich mal, dachte Jezmeen finster. Sie schwang die Beine aus dem Bett und sprang mit mehr Schwung als eigentlich beabsichtigt auf die Füße. Sofort wurde ihr schwindelig, das Blut rauschte ihr in den Ohren, und ihr wurde kurz schwarz vor Augen.

Jezmeen klammerte sich an das Nachttischchen und fühlte sich augenblicklich zurückversetzt in die Zeit ihrer akuten Hypochondrie. Jedes kleinste Hakeln im System war ein möglicher Hinweis auf den unmittelbar bevorstehenden Exodus. Aber wer könnte es ihr verdenken? Dads Tod war so beiläufig und unerwartet gekommen – in der Dusche ausgerutscht und den Kopf angeschlagen und dann einfach weitergemacht, als sei nichts gewesen. Wäre er gleich zum Arzt gegangen, hätte man im MRT womöglich das gefährliche Blutgerinnsel sehen können, das sich durch den Aufprall gebildet hatte und ihn ein paar Tage später auf dem Nachhauseweg nach der Arbeit das Leben kosten sollte. Selbstredend konnte Jezmeen gar nicht vorsichtig genug sein, wenn sie sich auf glattem Untergrund bewegte. Doch dagegen, die kränklichen Gene ihrer Mutter geerbt zu haben, konnte sie nichts ausrichten. Nach Mums Krebsdiagnose vereinbarte Jezmeen gleich mehrere Mammografie-Termine, die sie dann allesamt wieder absagen musste, als man sie freundlich, aber bestimmt darauf hinwies, das sei ein Missbrauch des öffentlichen Gesundheitssystems.

Nach dem Duschen zog Jezmeen sich an und ging nach unten in die Lobby. Shirina und Rajni waren noch nicht da, also ging sie kurz nach draußen vor die Tür und trat in den dichten Dunst von Delhi. Die Luft war schwer vor Lärm und Geschäftigkeit, und die Sommerhitze versengte ihr unerbittlich die Haut. Unablässig hörte man Autos hupen, und stickiger Staub hing in der Luft. Und doch war Delhi auch eine Stadt, in der man sang- und klanglos verschwinden konnte – eine durchaus verlockende Vorstellung. Als ihr Vertrag nicht verlängert worden war, hatte Jezmeen ganz realistisch die verschiedenen verbliebenen Möglichkeiten durchgespielt und kurz einigermaßen ernsthaft darüber nachgedacht, alle Zelte in London abzubrechen und nach Indien zu gehen, um hier abzutauchen oder noch einmal ganz von vorne anzufangen. Aber was würde so ein Neuanfang bedeuten? Jahrelang war sie von einem Casting zum nächsten gehetzt und hatte doch nur ein paar kleine Rollen in Werbefilmchen ergattert und hin und wieder einen nicht weiter erwähnenswerten Part als Komparsin bei *EastEnders*. Eine klitzekleine Chance auf landesweite Bekanntheit hatte sich erst vor neun Monaten aufgetan, und aus Dummheit hatte sie mit einem Schlag alles zunichte gemacht. Nun könnte es gut und gerne noch mal zehn Jahre dauern, bis sie sich wieder nach oben gekämpft hatte.

Der Karol Bagh Markt mit seinem verwirrenden Labyrinth aus unzähligen Läden, heillosem Verkehrschaos und Teebuden wartete gleich um die Ecke. Das King's Paradise Hotel lag zurückgesetzt am Ende einer ruhigen Sackgasse. Die daran anschließende Ladenzeile, bestehend aus einer baufälligen Häuserreihe, war halb versteckt hinter einem Gewirr aus Telefonleitungen und kreuz und quer herumstehenden Bambusgerüsten.

Ein magerer Streunerhund mit hervorstehenden Rippen duckte sich auf der Suche nach einem Schattenplatz unter einen geparkten Lieferwagen. Eine der Mauern des Gässchens war mit ausgeblichenen Bildern von Hindu-Göttinnen bemalt, darunter ein Schild: *Bitte nicht entehren.* Jezmeen fragte sich, ob die Bilder der Gottheiten die Männer tatsächlich davon abhielten, gegen die

Mauer zu pinkeln. Dem beißenden Uringestank nach zu urteilen, der ihr entgegenwehte, wohl eher nicht.

Ein Page mit zurückgegelten Haaren kam auf sie zu und fragte, ob sie ein Taxi brauche. »Gleich«, sagte Jezmeen und warf einen Blick über die Schulter nach hinten. Rajni stieg gerade aus dem Aufzug. Sie trug eine beige Leinenhose und eine weite, fließende Seidenbluse, die zu dem Tuch passte, das sie locker um den Hals geschlungen hatte und nachher über den Kopf ziehen konnte.

»Wo ist Shirina?«, fragte Jezmeen. Verlegen versuchte sie die Falten in ihrem eigenen Kamiz-Top glatt zu streichen. Woher nahm Rajni bloß die Geduld, alles zu bügeln und zu falten, sogar im Urlaub?

»Sie hat noch geschlafen, als ich eben angerufen habe«, sagte Rajni.

»Bestimmt der Jetlag«, mutmaßte Jezmeen.

Die unerbittliche Hitze brannte sich durch Jezmeens Kleider. Gemeinsam gingen sie zurück in die Lobby und sanken in die weichen Sofas. Es roch durchdringend nach Desinfektionsmittel. An der Rezeption stand eine Frau im roten Blazer mit Telefonhörer am Ohr. »Ihr Weckanruf, Sir«, sagte sie, dann nickte sie und legte auf.

»Hast du gut geschlafen?«, erkundigte sich Rajni.

»Ein paar Stunden«, antwortete Jezmeen. »Und du?«

»In Hotels schlafe ich nie gut.«

Der Fernseher an der Wand flackerte grell. Die Morgennachrichten liefen, aber der Nachrichtensprecher nahm nur einen kleinen Teil des Bildschirms ein. Unten blinkte eine Laufschrift, und neonschrille Diagramme zeigten die neuesten Entwicklungen an der Börse. Es war, als schaute man einem Casino-Automaten bei der Arbeit zu.

»Ich habe gestern Abend eine dieser Mitsing-Shows im Fernsehen geguckt«, erzählte Jezmeen. »Mum mochte die immer so gerne.«

»Mum und Dad haben sie immer zusammen gesehen«, sagte Rajni. »Dad hat mitgesummt, und Mum hat ihn angezischt, damit er nicht das ganze Lied verhunzt.«

Jezmeen lächelte. »Ich glaube, daran kann ich mich sogar noch erinnern.« Oft war es nicht leicht zu unterscheiden, welches ihre eigenen Erinnerungen waren und woran sie sich bloß zu erinnern glaubte, weil Rajni ihr so oft davon erzählt hatte. Aber sie glaubte fast, Dads schiefes Gesumme noch im Ohr zu haben. Sie war erst fünf Jahre alt, als ihr Vater starb, und manchmal beneidete sie Rajni glühend, weil die so viel mehr Zeit mit Dad bekommen hatte. Jezmeen wollte so gerne Dinge sagen wie: »Das Lachen habe ich von meinem Vater« oder »Das hat mein Vater immer gesagt.« Sich irgendwie zugehörig zu fühlen würde ihr vielleicht helfen, sich nicht ganz so einsam und verlassen vorzukommen, vor allem jetzt, wo auch Mum nicht mehr bei ihnen war.

»Mache ich auch immer, wenn so was im Fernsehen läuft«, bemerkte Rajni.

»Mitsummen?«

»Kabir anzischen.«

Kein Wunder, dachte Jezmeen. »Und interessiert Anil sich auch dafür?«

»Früher ja. Heute stopft er sich die Stöpsel in die Ohren und guckt irgendwas anderes auf seinem iPad.«

Das sah Anil ähnlich – fasziniert von der Welt jenseits

des elterlichen Wohnzimmers. Seit er in die Pubertät gekommen war, hatte Jezmeen nur noch drei Gefühlslagen im Gesicht ihres Neffen ausmachen können: mürrisch, gelangweilt und gefesselt (das aber immer nur von irgendwas auf seinem Handy). Nur einmal war sein Unterhaltungsfaktor kurz in die Höhe geschnellt, als sie ihn nämlich neulich in der Parfumabteilung des Einkaufszentrums hatte herumschleichen sehen. Jezmeen war ganz kribbelig geworden angesichts der Vorstellung, ihr Neffe könne heimlich eine Freundin haben (und sie könnte ihre Schwester mit dem Wissen darum foltern), und so hatte sie geduldig ausgeharrt, bis er schließlich wieder gegangen war, um sich dann an das Mädel an der Kasse heranzupirschen und ihr die ersehnte Sensationsnachricht zu entlocken. »Er hat nach etwas für reifere Frauen gefragt«, entgegnete sie seufzend mit einem wehmütigen Blick zu der *Sugar N Spice*-Kollektion für Teenie-Mädchen. Jezmeen war mindestens genauso enttäuscht. Da hatte sie sich Wer-weiß-was vorgestellt, dabei hatte Anil bloß ein Geschenk für seine Mutter gesucht, deren Geburtstag nächsten Monat anstand.

»Ob wir Shirina noch mal anrufen sollen?«, fragte Jezmeen. »Vielleicht ist sie wieder eingeschlafen.«

»Warten wir noch zehn Minuten.« Rajni schaute hinüber zu den Aufzügen. »Findest du es nicht auch eigenartig, dass sie uns das mit dem Besuch bei Sehajs Familie erst gestern gesagt hat?«

Jezmeen zuckte die Schultern. »Vielleicht hat sie die Daten durcheinandergebracht. Klingt jedenfalls, als hätte sie gerade viel um die Ohren.«

Rajni runzelte die Stirn. Sie schien nicht zufrieden

mit dieser Antwort, was Jezmeen, offen gestanden, auch nicht war. Aber anscheinend war auch Shirina zum bedauerlichen Kollateralschaden ihrer eigenen Ehe geworden, wie so viele andere Frauen, die Jezmeen kannte. Verabredungen mit ihnen waren nie bindend, und oft brachten sie im letzten Moment unangekündigt ihren Mann zum Essen mit.

»Bilde ich mir das nur ein oder sieht sie irgendwie… anders aus?«, fragte Rajni.

»Sie hat ein bisschen zugenommen, oder?«, sagte Jezmeen. Eigentlich wollte sie besorgt klingen, aber die Schadenfreude in ihrer Stimme war nicht zu überhören. Schäm dich, schalt eine kleine Stimme in ihrem Kopf.

»Ich meinte eher die dunklen Augenringe. Sie sieht mitgenommen aus.« Auch Rajni war die unverhohlene Freude über diese Feststellung anzuhören. Sie konnten einfach nicht anders, dachte Jezmeen. Shirina war sonst immer ohne Fehl und Tadel gewesen – kein Makel, der ihren Teint verunzierte, und ihren Charakter schon gar nicht. Jetzt eine – oder gar zwei! – Unvollkommenheiten zu bemerken mochte kleinkariert wirken, aber dann war es das halt.

»Ich fühle mich ganz schlecht dabei«, sagte Jezmeen trotzdem. »Vielleicht stimmt irgendwas nicht.« Das wäre jedenfalls hochinteressant. Nachdem Shirina ihr Leben lang immer brav getan hatte, was man von ihr verlangte, war eine fundamentale Sinnkrise eigentlich längst überfällig. Pillen schlucken. In eine Sekte eintreten. Und Jezmeen als das Vorzeige-Schwarze-Schaf der Familie wäre zur Abwechslung mal aus dem Schneider.

»Ich hab im Jahr nach meiner Hochzeit auch ein paar

Pfund zugenommen«, sagte Rajni. »Ich finde, es steht ihr gut, wieder ein bisschen mehr auf den Rippen zu haben. So rappeldürr, wie sie bei ihrer Hochzeit war. In der Zeit davor hat sie sich ja nur noch von Salat und Brühe ernährt.«

Womit Rajni nicht ganz unrecht hatte. Shirina war tatsächlich regelrecht besessen gewesen von ihrer Figur. »Ich weiß noch, wie ich Mum dabei geholfen habe, das Haus auf Vordermann zu bringen, bevor Sehajs Verwandte anrückten. Sie hatte Dutzende Lichterketten gekauft, und es hat ewig gedauert, die alle aufzuhängen. Wir haben die Zeit völlig aus den Augen verloren und schließlich Pizza bestellt, weil uns der Magen auf den Knien hing. Shirina hat sage und schreibe ein Stückchen gegessen und musste anschließend für zwei Stunden ins Fitnessstudio, um die Kalorien wieder abzutrainieren«, erinnerte Jezmeen sich. Insgeheim hatte sie Shirina für ihre eiserne Disziplin bewundert und beneidet. Beim Casting am nächsten Tag hatte Jezmeen unauffällig ihr Sechs-Pizzastücke-Bäuchlein einziehen müssen. Die Rolle hatte sie nicht bekommen.

»Sie würde es uns doch sagen, wenn sie schwanger wäre, oder?«, fragte Rajni.

»Shirina redet kaum noch über private Dinge«, meinte Jezmeen. Shirina hatte es ihnen damals auch nicht erzählt, als sie online nach einem geeigneten Heiratskandidaten für eine arrangierte Ehe suchte. Als sie Sehaj kennengelernt hatte, hatte sie das mit keinem Wort erwähnt – ganze sechs Monate lang hatte sie es ihnen verschwiegen –, bis er schließlich nach London gekommen war, um sie persönlich kennenzulernen, und ihr bei ihrer zweiten Verabredung gleich einen Heiratsantrag machte. Danach war alles ziemlich schnell gegangen, und niemand hatte irgendwelche Einwände gehabt, auch weil Sehaj so eine ausnehmend gute Partie war – gutaussehend, vermögend und aus einer angesehenen Familie. Shirina sagte Ja und zog zu ihm nach Australien. Wenn das kein Versuch war, ihrer Familie auf Nimmerwiedersehen zu entkommen, dann wusste Jezmeen es auch nicht.

»Das würde sie uns doch nicht verheimlichen«, meinte Rajni.

»Vermutlich nicht, aber ich glaube, wir sind auch nicht unbedingt die Ersten, die es erfahren, wenn es irgendwelche erwähnenswerte Neuigkeiten gibt.« Waren wir das je?, fragte Jezmeen sich. Solange sie zurückdenken konnte, hatte Shirina ihre Gedanken und Gefühle immer lieber für sich behalten. Verglichen mit ihr kam Jezmeen sich oft furchtbar dramatisch vor, wenn sie ihren (zugegeben recht komplexen, teils divergierenden) Gefühlen freien Lauf ließ.

»Ich wünschte, das wäre anders«, sagte Rajni.

Jezmeen zuckte nur die Achseln. »Wenn sie es so will«, sagte sie, obwohl es sie damals arg gekränkt hatte, als Shirina vollkommen unerwartet ihre Verlobung verkündet hatte. Warum hatte sie Jezmeen denn nicht erzählt, dass sie jemanden kennengelernt hatte!

»Wäre wirklich schade, wenn wir es nicht schaffen, ehrlich zueinander zu sein. Ich würde gerne glauben, dass wir über alles sprechen können.«

Jezmeen entging nicht, dass Rajni sich zu ihr umgedreht hatte und sie vielsagend anschaute. Wage es ja nicht, dachte sie. Sie würden nicht im selben Atemzug über Mum reden, nachdem sie gerade erst über Shirinas vermeintliche Gewichtszunahme spekuliert hatten. Jezmeen wollte eigentlich überhaupt nicht über Mum reden. Vor allem nicht über ihre letzten Momente. Vor allem nicht mit Rajni.

»Das bisschen Speck auf den Rippen ist bestimmt nur der Jo-Jo-Effekt nach der Hochzeit«, sagte sie und wendete sich pointiert dem Fernseher zu, starrte mit gespielter Faszination auf die Mattscheibe. Von den blinkenden Diagrammen bekam sie augenblicklich Kopfschmerzen, aber zumindest konnte Rajni nun nicht mehr versuchen, sie in ein Gespräch zu verwickeln. Die Nachrichtensprecherin machte ein todernstes Gesicht, das sich mit den fröhlichen Farben ihres Saris biss, und der Ticker, der unten über den Bildschirm flimmerte, verkündete derweil die Verlobung zweier Bollywood-Stars.

Als Shirina schließlich um halb neun nach unten in die Lobby kam, sah Jezmeen gleich, dass die dunklen Ringe unter ihren Augen verschwunden waren. Die Lippen schimmerten vom rosaroten Lipgloss, und der Hauch Puder auf ihren Wangen ließ ihren Teint strahlen. Sie trug als Einzige der drei Schwestern einen traditionellen Salwar Kamiz und hatte die langen Haare zu einem strengen Dutt hochgesteckt. Zugenommen hatte sie eindeutig, aber mit dem etwas fülligeren Gesicht sah sie – wie Jezmeen sich zähneknirschend eingestehen musste – nur noch hübscher aus.

Es war nicht weit vom Hotel zum Gurdwara Bangla Sahib, aber die Straßen waren bereits heillos verstopft, als sie das Hotel verließen. Auf der breiten Prachtstraße unterhalb der Karol Bagh Metro-Brücke kam das Taxi nur millimeterweise voran. Der Fahrer hatte das Fenster heruntergekurbelt, und der Lärm der tuckernden Motoren und blökenden Hupen wehte zu ihnen herein. Menschen liefen um die fahrenden Autos herum und nutzten jede noch so kleine Lücke im Verkehr. Die heiße Luft flimmerte über den silbrigen Dächern der Straßenverkäuferkarren, während das Taxi im Schneckentempo weiterkroch. Shirina lief das Wasser im Mund zusammen, als sie den Duft frisch in blubberndem Öl ausgebackener Pakoras erschnupperte.

Auf dem Armaturenbrett des Taxis standen Dutzende winzig kleine Plastikgottheiten, die zusammen einen ganzen Hinduschrein bildeten. Es sah aus wie das Armaturenbrett des Taxis, mit dem Shirina vor einiger Zeit nach ein paar After-Work-Drinks nach Hause gefahren war. Nur, dass sich dort unter die Hindugötter Symbole und Abzeichen aller nur erdenklicher Religionen gemischt hatten. Und eine Pokémon-Wackelfigur. Zu viel Wein auf nüchternen Magen hatte Shirina an diesem Abend ungewohnt gesprächig gemacht.

»Verbrüdern die sich alle zu Ihrem Schutz?«, hatte sie den Fahrer gefragt.

»Ja«, hatte er lachend geantwortet. »Je mehr Religionen, desto mehr Power.«

»Und was sind Sie wirklich?«

»Moslem«, sagte er. »Aus Somalia. Und Sie?«

»Sikh«, gab Jezmeen zurück. »Aus Großbritannien, Indienimport.« Sie entdeckte ein kleines Kärtchen mit Guru Nanaks Gesicht zwischen einem Miniatur-Buddha und einer kleinen arabischen Schriftrolle auf dem Armaturenbrett und zeigte darauf. »Das ist einer von meinen«, erklärte sie. »Meine Mum sagte immer, man solle sich Gott einfach als Vater vorstellen, aber ich glaube, der Vergleich hinkt.« Die Worte purzelten ihr nur so aus dem Mund. »Ich war erst zwei, als mein Vater gestorben ist.«

Nach diesem unvermittelten Ausbruch wurde es ganz still. »Entschuldigung«, murmelte sie betreten.

Der Fahrer wartete, bis er an einer Ampel halten musste, dann drehte er sich zu ihr um, und seine warmen, freundlichen Augen suchten Shirinas. »Nicht schlimm«, sagte er. »In meinem Wagen ist genug Segen für alle.«

Shirina richtete wieder ihre volle Aufmerksamkeit auf den Moloch Delhi. Läden stapelten sich wie Bauklötze, und Schilder verkündeten schreiend in dicken Großbuchstaben: ENGLISH LANGUAGE INSTITUTE, ALIYAHS KOSMETIKSCHULE, ICCS TECH SOLUTIONS. Einfachere Dienstleistungen fand man unter den Schienen der Karol Bagh Metro – ein Friseur hatte seine Utensilien auf einem niedrigen Schemel ausgebreitet und winkte seinen Kunden aus der kleinen Schlange wartender Männern heran. Zwei Kleinkinder, von der Hüfte abwärts nackt, Arme und Beine rußschwarz, halfen ihrer Mutter, einen Berg Plastikflaschen zu sortieren.

Die Straße wurde immer wieder unvermittelt schmaler oder breiter, und der Straßenrand war begrenzt von dem Krimskrams, der sich dort türmte – Sitzbänke von Chai-Buden, eine verlassene rostige Schubkarre, die vor Müll überquoll. Dahinter ragte eine Skyline aus blassrosa und beigen Gebäuden in den Himmel. Die schlaglochübersäte Straße sorgte dafür, dass Shirina und ihre Schwestern auf dem Rücksitz des Taxis ordentlich durchgeschüttelt wurden. Ein paar Mal ertappte sie den Fahrer dabei, wie er sie im Rückspiegel anglotzte, bis ihr aufging, dass er ihnen auf die wippenden Brüste guckte.

»Sehr unauffällig, Freundchen«, brummte Jezmeen, rückte dann aber ein bisschen nach vorne, um gleich den halben Spiegel einzunehmen.

»Du weißt, was du sagen musst, wenn du ihm eins auf den Deckel geben willst, oder?«, fragte Rajni Shirina. »Hast du keine Schwester? Hast du keine Mutter?« Als er sie das auf Englisch sagen hörte, schaute der Taxifahrer angestrengt auf die Straße. »Siehst du? Es funktioniert.«

»Wir sollen sie also an Frauen erinnern, von denen sie glauben, dass sie ihnen *gehören*?«, fragte Jezmeen spitz.

Der Gedanke war Shirina auch schon gekommen, aber sie hatte es nicht laut ausgesprochen, weil das hier nicht der richtige Ort war für solche Diskussionen. So oder so ähnlich hätte ihre Freundin Lauren aus dem Büro das auch gesagt. Der Fahrer starrte Shirina unverhohlen an. Sie zupfte ihre Duppata zurecht, um ihre Brust zu verhüllen. Die einfachste Lösung. Ohne Worte.

Als sie beim Gurdwara ankamen, drängten sich bereits Gläubige und Touristen davor herum. »Wasser, Wasser, kaltes, kaltes Wasser«, rief ein Mann, der einen Karren voller Plastikflaschen vor sich herschob. Gespannte Muskeln zeichneten sich unter der dünnen Schweißschicht auf den dürren Waden ab. Eine Marmortreppe führte die Schwestern fort aus dem Wirrwarr von Autos und Menschen unten auf der Straße. Der Tempel war mehrstöckig und strahlend weiß wie eine Hochzeitstorte, mit golden funkelnden Karamellspitzen auf den Türmen. In der Nähe kräuselte sich sanft das Wasser des Sarovar, auf dem schimmernde Sonnenflecken tanzten.

Zuerst mussten sie an einem Tresen ihre Schuhe abgeben, für die sie ein Metallmärkchen bekamen. Dann gingen sie zurück zum Eingang des Gurdwara und traten in eine flache, wassergefüllte Rinne, um sich die Füße zu waschen. Schließlich stiegen sie die mit Teppich ausgelegten Stufen hinauf und schoben sich mit der Menge in den Gebetssaal. Deckenventilatoren und Lüster hingen von der hohen Decke, und der Boden war mit weichem rotem Teppich ausgelegt. In der Mitte des Saals stand ein reich verziertes goldenes Trenngitter, ziseliert wie zarteste Häkelspitze. Davor saßen drei Männer im Schneidersitz, die auf Tablas schlugen und heilige Gebetsgesänge anstimmten. Das *Guru Granth Sahib* lag aufgeschlagen auf einem goldenen Podest, die Seiten mit dicken Ringelblumengirlanden eingefasst. Shirina fand ein kleines Eckchen, wo sie sich verneigen, mit der Stirn den Boden berühren und dann ihre kleine Spende in den Opferstock stecken konnte.

Dann mühte sie sich wieder hoch und merkte dabei einmal mehr, wie unwohl sie sich in diesem ungewohnt weich gepolsterten Körper fühlte. Die ungewollten zusätzlichen Pfunde brachten sie immer wieder aus dem Gleichgewicht. Sie strauchelte, fing sich aber rasch wieder. Verstohlen schaute sie sich nach Jezmeen und Rajni um, ob die etwas bemerkt hatten, aber die hatten sich gerade selbst verbeugt und gaben ihre Spenden ab.

Shirina hoffte, es gut genug verstecken zu können, aber falls jemand sie fragen sollte, würde sie einfach sagen: »Ach, alles nur Winterspeck. Ich muss unbedingt wieder Diät machen.« Dann würde sie lachen und betreten gucken, damit alle wussten, dass sie sich redlich Mühe gab, und hoffentlich das Thema fallen ließ. Neulich hatte sie den großen Fehler gemacht, ihr Hochzeitsalbum aufzuschlagen, und hinterher hatte sie sich kaum im Spiegel anschauen können, weil der Anblick ihrer Pausbäckchen und der kaum noch erkennbaren Schlüsselbeine sie so traurig stimmte.

Shirina hatte sich am liebsten kopfüber in die Fotos stürzen und ihren Hochzeitstag noch mal erleben wollen. Kaum hatten sie und Rajni und Jezmeen einen Platz zum Sitzen gefunden, schloss sie die Augen, und Erinnerungsfetzen der pompösen Feierlichkeiten blitzten auf wie Schnappschüsse. Ihre mit Henna bemalten Füße, die unter der langen Lengha hervorgeschaut hatten, als sie an den Altar getreten war. Der Gang mit Sehaj um das Heilige Buch, bei dem die Gäste ihnen wohlwollend zugeschaut hatten. Unter der reich geschmückten Dupatta hervorzulugen und zufrieden die vielen, vielen Gäste ihres Mannes zu sehen – Cousins und Cousinen, Onkel und Tanten, Neffen und Nichten, zwei Großelternpaare. Sie alle waren den weiten Weg gekommen, um der Vermählung des Erstgeborenen der Familie beizuwohnen, und als sie sich ihnen in all ihrem herrlichen Brautschmuck gezeigt hatte, da hatte sie das Gefühl gehabt, ihren rechtmäßigen Platz gefunden zu haben. Immer wieder musste Shirina Vergleiche zu ihrer eigenen bescheidenen Familie ziehen – ein paar versprengte Verwandte, ihre verwitwete Mutter, die beiden unverheirateten Schwestern, die sich ständig zankten und nicht einfach mal *zuhören* konnten. »Versteht deine Familie sich gut?«, hatte sie Sehaj gefragt, kurz nachdem sie sich auf der Sikh-Heiratsseite kennengelernt und sich zu einem Telefongespräch verabredet hatten. »Wir streiten uns eigentlich kaum«, hatte er entgegnet. »Und, wie ist das so?«, hatte sie gefragt. Er hatte gedacht, sie mache Scherze. Er hatte ihr erzählt, er habe immer ein gutes Verhältnis zu seiner Mutter gehabt. »Mein Vater ist gestorben, als ich sechzehn war, seitdem stehen meine Mutter und ich uns besonders nahe«, erklärte er.

Das war der Moment gewesen, in dem Shirina beschloss, Sehaj näher kennenlernen zu wollen. Sie sagte sich immer wieder, sie solle sich nur keine falschen Hoffnungen machen. Es gab ungezählte Geschichten auf den Forenseiten der Dating-Plattform über Männer, die nicht die waren, für die sie sich in ihrem Profil in Wort und Bild ausgaben. Als sie das nächste Mal miteinander telefonierten, bat sie ihn um einen Videoanruf und war unsagbar erleichtert und angenehm überrascht, dass Sehajs ansprechendes Profilbild weder bearbeitet noch zehn Jahre zuvor aufgenommen worden war – nicht einmal anhand des Haaransatzes hätte man den echten Menschen auf ihrem Bildschirm von dem Foto auf ihrer »Erfolgreiche Matches«-Liste unterscheiden können. Aber Shirina wollte nicht verzweifelt wirken, weshalb sie es Sehaj überließ, als Erster ein persönliches Treffen vorzuschlagen. Nach einigen Monaten Chatten und Telefonieren erklärte er endlich, er wolle nach London fliegen, um sie kennenzulernen. Und Shirina war abermals erleichtert, dass Sehaj echt war und im wahren Leben ein ebensolcher Gentleman wie am Telefon. Er hielt ihr die Tür auf, küsste sie am Ende ihres ersten Dates zart auf die Wange und sagte ihr, er freue sich schon darauf, sie bald wiederzusehen.

Irgendwann nahm Shirina all ihren Mut zusammen und fragte Sehaj, warum er noch Single sei. Er musste der wohl begehrteste Junggeselle auf der gesamten Datingseite sein, und er war schon ein ganzes Jahr lang angemeldet gewesen, bevor Shirina und er sich begegnet waren. »Es gab andere vor dir«, meinte Sehaj achselzuckend. »Aber die haben alle einen Rückzieher gemacht, weil sie es sich nicht vorstellen konnten, mit meiner Mutter unter einem Dach zu leben. Aber da gibt es für mich keine Kompromisse. Sie ist meine Familie, und ich bin für sie da – wenn ich mich nicht um sie kümmere, wer dann?« Shirina fand das reizend. Ihre Schwiegermutter lernte sie erst anlässlich ihrer Hochzeit kennen. Dort nahm sie Shirinas Gesicht behutsam in beide Hände und sagte liebevoll: »Du bist jetzt auch unsere Tochter.«

Shirina schlug die Augen auf. Der Saal war voller Menschen, die sie nicht kannte, und die Enttäuschung, sich unvermittelt in der Gegenwart wiederzufinden saß tief. Ihr Blick ging auf ihre Hände, und sie sah, wie der Ehering sich in den wulstigen Wurstfinger schnitt. Ihre Finger waren von der Hitze angeschwollen. Unerbittlich zog und zerrte Shirina an dem Ring, der sich einfach nicht über den Fingerknöchel streifen lassen wollte. Als sie ihn endlich vom Finger gezogen hatte, war das eine große Erleichterung, doch dann steckte sie ihn schnell wieder an. Die Männer am Altar schlugen mit den Handballen schnell und immer schneller auf das straff gespannte Fell der Tablas.

Die Erinnerung, die im Taxi aufgekommen war, nagte an Shirina und mogelte sich in die Zwischenräume der Noten. Sie wünschte, sie wüsste, wie man betete, aber nun war es zu spät, es noch zu lernen – das war, als würde man sich unverhofft bei einer alten Freundin melden, die man viel zu lange vernachlässigt hatte, und dann gleich mit einer Bitte ins Haus fallen. Um was sollte sie auch beten? Dieser Abend war allein ihre Schuld gewesen – zu viel getrunken, die Einfahrt hochgestolpert, der besorgte Taxifahrer, der die Handbremse gezogen hatte und ihr nachgelaufen war. »Ganz langsam, einen Schritt nach dem anderen«, hatte er gesagt und war hinter ihr hergegangen, die Hände fast an ihren Hüften, um sie aufzufangen, sollte sie wieder straucheln, aber ohne sie zu berühren. Ewig lange hatte sie in ihrer Handtasche nach dem Schlüssel gekramt, bis er schließlich hineingegriffen hatte, um ihr beim Suchen zu helfen. Sie konnte sich noch erinnern, wie sie sich zu ihm vorgebeugt hatte, um nur eben ihren schweren Kopf an seine Brust zu lehnen, weil sie müde war, so müde, dass sie im Stehen hätte einschlafen können. Ganz dicht beieinander hatten sie dagestanden, die Handtasche zwischen ihnen eingequetscht. »Hey«, hatte der Fahrer mit einem nervösen Lachen gerufen. »Aufwachen.« Und dann war unvermittelt die Tür aufgegangen.

»Shirina«, flüsterte Jezmeen. »Glotzen die Typen da drüben uns an?« Shirina folgte ihrem Blick und sah ein Grüppchen junger Männer, die im Schneidersitz auf dem Boden hockten, sie unverhohlen anguckten und dabei die Lippen zu einem breiten Grinsen verzogen. »Sieht so aus.«

»Die gucken dich an«, meinte Shirina, was auch tatsächlich stimmte, aber es war genau das, was Jezmeen hören wollte. Shirina richtete ihre Dupatta noch einmal und zog sie so weit herunter, dass sie ihr halbes Gesicht verhüllte.

»Meinst du, die Leute hier verwechseln mich auch mit Polly Mishra?«, fragte Jezmeen laut. »Oder passiert das nur in Großbritannien, weil es da so wenig indische Frauen im Fernsehen gibt?«

»Du siehst ihr schon sehr ähnlich«, sagte Shirina.

»Das ist ja das Problem«, entgegnete Jezmeen seufzend. »Es kann nur eine geben. Sie hatte mehr Glück als ich, sie hat mit *The Boathouse* ihre große Chance bekommen.«

Zugegeben, Glück mochte auch eine Rolle gespielt haben bei Pollys immensem Erfolg, aber Shirina hatte etliche Folgen von *The Boathouse* gesehen und fand Polly einfach grandios in ihrer Rolle. Nur dass sie das Jezmeen lieber nicht sagte, denn dazu war deren Konkurrenzdenken viel zu ausgeprägt. Einmal hatte sie in einem Promi-Blog die Bemerkung gelesen, Jezmeen sei »die Polly Mishra für Arme«.

Jezmeen schien angestrengt nachzudenken. »Was meinst du, wenn ich hingehe und mich den Typen als Polly Mishra vorstelle, würden sie es schlucken?«

»Jezmeen, das ist hier nicht der richtige Ort für so eine Scharade«, sagte Rajni streng.

»Und was wäre der richtige Ort für so eine Scharade, Rajni? Nur aus reiner Neugier.«

»Die Leute kommen hierher, um zu beten«, ermahnte Rajni sie.

»Ja, und?«, fragte Jezmeen.

»Und das solltest du respektieren.«

»Wir sitzen ja jetzt auch nicht hier und beten. Die letzten zehn Minuten habe ich damit zugebracht, die Einladungsliste zu meiner Weihnachtsfeier durchzugehen.«

»Im Juli?«, fragte Rajni vorwurfsvoll.

Der Typ in der Mitte sagte etwas zu einem seiner Freunde und grinste. Dann zog er das Handy heraus und richtete es auf Jezmeen. Der Blitz löste aus. »Also, das ist ja mal unverschämt«, empörte Jezmeen sich. Sie sprang auf und marschierte quer durch den Gebetssaal. »Ach du lieber Himmel«, murmelte Shirina. Ihr Blick ging zu dem bärtigen Granthi, der weiter in aller Seelenruhe aus dem Heiligen Buch vorlas, in einem ruhigen Ton, so hypnotisch wie sanfter Wellengang. Jetzt wäre ein guter Moment, mit dem Beten anzufangen.

Rajni lief Jezmeen nach und zischte dabei etwas über unmögliches Benehmen im Tempel. Einer der Tabla-Spieler schaute auf, und seine und Shirinas Blicke trafen sich. Sie lächelte ihm entschuldigend zu. Er schloss die Augen, wendete das Gesicht zur Decke und schlug einen melodischen Takt an. Sie stand auf und lief ihren Schwestern hinterher.

»Hallo zusammen«, sagte Jezmeen, bei den Männern angekommen, und lächelte zuckersüß. »Ich habe gesehen, dass ihr eben ein Foto von mir gemacht habt, und dachte mir, ihr wollt vielleicht eine Nahaufnahme.«

Die Männer schauten sich an, und zwei von ihnen

schienen plötzlich verlegen. Shirina sah, dass sie jünger sein mussten als angenommen – mehr Jungs als Männer. Einer hatte spärlichen Bartwuchs am knochigen Kinn, ein anderer trug ein *Star Wars*-T-Shirt.

»Also«, hakte Jezmeen nach.

Shirina zupfte ihre Schwester am Ärmel. »Jezmeen, das ist einfach todpeinlich.«

»Jezmeen Shergill«, sagte einer der Jungs. Es war der mit dem *Star Wars*-Shirt. »Sie sind es wirklich.«

»Ich bin Ihr größter Fan«, erklärte der Junge.

Shirina sah, wie der Junge mit dem Flickenbärtchen unauffällig das Handy aus der Tasche zog. Als er merkte, dass sie ihn beobachtete, ließ er die Hände sinken.

»Tatsächlich?«, fragte Jezmeen.

Das unverschämte Grinsen des *Star Wars*-Knaben machte Shirina nervös.

»Könnten wir ein Foto mit Ihnen machen?«, fragte er.

Rajni steckte den Kopf dazwischen. »Sie ist nicht Polly Mishra.«

»Das wissen sie, Rajni«, knurrte Jezmeen. »Er wusste, wer ich bin. Seid ihr alle Fans der Show? Also gut, kommt, wir machen schnell ein Selfie zusammen, und …«

Die Jungs fingen an zu kichern und stupsten einander in die Rippen. »Na los«, flüsterte der *Star Wars*-Junge dem mit dem dünnen Bärtchen zu. »Mach schon.«

Der Junge seufzte theatralisch. »Ach, Jezmeen Shergill«, säuselte er. »Dich kennenlernen und steeeerben.« Und dann ließ er seitlich die Zunge aus dem Mund heraushängen, riss die Augen weit auf und wedelte hektisch mit den Händen. Die anderen Jungs brüllten vor Lachen.

Was zum Teufel sollte das? Shirina starrte die Jungs fassungs- und verständnislos an und vergaß für den Moment ganz, wo sie waren und was für ein Aufsehen sie erregten. Die Jungs sprangen auf und liefen aus dem Saal. Jezmeen war totenbleich geworden.

»Alles okay?«, fragte Shirina verdattert. Sie streckte die Hand nach Jezmeen aus, aber die zuckte zusammen, als sie sie berührte, und drehte sich weg. Dann zog sie das Handy heraus und fing an, hektisch darauf herumzutippen.

»Ich frage mich, wo ihre Eltern wohl sind«, sagte Rajni und schaute über die Schulter den Jungs hinterher. »Mit denen würde ich gerne ein Wörtchen reden.«

»Lass gut sein«, brummte Jezmeen, ohne von ihrem Handy aufzuschauen.

»Bestimmt machen sie hier Urlaub mit ihren Familien – man würde doch annehmen, dass ihre Eltern sie der spirituellen Erleuchtung wegen hergebracht haben, und nicht, damit sie herumsitzen und …«

»Ich sagte, lass gut sein«, zischte Jezmeen nachdrücklich. Ihre Augen schimmerten fiebrig. »Oh Gott«, wisperte sie. »Hunderttausend.«

Shirina wusste damit nichts anzufangen. Sie schaute Rajni an, aber auch die schien perplex.

Da standen sie nun stumm und schweigend herum. Zwei Frauen gingen an ihnen vorbei und musterten sie neugierig. Shirina konnte sich lebhaft vorstellen, was die anderen denken mussten – drei Schwestern, die mitten in einem schlimmen Familienkrach steckten.

»Was haltet ihr davon, wenn wir einfach rüber ins Langar gehen und was Sinnvolles tun?«, schlug Shirina fröhlich vor, die dieses unansehnliche Tableau nur zu gerne rasch wieder auflösen wollte.

»Ich komme gleich nach«, sagte Jezmeen. Shirina und Rajni sahen zu, wie sie sich auf dem Absatz umdrehte und sich einen Weg durch die Menschenmenge bahnte, die in den Gebetssaal strömte.

»Sollte einer von uns ihr hinterhergehen?«, fragte Shirina.

Rajni schüttelte seufzend den Kopf. »Typisch Jezmeen«, murmelte sie. Das reichte Shirina als Erklärung. Jezmeen lebte in ihrer eigenen Welt, und ihre Krisen verstehen zu wollen, das war, als käme man viel zu spät zu einer Party, wenn die anderen Gäste sich längst betrunken miteinander verbrüdert hatten. Im Laufe der letzten Jahre hatte Shirina sich immer einsamer gefühlt, während Jezmeen nur noch Castings und öffentliche Aufmerksamkeit im Kopf gehabt hatte. Manchmal vergaß sie fast, dass sie früher viel mehr miteinander geredet hatten. Denn alle Gespräche mit der erwachsenen Jezmeen drehten sich immer nur um Jezmeen: was sie machte, wo sie hinging, was sie wollte. Jezmeen dachte nie darüber nach, welche Folgen ihr Verhalten für die Menschen um sie herum hatte. Es war lange her, dass sie als kleine Mädchen nächtelang wachgeblieben waren und gespielt und gequasselt hatten, bis Mum schließlich ihre vergeblichen Versuche aufgegeben hatte, feste Schlafenszeiten einzuführen. Wann hatte Shirina das letzte Mal vor lauter Lachen mit Jezmeen atemlos nach Luft schnappen müssen? *Schluss jetzt, ihr zwei, Marsch ins Bett*, hatte Rajni dann immer von unten gerufen, viel strenger und einschüchternder als Mum. Sie hatten daraufhin getan, als würden sie brav ins Bett gehen und schlafen, und hatten nur noch geflüstert, bis das Flüstern irgendwann wieder so laut geworden war, dass Rajni die Treppe hochmarschiert kam, um sie zur Schnecke zu machen.

Das war kein guter Auftakt für ihre Reise. Mum war immer der Überzeugung gewesen, was am Morgen passierte, stelle die Weichen für den ganzen Tag – ihre Rituale waren immer vor Sonnenaufgang beendet gewesen. Könnte Mum sie hier so sehen, sie wäre ganz und gar nicht angetan. Der Morgen war gerade einmal halb vorbei, und schon waren sie nur noch zu zweit.

Im Langar ging es genauso laut und chaotisch zu wie auf den Straßen von Delhi, aber es war alles erstaunlich gut organisiert. Die Menschen saßen in langen Reihen auf dem Boden und aßen mit der Hand von Metalltabletts. Helfer gingen die Reihen entlang und verteilten Rotis und kellenweise Dal. *Natürlich wisst ihr längst, dass wir als Sikhs Menschen jedweder Couleur, die in den Tempel kommen, etwas zu essen geben, ungeachtet ihres Glaubens, ihres Geschlechts oder ihres Vermögens*, hatte Mum in ihrem Brief geschrieben, nachdem sie die Bedeutung dieses Tempels dargelegt hatte. *Sie brauchen nicht zu beten. Sie brauchen nichts zu tun und auch nichts zu spenden. Es ist eine gute Einrichtung, und sie hat uns nach dem Tod eures Vaters sehr geholfen.*

Shirina erinnerte sich noch gut an das Essen aus dem Tempel, das Mum vom Morgengebet mit nach Hause gebracht hatte, meist wenn alle Schränke leer waren. »Es geht uns gut«, hatte Mum immer mit Blick auf den vollen Teller vor sich gesagt. Aber so richtig überzeugend hatte das nicht geklungen. Shirina hatte immer stumm auf ihren Teller mit den Rotis geschaut, die so dünn waren, dass man fast durchschauen konnte, und dem wässrigen Dal, und sich gedacht, dass auch Wohltätigkeit ihre Grenzen hatte.

Shirina und Rajni kamen in eine großzügige Küche, in der es zuging wie in einem Ameisenhaufen. Entlang einer Wand reihten sich gewaltige Edelstahltöpfe, in denen junge Männer mit Turban auf dem Kopf mit langen Kochlöffeln rührten, die in Form und Größe an Paddel erinnerten. In einer Ecke stand ein Grüppchen älterer Frauen und rollte Teigbällchen. Vorne wurde gerade aufgebaut, und ein paar kleine Kinder balgten sich darum, wer die Teller hinstellen durfte.

Rajni schlenderte zum Gemüsetisch, und nach ein bisschen Nicken und Lächeln seitens der anderen Frauen bekam sie ein Messer, ein Schneidebrett und eine Wanne voller Karotten hingestellt. Shirina überlegte, wo sie sich nützlich machen könnte. Dort drüben standen die Roti-Bäckerinnen, aber das waren alles Vollprofis – man brauchte sich nur anzuschauen, wie sie mit einer Bewegung aus dem Handgelenk die Teigbällchen zu perfekt kreisrunden Fladen formten. Außerdem waren sie ins Gespräch vertieft, da würde Shirina nur stören. Sie hatte sich fast einmal im Kreis gedreht, als ihr plötzlich jemand von hinten auf die Schulter tippte. Sie drehte sich um, und da stand eine kleine ältere Dame.

»Möchten Sie gerne mithelfen? Dann könnten Sie mich vielleicht ein Weilchen beim Teigkneten ablösen? So ein junges Ding kann das sicher flinker als ich.« Die Frau hob die Hände und zeigte Shirina ihre arthritisch verkrümmten Finger. Shirina überkam unversehens eine tiefe Traurigkeit, weil sie daran denken musste, wie Mum ihren Brief an den Ecken festgehalten und ihre Stimme beim Vorlesen ganz leicht gezittert hatte. Die Trauer kam bei ihr in vielen kleinen Schüben – immer, wenn sie dachte, sie sei darüber hinweg, erinnerte irgendwas sie wieder an Mum.

Shirina dachte, sie müsse sich vielleicht kurz vorstellen, aber als die anderen Frauen sie kommen sahen, rückten sie ganz selbstverständlich ein wenig beiseite und machten ihr Platz. Sie drückte den Handballen in den Teig und fuhr dann mit den Knöcheln darüber, wieder und wieder, bis der Teig weich und glatt war. Dann setzte sie eine neue Portion Teig an und mischte Wasser und Mehl in einer großen Edelstahlschüssel. Die Finger an der einen Hand waren schnell verklebt, also nahm sie die andere. Ringsherum herrschte lautes Töpfeklappern, und immer wieder riefen Leute sich etwas zu. Das Geplauder der anderen Frauen mischte sich in den allgemeinen Lärm. Ablenkung genug, dachte sie zuerst, aber je länger sie arbeitete, desto mehr ging alles wie von selbst, und die Lücken zwischen den Geräuschen wurden groß und immer größer.

Genauso still war es gewesen, als Shirinas Schwiegermutter die Haustür aufgemacht und sie dabei ertappt hatte, wie sie den Kopf gegen die Brust des Taxifahrers lehnte. Stocksteif hatte Mutter im Flur gestanden, die Arme vor der Brust verschränkt, während der Taxifahrer entschuldigend zu erklären versuchte, er habe Shirina nur sicher nach Hause bringen wollen. »Danke«, hatte sie brüsk zu ihm gesagt, dann hatte sie Shirina ins

Haus gezerrt und ihm die Tür vor der Nase zugeschlagen. »Geh sofort nach oben«, hatte sie kommandiert.

Am Morgen danach, als sie sich zu Sehaj und seiner Mutter an den Frühstückstisch setzte, hatte ihr der Schädel gepocht vom Wein. Sehaj hatte ihr gezwungen zugelächelt, aber seine Mutter hatte sie keines Blickes gewürdigt. Shirina saß ganz still da und wusste nicht, was tun. In ihrer Familie löste man Streitigkeiten, indem man sich so lange anschrie, bis einer heiser war. Hier sagte keiner ein Wort. Das hatte Sehaj also gemeint, als er sagte, in seiner Familie streite man sich kaum. Shirina machte den Mund auf, um zu sagen, wie leid ihr das alles tat, aber es kam kein Ton heraus. Und ihr ging auf, wie sehr sie sich davor fürchtete, wieder einmal das Falsche zu tun. Als Mutter schließlich doch etwas sagte, dann nur, um zu verkünden, sie lege sich wieder ins Bett. Bis zum Wochenende redete sie kein Wort mit Shirina, dann erklärte Mutter, sie habe am kommenden Freitagnachmittag einen Arzttermin. »Du fährst mich hin«, hatte sie gesagt, und Shirina war so erleichtert gewesen, dass Mutter wieder mit ihr redete, dass sie ein Meeting absagte und sich den halben Tag freinahm. Sie wollte unbedingt genug Zeit haben, um Mutter anschließend abzuholen und wieder nach Hause zu bringen.

Auf einem gefalteten Ausdruck einer Webseite über den Sikhismus, den Rajni am Abend zuvor gelesen hatte, stand ein Zitat darüber, wie schlichte Verrichtungen beim Dienst an anderen zu meditativen Gedanken führen. Sie sollte sich mit den anderen verbunden fühlen und mit sich selbst, damit ihr Geist frei war, im Hier und Jetzt zu verweilen.

Die Arbeit war schlicht genug. Rajni würfelte Karotten und türmte sie zu einem Berg, bis sie drohten, sich vom Schneidebrett in einer Lawine auf die Arbeitsplatte zu ergießen. Dann gab sie alles in eine große Schüssel und trug sie dorthin, wo in einem Topf, so groß wie eine kleine Badewanne, ein vegetarisches Curry vor sich hinblubberte.

Das wiederholte sie gut ein Dutzend Mal, aber das Ziehen in der Schulter unterbrach jegliche meditativen Anwandlungen. Und dann hatte sie so einen pulsierenden Schmerz hinter den Augen, der einfach nicht mehr wegging. Sie hatte letzte Nacht kaum schlafen können, dem Jetlag und den akuten Panikattacken beim Gedanken daran, mit dreiundvierzig schon Großmutter zu werden, sei Dank. Sie schaute rüber zu den älteren Frauen, die neben Shirina standen und Teig kneteten. *Das* waren Großmütter – die Dupatta hinter den Ohren, der Rücken gebeugt von den vielen Jahren harter Arbeit. Sie richtete sich auf und schaute auf die Uhr. Kabir würde jetzt sicher auf dem Bauch im Bett liegen, ein Bein auf der leeren Betthälfte, und tief und fest schlafen.

Der Dampf aus den vielen Töpfen trieb Rajni die Schweißperlen auf die Stirn. Wie viele Stunden Dienst am Nächsten musste man eigentlich ableisten, um sich Gott näher zu fühlen? Es war gerade mal eine Stunde vergangen, und sie brauchte jetzt schon dringend eine Pause. Sie nickte den Frauen zu, mit denen sie zusammengearbeitet hatte, dann ging sie zur Tür und schaute über die Schulter nach Shirina, die ganz still und leise

Teig knetete, und Jezmeen, die irgendwann nachgekommen war und nun bis zu den Ellbogen im Seifenschaum an einem gigantischen Industriespülbecken stand.

Eigentlich hatte Rajni gedacht, sobald sie die Küche verlassen hätte, könne sie ein wenig aufatmen, aber im Langar drängten sich inzwischen zahllose Menschen. Sie bahnte sich einen Weg durch die Menge und ging behutsam auf Zehenspitzen vorbei an den Teetassen, die einen schmalen Durchgang säumten. Die frische Luft und der Anblick des unendlich weiten blauen Himmels über ihrem Kopf, der sich auftat, sobald sie die Treppe hinuntergegangen war, war herrlich. Die Anlagen ringsum mit den gefliesten Böden und den langen braunroten Läufern, die Fußpfade für die Pilger zwischen den niedrigen Kuppelgebäuden markierten, waren eine willkommene Oase. Rajni ging zum Sarovar, dem großen Wasserbecken am Eingang zum Tempel. Das Wasser kräuselte sich von den badenden Gläubigen und verwischte Rajnis Spiegelbild. Sie hielt die kurzen dunklen Haare hoch und sah selbst im welligen Wasser, wie sehr sie Mum inzwischen ähnelte – mit dem spitzen Kinn und den dunklen Augenbrauen. Selbst wenn sie lächelte, wirkte sie ernst und missbilligend. Zumindest behaupteten das ihre Schüler.

Am Beckenrand steckte eine Frau die Füße ins Wasser, und eine kleine Welle leckte am Saum ihres Salwars, der dunkel wurde vor Nässe. Ein älterer Mann, nur mit einem Dhoti um die Hüfte, stand mitten im Becken, bückte sich und schöpfte mit beiden Händen das Wasser, um es sich über den Kopf laufen zu lassen. Während es ihm über Hals und Schultern lief, hob er das Gesicht gen Himmel und lächelte glückselig. Dicke orangegoldene Fische zogen durch das Wasser, und ihre Flossen flackerten wie kaputte Glühbirnen. Mit unerwarteter Anmut beugte der Mann sich vornüber, um erneut Wasser zu schöpfen. Dann führte er die hohlen Hände an die Lippen und trank.

Rajni verzog angewidert das Gesicht. Sie wollte es nicht, es war eine willkürliche Reaktion darauf, dass dieser Mann Wasser trank, in dem andere badeten. Und pinkelten – das zufriedene Grinsen auf dem Kindergesicht da drüben rührte doch sicher nicht von spiritueller Erleuchtung her, oder?

Zu baden sei nicht nötig, hatte Mum ihnen gesagt, obwohl sie Rajni die Geschichte über den Ursprung ihres Namens und seine Wurzeln im heiligen Wasser wieder und wieder erzählt hatte. Bibi Rajni war mit einem Leprakranken verheiratet gewesen. Sie war eine gute Ehefrau und war ihrem Ehemann treu ergeben und fuhr ihn, weil er nicht mehr laufen konnte, in einer Schubkarre herum. Eines Nachmittags nahm er ein Bad im Sarovar vor dem Goldenen Tempel von Amritsar und wurde auf wundersame Weise geheilt. »Denk immer an deine Namenspatronin«, war Mums Lieblingssatz, den Rajni zur Charakterbildung immer wieder hörte. Weshalb sie während ihrer gesamten Kindheit immer wieder hanebüchene allegorische Verbindungen zu ziehen versucht hatte. (Vielleicht war indisch zu sein so was wie eine ansteckende Krankheit, und sie musste im Schwimmbad baden, damit die gemeinen Mädchen im Bus ihre Straße nicht zur Kanaken-verseuchten Zone erklärten?)

Rajni und ihre Schwestern sollten im heiligen Wasser

baden, wenn sie den Goldenen Tempel besuchten. Das hatte Mum als eine ihrer Pilgerpflichten niedergeschrieben und dem ein Zitat vorangestellt, in dem es hieß, man solle in Gottes unsterblichem Nektar baden, wobei nicht näher auf den Unterschied zwischen Nektar und Wasser eingegangen wurde und auch nicht auf die Bildlichkeit dieser Anweisung. Metaphern waren ohnehin nicht Mums Sache. Sie hatte einen greifbaren Beweis für Gottes Anwesenheit gewollt, als sie die ersten Symptome bemerkte, fast als hätte sie die verheerende Diagnose bereits vorausgeahnt. Darum hatte Rajni Hochglanzbilder aller zehn Gurus ausgedruckt und im ganzen Haus verteilt, das sich langsam, aber sicher in einen Schrein verwandelte. Kirtan-Gesänge, getragen und schwer, hallten durch die Flure. Opfergaben in Form von Weihrauch und Vogelfutter und Obsttellern wurden aufgestellt. Alles erinnerte allzu sehr an die Zeit nach Dads Tod, als Aberglaube und Rituale Mums Lebensversicherung gegen weiteres Unglück waren.

Auch im Krankenhaus, nachdem sie erfahren hatten, dass ein schmerzreiches Ende nahte, taten sie alles, damit Mum sich so wohl wie nur irgend möglich fühlte. *Tu alles, was sie verlangt,* war nach ihrer letzten Indienreise Rajnis Mantra geworden, und das war nun noch wichtiger geworden, denn Mum die Hoffnung zu versagen wäre die reinste Folter gewesen. Beim Gedanken daran, wie sie Mum früher immer widersprochen hatte, wenn die ihr religiöse Rituale und Kräuterarzneien gegen Unfruchtbarkeit verordnen wollte, plagte sie das schlechte Gewissen. »Ich sage dir, bei mir hat es funktioniert. Elf Jahre lang dachte ich, ich kann keine Kinder mehr bekommen, und plötzlich kam Jezmeen und drei Jahre später Shirina«, hatte Mum beharrlich erklärt. Weil Mum sich partout nicht davon hatte abbringen lassen, hatte Rajni schließlich keine andere Möglichkeit mehr gesehen, als Mum das demütigende Geständnis machen zu müssen, dass sie und Kabir aufgehört hatten, es zu versuchen – überhaupt aufgehört hatten, miteinander zu schlafen. Worauf Mum das Thema mit den Worten beendete: »Tja, wenigstens hast du einen Sohn und brauchst dir keine Sorgen zu machen, so wie ich, mit drei Töchtern.«

Wenigstens das.

Rajni schaute auf das Wasser und machte zögerlich einen kleinen Schritt darauf zu. Ihre Füße waren immer noch bloß, und als sie in eine der kleinen Pfützen trat, die andere Pilger dort hinterlassen hatten, war sie regelrecht erleichtert. Das Wasser war angenehm kühl und schützte ihre nackten Fußsohlen vor den glühend heißen Fliesen. Sie machte noch einen Schritt, und noch einen. Ihre Zehen tauchten ein ins trübe Wasser. Geisterhafte Fischleiber bogen sich und schnellten davon. Der Mann, der eben von dem Wasser getrunken hatte, schritt nun langsam das lange Becken ab und hob dabei die Knie wie ein paradierender Soldat. Rajni blieb lange am Rand stehen, bis die Hitze sie dazu trieb, noch ein bisschen weiter hineinzugehen, sodass ihre Füße ganz von Wasser bedeckt waren. Sie schloss die Augen. Kleine Lichtflecke zuckten durch die Dunkelheit und verblassten schließlich. In der Ferne war Verkehrslärm – die wütenden, allgegenwärtigen Hupen – zu hören. Ein schriller, markerschütternder Kinderschrei zerfetzte Rajnis innere Ruhe, noch ehe sie sich überhaupt hatte einstellen können. Seufzend schlug sie die Augen auf.

Sie wollte nicht hier sein. Gerade jetzt nicht, wo zu Hause alles drunter und drüber ging. Aber eigentlich gar nie. Indien lag ihr nicht, nicht zuletzt wegen der Erinnerungen, die es heraufbeschwor – ihr ganzer Körper schien sich gegen dieses Land zu sträuben. Von der rußigen Luft bekam sie ein unangenehmes Kratzen im Hals, bei den holprigen Autofahrten drehte sich ihr der Magen um, und die Verdauungsbeschwerden würden sicher nicht mehr lange auf sich warten lassen, ganz gleich, wie standhaft sie auch jedwedem womöglich kontaminierten Essen widersagte. Jezmeen und Shirina wollte es einfach nicht in den Kopf, was Rajni gegen Indien hatte. Als sie ins Teenie-Alter gekommen waren, war gerade eine Mulitkulti-Welle durch England geschwappt, und plötzlich war es hipp gewesen, ausländische »Wurzeln« zu haben. Während Rajni mit dem Finger auf dem Kassettendeck darauf gewartet hatte, dass endlich ihr Lieblingslied bei *Top of the Pops* lief, dröhnten aus Jezmeens Boxen Hindi-Song-Remixes. Mit fünfzehn hatte Rajni samstagnachmittags in Clubs getanzt, die für die asiatischen Kids, deren Eltern sie abends nicht aus dem Haus ließen, eigens früher geöffnet hatten. Wohingegen Shirina mit fünfundzwanzig überhaupt nichts dabei gefunden hatte, ihr Foto auf einer Heiratsvermittlungsseite für Sikhs zu posten. Rajni hatte sich solche Mühe gegeben, damit ihre Schwestern so englisch wurden wie irgend möglich, und was war der Dank dafür? Sie machten, was sie wollten, und lebten ihr indisches Erbe ganz ungeniert aus, was Mums Behauptung zu unterstreichen schien, dass Rajnis Identitätskrise reine Zeitverschwendung gewesen war.

Es gab noch andere gute Gründe für Rajnis angespanntes Verhältnis zu diesem Land, die sie Jezmeen und Shirina aber nicht unbedingt auf die Nase binden wollte. Als sie die Reise geplant hatten, hatte Jezmeen sich lautstark darüber gewundert, warum sie als Kinder nie hierhergekommen waren. »Mum hätte sich das nicht leisten können«, hatte Rajni erklärt. »Eine alleinerziehende Mutter mit drei Kindern? Unmöglich, so eine weite Reise zu unternehmen.« Die hohen Reisekosten waren immer eine willkommene Ausrede gewesen, die auch dafür sorgte, dass ihre Schwestern keine weiteren Fragen stellten. »Ich kann nie wieder nach Hause zurück«, hatte Mum eines Nachmittags gejammert, als Rajni gerade sechzehn war. Und obwohl Rajni wusste, dass es nicht so war, hatte sie irgendwie das Gefühl gehabt, das alles sei allein ihre Schuld. Sie fühlte sich immer noch verantwortlich dafür, dass Mum von der Familie verstoßen worden war.

Das sich kräuselnde Wasser verzerrte Rajnis Spiegelbild. Ihr Kinn vervielfachte und überlagerte sich, und ihre Wangen hingen schlaff herunter. Sie zog die Füße aus dem Wasser. Der Anblick ihrer verschrumpelten Zehen machte sie traurig, weil sie an Mums nackte Füße denken musste, wie sie unter der Krankenhausdecke hervorgeschaut hatten. Ihre langsamen, angestrengten Atemzüge hören zu müssen, hatte ihr wehgetan. »Warum hat sie keine Socken an?«, hatte Rajni die Schwestern angeherrscht, die sofort zum Fußende des Bettes gestürzt und Mums Socken schließlich gefunden hatten. Rajni hatte sie aus dem Zimmer gejagt und Mum die Socken selbst wieder angezogen. Ihre Haut war eiskalt gewesen, und Rajni hatte ihr behutsam die Füße massiert und gehofft, ihr damit das angestrengte, schwere Atmen ein wenig zu erleichtern. Sie hatte Mums knochige Fersen und den hohen Spann geknetet, bis ihr die Schultern wehtaten. Eigentlich hatte sie erwartet, etwas Göttliches werde aus all diesen Mühen, all dem Hoffen und Wünschen erwachsen, aber nichts geschah.

Viertes Kapitel

Zum Erlangen spiritueller Heilung ist die Reinheit von Herz, Seele und Verstand unerlässlich. Während dieser Reise dürft ihr zu keinem Zeitpunkt berauscht sein. Bitte bemüht euch überhaupt davon abzusehen, in Indien Alkohol zu trinken. Außerdem kleidet euch bitte züchtig und erweist dieser euch fremden Kultur Respekt. Ich kenne zufällig einen sehr guten Schneider auf dem Karol Bagh Markt – Madhuri Fashion –, wo ihr euch etwas Modisches, aber für die Reise Angemessenes kaufen könnt.

Dieser Absatz des Briefs galt eindeutig Jezmeen. Das Wörtchen »bemüht« war ihr nicht entgangen, und sie war ein kleines bisschen stolz auf sich, dass sie, bis sie nach dem morgendlichen Dienst im Tempel wieder auf ihrem Hotelzimmer gewesen war, nichts getrunken hatte. Jezmeen öffnete die Kühlschranktür und begutachtete das Angebot der Minibar. Das winzige Grey Goose-Fläschchen passte in ihre Handfläche, also war es auch nur eine kleine, lässliche Sünde. Sie schraubte den Deckel ab, machte den Mund auf und kippte sich den Inhalt in den Rachen. Die gegenwärtige Krise verlangte eindeutig nach Alkohol am Morgen.

Google dich nicht. Die Stimme in ihrem Kopf war die

von Cameron – der hatte ihr eben eine E-Mail geschickt und sie gebeten, sich dringend mit ihm in Verbindung zu setzen. Zu spät, hatte sie nach dem Zwischenfall mit den Teenagern vorhin zurückgeschrieben. Schon gesehen. Sie war erledigt. Das Video war viral gegangen, und sie war erkannt worden. Das Internet wieherte förmlich vor Lachen über die Ironie des Ganzen: dass ausgerechnet Jezmeen Shergill – Moderatorin einer Fernsehsendung, die sich über Menschen lustig machte, die sich in Videos zum Affen machten – dabei gefilmt worden war, wie sie sich in einem Video zum Affen machte.

Cameron hatte Jezmeen gewarnt, dass alles ganz schnell gehen würde, aber damit hatte sie nicht gerechnet. In den paar Stunden, seit alles in Flammen aufgegangen war, war ihr Name in diversen Blogs und Diskussionsforen erwähnt worden, darunter ein besonders fieser Thread in einem Naturschutzforum des *National Geographic*. Und dann natürlich das Video an sich. Das Erste, das aufploppte, wenn man ihren Namen googelte, war immer *Fernsehmoderatorin* gewesen (damit man sie nicht mit einer gleichnamigen Kinderärztin aus Birmingham verwechselte). Nun stand da: *Fernsehmoderatorin Jezmeen Shergill: Streng geschütztes Tier brutal ermordet.*

Selbstredend hatte Jezmeen ihren Namen heute alle paar Minuten bei Google eingegeben, während sie eigentlich Seva machen sollte. Sie hatte, während sie hektisch auf ihrem Handy herumtippte, gemerkt, wie Rajni sie dabei beobachtete und missbilligend die Stirn runzelte. Jetzt saß Jezmeen im Hotel und konnte live dabei zusehen, wie ihre unverhoffte Bekanntheit sich in den Suchergebnissen ihres Namens niederschlug, die sich im Nu vervielfachten. Eine weitere E-Mail von Cameron trudelte in ihr Postfach: Im Ernst. Google dich nicht. Er hatte leicht reden, mit seinem seriösen Anzugbild, das mindestens zehn Jahre alt sein musste (damals hatte er noch Haare gehabt) und den Eindruck vermittelte, er habe seine Karriere als Immobilienmakler oder Versicherungsvertreter begonnen.

»Oh Gott«, stöhnte Jezmeen laut im leeren Zimmer. Ihre Wikipedia-Seite – die bisher nur aus einem kurzen Abschnitt ihrer eher überschaubaren Karrierestationen bestanden hatte – war aktualisiert worden. Die objektivste Darstellung des Zwischenfalls trug den Titel »Arowana-Fisch-Kontroverse«.

Am Abend des 7. Juli 2018 dinierte Shergill im Restaurant Feng Shui im Süden Londons, als sie mit ihrer Begleitung in Streit geriet.

Feng Shuis Blickfang ist ein gut drei Meter langes Aquarium, in dem unter anderem ein seltener Albino-Arowana gehalten wird (Schätzwert knapp 40 000 €). Der Fisch ist für seine Stressanfälligkeit bekannt und neigt dazu, sich selbst zu verletzen, wenn er gereizt oder gestört wird. Shergill und ihr Begleiter trugen ihren Streit in unmittelbarer Nähe des Aquariums aus, und das trotz zahlreicher Bitten der Restaurantbetreiber, den Fisch nicht zu stören und nach draußen zu gehen. Augenzeugen berichten, dass Shergill nach einem erneuten Versuch der Restaurantbetreiber, sie vom Aquarium wegzulotsen, mit der flachen Hand gegen die Glasscheibe geschlagen und den Fisch dadurch in größte Unruhe versetzt habe. Er sei daraufhin aus dem Wasser gesprungen und auf dem Boden liegend mehrfach von Shergill getreten worden.

Das sollte die objektivste Darstellung des Geschehens sein? Da fehlten einige entscheidende Details. Zum einen war ihre »Begleitung« Jezmeens Freund Mark gewesen. Jezmeen hatte irrtümlicherweise angenommen, eine Reservierung im Feng Shui sei gleichbedeutend mit einem Heiratsantrag. Nicht einmal im Traum wäre sie darauf gekommen, er könne an diesem Ort mit ihr Schluss machen. »Du wirkst nicht sehr glücklich mit dir«, hatte er gesagt.

»Aber meine Mum ist erst vor Kurzem gestorben. Ich habe gerade echt zu kämpfen«, hatte Jezmeen eingewendet. Das war eine Untertreibung, weil Jezmeen gar nicht in Worte fassen konnte, was sie angesichts von Mums Tod empfand. Der Gedanke an den Tod im Allgemeinen hatte in Jezmeen immer den sehnlichen Wunsch geweckt, irgendwie die Zeit zurückzudrehen, als kleines Mädchen schon. Nachdem Dad gestorben war, hatte sie sich mit der Vorstellung getröstet, er habe sich bloß für eine Weile versteckt, bis Mum ihr schließlich sagte, sie solle den Unfug bleiben lassen. Mums Tod erschien ihr immer noch unwirklich, unbegreiflich, unfassbar. Sie war zu alt, sich damit zu trösten, dass Mums Abwesenheit nur vorübergehend sei, und da war Alkohol tatsächlich eine Lösung.

Mark hatte den Kopf geschüttelt. »Das geht schon länger so«, hatte er traurig gesagt und dabei vielsagend auf die Weinflasche geschaut, die unauffällig immer weiter auf Jezmeens Tischseite gerückt war.

Und hatte der Restaurantbetreiber wirklich versucht, Jezmeen nach draußen zu »bitten«? Wie wäre es mit: »Packte sie unsanft an den Schultern und ließ ihr keine andere Wahl, als in Notwehr wild um sich zu schlagen, wobei sie *versehentlich* gegen das Aquarium geriet.« Außerdem hatte sie es für einen Scherz gehalten, als der Restaurantbetreiber ihr sagte, der Fisch – ein hässliches Ding mit wulstigem Schmollmund und blöde glotzenden Fischaugen – sei »emotional instabil«. Das waren genau seine Worte. Erst, als ihr alles um die Ohren geflogen war, hatte Jezmeen das erste Mal vom gefährdeten Arowana-Fisch und seinem hochsensiblen Gemüt gehört. Einer der Gründe, warum der Fall so viel Aufmerksamkeit erregt hatte, war der, dass es zwar immer schon das Gerücht gegeben hatte, Arowanas könnten ihrem Leiden ein Ende bereiten, indem sie einfach aus dem Aquarium sprangen, aber bisher hatte niemand selbiges in Ton und Bild festhalten können. Als Jezmeen und der Restaurantbetreiber sich zu streiten anfingen, begannen ein paar der Anwesenden die Szene zu filmen, wohl weil sie dachten, es könnte ganz unterhaltsam werden. Doch nun hatte der tragische Tod des Fisches ein unerwartetes Eigenleben entwickelt.

Jezmeen sank auf das Hotelbett. Sie spürte, wie der Wodka langsam zu wirken begann – sie hatte den ganzen Tag kaum etwas gegessen. Nachdem sie mitbekommen hatte, dass das Video viral gegangen war, war sie zurück in den Langar gegangen und hatte angefangen, die benutzten Frühstücksteller zu spülen, was ihr auch noch das letzte bisschen Appetit verdorben hatte. Der Spiegel über der Kommode auf der anderen Seite des Zimmers zeigte ihr ein ungnädiges, aber nicht unbekanntes Bild. Wenn man in der Google-Suche auf »Bilder« klickte, fand man einige ganz passable Porträts von ihr, aber hauptsächlich Standbilder des Videos: aus »durchschnittlich bekannt« war über Nacht »berühmtberüchtigt« geworden. Um sich einen wirklichen Namen zu machen, war sie nicht lange genug im Fernsehen gewesen – früher »aufstrebende Unterhaltungskünstlerin«, heute »Fischschänderin«.

Jezmeen scrollte zum Ende der Wikipedia-Seite, wo ihre wenigen Schauspielrollen aufgeführt waren. Bevor sie als Moderatorin bei *DesasterTube* angefangen hatte, hatte sie in *EastEnders* eine Kellnerin gespielt – ganze drei Episoden lang – und war als Rezeptionistin in einem Fernsehfilm aufgetreten, der auf der wahren Geschichte eines Londoner Investmentbank-Skandals basierte. Etliche andere Rollen hatten es nicht in diese Aufzählung geschafft, und nur um ihre mickrige Filmografie ein bisschen aufzuhübschen, überlegte Jezmeen ernsthaft, sie hinzuzufügen. In einigen Produktionen hatte sie als Statistin ohne Text mitgewirkt, und was war eigentlich mit diesem Studenten-Schwarzweiß-Film, bei dem sie vor Ewigkeiten mal Co-Regie geführt hatte? Andererseits war Jezmeen heilfroh, dass nicht alle Rollen es auf die Liste geschafft hatten, so wie beispielsweise der unsägliche Kurzfilm für einen taiwanesischen Vergnügungspark, den der geneigte Parkbesucher sich zu Gemüte führen musste, bevor er in ein politisch eher inkorrektes Fahrgeschäft namens *1001 Nacht* stieg. Nie wieder, hatte Jezmeen sich damals geschworen, nachdem sie in einem Bauchtänzerinnenkostüm hatte herumhopsen und die Achterbahnfahrgäste anflehen müssen, sie vor der drohenden Zwangsverheiratung mit einem grausamen, schnauzbärtigen König zu retten. Außerdem gab es Dutzende verpasster Beinahe-Gelegenheiten: Sprechrollen, die ihr den Weg zu anspruchsvolleren Rollen geebnet hätten, hätte sie sie nur bekommen. »Zweitplatzierte beim Casting als Barista Nummer zwei in einer romantischen Komödie mit Hugh Grant.« »Musste sich sagen lassen, dass ihre Stimme zu heiser klingt, um als Sprecherin für einen der größten Hersteller von Erwachsenenwindeln engagiert zu werden.« (Anfangs hatte Jezmeen es für ein Kompliment gehalten, als der Regisseur ihr sagte, »ultra-saugstark« habe noch nie so anzüglich geklungen.) Niemand, der sich diese Seite anschaute, würde wissen, dass Jezmeen Shergill beinahe berühmt geworden wäre, ehe sie versehentlich diesen Fisch umgebracht hatte, und dass sie unbedingt eine zweite Chance verdiente.

Jezmeen musste unbedingt aufhören, sich im Internet selbst zu recherchieren, und sich irgendwie ablenken, sonst würde sie den Inhalt der Minibar noch vor dem Mittagessen vernichtet haben. Ihr Blick ging zu ihrem offenen Koffer. In ihrer Eile, den Flug aus London nicht zu verpassen, hatte sie einfach wahllos Sachen hineingeworfen, von denen die meisten hier in Delhi unbrauchbar waren – die einzigen angemessenen Kleidungsstücke in ihrem Gepäck waren das lange, dezent nach Mottenkugeln müffelnde Baumwolloberteil, das sie heute Morgen angehabt hatte und das Mum ihr vor

Jahren mal auf einem Markt in Westlondon gekauft hatte, und eine Jeans, die nicht modisch zerrissen war. *Bitte kleidet euch züchtig.* Irgendwie schaffte Mum es, sie sogar aus dem Jenseits noch für ihren Kleidungsstil zu kritisieren. Darum war Jezmeen auch so angefressen gewesen, als Rajni sie gestern gerüffelt hatte, weil sie angeblich zu viel Haut zeigte – als reichte es nicht, das in Mums Brief lesen zu müssen. Aber auch wenn Jezmeen es nie zugeben würde, für diese Reise würde sie etwas Unauffälligeres brauchen als Trägertops und ausgefranste Jeansshorts.

Jezmeen griff zum Telefon und wählte gemäß der Anweisung Rajnis Zimmernummer. Aus dem Hörer tutete ein sirenengleicher Rufton. Sie drückte 0 für die Vermittlung.

»Hallo, wie kann ich denn bitte auf einem anderen Zimmer anrufen?«, fragte sie, als die Rezeptionistin abnahm.

»Sie wählen einfach die Zimmernummer«, antwortete die in einem Ton, als wäre Jezmeen ein bisschen begriffsstutzig.

»Das habe ich schon versucht… Vergessen Sie es. Danke«, sagte sie. Sie legte auf, dann wählte sie Shirinas Zimmernummer und wurde wie durch ein Wunder mit ihr verbunden.

»Hallo?«, meldete Shirina sich.

»Hey, ich bin's. Wollen wir ein bisschen auf dem Markt bummeln gehen?«

»Okay. Wo ist Rajni?«

»Die habe ich nicht erreicht. Ich klopfe gleich mal bei ihr«, erwiderte Jezmeen.

Sie legte auf. Dann schaute sie kurz in den Spiegel und fuhr sich mit den Fingern durch die Haare. Kämmen würde nicht viel nützen bei der krisseligen Luft da draußen.

Rajnis Zimmer lag am anderen Ende des Flurs. Jezmeen klopfte und wartete, dann klopfte sie noch mal. Irgendwann hörte man eine Stimme hinter der Tür. »Ja?«

»Raj, ich bin's, Jezmeen. Mach auf.«

Die Tür ging eben weit genug auf, dass Jezmeen dahinter ein rot gerändertes Auge sehen konnte. »Ich habe gerade geschlafen«, krächzte Rajni heiser.

»Shirina und ich gehen shoppen. Kommst du mit?«

»Ähm … nein, danke. Ich bleibe lieber hier.«

»Komm schon, Rajni. Du musst ein bisschen was von Indien sehen, solange wir hier sind. Du musst dich nicht Wort für Wort sklavisch an Mums Anweisungen halten.« Jezmeen überlegte kurz. »Eigentlich ist das eine wunderbare Hommage an Mum. Sie hat so gerne gefeilscht und hat nie verstanden, warum ich meine Klamotten im Laden kaufe, wo man doch auf den Flohmärkten, wo sie am liebsten geshoppt hat, jede nur erdenkliche Billig-Kopie bekommt, die das Herz begehrt.«

Es sollte ein Scherz sein, aber Rajni verzog keine Miene. »Ich glaube, ich hab mir was eingefangen«, flüsterte sie.

Jezmeen seufzte. Sie wollte so gerne mitfühlend sein – in ihrer schlimmsten Paranoia-Phase war sie wegen akuter Brustschmerzen panisch in die Notaufnahme gegangen. Wie sich herausstellte, hatte sie keinen Herzinfarkt, sondern bloß Sodbrennen von einer zu scharfen Salsa.

Aber Rajnis Abneigung gegen Indien war so … so weinerlich. Schon seit die Pläne für ihre Pilgerfahrt konkreter geworden waren, hatte Rajni ständig mit mahnend erhobenem Zeigefinger irgendwelche Artikel herumgeschickt. *Unbedingt Handdesinfektionsmittel von zu Hause mitbringen – weiß nicht, ob man den indischen Marken trauen kann!*, hatte eine Betreffzeile gelautet. *Habt ihr das gesehen?* eine andere. In der E-Mail ein Link zu einer Geschichte über eine Brücke, die in einem Städtchen im ländlichen Nordindien zusammengebrochen war. Rajnis Indien war ein einziges Katastrophengebiet.

»Dann gehen wir ohne dich«, erklärte Jezmeen. »Gute Besserung.« Rajni schniefte vernehmlich, murmelte ein Dankeschön und schloss die Tür. Jezmeen blieb einen Augenblick stehen und überlegte. Gehen oder bleiben? Sie klopfte abermals. Rajni öffnete die Tür ein bisschen weiter. Ihre Augen waren verquollen. Man sah ihr an, dass sie geweint hatte.

»Ach, Raj. Es tut mir leid«, stammelte Jezmeen. »Ich wusste nicht …«

Rajni schlug ihr die Tür vor der Nase zu.

Verdattert stand Jezmeen im düsteren Hotelflur. Noch nie hatte sie Rajni weinen sehen, nicht einmal bei Mums Trauerfeier. Ihre Augen waren rot gewesen, aber sie hatte sich schon vorher im stillen Kämmerlein ausgeweint, noch vor Beginn der Gedenkfeierlichkeiten. Ob Rajni auch manchmal blinzelte und Mum sah, wie sie sich über die Bettkante beugte und nach ihrem Schmucktäschchen kramte? Manchmal wachte Jezmeen nachts unvermittelt auf, weil sich die Szene in ihren Träumen wiederholte, wenn auch immer ein bisschen anders.

Ihr Unterbewusstsein tauschte die blassrosa Krankenhausvorhänge gegen ein fröhliches Sonnengelb aus und rückte die Kommode ein wenig weg, sodass Mum Mühe hatte dranzukommen und schlussendlich aufgab. Doch obwohl Jezmeen wusste, dass das alles nur ein Traum war, schaffte sie es nie aufzuwachen, bevor Mum starb. Das unausweichliche Ende wiederholte sich in einer Endlosschleife.

Jezmeen klopfte an die Tür. »Raj?« Du kannst mit mir reden, wollte sie eigentlich sagen, aber stimmte das? Sie hatte keine Ahnung wie sie ein Gespräch über Mums Tod beginnen sollte, konnte sich allerdings gut vorstellen, wie es enden würde – wie immer in einem Streit.

Zum Feilschen brauchte es eine gesunde Portion Selbstvertrauen. Man musste der zweifelsfreien Überzeugung sein, recht zu haben, und dazu bereit, sich schlimmstenfalls einfach umzudrehen und unverrichteter Dinge wieder zu gehen, denn der Stolz steht immer über dem Schnäppchen. Darum war Shirina auch stets bemüht, ihr Herz nicht an Dinge zu hängen, die sie auf dem Markt entdeckte – sie wollte nicht in eine Auseinandersetzung geraten wie die, in die Jezmeen sich gerade verstrickt hatte und die schon fast in Handgreiflichkeiten zu gipfeln drohte.

»Ernsthaft, so viel für so einen billigen Chappal? Schauen Sie sich doch nur mal die Verarbeitung an. Hier, sehen Sie all die losen Fäden?« Jezmeen wedelte mit einem Schuh vor dem Gesicht des Ladeninhabers herum. Strasssteinchen reihten sich auf gekreuzten Kunststoffriemchen, und in der Mitte prangte ein funkelnder Plastikstein. »Fangen wir mit der Hälfte an, dann kommen wir ins Gespräch.«

»Mit der Hälfte?«, kreischte der Ladeninhaber aufgebracht. Shirina merkte, dass sie ihn unterschätzt hatte. Er krempelte die Ärmel auf, als sei es für ihn körperlich genauso anstrengend, sich Jezmeens abfällige Bemerkungen über seine Schuhe anzuhören, wie diese zu schustern. Jezmeen schien nicht im Geringsten beeindruckt. Während sie weiterstritten, löste sich der Stein aus der Mitte und kullerte auf den staubigen Boden zwischen ihren Füßen.

»Das reicht«, erklärte Jezmeen triumphierend, schlug die Hände über dem Kopf zusammen und rieb sie dann, wie um sie von den Sandalen reinzuwaschen. Sie nahm Shirina an die Hand und ging mit ihr zu einem anderen Verkaufsstand. Es war beinahe, als seien sie wieder Kinder, aber früher hatte Jezmeen Shirina immer hinterherlaufen lassen. Hier hielt sie ihre Hand ganz fest. Hier wollte sie nicht verloren gehen. Der Markt war ein einziges brummendes, summendes Chaos, und überall waren Männer, die in Grüppchen zusammenstanden und herumschlenderten und sie anglotzten, worauf Shirina immer schnell wegguckte. Ein Streunerhund, die Rippen durch das räudige Fell einzeln zu zählen, schlängelte sich zwischen zwei am Straßenrand geparkten Motorrädern hindurch. Die Ladenreihe schien sich meilenweit hinzuziehen, und wo sie endete, war die Hauptstraße verstopft vom Stoßverkehrswahnsinn. Sie und Jezmeen waren den ganzen Weg bis dorthin gelaufen, über Asphalt, aufgeplatzt und bröckelig, der schließlich ganz dem Schotter wich, nur um dann ganz unverhofft wieder aus dem Staub hervorzutreten.

»Also echt jetzt, das waren doch mal grottenhässliche Schuhe, oder?«, schimpfte Jezmeen.

»Warum versuchst du dann überhaupt zu handeln?«, fragte Shirina.

»Nur zu Übungszwecken«, meinte Jezmeen. »Schau dich doch mal um. So viele schöne Sachen.«

Es war überwältigend – Reihe um Reihe knallbunter Sari-Stoffe in atemberaubenden Brokatmustern, ganze Wände voller funkelnder Armreifen in jeder nur erdenklichen Farbschattierung. In einer Zeitschrift hatte Shirina einmal einen Sari gesehen, der nur aus winzig kleinen, kunterbunten Stoffquadraten bestanden hatte. Jede Nuance und jeder Ton, den man sich nur vorstellen konnte. Traumschön war er gewesen und originell, aber auch sehr praktisch, wie die Beschreibung der Designerin verhieß. Frauen könnten den Sari bei ihrem nächsten Besuch beim Schneider tragen und aus dieser tragbaren Palette genau jenen Farbton heraussuchen, den sie gerade wollten.

»Ich brauche jedenfalls ein paar billige Sandalen«, sagte Jezmeen. »Mir egal, wenn sie ein bisschen kitschig sind, aber die waren echt gruselig. Ich brauche ein paar Mehr-Schein-als-Sein-Schlappen für den Tempel.«

Shirina lächelte. An solche Tempel-Schlappen erinnerte sie sich von damals, als sie noch klein war. Es war immer ratsam, nicht die besten Schuhe zum Gurdwara zu tragen, weil sie da allzu leicht »verloren« gingen oder in den Ablagen vertauscht wurden. Aber gleichzeitig mussten sie was hermachen – abgelatschte alte Converse beispielsweise gingen gar nicht zur gemessenen Punjabi-Garderobe.

»Italienisches Leder«, zirpte Shirina mit hoher verstellter Stimme und äffte ihre Sandkastenfreundin Sharanjeet Kaur nach.

»Maßgefertigt mit angepasster Innensohle«, flötete Jezmeen mit genauso schrill überschnappender Stimme.

»Entworfen von unserem persönlichen Schuhmacher.«

Jezmeen und Shirina mussten lachen. So war es früher immer gewesen, wenn sie sich unter den Bettlaken getreten und auf Rajnis Schritte gelauscht hatten. Erst als sie wegen Jezmeen ständig Ärger bekommen hatten, hatte Shirina sich ganz allmählich immer weiter zurückgezogen. Als Shirina Sehaj damals erzählte, sie habe zwei Schwestern, hatte sie eigentlich erwartet, er würde sie fragen, wie die beiden so waren. Doch er schien sich nicht im Geringsten für sie zu interessieren. Er war ein Einzelkind, und sie beneidete ihn darum, so frei und ungebunden zu sein. Eine Schwester zu haben bedeutete für Shirina früher Komplizenschaft und Zusammengehörigkeitsgefühl, aber auch, nie als eigenständige Person wahrgenommen zu werden, sondern immer als Anhängsel ihrer älteren Schwester.

»Was Sharanjeet wohl heute so macht?«, überlegte Jezmeen. »Dieses eingebildete Miststück. Heiratet einen reichen Macker und gibt bei deiner Hochzeit mit ihrem Designer an und protzt mit ihrem Ferienhaus in Südfrankreich. Und wie sie sich angestellt hat, als sie nach der Trauung ihre Schuhe nicht gleich wiedergefunden hat, als hätten wir sie geklaut. Ist gar nicht lange her, da hat sie noch als Kellnerin gejobbt.«

»Ich glaube nicht, dass sie meinetwegen gekommen

ist«, sagte Shirina. »Sie wollte einfach nur Sehajs Familie kennenlernen.« Shirina hatte nicht schlecht gestaunt, als Sharanjeet bei ihren sämtlichen Hochzeitsfeierlichkeiten aufgetaucht war. Ihre alte Sandkastenfreundin, die nach ihrer eigenen Hochzeit zunächst wie vom Erdboden verschluckt gewesen war, wollte ganz plötzlich wieder mit ihr befreundet sein, nachdem sie erfahren hatte, in welch einflussreiche Familie Shirina einheiratete.

»Habt ihr beide denn noch Kontakt?«, fragte Jezmeen.

Shirina schüttelte den Kopf. »Ich weiß nur, dass sie ihre Tochter Chanel genannt hat«, prustete sie.

Jezmeen verdrehte die Augen. »Ich habe die Bilder von Chanel auf ihrem Instagram-Account gesehen. Aber ich glaube, sie muss mich irgendwann geblockt haben. Ich habe seit Ewigkeiten nichts mehr von ihr gesehen.«

»Das ist sowieso alles so oberflächlich«, meinte Shirina achselzuckend, als hätte sie Sharanjeet auch aus den Augen verloren. Jezmeen brauchte nicht zu wissen, dass Shirina sich, auch wenn sie sich selbst beinahe ganz aus den sozialen Medien zurückgezogen hatte, immer noch regelmäßig einloggte und Sharanjeet und einigen anderen alten Freundinnen folgte, die jede noch so unbedeutende Kleinigkeit ihres ach-so-glamourösen Lebens posteten. Auf ihren Accounts wimmelte es nur so von Schnappschüssen von Designerhandtaschen und gestellt »meditativen« Bildern im goldenen Sand mediterraner Strände. Das Echo von Sharanjeets Freunden und Followern war unverhohlener Neid und Bewunderung. Und da niemand in Frage stellte, ob Sharanjeets

Leben wirklich so glamourös war, wie es den Anschein hatte, käme Shirina sich schäbig vor, wenn ausgerechnet sie das täte. Aber es musste doch auch Tage geben, an denen Sharanjeet sich mit ihrem Mann stritt oder den ganzen Nachmittag dumm herumsaß und auf den Klempner wartete, damit der endlich den tropfenden Wasserhahn reparierte, der sie langsam in den Wahnsinn zu treiben drohte – aber ihre Bilder zeigten ein Leben so makellos und unbefleckt, dass Shirina nur zu gerne glauben wollte, was sie vorgesetzt bekam.

»Weißt du, wer gerade ein Baby bekommen hat?«, fragte Jezmeen, während sie sich mit der Menge treiben ließen. »Tante Roopis Tochter. Sie hat mich neulich auf Facebook geaddet.«

»Unsere alte Nachbarin, Tante Roopi?«

»Ja, von gegenüber. Einen Sommer lang haben wir bei ihr gewohnt, aber bestimmt warst du noch zu klein, um dich daran zu erinnern. Sie hatte eine Katze, die du unbedingt mit nach Hause nehmen wolltest.«

Shirina erinnerte sich schemenhaft an die Katze und an den Duft von Channa Masala, das auf dem Herd in der Küche blubberte. Sie erinnerte sich daran, wie sie manchmal zu Tante Roopi rübergegangen waren, aber nicht daran, einen ganzen Sommer bei ihr verbracht zu haben. »Und warum?«

»Das war, als Mum und Rajni zusammen nach Indien geflogen sind. Kurz nach Dads Tod. Ich glaube, sie waren mindestens einen Monat weg.«

Zaghaft kamen Erinnerungsbruchstücke hoch: Kitzelspiele mit Jezmeen und der Katze – wie die Katze mit dem Schwanz um ihre Knöchel strich, während sie versuchten, nicht zu lachen. Shirina musste vier oder fünf gewesen sein, und sie waren bei Tante Roopi und saßen gerade gemeinsam beim Mittagessen. Bei Tante Roopi durften sie Zeichentrickfilme schauen, während die Tante geschäftig mit dem Staubsauger durchs Haus wuselte. Irgendwann ging sie durchs Wohnzimmer, verstellte ihnen die Sicht auf den Fernseher und spähte durch die Gardinen. »Eure Mum ist noch nicht wieder da«, sagte sie. »Ihr könnt zum Abendessen bleiben.« Doch Mum war den ganzen Tag zu Hause gewesen. Die Vorhänge waren immer zugezogen, und Tante Roopi hatte das nur ihnen zuliebe gesagt. Als Shirina und Jezmeen wieder nach Hause kamen, lag Mum immer noch genauso im Bett wie vorher. Rajni hatte mit ihnen geschimpft, weil Mum sich über sie aufgeregt hatte, und hatte zu Jezmeen gesagt: »Ab jetzt erwarte ich, dass du dich anständig benimmst.«

Jezmeen schien genau denselben Gedanken zu haben, denn sie sagte: »Rajni war immer so streng mit uns, als wir noch klein waren.«

Mit *dir*, dachte Shirina bei sich. Schon früh hatte sie gelernt, sich lieber von allem Ärger fernzuhalten, selbst wenn das hieß, sich von Jezmeen fernzuhalten. »Sie wollte bestimmt nur Mum helfen«, sagte sie. »Vermutlich dachte sie, sie brauche Hilfe bei der Kindererziehung, wo Dad nicht mehr da war.«

»Ach, ja sicher, nach Dads Tod hat sich viel verändert«, sagte Jezmeen. »Aber früher konnte man mit ihr Pferde stehlen. Heute kann man sich das kaum noch vorstellen. Aber Rajni war mal echt cool. Sie hatte ein Geheimversteck mit Glitzerlidschatten und knallrotem

Lippenstift – damit hätte Mum sie sicher niemals aus dem Haus gehen lassen. Darum hat sie alles versteckt und hat mir nicht verraten, wo. Manchmal hat sie mich mit ihren Sachen geschminkt, und wir sind zusammen durchs Zimmer getanzt. Da muss ich vielleicht vier gewesen sein.«

Das klang so gar nicht nach der Rajni, die sie kannte, dachte Shirina erstaunt. »Und wieso hat sie sich so verändert?«

Jezmeen zuckte die Achseln. »Ich weiß es nicht. Vielleicht durch Dads Tod? Sie und Mum haben sich danach oft gestritten. Außerdem war Dads älterer Bruder kurz vorher zu Besuch, und danach gab es auch ständig Streit. Im Sommer, nachdem Dad gestorben war, sind Rajni und Mum zusammen nach Indien geflogen. Ich weiß noch, wie still sie war, als sie mit Mum aus Indien zurückkam, und dass sie kurz danach anfing, alle herumzukommandieren und sich wie ein Feldwebel aufzuspielen – Zucht und Ordnung und all so was. Und seitdem leiste ich zivilen Widerstand.«

Jezmeen sagte das nicht ohne Stolz, aber immer, wenn Shirina sich an ihre Kindheit zurückerinnerte – ganz besonders an die Teenagerzeit –, hörte sie ihre Schwestern im Hintergrund herumschreien. Sie stritten sich so erbittert und verbissen, dass Shirina immer Angst hatte, eines Tages würde das vom Zank in seinen Grundfesten erschütterte Haus in sich zusammenstürzen. So heftig hatte sie selbst sich nie mit Rajni oder Mum gestritten. Und auch heute hütete sie sich davor, nach jedem Köder zu schnappen, den ihre Schwiegermutter ihr vor die Nase hielt. Es war leichter, Ja zu sagen, als tagtäglich aussichtslose Kleinkämpfe auszufechten. Das Leben war so unendlich viel komplizierter, wenn man immer als Gewinner vom Platz gehen wollte. Sie erinnerte sich noch an einen Weihnachts-Instagram-Post von Sharanjeet aus dem letzten Jahr – Glühwein, stapelweise Geschenke mit Goldbändchen und im Hintergrund ein anheimelnd loderndes Kaminfeuer. *Baby, it's cold outside, aber mein Schatz weiß, wie er mich am besten warmhält*, hatte die Bildunterschrift gelautet, gefolgt von einem ganzen Rattenschwanz an Hashtags. #winter #kamin #glühwein #weihnachtscountdown #liebe #familie #geschenke #tiffanys #besterehemannderwelt #verwöhnt #verdient. Wieder und wieder hatte Shirina die Bildunterschrift gelesen. Sorgfältig ausgewählte Filter ließen das Foto so realistisch erscheinen, dass man fast glaubte, das Feuerholz leise knacken zu hören. Shirina war so in Sharanjeets Welt eingetaucht, dass sie Mutter gar nicht bemerkt hatte, die hinter sie getreten war und mit ihr redete. »Sieh mich an, wenn ich mit dir rede«, hatte Mutter sie angeherrscht und ihr kurzerhand das Handy aus der Hand gerissen. Shirina hatte sich zu Tode erschreckt, weil sie gar nicht gemerkt hatte, dass das Gespräch noch nicht beendet war. Als sie Sehaj später alles erzählte, hatte er die Stirn gerunzelt und versichert: »Ich rede mit ihr.«

»Ach, da sind wir ja. Madhuri Fashions«, sagte Jezmeen und wies nickend auf einen Verkaufsstand. Die Wände über der Nähmaschine waren mit Zeitschriftausschnitten tapeziert. Ein älterer Mann saß gebeugt über der Maschine, eine winzige goldgerahmte Brille auf der Nasenspitze. Um seinetwillen hoffte Shirina, der unvermeidliche

Verhandlungsprozess werde wenigstens einigermaßen gesittet vonstattengehen. »Ich warte da drüben«, sagte sie und wies auf den Buchladen gleich nebenan.

Wo man auch hinschaute, waren Bücher. Alles vollgestopft, bis in die letzten Ecken und Winkel. Unmöglich, eins herauszunehmen. Shirinas Blick blieb an einem der Titel hängen, aber als sie kurz hineinschauen wollte, musste sie das Buch erst mühsam mit den Fingernägeln herausziehen. »Ja«, erklärte der Buchhändler. »Sehr gute Geschichte.«

»Haben Sie es gelesen?«, fragte sie ungläubig. Das erschien ihr eher unwahrscheinlich. Der Titel – *Mr Right Now* – prangte in geprägten kitschig rosaroten Buchstaben auf dem Titel, und Männer gehörten eindeutig nicht zur anvisierten Zielgruppe.

»Ich habe alle gelesen«, entgegnete er.

Was schier unmöglich war. Hier türmten sich mehr Bücher, als ein Mensch in einem Leben lesen konnte. Shirina sah Bücher auf Deutsch und in einigen skandinavischen Sprachen, vermutlich von durchreisenden Touristen zurückgelassen. Die Ernsthaftigkeit des Ladeninhabers war allerdings bewundernswert. Wohl, weil er Shirinas Skepsis spürte, begann er, wahllos auf Bücherrücken zu deuten und ihr einen kurzen Abriss der Handlung zu erzählen.

»Sehr böser Mann führt korruptes Unternehmen. Mafiaboss wendet sich gegen ihn. Wird dann ein sehr guter Mann.«

»Das da: Familie zieht in ein neues Haus, nachdem der Vater seinen Job verloren hat, und findet heraus, dass es dort spukt.«

»Wissenschaftler gründet Forschungsstation in weit entferntem Land und verbringt die nächsten dreißig Jahre damit herauszufinden, was aus seiner verlorenen Liebe geworden ist.«

Shirina war schwer beeindruckt, bis ihr aufging, dass sie keinerlei Möglichkeit hatte, seine Behauptungen auf ihren Wahrheitsgehalt zu überprüfen. Sie nickte. »Okay, okay«, sagte sie und winkte ab, um ihm zu signalisieren, dass ihre Zweifel zerstreut waren.

»Kaufen Sie ein Buch, und Sie bekommen eine kostenlose numerologische Analyse«, lockte der Mann und wies auf ein kleines Schild neben seiner Kasse. »Wann ist Ihr Geburtstag?«

»Zehnter Mai neunzehnhundertneunzig«, sagte Shirina.

Er wiederholte das Datum und gab es rasch in einen Taschenrechner ein. »Ihr Lebenspfad ist die Sieben«, erklärte er. »Sieben ist eine gute Zahl.«

»Ach«, sagte Shirina. Sie wartete ab, ob noch mehr kam, aber er wendete sich wieder seinen Bücherregalen zu und begann, die Bücherreihen zu ordnen, indem er sämtliche herausstehenden Buchrücken noch fester hineindrückte. »Was soll das heißen?«, fragte sie. Sie hatte noch nie eine numerologische Analyse anfertigen lassen – die waren ähnlich wie Horoskope immer so formuliert, dass jeder hineinlesen konnte, was ihm gerade in den Kram passte. Aber Horoskope hatten durchaus ihre Faszination. Sich selbst darin wiederzuerkennen war hochspannend.

»Dafür müssen Sie bezahlen«, erklärte der Mann.

Shirina hätte beinahe laut aufgelacht. Sie griff in die

Handtasche und überlegte, was für ein Glück es war, dass Jezmeen nicht dabei war. Er nahm ihr Geld, dann verschwand er hinter den Tresen und klappte einen schmalen silbernen Laptop auf. Shirinas Blick folgte dem Kabelsalat quer durch den Raum, bis er verschlungen und verknotet hinter einem Baumwollvorhang verschwand, der an einen Deckenbalken genagelt war und als Raumteiler diente. Der Mann wartete, starrte unverwandt auf den Bildschirm und ging dann ins Hinterzimmer. Kurz darauf kam er mit einem Ausdruck zurück.

»Hier sind sämtliche Informationen zur Sieben«, sagte er.

Na toll. Sie hatte gerade für eine Google-Suche bezahlt. Er verzog keine Miene und ließ sich nicht anmerken, dass er sie gerade über den Tisch gezogen hatte. Die Tinte auf dem Papier war noch feucht; er reichte es ihr auf flachen Händen, wie auf einem Tablett. Ein paar Worte fielen Shirina sofort ins Auge: »Mitgefühl«, »Verantwortung«. Und dann ein Satz:

Die Zahl Sieben steht für eine Person, die alles tun würde, um ihre Familie zusammenzuhalten. Sie ist die Bewahrerin des Friedens und der Harmonie in Zeiten von Streit und Konflikt.

Darum las Shirina ihr Horoskop nur ganz selten in der *Cosmo* oder in einer Tageszeitung. Würde sie tagtäglich in ihr Horoskop schauen, würde es mit der Zeit seine Bedeutsamkeit verlieren. Lieber sparte sie es sich auf und staunte, wenn sie eine Beschreibung las, die haargenau auf ihre Lebensumstände zutraf. Am Tag vor ihrer Abreise aus Melbourne hatte sie ein Online-Horoskop herausgesucht – nur eins, hatte sie sich gesagt, denn es war ja nicht der Sinn der Sache, sich aus zehn Vorhersagen die beste herauszupicken.

Sie sind an einem Scheideweg angelangt, doch die Entscheidung liegt allein bei Ihnen. Die Bedürfnisse Ihrer Lieben sollten Sie in dieser heiklen Zeit nicht außer Acht lassen.

Worte, so glockenklar und deutlich, dass sie sie beinahe zu hören glaubte.

Nebenan stand Jezmeen geduldig mit ausgestreckten Armen da, während eine Dame mit silbergrauem Haar ein Maßband um ihre Brust legte. »Ich lasse mir eine Bluse schneidern«, rief sie, als sie Shirina sah.

»Aber geht das denn so schnell?«, fragte Shirina. Sie waren schließlich nur noch einen Tag in Delhi.

»Ja, ich glaube, deshalb hat Mum uns diesen Laden empfohlen. Sie mochte es immer schon, wenn Dinge schnell erledigt waren. Warte kurz ...« Sie schaute nach unten. Die Frau legte das Maßband gerade an ihrem Schlüsselbein an, viel höher, als der Ausschnitt der Bluse auf der Abbildung. »Ich möchte so eine Bluse da«, sagte Jezmeen und wies nickend auf das Bild an der Wand. Mit der Hand zeigte sie an ihrem Brustkorb, wo genau der Ausschnitt sein sollte. »Und bitte ärmellos. Für alles andere ist es viel zu heiß.«

Die Frau sah sich hilfesuchend nach ihrem Mann um, der von seinem Schemel hinter dem Tresen aufstand. »Madam, wir können Ihnen nur diesen Ausschnitt machen.«

»Wie bitte?«

»Das ist ein sittsamer Ausschnitt. Wenn Sie mit tieferem Ausschnitt durch Delhi gehen, riskieren Sie großen Ärger. Und Ärmel brauchen Sie auch.«

»Ärger, ja klar«, schnaubte Jezmeen Shirina zu. »Massenerektionen. Ein stadtweites Erdbeben.«

Shirina fand einen gemäßigten Ausschnitt keine so verkehrte Idee. Sie selbst hatte die Bluse bis zum Hals zugeknöpft, und außerdem fiel sie locker und versteckte ihre Figur eher, als sie zu betonen. Die meisten ihrer ärmellosen Anziehsachen hatte sie ein paar Monate nach ihrem Umzug nach Australien der Heilsarmee gespendet, weil Mutter, wie sich rasch herausstellte, so etwas nicht guthieß. Das Vier-Jahreszeiten-an-einem-Tag-Wetter in Melbourne war ohnehin so unberechenbar, dass Shirina kaum Gelegenheit hatte, etwas zu tragen, das die Arme entblößte.

Das Maßband baumelte in der Ellbogenbeuge der Frau. »Möchten Sie jetzt bestellen oder nicht?«, fragte sie ungeduldig.

»Wenn ich Ihnen jetzt sage, dass ich die Bluse gar nicht in Indien tragen möchte, machen Sie sie dann so, wie ich sie haben will? Ich fahre damit wieder zurück nach London.«

Entschieden schüttelte die Frau den Kopf, während ihr Mann sich hinter einem Schränkchen verschanzte. Er holte eine durchsichtige Plastikmappe heraus, die schier überzuquellen schien vor losen Blättern. Shirina tastete nach dem Numerologie-Ausdruck in ihrer Tasche und war erleichtert, dass er noch da war. Bei dem Durcheinander auf diesem Markt, wo nichts einen festen Platz zu haben schien, konnte ihr ausgedrucktes Schicksal nur zu leicht in einem beliebigen Papierstapel verschwinden.

»Sehen Sie, was ich gemacht habe«, sagte der Mann großspurig. Seine Wangen glänzten vor Stolz, als er Jezmeen den geöffneten Ordner zeigte. Shirina wusste nicht recht, worauf er wohl stolzer war – seine Arbeit oder die akribische Dokumentation derselben. Links auf jeder Seite war ein Hochglanzfoto aus einer Zeitschrift, darauf meist eine westlich wirkende Frau. Gegenüber auf der rechten Seite die Abbildung einer ähnlichen Version des jeweiligen Kleidungsstücks – eine maßgeschneiderte Kopie von Kleid, Rock oder Bluse mit diversen kleinen Änderungen zur Wahrung der »Sittsamkeit«. Ausschnitte wanderten nach oben, Säume nach unten. Die Taille fiel so locker, dass die Kleider weit und unförmig wie Kartoffelsäcke wirkten.

»Sittsam«, erklärte die Frau nachdrücklich und wies nickend auf den Ordner. »Würden wir die Sachen genauso schneidern, wie die Mannequins sie tragen, die Leute wären empört.«

»Ich wäre nicht empört«, entgegnete Jezmeen. »Ehrlich, ich möchte eine Bluse, genau wie die da an der Wand.«

Mit zusammengekniffenen Augen musterte die Frau Jezmeen. »Und was wollen Sie dazu anziehen? Jeans?«

»Ja.«

»Dann muss sie länger sein. Das muss alles bedeckt sein.« Sie machte eine vage Handbewegung in Richtung unterer Körperhälfte.

»Wissen Sie, ich sollte wohl besser zu einem der

anderen Stände gehen. Ich bin hierhergekommen, weil Sie mir empfohlen wurden, von …« Jezmeen brach ab. »Von Mum«, sagte sie zu Shirina. »Ich wusste es. Sie wollte mir eine Bluse andrehen mit einem Schnitt wie ein Spannbettlaken.«

»Meinst du?«, fragte Shirina.

»Da bin ich mir ganz sicher«, sagte Jezmeen. »Das ist ihr letzter Versuch.« Sie grinste schief, aber Shirina bemerkte noch etwas – kaum merklich war ein Schatten über ihr Gesicht gehuscht. »Das war bestimmt ihre Masche, mich dazu zu bringen, dass ich endlich ›mehr Verantwortung übernehme‹.« Jezmeen malte um Mums Worte Gänsefüßchen in die Luft. Shirina wusste nicht, was Mum genau gesagt hatte, aber es schien Jezmeen offensichtlich zu stören.

»Können Sie mir nicht einfach genau so eine machen?«, bettelte Jezmeen. »Wir sagen es auch niemandem, falls das Ihre Sorge ist.«

Die beiden schüttelten nur stumm die Köpfe.

»Dann hätte ich gerne meine Anzahlung zurück«, erklärte Jezmeen.

Der Mann und die Frau schauten einander kurz an. »Anzahlungen sind nicht erstattbar«, sagten sie wie im Chor.

Shirina verließ den Verkaufsstand, bevor hinter ihr alles in Flammen aufging. Enttäuscht schaute sie sich um und überlegte, dass sie nun mit leeren Händen ins Hotel zurückgehen würden. Hinter sich hörte sie, wie Jezmeen die Ladenbesitzer aufgebracht bezichtigte, sie beschwindeln zu wollen. Shirina schlenderte zurück zu dem ersten Laden mit den geschmacklosen Billig-

Latschen. Sie könnte auch ein paar Tempel-Schlappen brauchen, überlegte sie. »Zweihundert Rupien?«, fragte sie und nahm Jezmeens letzten Preis aus den Verhandlungen von vorhin wieder auf.

Der Ladenbesitzer schüttelte empört den Kopf und nannte einen Preis, der dreimal höher war. Schließlich war sie eine ganz neue Kundin.

Unvermittelt musste sie an ihre Freundin Lauren denken, die immer gesagt hatte, sie solle sich nicht alles gefallen lassen. »Du darfst dir nicht alles bieten lassen«, hatte Lauren gesagt. Das war nach der Sache mit dem Taxifahrer gewesen. Nach diesem Abend hatte Shirina beschlossen, nie wieder nach der Arbeit mit den Kollegen auszugehen. »*Beti*, es ist zu deinem eigenen Besten«, hatte Mutter gesagt. Nachdem Mutter sich das ganze Wochenende eisig ausgeschwiegen hatte, trank Shirina ihre Worte wie süßen Nektar.

Am nächsten Montag im Büro hatte Shirina Lauren die ganze Geschichte erzählt. Sie wollte einfach nur mit jemandem darüber reden – *Oh Mann, waren wir betrunken am Freitag. Du glaubst gar nicht, was mir passiert ist!* Aber Lauren hatte Shirina eher besorgt als amüsiert angesehen, als die ihr erzählte, wie Mutter ihr tagelang die kalte Schulter gezeigt hatte. »Aber inzwischen redet sie wieder mit mir«, hatte Shirina Lauren versichert.

»Hat sie eingesehen, dass sie völlig überreagiert hat?«, fragte Lauren. »Und hat dein Ehemann endlich genug Eier in der Hose, um seiner lieben Frau Mutter mal die Meinung zu geigen und ihr zu sagen, dass sie ihre Nase nicht in eure Ehe stecken soll?«

Shirina war baff. Lauren war die Einzige im Büro gewesen, die Verständnis gezeigt hatte, als ein Kollege dumme Witze darüber gemacht hatte, dass Shirina und Sehaj noch im Haus seiner Eltern lebten. »Das ist ein kulturelles Ding, ja?«, hatte Lauren gezischt und dem blöden Kerl einen vernichtenden Blick zugeworfen.

»Komm doch diese Woche auch mit, wir gehen was trinken«, hatte Lauren vorgeschlagen. »Du darfst dir von ihr schließlich nicht alles vermiesen lassen.«

»Ich hab leider schon was anderes vor«, hatte Shirina geschwindelt. Und auch in der nächsten und der übernächsten Woche hatte sie irgendwelche Ausflüchte. Eines Tages hatte Lauren sie schließlich im Pausenraum zur Rede gestellt und sie ganz leise gefragt, ob zu Hause alles in Ordnung sei. »Alles bestens«, hatte Shirina versichert, aber das hatte Lauren ihr nicht abgekauft.

»Sag deiner Schwiegermutter, du bist eine erwachsene Frau«, hatte Lauren gesagt. »Du verpasst so viele tolle Gelegenheiten, mal wieder unter Leute zu kommen. Und unter Leute kommt man eben am besten im Pub. Sag ihr schöne Grüße von mir, wir sind hier in Australien.«

Aber Shirina machte es nichts aus, abends nach Hause zu gehen und bei Sehaj zu bleiben, der ihr gesagt hatte, sie solle seiner Mutter einfach ihren Willen lassen. »Sie ist altmodisch, wir werden sie nicht mehr ändern«, sagte er. Shirina konnte sich lebhaft vorstellen, dass sein vertrauliches Gespräch mit ihr über persönliche Grenzen und Privatsphäre zu nichts geführt hatte. Sie versuchte, es sich nicht zu Herzen zu nehmen, und sagte sich, dass sie gerne Ehefrau und Tochter war. Während Jezmeen ständig kämpfte und sich mit jedem anlegte, ging sie mit einem Paar Schuhe nach Hause – was machte es da schon, dass sie dreimal so viel bezahlt hatte, wie sie eigentlich ausgeben wollte?

Fünftes Kapitel

Abends: Esst gemeinsam. Ich kann mich nicht daran erinnern, wann ich euch drei das letzte Mal zusammen an einem Tisch habe sitzen sehen. Seht es nicht als selbstverständlich an, dass ihr dazu in Zukunft noch genug Zeit haben werdet. Redet miteinander. Macht nicht aus jeder Mücke einen Elefanten.

Die Currys wurden zuerst serviert, in kleinen Edelstahlschüsseln, randvoll und noch leise köchelnd. Vorsichtig stellte der Kellner sie auf den Tisch und gab dabei jedem Gericht einen Namen: Fisch Kadai, Lamm Tikka, Bhaigan Baratha. Rajni versuchte den Ring aus Öl zu ignorieren, der jedes Gericht umgab. Als Mum sie zum gemeinsamen Abendessen verdonnert hatte, da hatte sie vermutlich einen gemütlichen Tisch in einem der alteingesessenen Restaurants im Sinn gehabt, nicht einen angesagten Laden von der *Zagat*-Empfehlungsliste. Aber Rajni war wild entschlossen, diesmal um jeden Preis eine Lebensmittelvergiftung zu vermeiden, und die vielen positiven Online-Bewertungen westlicher Touristen waren der Garant dafür, hier goldrichtig zu sein.

»Meinst du, wir haben zu viel bestellt?«, fragte sie, als der Kellner wieder in der Küche verschwunden war. Pilawreis und Naan würden sie auch noch bekommen, und außerdem hatte Rajni bereits ein Auge auf die Dessertkarte geworfen. *Redet miteinander.* Shirina machte den Mund auf, dann klappte sie ihn wieder zu. Kurz darauf verzog sich ihr Gesicht zu einem Gähnen. »Entschuldigung«, flüsterte sie. Jezmeen klebte schon wieder an ihrem Handy, auf dem sie hektisch herumtippte, während sie wie hypnotisiert auf das Display stierte. Rajni war zu müde, um ihr zum wiederholten Male zu sagen, sie solle endlich das Handy beiseitelegen. Im Taxi auf dem Weg hierher hatte sie Jezmeen heimlich über die Schulter gespäht, weil sie wissen wollte, was da so interessant war, aber Jezmeen hatte es gleich gemerkt und sich so über das Display gebeugt, dass Rajni nichts mehr sehen konnte.

»Ich glaube, es reicht«, meinte Shirina. Sie nahm den Servierlöffel und gab großzügig zwei gehäufte Löffel Lamm Tikka auf ihren Teller. Rajni guckte verstohlen rüber zu Jezmeen, ganz unauffällig, damit Shirina es nicht merkte. Hast du gesehen, wie viel sie isst? Jezmeen starrte weiter wie gebannt auf ihr Handy.

Am Nebentisch gab eine Dame mit langen manikürten Fingernägeln ihre sehr spezielle Bestellung auf. »Milch vertrage ich nicht. Nicht einmal einen Tropfen«, erklärte sie. »Das endet jedes Mal in einer Katastrophe, und das wollen wir doch nicht.«

»Geht mir genauso. Und mit dem Alter wird es nicht besser, stimmt's?«, pflichtete ihre Begleitung ihr bei. »Früher habe ich mit Vorliebe Street Food gegessen, aber dieser Fleischspieß von letzter Woche hätte mich beinahe umgebracht.«

Rajni verging der Appetit. Warum mussten die Leute

bloß dauernd lauthals über ihre unappetitlichen Verdauungsstörungen schwadronieren, als sei das ein Wettbewerb der Ekligkeiten? Gleich würden die beiden unvermeidlichen Wörtchen »paleo« und »glutenfrei« fallen, da war sie sich ganz sicher. »Zu meiner Zeit hat man einfach kommentarlos gegessen, was auf den Tisch kam«, hatte Mum zu Rajni gesagt, nachdem sie mit angesehen hatte, wie ihre Nachbarin ihrem Sohn hysterisch ein Pecan-Cookie aus der Hand schlug. »Ich glaube, er hat eine Nussallergie, Mum«, hatte Rajni erwidert. »Wäre er in meinem Dorf in Indien aufgewachsen, er wäre so dankbar gewesen für den Keks, dass er seine Allergie ganz vergessen hätte«, gab Mum spitz zurück. Rajni hatte darauf nichts mehr gesagt. Sie wusste nur zu gut, dass es bloß eine weitere Strophe der altbekannten »England hat euch alle verweichlicht«-Litanei ihrer Mutter war. Nach ihrer Krebsdiagnose folgte sie derselben Argumentation: »Früher hatte niemand Krebs, heutzutage hat ihn jeder«, sagte Mum. Sie war tatsächlich der felsenfesten Überzeugung, England habe einen direkten, negativen Einfluss auf ihre körperliche Verfassung.

Seufzend warf Jezmeen ihr Handy in die Handtasche. »Es ist aus«, sagte sie.

»Was?«, fragte Shirina. Sie spießte mit der Gabel ein Stück Lammfleisch auf und steckte es sich in den Mund. »Oh, das ist ja köstlich.«

»Meine Karriere. Aus und vorbei.«

»Wollen wir nicht auf das Naan warten?«, fragte Rajni.

»Ist dir das egal?«, fragte Jezmeen gekränkt. »Ich sagte, *meine Karriere ist am Ende.*«

Hatte sie je angefangen? Nein, das war jetzt nicht der richtige Moment, obwohl Rajni Shirina an der Nasenspitze ansah, dass ihr dieselbe Frage auf der Zunge brannte. Seit Jahren schon beklagte Jezmeen sich unablässig, dass ihre Karriere einfach nicht in Gang kommen wollte. »Ist ein hartes Business«, versuchte Rajni sie halbherzig zu trösten.

Jezmeen seufzte vernehmlich. »Ich kann es euch wohl auch jetzt gleich zeigen«, murmelte sie resigniert. »Früher oder später werdet ihr es sowieso erfahren.«

Sie nahm das Handy aus der Tasche und tippte einmal darauf. Zu sehen war ein Schwarzweiß-Video. Es stammte von der Überwachungskamera des Restaurants, wohl eins der Videos, wie Jezmeen sie sonst in ihrer Sendung vorstellte. Rajni schaute eher desinteressiert hin. Der Kellner kam gerade mit einer Platte, auf der sich dampfender Pilaw-Reis türmte, und einer riesigen Schüssel mit knusprigem goldbraunem Naan an ihren Tisch. Sie hatten fraglos viel zu viel bestellt.

Shirina schnappte entsetzt nach Luft. »Ach, wie furchtbar«, rief sie. »Was stimmt denn nicht mit diesen Leuten?« Empört schüttelte sie den Kopf. Rajni schaute wieder auf das Display, wo eine Frau gerade nach etwas trat – war das etwa ein großer Fisch? Schwer zu sagen.

Und dann musste sie urplötzlich an die Jungs im Tempel denken. Der eine hatte ihnen die Zunge herausgestreckt und getan, als bekäme er keine Luft mehr. Sie beugte sich über das Handy und starrte angestrengt auf das Display. »Du meine Güte, Jezmeen, bist du das?«

Jezmeen nickte niedergeschlagen. »Das ist das erste Video, das veröffentlicht wurde. Irgendwelche Tierrechtsaktivisten haben es geschafft, gestern Abend an richtig gute Aufnahmen zu kommen, und plötzlich ist das verdammte Video überall. Ich wollte nicht gegen die Scheibe schlagen. Ich war völlig außer mir. Das Video zeigt nicht die ganze Geschichte.«

Die ganze Geschichte enthielt vermutlich mehr Alkohol, als Jezmeen sich selbst eingestehen wollte. Rajni fragte sich, ob Anil von dem Video wusste. Sie schaute auf ihr Handy. Keine Anrufe oder Nachrichten von ihm. Vermutlich hatte er es noch nicht gesehen.

»Wissen deine Produzenten davon?«, fragte Shirina.

Jezmeen nickte. »Mein Vertrag wäre sowieso ausgelaufen – jetzt wollen sie ihn nicht mehr verlängern.«

Irgendwann musste man der schmerzhaften Wahrheit ins Gesicht sehen. Das hatte Mum einmal zu Rajni gesagt, als die Rede auf Jezmeen gekommen war: Man musste sich der unerfreulichen Realität stellen, kein berühmter Fernsehstar zu sein. »Bitte, sag ihr das nicht«, hatte Rajni Mum angefleht. Sie wusste, Jezmeen wäre am Boden zerstört, auch wenn sie zugeben musste, dass sie selbst nicht recht daran glaubte, Jezmeen könne eines Tages der große Durchbruch gelingen. Nicht, dass es Jezmeen an Talent mangelte. Es wollte sie nur keiner sehen. Polly Mishra dagegen ... die wollten die Leute sehen. An einem Winterwochenende hatten Rajni, Kabir und Anil gemeinsam eine ganze Staffel von *The Boathouse* geschaut, während sich draußen feiner Graupel auf die Fensterbänke legte. Eigentlich hatten sie sich nur eine Folge ansehen wollen, aber das Ende der ersten Folge war so spannend gewesen, dass sie unbedingt auch noch die zweite hatten sehen müssen, und dann noch eine, und noch eine, und dann war es Zeit zum Abendessen gewesen, und sie hatten Pizza bestellt, um in Ruhe weiterschauen zu können.

Rajni sehnte sich nach dem behaglichen Gefühl dieses gemütlichen, friedlichen Nachmittags. Als es kühler geworden war, hatten sie sich alle unter einer Decke zusammengekuschelt und gemeinsam spekuliert, wie es wohl weiterging. Rajni konnte sich nicht daran erinnern, jemals wieder ein solches Gemeinschaftsgefühl als Familie verspürt zu haben.

»Sie behaupten natürlich, schuld sei dieser Zwischenfall«, erklärte Jezmeen Shirina gerade. »Aber ich glaube, sie suchen einfach eine neue Moderatorin, die mehr Mainstream ist.« Das Wörtchen »Mainstream« setzte sie dabei in Anführungszeichen. »Eine weiße Frau würde eine breitere Zielgruppe ansprechen.« Shirina nickte verständnisvoll. Rajni fand nicht, dass die *DesasterTube*-Clips mit Leuten, die sich auf jede nur erdenkliche Art und Weise die Kronjuwelen zerquetschten, unbedingt eine größere Zielgruppe brauchten.

»Das war Notwehr«, fuhr Jezmeen fort. »Er hätte mich beißen können. Woher sollte ich wissen, ob er nicht giftig ist?«

»Ich glaube nicht, dass Arowanas giftig sind«, sagte Shirina. »Sie sind einfach nur hochsensibel. Ich hab neulich einen Artikel im *National Geographic* gelesen über Tiere und ihre Befähigung zu tiefen, komplexen Gefühlen. Diese Fische sind wirklich extrem stressempfindlich.«

Jezmeen stöhnte gequält auf. »Na toll, jetzt fühle ich mich noch mieser.«

»Entschuldige.«

»Es ist ja nicht nur, dass das Video viral gegangen ist. Ich muss dem Restaurant auch noch Schadensersatz zahlen.«

»Wie viel denn?«, erkundigte sich Shirina.

»Fünfunddreißigtausend Pfund«, antwortete Jezmeen kleinlaut.

»*Was?*«

»Die sind echt teuer«, bestätigte Shirina. »Einer von Sehajs Klienten hält einen Arowana. Er hat ihn von einer Fischfarm in Singapur, für eine Viertelmillion US-Dollar.«

»Sehen die so spektakulär aus? So exotisch?«, wollte Rajni wissen und griff nach dem Korb mit dem Naan. »Oder bringen sie wenigstens Glück?«

»Na, das ja wohl nicht«, gab Jezmeen spitz zurück. »Sie platschen einfach nur in ihrem Aquarium rum, haben hochkomplexe Gefühle, und wenn jemand anklopft, begehen sie Selbstmord.«

Rajni stutzte. Jezmeen hätte das nicht sagen sollen, und sie wusste es – verlegen biss sie sich auf die Lippen, als wünschte sie, ihre unbedachten Worte wieder zurücknehmen zu können. Ihre Blicke trafen sich, und dann sahen beide Shirina an. Die hatte aufgehört zu kauen und griff langsam nach ihrem Wasserglas. Alle dachten in diesem Augenblick genau dasselbe. Und Rajni war plötzlich stinksauer auf Mum, weil sie ihnen aufgetragen hatte, miteinander zu reden. Da siehst du, was du angerichtet hast, dachte sie bitter.

Mitten in der Nacht erwachte Rajni von einem leisen Scharren. Es war jemand in ihrem Zimmer. Wie ein Kastenteufel fuhr sie aus dem Bett und wickelte sich hastig in das Laken. »Hallo?«, krächzte sie und war sich nicht sicher, ob das eine gute Methode war, um mögliche Sexbestien zu vertreiben. Ihr Blick ging zu ihrem Koffer, während sie hastig überlegte, welche Wertgegenstände sie dabeihatte. Ihr Pass war in Sicherheit, aber die Urne mit der Asche stand offen da. Doch dann fiel ihr ein, dass die nur für sie selbst von Wert war – was sollte ein Dieb mit den sterblichen Überresten einer alten Frau anstellen? Sie machte einen kleinen Schritt zur Tür und glaubte, das Scharren hinter sich zu hören, lauter diesmal. Dann ein Geräusch, als würde Stoff reißen. Sie drehte sich auf dem Absatz um und sah gerade noch, wie die Gardinen vor dem Fenster herunterrauschten.

»Mist, Mist, Mist«, schimpfte sie und sprang mit fest geballten Fäusten auf der Stelle wie ein Preisboxer. Das Laken löste sich und rutschte herunter und fiel um ihre Knöchel auf den Boden. Es dauerte einen Moment, bis die Erleichterung einsetzte und ihr aufging, was passiert war – die Vorhänge, mit Klettband an die Stange über dem Fenster befestigt, hatte sich in der Nacht langsam gelöst. Rajni hob sie auf und trug sie zu dem Schreibtisch in der Zimmerecke. Wie billig das alles war! Fast erwartete sie, das Hotel selbst müsse ganz aus Pappe und Klebstoff gebaut sein – und sobald sie sich gegen eine Wand lehnte, würde das ganze Ding wie ein Kartenhaus in sich zusammenstürzen.

An Einschlafen war nun nicht mehr zu denken. Rajni nahm das Handy von der Kommode und schrieb Kabir eine Chat-Nachricht – in England war es jetzt neun Uhr abends, und er würde nach getaner Arbeit sicher gemütlich vor dem Fernseher sitzen.

Wie geht's?

Gut, antwortete er. Wie war euer erster Pilgertag?

Rajni schaute schulterzuckend auf das Handy. Was sollte sie ihm sagen? Sie hatte es nicht geschafft, den ersten Tag ihrer Reise zu Mums Andenken hinter sich zu bringen, ohne an diese letzten, hässlichen Augenblicke denken zu müssen. Sie war versucht gewesen, das gemeinsame Abendessen mit ihren Schwestern ausfallen zu lassen, weil sie wusste, wie anstrengend es werden würde, und sie hatte recht behalten. Wäre es nach ihr gegangen, hätte sie lieber den Zimmerservice angerufen – vermutlich vertreten durch den jungen, verschüchterten Tarun aus dem Hotel-Café –, aber alleine zu essen war auch nicht besser. Dann würde sie nur wieder an all die Dinge denken müssen, die zwischen ihr und Mum unausgesprochen geblieben waren. Sie wusste nicht, wie sie die restliche Reise überstehen sollte, ohne ständig an die unschönen Ereignisse bei ihrer letzten Indienreise mit Mum erinnert zu werden.

Mir fehlen die Worte, schrieb sie zurück. Kaum hatte sie die Nachricht abgeschickt, ging ihr auf, dass man das auch ganz anders verstehen könnte, als ehrfürchtiges Staunen, fast als hätte das Möhrenschnibbeln in der Tempelküche ihren spirituellen Hunger gestillt. Gerade wollte sie noch etwas hinterherschicken, da kam eine Nachricht von Kabir.

Habe heute mit Anil reden können.

Rajni drückte auf das Anruf-Symbol in ihrem Chatfenster. Kabirs Stimme dehnte sich zu einer Million Silben aus, verzerrt von der Entfernung und der schlechten Internetverbindung.

»Haaaaaallllllooooooooooo?«

Er klang wie ein sterbender Roboter. »Kabir?«, rief Rajni. »Kabir?«

»HAAAAAAAAAAAAALLLLLOOOOOOOOOO.«

Sie hielt das Telefon weg vom Ohr und wartete ab, in der Hoffnung, die Verbindung würde besser. Einmal hatte sie über diesen Dienst mit Shirina in Australien telefoniert, und mitten im Gespräch war das Echo irgendwann so laut geworden, dass sie kaum hatte weiterreden können, so entnervt war sie gewesen, ständig von ihrer eigenen Stimme unterbrochen zu werden.

Es wurde still in der Leitung. »Kabir«, sagte Rajni. »Hörst du mich?«

Es knisterte und knackte, dann endlich war seine Stimme zu hören, klar und deutlich. »Ja.«

»Was hat Anil gesagt?«

Kabirs Seufzer klang wie Löwengebrüll. Ferngespräche waren nichts für leise Zwischentöne, hatte Rajni einsehen müssen, als sie Shirina angerufen hatte, um ihr Mums Diagnose mitzuteilen. Man musste sich kurzfassen und schnell auf den Punkt kommen, damit die Botschaft nicht von der schlechten Verbindung verschluckt wurde.

»Mir blieb nicht viel Zeit – er war nur kurz hier, um seine Sachen zu holen. Er wohnt bei Davina, bis sie eine gemeinsame Wohnung gefunden haben. Ich weiß gar nicht, was wir eigentlich von ihm erwarten. Was soll er denn tun, Rajni?«

»Du hast gesagt, du kümmerst dich darum«, bemerkte Rajni spitz.

»Aber die ganze Geschichte – das lässt sich nicht so einfach rückgängig machen.«

»Kabir, du kannst mir nicht versprechen, dass du dich um etwas kümmerst, und dann einfach einen Rückzieher machen«, sagte Rajni.

»Ich habe gemeint, ich will Anil davon überzeugen, dass er studiert, nicht, dass er sein Kind im Stich lässt.«

Rajni wusste nicht so recht, ob seine Stimme zu brechen drohte oder ob es an der Verbindung lag. So oder so, bei dem Wort »Kind« musste sie beinahe würgen. Anil war selbst noch ein Kind. So jung sollte er kein eigenes bekommen.

»Wie sicher können wir uns sein, dass es von ihm ist?«

»Ich habe ihn gefragt«, sagte Kabir. »Er ist sich ganz sicher. Er und Davina sind seit etwa drei Monaten zusammen. Sie ist in der sechsten Woche – also ziemlich unwahrscheinlich, dass sie sich von einem anderen Kerl hat schwängern lassen und sich dann einen ahnungslosen naiven jungen Mann mit einem kleinen Erbe ausgeguckt hat, um sich von ihm aushalten zu lassen.«

»Sagt sie«, entgegnete Rajni. »Warum sollten wir ihr das glauben?«

»Ich nehme an, Anil vertraut ihr blind.«

»Hast du Anil gefragt? Hast du ihn gefragt, ob er sich ganz sicher ist?«

»Habe ich nicht. Ich will ihn nicht unnötig kränken.«

»*Nicht unnötig kränken*?« Die Worte brachen nur so aus Rajni heraus. Sie wusste nur zu gut, dass die Wände papierdünn waren und dass sie ihre Nachbarn links und rechts mit diesem Ausbruch vermutlich gerade geweckt hatte. »Unser Sohn ist augenblicklich dabei, sich sein ganzes Leben zu ruinieren, und du sorgst dich um verletzte Gefühle?«

»Ich glaube, die Vaterschaft des Kindes anzuzweifeln wäre gerade nicht die klügste Vorgehensweise«, erwiderte Kabir. »Gehen wir einfach davon aus, dass es stimmt.«

Rajni verzog die Lippen zu einem schmalen, geraden Strich. »Ich weiß, es ist nicht leicht, sich damit abzufinden«, fuhr Kabir fort. »Aber er wird unsere Hilfe brauchen. Er weiß doch überhaupt nicht, wie man ein Kind großzieht. Weißt du noch, wie schwer wir es damals hatten als junge Eltern? Und wir waren auch nur ein paar Jahre älter als er, wenn man es genau nimmt.«

»Wir waren über zwanzig und hatten beide einen festen Job. Wir waren verheiratet, und wir waren gleich alt«, korrigierte Rajni ihren Mann. Ihr wurde schwindelig. »Aber Kabir, willst du damit sagen ... willst du damit sagen, das war's? Dass sie das wirklich machen wollen?«

»Leicht wird es nicht«, sagte Kabir. »Aber die beiden haben sich entschieden, und wie es aussieht ...«

»Geld wäre da«, platzte Rajni heraus. Sie schloss die Augen, als sie das sagte. Sie konnte kaum glauben, dass sie so tief gesunken war.

»Geld, wozu?«

»Für – ach, jetzt zwing mich nicht, es laut auszusprechen, Kabir.«

Nun war es an Kabir zu verstummen. Im Hintergrund war ein leises Summen zu hören, bei dem Rajni unvermittelt Heimweh nach London bekam – ein langgezogener, friedlicher Ton.

»Worum geht es hier eigentlich, Rajni?«, fragte Kabir. Sie konnte es nicht ausstehen, wenn er ihr diese Frage stellte, meistens mitten in einem Streit, meistens einem

Streit über Anil. Weil es immer auf die Antwort hinauslief, die ihr auch jetzt auf der Zunge lag. *Was sollen die Leute denken?* Sie weigerte sich, das laut zu sagen. Den ganzen Tag hatte sie an Mum denken müssen; sie würde nicht so werden wie sie.

»Vergiss es. Reden wir über etwas anderes«, sagte Rajni seufzend.

»Gute Idee«, erwiderte Kabir. »Was ist denn bitte mit Jezmeen los? Ich hab gehört, irgendein Video von ihr ist aufgetaucht, auf dem sie ein bedrohtes Tier foltert?«

»Sie tritt einen Fisch«, korrigierte Rajni.

»Es stimmt also? Oder ist das bloß ein Werbegag für die Sendung, die sie moderiert?«

»Es stimmt.« Rajni seufzte. »Sie muss dem Restaurant Schadensersatz zahlen für den Fisch.« Ihr ging auf, dass Kabir das Video anscheinend nicht selbst gesehen hatte. »Woher weißt du davon?«

»Anil hat gesagt, es ist überall im Netz. Er hat mich sofort angerufen, als er es gesehen hat.«

»Das ist aber nett«, murmelte Rajni. Sie hatte plötzlich einen Kloß im Hals. »Bei mir hat er sich nämlich noch gar nicht gemeldet.«

»Kannst du es ihm verdenken?«, fragte Kabir.

»Das ist nicht fair«, gab Rajni zurück. »Ich mache mir doch bloß Sorgen um ihn.«

»Wieso sagst du das, als würde ich mir keine Sorgen um ihn machen?«

»Weil du nichts dagegen tust, dass er sich seine ganze Zukunft verbaut. Du bist zu weich, zu nachgiebig. Immer hast du ihm alles durchgehen lassen. Das hast du nun davon.«

»Rajni, Anil hat eine Entscheidung getroffen. Sie ist unumkehrbar.«

»Nicht unbedingt«, brummte Rajni. »Vielleicht, wenn wir ihr Geld geben, damit sie es wegmachen lässt und aus Anils Leben verschwindet, könnte er noch mal ganz von vorne anfangen.«

»Gerade du solltest dir überlegen, ob du das mit deinem Gewissen vereinbaren kannst«, konterte Kabir.

Seine Worte verschlugen ihr die Sprache. Beinahe hätte sie vor Schreck das Telefon fallen gelassen. Die Internetverbindung schien wieder schlechter zu werden, und Kabirs umgehende Entschuldigung klang, als hörte Rajni sie unter Wasser. Dann knisterte und knackte es wieder in der Leitung, und seine Worte wurden fast zur Unkenntlichkeit verzerrt. Die Verbindung, befand Rajni, war einfach zu schlecht. Sie legte auf.

Sechstes Kapitel

Dritter Tag: Sonnenaufgang am India Gate

Ihr Mädchen seid bestimmt längst sauer auf mich, weil ich euch immer so früh aus den Federn hole, aber wann habt ihr das letzte Mal einen Sonnenaufgang gesehen? Das India Gate ist der beste Ort, um den Sonnenaufgang in Delhi zu beobachten. Seid ausnahmsweise einmal ganz still und schaut einfach nur zu, wie ein neuer Tag anbricht. Denkt an all die neuen Tage, die euch noch gegeben sind, und überlegt, wie ihr sie verbringen wollt.

Auf dem Boden zwischen der Tür und dem Badezimmer lag ein zusammengefalteter Zettel. Verschlafen und nur halb wach, die Augen noch fast zu, hatte Jezmeen ihn zwar schon gesehen, hatte sich aber nicht dazu aufraffen können, hinzugehen und ihn aufzuheben. »Was soll das?«, murmelte sie ins leere Zimmer. Dann roch sie ihren säuerlich fauligen Kateratem.

»Ach, scheiße«, brummte sie und sank wieder ins Bett. Sie drehte sich auf die Seite und tastete nach ihrem Handy, um auf die Uhr zu schauen. Jetzt konnte sie sich auch denken, was auf dem Zettel stand und wer ihn geschrieben hatte. Ganz vage erinnerte sie sich (sie dachte zuerst, sie hätte es nur geträumt), wie sie heute Morgen von einem Klopfen geweckt worden war, wie sie dann an die Tür getappt war und sich eine sehr glaubwürdige Lebensmittelvergiftungsgeschichte ausgedacht hatte. Das mit dem »kann nichts im Magen behalten« stimmte sogar, wenn auch aus anderen Gründen. »Ich komme später nach. Ich weiß, wie ich hinkomme«, hatte sie mit einem – hoffentlich souveränen – Lächeln gesagt. Wie ihr gerade erst aufging, musste schon der leiseste Hauch des übelriechenden Gestanks in ihrem Zimmer gereicht haben, um ihre Schwestern zu vertreiben. Sie würde jede Wette eingehen, dass auf dem Zettel eine ernüchternde Kritik stand, wie wenig überzeugend sie die eingebildete Kranke gespielt hatte.

Eine leere Weinflasche war über die Fernsehkonsole gerollt und balancierte gefährlich nahe am Abgrund. Jezmeen wusste sehr wohl zu schätzen, dass sie mit ihrem rasch schrumpfenden Bankkonto hier viel weiterkam als in London. So gesehen schien ihre nächtliche Bestellung beim Zimmerservice geradezu vernünftig und beinahe schon sparsam. Auf dem Weg vom Markt zurück zum Hotel hatte sie einen Getränkeladen gesehen, aber der hatte feucht und düster gewirkt, und als sie darauf zugegangen war, hatte eine ganze Meute Männer interessiert aufgeschaut und sie durchdringend gemustert. Da hatte sie der Mut verlassen.

Vor Jahren hatte sie mal einen Artikel gelesen über einen indischen Politiker, der Männer dazu ermutigte, Frauen, die in Bars tranken, zu verprügeln. Als Reaktion darauf schickten Frauen aus ganz Indien ihm rosa Unterwäsche ins Büro und überschwemmten seine Mailbox mit Bildern von derselben. Bis heute erschienen, wenn man im Internet den Namen des betreffenden Politikers eingab, hunderte und aberhunderte Fotos von rosa Spitzentangas. Jezmeen hatte daran denken müssen, als sie den Wein direkt aus der Flasche getrunken und nach Bildern von sich gegoogelt hatte. Zuckerbrot und Peitsche. Bestimmt erklärte das auch, warum in ihren abgedrehten Träumen der Arowana-Fisch ein rosa Bikinihöschen getragen hatte.

Jezmeen setzte sich auf und wartete, bis ihr Kopf sich an die neue Position gewöhnt hatte. Sie konnte sich nicht daran erinnern, die ganze Flasche geleert zu haben, aber der dichte Nebel, durch den sie gerade watete, war Beweis genug. Es war ein langsamer, beschwerlicher Weg bis zur Tür, wo sie endlich den Zettel aufhob und auseinanderfaltete:

Sind am India Gate. Komm nach, wenn dir danach ist – Rajni und Shirina.

Nicht so schlimm wie erwartet, obwohl sie Rajnis wichtigtuerische Art geradezu aus den geraden Linien und den spitzen Schnörkeln ihrer Schrift heraushören konnte.

Es war beinahe Mittag. Den Sonnenaufgang hatte sie verpasst. Aber bestimmt konnte sie das irgendwie wiedergutmachen. Sonnenaufgänge gab es schließlich jeden Tag. Sie könnte ja auch jetzt noch zum India Gate fahren. Wäre doch fast dasselbe, oder? Man musste Mums Anweisungen ja nicht Wort für Wort befolgen.

Erst einmal duschte sie ausgiebig und ließ sich vom

heißen Dampf die verstopften Nebenhöhlen freimachen. Als sie schließlich wieder herauskam, ging es ihr bereits deutlich besser – sich von jedem noch so fiesen Kater schnell wieder zu erholen, war eine generell unterschätzte Fähigkeit. Nur so konnte Jezmeen gelegentlich ein bisschen über den Durst trinken und am nächsten Tag trotzdem aufstehen (wenn auch etwas zu spät für die Morgenmeditation) und ihren Kram erledigen. »Manche Menschen würden das als funktionierenden Alkoholismus bezeichnen«, hatte Mark einmal grinsend zu ihr gesagt. Dieses Grinsen mit den Grübchen. Irgendwann hatte er aufgehört, sie zu necken, wenn sie sich noch ein Glas einschenkte, und sie stattdessen nur stumm und durchdringend angeschaut. Sie wusste, dass sie mehr trank, seit Mum gestorben war, aber trauerte nicht jeder auf seine eigene Art?

Jezmeen zog sich an und verließ das Hotel, nur um unvermittelt in einem wüsten Durcheinander aus Menschen, Rikschas, streunenden Haustieren, Schuhputzern und Schulkindern zu landen. Ein Roller hinter ihr hupte, und im Vorbeifahren lehnte der Fahrer sich zu Jezmeen hinüber. »Sssexy«, zischte er anzüglich, und fast klang es wie eine Beleidigung. »Verpiss dich«, schimpfte sie, aber das laute Knattern der Motoren und das Geschrei der Straßenverkäufer übertönte ihre Stimme. Sie schlängelte sich durch den Karol Bagh Markt, den Kopf in den Nacken gelegt, als versuche sie ihn über Wasser zu halten. Die Augen hatte sie fest auf die imposante Brücke am Ende der Straße gerichtet, wo die Metro überirdisch verlief, ungestört vom unentrinnbaren Chaos zu ihren Füßen.

Wo waren eigentlich die Frauen?, fragte Jezmeen sich verwundert. Nicht zum ersten Mal fiel ihr auf, dass Delhi eine Männerstadt war, aber nun, wo sie allein unterwegs war, drängte sich dieser Eindruck noch stärker auf. Männer standen in den Stoffgeschäften und wickelten von großen Ballen Flüsse von Sari-Stoffen ab. Juweliere hielten zarte Ohrringe in den dicken, schwieligen Fingern. Studenten drängten sich um die Chai-Bude vor einem kleinen College-Gebäude, die Lehrbücher an die Brust gedrückt. Sie gingen an ihr vorbei und stießen absichtlich mit ihr zusammen oder beugten sich zu ihr herunter, um ihr Zeilen aus Hindi-Songs oder irgendwelche unflätigen Schweinereien ins Ohr zu raunen. Immer, wenn Jezmeen eine Frau sah, erkannte sie in ihrem Gesicht dieselbe versteinerte Härte wie in ihrem eigenen.

Sie war schon ziemlich geschafft, als sie sich schließlich den Weg zur Metro-Station gebahnt hatte. Unter ihr kreischte und knatterte der Verkehr, und der Lärm stieg auf und verfolgte sie bis zum Bahnsteig. Von der Brücke aus hatte sie einen wunderbaren Blick auf den Affengott Hanuman, eine gigantische Statue, die über der Anbindungsstraße thronte und Häuser und Bäume ringsum zwergenhaft klein erscheinen ließ. Er hatte die Hände vor der Brust gefaltet, und der Schwanz ringelte sich hinauf bis zum Kopf. Jezmeen musste ihn einfach anstarren – aber es war die schiere Größe der Statue, die sie faszinierte, weniger ihre spirituelle Bedeutung. Sie fragte sich, wie lange es wohl dauern mochte, etwas derart Riesenhaftes zu erschaffen, und ob die Erbauer beabsichtigt hatten, dass er so auf die Stadt herunterschaute, auf die Autos und Fahrräder, die weit unten in einem Ring heilloser Unordnung um ihn herumwuselten. Vermutlich sollte sie das daran erinnern, wie klein und unbedeutend sie war. Dafür reichte allerdings schon der Gang über einen Markt in Delhi.

In der Bahnstation folgte der Menschenstrom unter den grell fluoreszierenden Lichtern einem etwas geordneteren Muster. Die Haltestelle Central Secretariat, wo sie umsteigen konnte, war nur ein paar Stationen entfernt.

Ein verblasster rosa Pfeil auf dem glatten Fliesenboden zeigte an, wo der für Frauen reservierte Wagen hielt. Jezmeen folgte dem Pfeil und fand sich unversehens inmitten einer großen Gruppe von Frauen und Mädchen wieder. Zum ersten Mal, seit sie in Indien war, sah sie so viele Frauen zusammenstehen. Zwei junge Mädels mit Kurti-Tops über stylisch engen Jeans waren in ein angeregtes Gespräch vertieft. Gelächter und Gesprächsfetzen erfüllten die Luft.

»Ich meine, das ist so was von egoistisch, findest du nicht?«

»Nur, wenn sie nicht zuerst Ja gesagt hat. Aber diese Firmen machen so was.«

»Sie hat doch keinen Vertrag unterschrieben oder so was?«

»Sie sagen, er ist ungültig, weil sie erst nachher dazugekommen ist …«

Jezmeens Blick wanderte zu den anderen Frauen, die allein dastanden und warteten. Viele schauten auf ihr Handy und verzogen die Lippen zu einem Lächeln, wenn sie eine Nachricht bekamen. Eine Dame mittleren Alters im Sari zog einen Shopping-Trolley hinter sich her. Plastiktüten lugten durch das Gitter. Als die Bahn einfuhr, zerrte sie ihre Päcklein hinter sich her und musterte müde die anderen Frauen, die sich an ihr vorbeidrängten.

Jezmeen war erleichtert, nach dem unerfreulichen Gang zur Metro-Station endlich im Wagen zu sein. Sie musste an ihren ersten Tag hier denken, als Rajni sie davor gewarnt hatte, in ihrer freizügigen Aufmachung aus dem Hotel zu gehen, wenn sie keine ungewollte Aufmerksamkeit erregen wollte. Aber wieso mussten Frauen es ausbaden, wenn Männer sich nicht im Griff hatten?

Der Zug rollte in die nächste Station, und die Türen öffneten sich. Junge Frauen – Studentinnen, vermutete Jezmeen – drängten sich in den Wagen, und plötzlich war die Atmosphäre schlagartig aufgeladen. Die anderen Frauen schauten auf und rückten ab, und manche stellten die Musik auf ihren Kopfhörern lauter. Viele der neu dazugekommenen Passagiere trugen identische T-Shirts. Jezmeen konnte den Schriftzug auf ihrer Brust in dem Gedränge nicht ausmachen, aber anscheinend wollten sie auch zum India Gate, zu irgendeiner Veranstaltung.

Ein Mädchen im engen lila T-Shirt, eine ganze Reihe winziger Ohrringe an beiden Ohren, machte einen Schritt zurück, als die Bahn ruckelte, und trat Jezmeen versehentlich auf den Fuß. Sie warf die Haare nach hinten und murmelte »Sorry«, und ihr Blick blieb an Jezmeen hängen. Man sah es in ihren Augen blitzen. Verstohlen flüsterte sie einer Freundin, die neben ihr stand, etwas zu, die daraufhin Jezmeen musterte. Jezmeen wurde ganz flau – was, wenn sie das Video gesehen hatten? Sie hatte noch das fiese Kichern der Jungs aus dem Tempel im Ohr. Rasch zog sie die Sonnenbrille aus der Tasche und setzte sie auf. Hinter den großen getönten Brillengläsern war sie nicht so leicht zu erkennen.

Als die Bahn an ihrer Haltestelle einfuhr, strömten die T-Shirt-Frauen hinaus, und die anderen, die nicht dazugehörten, zerstreuten sich und gingen eilig wieder ihrem eigenen Leben nach. Als die Menge sich langsam auflöste, konnte Jezmeen auch endlich sehen, was auf den T-Shirts stand. *Marsch für Frauenrechte.*

Und jetzt sah sie auch die Plakate, die sie dabeihatten: *Finger weg, mein Körper gehört mir!* und *Vergewaltigungskultur stoppen, Kultur retten.*

Die Frau im lila T-Shirt drehte sich wieder zu Jezmeen um. Ihre Mundwinkel verzogen sich zu einem kleinen Lächeln. »Sind Sie ... Polly Mishra?«

Jezmeen nickte kleinlaut, ehe ihr aufging, dass das Mädchen sie beim falschen Namen genannt hatte.

»Wusst ich's doch!« Das Mädchen strahlte über das ganze Gesicht und stupste ihre Freundin an. »Ich hab's dir doch gesagt, das ist sie. Polly Mishra!«

Ihre Freundin grinste breit. »Ach du Scheiße«, brummte sie. »Wer hat Sie denn hergeholt?«

»Hmm?«, fragte Jezmeen.

»Sunayana? Die zieht immer so fette Überraschungen aus dem Hut. Letztes Jahr hat sie Priyanka Chopra bequatscht, was zu unserem Schlampen-Marsch zu twittern.«

Jezmeen schüttelte den Kopf. Sie war kurz davor, ihnen zu sagen, dass sie sie verwechselten, dass sie nicht Polly Mishra war. Aber dann zögerte sie und gab sich einen Moment der Vorstellung hin, einen Tag lang jemand anderer sein zu können. (Was Polly Mishra wohl gerade machte? Was auch immer es war, bestimmt hatte sie es nur halb so schwer wie Jezmeen.) Dann johlte das lila Mädchen plötzlich los. Der Lärm ließ andere Demonstranten aufhorchen. »Ladys, hergehört«, rief sie und hakte sich bei Jezmeen unter. »Polly Mishra ist heute hier und wird mit uns marschieren.«

Die Menge jubelte. Jezmeen ließ vorsichtshalber die Sonnenbrille an. Sie musste die Spröde spielen und ganz schüchtern tun. Sonst würde sie viel zu sehr im Mittelpunkt stehen, und früher oder später würde jemand sie auffliegen lassen. Wie eine Woge rissen die Frauen sie mit bis zum Ausgang. Das Mädchen in Lila stellte sich ihr als Sneha vor. »Ich bin eine der Organisatorinnen«, erklärte sie. »Das ist Anjuli«, sagte sie und wies mit einem Nicken auf die junge Frau neben ihr. »Sie ist mit dem Opfer zur Schule gegangen.«

»Dem Opfer?«, erkundige sich Jezmeen.

Sneha schaute sie an. »Guckst du keine Nachrichten?«

Klar, dachte Jezmeen beschämt. Sie hatte sich so obsessiv selbst gegoogelt und Schlagzeilen, Blogposts und Tweets, die sie in der Online-Welt im Gespräch hielten, nach ihrem Namen durchforstet, dass alles andere an ihr vorbeigegangen war.

»Nein«, gestand Jezmeen. »Aber ich wage kaum zu fragen.« Sicher wieder eine Gruppenvergewaltigung, überlegte sie, irgendwas Entsetzliches, das die Leute auf die Straße trieb.

»Eine Zwanzigjährige ist letzte Woche auf einem

Basar brutal überfallen worden«, berichtete Anjuli. »Sie war gerade in einem Ankleideraum und probierte etwas an, als ein Mann sich Zutritt zu der Kabine verschaffte. Sein Bruder und ein weiterer Ladenbesitzer haben sie festgehalten …« Anjuli hatte ein zartes Gesicht und große dunkle Augen, die vor Zorn funkelten. Ihre Stimme brach bei den letzten Worten.

Jezmeen brannten plötzlich Tränen in den Augen. Nach der Gruppenvergewaltigung einer jungen Frau in einem Bus in Delhi, die international Schlagzeilen gemacht hatte, hatte sie die Proteste verfolgt, die neue feministische Welle, die Indien erfasst zu haben schien – Studentenmärsche, Mahnwachen, Sitzblockaden. *Es reicht*, lautete die Botschaft der wimmelnden Massen, die ihre Solidarität mit den Opfern und die Wut über die himmelschreiende Ungerechtigkeit zum Ausdruck bringen wollten. Aber die anschließende Berichterstattung über den Überfall hatte sie vor Wut schäumen lassen, bis sie sich schließlich ausgebrannt und leer fühlte und vollkommen desillusioniert. Die Verteidiger der Vergewaltiger hatten argumentiert, die junge Frau hätte ihre Mandanten selbst zu dem Verbrechen verleitet, weil sie nachts unterwegs gewesen war. Eine lautstarke Gegenprotestler-Gruppierung hatte angeprangert, nicht alle Männer seien potenzielle Vergewaltiger, und der Begriff »Vergewaltigungskultur« sei eine krasse Verallgemeinerung. Währenddessen gingen die Vergewaltigungen ungehindert weiter. Und entweder es wurden mehr oder es wurden nur mehr gemeldet – was in Jezmeens Augen kaum einen Unterschied machte, denn so oder so, sie passierten.

Angst legte sich um Jezmeens Brust beim Gedanken an ihren Ausflug zum Markt gestern mit Shirina. »Ich bin dabei«, sagte sie. »Ich bin hier, um euch zu unterstützen.« Anjuli nickte und nahm sie an die Hand.

Sie gingen die Stufen hinunter und traten hinaus in schmuddelige Sommerhitze. Jezmeen blinzelte im grellen Sonnenlicht und folgte den Frauen zum India Gate. Der gewaltige Bogen erhob sich imposant vor dem strahlend blauen, wolkenlosen Himmel. Besucher standen in kleinen Grüppchen herum – westliche Rentner mit hochgezogenen Socken und dicker Kamera um den Hals, adrette junge indische Pärchen, die in ihre auf Selfiesticks steckenden Handys grinsten. Straßenverkäufer schlängelten sich zwischen ihnen hindurch und versuchten Luftballons und billige batteriebetriebene Hubschrauber und Seifenblasenzauberstäbe an den Mann zu bringen.

»Du bist bestimmt wegen irgendeiner großen Veranstaltung in Indien, oder?«, fragte Anjuli, während sie sich in der sengenden Hitze auf den Triumphbogen zuschoben.

»Ich mache hier Urlaub, gewissermaßen«, entgegnete Jezmeen.

»Allein?«, fragte Anjuli.

»Mit meiner Familie«, antwortete Jezmeen.

»Und wie lange?«, wollte Anjuli wissen.

»Wir sind nur noch bis morgen in Delhi, dann fahren wir weiter nach Amritsar«, sagte Jezmeen. »Wir wollen den Goldenen Tempel besuchen.«

»Der ist himmlisch«, schwärmte Anjuli verzückt. »Man kommt an so einen Ort und fragt sich, warum nicht die ganze Welt ein Heiligtum sein kann. Wir sind doch ganz offensichtlich dazu befähigt, in Frieden miteinander zu leben – aber wieso nur an bestimmten Orten?«

Die Demonstrationsteilnehmerinnen begannen gerade sich aufzustellen, als sie in der Mitte des Platzes ankamen. Es war nicht ganz klar, wo oder wie der Protest beginnen würde, aber Jezmeen hatte das Gefühl, sie würde es mitbekommen, wenn es losging. Die Touristen und die übrigen Passanten schienen zu ahnen, dass gleich etwas passieren würde. Sie gingen auseinander, neugierig und womöglich auch ein bisschen ängstlich. Jezmeen wollte eigentlich zurückbleiben und sich das ganze Spektakel aus sicherer Entfernung ansehen, aber Anjuli fasste sie fest an der Hand und zog sie mit erstaunlicher Kraft hinter sich her in die Mitte des Kreises. Zu ihren Füßen stand ein schwarzer Seesack. Daraus holte sie ein flaches Brett, das sich zu einem Podest ausklappen ließ, gerade hoch genug, damit man sie sehen konnte. Auf dem Podest zu stehen schien ihr Aufwind zu geben. Jezmeen sah, wie sie die Schultern straffte, wie ihre Augen strahlten. Sneha reichte ihr ein Megafon, und es ging los.

»Was hat sie getan?«, tönte Anjulis Stimme scheppernd über den Platz. »Sie wollte nur auf dem Janpath Markt einkaufen.«

Jezmeen schaute sich um – die anderen Frauen hörten wie gebannt zu. Sie nickten, während Anjuli Statistiken zu sexueller Belästigung und Gruppenvergewaltigungen herunterrasselte. Sie ging dabei in umgekehrter chronologischer Reihenfolge vor, angefangen bei dem letzten Zwischenfall bis zurück zu der Gruppenvergewaltigung im Bus 2012, dem Auslöser für die Proteste. »Das sind nur die prominentesten Vorfälle!«, rief sie. »Das sind nur die gemeldeten Vorfälle. Wer weiß, was noch alles passiert, wer weiß, was noch alles passieren muss, bis es endlich aufhört?«

Ein Sprechchor bildete sich: »Wann hört es auf?« Sneha führte sie an und reckte die geballte Faust in den Himmel. »Wann hört es auf?« Jezmeen ertappte sich dabei, wie sie die Worte wiederholte und ihre Stimme sich in den Chor der anderen mischte, bis sie sich selbst nicht mehr hören konnte, nur noch eine machtvolle gemeinsame Stimme. Sie blickte über die Menge und erwartete eigentlich, Schaulustige zu sehen, vielleicht Passanten, die sich ihnen anschlossen, aber zu ihrer Enttäuschung machte Indien einfach weiter wie gehabt und nahm keinerlei Notiz von ihnen. Der Verkehr quälte sich vorbei, die Straßenverkäufer umgarnten ihre Kunden, und die Touristen drückten sich am Rand der Kundgebung vorbei. Manche knipsten Fotos, während andere ängstlich auf Abstand gingen.

Nun war Sneha an der Reihe. Sie stellte sich auf das Podest und begann, Statistiken zu zitieren – »875 Frauen auf 1000 Männer in Haryana!«, schrie sie. Ein Mädchen winkte mit einem Pappplakat, darauf stand: *Stoppt den Femizid.* In entlegenen ländlichen Gebieten gab es bis heute Ehrenmorde – zwei Mädchen hielten ein Banner in die Höhe: *Mord ist ehrlos.* Der Protest schien jegliche Art von Frauenrechten in Indien einzuschließen, und es gab so viel, für das es zu kämpfen galt. Es war alles ein bisschen überwältigend, genau wie Indien selbst.

Jezmeen wurde ganz flau, als sie ein Plakat sah mit den entstellten, verquollenen Gesichtern zweier Dorffrauen, die wegen Ehebruchs von einem Stammesgericht zu einer Prügelstrafe verurteilt worden waren. Neben ihren Gesichtern waren indische Göttinnen abgebildet, ebenfalls mit Blutergüssen und Wunden übersät, damit es aussah, als hätte man auch sie grün und blau geschlagen – *Respekt für alle Frauen* stand darüber geschrieben. Das große schlanke Mädchen, das das Schild trug, hielt es so hoch, dass es auch jenseits der Protestierenden gut zu sehen war.

»Und wir haben heute eine internationale Botschafterin bei uns. Polly Mishra, Star der britischen Serie *The Boathouse*, ist hier, weil die Gewalt gegen Frauen endlich aufhören muss.«

Alle Augen richteten sich auf Jezmeen. Sneha winkte sie auf das Podest. Die Menge teilte sich, um sie durchzulassen. Das Herz schlug Jezmeen unvermittelt bis zum Hals. Sie war sonst nie nervös, wenn sie zu Castings musste, und hatte auch kein Lampenfieber – nur ein bisschen aufgeregt war sie manchmal, was sie meist damit bekämpfte, dass sie sich zur Belohnung anschließend einen kleinen Drink gönnte, auf den sie sich dann schon mal freuen konnte. Tu einfach, was ich sage, sagte sie normalerweise zu sich selbst, dann gibt es nachher was Feines. Aber jetzt war sie schrecklich nervös. Und plötzlich ging ihr auf, dass es lange her war, seit sie das letzte Mal als sie selbst etwas hatte sagen müssen.

Die Menge verstummte, als Jezmeen zum Lautsprecher griff. Was sollte sie nur sagen? Ein Meer erwartungsvoller Gesichter schaute zu ihr auf, aber sie schienen alles längst zu wissen – Sneha hatte ihnen bereits die Zahlen um die Ohren gehauen, und außerdem erlebten sie es tagtäglich am eigenen Leib, oder? Die dummen Sprüche auf der Straße, die Vergewisserung vor dem Spiegel, nicht zu aufreizend gekleidet zu sein, die Anrufe bei den besorgten Eltern, um ihnen zu sagen, wo man gerade war, die erdrückende Angst, wenn man nachts in einen Bus stieg.

»Eure Erfahrungen wiegen tausend Mal schwerer, als meine Worte es je könnten«, setzte Jezmeen an. »Ihr alle habt, wenn ihr bloß das Haus verlasst, an einem Tag mehr Kämpfe auszustehen als ich in London in einem ganzen Jahr.« Sie schüttelte den Kopf. Ihr fehlten die Worte. Es klang ja fast, als machte sie ihnen Vorwürfe, dass sie nicht in einer für Frauen sichereren Stadt lebten.

Die Menge schien ungeduldig von einem Bein aufs andere zu treten. In der Ferne hörte Jezmeen Autohupen tröten und Straßenverkäufer brüllen. »Wann hört es endlich auf?«, fragte sie. »Wann sagen wir endlich, es reicht? Stehen wir hier und erheben unsere Stimme, während Indien ungerührt weitermacht, als sei nichts gewesen? Bedeuten unsere Worte denen, die einfach ihr Leben weiterleben, denn gar nichts?« Sie machte eine ausholende Geste, die alle ringsum mit einschloss. Ihr Interesse schien geweckt. Plötzlich sah Jezmeen einen kleinen Tumult entstehen, wie ein elektrischer Schlag, der durch die Menge lief. Die Frauen, die Protestplakate hielten, reckten sie noch höher in die Luft. Anjuli lächelte und nickte.

»Wir reden über die unerträgliche Ungerechtigkeit,

dabei kennen wir sie längst, oder etwa nicht? Wir erleben sie jeden Tag«, rief Jezmeen, die sich langsam in Rage redete. »Sagt es ihnen!«

Köpfe drehten sich um. Die Frauen, die eben noch am Rand der Kundgebung gestanden hatten, fanden sich unversehens an vorderster Front wieder – es war wie bei einem dieser grässlichen Spiele in der Grundschule, wo alle sich in einer Reihe aufstellen müssen, und der ganz hinten ist der Anführer. »Sagt es ihnen!«, brüllte jemand. »Sagt es ihnen!« Schnell wurde daraus ein weithin hörbarer Schlachtruf, während die Frauen sich umdrehten und sich ihren Zuschauern zuwendeten. Touristen verstauten hastig die Kameras, und die kleinen Menschentrauben, die sich gebildet hatten, um den Frauen zuzusehen, lösten sich rasch auf. Nur ein Grüppchen blieb ungerührt stehen – Männer, genau wie die, denen Jezmeen vorhin auf dem Weg zur Bahn begegnet war. Verstreut standen sie am Rand der Protestkundgebung und waren schlagartig sichtbar inmitten der Menge, weil sie sich nicht vom Fleck rührten. Jezmeen hatte sie nicht einmal bemerkt, als sie und die anderen Frauen angekommen waren, aber sie waren ja auch nicht organisiert. Es war keine Gegenkundgebung geplant, aber jetzt, wo die Frauen sich plötzlich zu ihnen umdrehten, bekamen sie es mit der Angst zu tun und drängten sich zusammen.

Zuerst waren es nur ein paar vereinzelte Männer, die auf die Frauen zeigten. Dann kamen immer mehr dazu, die johlten und schrien. Mit aufgeblähter Brust gingen sie auf die Frauen zu, aber sie wirkten zögerlich und unschlüssig. Die Frauen waren den Männern zahlenmäßig weit überlegen, und das wussten sie.

»Sagt es ihnen!«, brüllte eine Frau und reckte die Faust in den Himmel. Jezmeen nickte und stimmte in den Chor ein. Die Dynamik bei dieser Protestveranstaltung war mitreißend – Jezmeen war schon heiser und ihre Haut schweißnass, aber sie wollte nicht aufhören.

»Sagt es ihnen!« Die junge Frau mit dem Schild, auf dem die geprügelten Göttinnen zu sehen waren, hob die Hände noch höher. Die Bilder schienen die Männer anzustacheln, denn plötzlich gingen sie schneller und schrien lauter. Jezmeen hatte keine Angst, bis sie sah, wie aus allen Richtungen Männer auf sie zuströmten. Einer von ihnen wies mit vor Zorn hochrotem Kopf auf das Plakat.

Jezmeen verstand nicht, was die Männer schrien, weil sie sich nicht einig waren – schließlich hatten sie keine Zeit gehabt, sich vorzubereiten. Erst später ging ihr auf, dass sie sich geirrt hatte. Natürlich hatten sie Zeit gehabt zur Vorbereitung. Seit Jahren schon protestierten die Frauen am India Gate und online, am heimischen Esstisch, auf dem College-Campus. Die Antwort der Männer, denen die Wut in die zornig verzerrten Gesichter geschrieben stand, hatte sich jahrelang zusammengebraut.

»Hey, alle zusammen!«, rief Jezmeen. Sie wartete kurz, um die Menge zur Ruhe zu mahnen, doch plötzlich wurde sie von einer Welle mitgerissen und vom Podest gespült. Sie stolperte über ein fremdes Bein und merkte, wie jemand sie an der Bluse packte und der Stoff riss. In den Lücken sah sie etliche Männer auf die Menge zulaufen – es waren Polizisten. Der wütende Männermob rannte nicht davon. Sie standen da und schrien und zeigten auf die Frauen, die aufgebracht zurückschrien. Zu Jezmeens Entsetzen hob einer der Polizisten seinen Schlagstock, um auf eins der schreienden Mädchen einzuschlagen. Es war Anjuli, mit zornig gebleckten Zähnen.

Die Beamten bahnten sich den Weg durch die Menge, und plötzlich hatten sie Jezmeen gepackt. »Halt«, rief sie noch, »ich bin britische Staatsbürge…« Zu spät. Die Polizisten stürzten sich auf sie und führten sie ab.

Oh Gott. Oh Gottogott.

Irgendwer wisperte diese Worte. Jezmeens Schulter pochte, so gewaltsam hatten die Polizisten ihr die Arme auf den Rücken gedreht und die Handschellen angelegt, obwohl sie es in dem Moment gar nicht gemerkt hatte. Ihr zitterten die Knie, und der Kastenwagen ruckelte und schaukelte durch den zähfließenden Verkehr, bis sich ihr fast der Magen umdrehte. Der Wagen schien heillos überfüllt. Jezmeen spürte die Feuchtigkeit vom Atem der anderen Insassinnen. Die Fenster waren vergittert und kreuz und quer mit Draht überspannt, weshalb Jezmeen nicht sehen konnte, wo sie waren und wie weit weg sie schon vom India Gate waren. Draußen war ein strahlend heller Tag, doch der graue Schleier über der Aussicht hüllte die ganze Stadt in bedrückende, furchteinflößende Schatten.

Oh Gott. Oh Gottogott.

Wenn Jezmeen doch nur wüsste, wer das gesagt hatte, dann würde sie versuchen, sie zu trösten. Sie hatten bloß ihr Recht auf freie Meinungsäußerung in Anspruch genommen, dagegen konnte niemand etwas sagen. Und die Polizei war nur eingeschritten, um die drohende Auseinandersetzung zu unterbinden. Die Männer, die den ganzen Ärger angezettelt hatten, waren sicher auch festgenommen worden. Sie wusste zwar nicht, ob das stimmte, aber sie hatte viel zu viel Angst, um nicht daran zu glauben.

Als der Kastenwagen schließlich anhielt, schluchzte eins der Mädchen herzzerreißend auf. Alle hatten es gehört – Jezmeen merkte, wie alle die Köpfe verdrehten, um nachzuschauen, wo das Schluchzen hergekommen war. Die Angst war beinahe greifbar: Keine konnte sehen oder wusste, wo sie waren, und sie hatten Todesangst. Lange saßen sie im Dunkeln und warteten, bis endlich die Tür aufging und ein Beamter sie anraunzte, sie sollten herauskommen. Jezmeen rutschte mühsam bis zur Tür, dann ging sie in die Hocke und versuchte auszusteigen, ohne sich irgendwo festhalten zu können. Kaum hatten ihre Füße den Boden berührt, spürte sie das Zittern in den Knien. Ein Beamter brüllte einen Befehl, und kurz darauf öffnete sich das schwarze Tor, das auf die Wache führte.

Die Frauen mussten sich in einer Reihe aufstellen und hintereinander in die Tilak Marg Wache marschieren, ein niedriges weißes Backsteingebäude, das sich hinter Betonbarrikaden duckte. Polizisten in Khakiuniform und mit Barett auf dem Kopf liefen davor auf und ab, die Waffen lässig auf der Hüfte. Jezmeen vermied es, sie anzusehen, und versuchte sich stattdessen darauf zu konzentrieren, möglichst geradeaus zu laufen.

Oh Gott. Oh Gottogott.

Wer flüsterte das bloß dauernd? Jezmeen konnte diejenige nur zu gut verstehen: Sie kam sich vor, als hätte jemand mitten in ihrem Film, während sie gerade zu der versammelten Menschenmenge sprach, auf »Pause« gedrückt und inmitten eines grässlichen Albtraums die »Play«-Taste betätigt. Ob es den anderen Frauen ähnlich erging?

Auf der Wache ging alles ganz schnell. Die Frauen mussten sich vor dem Hauptschalter aufstellen und den Beamten, die alles von Hand in einem Register erfassten, ihren Namen und alle weiteren Angaben nennen. Die Frauen mussten ihre Wertgegenstände abgeben – Portemonnaies, Handys und Schmuck – und in große Plastikbeutel stecken, die von vorne nach hinten durchgereicht wurden. Jezmeen war vorne in der Schlange angekommen, noch ehe sie ihr Handy hatte abgeben müssen. »Darf ich mein Konsulat benachrichtigen?«, fragte sie. Ihre eigene Stimme klang plötzlich fremd. »Ich bin britische Staatsbürgerin.«

Der Beamte schaute auf. Er hatte dichte Augenbrauen und einen Schnauzbart, hinter dem beinahe die gesamte Oberlippe verschwand. »Name?«, kommandierte er.

»Jezmeen Shergill«, sagte sie, viel ruhiger, als ihr zumute war. Sie hörte das aufbrandende Gemurmel hinter sich, als den anderen Frauen aufging, dass sie gar nicht Polly Mishra war.

»Ruhe«, donnerte der Beamte über Jezmeens Schulter. »Ihr Pass?«

»Den habe ich nicht dabei«, antwortete sie. »Ich habe ihn im Hotel gelassen. Aber ich habe ein Foto auf meinem Handy.«

Statisches Knistern und gedämpfte Befehle schallten

aus einem Transistorradio auf dem Schreibtisch des Beamten. Er griff zum Walkie-Talkie und murmelte etwas hinein. »Dürfte ich eben kurz mein Handy benutzen? Ich kann Ihnen das Foto zeigen.«

Der Beamte nickte und wendete sich wieder dem Funkverkehr zu. Jezmeen zog das Handy aus der Tasche und klickte auf Kontakte. Rajni. Flugs schickte sie ihr eine Nachricht in Großbuchstaben:

RAJ BIN IM KNAST KEIN WITZ BITTE HELFT MIR. TILAK MARG POLIZEIWACHE. RUF DAS KONSULAT AN.

Sie drückte auf »Senden« und guckte verstohlen rüber zu dem Beamten. Der winkte ihr beiseitezugehen und rief die Nächste in der Schlange zu sich nach vorne. Jezmeen suchte das Foto ihres Passes aus der E-Mail, die sie damals abgeschickt hatte, als sie ihr Visum für Indien beantragt hatte. Sie zeigte es dem Beamten, der sich viel Zeit ließ, die Seite ganz genau in Augenschein zu nehmen und alles penibel zu erfassen, um sie dann schließlich aufzufordern, ihre übrigen Sachen in den Plastikbeutel zu stecken. Dann rief er einen weiteren Beamten hinzu, der zu ihr sagte: »Kommen Sie mit.«

Sie kamen in einen Flur, und Jezmeen flatterten wieder die Knie. Erst als der Beamte ihr sagte, sie solle sich beeilen, merkte sie, dass sie winzig kleine Schrittchen machte, fast als fürchtete sie sich davor, was sie hinter der nächsten Ecke erwartete. *Oh Gott. Oh Gottogott.* Der Beamte führte sie in einen kleinen Raum mit einer niedrigen Holzbank. Sechs weitere Frauen waren bereits dort – alles Mädchen, die vor Jezmeen in der Schlange gestanden hatten. Und draußen warteten noch viel mehr. Wie sollten sie nur alle in diesen winzigen Raum passen?

»Wenn Sie zur Toilette müssen, müssen Sie einen der weiblichen Beamten bitten, Sie zu begleiten«, erklärte er, vielleicht weil er merkte, wie Jezmeen von einem Fuß auf den anderen trat. Aber sie musste nicht aufs Klo. Sie versuchte nur zu verhindern, dass ihre Beine taub wurden vor Angst. »Wissen Sie, wie lange …« Sie kam nicht dazu, den Satz zu beenden, weil der Beamte sich unvermittelt umdrehte und ging.

Oh Gott. Oh Gottogott.

Und in dem Augenblick ging Jezmeen auf, dass es ihre eigene Stimme war.

Shirina hatte kaum das klimatisierte Café betreten, da wollte sie schon nie wieder hinausgehen. Es war ihr ein bisschen peinlich, wie sehr ihr die Hitze heute Morgen zugesetzt hatte, die Sonne, die ihr unerbittlich ins Gesicht schien, und der Schweiß, von dem ihr die Haare in kleinen Ringellöckchen im Nacken klebten. Darum hatte sie auch vorgeschlagen, zum nächsten Einkaufszentrum zu gehen, nachdem sie morgens den Sonnenaufgang am India Gate bewundert hatten. Bis zum Einkaufszentrum waren sie nicht gekommen. Sie hatten den Taxifahrer anhalten lassen, als sie das kleine Café inmitten einer schicken Ladenzeile aus Boutiquen und Restaurants auf dem Khan Markt entdeckt hatten.

»Ich will das eisgekühlteste Getränk, das sie haben«, sagte Rajni und starrte unverwandt auf die Getränkekarte. »Ich würde sogar dafür bezahlen, dass sie mir bloß einen großen Becher mit Eiswürfeln geben, mit denen ich mir die Stirn einreiben kann.«

Shirina bestellte einen Fruchtsaft-Mix auf Crushed

Ice und suchte ihnen einen Platz mit zwei gemütlichen Polstersesseln gleich am Fenster. Als sie in die Kissen sank, war sie so froh, endlich zu sitzen, dass sie fast glaubte, sie werde nie wieder aufstehen können. Sie schloss die Augen und sah in der Dunkelheit helle Lichtblitze tanzen.

Am India Gate waren sie und Rajni still zwischen den Frühaufsteher-Touristen herumgegangen und hatten Ausschau gehalten nach dem besten Fleckchen, um die aufgehende Sonne zu bestaunen. Sie hatten die lästigen kleinen Jungs verscheucht, die ihnen billigen Plastikschund und Selfiesticks verkaufen wollten, genauso wie den Eisverkäufer, der von seiner windschiefen Karre die Liste der verschiedenen Geschmacksrichtungen heruntergerasselt hatte. Hinter ihm stand das imposante Mahnmal mit den Namen der gefallenen Soldaten in Sandstein gemeißelt. Eine ernste, feierliche Stimmung lag über diesem besonderen Ort, selbst als die Stadt langsam zu erwachen begann. Mum hatte recht gehabt, der Sonnenaufgang war wirklich ein unglaubliches Schauspiel – das ineinander verschwimmende Rosa und Orange, die Flügel der schwarzen Drachen, die vor dem Farbenspiel am Himmel huschten, die strahlende Sonne, die sich triumphierend über den Dunst der Stadt erhob. Shirina hatte gedacht, dieser Punkt auf Mums Liste sei der einfachste und unverfänglichste, doch während sie zusah, wie der neue Tag anbrach, musste sie immer wieder an Mums letzte Augenblicke denken. Hatte sie den Brief in dem Wissen geschrieben, dass sie tot sein würde, ehe die Sonne am nächsten Tag aufging?

Die Kaffeemaschine zischte hinter dem Tresen. Es

war nicht weiter verwunderlich, dass die Hitze ihr zu schaffen machte. Und die Sonne hatte auch etwas Gutes – sie war eine willkommene Entschuldigung für Shirina, die Klimaanlage im Hotelzimmer aufzudrehen, in die kühlen Laken zu sinken und einfach gar nichts mehr zu tun.

Rajni kam zurück und stellte ihren Eiskaffee auf den Tisch. In Tropfen hing die Feuchtigkeit an dem Plastikbecher und lief auf die Tischplatte, wo sie einen kreisrunden Ring bildete. Rajni nippte am Strohhalm, seufzte zufrieden und lehnte sich zurück. Sie schien die Ruhe selbst, bis sie den Mund aufmachte und sagte:

»Was Jezmeen wohl gerade macht.«

Shirina bezweifelte nicht, dass Jezmeen sich schon irgendwie die Zeit vertreiben würde. Sie wollte nicht darüber reden, dass Jezmeen einfach geschwänzt hatte. Den ganzen Weg zum Taxi hatte Rajni vor Wut fast geschäumt. »Was ist bloß los mit ihr?«, hatte sie geschimpft, ohne eine Antwort zu erwarten.

»Vergessen wir es einfach«, meinte Shirina. Aus verschiedenen Gründen war sie ebenfalls sauer auf Jezmeen. »Sie müsste doch inzwischen alt genug sein, sich nicht so sinnlos zu betrinken. Das ist einfach respektlos«, hatte sie zu Rajni gesagt, aber inzwischen war ihr Ärger verflogen – in der Hitze war er zusammengeschnurrt und ausgedörrt, bis er nur noch eine leere, vertrocknete Hülle war. Heute Morgen hatten Jezmeens blutunterlaufene Augen und der Geruch nach abgestandenem Wein in ihrem Atem Shirina daran erinnert, was für ein Anblick sich ihrer Schwiegermutter geboten haben musste, als sie ihr damals die Tür aufgemacht und sie gegen den Taxifahrer gelehnt vorgefunden hatte. Sie war stinksauer auf Jezmeen, weil sie wieder und immer wieder denselben Fehler machte. Wurde sie denn aus Fehlern nie klug? Shirina schon.

Irgendwas klopfte gegen die Scheibe. Shirina drehte sich um und sah einen Mann in ausgefranster Jogginghose und Frackhemd, dem die Knöpfe fehlten. Er war von Kopf bis Fuß verrußt. Sie schaute ihn an und sah ihm in die Augen, zwei graue, wässrige Tümpel. Rasch wendete sie sich ab. Sekunden später marschierte einer der Baristas nach draußen und verscheuchte den Mann vom Gehweg. Shirina sah ihm nach, als er langsam zu einem anderen Ladeneingang schlurfte, wo der Wachmann streng die Hand hob, um ihn ebenfalls abzuweisen. Wenn er sich so weiterschleppte und es immer wieder versuchte, musste er über kurz oder lang an wohltätige Menschen geraten – in einem Sikh-Tempel beispielsweise.

»Meinst du, im Gurdwara wird er auch vertrieben, wenn er jeden Tag wieder auftaucht?«, fragte Shirina.

»Eigentlich sollte das nicht so sein«, erwiderte Rajni, die den Mann auch beobachtete. »Aber ich habe am Tempel kaum Bettler gesehen, obwohl es in der Stadt nur so vor ihnen wimmelt.«

Drinnen und draußen. Die Grenzen zwischen dem Tempel und dem Rest der Welt – und was diesseits und jenseits davon erlaubt war – waren Shirina gestern etwas deutlicher geworden. Gestern hatte sie, umnebelt von Jetlag und Müdigkeit, gar nicht richtig gemerkt, wie viel gütiger und freundlicher die Menschen innerhalb der Tempelmauern waren, vielleicht, weil sie sich unter dem wachsamen Auge Gottes wähnten. Sie reihten sich in eine ordentliche Schlange und warteten geduldig auf ihr Essen. Sie grüßten einander respektvoll nickend. Am India Gate heute Morgen war ihr aufgefallen, wie sich all das im Chaos von Delhi auflöste. Männer streiften herum wie hungrige Wölfe und raunten »Hallo«, was fast wie eine Drohung klang. Sie und Rajni hatten sich die Handtaschen fest an die Brust gedrückt, wohl wissend, wie leicht man sie ihnen entreißen könnte.

Shirina nippte an ihrem eiskalten Saft und sah zu, wie betuchte Gäste an der Theke Schlange standen und durch den Lärm des zischenden Milchaufschäumers ihre Bestellungen wiederholten. Am Nebentisch saß ein junges Pärchen. Shirina wusste, dass sie verheiratet waren, weil der Unterarm der Frau fast vollständig unter glitzernden roten Armreifen verschwand. Shirina fragte sich, wie sie es schaffte, auf den hohen spitzen Absätzen heil über die unebenen Straßen von Delhi zu stöckeln, bis ihr aufging, dass sie damit vermutlich überhaupt nirgendwo hinging. Draußen vor dem Café, wo eben noch der Bettler gestanden hatte, hatte man einen guten Ausblick auf den Parkplatz und die langen Reihen großer, teurer Wagen, die dort standen.

Das Pärchen musste gemerkt haben, wie Shirina es musterte – es starrte nämlich unverhohlen zurück, und Shirina wurde hochrot vor Verlegenheit. Nicht zum ersten Mal wurde sie dabei ertappt, wie sie andere Paare anstarrte. Oft beobachtete sie fremde Männer und Frauen zusammen und fragte sich, ob sie etwas taten, was sie und Sehaj auch zusammen tun sollten. Vermutlich war das so ein Ding mit arrangierten Ehen, auch wenn sie und Sehaj sich online schon eine Weile gekannt hatten, ehe sie das Datum für die Hochzeit festgelegt hatten. Irgendwie hatte sie ein Problem mit Spontaneität. Macht man das als Paar?, fragte sie sich ständig leicht beunruhigt und versuchte, sich am Verhalten anderer Paare zu orientieren. Irgendwann war sie regelrecht süchtig nach alten amerikanischen Sitcoms mit aberwitzig übergriffigen Schwiegereltern. Es half ihr, über die banalen Streitigkeiten und die abschätzigen Bemerkungen bezüglich der schwiegertöchterlichen Kochkünste zu lachen. In den vergangenen Monaten hatte Shirina immer, wenn Mutter sie kritisierte, einfach zu den Bandlachern in ihrem Kopf mitgelächelt.

Shirina wendete sich ab und trank einen großen Schluck. Von dem Eis pochte es hinter ihrer Stirn. »Frisch verheiratet«, murmelte Rajni und wies nickend auf die Frau am Nebentisch. »Meine habe ich nie getragen.«

»Warum das denn nicht?«, fragte Shirina.

»Die passen irgendwie nicht zu Blazer und Bleistiftrock.«

Die Armreifen bildeten einen scharfen Kontrast zu der hautengen Jeans und dem figurbetonten schwarzen Trägertop der Frau, aber die Menschen hier würden verstehen, dass sie nicht etwa zu tief ins Schmuckkästchen gegriffen hatte, sondern der ganzen Welt kundtun wollte, dass sie frisch verheiratet war. *Die Leute hier verstehen das.* Shirina war regelrecht erleichtert bei dem Gedanken. Wie schön es wäre, sich nicht ständig erklären zu müssen. »Ich habe meine getragen«, sagte sie. »Die ganzen einundzwanzig Tage lag.« Und immer, wenn jemand in der Bahn oder im Supermarkt sie schief angeguckt hatte, weil sie so auffälligen Schmuck zu ihren Alltagsklamotten trug, hatte sie sich gewünscht, sie wüssten, warum.

Erstaunt schaute Rajni auf. »Wirklich?« Sie fragte nicht, warum, aber Shirina hörte die Frage trotzdem. Das Fragezeichen in der Luft war nicht zu übersehen. Genauso hatten ihre Schwestern reagiert, als sie ihnen sagte, sie habe über eine Heiratsvermittlungsseite ihre eigene Hochzeit arrangiert. *Warum?*, das war die Frage, die sie wirklich interessierte. Wie sollte sie ihnen erklären, wie sehr sie sich einen Neuanfang wünschte – eine eigene Familie, funktionierend und liebevoll –, ohne sie zu kränken? Sie hatte eigentlich nicht gedacht, so schnell zu finden, was sie suchte, aber sobald sie sich registriert und ein Profil erstellt hatte, merkte sie, dass es mehr als genug Gelegenheiten gab, ein ganz neues Leben zu beginnen. Von London nach Bangkok, von Nairobi nach Wellington, immer wieder war es ein kribbeliges Gefühl der Vorfreude, einen potenziellen Heiratskandidaten anzuklicken und zu wissen, dass sie ihr Schicksal selbst in die Hand genommen hatte. Das Kribbeln stellte sich immer wieder aufs Neue ein, wenn sie ihre Armreifen sah.

»Ich wollte sie gar nicht mehr ausziehen«, sagte Shirina. »Ich hätte sie noch viel länger tragen können.«

»Mum hat gemeckert, weil ich meine nicht getragen habe«, erzählte Rajni. »Und sie hat gemeckert, weil mein Mehndi so schnell verblasst ist – angeblich bringt das Unglück.«

Shirina kannte diesen Aberglauben nur zu gut aus diversen Online-Diskussionen. Wessen Mehndi zu schnell verblasste, bekam einen Drachen zur Schwiegermutter. Moderne Bräute witzelten gerne darüber und posteten im Forum für arrangierte Ehen Fotos ihrer bemalten Hände. *Stimmt haargenau – die Frau hasst alles, was ich koche,* hatte eine Frau gepostet, dazu ein Bild ihrer verblassten Hände. *Zitrone, Zucker und Wasser!*, lautete der Titel dieses Threads, und das war auch die Mischung, die junge Bräute auf die Hände auftragen sollten, damit die Farbe möglichst lange hielt.

»Mein Mehndi ist lange dunkel geblieben«, sagte Shirina, nicht ohne Stolz. Und sie hatte nicht einmal die Zitronenmischung auftragen müssen.

»Es gibt Millionen und Abermillionen Sprichwörter und Redewendungen, die angeblich dein Geschick als verheiratete Frau bestimmen«, sagte Rajni. »Ich weiß noch, was für ein Durcheinander das war, weil ich nicht mehr wusste, mit welchem Fuß ich nun zuerst das Haus betreten sollte, angeblich ein Omen für den weiteren Verlauf der Ehe. Zuerst habe ich den rechten Fuß genommen, woraufhin ein Aufschrei durch den Raum ging und die eine Hälfte der Gäste kreischte, ich müsse unbedingt zuerst mit links eintreten. Also bin ich noch mal raus und mit dem linken Fuß zuerst ins Haus, woraufhin die andere Hälfte der Gäste sich echauffierte, das sei vollkommen falsch.«

»Und was passiert, wenn man mit dem falschen Fuß zuerst das Haus betritt?«

Rajni zuckte die Achseln. »Wer weiß? Das ist bloß Aberglaube, hör nicht darauf. Ob eine Ehe glücklich ist oder nicht, liegt nicht an banalen Beiläufigkeiten. Das weißt du selbst am besten. Es ist harte Arbeit.«

Seit Shirinas Verlobung gab ihr Rajni gerne Ratschläge. Endlich hatten sie etwas gemeinsam. Und jetzt, wo Jezmeen nicht dabei war, konnten sie ausführlich über ihre Ehemänner ratschen, ohne dass ihre Schwester sich ausgeschlossen fühlte. Manchmal bekam Shirina Nachrichten von Rajni mit Links zu Ratgeber-Artikeln wie: *10 Dinge, die verheiratete Paare zueinander sagen sollten* oder *Geheimnisse einer glücklichen Ehe – Tipps von drei Paaren, die über 50 Jahre verheiratet sind.* Shirina überflog sie meist nur, wartete dann eine Weile, damit es aussah, als habe sie die Artikel aufmerksam gelesen, und antwortete dann: »Das ist echt toll!« oder »Wunderschön – und so wahr!«

»Du kannst es mir ruhig glauben«, fuhr Rajni fort. »Wenn du erst mal so lange verheiratet bist wie ich, wirst du das auch verstehen. Erinnerst du dich noch an den Artikel, den ich dir geschickt habe? Den mit den verrückten Ideen von Paaren, um ihre Ehe lebendig zu halten?«

»Und wie«, antwortete Shirina. »Ich glaube, ich habe bei dem Vorschlag aufgehört zu lesen, als ein lustiger kleiner Frauentausch angeregt wurde.«

»Das war einer der Tipps?«, fragte Rajni konsterniert.

»Liest du die Artikel nicht, bevor du sie mir schickst?«

»Die ersten Tipps habe ich gelesen. Und einer davon war: *Sprechen Sie achtundvierzig Stunden lang nicht miteinander.* Ein Schweigegelübde, um sich auch ohne Worte zu verstehen.«

»Und, hat's funktioniert?«

»Ich hab alle anderen Geräusche überlaut gehört und bin fast wahnsinnig geworden. Kabirs Atem, das Handy-

Pingen bei jeder Benachrichtigung. Ich glaube, nach gerade mal vier Stunden hab ich ihm gesagt, dass ich die Nase gestrichen voll habe.«

Shirina zwang sich zu einem Lächeln. Sie kannte das Gefühl nur zu gut, in ihrer Ehe im Schweigen gefangen zu sein. *Vier Stunden? Wie wäre es mit vier Tage?*

»Na ja, dann bin ich aber froh, dass du mir nicht nahelegen wolltest, Sehaj und ich sollten mal in einen Swingerclub gehen«, sagte sie grinsend.

»Ach, tu das nicht so schnell ab mit dem Frauentausch«, meinte Rajni.

Shirina schaute sie mit hochgezogenen Augenbrauen an. Schuldirektorin Rajni und Buchhalter Kabir im Swingerclub? Sie musste fast laut lachen bei der Vorstellung, bis sie merkte, wie Rajni sie über den Rand ihres Glases musterte. Fast ein bisschen gekränkt. »Entschuldige«, murmelte Shirina. »Ich weiß, dass es in der indischen Gemeinde in London solche Partys gab, ich hätte nur nicht gedacht …«

»Du hättest nicht gedacht, dass es wirklich stimmt? Ich auch nicht«, sagte Rajni. »Bis ich zu einer eingeladen wurde.«

»Echt? Wann? Von wem?« Shirinas Stimme schnappte fast über vor Staunen. Das Pärchen am Nebentisch schaute abrupt auf. Shirina zog peinlich berührt den Kopf ein.

»Von einer Freundin«, antwortete Rajni. »Meenakshi – erinnerst du dich noch, sie war auch bei meiner Hochzeit. Ach nein, natürlich nicht. Du warst noch viel zu jung. Wir sind immer noch befreundet. Ihre Tochter ist zwei Wochen nach Anil auf die Welt gekommen. Als

Kinder haben sie immer zusammen gespielt.« Rajni sah versonnen in die Ferne. »Ich habe immer gedacht, Anil und Sahiba wären ein schönes Paar.«

»Was nicht ist, kann ja noch werden«, meinte Shirina. Rajni räusperte sich. »Hmm, ja«, brummte sie und nippte an ihrem Glas. »Wie dem auch sei, Meenakshi hat mir von Ferienhäusern erzählt, die Punjabi-Familien gemeinsam mieten, um dort zusammen den Sommer zu verbringen. Auf den ersten Blick alles ganz harmlos, aber abends, wenn die Kinder im Bett sind, wechseln die Paare untereinander den Partner.«

Das klang alles so geplant und durchorganisiert. Shirina fragte sich, ob es wohl einen Terminkalender gab oder ob alle von einem zum anderen wanderten wie beim Bäumchen-wechsel-dich-Spielen. »Und, warst du denn gar nicht neugierig?«, fragte Shirina. »Mal auszuprobieren, wie das so ist?«

Rajni schüttelte sich. »Ich kann mir beim besten Willen nicht vorstellen, einfach so mit einem anderen Mann ins Bett zu gehen und dann zu meinem Ehemann zurückzugehen, als sei nichts gewesen. Das muss doch alles schrecklich peinlich sein, oder? Ganz zu schweigen davon, den anderen Beteiligten bei Tageslicht wieder unter die Augen zu treten.«

»Stelle ich mir auch eigenartig vor«, pflichtete Shirina ihr bei.

»Meenakshi beteuert allerdings, für ihr Sexleben hätte es Wunder gewirkt. Sie hat mir alles haarklein erzählt. Ganz schön wilde Geschichten.« Rajni grinste. »Ich muss gestehen, ein bisschen neugierig war ich schon, weil es bei uns … ein bisschen eingeschlafen ist.«

»Aber das ist doch normal, oder?«, fragte Shirina und gab sich große Mühe, beiläufig zu klingen.

»Ich hab gehört, von einer sexlosen Ehe spricht man erst, wenn man seltener als fünfmal im Jahr miteinander schläft«, meinte Rajni. »Wir machen es jedenfalls öfter.«

Sechsmal? Zehnmal? Rajni würde natürlich keine konkreten Zahlen nennen, aber Shirina konnte sich gut vorstellen, wie sie auf der Webseite eines Paartherapeuten auf diese Mindestzahl gestoßen war und alles daransetzte, irgendwie darüber zu kommen, damit sie sich vorgaukeln konnte, es sei alles in bester Ordnung.

»Sexlose Ehe«, wiederholte Shirina. »Das ist ja praktisch eine WG.« Mit Bedacht ließ sie ein wenig ungläubiges Erstaunen in ihre Bemerkung einfließen. *So was könnte mir nie passieren.*

»Wie schnell sind Wochen ohne Sex vergangen«, meinte Rajni. »Ihr beiden frisch Verheirateten könnt euch das natürlich gar nicht vorstellen, aber oft kommt einem der Alltag dazwischen. Außerdem haben wir jahrelang versucht, noch ein Kind zu bekommen, bis es irgendwann nur noch Pflicht war, kein Vergnügen mehr.«

»Und, wie fand Kabir den Vorschlag?«

»Er war nicht unbedingt scharf darauf«, antwortete Rajni. »Und ich genauso wenig. Meenakshi hat das Thema nie wieder angesprochen. Ich glaube, hinterher hat sie sich ein bisschen dafür geschämt. Sie dachte wohl, ich würde mitmachen. Aber du glaubst nicht, wer das wieder zur Sprache gebracht hat.«

»Wer?«, fragte Shirina.

»Mum«, antwortete Rajni.

»Nein!«, rief Shirina ungläubig. »Das denkst du dir doch gerade aus!«

»Ich wünschte, es wäre so. Kein Scherz. Mum hat mir allen Ernstes gesagt, ich solle es mir überlegen.«

»Woher wusste Mum überhaupt davon?«

»Das war auch meine erste Frage«, entgegnete Rajni. »Wie sich herausstellte, hatte sie nur eine sehr vage Vorstellung davon, was da tatsächlich vor sich ging, aber irgendwer muss ihr erzählt haben, in Ostlondon gebe es spezielle Partys für indische Paare, um das erloschene Liebesleben neu zu entfachen.«

»Sie wusste also gar nicht, was da genau passiert?«, fragte Shirina.

»Nicht so richtig«, meinte Rajni. »Manchmal frage ich mich, ob sie vielleicht dachte, die Leute versammelten sich zum Gebetskreis oder so was. Dass man zusammensitzt und singt und meditiert, damit der Funke wieder überspringt.«

Shirina lachte bei der Vorstellung, aber Rajni wirkte nachdenklich. »Wir haben uns darüber gestritten«, gestand sie.

»Wer, du und Kabir?«

»Ich und Mum. Ich war beleidigt, weil sie dachte, wir bräuchten Hilfe. Dass wir kaum noch Sex hatten, habe ich ihr nur gesagt, weil sie mir keine Ruhe gelassen hat, wir sollten unbedingt noch ein zweites Kind bekommen. Einen zweiten Sohn, sollte ich wohl sagen. Mum kam ständig mit irgendwelchen Rezepten für fiese Fruchtbarkeitstränke an, Fencheltee mit eingeweichten Datteln und Kräutern und so was. Sie hat darauf geschworen und meinte sogar, das würde die Wahrscheinlichkeit erhöhen, einen Sohn zu empfangen. Scheint bei ihr ja nicht ganz so gut geklappt zu haben.«

»Ach, echt?«, fragte Shirina interessiert. Rajni sah sie fragend an, weshalb sie rasch hinterherschob: »Und, wie ist es ausgegangen? Hat Mum es danach gut sein lassen?«

»Es hat eine Weile gedauert. Ich habe beschlossen, mich auf meinen Beruf zu konzentrieren, um mich ein bisschen abzulenken, aber als ich ihr gesagt habe, dass ich mich auf einen Direktorenposten bewerbe, meinte sie nur: ›Eure Familie ist noch nicht vollständig. Warte nicht zu lange, sonst sind Anil und seine Geschwister zu weit auseinander.‹ Als wüsste ich nicht zu gut, wie komisch es ist, als Erwachsene zwei kleine Schwestern zu haben, die noch auf die Grundschule gehen.«

Rajni war hochrot geworden, als sei sie noch mitten in einem Streitgespräch mit Mum. Es war seltsam, sie so aufgebracht zu sehen. Sonst hatte sich doch Jezmeen immer mit Mum in die Haare gekriegt. Shirina konnte sich nur an Jezmeens ständige Streitereien mit Mum erinnern – alles wurde in Frage gestellt, von ihren Ausgehzeiten über die Fächer, die sie in der Schule belegte, bis hin zum Geld für den Friseur. Shirina sah sich immer nur am Rand dieser Erinnerungen im Seitenaus stehen – Shirina, irgendwo in der Ecke, wie sie sich von jeglichem Ärger fernhielt. Shirina, wie sie sich mit irgendwas beschäftigte, nur damit sie bei dem ewigen Kampf zwischen Jezmeen und Mum oder Jezmeen und Rajni nicht unversehens zwischen die Fronten geriet. Sie hatte sich immer schuldig gefühlt, nur weil sie da war. Mum und Dad hatten sich so sehr einen Jungen gewünscht. Shirina war ihr letzter Versuch gewesen, doch noch einen Sohn zu bekommen. Was Shirina so genau wusste, weil Mum es ihr gesagt hatte. »Wir *brauchten* weiß Gott kein weiteres Mädchen, aber Gottes Wege sind unergründlich.« In Mums Stimme hatte unüberhörbar die Enttäuschung über diesen vollkommen unverständlichen göttlichen Ratschluss mitgeklungen.

»Und, wie ist es wieder besser geworden? Zwischen dir und Kabir?«, fragte Shirina.

»Es stellte sich ganz von allein wieder ein, als wir schließlich aufgehört haben, es mit allen Mitteln zu versuchen. Der Arzt hat uns gesagt, wir können keine Kinder mehr bekommen, und das hat uns den Druck genommen.«

»Mum hat mit mir nie über Sex geredet«, sagte Shirina. Als Shirina ins Teenie-Alter gekommen war, schien Mum aller Elan bereits ausgegangen zu sein. Fast war es, als hätte sie alle guten Ratschläge bereits an ihre Älteste verteilt, in der Hoffnung, sie werde sie schon weitergeben. Manches ergab sich von selbst – Shirina brauchte Dinge wie Ausgehzeiten oder wie man sich kleidete oder redete nicht in Frage zu stellen. Sie hatte genügend gute wie schlechte Beispiele, in dem, was Rajni tat, um es Mum recht zu machen, und in dem, was Jezmeen tat, um sich gegen sie aufzulehnen. Das einzige Mal, dass Mum das Thema Sex angesprochen hatte, wenn auch nur indirekt, war, als sie ihr den guten Rat gegeben hatte, mit dem Kinderkriegen nicht zu lange zu warten. »Sieh zu, dass du ein, zwei Söhne bekommst«, hatte sie gesagt. Vielleicht hatte sie geahnt, wie Shirinas Schwiegermutter war.

»Das war das erste Mal, dass sie ganz offen mit mir geredet hat«, sagte Rajni. »Ich habe mich gewundert, aber ich wollte das Gespräch auch am liebsten schnell beenden. Dann fing sie wieder an mit ihrer alten ›Du musst deinen Mann am Haken halten, sonst beißt er woanders an‹-Leier, und da ist mir die Lust vergangen. Es kann doch nicht immer nur an uns liegen, oder? Ich hatte einen Beruf und einen Sohn großzuziehen, und dann kommt Mum daher und sagt mir, ich muss auch noch die Sexgöttin spielen, weil ich sonst Gefahr laufe, dass mein Mann mir fremdgeht. Das ist so was von altmodisch und überholt.«

Aus alter Gewohnheit wollte Shirina Mums antiquierte Wertvorstellungen automatisch verteidigen. Das machte sie auch immer, wenn sie und Lauren aus dem Büro über Privates sprachen. »Meine Schwiegermutter meint, ich soll mir die Haare ein bisschen länger wachsen lassen«, hatte Shirina einmal zu ihr gesagt. Die Antwort war eine skeptisch hochgezogene Augenbraue. »Willst *du* dir denn die Haare wachsen lassen?«, hatte Lauren gefragt. »Natürlich will *ich* mir auch die Haare wachsen lassen«, hatte Shirina entgegnet. Lauren schien wenig überzeugt. Es blieb nicht bei diesem einen Gespräch, und Lauren klang zunehmend herablassend und entnervt. Weshalb Shirina Lauren auch nichts davon gesagt hatte, dass sie aufhören wollte zu arbeiten, bis sie ihre schriftliche Kündigung eingereicht hatte und es sich herumsprach. »Hat sie dich dazu gedrängt?«, stellte Lauren Shirina schließlich im Pausenraum zur Rede. Sie klang besorgt, aber Shirina wollte es nicht hören. Sie brauchte keine Retterin in der Not. Sie hatte die Kündigung selbst geschrieben und keine Begründung angegeben, weil die Laurens dieser Welt sie ohnehin nicht verstehen würden.

»Meinst du, Mum hätte es leichter gehabt, wenn wir Jungs gewesen wären?«, fragte Shirina. »Meinst du, sie wäre glücklicher gewesen?«

Die Frage schien Rajni zu treffen. Sie schaute aus dem Fenster und gab Shirina keine Antwort.

Schweigend saßen sie da, und nur das Gebrüll der Kaffeemühle im Hintergrund füllte die Leere. Shirina fragte sich, ob sie vielleicht eine amüsante kleine Anekdote aus ihrem Eheleben zum Besten geben sollte, aber ihr wollte beim besten Willen nichts einfallen. Sie und Sehaj hatten einander seit einer halben Ewigkeit nicht mehr angerührt, aber es war kompliziert, und es gab keinen guten Grund, mit irgendwem darüber zu reden, nicht einmal mit ihren Schwestern. Am wenigsten mit ihren Schwestern.

Fast schien es, als wollte Rajni noch etwas dazu sagen, da fuhr sie plötzlich hoch und guckte verdutzt in ihre Handtasche. Sie stellte ihren Kaffee auf den Tisch und kramte das Handy heraus. Sie schaute darauf, dann schnappte sie erschrocken nach Luft und hielt Shirina das Handy vor die Nase. Noch ehe sie die Nachricht lesen konnte, sagte Rajni: »Von Jezmeen. Sie sitzt im Knast.«

Siebtes Kapitel

Bitte gebt in Delhi gut aufeinander acht. Es ist eine große Stadt, und als Frau muss man vorsichtig sein. Lasst eure Wertsachen nicht aus den Augen, und versucht, euch möglichst unauffällig zu verhalten.

Als Rajni und Shirina auf der Polizeiwache ankamen, ging es dort zu wie in einem Taubenschlag. Sie mussten diverse Sicherheitsschleusen passieren und sich, der Sittsamkeit wegen hinter verschlossenen Vorhängen, von Polizeibeamtinnen abtasten lassen, ehe man sie schließlich in ein Wartezimmer führte. An der Decke flackerten Neonröhren, obwohl es draußen taghell war. Aber der Raum hatte keine Fenster. Es war stickig, und der Boden unter Rajnis Sandalen klebte.

Wieder wählte sie die Nummer des britischen Konsulats. Inzwischen kannte sie die lange Liste verschiedener Auswahlmöglichkeiten auswendig. *Für unsere Öffnungszeiten wählen Sie die Eins. Für Visa-Nachfragen wählen Sie die Zwei. Für Reisewarnungen und Hinweise wählen Sie die Drei.* Leider gab es keine Option, um Familienmitglieder aus indischen Gefängnissen freizubekommen. Wieder versuchte sie es mit der Vier, für »dringende Hilfegesuche«, aber das Telefon klingelte und klingelte, bis die Leitung schließlich unterbrochen wurde.

»Ich bring sie um«, brummte Rajni und warf das Handy in die Handtasche. Shirina drückte ihre Hand. Nein, tust du nicht, dachte sie vermutlich, aber die Wut, die Rajni in den Fingerspitzen kribbelte, war stärker, als irgendwer es sich vorstellen konnte. Sie wusste zwar nicht ganz genau, was Jezmeen angestellt hatte, dass sie verhaftet worden war, aber Rajni war sich sicher, dass es bestimmt unnötig und vermeidbar gewesen war. Fahrlässig. Typisch Jezmeen, ihre Reise derart zu sabotieren. Das war doch von Anfang an ihr Ziel gewesen. Sie hatte keinen Sinn für diese Pilgerreise zu Mums Andenken – warum auch? Sie interessierte sich nur für sich selbst und dafür, alte Rechnungen zu begleichen. Während Rajni all diese Gedanken durch den Kopf schossen, sah sie im Geiste schon, wie sie und Jezmeen sich noch auf der Polizeiwache in die Haare gerieten. Meinst du, ich will hier sein?, hätte Rajni am liebsten geschrien. Meinst du, ich wäre jetzt nicht lieber zu Hause und würde mich um unsere Familienkrise kümmern, statt mit euch durch Nordindien zu tingeln?

Ein uniformierter Beamter saß an einem Schreibtisch neben dem Eingang zum Wartezimmer, und die Knöpfe drohten fast von seinem Hemd abzuspringen, so stramm spannte es über dem kugelrunden Bauch. Teilnahmslos blätterte er in einer Akte und rief ein paar Namen. Als niemand reagierte, klappte er die Akte zu, nahm einen leeren Glasbecher und verschwand ins Hinterzimmer.

»Entzückend«, brummte Rajni Shirina zu. »Jetzt dürfen wir warten, bis die Chai-Pause vorbei ist.«

»Das könnte dauern«, meinte Shirina mit einem

Nicken in Richtung der Tür. Immer mehr Menschen strömten herein und drängten in den engen Raum. Gab es in Indien eigentlich irgendein Fleckchen, das nicht vor Menschen wimmelte? Plötzlich erschien Rajni der weitläufige Saal des Gurdwara von gestern und der breite Boulevard, auf dem sie heute Morgen entlangspaziert waren, in einem ganz anderen Licht. Sie fragte sich, wie Jezmeens Gefängniszelle wohl aussehen mochte, und unvermittelt bekam sie es mit der Angst zu tun beim Gedanken an ihre kleine Schwester, die mit irgendwelchen wildfremden Menschen in einem überfüllten, halbdunklen Raum zusammengepfercht war. Rajni hatte sofort die Bilder einer neuen Doku-Reihe vor Augen, die sie im Fernsehen gesehen hatte, über gutgläubige britische Touristen, die nichtsahnend von einem Drogenschmuggler- oder Menschenhändlerring in die Falle gelockt worden waren und nun unter unvorstellbar unmenschlichen Bedingungen in kambodschanischen oder nigerianischen Gefängnissen dahinvegetierten. Sie bezweifelte, ob sie die Ausdauer der betroffenen Familien hätte, die unermüdlich hin und her pendelten, um ihre inhaftierten Kinder zu besuchen und ihnen bei Gerichtsverhandlungen beizustehen. Mit noch größerer Dringlichkeit als zuvor griff Rajni zu ihrem Handy und versuchte abermals, das Konsulat zu erreichen. Während sie zum unzähligsten Mal die verschiedenen Menü-Optionen über sich ergehen ließ, kam der Beamte mit einer dampfenden Tasse Tee und neuem Schwung an seinen Schreibtisch zurück. Er griff zum nächsten Aktenstapel und rief ein paar Namen auf. Viele Eltern schienen nicht hier zu sein, wie Rajni jetzt auffiel. Nur ein silbergrauer Herr mit frisch gebügeltem Anzug und teuer wirkenden Lederschuhen trat an den Schreibtisch. Der Beamte wechselte ein paar ernste Worte mit ihm, dann bekam er einen Stapel Formulare zum Ausfüllen in die Hand gedrückt. Rajni stöhnte gequält auf. Formulare. Formulare über Formulare. Bestimmt würden auch sie endlos Papierkram ausfüllen müssen, so lange, dass es danach schon wieder Zeit war, nach England zurückzufliegen. Das Telefon läutete unermüdlich weiter.

»Jezmeen Shergill?«, rief der Beamte.

»Ja«, antwortete Rajni wie aus der Pistole geschossen und sprang so unvermittelt auf, als hätte sie gerade beim Bingo gewonnen. Shirina trat hinter ihr an den Schreibtisch des Beamten. »Wir sind wegen Jezmeen Shergill hier. Geht es ihr gut? Wo ist sie?«

Der Beamte las ungerührt die Akte. »Sind Sie ihre nächsten Verwandten?«

»Sie ist meine Schwester. Wir sind nur zu Besuch – aus England«, erklärte Rajni. Die Leitung war wieder unterbrochen worden. Wenn schon im Konsulat niemand ans Telefon ging, sollte sie vielleicht wenigstens herausstellen, dass sie Britinnen waren. Mal sehen, wie weit sie damit kam. »Wir sind britische Staatsbürger«, sagte Rajni. Den Beamten schien das nicht weiter zu beeindrucken, aber er machte einen Vermerk in die Akte. Dann nahm er seinen Becher und trank mit Bedacht einen langen Schluck.

»Meinst du …«, wisperte Rajni Shirina zu. »Meinst du, er erwartet ein – du weißt schon?«

Shirina guckte sie nur verständnislos an. Sie hatte ganz offensichtlich keine Ahnung, worauf Rajni hinauswollte.

»Was meinst du, wie viel er erwartet?«, versuchte Rajni es erneut. »Du weißt schon, Geld. B-E-S-T-E-C-H-U-N-G.«

Der Beamte guckte sie schief von der Seite an.

»Er kann buchstabieren, Rajni«, merkte Shirina trocken an.

»Stimmt«, murmelte Rajni. »Mist.«

»Außerdem glaube ich nicht, dass das so läuft«, flüstere Shirina ihr zu. »Ich glaube nicht, dass jemand in einer solchen Situation offen Geld verlangt. Man ... arrangiert sich irgendwie.«

»Klar, aber es muss doch irgendeinen Richtwert geben, oder nicht?«

»Du meinst einen aktuellen Tageskurs?«, fragte Shirina. »Woher soll ich das denn wissen?«

Das musste wohl der ungeschickteste Bestechungsversuch aller Zeiten sein. Rajni hatte nicht einmal Geld in der Tasche. Sie würde gerissen verhandeln müssen und dann fix zum Geldautomaten flitzen. Aber so lief das doch nicht, oder? Im Film drückten die Leute ihrem Gegenüber immer unauffällig ein paar Scheine in die Hand. Oder war das nur für den Parkservice, damit sie ihnen keine Beule ins Auto machten?

»Könnten Sie mir bitte sagen, was genau ihr vorgeworfen wird?«, fragte Rajni den Beamten. »Bitte?«

Mit zusammengekniffenen Augen linste der Beamte in die Akte. Schwer zu sagen, ob er sie überhaupt gehört hatte. Rajni wollte gerade noch einmal nachhaken, als ihr plötzlich jemand von hinten auf die Schulter tippte. Sie drehte sich um, und da stand der silbergraue Herr von eben. »Stellen Sie lieber nicht zu viele Fragen. Sie bringen ihn sonst nur gegen sich auf«, riet er ihr freundlich.

»Aber – wir wissen überhaupt nicht, was los ist, wir sind nur zu Besuch hier, und…« Rajni hatte plötzlich Tränen in den Augen. *Mum bringt mich um,* hatte sie früher immer gedacht, wenn Jezmeen mal wieder bis zum Hals in Schwierigkeiten steckte. Und auch jetzt noch konnte sie sich Mum ganz genau vorstellen, wie sie dastand, die Arme vor der Brust verschränkt, und sie mit einem missbilligenden Kopfschütteln fragte: »Warum hast du nicht besser aufgepasst?«

»Ich frage eben nach«, sagte der Mann. Während er sich vertraulich zu dem Beamten vorbeugte, fragte Rajni sich verdattert, warum es etwas anderes sein sollte, wenn er sich nach Jezmeen erkundigte, doch der Beamte schien sich der Autorität des unbekannten Herrn zu beugen. Entweder es lag daran, dass er ein Mann war, oder es lag daran, dass er ein Mann war, der teure Lederschuhe trug. Die beiden unterhielten sich mit derart gedämpfter Stimme, dass Rajni nicht alles von dem Gesagten verstand, aber irgendwann huschte beinahe der Anflug eines Lächelns über das Gesicht des Beamten.

Schließlich wendete der Mann sich wieder an Rajni. Ihr fielen die Fältchen um die Augen auf, die sie an Kabir erinnerten. »Anscheinend ist Ihre Schwester mit derselben Personengruppe hergebracht worden wie meine Tochter. Von der Protestkundgebung am India Gate.«

»Protestkundgebung?«, fragte Shirina verdattert. Sie und Rajni sahen sich an. Das klang alles nach einem Missverständnis, einer Verwechslung. »Was denn für eine Protestkundgebung?«

»Der Marsch für Frauenrecht«, erklärte der Mann. »Es gab wohl einige handgreifliche Auseinandersetzungen, gewalttätig, wie es heißt, woraufhin die Polizei einfach sämtliche Teilnehmer der Kundgebung festgenommen hat. Ihre Schwester muss dort mit hineingeraten sein.«

»Was heißt denn gewalttätig?«, wollte Rajni wissen.

»Das weiß ich nicht«, erwiderte der Mann. Er senkte die Stimme zu einem Flüstern. »Ich bin mir sicher, es ist nichts Ernstes gewesen, nur ein kleines Handgemenge. Die Polizei nutzt manchmal diese Taktik, um die Mädchen einzuschüchtern und davon abzuhalten, auf die Straße zu gehen.«

»Und das funktioniert?«

»Keine Ahnung«, sagte der Mann. »Ich bin dieses Jahr jedenfalls schon zum dritten Mal hier, um Pravana rauszuholen.«

»Ach.« Rajni wusste nicht, was sie dazu sagen sollte. Sie war hin und her gerissen. Einerseits wollte sie ihm ihr Mitgefühl versichern, mit einer derart aufsässigen Tochter geschlagen zu sein, andererseits wollte sie ihre Bewunderung ausdrücken, weil er bei alledem so ruhig blieb.

Der Beamte reichte ihr ein Klemmbrett mit Formularen. »Nehmen Sie doch Platz«, sagte der Mann und wies auf einen freien Platz auf der Bank. »Ich heiße übrigens Hari.«

Alle drei gaben einander die Hand und stellten sich vor. »Ihr passiert doch nichts, oder?«, fragte Rajni besorgt. »Sie muss doch nicht hierbleiben?«

»Was hat sie Ihnen denn am Telefon gesagt?«, fragte Hari.

»Sie hat mir nur eine Nachricht geschickt«, sagte Rajni. »Dass sie hier festgehalten wird.«

»Tja. Jetzt heißt es abwarten und Tee trinken.«

Rajni schaute von ihren Formularen auf und starrte zur Tür, während sie sich vorzustellen versuchte, was wohl dahinter sein mochte. Eine Reihe Zellen mit eisernen Gitterstäben, und Jezmeen, eingepfercht mit all den anderen Frauen, die auch dort verhaftet worden waren?

»Mach dir um sie keine Sorgen«, sagte Shirina, als könne sie Rajnis Gedanken lesen. »Wenn eine von uns dreien so eine Situation unbeschadet übersteht, dann Jezmeen.«

Shirina sah aus, als könne sie selbst ein bisschen Trost gebrauchen. Sie wirkte müde, und auf dem Weg hierher hatte sie den Taxifahrer bitten müssen, kurz anzuhalten, weil sie sich übergeben musste. »Bestimmt was Falsches gegessen«, hatte sie matt gesagt. Jetzt klebten ihr die Haare schweißnass in der Stirn, und die Augen waren rot gerändert. Der stickige, überfüllte Raum machte es nicht gerade besser. Die Luft war abgestanden, und es roch nach Schweiß.

Rajni war sich sicher, schon mal hier gewesen zu sein – die Gerüche, die Geräusche, die Angst. Sie erinnerte sich an das flackernde Licht, die Beamten mit dem stechenden Blick und das erdrückende Gefühl, zur falschen Zeit am falschen Ort zu sein. Wobei sie natürlich wusste, wie unwahrscheinlich es war, dass es wirklich dieselbe Wache war, auf die sie sich damals, vor vielen Jahren, geflüchtet hatte. Es gab Dutzende ähnlicher Polizeiwachen in Delhi. Aber die Panik, die in ihr aufstieg, das Gefühl, in der Falle zu sitzen und nur noch nach Hause zu wollen – weg, nur weg –, aber es nicht zu können, gaben ihr das Gefühl, plötzlich wieder ein hilfloser Teenager zu sein.

Um sich abzulenken, konzentrierte Rajni sich darauf, die Formulare so schnell wie möglich auszufüllen. Hari neben ihr nahm die Brille ab. Mit Daumen und Zeigefinger rieb er sich den Nasenrücken und kniff die Augen zu. »Alles in Ordnung?«, erkundigte sie sich, während der Kuli in ihrer Hand eifrig weiterkritzelte.

»Ich weiß einfach nicht, wann das alles endlich aufhört«, sagte er. »Meine Tochter – sie geht schon aufs College. Aber sie lässt sich so leicht mitreißen. Dann ist sie Feuer und Flamme für eine Sache und macht immer wieder irgendwelche gefährlichen Aktionen.«

»Meine Schwester ist genauso. Nur müsste sie inzwischen eigentlich alt genug sein, um es besser zu wissen«, sagte Rajni.

»Wie alt ist sie denn?«

»Zweiunddreißig«, erwiderte sie. Sie legte den Kuli beiseite und sah Hari an. »Sie müsste längst aus dem Alter raus sein, in dem sie sich ständig selbst in Schwierigkeiten bringt.«

»Dann hört es also nie auf?«, fragte Hari, und seine Mundwinkel verzogen sich zu einem schiefen Lächeln.

»Da fragen Sie die Richtige«, erwiderte Rajni. »Ich habe einen Sohn, der dieses Jahr an die Uni geht.« Ja, in irgendeinem Paralleluniversum würde Anil genau das tun, was sie von ihm erwartete. Rajni konnte sich nur um eine Katastrophe nach der anderen kümmern, und in diesem Gespräch wollte sie nicht in ein paar Monaten

Großmutter werden. »Unvorstellbar, dass Sie das ständig mitmachen müssen«, sagte sie zu Hari.

»Das letzte Mal habe ich geschworen, dass es das letzte Mal ist. Ich habe Parvana gesagt, wenn das noch mal passiert, kann sie zusehen, wie sie aus dem Schlamassel wieder rauskommt. Aber als sie mich dann eben angerufen und mir gesagt hat, wo sie ist…« Er seufzte. »Es gibt reine Frauenwachen, wissen Sie. Und ich wusste, das hier ist keine davon. Ich konnte sie einfach nicht sich selbst überlassen, ganz gleich, wie wütend ich auch bin.«

Rajni sah sich um. Man hörte Computertastaturen klackern. Telefone bimmeln. Den Ventilator an der Wand sirren, der da hing wie eine Jagdtrophäe und sich langsam drehte, als schaute er sich um und sei maßlos enttäuscht von dem Anblick, der sich ihm bot.

»Nein, das könnte ich auch nicht«, gestand sie. »Aber ich könnte Jezmeen eine hinter die Ohren geben.«

Shirina guckte erschrocken auf. Rajni wäre am liebsten im Boden versunken. Sie hatte Jezmeen im Krankenhaus eine Ohrfeige gegeben, kurz vor Mums Tod. Sie streckte die Finger und musste daran denken, wie taub ihre Knöchel geworden waren, nachdem sie Jezmeen eine runtergehauen hatte, und fragte sich, ob das eine körperliche oder eine psychische Reaktion gewesen war.

»Haben Sie schon versucht, das Konsulat zu kontaktieren?«, fragte Hari.

»Da geht niemand ran«, antwortete Rajni.

»Machen die Briten heute mal wieder kollektiv Ärger in Indien?«, scherzte er.

»So kennt man uns«, gab Rajni grinsend zurück.

»Kann ich so nicht bestätigen«, widersprach Hari. »Höchstens beim Fußballspielen.«

»Danke«, sagte Rajni. »Aber Sie brauchen mich wirklich nicht aufzumuntern, wo Ihre Tochter doch genauso in der Tinte sitzt.«

Hari zuckte die Achseln. »Wann trifft man schon mal Menschen in einer ähnlichen Lage? Als Parvana noch zur Schule ging und dort Ärger anzettelte, hat meine Frau sich strikt geweigert, mit den anderen Eltern im Büro des Direktors zu reden, und steif und fest behauptet, wir wären nicht wie die.«

Rajni nickte. »Das Gefühl kenne ich.« Sie musste daran denken, wie ihr bei Mums Trauerfeier der blaue Fleck auf Jezmeens Wange aufgefallen war und sie sich empört gefragt hatte, wer ihrer kleinen Schwester das angetan hatte. Bis ihr siedend heiß einfiel, dass sie das selbst gewesen war.

Unvermittelt überkam Rajni eine neue Sorge. »Aber wenn das hier keine reine Frauenwache ist …?«

»In den Zellen sind keine Männer«, beruhigte Hari sie.

»Aber die Polizisten?«, wagte Rajni laut zu denken.

»Weißt du überhaupt, was dir hätte passieren können?«, hatte Mum Rajni angebrüllt. Wie naiv sie sei zu glauben, sie könne einfach mitten in der Nacht in eine Polizeiwache schneien, ein Teenie mit toupierten Haaren und zentimeterdicker Schminke im Gesicht, und sich in Sicherheit wähnen. Aber weiter mutterseelenallein durch die dunklen Gassen zu laufen wäre ungleich gefährlicher gewesen. Am meisten hatte Mums rasende Wut sie verletzt. Rajni hatte am ganzen Leib gezittert, als sie endlich wieder zu Hause war, aber Mum hatte keine Worte gefunden, um sie zu trösten. Nur Zorn und Vorwürfe. Das war der einzige Grund, warum Rajni zurückgeschrien hatte. In einem Wimpernschlag war es passiert, und danach war nichts mehr, wie es vorher war.

»Sie können sich den Kopf zerbrechen über alles, was ihr zustoßen könnte«, meinte Hari mitfühlend. »Aber damit machen Sie sich nur selbst verrückt. Soweit wir wissen, kommen sie in ein paar Stunden wieder frei. Wir können nur abwarten und hoffen, dass sie es sich nicht noch mal anders überlegen. Denken wir doch lieber positiv.« Rajni starrte ihn an und konnte einfach nicht aufhören, sich zu sorgen. »Tief durchatmen«, versuchte er sie zu beruhigen. »Ich gehe eben kurz nach draußen und rauche eine Zigarette, und danach rede ich noch mal mit den Beamten.«

Rajni schluckte schwer und nickte. Dann schloss sie die Augen und versuchte, sich eine beruhigende Landschaft vorzustellen. Einmal hatte sie an einem Entspannungsworkshop teilgenommen, wo sie verschiedene Techniken erlernt hatte. Aber Achtsamkeit und Meditation halfen nur so lange, bis Rajni irgendwann anfing, Listen aufzustellen und Buch zu führen, wie viele Minuten am Tag sie achtsam gewesen war. So schwer war das schließlich nicht, und auf lange Sicht würde sich dadurch ihre Hirnchemie verändern. Doch dann bürdete sie sich eine weitere Übung auf, und dann noch eine, und dazu verschlang sie tagtäglich Dutzende Tipps, um ein besserer Mensch zu werden, und danach dauerte es nicht mehr lange, da wurden ihr die ganzen Selbstoptimierungsbemühungen zu viel, und sie war überhaupt nicht mehr achtsam, sondern unentspannter denn je. Es war ein Teufelskreis.

Sie schlug die Augen wieder auf und sah, dass Shirina ihre geschlossen hatte. Sie atmete tief durch, schien aber nicht sehr meditativ. »Alles okay?«, fragte Rajni.

Shirina nickte mit geschlossenen Augen. »Nur wieder mein Magen«, wisperte sie. Ihr Gesicht war von einem schimmernden Schweißfilm überzogen, und ihre Wangen waren gerötet. Rajni schaute zu dem langsamen Ventilator an der Wand, der sich gerade wieder in ihre Richtung drehte. »Vielleicht brauchst du ein bisschen frische Luft«, meinte sie. Plötzlich überkam sie ein schlechtes Gewissen, Shirina in diese Sache hineingezogen zu haben. Aber sie hatte zu viel Angst gehabt, ganz allein zur Polizei zu gehen.

»Es geht schon«, murmelte Shirina. Sie schlug die Augen auf und lächelte Rajni angestrengt zu. Wieder einmal fragte Rajni sich, was bloß mit ihrer Schwester los war. Abgesehen von einer Lebensmittelvergiftung und dem Jetlag schien irgendwas sie zu bedrücken. Sie wirkte schon die ganze Zeit so still und in sich gekehrt. *Ich muss mir doch nicht auch noch um dich Sorgen machen, oder?* Rajni konnte keine weitere Baustelle gebrauchen, jedenfalls nicht jetzt. Um Shirina würde sie sich später kümmern müssen.

Rajni schaute sich um. Ohne Hari fühlte sie sich noch schutzloser. Auf der Wache wimmelte es nur so von Männern – Besuchern, Beamten. Die wenigen Frauen hielten sich am Rand, genau wie Rajni und Shirina. Der Beamte am Schalter vorne hatte nur zugehört, als Hari mit ihm geredet hatte.

»Soll ich unsere Zugtickets für morgen stornieren? Die Hotelbuchung in Amritsar?«, fragte Rajni. »Sollen wir einfach alles abblasen und nach England zurückfliegen, sobald Jezmeen hier rauskommt? Warum sind wir eigentlich hier? Was zum Teufel soll das alles?«

Sie merkte selbst, dass sie ein bisschen hysterisch klang. Der Polizist hinter dem Schreibtisch guckte sie ganz komisch an, dann fing er an, in seinen Unterlagen zu kramen. Shirina lachte nervös. *Atme...*

Rajni schloss die Augen, und sofort sah sie Mum vor sich. Es war unmöglich, nicht an sie zu denken, hier und jetzt. Mum, wie sie auf ihrem Krankenhausbett saß, mit verkniffenem Gesicht, weil wieder eine neue Schmerzwelle ihren Körper erfasst hatte. Rajni versuchte, das Bild abzuschütteln – sie sollte sich doch auf beruhigende Gedanken konzentrieren –, doch Mum blieb stur, wo sie war. Ihr Gesicht wirkte jünger, und sie hatte nicht so viele graue Haare. Rajni versuchte, ihre Gedanken federleicht aus dem Fenster fliegen zu lassen – womöglich lag irgendwo dahinter beruhigendes Grün –, doch Mum ließ sich nicht abschütteln. Selbst als Rajni sich einen leeren weißen Raum vorzustellen versuchte, erwartete sie da schon eine jüngere Ausgabe von Mum. Sie packte die Koffer für eine Reise nach Indien, um ihre älteste Tochter wieder zu Sinnen zu bringen. Keine Clubs, keine Zigaretten, kein schlechter Einfluss. Drei Wochen nur Kultur und Familienbesuche. Mum war der felsenfesten Überzeugung, Rajni werde als braves, folgsames Mädchen nach London zurückkehren.

»Raj«, sagte Shirina und stupste sie in die Rippen.

Rajni riss die Augen auf. Als hätte sie Jezmeen heraufbeschworen, stand sie plötzlich da, im Türrahmen hinter dem Schreibtisch. Der Beamte, der eben Rajni so konsterniert gemustert hatte, stand nun neben Jezmeen. Sie sah nicht, wie sie ihr zuwinkten. Sie wurde vorne zum Schalter geführt, wo sie einige Formulare unterschreiben musste. Rajni sah, dass Jezmeen sie nur kurz überflog, um dann ihre Unterschrift darunterzukritzeln. Ihr Blick schweifte durch den Raum, ehe er an Rajni hängen blieb, an ihren Füßen. Gerade bevor Jezmeen zu ihnen herauskam, spürte Rajni wieder dieses Taubheitsgefühl in den Knöcheln und musste sich beherrschen, um die Hände nicht zu Fäusten zu ballen. Sie könnte ihre Schwester schon wieder schlagen. »Was zum Teufel hast du dir dabei gedacht?«, hatte Mum Rajni damals angebrüllt, und Rajni, zu Tode verängstigt, hatte etwas gesagt, was sie nie wieder rückgängig machen konnte.

Achtes Kapitel

Vierter Tag: Delhi nach Amritsar

Die Reise wird euch von Indiens Hauptstadt nach Punjab führen, unserem Heimatstaat. Schaut aus dem Fenster und betrachtet die vorbeiziehende Landschaft. Lauscht auf die Gespräche um euch herum. Beobachtet beim Halt in den Bahnhöfen die Menschen auf den Bahnsteigen, die sich über das Wiedersehen mit ihren Angehörigen freuen. Es gibt keinen größeren Liebes- und Treuebeweis, als für ein langersehntes Wiedersehen eine weite Reise auf sich zu nehmen.

Die Reise von Delhi nach Amritsar sollte mit Essen beginnen und mit Essen enden. So hatte Mum die Zugfahrten nach Punjab jedenfalls beschrieben. Und obwohl Jezmeen diese Fahrt nie selbst unternommen hatte, hatte sie Mums unzählige Geschichten so verinnerlicht, dass sie ihr wie ihre eigenen Erinnerungen erschienen. Sie hatte Bilder im Kopf von Pakoras und Samosas in rauen Mengen, dampfenden Pappbechern mit heißem Tee und kleinen Häppchen indischer Süßigkeiten.

Sie verließen gerade den Bahnhof, und Jezmeen schaute aus dem Fenster, während der Zug langsam

Fahrt aufnahm. Jenseits der Gleise brannte die Sonne heiß vom Himmel und verschwamm hinter den Abgasen der Lok. Mütter trieben ihre Kinder langsam entlang der Gleise vor sich her. Müllberge glitzerten hinter dicht gedrängten Ansammlungen kastiger kleiner Häuschen, die aussahen wie aus Lego, wild aneinandergebaut. Der Zug gewann an Tempo, während die Landschaft ringsum sich langsam öffnete. Als sie erst einmal die letzten Ausläufer der Stadt hinter sich gelassen hatten, wurde es immer grüner, und die Häuser standen nicht mehr so dicht beieinander. Jezmeen beäugte eines dieser Anwesen, grellorange gestrichen und mit einer riesengroßen Satellitenschüssel auf dem Dach, die dort thronte wie ein Pokal. Und plötzlich sehnte sie sich danach stillzustehen, nichts zu tun, den ganzen Tag mit Faulenzen zu vertrödeln, statt ihrer eigenen Vergangenheit entgegenzurasen.

Was für eine Erleichterung, Delhi zu verlassen. Beim Schaukeln und Ruckeln des fahrenden Zuges war Jezmeen von Herzen froh, aus der Gefängniszelle heraus zu sein, auch wenn sie zum Glück nicht allzu lange hatte einsitzen müssen. Sie hatte in der vergangenen Nacht kaum ein Auge zugetan. Immer wieder hatte sich in ihrem Kopf die Szene von ihrer Verhaftung abgespielt, und sie war noch immer schockiert angesichts dessen, was da passiert war. In den frühen Morgenstunden war sie schließlich ins Badezimmer getappt, um zu duschen, aber der Anblick der kleinen, engen Kabine hatte sie zu sehr an die eng gedrängte Zelle erinnert, und so war sie unverrichteter Dinge wieder ins Bett gegangen.

Ihr knurrte der Magen. Sie hatte nicht gefrühstückt –

sie hatten ganz früh aus dem Hotel auschecken müssen, um pünktlich am Bahnhof zu sein, und obwohl sie eigentlich gerne unterwegs am Straßenrand gehalten und an einer der Buden ein Pani Puris gekauft hätte, hatte ein tödlicher Blick von Rajni sie schnell zum Schweigen gebracht. Jezmeen schaute sie verstohlen von der Seite an. Rajni starrte stur geradeaus und hatte seit ihrer Entlassung kein Wort mehr mit Jezmeen gewechselt. Kein einziges Wort. Willst du denn gar nicht wissen, wie es mir geht?, hätte Jezmeen sie am liebsten gefragt. Sie hatte sich schrecklich selbst bemitleidet, als sie da in der Zelle gesessen hatte, obwohl sie zu den Glücklichen gehörte, die nicht zur Vernehmung gezerrt worden waren. Irgendwann hatten die Polizisten schließlich eingesehen, dass die Zelle hoffnungslos überfüllt war, selbst ohne die Frauen, die vorher herausgepickt worden waren, also hatten sie nach und nach all diejenigen freigelassen, die nicht direkt mit der Organisation der Protestkundgebung zu tun hatten. Jezmeen war sich eigentlich sicher gewesen, noch ewig bleiben zu müssen, aber dann war alles ganz schnell gegangen. Womöglich hatte das mit ihrem britischen Pass zu tun. Und mit der Tatsache, dass die Frauen in der Zelle sie nach wie vor für Polly Mishra gehalten hatten und sie auch so ansprachen, sehr zum Interesse der vorbeigehenden Beamten. Die Frauen, die mitbekommen hatten, wer Jezmeen wirklich war, ignorierten sie einfach. Sie hatten wohl andere Sorgen.

Rajnis angespanntes Schweigen hatte sie bis ins Hotel begleitet, wo Jezmeen vergeblich versucht hatte, ihren Schwestern alles zu erklären. »Ich habe nicht…« Weiter kam sie nicht, bevor Rajni abwehrend die Hand hob. »Ich will nichts davon hören«, brummte sie. »Bringen wir einfach den Rest dieser Reise hinter uns, und dann geht jede von uns wieder zurück in ihr eigenes Leben.« Sie zitterte vor Wut, als stünde sie unter Strom, und hatte die Hände fest zu Fäusten geballt.

Das Grün draußen wurde immer weitläufiger. Ungebändigtes langes Gras raschelte in der sanften morgendlichen Brise, und am staubigen Horizont sah Jezmeen die Sonne über einem kleinen baumbewachsenen Hügel stehen. Die Fenster rappelten, als ein entgegenkommender Zug an ihnen vorbeifuhr. In der Holzklasse klammerten die Passagiere sich an die Geländer der offenen Eingänge. Jezmeen fragte sich, was wohl aus den anderen Mädchen geworden war, die mit ihr zusammen verhaftet worden waren. Wen konnte sie fragen? Was konnte sie überhaupt tun? Ihr leerer Magen knurrte sehnsuchtsvoll.

»Weißt du, ob sie das Essen mit den Fahrkarten gebucht hat?«, wisperte Jezmeen Shirina zu, damit Rajni sie nicht hörte.

»Ich denke schon«, erwiderte Shirina. »Wir sind schließlich acht Stunden unterwegs.«

Auf dem Sitz vor Shirina stand ein Kleinkind und beäugte sie neugierig unter langen schwarzen Wimpern. »Wie süß«, sagte Jezmeen mit einem Lächeln. Das Kind lächelte zurück. Jezmeen winkte mit beiden Händen. Das Kind klatschte in die Hände und verschwand hinter der Lehne des Sitzes, nur um gleich darauf wieder aufzuspringen und zu versuchen, Shirina zum Mitspielen zu bewegen.

»Hallo Schatz«, rief Rajni von ihrem Fensterplatz,

aber das Kind beachtete sie nicht. »Didi«, sagte es zu Shirina, »Schwesterchen«, und streckte die kleinen Ärmchen nach ihr aus. Das kleine Mädchen schien ganz fasziniert von der leuchtend rosaroten Tunika, die Shirinas Wangen strahlen ließen. »Sie mag dich«, stellte Jezmeen fest.

Shirina schaute nur kurz von ihrem Buch auf und las dann weiter. Keine schlechte Strategie, dachte Jezmeen. So entzückend die Kleine auch war, Unterhaltung für acht Stunden würde sie wohl kaum bieten. Jezmeen schnitt ein paar Grimassen und ignorierte das kleine Mädchen dann, das rasch andere Mitreisende fand, die es unterhielten.

Der Duft frittierter Zwiebel-Bhajis wehte den Gang entlang, und Jezmeen lief das Wasser im Mund zusammen. Sie reckte den Hals und erwartete eigentlich, einen Essenswagen kommen zu sehen, aber der Geruch kam von einer Reisegruppe ein paar Reihen vor ihnen. Mehrere Generationen einer Familie reisten in demselben Abteil wie sie und waren gerade dabei, ihren Proviant auszupacken. Eine Thermoskanne Tee wurde herumgereicht. Irgendwer brach ein Samosa auf, und der Dampf kräuselte sich in der Luft und umwehte Jezmeens Nase mit dem Duft gewürzter Kartoffeln.

Sie konnte sich noch lebhaft daran erinnern, wie sie als kleines Mädchen auf einem Höckerchen in der Küche saß, während Mum geschäftig herumwerkelte. Senfsaat knisterte und knackte im zischenden Öl in der Bratpfanne, und der Teekessel auf dem Herd pfiff. Mums Gesicht wirkte allerdings alles andere als glücklich, ganz anders, als die indischen Hausfrauen in den Film-

Schmonzetten – ihre Augen waren traurig und die Haut war gespannt vor Sorge. Jezmeen hatte gerade gefragt, ob sie mit ihr und Shirina einkaufen gehen könne. »Wir brauchen neue Socken«, hatte sie gesagt und den Gummizug an ihren Socken wie zum Beweis schnippen lassen. »Eure Socken sind noch gut«, hatte Mum entgegnet und sich strikt geweigert, mit ihnen einkaufen zu gehen. Jezmeen schaute etwas genauer hin und beobachtete die Familie, die gleich etliche Sitzreihen einnahm. Die Männer waren laut und viel sichtbarer als die Frauen, wie sie da breitbeinig im Gang standen und lautstark miteinander redeten. Die Frauen unterhielten sich leise, während sie die Kinder auf dem Arm wiegten, und ihr Gespräch wurde immer wieder vom lauten Lachen und Rufen ihrer Ehemänner und Brüder unterbrochen.

Als das zur Fahrkarte gebuchte Essen dann schließlich kam, war die Enttäuschung groß – zwei matschige Kartoffelpuffer und ein Lassi im Tetrapack –, aber Jezmeen stürzte sich trotzdem gierig darauf. Gestern war ihr vor Angst der Appetit vergangen, weil sie ernsthaft geglaubt hatte, für immer in einer indischen Gefängniszelle hocken zu müssen.

Shirina hatte ihr Essen nicht angerührt. Im Gegenteil, sie sah eher aus, als ekele sie sich davor. Das kleine Mädchen lugte wieder vorsichtig hinter dem Sitz hervor, diesmal in Begleitung eines schlappohrigen Stoffhasen.

»Isst du das noch?«, fragte Jezmeen. Shirina schüttelte stumm den Kopf und schob Jezmeen ihr Tablett zu, die sofort alles fröhlich auffutterte.

Einer der Männer der mitreisenden Familie erzählte gerade einen Witz. Jezmeen konnte nicht alles verstehen, aber die Pointe sorgte nur für ein paar magere Lacher. »Ach, kommt schon«, dröhnte er. »Habt ihr ihn alle nicht kapiert?«

»Wir haben ihn kapiert. Es ist bloß ein blöder Witz«, entgegnete eine Frau. Es folgte lautes Gelächter und Klatschen.

Der Mann grinste. »Liebling, als wir noch verlobt waren, hast du über alle meine Witze gelacht.«

Ein paar andere Familienmitglieder johlten, als sie das hörten. »Beruhigt euch, wir sind hier nicht allein«, rief ein anderer Mann, der allerdings nicht der Meinung zu sein schien, es sei unangebracht, wenn er selbst in der Öffentlichkeit herumschrie.

»Es ist schon ein Unterschied, *nah,* ob man verlobt ist oder verheiratet«, konterte eine andere Frau. »Wenn man erst verheiratet ist, hört man immer wieder dieselben alten Witze. Da kann einem das Lachen schon mal vergehen.«

»Dann ist es ja gut, dass wir nach Hause fahren«, grölte der erste Mann. »Da kann ich mir eine andere suchen.«

Die Frauen schnaubten abfällig und verdrehten die Augen, sagten aber nichts und wendeten sich wieder ihrem Gespräch zu.

»Didi?«, flehte die Kleine. Sie winkte mit dem Hasen. Shirina knickte die Buchseite oben um und klappte das Buch zu. Mit einer Hand zupfte sie am Ohr des Hasen. Das kleine Mädchen gluckste und riss sein Stofftier weg.

Jezmeen schaute unauffällig hinüber zu Rajni, die aus dem Fenster stierte. Offenes Land und Reisfelder kamen in Sicht. Der Zug überquerte einen See, der sich wie eine helle Ader durch das gelblich grüne Grasland zog. Jezmeen wünschte, sie hätte die Gelegenheit gehabt, als Kind nach Indien zu kommen. Man stelle sich nur vor, Sommerreisen mit der weitläufigen Familie, gemeinsames Geschichtenerzählen bei Pakoras, während der Zug einen immer näher zu seinen Wurzeln brachte. Der Waggon schudderte gegen das eiserne Brückengerüst, und die Familie brach in lautes Lachen aus, das das eisige Schweigen zwischen den Schwestern nur noch kälter wirken ließ. Das kleine Mädchen kicherte, als seine Mutter es wieder auf den Sitz zurückzog. »Du fällst sonst noch um, Schatz«, sagte sie. »Und stör die anderen Leute nicht.« Durch die Lücke zwischen den Sitzen lächelte sie Shirina entschuldigend zu.

Jezmeen konnte die Stille nicht mehr ertragen. So ging das nicht. Rajni hatte die Augen geschlossen und atmete tief ein und aus. Beim Ausatmen sah sie aus wie ein Ballon, dem die Luft ausging. Jezmeen streckte die Hand nach ihr aus und piekste sie fest in den Arm.

»AUTSCH! Was zum Teufel soll das, Jezmeen?«

»Ich habe was zu sagen.«

Shirina, eingekeilt zwischen den Fronten, drückte sich gegen die Rückenlehne.

»Ich bin beschäftigt«, brummte Rajni.

»Und womit genau? Wir sitzen im Zug und haben rein gar nichts zu tun. Ich sehe dich doch.«

»Ich übe gerade achtsames Atmen«, entgegnete Rajni spitz. »Zumindest habe ich das, bis du mich so rüde gestört hast. Jetzt muss ich wieder von vorne anfangen.«

»Wenn du nicht gleichzeitig atmen und reden kannst, machst du irgendwas falsch«, sagte Jezmeen.

»Ich werde mich jetzt nicht mit dir über Achtsamkeitsübungen streiten, deren Nutzen in verschiedenen Studien nachgewie… AUTSCH. HÖR SOFORT AUF, MICH ZU ZWICKEN!«

»Shirina, lass uns die Sitze tauschen«, kommandierte Jezmeen. »Rajni und ich haben was zu klären.«

»Nein, du bleibst genau, wo du bist«, konterte Rajni und pinnte Shirinas Handgelenk auf die Armlehne, als könne sie sonst wegfliegen. »Jezmeen, wenn du mit mir reden willst, tut mir leid, ich bin noch nicht so weit.« Sie schloss die Augen und atmete wieder tief ein und aus. So, wie sie dabei das Gesicht verzog, konnte Jezmeen ihr ansehen, dass sie die wütenden Gedanken nicht aus dem Kopf bekam. Sie wartete, bis Rajni einen langgezogenen Atemzug auspustete.

»Es war nicht meine Schuld«, sagte Jezmeen.

Rajni verdrehte die Augen. »Ist schon klar.«

»Die Protestkundgebung fand gerade statt, als ich zufällig vorbeikam. Ich bin über den Karol Bagh gelaufen und in die Metro gestiegen, weil ich euch am India Gate treffen wollte …«

»Du hättest gleich morgens mitkommen sollen.«

»Stimmt, aber das ist eine andere Geschichte«, antwortete Jezmeen. Und eine, die sie lieber ein andermal erzählen wollte. Es brauchte ihr keiner zu sagen, dass sie gelegentlich ein Glas über den Durst trank – das wusste sie selbst. Und war Einsicht nicht der erste Schritt zur Besserung? In Zukunft würde sie sich viel besser beherrschen lernen. Irgendwann, wenn sie Zeit und Muße und all das hatte. Eine Reise quer durch Indien war schon so voller Unwägbarkeiten, da brauchte es nicht auch noch eine Ausnüchterungs-Challenge obendrauf.

»Wenn wir hergekommen sind, um uns selbst zu finden ...«, setzte Jezmeen an und wusste selbst nicht so recht, wie sie diesen Satz beenden sollte. Sie wollte Rajni sagen, dass ihr die Verhaftung Angst gemacht hatte, dass sie letzte Nacht kein Auge zugetan hatte und sich ihr beim Gedanken an die Gefängniszelle der Magen umdrehte. Aber das hieß nicht, dass es falsch gewesen war, sich dem Marsch für Frauenrechte anzuschließen.

»Wir sind zu Mums Andenken hier, zur Erinnerung an sie und um Dienst an anderen zu tun«, erklärte Rajni.

»Ist Demonstrieren nicht auch ein Dienst an anderen? Der Kampf für mehr Frauenrechte? Wusstest du, dass es auf den Dörfern Männer gibt, die ihre Ehefrauen mit ihren Brüdern teilen, weil das Töten von weiblichen Neugeborenen zu einer krassen Schieflage im Geschlechterverhältnis geführt hat?«

Shirina schien aufzumerken. Alarmiert sah sie Jezmeen an. »Das stimmt«, bekräftigte Jezmeen. »In manchen ärmeren Bundesstaaten kommen sechs Männer auf eine Frau. Eine Schande.«

Rajnis Gesicht zuckte missmutig. »Wo du bist, gibt es immer Ärger, stimmt's? Schon seit dem ersten Tag unserer Reise tust du alles, um sie zu sabotieren.«

»Gar nicht wahr.«

»Wohl wahr. Immer bist du dagegen. Du bist widerborstig, wo du nur kannst. Findet Shirina übrigens auch.«

Jezmeen starrte Shirina durchdringend an. »Stimmt

das?«, fauchte sie. Shirina wand sich unbehaglich auf ihrem Sitz. »Also?«, hakte Jezmeen nach.

»Ich finde, du hättest weniger trinken sollen, wenn du wusstest, dass du dann am nächsten Tag nicht aus dem Bett kommst, mehr nicht. So was in der Art habe ich auf dem Weg zum Tempel wohl zu Rajni gesagt. Ich habe nicht gesagt, dass du ›widerborstig‹ bist«, verteidigte sich Shirina.

»›Widerborstig‹ sagt auch keiner unter siebzig«, brummte Jezmeen. Wobei man Rajni zugutehalten musste, dass sie auf diese Bemerkung nicht weiter einging. »Aber ich verstehe nicht, warum du meinst, ich würde unsere Reise sabotieren. Im Gegensatz zu Shirina drücke ich mich nicht vor der Hälfte unserer Programmpunkte. Aber dazu sagst du gar nichts? Während wir uns abplagen, um auf einen blöden Berg zu klettern, und auf Strohmatten schlafen, futtert sie Süßigkeiten und lässt sich von der weitläufigen Verwandtschaft ihres Ehemannes in seinem Dorf mit Hochzeitsgeschenken überhäufen. Bestimmt hat sie sogar WLAN. Das ist nicht fair, Shirina.«

»Tut mir leid, wenn du das so siehst«, entgegnete Shirina.

Jezmeen stöhnte gequält auf. Es wäre doch zu schön, wenn Shirina ausnahmsweise mal nicht jeder Auseinandersetzung aus dem Wege ginge. Das war derart unbefriedigend! Aus den Augenwinkeln sah sie den Kopf des kleinen Mädchens wieder über der Sitzlehne auftauchen.

»Ja, Süße? Ja?«, gurrte Rajni strahlend. »Was hast du denn da? Hmm?« Das Mädchen hatte etwas in der

Hand, das es über die Lehne hielt. Eine knallgelbe Tupperdose voller Peppa-Wutz-Aufkleber. »Gibst du mir das?«, fragte Rajni. Das Mädchen lächelte und schaute Shirina an. Dann schüttelte sie die Dose vor ihrer Nase.

Shirina ignorierte das Kind und guckte stur nach unten in ihr Buch, so hochkonzentriert, dass das Mädchen schnell das Interesse verlor und wieder auf seinen Sitz verschwand. Es war eigenartig – der Anblick des Kindes schien Shirina zutiefst zu verstören. Jezmeen war nicht entgangen, dass Shirina bisher nicht über die erste Seite ihres Buches hinausgekommen war.

Dann wandte Shirina sich unvermittelt an Jezmeen. »Ich habe nie behauptet, dass du unsere Reise sabotierst, aber als wir gestern vor deinem Hotelzimmer standen und du sturzbetrunken warst, war ich sehr enttäuscht.« Ihre Lippen waren nur noch ein schmaler Strich. Sprachlos starrte Jezmeen Shirina an. Sogar Rajni schien erstaunt. »Was ist denn so schwer daran, nach ein, zwei Gläsern aufzuhören? Hmm? Das macht man nun mal so. Normale Menschen kennen ihre Grenzen. Und können sich benehmen.«

»Shirina …«, setzte Rajni an.

»Zieht mich nicht in eure Streitereien hinein, wenn es euch nur darum geht, jemanden auf eurer Seite zu haben«, fuhr Shirina fort. »Ich will damit nichts zu tun haben.«

»Okay, okay«, versuchte Rajni zu beschwichtigen.

»Und ich lasse mich nicht über Verpflichtungen der Familie gegenüber belehren«, erklärte Shirina. »Nicht von meinen beiden älteren Schwestern, die sich am Sterbebett unserer Mutter geprügelt haben. Ist euch eigentlich schon mal in den Sinn gekommen, dass das Letzte, was sie gesehen hat, ihr beide wart, wie ihr euch gestritten habt? Wie immer? Vielleicht ist sie in der Nacht gestorben, weil sie nichts mehr hier gehalten hat, wenn ihr beiden nicht mal einen Tag lang friedlich miteinander auskommen könnt. Es hat sich rein gar nichts geändert, auch nicht nach Mums Tod.«

Jezmeen war wie vor den Kopf geschlagen. Sie schaute Rajni an, die genauso verdattert aus der Wäsche guckte. Wenn Shirina das wirklich dachte, wie lange hatte sie ihren Ärger dann schon heruntergeschluckt?

War es leiser geworden im Abteil seit ihrer hitzigen Auseinandersetzung? Es schien fast, als hätte die Familie weiter vorne aufgehört zu reden. Eine merkliche Spannung lag in der Luft. Jezmeen versank in ihrem Sitz, weil sie befürchtete, jemand könne sie womöglich gefilmt haben. Das Allerletzte, was sie jetzt brauchte, war ein YouTube-Upload mit dem Titel: *Jezmeen Shergill: Schwesternstreit in indischem Zug!*

Das Kind lugte wieder über die Sitzlehne, aber seine Mutter zerrte es hastig weg und flüsterte eindringlich: »Du sollst sie in Ruhe lassen.« Das kleine Mädchen brach in Tränen aus. »Didi!«, schluchzte es. »Didi!« Und Jezmeen merkte, wie ihr die Tränen in die Augen stiegen.

Als der Zug schließlich in den Bahnhof einfuhr, wartete Shirina schon darauf, endlich aussteigen zu können. Die letzten acht Stunden der Fahrt hatten sie nur das Nötigste miteinander geredet und sich mit sich selbst beschäftigt. Shirina hatte in ihrem Buch gelesen, obwohl nicht viel von dem, was sie gelesen hatte, auch wirklich bei ihr angekommen war, und sie schlussendlich eingenickt war. In ihren bruchstückhaften Träumen hatte sie Mum im Bett sitzen gesehen, wie sie alarmiert das Handgemenge zwischen ihren beiden ältesten Töchtern draußen vor der Tür verfolgte. In ihrem Traum war Mum aufgestanden und hatte sie angefleht, sie sollten doch damit aufhören. Dabei hatte sie warnend mit ihrer Schmucktasche vor ihrer Nase herumgewedelt, aber sie hatten sie einfach ignoriert. Shirina hatte noch nie irgendwem gesagt, dass sie Rajni und Jezmeen die Schuld daran gab, wie unschön Mums letzte Augenblicke gewesen waren. Nicht einmal Sehaj wusste, was wirklich passiert war – er wusste nur, dass Shirina seit ihrer Rückkehr aus London noch versessener darauf war, endlich eine eigene Familie zu gründen. Als der Test ein paar Wochen später negativ ausfiel, war Shirinas Enttäuschung größer denn je – sie fühlte sich unendlich schwer und leer zugleich. Doch sie trauerte ja noch um ihre Mum, also wunderte Sehaj sich nicht allzu sehr über die heißen Tränen, die ihr in Strömen über das Gesicht liefen. Er erinnerte sie daran, sie könnten ein paar Versuche brauchen, bis es klappte, und dass sie beide noch jung waren und mehr als genug Zeit hatten. Aber Shirina fühlte sich vom Leben verraten und wünschte sich, mit jemandem reden zu können, der dieses Gefühl kannte. Paradoxerweise war Rajni der einzige Mensch, der sie hätte verstehen können, aber Shirina war noch zu aufgebracht über die Vorkommnisse im Krankenhaus, um sich ihrer Schwester anzuvertrauen.

Rajni stand auf und fing an, ihre Koffer durchzuzählen. »Wir haben insgesamt sechs Gepäckstücke«, sagte sie. »Haben wir alle sechs Gepäckstücke?« Shirina bereitete es eine klammheimliche Freude, sie geflissentlich zu ignorieren. Rajni runzelte die Stirn und nahm ihre Taschen. Sie schleppten die Sachen den Gang entlang, vorbei an der Familie, die nach ihrem ausgedehnten Festmahl träge und schläfrig geworden war, jetzt aber mit neuem Elan aufsprang.

Kofferträger stellten sich ihnen in den Weg, erboten sich, ihr Gepäck zu tragen, und fragten, wo sie hinwollten. Erst da ging Shirina auf, dass sie gar nicht wusste, wo ihr Hotel war. Rajni hatte sämtliche Informationen auf ihrem Reiseplan. Shirina winkte ab und ging mit gesenktem Kopf weiter, um sich von der Menschenmenge über den sonnengetränkten Bahnsteig bis in den Schutz der Bahnhofshalle treiben zu lassen. Dort schliefen Bettler auf dem Boden – nicht am Rand, sondern mittendrin, sodass man über sie steigen musste. Shirinas Blick traf die flehentlichen Augen einer Frau, die auf einem gefalteten Stück Pappe saß, einen fadenscheinigen Sari um den knochigen Körper geschlungen. Shirina musste aufpassen, ihr nicht auf die Finger zu treten, die geöffnete Hand eine stumme Bitte um ein Almosen. Wie die anderen Fahrgäste, die den Bahnhof verließen, lernte Shirina rasch die Kunst, vorsichtig über einen Menschen zu steigen, ohne ihm dabei in die Augen zu sehen.

Draußen engagierten sie den ersten Rikscha-Fahrer, der sich ihnen anbot. Er nahm ihre Sachen und verstaute sie unter Drehen und Wenden auf seinem Gefährt, als spiele er eine Partie Tetris. Shirina beeilte sich, als Erste einzusteigen. Sie wusste nur zu gut, wie ungelenk sie sich anstellte, wenn sie ihr eigenes Gewicht hochhieven musste (die Stufen zum Zug hochzusteigen war eine größere Herausforderung gewesen als gedacht). Sie wollte nicht, dass Rajni und Jezmeen sahen, wie sehr sie sich abmühte. Aber Rajni hatte ohnehin nur Augen für das Gepäck. Immer wieder zählte sie stirnrunzelnd nach. »Sechs Teile«, brummte sie und nickte zufrieden.

Der Motor der Auto-Rikscha grollte unter ihnen, und der Geruch nach verbranntem Gummi stieg Shirina in die Nase. Jezmeen musste husten. Rajni klammerte sich seitlich an das Geländer, woraufhin der Fahrer sich zu ihr umdrehte und ihr sagte, sie solle das lieber lassen. Schnell zog sie die Hand zurück, gerade noch rechtzeitig, ehe ein Laster an ihnen vorbeiraste und die Rikscha nur knapp verfehlte.

Im Norden sollte die Luft angeblich besser sein, aber davon merkte Shirina nichts. Die brütende Hitze hatte ihren Höhepunkt bereits überschritten, aber die Restfeuchte in der Luft legte sich wie ein klammer Film auf Shirinas Haut. Bisher bemerkte sie nur einen Unterschied zwischen Delhi und Amritsar, und das war der Abstand zwischen den niedrigen Häusern, die die Straßen säumten. Sie standen so weit auseinander, dass man von der Hauptstraße die grünen Felder und Wiesen dahinter sehen konnte. Sie bogen auf eine große Straße ab, und die Rikscha wurde zu beiden Seiten von riesigen LKW und Bussen in die Zange genommen. Das ohrenbetäubende Getöse der Stadt war zu viel für Shirina. Schützend hielt sie eine Hand vor die Augen – gegen den Staub und den Sand, die in die Rikscha geschleudert wurden und Haut und Haare sprenkelten. An einer

Ampel nahm sie die Hand kurz weg und sah einen Mann gefährlich auf einer hohen Leiter balancieren, um ein Telefonkabel zu reparieren. Die Leiter aus Bambus bog sich im Wind wie ein schwacher Schössling. Rasch hielt sie sich wieder die Augen zu.

Die Straßen verengten sich zusehends und wurden schließlich zu schmalen Gassen. Immer, wenn die Rikscha abbog, bekam es Shirina mit der Angst zu tun, weil der Wagen so gefährlich schwankte und sich zur Seite neigte, und sie fragte sich, was wohl passieren würde, wenn sie hier in einen Unfall verwickelt wurde. Was, wenn ihr Gepäck aus den Seilen schlüpfte, mit denen es festgebunden war, und ihre Habseligkeiten im Dreck und Hundekot auf der Straße landeten. Würde irgendjemand ihnen helfen? Wohl kaum. Der Verkehr würde ihretwegen nicht anhalten – er würde unbeirrt weiterrollen und unerbittlich alles plattwalzen, was ihnen gehörte. Shirina überlegte kurz, was sie in ihrer Tasche hatte, und kam zu dem Schluss, dass sie nichts davon vermissen würde. Sollte doch einfach alles im Graben landen, es reiste sich ohnehin besser mit leichtem Gepäck.

Den Pass hatte sie natürlich in der Tasche. Immer wieder tastete sie danach, um sich zu vergewissern, dass er noch da war und bei dem ganzen Geschaukel nicht abhandenkam. Wichtiger noch als ihr Pass aber war die Karte, die Sehaj ihr am Flughafen zugesteckt hatte.

Sie schlingerten in eine von Fahrzeugen aller Arten verstopfte Gasse, die von dicht gedrängten Läden gesäumt war. Ein junger Mann auf einem rostigen Fahrrad schoss an ihnen vorbei und ließ den Rikschafahrer laut fluchen. Ihr Hotel, das Holy City Palace, lag am Ende der schmalen Straße. Das Schild ragte heraus wie eine freundlich winkende Hand. Sie hielten davor und stiegen aus, während Rajni stirnrunzelnd die Gepäckstücke nachzählte.

In den beiden vergoldeten Spiegeln, die einander in der Hotellobby gegenüberhingen, spiegelten sich unendliche Reihen von Shirinas, Rajnis und Jezmeens. Hinter der Rezeption prangte ein imposantes Bild des von hinten angestrahlten Goldenen Tempels bei Nacht, dessen Spiegelbild in den stillen heiligen Wassern zerfloss. Ein älterer Mann mit Turban stand hinter dem Computer und nickte ihnen beim Hereinkommen zu. Rajni reichte ihm die Hotelbuchung. Er bat sie, einen Moment Platz zu nehmen.

Shirina konnte kaum glauben, dass sie sich nach einem ganzen Tag im Zug schon wieder hinsetzen wollte, aber sie war heilfroh, sich ein bisschen ausruhen zu können. Rajni nahm eine der Zeitungen und vertiefte sich in einen Artikel. Jezmeen griff nach einer der Zeitschriften auf dem Tisch. »Ooh, das ist aber ein hübsches Kleid«, schwärmte sie, auf die limettengrüne Robe deutend, die die schmalen Hüften des Models umschmeichelte. »Stell dir mal vor, du wolltest dir so was schneidern lassen.«

»Vor allem hier«, erwiderte Shirina. Die meisten Frauen, die sie bisher in der Heiligen Stadt gesehen hatten, trugen aus Respekt einen Salwar Kamiz.

»Madam«, sagte der Rezeptionist. Er schaute von einer zur anderen, weil er nicht wusste, welche von ihnen er ansprechen sollte. Rajni ging zu ihm. Hätten sie ihre Ehemänner dabei, wäre alles viel einfacher, dachte Shirina. Im Zug hatte der Schaffner die Herren nach den

Fahrkarten für ihre Familien gefragt. Sie spürte einen kleinen sehnsüchtigen Stich beim Gedanken an Sehaj. Am Flughafen hatte er ihr Gepäck aus dem Auto geholt und ihr sanft die Hand unten auf den Rücken gelegt. Eine kleine Geste, die ihr ein Gefühl von Sicherheit und Geborgenheit vermittelt hatte.

»Sie brauchen unsere Pässe«, rief Rajni von der Rezeption.

»Schlagen Sie bitte die Stempelseite auf«, sagte der Mann.

»Die Stempelseite?«, fragte Jezmeen.

»Die Seite, die bei Ihrer Einreise nach Indien abgestempelt wurde«, erklärte er. »Die muss ich sehen.«

»Ach«, sagte Jezmeen. Sie schlug ihren Pass auf. »Ehrlich gesagt kann ich mich gar nicht daran erinnern, dass er abgestempelt wurde.«

»Muss er aber«, sagte Shirina. Sie hatte die Seite in ihrem Pass schon gefunden, auf der ein kastenförmiger Stempel mit dem Datum ihrer Einreise prangte.

»Wenn Sie keinen Einreisestempel haben, haben wir ein Problem«, erklärte der Mann. »Nationale Sicherheit.« Sein Blick ging von Rajni zu Shirina und dann zu Jezmeen. »Amritsar liegt nahe der pakistanischen Grenze. Wir wollen nicht, dass Leute hier illegal einreisen und Ärger machen.«

Shirina fand, sein Blick blieb einen Moment zu lange an ihr hängen. Am liebsten hätte sie ihm gesagt, dass sie ganz bestimmt nicht hergekommen war, um irgendwelchen Ärger zu machen. Vielmehr war sie hier, um sich weiteren Ärger zu ersparen. Aber sie fragte sich, ob sie womöglich nervös wirkte oder sonstwie verdächtig.

»Gefunden«, rief Jezmeen erleichtert und sprang vom Sofa auf. »Aber schon ziemlich verblasst«, sagte sie zu dem Mann hinter der Rezeption, der seinen misstrauischen Blick nun auf sie richtete. Shirina fiel ein Stein vom Herzen. Der bohrende Blick war weg. Jetzt erst merkte sie, wie angespannt sie war, sodass sie bei jeder Frage, jedem Funken Misstrauen, jedem Zweifel an ihr oder ihren Absichten das Gefühl hatte, im Kreuzverhör zu stehen. Tatsächlich ging das niemanden etwas an. Sehaj hatte genau dasselbe zu ihr gesagt, als sie eingewendet hatte, sie glaube nicht, diese Lüge aufrechterhalten zu können. Nicht, wenn sie so viel Zeit mit ihren Schwestern verbrachte, so nahe beieinander. »Sie sind neugierig«, hatte sie gesagt. »Sie merken es, wenn etwas nicht stimmt.« Zu ihrer großen Erleichterung und gleichzeitigen Enttäuschung hatten sie bisher nicht gemerkt, dass etwas mit ihr nicht stimmte.

Der Rezeptionist hackte auf die Tastatur ein. »Das könnte eine Weile dauern«, sagte er. »Ich lasse Sie auf Ihre Zimmer bringen und gebe Ihnen die Pässe dann nachher zurück.«

Rajni sah ihn stirnrunzelnd an. »Wir können warten«, erklärte sie.

»Es könnte eine Stunde dauern«, wendete der Mann ein.

»Eine Stunde?«, fragte sie. »Was kann denn da so lange dauern?«

Er seufzte. »Madam, muss ich Ihnen Indiens Sicherheitsbedenken bezüglich Pakistan erst näher erläutern? Amritsar ist Grenzstadt, schon seit Punjab zwischen Indien und Pakistan aufgeteilt wurde«, erklärte er nicht ohne Stolz, fast als hätte er die Teilung höchstpersönlich beaufsichtigt.

»Wir brauchen keine Nachhilfe in Geschichte, unsere Eltern haben uns schon als Kinder alles Wichtige über die Teilung erzählt«, entgegnete Rajni.

Hatten sie das? Vielleicht hatte Dad ihnen diese Geschichten erzählt, und Shirina war noch zu klein gewesen, um sie zu verstehen. Alles, was sie über die Teilung wusste, hatte sie aus irgendwelchen schnulzigen Hindi-Schinken, in denen zwei Liebende, getrennt durch die Grenze und die grausame Politik, nicht zueinander finden konnten und bei ihren Familien kein Verständnis fanden für ihre Not, während die anhaltende Gewalt Städte und Dörfer zerriss. Bei diesen Filmen musste sie immer weinen. »Dann verstehen Sie sicher auch, warum ich diese Dokumente so sorgfältig prüfen muss«, sagte der Mann. »Das gilt für alle unsere Gäste. Wir dürfen kein Risiko eingehen.«

»Aber wir haben britische Pässe. Wir haben uns doch nicht heimlich nachts über die Grenze geschlichen.«

»Lass gut sein«, sagte Jezmeen. »Was macht es schon, wenn sie unsere Pässe eine Weile behalten? Wir bekommen sie doch wieder.«

Rajni schien der Gedanke nicht zu behagen. Misstrauisch beäugte sie den Mann. Der erwiderte ungerührt ihren Blick. »Indiens Sicherheit geht vor, Madam. Wir stehen hier an vorderster Front.« Er redete, als sei es 1947, und der Krieg tobe vor der Tür.

»Also gut«, brummte Rajni.

Ein Hoteldiener verstaute ihr Gepäck auf einem Koffertrolley und schob ihn zum Lastenaufzug, um dann

Shirina, Rajni und Jezmeen zum kleineren Personenaufzug zu führen. Eine Instrumental-Ballade von Kenny G schallte aus den Lautsprechern, was überhaupt nicht zu der üppigen palastartigen Ausstattung der Lobby und der militärisch steifen Art des Personals passte. Die Zimmer der Schwestern lagen direkt nebeneinander, fast als hätte das Hotel sie ihrem Alter entsprechend zugeteilt – 301: Rajni, 302: Jezmeen, 303: Shirina.

Kaum war Shirina auf ihrem Zimmer, sank sie erschöpft aufs Bett. Diese ständige Müdigkeit war ein einziger Albtraum. Schlimmer war nur, so tun zu müssen, als seien das die Auswirkungen der Reise. Sie zog das Handy heraus und schaute auf die Uhr. Sehaj müsste jetzt schon zu Abend gegessen haben, vielleicht schaute er noch ein bisschen fern. Seit sie in Indien angekommen war, hatten sie nicht mehr miteinander geredet, nur geschrieben. Banale Nachrichten, informativ und nüchtern, nichts weiter als ein kleines Lebenszeichen. Sie gab das WLAN-Passwort ein und suchte Sehajs Nummer in ihrer Übersee-Anruf-App. Nach dem dritten Klingeln hob er ab.

»Shirina?«, fragte er. Die Sorge in seiner Stimme ließ ihr fast das Herz schmelzen. »Alles okay?«

Natürlich liebt er dich. Der Gedanke überraschte Shirina. Sie hatte gar nicht gewusst, dass sie daran gezweifelt hatte, bis sie seine Stimme hörte.

»Alles bestens.« Ihre Stimme klang auf einmal belegt vor Tränen.

»Ich kann dich nicht hören, Liebes«, sagte er zärtlich. »Du musst ein bisschen lauter reden.«

»Alles bestens«, wiederholte sie laut. So nachdrücklich klang es auch viel überzeugender. »Wir sind gerade in Amritsar angekommen.«

»Und, wie ist es?«

»Ich habe noch nicht viel gesehen. Wir haben nur eben eine haarsträubende Rikschafahrt hinter uns und gerade ins Hotel eingecheckt.« Sie lächelte beim Gedanken an den Taxifahrer, der sie am Flughafen von Istanbul mitgenommen und fröhlich auf Türkisch losgeplappert und ihnen während der Fahrt verschiedene Sehenswürdigkeiten gezeigt hatte, während er sich geschickt durch den dichten Verkehr bis in die Altstadt schlängelte, wo ihr Hotel lag. Die Sonne hatte auf dem Bosporus geglitzert, und ihr war, als sei alles möglich. Ganz schwindelig war ihr gewesen, wie berauscht von der geheimnisvollen Romantik dieser Stadt, und nach einer Weile glaubte sie sogar, den Fahrer zu verstehen mit dem lieblichen Singsang und den gelegentlich eingestreuten Hindi-Worten – *subah, kitap.*

Die Erinnerung daran ließ Shirinas Herz schmelzen, und sie spürte, dass auch Sehaj an ihre Flitterwochen dachte. Wie gern wollte sie ihm sagen, wie ihr wirklich zumute war. »Ich habe Angst«, flüsterte sie.

Seine Worte überschnitten sich mit ihren. »Ich stecke bis über beide Ohren in Arbeit.«

»Ach«, sagte sie. Wieder musste sie mit den Tränen kämpfen. Sie hörte zu, wie er ihr von einem unverschämten Kunden erzählte, und wie viele Überstunden er machen musste, um sämtliche Verträge mit einem feinzinkigen Kamm durchzugehen. Das Unternehmen expandierte nach Europa, und in manchen dortigen

Ländern waren die Steuergesetze für Unternehmer aus Übersee der reinste Albtraum. Während Sehaj immer weiterredete, schweiften ihre Gedanken ab. Kenny Gs Fahrstuhlmusik dudelte ihr durch den Kopf.

»... und ich muss die Fehler der anderen wieder ausbügeln. Nicht, dass ich mich beklage, aber ich freue mich jetzt schon auf das nächste lange Wochenende.«

»Das ist doch noch Monate hin«, murmelte Shirina.

»Ja, ich weiß.« Sehaj seufzte laut. Frag mich noch mal, ob alles okay ist, dachte Shirina. *Frag mich, wie die Zugfahrt war.* So gerne hätte sie ihm von dem kleinen Mädchen im Zug erzählt, und wie geflissentlich sie es zu übersehen versucht hatte, selbst als es geweint und sie »Schwester« genannt hatte.

»Sehaj, ich habe Angst«, sagte sie schließlich abermals.

Diesmal hörte er sie. Das undurchdringliche Schweigen am anderen Ende der Leitung kam nicht von der zeitlichen Verzögerung.

»Shirina ...«, setzte er an.

»Nicht«, sagte sie. »Sag das nicht.«

»Ich sage ja nicht, dass du es tun *musst.*«

Sie hätte das Telefon am liebsten quer durchs Zimmer geschleudert. Es war so unfair, ihr zu sagen, es sei ihre eigene freie Entscheidung, wo das doch gar nicht stimmte. Für Zweifel oder Reue wäre kein Platz, wenn sie sich selbst dafür entschied.

»Was, wenn ich es nicht mache?«, fragte Shirina. »Darf ich dann wirklich nicht zurückkommen?«

Abermals eine Pause. »Darüber müssten wir dann reden«, sagte Sehaj schließlich.

»Wir – du und ich? Nur wir beide?«

»Und meine Mutter.«

Shirina stöhnte. »Was hat sie denn mit der ganzen Sache zu tun, Sehaj?«

»Du hast eine Familie geheiratet«, erwiderte Sehaj. »Darüber haben wir doch schon gesprochen. Entscheidungen treffen wir gemeinsam, und wir sind bereit, Opfer füreinander zu bringen. So ist das nun mal in einer Familie.«

Shirina konnte es Sehaj nicht verübeln, dass er sie darauf verwies, wie es üblicherweise in Familien zuging – schließlich war sie damals, als sie sich kennengelernt hatten, tief beeindruckt gewesen vom Zusammenhalt innerhalb von Sehajs Familie. Sie feierten rauschende Familienfeste und fuhren gemeinsam in den Familienurlaub. Sie machten, was Familien so machten.

»Aber sie muss doch nicht an jeder einzelnen Entscheidung beteiligt sein«, beharrte sie.

»Sie ist meine Mutter.«

»Und ich bin deine Frau«, erinnerte Shirina ihn.

»Shirina …« Die Lippen so dicht am Hörer, klang sein tiefes Seufzen wie Löwengebrüll. »Du machst die Sache unnötig komplizierter, als sie eigentlich ist.«

»Dann darf ich also Nein sagen?«, fragte sie, ermutigt von Sehajs sanfter Stimme. Er wollte nicht mit ihr streiten, er wollte nur das Problem aus dem Weg schaffen. Zu Hause hatten sie kaum Gelegenheit, Dinge unter vier Augen zu besprechen, weil Mutter immer irgendwo lauerte, aber dieses Ferngespräch ermöglichte ihnen eine etwas intimere Unterhaltung. »Es geht hier nicht um eine banale Entscheidung, als würde man Gardinen aussuchen oder …« Sie unterbrach sich, als sie es im Hintergrund rascheln hörte.

»Augenblick«, sagte Sehaj. Dann klang seine Stimme plötzlich weit weg und ganz gedämpft, als hätten sie sie heraufbeschworen, nur indem sie über sie gesprochen hatten – seine Mutter war mit im Zimmer. Wie schaffte sie das bloß immer?

Kurz darauf war Sehaj wieder am Apparat. »Entschuldige bitte«, murmelte er, aber seine Stimme klang plötzlich vollkommen verändert. Shirina spürte den unvermittelten Umschwung. Sein Tonfall hatte mit einem Mal etwas Geschäftsmäßiges, und alle Zärtlichkeit und Sanftheit waren daraus verschwunden.

Doch die Entfernung machte Shirina mutig. Allein in ihrem stillen, leeren Hotelzimmer schloss sie die Augen. »Ist sie noch da?«

Entweder bemerkte Sehaj den stählernen Unterton in ihrer Stimme oder die kurze Pause bedeutete, dass er sie erst mit ein, zwei Sekunden Zeitverzögerung hören konnte. So oder so, Shirina fasste neuen Mut. Entschlossen schlug sie die Augen auf.

»Sie wollte mir nur eben etwas sagen«, sagte Sehaj.

»Ach, tatsächlich? Und sie ist ganz allein die Treppe hochgekommen? Dann muss es ihr ja deutlich besser gehen«, bemerkte Shirina. Sie hörte eine warnende Stimme – *Hör auf, hör auf damit, du gehst zu weit* –, aber die überhörte sie einfach.

Wieder eine Pause. Shirina musste an den Tag denken, als sie ihre Kündigung eingereicht hatte, weil sie, wie sie sagte, zu Hause bleiben und sich um ihre Schwiegermutter kümmern musste, die nach ihrer Hüft-OP

Hilfe beim Treppensteigen brauchte. »Außer mir ist ja niemand da«, hatte Shirina erklärt. »Es könnte eine Weile dauern.« Man musste ihr den Unwillen angehört haben, denn an dem Nachmittag lud ihre Chefin sie auf einen Kaffee zu sich ins Büro ein. »Du hast ungeheures Potenzial«, hatte sie gesagt. »Warum nimmst du dir nicht einfach eine kleine Auszeit? Können dein Mann und du das nicht irgendwie organisieren? Es gibt doch auch Treppenlifte, wenn sie keine Treppen mehr steigen kann.«

Treppenlifte wurden bald zu dem Bild, das Shirina immer dann in den Sinn kam, wenn sie über den Unterschied zwischen den Werten der östlichen und der westlichen Gesellschaft nachdachte. Indische Schwiegertöchter kümmerten sich um die Familie. Sie brachten Opfer, wenn es sich nicht vermeiden ließ. Sie taten, was zu tun war, um den Familienfrieden zu erhalten. Im Westen baute man einen Treppenlift ein.

»Shirina«, sagte Sehaj. Und dann sagte er nichts mehr. Man hörte es wieder rascheln, dann Schritte und Stimmen. Im Hintergrund hörte sie eine Tür auf- und wieder zugehen. Er war aus dem Zimmer gegangen. »Liebling«, raunte er. Die Zärtlichkeit war wieder da. Er war weggegangen, fort von seiner Mutter, um in Ruhe mit ihr reden zu können. »Ich weiß, dass du durcheinander bist, Süße«, versuchte er sie zu trösten. »Ich weiß.«

Mehr wollte sie doch gar nicht. Zumindest glaubte sie das. Verständnis. Mitgefühl. Sie musste die ganze Zeit an das kleine Mädchen im Zug denken, wie es sie »Schwester« genannt hatte und wie enttäuscht es gewesen war, als Shirina nicht mit ihm spielen wollte. Während der gesamten Zugfahrt, während Rajni und Jezmeen sich zankten, hatte sie kein einziges Mal die Seite ihres Buchs umgeblättert. Sie hatte nur wieder und wieder dieselbe Zeile gelesen, bis die Worte alle Bedeutung verloren.

Rajni brauchte die Zeitung. Sie hatte sie in der Lobby liegen gelassen, weil der Mann an der Rezeption sie nicht aus den Augen gelassen hatte, aber eine Anzeige darin war ihr ins Auge gefallen. Dann hatte der Hotelpage sie auf ihre Zimmer gebracht, ehe sie sich alles hatte notieren können – diskret, natürlich, schließlich brauchten Jezmeen und Shirina nicht zu wissen, dass sie mit dem Gedanken spielte, einen Privatdetektiv anzuheuern. Wie hätte sie ihnen das erklären sollen?

Sie ging aus dem Zimmer, schaute nach links und nach rechts und schlich sich wie eine Diebin zum Aufzug. Die Lobby war leer. Der Rezeptionist sah sie und nickte ihr zu. »Nur noch ein paar Minuten«, sagte er, wohl in dem Glauben, sie sei wegen der Pässe gekommen. Die Ausrede kam ihr gerade gelegen. »Ich warte eben hier, wenn Sie nichts dagegen haben«, erklärte sie herablassend. Kaum hatte er sich wieder dem Monitor zugewendet, setzte sie sich in den Plüschsessel und zog die Zeitung zu sich heran. Da war sie, die Anzeige oben in der Ecke:

VOREHESTANDSERMITTLUNGEN
»Lieber Ehevertrag als Scheidungspapiere«

Sie beabsichtigen zu heiraten? Und möchten gerne Genaueres über den Hintergrund ihrer/s Zukünftigen erfahren? Wir führen für Sie finanzielle und moralische

Überprüfungen aller Arten durch. Unsere erfahrenen und hochspezialisierten Ermittler arbeiten diskret und detailorientiert. Wir enttäuschen Sie nicht! Mit einem Netzwerk engagierter Vor-Ehe-Spezialisten in ganz Indien und der Diaspora weltweit sind wir spezialisiert auf zwischenstaatliche und Übersee-Ehen und bieten Ihnen wettbewerbsfähige Preise. Rufen Sie uns an und lassen Sie sich unverbindlich und kostenfrei beraten!*

Neben dem Sternchen war winzig klein eine Liste aller Länder abgedruckt, in denen die Ermittler arbeiteten. London, Großbritannien, stand an dritter Stelle hinter Toronto, Kanada und Kalifornien, USA. Rajni schaute verstohlen zur Rezeption hinüber und drückte die Zeitung mit dem Handballen auf den Tisch. Dann riss sie ganz langsam die Anzeige heraus, bemüht, dabei keinen Laut zu machen. Sie befürchtete, selbst ein kleiner Fauxpas wie dieser könne schon dazu führen, dass der Hotelbetreiber ihnen das Recht verwehrte, in dieser heiligsten aller Städte zu nächtigen.

Rasch stopfte sie den Zeitungsausriss in ihre Handtasche, dann marschierte Rajni zielstrebig zum Lift. »Ma'am«, rief der Rezeptionist ihr nach, als sie an ihm vorbeiging. Ihr blieb fast das Herz stehen, bis ihr aufging, wie dumm sie sich anstellte. Eine Zeitung zu zerreißen war noch lange kein Vandalismus. Obschon sie nach ihrem gestrigen Besuch auf der Polizeiwache lieber kein Risiko eingehen wollte. Allein der Gedanke daran, in wie auch immer geartete Schwierigkeiten geraten zu können, trieb ihr den kalten Angstschweiß auf die Stirn.

»Ja?«, sagte sie, um Nonchalance bemüht.

»Ihr Pass.«

»Die anderen kann ich auch gleich mitnehmen«, bemerkte Rajni großmütig, weil sie plötzlich ein schlechtes Gewissen plagte, die Zeitung verunstaltet zu haben.

Er schien kurz zu überlegen und händigte Rajni dann alle drei Pässe aus.

Sie ging zurück auf ihr Zimmer und las die Anzeige ein weiteres Mal, während sie überlegte, was diese Privatdetektive eigentlich ausrichten könnten. Was sollten sie herausfinden? Rajni war sich nicht ganz sicher, aber sie wusste, es würde bestimmt nicht schaden, mal genauer hinzusehen. Dem letzten Gespräch mit Kabir nach zu urteilen, schien er nicht unbedingt das Schlechteste von Davina zu denken – dass sie eine Betrügerin sein könnte, eine Hochstaplerin. Es wäre doch wunderbar, dachte Rajni, während sie, mit wachsender Zuversicht, die Nummer wählte, wenn sich herausstellen würde, dass Davina schon verheiratet war. Rajni wollte Anils Leben nicht zerstören. Und sie wollte ganz bestimmt nicht, dass die Detektive etwas Schlimmes aufdeckten, etwas, das schlecht wäre für ihren Sohn – wie eine unheilbare Geschlechtskrankheit oder eine gewalttätige Vergangenheit (oder schlimmer noch, wenn Davinas Ehemann ein verurteilter Gewaltverbrecher wäre, der nun wieder auf freiem Fuß war und sich ihren armen Anil vorknöpfen würde). Aber die Vorstellung, ihrem närrischen, naiven Sohn den Abschlussbericht in die Hand zu drücken und laut: »Hah!« zu sagen, war durchaus verlockend.

»Willkommen bei der Detektei Bjarat«, blökte eine

Bandansage Rajni entgegen und ließ sie aus ihren Gedanken aufschrecken. Sie hielt das Telefon auf Armeslänge von sich, während sie sich die verschiedenen Menü-Optionen anhörte. »Wählen Sie die Null, um mit einem unserer kompetenten Fachberater verbunden zu werden.« Rajni drückte die Null und musste wieder warten, diesmal mit einem uralten knisternden Hindi-Song im Hintergrund, der ihr irgendwie bekannt vorkam – ein schnulziger Evergreen über die Liebe.

»Hallo, willkommen bei der Detektei Bharat, was kann ich für Sie tun?«

Mit so einer jungen Männerstimme hatte sie nicht gerechnet. Irgendwie hatte sie sich eine tantenhafte Matrone vorgestellt, die an einem chaotischen Schreibtisch saß, vor sich einen uralten Ventilator, der den Staub durch den Raum blies. Das weltweite Netz der Detektei war in ihrer Vorstellung ein Haufen gelangweilter indischer Ehefrauen, Schwestern und Schwägerinnen, die überall auf der Welt verstreut in indischen Enklaven multikultureller Städte lebten und für die die Detektivarbeit nichts weiter war als ein kleines Hobby, ein kurzweiliger Zeitvertreib, mit dem sie sich ein bisschen Taschengeld dazuverdienten.

»Hallo«, sagte Rajni. »Ich spiele mit dem Gedanken, einen Ermittler zu engagieren, um eine gewisse Dame überprüfen zu lassen.«

»Gar kein Problem, Ma'am. Dürfte ich bitte fragen, wie ich Sie ansprechen darf?«

»Mein Name ist …« Hier zögerte sie kurz. Wenn der Ermittler ein Netzwerk in London hatte, wie wahrscheinlich war es da, dass er einem Freund ihre Familiengeheimnisse ausplauderte, der sie dann einem Freund erzählte, der sie einem Freund weitertratschte? Einen falschen Namen anzugeben konnte nicht schaden. »Meera«, sagte sie.

»Ma'am, ich brauche Ihren richtigen Namen«, entgegnete der Mann.

»Woher wissen Sie …«

»Jede zweite Frau, die bei uns anruft, nennt sich Meera«, erklärte er trocken.

Sie hätte sich auch einen weniger gewöhnlichen indischen Namen ausdenken können oder zumindest einen, der echt klang, wie … Rajni. Das war ja, als hätte sie ihm gesagt, sie heiße Jessica Rabbit, und hätte erwartet, dass er ihr das abkauft.

»Ich heiße Rajni«, erwiderte sie etwas kleinlaut. »Entschuldigen Sie.«

»Nicht doch«, erwiderte der Mann unbekümmert. »Wir müssen nur ehrlich miteinander sein, damit alles seine Richtigkeit hat, ja?«

»Und Sie heißen?«, fragte sie.

»Nikhil Ahuja«, sagte er. »Ich führe die Detektei zusammen mit meinem Bruder.« Dann schwadronierte er eine Weile über die ruhmreiche Geschichte seines Unternehmens – gegründet 2003, als eine neue Generation junger Inder im Ausland plötzlich die Notwendigkeit sah, voreheliche Nachforschungen anzustellen, nachdem sie wahre Horrorstorys von Freunden gehört hatten, die man hereingelegt und ausgenommen hatte wie Weihnachtsgänse. (Die meisten dieser Ehen waren durch den Boom indischer Online-Heiratsvermittlungsseiten zustande gekommen. Bei dem Thema musste

Rajni gleich wieder an Shirina denken. Ob sie auch irgendwann auf den Gedanken gekommen war, Sehaj heimlich überprüfen zu lassen? Aber warum sollte sie? Nichts an Sehaj wirkte verdächtig – es war, als hätte Shirina »perfekter indischer Ehemann« eingegeben, und der 3-D-Drucker hätte ihr den idealen Kandidaten ausgedruckt.)

»Kürzlich haben wir auch nach Südostasien expandiert, nach Malaysia, Singapur und Thailand«, schloss Nikhil.

»Wie schön«, sagte Rajni. Sie war ein bisschen überwältigt von Nikhils Begeisterungsfähigkeit. »Und Sie, ähm, übernehmen auch Fälle, bei denen Sie einfach nur jemanden überprüfen sollen, weil man irgendwie ein ungutes Gefühl hat?« Wenn man Rajni fragte, verursachte eine sechsunddreißigjährige Frau, die sich von einem halb so alten Mann schwängern ließ, ihr mehr als nur ein »ungutes Gefühl«, aber um es nicht komplizierter zu machen, als es ohnehin schon war, wollte sie die Sache nicht unnötig aufbauschen.

»Aber natürlich«, sagte Nikhil. Da war sie wieder, diese unverhohlene Begeisterung, bei der Rajni irgendwie ein bisschen komisch wurde. »Ich erzähle Ihnen als Beispiel kurz von einem Fall, den wir kürzlich bearbeitet haben – sehr erfolgreich, wie ich sagen möchte, es wurde sogar darüber berichtet. Ein junger Arzt aus Singapur hatte eingewilligt, eine arrangierte Ehe mit einer Frau aus der Sikh-Gemeinde einzugehen. Beide, er und sie, waren sich auf Anhieb sympathisch und verlobten sich. Aber die Mutter des Mädchens hatte irgendwie ein ungutes Gefühl. Beweise gegen ihn hatte sie keine. Aber er war

Arzt – Sie wissen schon, stattliches Einkommen, gutaussehend. Warum also war er noch zu haben? Ihre Familie sagte ihr, sie solle sich nicht so anstellen. Sie sei übervorsichtig, hieß es. Und dann passierte das Undenkbare!«

Nikhil hatte eindeutig ein Faible für Dramatik, dachte Rajni amüsiert.

»Wie sich herausstellte, wollte die Mutter nur von ihrer Tochter ablenken, die in Neuseeland, wo sie studierte, einen festen Freund hatte. Es tauchten Bilder auf. Ihr Freund fühlte sich betrogen, weil sie ihn nach fünf Jahren Beziehung sang- und klanglos sitzengelassen hatte, um eine arrangierte Ehe einzugehen. Während der Verlobungszeit hatte er mehrfach bei ihr zu Hause angerufen und verlangt, mit ihren Eltern zu sprechen. Die Eltern des Arztes wussten davon – der Neuseeländer hatte irgendwie auch zu ihnen Kontakt aufgenommen –, und die Schwiegermutter erwägte deswegen bereits, die Hochzeit abzublasen.«

»Das heißt also, weil sie befürchten musste, die Hochzeit könne platzen, hat die Mutter des Mädchens vorsorglich Gerüchte gestreut, um dem Jungen die Schuld in die Schuhe zu schieben?«, fragte Rajni verblüfft.

»Ganz genau«, antwortete Nikhil. »Dabei war es das Mädchen, das sich was hätte schämen sollen.«

Sich was hätte schämen sollen? Wo sie sich doch nichts weiter hatte zuschulden kommen lassen, als einen Freund zu haben, der nicht ihrer Glaubensgemeinschaft angehörte? Rajni war Nikhils moralinsauerer Unterton unangenehm. Als er die nächste Frage stellte, geriet sie ins Stocken und hätte fast aufgelegt, weil er bestimmt ahnte, dass sie etwas zu verbergen hatte.

»Also, erzählen Sie mir etwas über Ihren Fall?«, fragte er.

»Ähm ... ja. Also, mein Sohn – er ist zusammen mit einer ... er will diese Frau heiraten«, stammelte Rajni. Das stimmte zwar nicht ganz, aber wenn sie Nikhil erzählte, dass Anil Davina geschwängert hatte, wäre er vielleicht nicht mehr so verständnisvoll. Schlimmer noch, er würde sich vermutlich fragen, was für eine Mutter sie eigentlich war – eine Frage, die ihr nicht mehr aus dem Kopf ging, seit sie nach ihrer Ohnmacht zu Hause in London wieder zu sich gekommen war.

»Okay«, sagte Nikhil. »Und Sie haben Ihre Zweifel? Das Gefühl, dass irgendetwas nicht stimmt?«

»Ja«, erwiderte Rajni. Gelinde gesagt. »Sie ist etwas älter als er.«

»Okay«, sagte Nikhil. »Wie viel älter?«

Rajni hatte es ausgerechnet, kaum dass Anil es ihr gesagt hatte, aber sie brachte es nicht über sich, es laut auszusprechen. »Sie ist über dreißig. Mein Sohn ist ... erst Anfang zwanzig.« Ob es etwas ausmachte, dass sie ihn ein paar Jahre älter gemacht hatte? Sicher nicht. »Wissen Sie, was mich stört, ist das Gefühl, dass er sich von ihr ... beeinflussen lässt. Er hatte Zukunftspläne, die er ihretwegen plötzlich auf Eis gelegt hat.«

»Könnte es sein, dass sie schwanger ist?«, erkundigte sich Nikhil.

Verflixt. »Ja«, flüsterte Rajni. »Das könnte sein.«

»Könnte es sein oder ist sie es?«

»Sie ... sie ist es«, stotterte Rajni. »Weshalb sie jetzt Hals über Kopf zusammengezogen sind und ich mich frage, ob sie ihn womöglich in die Falle gelockt hat.«

»Es dürfte schwierig werden, die genauen Umstände der Schwangerschaft dieser Frau herauszufinden«, erklärte Nikhil nach kurzem Schweigen. »Ist er sich sicher, dass es von ihm ist?«

Anhil hatte immer noch die enervierende Teenager-Angewohnheit, selbst die kleinste Gesprächspause mit »Ähm« und »Öhm« zu füllen. Rajni konnte sich nicht vorstellen, dass er sich irgendeiner Sache wirklich sicher war.

»Ist er«, antwortete Rajni. »Aber ich fürchte, er lässt sich an der Nase herumführen.«

Wieder wurde es still in der Leitung. Rajni hörte Nikhil im Hintergrund das Gesagte wiederholen und auf der Tastatur herumklappern.

»Ich würde gerne ... ein bisschen mehr über sie erfahren«, erklärte Rajni. »Ihre Lebensumstände. Eventuelle Leichen im Keller.«

»Sicher«, erwiderte Nikhil. »Die Vergangenheit einer solchen Frau könnte meist Bände füllen, und wir finden immer jemanden, der ein bisschen aus dem Nähkästchen plaudert.«

Wieder wurde Rajni ein bisschen unwohl bei dem Gedanken, aber sie gab nichts darauf. *Das ist nicht fair.* Sie versuchte nicht an Mum zu denken und an die Familie, die sie verstoßen hatte, nachdem gewisse Gerüchte über Rajni die Runde gemacht hatten.

Nikhil erläuterte ihr kurz die weitere Vorgehensweise: Er würde den Fall mit seinen Mitarbeitern in Großbritannien besprechen und Davina gründlich durchleuchten. Alles ganz legal, versicherte er Rajni glucksend, wohl um anzudeuten, dass sie auch anders konnten. »Sollte sich dabei nichts ergeben – keine größeren Schulden, kein verheimlichter Ehepartner etc. –, werde ich jemanden beauftragen, sich eine Woche lang an ihre Fersen zu heften. Oft treten dabei erst die wirklich interessanten Dinge ans Licht.«

»Also gut«, meinte Rajni.

»Mrs Rajni, eine Frage hätte ich noch«, sagte Nikhil.

Jetzt würde er sie sicher fragen, ob sie auch wirklich ganz ehrlich gewesen war. *Gibt es sonst noch etwas, das ich wissen sollte?*

»Ja?«, quiekte sie.

»Möchten Sie die Anzahlung per Kreditkarte, Überweisung oder Paytm zahlen?«, fragte Nikhil mit honigsüßer Stimme.

Cameron klang in seiner E-Mail ehrlich erfreut. Hab ein paar ~~perfekte~~ Rollenangebote für dich. Das Wort »perfekte« war durchgestrichen, weil Cameron so aufgeregt gewesen war, dass er vergessen hatte, wie man Wörter unterstrich.

»Jezmeen!«, posaunte er ins Telefon. »Wie geht's, wie steht's? Wie ist Indien?«

Wie war Indien? Ihre bisherigen Erlebnisse ließen sich nicht so leicht in einem Satz zusammenfassen. »Unglaublich«, sagte sie. »Genau wie in der Werbung.« *Und den Reisewarnungen, die ich ab sofort sehr viel ernster nehmen werde.*

»Ich bin seinerzeit mal mit dem Rucksack durch Uttar Pradesh getrampt«, sagte Cameron nicht ohne Stolz. »Vor gut zwanzig Jahren.«

»Ach, echt?«, fragte Jezmeen, nicht, weil sie das zum ersten Mal hörte (tat sie nicht), sondern weil Cameron zu glauben schien, dass sie das irgendwie miteinander verband. Er verstand ihr Indien-Erlebnis, weil er mal in einem schmuddeligen, verflohten Hotel oben auf einem indischen Berg abgestiegen war und sich durch den leichtfertigen Genuss eines zweifelhaften Currys fiese Darmparasiten eingefangen hatte.

»Oh ja«, erwiderte Cameron. »Ganz abseits von dem ganzen Touri-Rummel. Ein unglaubliches Land. Wunderbare Menschen. So herzlich und offen gegenüber Fremden.«

Männer, die mit dem Rucksack oder Fahrrad in Indien unterwegs gewesen waren, behaupteten das nur allzu gerne. Ein tolles Land. Ganz allein hatten sie es bereist, sich auf die Freundlichkeit von Fremden verlassen, die sie zu sich nach Hause einluden und sie bekochten. Als Frau durch Indien zu reisen war eine gänzlich andere Erfahrung. Selbst in Begleitung ihrer Schwestern fühlte Jezmeen sich schutzlos und ausgeliefert.

»Erzähl mir mehr über diese Rollen«, sagte sie.

Cameron holte tief Luft. »Zwei Chancen, beide sehr gut – die erste ist für eine neue Fernsehserie namens *Ungnade.*«

»Der Titel gefällt mir«, meinte Jezmeen. Sofort hatte sie eine starke weibliche Rolle vor Augen, ein bisschen wie die von Polly in *The Boathouse*, ihr Profil von hinten angestrahlt vor den dunklen, geheimnisvollen Wassern der Themse. »Worum geht's?«

Cameron räusperte sich. »Eine aufstrebende junge Britin mit asiatischen Wurzeln, die im Internet den Mann fürs Leben sucht, lässt sich von ihrem neuen Liebhaber langsam, aber unaufhaltsam radikalisieren. Der ist Fundamentalist und findiger Rekrutierer eines globalen Terrornetzwerks.«

»Interessant«, meinte Jezmeen. Das hatte was. Sie wollte sich nur nicht zu früh freuen und hoffte, das Drehbuch würde die Frau so porträtieren, dass man sich mit ihr identifizieren konnte, und nicht als ein schon hundert Mal gesehenes Stereotyp nach dem Motto: »Der Fundamentalismus hat schon immer in mir geschlummert wie eine Genmutation, die nur darauf wartet, geweckt zu werden.«

»Dachte ich mir, dass dir das gefallen würde. Ehe wir weiterreden, sollte ich allerdings erwähnen, dass du nicht für die weibliche Hauptrolle im Gespräch bist.«

»Ach«, rief Jezmeen. Die Enttäuschung versetzte ihr einen kleinen Stich. »Sondern?«

»Für eine etwas kleinere Rolle«, sagte Cameron.

»Wie die der Schwester?« In einem Augenblick schieren Entsetzens dachte Jezmeen, er wolle ihr allen Ernstes die Rolle der Mutter anbieten.

»Wie die einer Ehefrau«, sagte Cameron.

»Ach«, brummte Jezmeen. »Das ist doch gar nicht so schlecht. Die Frau einer anderen Figur also.«

»Ja«, bestätigte Cameron.

»Schieß los, erzähl mir mehr«, forderte Jezmeen.

Es klopfte an der Tür. Jezmeen ging hin, das Telefon zwischen Schulter und Kinn geklemmt. Sie hörte Camerons Antwort, glaubte aber, sie müsse sich verhört haben.

»Die Frau des siebten Terroristen«, sagte Cameron, gerade als Jezmeen die Tür aufriss.

»WAS?«, kreischte sie. Der Hotelpage stand vor der Tür, ein großes silbernes Tablett in den Händen.

»Ma'am, Sie hatten beim Zimmerservice bestellt«, protestierte er.

»Ich soll die FRAU EINES TERRORISTEN werden?«

Der Page musterte sie verstört.

»Entschuldigung«, sagte Jezmeen zu ihm und hielt ihm die Tür auf, damit er ihre Bestellung hereintragen konnte. Es war eine wesentlich üppigere Mahlzeit, als sie bestellt zu haben glaubte, und ihr lief das Wasser im Mund zusammen vom köstlichen Duft des Paneer Masala mit gedämpftem Reis. Trotzdem, sie war noch nicht fertig mit Cameron. Also, *Konzentration.*

»Lass mich raten, Cameron. Es ist keine Sprechrolle, oder?«

»Nein«, gestand Cameron kleinlaut.

Der Hotelpage arrangierte das Essen sorgfältig auf dem Tisch und deckte für sie ein.

»Und bestimmt läuft sie die ganze Zeit im Hijab rum? Oder einer Burka? Vermutlich sieht man von ihr nicht viel mehr als zwei einfältige braune Augen?«

»Ich glaube, Kostümfragen müsste man später besprechen, aber …«

»Ach, komm schon, ich bitte dich, Cameron«, rief Jezmeen entnervt. »Ich kann mir genau vorstellen, welche Rolle Terrorist Nummer fünf spielt – ein wütender dunkelhäutiger Irrer, der auf Arabisch wirres, unverständliches Zeug schreit und mit einer riesigen Knarre herumfuchtelt und der westlichen Welt mit ihrer Vernichtung droht, während er in Wahrheit so was sagt wie: »Könnte ich bitte Fritten dazu haben?«

»Sieben«, korrigierte Cameron sie. »Terrorist Nummer sieben.«

»So weit hinten in der Hierarchie steht er also. Ich komme nicht mal als Frau des ersten Terroristen in Frage?« Abermals beäugte der Page sie argwöhnisch. Nervös guckte er zur Tür, als befürchtete er, sie könne ihn als Geisel nehmen. Jezmeen wollte ihm beruhigend zulächeln und hob die Hand, um ihm zu bedeuten, »Ich hole eben Ihr Trinkgeld«, während sie durchs Zimmer ging, aber er wich ängstlich vor ihr zurück und schob sich – sie war sich sicher, dass sie sich das nicht bloß einbildete – etwas näher zum Buttermesser.

»Würdest du dann zusagen? Bei einem höhergestellten Terroristen?«

»Ist es eine Sprechrolle?« Jezmeen wusste nicht mehr, ob sie dieses Gespräch überhaupt noch ernst nehmen sollte.

»Könnte sein, dass sie ein paar Zeilen hat«, meinte Cameron vage. Jezmeen konnte sich genau vorstellen, wie er in London an seinem Schreibtisch saß, sich den Schweiß von der Stirn wischte und mit einer Hand eine E-Mail an die Produzenten tippte.

Der Hotelpage drückte sich vor der Tür herum. »Moment«, zischte Jezmeen in den Hörer und griff nach ihrem Portemonnaie. Sie drückte dem Pagen ein paar Rupienscheine in die Hand, die er sich zum Zeichen der Dankbarkeit kurz an die Stirn drückte, um dann rückwärts aus dem Zimmer zu verschwinden.

»Dann ist das also ein Nein?«, erkundigte sich Cameron, als Jezmeen wieder in der Leitung war. »Dir ist schon klar, dass uns die Rollenangebote nicht in Scharen ins Haus flattern, oder?«

»Ich glaube nicht, dass die Frau des sechsten Terroristen meine große Comeback-Rolle wird, Cameron«, gab Jezmeen schnippisch zurück. »Tut mir leid, aber wir müssen uns ein bisschen mehr ins Zeug legen.«

»Des siebten«, korrigierte Cameron sie. Jezmeen hätte ihm am liebsten durch das Telefon eine Kopfnuss verpasst.

»Du erwähntest ein weiteres Angebot«, sagte Jezmeen. »Was gibt es denn noch?«

Cameron zögerte. Jezmeen wurde ganz anders, als ihr aufging, dass Mrs Bin Laden die gute Nachricht gewesen war.

»Es geht um einen Film, der in Indien gedreht wird«, sagte Cameron. »Eine Art ... Zugreisen-Geschichte.«

»Ach was?«, rief Jezmeen verblüfft. Das klang doch ganz interessant. Vielleicht war das andere Angebot doch nur Vorgeplänkel gewesen. »Erzähl mir mehr.«

»Eine Familie macht sich auf die Reise quer durch den Norden Indiens, um ihren verlorenen Sohn wiederzufinden«, erklärte Cameron. »Es ist eine Road-Trip-Story mit einem speziellen Dreh.«

Jezmeen lächelte. Sie sah die Presseberichte schon vor sich: *Ich habe eine ganz ähnliche Reise unternommen – spirituell wie tatsächlich –, zusammen mit meinen Schwestern, und ich kann Ihnen sagen, es gab eine Menge unerwarteter Drehs und Wendungen, haha.*

»Und die Rolle?«

»Sie heißt Shruti«, erzählte Cameron. »Die älteste Tochter der Familie. Unverheiratet, macht ihren Eltern ein bisschen Sorgen. Was sie nicht ahnt, sie soll in dem Dorf einen geeigneten Heiratskandidaten kennenlernen.«

»Aha«, sagte Jezmeen. Damit konnte sie arbeiten. »Klingt nach einer guten Rolle.«

»Sie ist allerdings nur bei einem Teil der Geschichte dabei«, gestand Cameron. Man hörte den zögerlichen Unterton in seiner Stimme. »Aber ihre Figur hinterlässt einen bleibenden Eindruck, verstehst du? Man muss noch lange über die Konsequenzen dessen nachdenken, was die anderen getan haben.«

»Wieso, was ist denn mit ihr?«, wollte Jezmeen wissen, der Shruti fast schon ein bisschen ans Herz gewachsen war.

»Sie ... ähm ... steckt sich mit einem Virus an.«

»Okay«, sagte Jezmeen. »Also eine tragische Heldin?«

Cameron räusperte sich. »Könnte man wohl so sagen.«

»Cameron ...«, warnte Jezmeen entnervt.

»Die Rolle hat eine starke körperliche Präsenz«, versicherte Cameron.

»Wieso, springt sie in ihrem geschwächten Zustand etwa von Gebäuden und turnt auf Dächern herum?«

»Sie ist untot.«

»WAS?«

»Sie hat einen Virus, der sie ... du weißt schon, umbringt, aber irgendwie auch nicht ...«

»Sie ist ein Zombie? Du bietest mir eine Rolle in einem indischen Zombie-Film an?«

»Ja«, musste Cameron zerknirscht zugeben.

»Wann genau stirbt sie denn?«, fragte Jezmeen.

»Nach etwa zehn Minuten.«

»Ach, verdammt noch mal, Cameron!«

»Die Sterbeszene ist sehr ausdrucksstark«, sagte Cameron fröhlich. »Du weißt ja, wie Zombies so sind –

ganz viel Gezucke und Gerucke. Du könntest dich richtig austoben, Gestik, Mimik, alles. Das könnte sich später noch als nützlich erweisen.«

»Beim nächsten indischen Monster-Road-Trip-Film, meinst du?«

»Hey, ich hab das Drehbuch nicht geschrieben«, wehrte Cameron sich. »Reiß nicht dem Boten den Kopf ab.«

»Wem darf ich denn stattdessen den Kopf abreißen?«, fragte Jezmeen. »Wer hat dieses Skript verbrochen?«

Cameron nannte ihr einen Namen, den sie noch nie gehört hatte. Jezmeen seufzte. »Sehr enttäuschend, das Ganze, Cameron«, stellte sie fest.

»Wir haben doch schon darüber gesprochen, Jezmeen. Über mangelnde Rollenangebote und dein kleines Image-Problem.«

»Ich weiß, ich weiß«, entgegnete sie. »Ich bin bloß enttäuscht, dass heutzutage noch so ein Mist geschrieben wird. Die unverheiratete Tochter wird binnen zehn Minuten abgemurkst, und das in einem – lass mich raten – dreistündigen Bollywood-Spektakel mit Zombies, quasi *Thriller* auf Indisch. Wieso kann Shruti nicht lange genug überleben, um wenigstens ein bisschen mitzutanzen?«

Cameron fehlten allem Anschein nach die Worte. »Hmm«, brummte er nur, als müsse er über den unterschwelligen Sexismus und alles, was damit zusammenhing, erst eingehender nachdenken, während er mit der freien Hand vermutlich gerade »aufgebrachte kleine indische Schauspielerin beruhigen« in die Google-Suche eingab.

»Und das ist alles?«, fragte Jezmeen.

»Im Moment ja«, erwiderte Cameron und seufzte. »Tut mir leid, Jezmeen. Du weißt, dass ich alles in meiner Macht Stehende tue, aber ...«

»Ich weiß«, sagte Jezmeen. Bei Camerons flehentlichem Ton bekam sie fast ein schlechtes Gewissen. Sie musste an Rajni denken, wie sie auf der Polizeiwache gesessen hatte, allein unter Männern, und die Hände gewrungen hatte, und plötzlich tat es ihr schrecklich leid, ihr das angetan zu haben. »Pass auf, ich überlege es mir, ja?«

»Wirklich?«, fragte Cameron verzückt.

»Bekomme ich ein, zwei Tage Bedenkzeit?«, fügte Jezmeen hinzu. »Und schick mir bitte die Details.« Sie wusste selbst, dass sie nach dem Vorfall mit dem Arowana nicht allzu wählerisch sein durfte, aber diese beiden Angebote waren wirklich unterste Schublade. Unvermittelt musste sie an ihren Job in der Kosmetikabteilung denken. Würde sich das rechnen, während sie auf die nächste sich bietende Gelegenheit für ein Comeback wartete? Sie würde mit ihrer Miete in Rückstand geraten. Das Einzige, was sie noch eine Weile über Wasser halten würde, war das bisschen Geld, das Mum ihnen vom Verkauf des Hauses hinterlassen hatte.

Jezmeen legte auf und setzte sich an den Tisch, wo ihr Abendessen schon wartete. Hungrig futterte sie Paneer Masala und Basmatireis, bis die Schüsseln leer waren, kratzte sie mit dem Löffel aus und wischte schließlich mit dem Finger die letzten Reste auf. Sie hatte gar nicht gewusst, wie hungrig sie war, bis sie angefangen hatte zu essen, und erst als sie fertig war, merkte sie, wie schnell sie alles verschlungen hatte. Das wohlige Sättigungsgefühl schlug rasch in aufsteigende Übelkeit um. Im ganzen Zimmer roch es durchdringend nach Gewürzen. Jezmeen rief den Zimmerservice, damit sie das Tablett abräumten. »Sofort, Madam«, sagte der Page, der vermutlich befürchtete, sie könne seine Familie in einen Hinterhalt locken und rücklings niedermetzeln, wenn er nicht tat wie ihm geheißen. Bei dem Gedanken fiel ihr auch wieder ein, dass sie ihren Pass noch nicht zurückbekommen hatte. Gestern auf der Polizeiwache hatte sie sich ohne Ausweis nackt und bloß gefühlt – obwohl sie ganz cool getan hatte, war ihr doch nicht ganz wohl dabei gewesen, als der Mann an der Rezeption ihren Pass einbehalten hatte. »Und gut darauf aufpassen«, hatte sie sich verkneifen müssen zu sagen, weil es zu sehr nach etwas klang, das ihre arrogante ältere Schwester sagen würde.

»Und könnte ich meinen Pass bitte zurückbekommen?«, bat sie.

»Madam, wir haben Mrs Chadha gerade alle drei Pässe ausgehändigt«, erwiderte der Rezeptionist.

»Danke.«

Seufzend legte sie auf. Es wäre wohl sowieso besser, bei Rajni zu klopfen und in Ruhe mit ihr zu reden. Die Fronten klären. Wie gerne wollte sie diese ganze Pilgergeschichte zu einem guten Abschluss bringen – wirklich. Aber sie würde für den letzten Teil der Reise eine Unmenge an Kraft, Ausdauer und Geduld brauchen. Amritsar war eine heilige Stadt; Alkohol war hier verpönt, und sie legte es nicht darauf an, auf der Suche nach einem Bier in die Randbezirke der Stadt zu streunen.

Sie ging auf den Flur und klopfte an Rajnis Tür. »Ich bin's«, rief sie. »Ich wollte nur meinen Pass holen.«

Die Tür ging auf. »Darf ich reinkommen?«, fragte Jezmeen.

Rajni ließ die Tür halb offen und drehte Jezmeen den Rücken zu, während sie geschäftig weiter ihre Sachen auspackte. Ihre geöffneten Koffer standen ordentlich an der Wand aufgereiht, alles in Packbeuteln verstaut, wie sie sie vor Jahren auch für Jezmeen und Shirina gekauft hatte, weil sie welche im Angebot entdeckt hatte. »Damit geht kein BH mehr verloren«, hatte sie staunend versichert, als sei das das Schlimmste, was einem auf einer Reise zustoßen konnte. Aber bei ihrer peniblen Organisation und den detailliert ausgearbeiteten Notfallplänen war es das wohl auch.

Die Pässe lagen auf dem Nachttisch. »Raj, es tut mir wirklich leid«, sagte Jezmeen im Reinkommen und schloss die Tür hinter sich.

Rajni winkte ab, als wolle sie sagen: »Spar dir das.«

»Hör zu, ich fühle mich echt mies. Ich weiß, im Zug habe ich noch Witze gerissen, aber ehrlich gesagt hatte ich eine Scheißangst. Wer weiß, was mir da alles hätte blühen können.« Sie zögerte. Es fiel ihr nicht leicht, darüber zu reden, was hätte passieren können. »Rajni, ich hatte noch nie in meinem Leben so eine Angst – ich dachte, ich werde verrückt. Immer, wenn der Wärter an der Zelle vorbeikam, habe ich die Luft angehalten, bis er weitergegangen ist, weil ich so schreckliche Angst hatte, er würde reinkommen und mir irgendwas antun. Erst da ist mir aufgegangen, dass ich überhaupt nicht weiß, welche Befugnisse die Polizei hierzulande hat. Und für die waren wir Krawallmacherinnen. Die Männer am India Gate, die sahen aus, als wollten sie uns in tausend Stücke reißen – und dann hat die Polizei uns in einen kleinen Käfig gesperrt und hätte uns genau dasselbe antun können.« Jezmeen unterbrach sich, als sie merkte, wie sehr ihre Stimme zitterte.

»Dann kannst du dir ja lebhaft vorstellen, welche Sorgen ich mir gemacht habe«, erwiderte Rajni ungerührt und zog ihren Kulturbeutel aus einer kleinen Lücke zwischen zwei akkurat gebügelten Hosen. »Ich und Shirina. Warum kannst du nicht mal ausnahmsweise dein Gehirn einschalten, ehe du dich Hals über Kopf in irgendwelche Dummheiten stürzt?«

»Rajni, das hatten wir doch alles schon mal. Ich hab es nicht darauf angelegt, Ärger zu machen. Ich bin da so reingeschlittert.«

»Du bist genau wie Anil«, bemerkte Rajni kopfschüttelnd. »Kein Gedanke an andere.«

»Was hat denn Anil damit zu tun?«, fragte Jezmeen.

Rajni schürzte die Lippen. »Nichts«, sagte sie hastig und wendete den Blick ab. »Er kann nur genauso egoistisch sein wie du.«

»Er ist doch noch ein Teenager«, entgegnete Jezmeen. »Das gibt sich mit der Zeit.«

»So wie bei dir, hm?«, konterte Rajni spitz.

»Ich bin doch nicht egois…«, setzte Jezmeen an, doch dann sah sie, wie Rajni die Zähne zusammenbiss. Sich zu streiten war sinnlos. Genau so waren ihre Probleme im Krankenhaus eskaliert. »Ich war so, so froh, euch zu sehen«, versuchte Jezmeen es noch mal. »Und dankbarer, als du es dir je vorstellen könntest.«

Rajnis Blick wurde weich. »Gut«, brummte sie leise. Sie hörte auf auszupacken und richtete sich auf. Ihre Knie knackten, und sie zuckte zusammen.

»Autsch«, sagte Jezmeen.

»Ach, weh tut das nicht«, wehrte Rajni ab. »Ich kann nur das Geräusch nicht ausstehen.«

»Das hab ich auch manchmal, vor allem, wenn ich den ganzen Tag gesessen habe.«

»Wird mit dem Alter nicht besser. Passiert immer öfter. Dabei verplempere ich so viel Zeit und Mühe darauf, die kleinen Alterserscheinungen aufzuhalten – Dehnübungen, Ballaststoffe, acht Stunden Schlaf. Aber das Alter kann man nicht aufhalten.«

Sie klang wie Mum, die jammerte, die ausgewogene Ernährung und die empfohlenen täglichen Spaziergänge hätten rein gar nichts genützt. »Nachdem Mum die Diagnose bekommen hatte, sagte sie immer: ›Wenigstens Beten hilft‹«, erinnerte Jezmeen sich.

»Keine Ahnung, wie sie auf die Idee gekommen ist«, meinte Rajni.

»Hast du es mal versucht?«, fragte Jezmeen.

»Was – beten?«

Jezmeen nickte.

»Nein«, gestand Rajni.

»Nicht mal, nachdem – du weißt schon, als Mum uns das mit der Schmucktasche erzählt hat? Da hast du nicht … ich weiß nicht …« Sie hatte Mühe, die richtigen Worte zu finden. »Gott um Beistand gebeten?«

»Du?«

»Nein«, wehrte Jezmeen rasch ab. Es kam ihr albern vor zuzugeben, dass sie, nachdem sie aus Mums Zimmer gestürmt war, beherrscht nur von dem Gedanken *Ich brauche dringend einen Drink*, sich unversehens in der Krankenhauskapelle wiedergefunden und beschlossen hatte, genauso gut dort nach Antworten suchen zu können. Sie wusste noch, wie sie in diesem stillen Raum gesessen hatte, zitternd im eisigen Wind, der durch die Ritzen der Bleiglasfenster wehte.

»Gott, manchmal fasse ich es nicht, wie sehr ich mir wünsche, sie wäre hier bei uns«, wisperte sie leise.

Rajni nahm Jezmeen an den Schultern und dirigierte sie zum Bett. »Ich weiß«, sagte sie.

»Ich fühle mich so allein, seit sie nicht mehr da ist. Jetzt sind unsere Eltern beide tot. Wir sind Waisen, ist dir das eigentlich klar?«

»Ich weiß«, sagte Rajni wieder.

»Und wir sind die Nächsten.«

»Was?«

»Ich meine, wir waren die Kinder, wir waren die Generation, die die Erwachsenen überlebt hat. Jetzt, wo sie tot sind, wird die nächste Generation uns überleben. Wir sind als Nächste dran.«

»Das ist aber noch eine Weile hin.« Rajni strich Jezmeen tröstend über den Rücken. »Noch Jahrzehnte.«

»Du hast leicht reden, du hast einen Erben. Du hast ein Leben – Beruf, Haus, Familie. Ich bin immer noch da, wo ich vor zehn Jahren war. Nichts hat sich geändert.« Jezmeen schluchzte auf. Wenn sie in die Zukunft schaute, sah sie nur eine endlose Reihe unbedeutender Nebenrollen: eine Frau, die tollwütig über die Leinwand tobte und an einem Zombie-Virus starb, noch ehe das Publikum überhaupt wusste, wie sie hieß.

»Schhhh«, sagte Rajni und nahm sie in die Arme. »Alles ist gut.«

»Nichts ist gut«, heulte Jezmeen. »Sogar Mum war der Überzeugung, dass ich es in diesem Leben zu nichts bringen werde.«

»Sie hat sich bloß Sorgen um dich gemacht«, versuchte Rajni zu beschwichtigen.

Jezmeen schüttelte den Kopf. »Nachdem die Ärzte ihr gesagt haben, dass der Krebs unheilbar ist und sie nicht mehr viel Zeit hat, hat sie zu mir gesagt: ›Ich kann doch nicht sterben, solange du noch nicht unter der Haube bist!‹ Ich dachte, sie meint heiraten, aber sie hat mein ganzes Leben gemeint. Sie sagte, ich hätte keine Verbindlichkeiten. ›Du musst deinen Platz im Leben finden, Jezmeen‹«, hat sie immer gesagt. Und ich hab mich schlecht gefühlt wegen meiner Karriere und allem.«

»Wann soll das gewesen sein?«

»Ein paar Wochen, bevor sie diesen Brief geschrieben hat.« Jezmeen schloss die Augen und dachte daran, wie ihre und Mums Stimme beinahe übergeschnappt waren. Sie war auf dem Weg nach Hause gewesen, nach einem Casting für eine kleine Sprechrolle in einem BBC-Zweiteiler, und hatte rasch im Krankenhaus vorbeigeschaut. »Es ist ganz gut gelaufen«, hatte Jezmeen hoffnungsfroh verkündet. »In ein paar Tagen bekomme ich Bescheid.«

»Zu wie vielen dieser Vorsprechen willst du eigentlich noch gehen, Jezmeen?«, hatte Mum ungehalten gefragt. Damit hatte Jezmeen überhaupt nicht gerechnet. Mum war zwar nie begeistert gewesen von ihren schauspielerischen Ambitionen, aber dieser Ausbruch ließ sie vermuten, dass sie schon lange auf eine Gelegenheit gewartet hatte, ihr gründlich den Kopf zu waschen. Nach der anschließenden Gardinenpredigt, in der es vor allem darum ging, Jezmeen solle endlich eine Familie gründen und Verantwortung übernehmen, hatte sie sich hundeelend gefühlt, und als die Produzenten sich Ende der Woche immer noch nicht gemeldet hatten, hatte sie sich zur Aufmunterung ein Fläschchen Wein gegönnt, noch bevor Mark am Samstagabend zum Essen zu ihr gekommen war.

Ein paar Wochen später hatte Mum mit allen drei Töchtern über die bevorstehende Pilgerreise gesprochen, und Jezmeen war die Erste gewesen, die ihre Hand genommen hatte. »Geh nicht«, wollte sie damit sagen, obwohl sie schon seit geraumer Zeit wussten, dass das Ende unaufhaltsam näher kam. Mums Finger waren wie Eis gewesen. Die Durchblutung war nicht mehr so gut, und Jezmeen hatte sich so erschrocken, wie fremd die so vertrauten Hände sich anfühlten, dass sie entsetzt zurückgezuckt war. Es hatte eine Weile gedauert, bis sie verstanden hatte, worum Mum sie bat, weil der Gedanke an ihren körperlichen Verfall ihr solche Angst einjagte.

»Wir müssen einen Waffenstillstand schließen«, meinte Rajni und seufzte. »Wir beide, du und ich. Es reicht. Schluss damit. Du hast selbst gesehen, wie Shirina sich im Zug darüber aufgeregt hat. Wir müssen aufhören, uns ständig gegenseitig zu zerfleischen.«

Jezmeen schluckte ein Schluchzen herunter und nickte dankbar. Seit Beginn ihrer Reise hatte sie gewusst, ein Gespräch mit ihren Schwestern über Mums Tod würde unvermeidlich sein. Nun war ihr der Gedanke daran nicht mehr ganz so unerträglich.

Neuntes Kapitel

Fünfter Tag: Der Goldene Tempel, Amritsar

An diesem Punkt der Reise angelangt, werdet ihr drei euch einander sicher schon viel näher und verbundener fühlen. Der Besuch im Goldenen Tempel soll euch daran erinnern, dass wir alle eins sind. Betretet die Tempelanlagen mit offenem Herzen und versucht, die Vergangenheit hinter euch zu lassen. Badet im Sarovar, um euch von aller Last zu befreien. Denkt dabei daran, dass nicht nur das Wasser den Schmutz von euch abspült, sondern dass auch eure Gedanken und Taten leichter und lichter werden sollen.

In diesem Teil ihrer Reise ging es um Klärung, hatte Mum in ihrem Brief geschrieben, weshalb Shirina am nächsten Morgen überlegte, Sehaj anzurufen und sich bei ihm zu entschuldigen. Sie kam sich ein bisschen albern vor, bei ihrem Telefongespräch gestern Abend so viel Wind gemacht zu haben. Unter der Dusche schloss sie die Augen und ließ das Wasser über ihren Körper laufen, das sich in Strömen über die Rundung ihrer Brüste ergoss, die Hüften und den gewölbten Bauch. Der leichte, blumige Duft des hoteleigenen Duschgels erfüllte die kleine Kabine. Als das Wasser sich um ihre

Füße in Pfützen sammelte und der Schaum um den Abfluss strudelte, fühlte sie sich schon viel reiner.

Je näher der Tag kam, an dem Shirinas »Verwandtschaftsbesuch« anstand – sie hielt an dieser Geschichte fest, obwohl ihre Schwestern sich zu Recht wunderten, was das für Verwandte sein sollten und wieso sie noch nie von ihnen gehört hatten –, desto mehr empfand Shirina eine eigenartige Mischung aus Angst und Erleichterung. Sie wünschte, es gäbe eine andere Möglichkeit, es allen recht zu machen, aber sie war im Kopf längst alle nur erdenklichen Szenarien durchgegangen. Alles führte am Ende wieder zu ihr zurück. Aber Sehaj hatte es auch nicht leicht. Mutter war unerbittlich, und wenn einer wusste, wie unnachgiebig sie sein konnte, wenn sie sich erst mal etwas in den Kopf gesetzt hatte, dann Shirina. Wenn sie sich damit abfinden könnte, ihrer Familie diesen einen Gefallen zu tun, würden die unerträglichen Spannungen zu Hause sich hoffentlich in Wohlgefallen auflösen.

Weshalb Shirina jedes Mal, wenn die Angst sie zu überwältigen drohte, an die Zukunft dachte: wie sie nach Melbourne zurückfliegen, Sehaj wiedersehen, einen Neubeginn wagen würde. Sogar das Zuviel an Gewicht würde sie im Handumdrehen wieder abnehmen, nahm sie sich vor. Die Zukunft entfaltete sich vor Shirina wie ein kostbarer, prachtvoller Teppich, und in ihrer Fantasie sah sie sich und ihre Schwiegermutter, zu der sie dann ein inniges, liebevolles Vertrauensverhältnis haben würde, wie sie es sich mit ihrer eigenen Mutter immer ersehnt hatte. Bald, bald, sagte sie sich, als sie aus der Dusche stieg. Die milchig weiße Bodylotion duftete nach Flieder und Frühling. Bald würde alles, was zwischen ihr und ihrer neuen Familie stand, aus der Welt geschafft sein.

Google Maps zufolge lag der Goldene Tempel am anderen Ende einer schnurgerade verlaufenden Straße, der sie bloß zu folgen brauchten. Tatsächlich aber mussten die Schwestern sich im Gänsemarsch eine schmale Gasse entlangschieben und dabei Rikschas, Schlaglöchern und streunenden Hunden ausweichen. Klappernd wurden die Alugitter vor den Läden hochgeschoben, während Shirina, Rajni und Jezmeen sich zum Tempel durchkämpften. Noch nie in ihrem Leben hatte Shirina so viel Sikh-Kitsch auf einen Haufen gesehen: T-Shirts bedruckt mit *Sikh Krieger* in Glitzerschrift und den Porträts verschiedener Gurus, als wären es Rockstars. Eine Bude am Straßenrand verkaufte Karas, die silbernen Armreifen, wie die Sikhs sie traditionell trugen. Eine Mutter ließ den Händler an den Handgelenken ihrer beiden kleinen Jungs Maß nehmen, damit er die richtige Größe für sie heraussuchen konnte. Der ältere der beiden Jungen sträubte sich und zuckte nur die Achseln, als der Verkäufer ihn fragte, welcher Armreif ihm am besten gefiel. »Keine Meinung?«, sagte der Verkäufer lachend und ging nacheinander die Armreifen durch, die in einer mit Samt ausgeschlagenen Kiste ausgestellt waren. »Möchtest du nicht, dass jeder auf den ersten Blick sieht, dass du ein Sikh bist?« Er hielt ihm ein klobiges Kara hin, wie Shirina es bisher nur an erwachsenen Männern gesehen hatte, und der Junge machte große Augen.

Shirina spürte ihren eigenen schmalen Armreif kühl am Handgelenk. Den trug sie schon, seit sie noch ein Teenager gewesen war. Mum hatte ihr damals helfen müssen, das alte Kara aus Kindertagen abzunehmen, das so eng geworden war, dass es sich nur mit viel Seife und Creme und unter Anwendung roher Gewalt wieder abstreifen ließ. Es hatte verflixt wehgetan, Shirina erinnerte sich noch sehr gut daran, vor allem an der Stelle, wo der Knöchel am Handgelenk hervorstand und am Ansatz der Hand. »Mach eine Faust«, hatte Mum immer wieder gesagt und verzweifelt an dem Reifen gezogen und gezerrt. »So ist's gut, braves Mädchen.« Lob wirkte immer bei Shirina und linderte den Schmerz, der sich so besser aushalten ließ. So fest hatte sie die Hand zur Faust geballt, dass die Fingernägel sich in die Handfläche gruben und die Haut ritzten, bis sie blutete. Auch jetzt beim Gedanken daran machte sie wieder eine Faust.

»Cool«, rief Jezmeen, als sie an einem Schaufenster vorbeikamen, in dem Dolche und Schwerter in der Auslage blitzten. Mum hatte immer einen mittelgroßen Kirpan mit reichverziertem Griff und gebogener Klinge zu Hause gehabt. Der war zwar nur zur Dekoration, eher symbolisch als funktional, aber Shirina wusste noch ganz genau, dass sie sich davon irgendwie beschützt gefühlt hatte.

Jezmeen wies auf den größten Kirpan, der fast genauso lang war wie der Tisch, auf dem er lag. »Stellt euch mal vor, mit so was im Gepäck nach Hause zu fliegen und das dem britischen Zoll zu erklären.«

»Mums war ungefähr genauso groß, oder?«

Jezmeen schüttelte den Kopf. »Ich glaube, sie hatte

so eine Kette«, sagte sie und wies nickend auf einen Anhänger in Schwertform an einer langen Silberkette. Sobald der Verkäufer merkte, dass sie stehen geblieben waren und sich die Auslage anschauten, nahm er einige seiner schönsten Stücke aus der Vitrine und trat damit vor den Laden, um sie Shirina zu zeigen. Die schüttelte nur den Kopf. »Mum hatte genau so einen«, erklärte sie entschieden und wies auf einen Dolch mit spitzer, funkelnder Klinge. Er sah aus wie eine Theaterrequisite.

»Bestimmt meinst du den von Tante Roopi«, widersprach Jezmeen. »Sie hatte das ganze Haus voller Nippes von ihren vielen Reisen.«

In ihrer Erinnerung sah Shirina den Kirpan gleich neben einer geschnitzten Vase auf dem Kaminsims liegen, und mit einem Mal ging ihr auf, dass Jezmeen recht haben musste. Bei ihnen zu Hause hatte es kaum Nippes gegeben – höchstens hier mal ein kleines Glasornament, dort ein paar gerahmte Fotos. Shirina erinnerte sich noch an die Plastik-Lilien, die Mum mal aus dem Supermarkt mitgebracht hatte, verziert mit dicken, trüben Klebstofftropfen, die mitten im tiefsten Winter frühlingshafte Taufrische vorgaukeln sollten. Aber die Vorhänge vor den Fenstern waren immer zugezogen, und den düsteren Raum konnten auch die Lilien nicht erhellen. Seit Jezmeen auf dem Markt in Delhi Tante Roopi erwähnt hatte, ertappte Shirina sich immer wieder dabei, wie das Nachbarhaus und ihr eigenes in ihrer Erinnerung miteinander verschmolzen. Diese Katze, das war nicht ihre gewesen, aber wenn sie jetzt an ihre Kindheit zurückdachte, sah sie das Tierchen zu Hause zwischen den Möbeln herumhuschen und sich genüsslich am Fußende ihres Bettes räkeln. Tante Roopis Haus war immer viel einladender und gemütlicher gewesen als ihr eigenes Zuhause – die Küchenschränke quollen über vor Keksen, und nirgendwo lagen diese schrecklichen Rechnungen mit den fetten roten Lettern herum, die Mum immer zum Weinen brachten.

Die Schwestern gingen weiter, zwei schmale Straßen entlang, und mussten sich dabei ständig höflich der aufdringlichen Avancen unzähliger Straßenhändler erwehren, die ihnen Chai oder Roti andrehen wollten, bis sie schließlich auf den Hauptplatz kamen, auf dem Fahrzeuge verboten waren und über dem der Himmel sich öffnete. Am Rand des Platzes drängten sich die Rikschas, und die Fahrer riefen den Passanten ihre Preise zu. »Wow, das hat sich aber ganz schön verändert«, staunte Rajni, als sie auf den Platz kamen. »Alles so zivilisiert.«

Shirina war noch nie hier gewesen, aber sie war beeindruckt. Der zentrale Platz war akkurat mit roten Backsteinen gepflastert. Die Gebäude ringsum wirkten wie aus einem Guss und standen ordentlich in Reih und Glied, ganz anders als anderswo in der Stadt, wo Häuser und Läden kreuz und quer wie lieblos verstreute Pappschachteln standen. Der Verkehrslärm mit den dröhnenden Hupen und den röhrenden Motoren schien eine ganze Welt entfernt. Shirina bemerkte zwei nebeneinanderstehende Skulpturen, die einen Hochzeitstanz abbildeten. Eine der Figuren stellte tanzende Männer dar, die Beine hoch in der Luft, die Arme den Himmel darüber rahmend. Die Frauen auf dem anderen Podest standen dichter zusammen. Ihre Dupattas wehten mit ihren Bewegungen und umschmeichelten ihre Körper und wirkten so viel weicher und fließender als das Eisen und der Beton, aus dem sie geformt waren.

»Sieht aus wie bei deiner Hochzeit, Shirina«, sagte Jezmeen und deutete nickend auf die Skulpturen. »Wobei wir ein bisschen moderner angezogen waren.«

Die Frauen wirkten jung, wie Schwestern und Cousinen der Braut. Shirina erinnerte sich noch, wie Rajni und Jezmeen mit ihr getanzt hatten und der Fotograf um sie herumgelaufen war wie ein kreisender Geier, um genau den Moment einzufangen, der auch in diesen Skulpturen verewigt war. Auf den Hochzeitsfotos sahen sie einander mit der unbändigen kindlichen Freude in den Gesichtern so ähnlich, wie Shirina es niemals für möglich gehalten hätte. Sie sahen aus wie drei Schwestern, die ihr ganzes Leben lang miteinander gelacht und gefeiert und getanzt hatten.

»Wisst ihr noch, all die alten Weiber, die unbedingt diese deprimierenden Lieder singen wollten, darüber, wie die arme, bemitleidenswerte Braut ihr Elternhaus verlassen muss?«, fragte Jezmeen. »Und ich dann immer schnell die Musik aufgedreht habe?«

»Furchtbar«, pflichtete Rajni ihr bei. »Bei meiner Hochzeit haben sie sie auch gesungen, und Mum wollte partout nicht, dass ich sie unterbreche. Ein grässliches Gejammer, wie Katzen, denen man auf den Schwanz getreten hat.«

Die Lieder sollten die Braut zu Tränen rühren, weil sie ihre Familie verlassen und mutterseelenallein hinaus in die Fremde ziehen musste. Shirina hatte sie schon mit Schrecken erwartet und war froh gewesen, dass es der ausgelassenen Feierlaune keinen Abbruch getan hatte, obwohl die Älteren darauf beharrt hatten, die Traditionen müssten gewahrt werden. Aber die alten Frauen hatten ohnehin nichts zu sagen. Sie gehörten zu der wild zusammengewürfelten Truppe aus Mums Tempelgemeinde, die nur eingeladen worden war, damit es nicht so auffiel, dass von Shirinas Seite so wenig Verwandte gekommen waren, vor allem verglichen mit Sehajs vielköpfiger Familie. Doch die tieftraurigen Lieder ließen Shirina vollkommen kalt, und schon lange vorher hatte sie befürchtet, als Braut nicht die von ihr erwartete Betrübnis heucheln zu können. Denn kaum hatte sie Sehaj und ihre neue, perfekte Familie kennengelernt, hatte sie es gar nicht mehr erwarten können, ihr altes Zuhause zu verlassen, und hätte sich am liebsten sämtliche Abschiedsszenen ganz einfach erspart.

Während sie gemeinsam über den Platz schlenderten, vorbei an Souvenirläden, Dhabas, Reisebüros und einem doppelstöckigen McDonalds, versuchten Jezmeen und Rajni sich an die Liedzeilen zu erinnern. »Eine ging ungefähr so: ›Immer hübsch fleißig kochen und wischen, damit deine Schwiegermutter zufrieden mit dir ist‹«, sagte Rajni.

Jezmeen verzog angewidert das Gesicht. »Die sollte man dringend mal modernisieren«, meinte sie. »›Dein Ehemann soll brav bei der Hausarbeit helfen, und deine Schwiegermutter kann dich mal.‹«

Shirina musste plötzlich an ihre Schwiegermutter denken und stellte sich vor, wie sie sich gestern bei ihrem Telefonat mit Sehaj im Hintergrund herumgedrückt hatte. Die beiden hatten leicht reden, oder? Vor der Heirat tönten alle jungen Mädchen, dass sie sich dieses oder jenes niemals gefallen lassen würden. Die Foren der Heiratsseiten wimmelten nur so von solchen Threads. *Hilfe!! Schwiegermutter will mit einziehen!* Oder *Wie setze ich meiner Schwiegermutter Grenzen, ohne meinen Mann zu verärgern?* Die Frauen, die diese verzweifelten Nachrichten verfassten, ärgerten Shirina, weil sie ihre schmutzige Wäsche in der Öffentlichkeit wuschen und ihre privaten Probleme vor wildfremden Menschen ausbreiteten und dabei ein Drama machten um etwas, das absehbar gewesen war, als sie sich für eine traditionelle Ehe entschieden hatten. Das hättet ihr euch doch denken können, hätte Shirina ihnen am liebsten gesagt. Nicht nur, um die anderen Frauen zu tadeln – sondern auch als eindringliche Mahnung an sich selbst, die sie sich doch eine traditionelle Ehe gewünscht hatte. Sie hatte es zwar nicht unbedingt darauf angelegt, mit ihrer zukünftigen Schwiegermutter unter einem Dach zu leben, aber sie hatte sich mit der Idee durchaus angefreundet, nachdem sie das Haus gesehen hatte, und wie viele Zimmer es dort gab. Ohne Kompromisse ging es nun mal nicht. Es sagte sich leicht: »Ich würde nie meinen Job aufgeben« oder »Ich würde meinem Mann sagen, dass ich an erster Stelle komme.« Aber was die Frauen dann wirklich machten, wie sie sich, ihre Wünsche, Bedürfnisse und Werte verbogen – das war die Realität. Die Frauen in diesen Foren sollten es eigentlich besser wissen und sich nicht über unverrückbare Tatsachen wie herrische Schwiegermütter beklagen.

Auf der anderen Seite des Platzes zeigte ein riesengroßer Flachbildschirm auf einem der alten denkmalgeschützten Gebäude das Innere des Goldenen Tempels, während aus den überall angebrachten Lautsprechern Gebete dröhnten. Auf dem Bildschirm sah man einen bärtigen Granthi pflichtschuldig die Hymnen vortragen, die Kamera so dicht vor dem Gesicht, dass Shirina sogar die kleinen Fältchen um die Augen erkennen konnte. Sie fühlte sich klein, genau wie es vermutlich Mums Absicht gewesen war für diesen Teil ihrer Reise — unbedeutend, unwichtig. Die Last von Sehajs Bitte verflog. Es war nur ein Augenblick, ein Wimpernschlag in ihrer Geschichte. Es gab so vieles, auf das man sich freuen konnte. Das würde sie Sehaj sagen, sobald sie die Gelegenheit dazu bekam. Etwas ganz Ähnliches hatte er die ganze Zeit gesagt. »Ich muss nur die nächsten Tage überstehen, dann bin ich wieder zu Hause, und alles wird gut.«

An den Stufen zum Eingang des Goldenen Tempels stand ein Reiseführer, umringt von einer berucksackten Horde Touristen, die alle die Hand zum Schutz vor der gleißenden Sonne vor die Augen hielten. »Wir steigen jetzt eine Treppe hinunter, um auf die Tempelanlage zu gelangen«, erklärte er. »Die Anlage ist absichtlich so konzipiert. Dadurch, dass der Besucher hinabsteigt statt hinauf, soll er sich in Demut nähern und den Hochmut aus seinen Gedanken bannen.« Beidseits des Eingangs standen zwei bewaffnete Wachmänner in königsblauer Uniform mit Turban auf dem Kopf. Shirina tauchte die Füße in das Wasserbecken und stieg dann die Treppe hinab. Ihre nassen Füße hinterließen dunkle Abdrücke auf dem Marmor. Aufmerksam lauschte sie dem Führer, als gehörte auch sie zu der Gruppe. Er erzählte gerade etwas über die Geschichte des Goldenen Tempels – seine

Bedeutung als heiligsten Ort der Andacht für die Sikhs und die vier Tore in alle Himmelsrichtungen, welche die Offenheit für Menschen jeglichen Glaubens symbolisierten. »Der fünfte Guru, Guru Ram Das, hat ein Reservoir ausheben lassen, dieses große Wasserbecken. Es wurde bekannt als Amritsar, das Becken des Nektars der Unsterblichkeit. Als die Heilige Stadt drumherum wuchs, bekam sie denselben Namen. In der Mitte des Beckens wurde ein Schrein gebaut, der sich zum Zentrum des Sikhismus auf der ganzen Welt entwickelt hat.« Die Touristen nickten und machten andächtig »Ah!« und »Oh!«, dann schossen sie mit ihren Handys Fotos der Wachen mit ihren langen Speeren, die stur geradeaus guckten, ohne eine Miene zu verziehen.

Dann verstummte der Führer, und Shirina verstand nur zu gut, warum – der Anblick des goldenen Schreins hatte ihm den Atem verschlagen. Shirina fragte sich, ob das nur gespielt war. Wenn man ihn jeden Tag sah, musste das Staunen doch irgendwann zur Gewohnheit werden, oder? Aber das glückselige Lächeln in seinem Gesicht spiegelte den atemberaubenden Anblick des majestätischen goldenen Juwels, das schwerelos auf dem stillen Wasser zu treiben schien. Weiße Marmorböden und eine Reihe niedriger Gebäude mit Säulengängen zogen sich rings um die Palastanlage, die den Tempel auf allen Seiten umgab. Die reichverzierte goldene Kuppel des Tempels funkelte in der Sonne. Hier strahlte der Himmel weiter und blauer als sonst irgendwo, wo Shirina je gewesen war, und wie durch einen göttlichen Kunstgriff erschien der Tempel imposant und einladend zugleich.

Shirina kannte den Goldenen Tempel bisher nur von Fotos, aber selbst die beste Fotografie konnte diesem Anblick nicht gerecht werden. Zu Hause in Mums Wohnzimmer hatte ein gerahmtes Poster des Tempels gehangen – das einzige Bild, das neben einem mit Girlanden und Votivkerzen geschmückten Porträt von Guru Nanak an dieser Wand hing. Shirina war fünf Jahre alt gewesen, als sie Mum gefragt hatte: »Wessen Haus ist das?« Mum hatte gelacht. »Das ist Gottes Haus«, hatte sie erklärt. »Da wohnt Gott.« Und dann hatte sie das Bild so sehnsuchtsvoll angeschaut, dass Shirina erkannte, was sie darin sah. Verglichen mit ihren alten, durchgesessenen Sofas und den gesprungenen Fenstern war Gottes Haus ungleich schöner. Shirina hatte Mums Wunsch nach einem anderen Zuhause nur zu gut verstehen können – ein überwältigendes Verlangen, das sie teilten, über das sie aber nie sprachen. Als Shirina ihrer Familie verkündete, sie habe jemanden kennengelernt und beabsichtige, ihn zu heiraten, hatte sie sich lebhaft vorstellen können, was in den Köpfen ihrer Schwestern vorgehen musste. *Warum hast du denn nichts gesagt? Warum musst du so weit weggehen?* Mum war die Einzige, die sich darüber nicht im Geringsten zu wundern schien.

Rajni ging vor, barfuß, immer am Wasser entlang. Ein langer Läufer lag auf dem Pfad zum Tempel. Würde sie den verlassen, müsste sie mit den nackten Füßen auf den sonnenheißen Fliesen laufen. Vor ihr gingen zwei Kinder, die sich spielerisch immer wieder vom Läufer schubsten und versuchten, dabei nicht das Gleichgewicht zu verlieren. Rajni konnte sich vorstellen, dass die heißen Marmorfliesen in ihrer Fantasie flüssige Lava war. Immer wieder traten sie darauf, kicherten und kreischten. Sie musste an Anil denken und daran, wie gerne sie ihm einen Bruder oder eine Schwester geschenkt hätte, und es versetzte ihr einen Stich. Wie eigenartig unvollständig ihre eigene Familie ihr immer vorgekommen war. Fast als spukte der Geist von jemandem, den es nie gegeben hatte, durch das Haus. Wollte Anil deshalb so überstürzt eine eigene Familie gründen? Weil er immer einsam gewesen war? Diese Fragen konnte sie ihm nun nicht mehr stellen. Heute Morgen hatte sie nämlich feststellen müssen, dass sämtliche Spuren von Anil in den sozialen Medien getilgt worden waren. Er hatte sie gelöscht und blockiert. Seltsam, wie tiefgreifend und allumfassend der Schmerz einer solch unerwarteten Tilgung sein konnte. Sämtliche Zweifel oder Anflüge eines schlechten Gewissens, einen Privatdetektiv engagiert zu haben, waren schlagartig verflogen.

Sie gingen weiter auf ihrem gemächlichen Weg zum Tempel, vorbei am Männerbadebereich des Sarovar. Ein Sichtschutz versperrte die Sicht darauf, aber wenn die Männer aus dem Wasser stiegen und aufstanden, um sich wieder anzuziehen, konnte man dahinter Köpfe und Füße sehen. Das ganze Ritual hatte etwas ausgelassen Feierliches – die Männer klopften sich gegenseitig auf die Schultern und riefen laut durcheinander.

»Da gehen wir aber nicht rein, oder?«, fragte Jezmeen.

»Es gibt einen getrennten Badebereich für Frauen«, erklärte Rajni. »Ich glaube, gleich da drüben.« Sie wies auf ein Badehaus weiter vorne im Schatten eines

Baumes mit ausladenden Ästen, wo Frauen in einer Schlange anstanden, ihre Sachen ordentlich unter dem Arm. Auf der anderen Seite strömten die Frauen wieder hinaus, wirkten dabei aber nicht ganz so ausgelassen wie die Männer. Rajni fragte sich, ob das daran lag, dass ihr Badebereich abgetrennt und nicht einsehbar war, während der Männerbereich – bis auf den Sichtschutz – öffentlich war. Ihrer Reinigung konnte die ganze Welt beiwohnen.

Je näher sie dem Tempel kamen, desto dichter wurde die Menschenmenge, und desto weniger Platz war dazwischen. Soweit Rajni das sehen konnte, gab es zwei Warteschlangen, an denen man sich anstellte. Die eine Schlange rückte viel schneller vor als die andere, aber die meisten Leute wollten in die langsamere Schlange. »Keine Ahnung, was hier los ist«, brummte sie.

»Kommt mir vor wie vor einem Club«, meinte Jezmeen.

Die grauhaarige Dame vor ihnen drehte sich zu ihnen um und erklärte: »Diese Schlange ist für die Touristen. Die Leute, die nur reingehen, sich umschauen und gleich wieder gehen. Man kann direkt nach vorne durchgehen. Die andere ist für die Gläubigen, die länger bleiben und sich setzen wollen. Da dauert es länger.«

»Also dann ... die Express-Schlange?«, fragte Jezmeen. »Wir brauchen uns doch nicht zu setzen, oder? Wir wollen doch nur rein und wieder raus.«

»Ja, vermutlich«, sagte Rajni, obwohl sich alles in ihr sträubte, als Touristin bezeichnet zu werden. Touristen amüsierten sich und nahmen Plastik-Souvenirs mit nach Hause. Sie waren der spirituellen Reinigung wegen hier – und es war für sie alles andere als ein Erholungsurlaub. Langsam spürte sie die Last dieser Reise in die Vergangenheit, die sich erdrückend schwer auf sie legte. Erinnerungsbruchstücke ihrer letzten Reise mit Mum kamen immer wieder an die Oberfläche und ließen sich kaum noch verdrängen, jetzt, da sie in Punjab waren, wo alles angefangen hatte.

Sie stellten sich in die kürzere Schlange. Die wurde von einem Mann überwacht, der ganz vorne stand und die Leute abzählte, sie rasch hineinscheuchte und dann unvermittelt wieder die Stange vorlegte. Die Menschen strömten wie flutendes Wasser in jede noch so kleine Lücke. Rajni wurde unwohl in dem Gedränge, und sie streckte unwillkürlich die Hand nach Jezmeen und Shirina aus und hielt sie ganz fest an den Händen.

»Können sich alle mal ein bisschen locker machen?«, fragte Jezmeen gereizt. Aber es hörte sie niemand. Rajni spürte, wie die Menge von hinten nach vorne drängte, dann wurde sie gegen die Absperrung gedrückt. Es wurde immer heißer. Sie hatte Schweißperlen auf der Oberlippe, aber sie konnte im dichten Gedränge die Arme nicht heben. Sie legte den Kopf in den Nacken und schnappte nach Luft.

Als sie endlich in den Tempel gelassen wurden, ging es ruhiger und gesitteter zu. Das verzweifelte Drängen der Masse ließ schlagartig nach, sobald sie durchgelassen wurden. Mit einem Blick über die Schulter vergewisserte sie sich, dass Jezmeen und Shirina hinter ihr waren. Jezmeen schaute hinaus übers Wasser, das still und reglos dalag wie spiegelndes Glas. Shirina hatte die Stirn in steile Falten gelegt.

So sollte das nicht sein, dachte Rajni. Eigentlich hatte sie sich von Anfang an keine Illusionen über diese Pilgerfahrt gemacht, aber sie hatte gedacht, in Amritsar würde es anders sein. Ja, es war wunderschön hier, und der Tempel war wahrlich atemberaubend. Aber jetzt wurden sie und ihre Schwestern unsanft in den Gebetssaal geschoben, wo man auch hinsah, reichverziert mit goldenen Ornamenten, und die Hymnen hallten von den hohen Decken, und ihr einziger Gedanke war: Wie lange können wir bleiben?

Es war wie in einem Vergnügungspark, wo man erst eine Ewigkeit anstehen musste, während die eigentliche Fahrt nicht mal eine Minute andauerte und man sich hinterher fragte, warum man sich eigentlich so darauf gefreut hatte. Kaum waren sie drinnen, wurden sie auch schon wieder erbarmungslos hinausgedrängt. »Können wir uns nicht einen Moment hinsetzen?«, fragte Rajni. Die wogende Menge riss sie und ihre Frage mit und spülte sie aus dem Saal. Shirina und Jezmeen wirkten beim Herauskommen genauso benommen wie sie.

»Das war's?«, fragte Rajni verblüfft.

»Sieht ganz so aus«, meinte Jezmeen. »Es sei denn, du willst zurückgehen und dich noch mal anstellen.«

Rajni hörte sie kaum. Sie musste daran denken, wie sie genau dieselben Worte zu Mums Arzt gesagt hatte, als er ihr eröffnet hatte, er könne nichts mehr für ihre Mutter tun. »Das war's?«, hatte sie wieder und immer wieder gefragt. Sie hatte nicht nur den Krebs gemeint. Sie hatte es einfach nicht fassen können, dass Mums Leben einfach so … enden sollte. All die Streitereien, all die Auseinandersetzungen, das alles gäbe es dann nicht mehr.

Jezmeen und Shirina ließen Rajni, die wie vor den Kopf geschlagen war, stehen und gingen voraus zum Frauen-Badehaus. Rajni war noch immer tief in Gedanken. Sie musste an einen Besuch im Krankenhaus denken und an Mums gequältes Gesicht. »Rajni, drückst du bitte ›Play‹ auf dem iPad«, hatte Mum geflüstert, als der Schmerz ein wenig nachgelassen hatte und sie wieder sprechen konnte. Anil hatte ihr geholfen, die täglichen Gebete aus dem Goldenen Tempel zu streamen, die nun aus dem blechernen iPad-Lautsprecher durch den Raum hallten. »Ich habe zu Hause eine Bluetooth-Box«, hatte er sichtlich betroffen zu Rajni gesagt. »Ich kann sie holen, dann hat sie hier, also, sie hätte Surround-Sound, und vielleicht wäre das entspannender oder so.« Rajni hatte ihm gesagt, er solle seinen Lautsprecher holen, das sei eine wunderbare Idee. Sie musste an diesem Tag ein bisschen mit Mum allein sein.

In der Schlange vor dem Badehaus summte es vor Aufregung wie in einem Bienenschwarm. Vor Rajni stand ein Teenie-Mädchen mit langem, dickem Zopf, der ihr bis zur Hüfte reichte. Es drückte dem Mädchen neben sich ihre Sachen in die Hand, wickelte die Haare zu einem Dutt und steckte sie fest. Rajni hob die Hand und zupfte an ihren kurzen Haaren, die ihr nur bis in den Nacken gingen. Die Schlange hier rückte sehr viel geordneter und gemächlicher auf als die vor dem Tempel.

»Ich freue mich schon darauf, mal kurz ins Wasser zu gehen«, sagte Jezmeen und fächelte sich kühle Luft zu.

»Wir müssen uns doch nicht nackt ausziehen, oder?«, fragte Shirina verunsichert, als sie endlich drinnen waren. Man sah etliche bloße Hinterteile, und Rajni war genauso entgeistert, wie ihre kleine Schwester sich anhörte.

»Ich glaube nicht«, erwiderte Rajni. Eine Aufseherin saß auf einem niedrigen Holzhocker am Rand des Beckens und winkte die Frauen herein. Manche hatten sich bis auf die Unterwäsche ausgezogen, andere trugen leichte Baumwolltuniken, die ihnen bis zu den Knien gingen.

»Mir egal, ich mach mich nackig«, rief Jezmeen. Sie legte ihre Sachen auf eine Bank und zog sich die Kleider aus. Automatisch wendete Rajni sich ab, aber sie sah, wie andere Frauen fasziniert Jezmeens Körperschmuck und die langen schlanken Beine bewunderten, während sie unbeschwert in das Becken hopste und mit langen Schritten durch das Wasser zog. Zwei große goldorange Karpfen schossen davon wie zischende Feuerwerkskörper, als sie Jezmeen näher kommen sahen.

Shirina behielt ihre Sachen an, suchte sich ein ruhiges Eckchen und stieg dann ganz sachte eine Stufe nach der anderen ins Wasser. Rajni holte tief Luft und tat es ihr nach. Das Wasser plätscherte um ihre Füße und stieg immer höher, je weiter sie hineinging, und ihre Tunika bauschte sich um sie wie ein Zelt. Sie drückte sie nach unten und wartete, bis sie vom Gewicht des Wassers schlaff um ihre Oberschenkel hing.

Das Wasser war ganz still, trotz der vielen Frauen, die hindurchwateten. Manche würden es wohl ein Wunder nennen, dachte Rajni, und musste daran denken, was sie bei der Recherche für die Reise alles über diese heilsamen heiligen Bäder gelesen und gehört hatte. Mum hatte ihr an dem Tag auch allerhand kuriose Geschichten erzählt und abermals gesagt, sie wolle den Goldenen Tempel noch einmal besuchen. Ein Bad im Sarovar würde ihre Schmerzen lindern, davon war sie felsenfest überzeugt. »Mum, Anil bringt dir nachher seinen Lautsprecher«, hatte Rajni gesagt und war sich dabei so töricht vorgekommen. Hier lag ihre Mutter, die nach spiritueller Erhebung dürstete, und Rajni hatte nichts Besseres anzubieten, als die Klangqualität ihres elektronischen Gebetsprogramms zu verbessern. Ihr Leben lang hatte Mum Geschichten erzählt von Männern und Frauen, die in dem Wasser gebadet hatten und wieder gesund geworden waren – Blinde, die wieder sehen konnten, Tumore, die über Nacht verschwanden, verdorrte Schöße, die fruchtbar wurden und neues Leben hervorbrachten. »Aber es ist doch bloß Wasser«, hatte Rajni dann immer eingewendet, und die Pragmatikerin in ihr hatte nicht weiter sehen können als bis zu diesem unvermeidlichen Streitpunkt.

»Hör mir zu, Rajni«, hatte Mum mit schmerzverzerrtem Gesicht eindringlich gesagt. Geht das schon wieder los, hatte Rajni gedacht, wohl wissend, dass ihr ein weiterer Vortrag über Wunder bevorstand, über unerklärliche Dinge, die der menschliche Verstand nicht zu fassen imstande war. Aber Mum hatte sie überrascht.

»Du hilfst mir doch, oder?«, hatte Mum gefragt. »Du sorgst dafür, dass ich nicht leiden muss?«

»Natürlich«, hatte Rajni erwidert. Vertrauensvoll guckte Mum sie an. Die knochigen Finger gruben sich in Rajnis Handflächen und trieben ihr die Tränen in die Augen. Sie konnte den Anblick nicht ertragen, wie Mum immer weniger wurde und langsam dahinsiechte, während Schmerz und Gram ihr auch noch das letzte bisschen Würde nahmen. Doch was für eine große Verantwortung sie übernommen hatte, verstand Rajni erst, als sie Mum in den nächsten Tagen half, die verschiedenen Möglichkeiten zu recherchieren. Das können wir nicht machen, dachte sie beim Lesen der Websites. So nicht.

Was für eine Erleichterung es da war, als sie danach ins Krankenhaus kam und den Brief sah, den Mum geschrieben hatte. Die Pilgerreise, die sie geplant hatte. Sie hatte eine Schmucktasche in der Schublade. Und selbst als sie die aufmachte und ihren Töchtern zeigte, wie viele Schlaftabletten sie darin gehortet hatte, nickte Rajni noch immer und versprach ihr, alles zu tun, was sie von ihr verlangte.

Zehntes Kapitel

Unser fünfter Guru, Guru Arjan Dev Ji, hat gesagt, in den heiligen Wassern des Sarovar zu baden wasche uns rein von allen Sünden. Wasser befreit den Menschen von Krankheiten, stärkt den Körper, reinigt den Geist und bringt Klarheit für unser Handeln. Einzutauchen in den Nektar der Unsterblichkeit verleiht euch ewige Kraft und Erfüllung des Geistes.

Jezmeen schöpfte Wasser in den hohlen Händen und hob sie über den Kopf. Das kühle Nass lief ihr über das Gesicht und sammelte sich in einer kleinen Pfütze an ihrem Schlüsselbein. Es roch nach Sommerregen, erdig und frisch. Am liebsten wäre sie den ganzen Tag dort geblieben – wenn schon nicht der spirituellen Erhebung wegen, dann wenigstens zur Erfrischung und Flucht vor der Hitze. Mit geschlossenen Augen stand sie da, während die hallenden Stimmen der Frauen zu Hintergrundgemurmel verklangen, und dachte wohlig, dass dieses Bad etwas so Friedvolles hatte, irgendwie nicht von dieser Welt.

Die Frau neben ihr hatte die Beine ihres weißen Salwar bis zu den Knien hochgekrempelt und watete durch das Wasser, ein kleines Kind auf der Hüfte. Sie sang dem kleinen Mädchen ins Ohr und bückte sich, um ihm ein bisschen Wasser auf die pummeligen Füßchen zu spritzen. »Das ist Gottes Wasser«, erklärte die Frau, und eine lose Haarsträhne fiel ihr in die Augen. »Es ist heilig und beschützt dich vor allem Bösen.« Das kleine Kind strampelte mit den Beinen und quietschte vergnügt.

Jezmeen hatte die Geschichte gelesen über die Leprakranken, deren Wunden durch das Bad im Wunderwasser auf der Stelle geheilt worden waren. Natürlich waren diese Geschichten ein wenig überzeichnet. Schließlich war es wesentlich eindrucksvoller zu berichten, Kranke seien augenblicklich wieder gesund geworden, statt ganz allmählich, im Laufe vieler Wochen oder Monate sogar. Oder sollte man etwa, wenn man Kindern diese Geschichten erzählte, darauf hoffen, dass sie geduldig zuhörten, wie der Aussätzige ganz winzige Fortschritte machte und sah, wie die Wunden allmählich vernarbten und seine Muskeln wieder kräftiger wurden? Nein. Jezmeen beugte sich vor und schöpfte noch eine Handvoll Wasser. Während es ihr über die Schultern strömte, wurde der Gedanke zur Gewissheit, dass das rituelle Bad der erste Schritt zu einer allmählichen Genesung war.

Sie schlug die Augen auf und blinzelte die Tröpfchen an den Wimpern fort, und plötzlich sah sie einen großen orangeroten Karpfen zu ihren Füßen. Unmöglich zu sagen, ob es derselbe war, den sie gesehen hatte, als sie ins Wasser gestiegen war. Aber er schien ihre Nähe zu suchen. Ganz still stand er im Wasser zu ihren Füßen und beobachtete sie. Jezmeen starrte reglos zurück und fragte sich, welche göttliche Fügung ihr wohl den Fisch geschickt haben mochte. Sie musste an die glasigen Augen des Arowana denken, und wie er das Maul hilflos auf- und zugeklappt hatte, als spreche er eine uralte, längst vergessene Sprache.

»Geh, sag deinen Freunden, ich bemühe mich, ein besserer Mensch zu werden«, flüsterte Jezmeen dem Karpfen zu. Eine Frau mittleren Alters ganz in ihrer Nähe sah sie misstrauisch an und schaute dann nickend auf den Fisch. Jezmeen wackelte sachte mit dem Fuß, um ein paar kleine Wellen zu schlagen, damit der Fisch fortschwamm. Sie sah ihm nach, und plötzlich wurde sie traurig, noch viel trauriger als an dem Tag, als der Arowana gestorben war. Und sie wusste nicht, warum. Tränen stiegen ihr in die Augen und schnürten ihr den Hals zu. In diesem Becken zu stehen, um ein reinigendes Bad zu nehmen, erinnerte sie daran, wie Mum in ihrem Krankenhausbett gesessen hatte, den Brief in den zitternden Händen, während sie ihn vorlas. *Befreit euch von aller Last*, hatte sie zu ihren Töchtern gesagt, die mit angehaltenem Atem zugehört hatten. War die Spannung im Raum in diesem Augenblick greifbar geworden? Jezmeen erinnerte sich daran, wie sie dachte, dass sie die einzige der drei Schwestern war, die wirklich eine Last zu tragen hatte – mit jeder Absage und jedem Jahr, das verging, schwand die Hoffnung auf den großen Durchbruch ein bisschen mehr.

Nachdem Mum den Reiseplan im Detail mit ihnen besprochen hatte, musste sie kurz innehalten und konnte danach nur noch flüstern. Rajni, Jezmeen und Shirina hatten sich ganz eng um sie gedrängt. Es gab da noch etwas, wobei ihre Töchter ihr helfen mussten. Ihre Stimme klang so hoffnungsvoll, dass sie nicht einmal zu merken schien, wie entsetzt Jezmeen war, als sie auf die Tabletten zu sprechen kam.

»Die hamstere ich schon eine ganze Weile«, hatte sie mit glänzenden Augen erklärt. »Morgen früh nehme ich sie alle. Ich sage euch das, weil ich finde, dass ihr es wissen solltet. Aber auch, weil ihr ein Auge auf die Krankenschwestern haben müsst. Ich kenne die Abläufe nicht gut genug, um zu wissen, wann eine von ihnen womöglich reinkommt, um den Blutdruck zu messen oder das Frühstück zu bringen. Sollte eine von ihnen hier auftauchen, müsst ihr sie ablenken.«

»Worum du uns da bittest, ist illegal«, hatte Jezmeen entgeistert gesagt und dabei Rajni und Shirina angeschaut. »Stimmt's?« Shirina hatte zustimmend genickt. »Es muss doch einen anderen Ausweg geben«, hatte sie gesagt, aber Jezmeen hatte ihr die Unsicherheit angehört. Rajni, die vermutlich wusste, dass Shirina früher oder später der Bitte ihrer Mutter nachgeben würde, nahm sie beide mit nach draußen, um mit ihnen zu reden.

Plötzlich entstand ein Tumult hinter Jezmeen, der sie aus ihren Gedanken riss. Sie hörte jemanden entsetzt nach Luft schnappen, und als sie sich umdrehte, sah sie Shirina mit ausgestreckten, gespreizten Beinen am Beckenrand sitzen. Eine stämmige ältere Frau mit rosigen Wangen hockte neben ihr. »Shirina«, rief Jezmeen und watete durch das Wasser zu ihr. »Ist was passiert?«

Die Frau guckte ganz besorgt, fasste Shirina am Ellbogen und half ihr sachte auf die Füße. Dann sagte sie etwas zu ihr – wie es schien eine Frage oder eine Bemerkung, aber was es auch war, es schien Shirina aufzuschrecken. Sie schüttelte stumm den Kopf und drehte der Frau abweisend den Rücken zu.

»Alles gut«, versicherte Shirina. »Ich bin bloß – ich bin ausgerutscht.«

Jezmeen sah die Dame mit den rosigen Wangen von der Seite an. Sie wirkte irritiert. Kurz starrte sie Jezmeen fragend an, dann ging sie zurück zu ihrer Familie, zwei kleine Mädchen in identischen Badeanzügen und langen Sportleggings.

»Was hat die Frau zu dir gesagt?«, fragte Jezmeen.

»Ach, du weißt schon«, meinte Shirina. »Nur, dass ich besser aufpassen soll. Aber es ist alles gut. Puh, auf den Po zu plumpsen ist als Erwachsener ganz schön schmerzhaft, weißt du?«

Das wasserfallartige Geplapper und das erzwungene Lächeln konnten nicht verbergen, wie peinlich Shirina das Ganze war. Jezmeen fragte sich kurz, wie es wohl sein musste, ihre kleine Schwester zu sein, immer nett und adrett und so perfekt, dass ein kleiner Sturz am Beckenrand der peinlichste Patzer ihres Lebens war. »Keine Sorge«, beruhigte Jezmeen sie. »Hat keiner gesehen.« Sie nahmen ihre Sachen und gingen dann vorsichtig wieder nach draußen. Aber als sie an der Frau und den beiden Kindern vorbeikamen, sah sie Shirina noch lange nach. Eher neugierig als unfreundlich, und doch schien Shirina geflissentlich in die andere Richtung zu gucken.

Der heiße Fliesenboden verbrannte Jezmeen fast die Füße. Sie sah Rajni auf einer Bank sitzen und die Augen gegen die gleißende Sonne zusammenkneifen.

»Was ist denn los?«, fragte Jezmeen. »Wir waren gerade mal fünf Minuten drin.«

Rajni zuckte die Achseln. »Mir war nicht nach bleiben.«

»Und warum nicht?«, wollte Jezmeen wissen.

»Ich musste die ganze Zeit an Mum denken.«

Ein paar Wassertropfen liefen Jezmeen über die Stirn. Mit dem Handrücken wischte sie sie weg. »Ich dachte, nach dem Bad würde es mir besser gehen«, sagte sie. »Das war schließlich Sinn und Zweck der Sache.«

»Und, geht es dir besser?«

Jezmeen nickte. »Ich habe das Gefühl, als hätte sich da drinnen irgendwas verändert. Ich glaube nicht, dass das Wasser eine wundersame Heilwirkung hat, aber ... Ich weiß auch nicht. Weißt du, wie es ist, sich nach einem langen, anstrengenden Tag abends in die Badewanne zu legen? So hat es sich eben angefühlt.«

»Jezmeen, so einfach ist das nicht. Hier geht es nicht bloß darum, nach einer durchzechten Nacht was gegen den Kater zu tun.«

Jezmeen fühlte sich wie gegen den Strich gebürstet. Natürlich war es nicht so einfach, das wusste sie selbst. Aber das Bad hatte Jezmeen etwas erkennen lassen, das sie sich bisher nicht eingestanden hatte: Sie nahm es Mum übel, sie in diese Lage gebracht zu haben. Sie hatte ihnen das alles eingebrockt. Wäre sie nicht gewesen, dann wären sie jetzt nicht in Indien – und würden nicht geplagt von ihrem Gewissen. Jezmeen hätte nicht immer wieder diese Albträume, in denen ihr Leben sich rückwärts abspulte, als verschluckte das Band, auf dem es aufgezeichnet war, es wieder. Hätte Mum diesen Brief nicht geschrieben, wäre das alles nie passiert.

Schweigend saßen sie eine Weile da und sahen zu, wie

die Gläubigen sich anstellten und dann wieder aus dem dunklen Badehaus heraustraten in das strahlende Weiß der Tempelanlage. »Wo ist denn Shirina hin?«, fragte Rajni.

»Sie muss hier irgendwo sein«, erwiderte Jezmeen. »Sie hat irgendwas davon gesagt, dass sie ein Foto für Sehajs Familie machen will.«

»Bestimmt sucht sie nach der Widmung ihrer Schwiegerfamilie«, meinte Rajni. »Sie haben dem Tempel kürzlich eine großzügige Spende zukommen lassen, und irgendwo muss es eine gravierte Inschrift für sie geben.«

»Wie großzügig denn?«, fragte Jezmeen neugierig. Auf dem Weg hinein waren sie an unzähligen Widmungstafeln vorbeigekommen, graviert mit den Namen prominenter Familien, die sich auf den imposanten Marmormauern verewigt hatten.

Rajni zog die Augenbrauen hoch. »*Sehr* großzügig.«

Dann dürfte Shirina keine Schwierigkeiten haben, die Plakette ihrer Schwiegerfamilie zu finden. Die größeren Spender nahmen mehr Platz ein und zogen ihrerseits Besucher an. Vorhin hatte Jezmeen eine murmelnde Menge um die gigantische Widmung für einen bekannten Sikh und erfolgreichen Hedgefonds-Manager aus New York stehen sehen.

»Die schwimmen in Geld, oder?«

»Bei der Hochzeit haben sie jedenfalls weder Kosten noch Mühen gescheut.«

Jezmeen wusste noch, wie eingeschüchtert sie gewesen war angesichts der unzähligen Mitglieder von Shirinas neuer Schwiegerfamilie und ihren glitzernden Kleidern, und wie viele von ihnen die weite Reise nach

Australien auf sich genommen hatten, um an der Hochzeit teilzunehmen. Sie trugen ihren Erfolg für alle sichtbar in Form von Markenschuhen und Designer-Anzügen am Leib. Die Einzige, die dort nicht hineingepasst hatte, war Shirinas Schwiegermutter gewesen. Sie kleidete sich zwar geschmackvoll, aber sehr dezent, ihrem Status als Witwe angemessen. Ihr Mann war gestorben, als Sehaj noch ein Teenager war. Jezmeen konnte sich gut vorstellen, dass das, als Shirina und Sehaj sich online kennengelernt hatten, eine Gemeinsamkeit gewesen war, die ihnen einen Anknüpfungspunkt geboten hatte.

Ist sie vielleicht auf sein Geld scharf?, hatte Jezmeen sich erstaunt gefragt, als Shirina ihnen verkündet hatte, sie habe sich mit Sehaj verlobt. Eigentlich hätte sie nie gedacht, ihre Schwester könnte es darauf anlegen, sich einen Millionär zu angeln. Aber wer wäre nicht beeindruckt von dem, was Sehajs Familie zu bieten hatte? Vor allem, wenn man in einem maroden Reihenhäuschen aufgewachsen war, mit bladdernden Wasserhähnen und einem Loch im Zaun, so groß, dass der inkontinente Schäferhund der Nachbarn sich durchquetschen konnte, um sich auf ihrem Rasen zu erleichtern. Jezmeen hatte sich als Kind immer vorgestellt, wie es wohl wäre, ein ausschweifendes Glamourleben zu führen. Sie hatte davon geträumt, ein Star zu werden. Die ganze Welt wird meinen Namen kennen, hatte sie sich selbst versprochen und damit die Angst vor der vollkommenen Bedeutungslosigkeit abzuwehren versucht.

Rajni fummelte an ihrem Handy. »Ich wünschte wirklich, das vermaledeite Ding würde funktionieren«, brummte sie ärgerlich und schüttelte das Telefon, als würde das irgendwie helfen. »Die FindMe-App zeigt mir Shirina ständig da an, wo wir gerade sind.«

»Vielleicht hat sie ihr Handy ausgestellt«, mutmaßte Jezmeen.

»Ich möchte wirklich ungern eine meiner Schwestern in Punjab verlieren«, meinte Rajni und starrte stirnrunzelnd auf das Display.

»Entspann dich«, sagte Jezmeen. »Wir sind im Goldenen Tempel. Hier passiert nur Gutes und Schönes.«

»Genau«, brummte Rajni seufzend und stierte auf ihr Handy, als wolle sie es mit schierer Willenskraft zum Klingeln zwingen.

»Benutzt du die FindMe-App auch, um zu verfolgen, wo Anil sich gerade herumtreibt?«, fragte Jezmeen. »Er trifft sich mit ein paar Freunden im Pub, und du weißt immer ganz genau, wann er wieder geht?«

Rajni guckte gekränkt. »Ich spioniere meinem Sohn doch nicht hinterher«, erklärte sie herablassend.

»Das sollte ein Witz sein. Übrigens, habe ich schon erzählt, dass ich ihn neulich gesehen habe?«, fragte Jezmeen. »Im Einkaufszentrum?«

Rajnis Gesicht gefror. Jezmeen merkte an der gespannten Grimasse, dass sie ihr irgendwas verheimlichte. »Ich glaube, er wollte dir ein Geburtstagsgeschenk kaufen. Fand ich echt süß.« Sieht Anil gar nicht ähnlich, dachte sie, behielt das aber lieber für sich.

»Ach ja«, rief Rajni mit erzwungenem Lachen. »Das liebe Kind. Denkt immer an andere, nicht?« Sie hielt sich das Telefon vor die Nase und schüttelte es. »Ist es zu fassen, so ein nutzloses Ding!«, empörte sie sich. »Jetzt zeigt es mir Shirina in irgendeiner Seitengasse an. Unglaublich.« Aufgebracht pfefferte sie das Handy so energisch in die Handtasche, dass Jezmeen die eindeutige Botschaft verstand: Ihre Schwester wollte jetzt nicht weiter über Anil und seine kleinen Aufmerksamkeiten reden.

Shirina verfluchte sich abwechselnd selbst und schnappte in tiefen Zügen nach Luft, während sie im Stechschritt zum Hotel marschierte. Die schmale Gasse, die sie entlanglief, verband zwei der großen Hauptstraßen, und sie nahm jede Abkürzung, die sie finden konnte. Sie hatte einen dumpfen Schmerz im Bauch, gefolgt von einem Krampf, und in ihrer Panik wusste sie nicht einmal mehr, ob das schon vor ihrem Sturz angefangen hatte oder erst hinterher. Sie hätte sich ohrfeigen können, dass sie die Kontaktdaten nicht in ihrem Handy gespeichert hatte, sondern nur das Kärtchen eingesteckt hatte, das sie von Sehaj bekommen hatte.

Endlich im Hotelzimmer angekommen, hockte Shirina sich zuerst einen Augenblick auf die Bettkante, um wieder zu Atem zu kommen. Das Zimmermädchen war schon da gewesen und hatte die Bettwäsche gewechselt – durchgeschwitzt, dachte Shirina peinlich berührt, aber in der letzten Nacht war es, obwohl die Klimaanlage auf Hochtouren gelaufen war, unerträglich heiß gewesen – und jetzt war kein Fältchen mehr zu sehen in den glatten weißen Laken.

Sie griff zum Telefon und wählte die Null. »Ja bitte, was kann ich für Sie tun?«, fragte der höfliche junge Mann, den sie unten an der Rezeption gesehen hatte. »Madam Shirina, ja?«, fragte er. »Zimmer 303?«

»Ja … ähm …« Sie räusperte sich. »Ich wollte nur fragen, ob Sie mir vielleicht die Nummer eines Krankenhauses in der Nähe geben könnten?«

»Ist Ihnen nicht wohl, Madam?«

»Nicht … nein, ich glaube, ich habe mich womöglich verletzt. Ich möchte bloß wissen, wo das nächste Krankenhaus ist, nur für den Notfall.«

»Einen Augenblick, Madam.«

Warum hatte sie nicht besser aufgepasst, wo sie hinging? Dann wäre sie jetzt nicht in dieser Lage, in dieser heillosen Panik. Sie schloss die Augen und atmete tief durch und wartete darauf, dass der Schmerz wiederkam. Da war er, ein Krampf, der sich wie zugreifende Finger entlang ihres Rumpfes ausbreitete und in den Bauch strahlte. So etwas Ähnliches hatte sie schon mal gehabt, nach einem Gespräch mit ihrer Schwiegermutter, und später war ihr aufgegangen, dass das der Beginn einer Panikattacke gewesen war. Konnte das sein? Bloß eine Panikattacke? Sie brauchte nicht zum Arzt zu gehen, sie musste nur ein paar Mal tief durchatmen und dann zum Tempel zurückkehren, als sei nichts geschehen.

Der junge Mann kam wieder ans Telefon und ratterte eine Liste von Krankenhäusern und deren Adressen herunter. Shirina wiederholte murmelnd ein paar der Namen, schrieb aber nicht mit. Ein Arzt, der nicht um ihre Lage wusste, würde zu viele Fragen stellen, und das ging einfach nicht.

Andererseits, lieber auf Nummer sicher gehen. Sollten die Schmerzen stärker werden, wenn sie wieder im Tempel war, wie sollte sie das dann ihren Schwestern erklären? Was die Frau, die ihr hochgeholfen hatte, zu ihr gesagt hatte, war schon schlimm genug gewesen. Und wie sie sie angesehen hatte – misstrauisch, argwöhnisch, dachte Shirina, obwohl sie ganz genau wusste, dass es auch einfach nur Sorge gewesen sein könnte. Sie schrieb sich den Namen des letzten Krankenhauses auf, das der Hotelpage ihr nannte.

»Madam, wenn es ein Notfall ist, können wir Sie auch sofort hinbringen lassen«, bot er an.

Tränen brannten ihr in den Augen. »Es geht schon, danke«, versicherte Shirina und legte dann auf. Sie wollte mit Sehaj reden, aber andererseits wusste sie nicht, was sie sagen oder was er tun sollte, damit es ihr besser ging. Sie stand auf und wartete, wartete auf den Schmerz, aber er kam nicht. Vielleicht war es wirklich nur eine Panikattacke gewesen. Dann ging sie an den Safe, wo sie ihren Pass verwahrte, den Rajni ihr heute Morgen zurückgegeben hatte.

Sie klappte die Passhülle auf und sah erschrocken, dass das Kärtchen nicht in dem kleinen Fach war, in das sie es ordentlich zusammengefaltet gesteckt hatte. Wie eigenartig. Sie zog den Pass aus der Hülle, drehte diese um und schüttelte sie. Nichts. Aus den Schlitzfächern angelte sie die Quittung eines Fastfood-Restaurants, die sich hartnäckig in dem Lederetui verkeilt hatte. Auf Türkisch mit all seinen vielen Akzenten waren darauf die einzelnen Posten ihres Bistro-Lunchs am Flughafen während ihrer Flitterwochen aufgelistet. Wieder überkam sie dieser stechende Schmerz, diesmal verbunden mit einem Engegefühl in der Brust. Das war definitiv Panik.

Eine laute Großfamilie stand an der Rezeption und war gerade dabei einzuchecken, als Shirina die Treppe hinunterkam. »Entschuldigung«, sagte sie und bahnte sich mit den Ellbogen den Weg durch überquellende Koffer und zwei Großeltern im Rollstuhl. »Es tut mir schrecklich leid, aber ich muss dringend mit Ihnen sprechen«, sagte sie zum Rezeptionisten.

Mit hochgezogenen Augenbrauen sah er sie an. »Ja?«

»Mein Pass«, sagte sie. »Darin war eine Karte mit sehr wichtigen Informationen. Ist die vielleicht herausgefallen, könnte das sein? Womöglich wurde sie weggeworfen?«

»Nicht, dass ich wüsste, Madam«, sagte er und tippte weiter.

»Darauf standen nur ein Name und eine Nummer, aber die sind sehr wichtig«, beharrte Shirina. Der Mann bemerkte wohl den drängenden Unterton in ihrer Stimme. Er unterbrach das Tippen.

»Ich kann mich nicht entsinnen, eine Karte in Ihrer Passhülle gesehen zu haben«, versicherte er. »Sollte sie jedoch herausgefallen sein, ist sie, lange bevor Sie den Pass zurückbekommen haben, aufgefegt worden.« Nicht ohne Stolz wies er auf eine gerahmte Auszeichnung an der Wand, eine Belobigung für den besonders hohen Sauberkeitsstandard des Hotels. »Wir dulden hier keinen Unrat auf dem Boden.«

»Ah, gut, danke«, brummte Shirina und ging zurück auf ihr Zimmer. Es war kein Weltuntergang, sagte sie sich. Sie konnte Sehaj einfach anrufen und ihn erneut um die Kontaktdaten bitten. Er würde sie ihr geben, und alles wäre wieder in bester Ordnung. In Australien war es jetzt später Nachmittag. Obwohl die Schmerzen von ihrem Sturz nachgelassen hatten, wollte sie doch lieber kein Risiko eingehen.

Aufgeregt lief sie in ihrem Hotelzimmer die paar Schritte zwischen Bett und Badezimmertür auf und ab und atmete ein paarmal tief durch. Als sie nach dem Telefon auf der Kommode griff, sah sie, dass ihr Ringfinger mit Ehering und Verlobungsring noch immer ganz aufgedunsen war. Von der Hitze hatte sie auch ganz dicke Füße. Sie spürte schon, wo sich an ihrem großen Zeh eine Blase bildete, da, wo der Riemen ihrer Sandalen scheuerte. Sie ging auf Sehajs Namen in ihrer Kontaktliste und zog mit etwas Mühe die Ringe vom Finger. Just als sie sie auf die Kommode legte, ging jemand dran.

»Hallo? Sehaj?«, fragte sie.

»Wer spricht denn da?«, entgegnete eine krächzige Frauenstimme.

Mutter. Wieso ging sie an Sehajs Handy?

»Hallo Mutter«, sagte Shirina. Ihrer Schwiegermutter gegenüber war sie immer sehr förmlich, selbst auf diese große Entfernung. Sie setzte sich ein bisschen gerader auf. Das Herz schlug ihr bis zum Hals. Was war nur los?

»Hallo, *beti*«, erwiderte Mutter. Trotz des Kosewortes klang ihre Begrüßung wenig herzlich. »Gibt es irgendwelche Schwierigkeiten?«

»Nein«, antwortete Shirina. »Ich muss nur eben mit Sehaj sprechen.«

»Er ist nicht da. Er ist Joggen gegangen.«

Wenn Sehaj seine Runde entlang des Bächleins hinter dem Haus drehte, ließ er das Handy meistens in der Nachttischschublade liegen. Eine von Shirinas ersten Erinnerungen aus ihrer Ehe – noch aus der Zeit ihrer Flitterwochen – war es, wie sie auf der neu gebauten Terrasse stand und ihn vorbeilaufen sah, schneidig und effizient wie eine Maschine. Jetzt schüttelte es sie beim Gedanken daran, was sonst noch in der Nachttischschublade lag, in der ihre Schwiegermutter offenbar ganz ungeniert herumgekramt hatte: eine halb volle Tube Gleitgel, eine bebilderte Taschenausgabe des *Kama Sutra*, das sie von einer Kollegin als neckisches kleines Verlobungsgeschenk bekommen hatte.

»Könntest du ihn vielleicht bitten, mich zurückzurufen, sobald er nach Hause kommt?«, fragte Shirina.

»Ich glaube, das ist keine so gute Idee«, entgegnete Mutter.

Die Antwort war wie ein Schwinger in den Magen. »Wie meinst du das?«

»Du hast mich schon verstanden, *beti*«, antwortete Mutter. Wenn das überhaupt möglich war, klang das Wort diesmal noch unterkühlter und emotionsloser als eben. »Das ist keine so gute Idee.«

»Und warum nicht?«, wollte Shirina wissen. »Sehaj ist schließlich mein Mann.«

Am anderen Ende der Leitung war ein langgezogenes Seufzen zu vernehmen. Es klang genauso, wie wenn Shirina ihrer Schwiegermutter in ihrem Haus in Melbourne gegenüberstand. Eigenartig, was man bei so einem Ferngespräch nicht alles heraushören konnte. Shirina wusste schon, was Mutter jetzt sagen würde: Es war, als lese sie von einem Skript ab, und doch fiel Shirina wieder und wieder darauf herein. »Nun sei doch nicht immer so empfindlich.«

»Empfindlich« war die erste Verwarnung. »Unhöflich« war die zweite. Ganz gleich, wie höflich Shirina etwas sagte, ganz gleich, wie viele Bittes und Dankes und Bei-allem-Respekts sie auch einstreute, solange sie Nein sagte, war sie unhöflich. Was die dritte und letzte Verwarnung war, wusste sie nicht. So weit war Shirina bisher nicht gegangen.

»Du hast ihn doch gestern erst angerufen, oder?«, fuhr Mutter fort.

»Ja«, antwortete Shirina. »Ich wollte ihn nur wissen lassen, dass wir schon in Punjab sind.«

»Aber musste diese ganze Aufregung denn sein? Dieses Drama? Er war ganz außer sich, nachdem er mit dir gesprochen hatte.«

»Wie meinst du das?«, fragte Shirina.

»Ich habe ihn in Tränen aufgelöst im Schlafzimmer gefunden, und er hat geschluchzt, wie leid ihm das alles für dich tut.«

Sehaj hatte Mitleid mit ihr? So hatte er am Telefon gar nicht geklungen. Aber vielleicht hatte er sich auch bloß nichts anmerken lassen wollen. Das zu hören gab Shirina neuen Mut. Sie könnte noch immer tun, was die Familie von ihr verlangte. Aber sie wollte sich von Sehaj verstanden fühlen, wollte, dass er wusste, wie schwer es für sie war, das alles geheim zu halten und zu lügen und zu tun, als wäre nichts.

»Ich wollte ihn nicht beunruhigen«, sagte Shirina. »Ich hatte meine Zweifel, und ich hatte Angst. Das wirst du doch sicher verstehen, Mutter.« Weißt du noch, wie gut wir uns früher verstanden haben?, hätte Shirina sie am liebsten gefragt. In den ersten Wochen, als sie sich erst noch in ihr neues Leben hatte einfinden müssen, waren sie und Mutter gemeinsam einkaufen gegangen, in warme Schals gewickelt, ganz verschreckt von dem unerwartet beißend kalten Wind in Melbourne, wo es doch eben noch Sommer gewesen war. »Es ist so schön, ein Mädchen im Haus zu haben«, hatte Mutter liebevoll gesagt, immer wenn sie sah, wie Shirina die Arbeitsplatte in der Küche abwischte oder die Schuhe an der Haustür ordentlich wegräumte, die Sehaj achtlos in die Ecke geworfen hatte.

Dann hatte Shirina eine neue Stelle gefunden, weshalb sie unter der Woche weniger Zeit gehabt hatte für die Hausarbeit, die sich nun an den Wochenenden türmte. Mutters Kommentare gingen nun mehr dahin, was es noch alles zu tun gab – die verstaubten Fensterbänke, die Berge gewaschener und getrockneter Wäsche, die zu falten und wegzuräumen waren. »Ich hätte nicht gedacht, dass eine Tochter genauso unordentlich sein könnte wie ein Sohn«, hatte Mutter mit einem Lachen angemerkt, bei dem Shirina gleich wusste, dass sie das überhaupt nicht komisch fand.

Auch jetzt lachte Mutter auf. »Meine Güte, was für ein *Drama*«, spottete sie. Shirina konnte sich genau vorstellen, wie sie missbilligend den Kopf schüttelte. »Seit du da bist, ist es eine einzige Achterbahnfahrt, auf und nieder, auf und nieder. Sehaj sagt immer, es sei nicht deine Schuld. Niemand hat gesagt, es sei deine Schuld. Habe ich das? Habe ich das etwa gesagt?« Wieder gluckste sie: Wie lächerlich!

»Nein«, erwiderte Shirina mit zusammengebissenen Zähnen.

»Ganz genau«, rief Mutter siegesgewiss. »Und es hat mich sehr gekränkt, was Sehaj mir dann noch gesagt hat. Du hast eine hässliche Bemerkung darüber gemacht, dass ich allein die Treppe hochgestiegen bin.«

»Ich habe mich nur gewundert, wo du auf einmal die Kraft dafür herhattest«, antwortete Shirina. »Vor einer Woche brauchtest du noch einen Rollstuhl und meine Hilfe, wenn du irgendwo hinwolltest.«

»Nun, mit Gottes Hilfe verheilt meine Hüfte sehr gut, Liebes. Das liegt bestimmt an deinem Tempeldienst in Indien. Das ist sehr lieb von dir. Du tust ein gutes Werk, Shirina, und dafür bin ich dir sehr dankbar.«

Das sagte sie ganz ohne Bosheit, und Shirina wurde wieder weich. Unter ihrer rauen Schale liebte Mutter sie von Herzen. Sehaj hatte ihr das oft gesagt. »Sie hat dich lieb, Shirina. Gut, manchmal kann sie ein bisschen übergriffig sein, aber damit zeigt sie nur ihre Liebe.« Man konnte in einer Familie nicht so eng mit anderen Menschen zusammenleben, ohne sich gelegentlich ein wenig aneinander zu reiben. Sie musste sich immer wieder sagen, dass sie sich durch Mums distanzierte Art immer wie eine Nebensächlichkeit gefühlt hatte. Selbst als Mum den Brief vorgelesen hatte, hatte Shirina sich des Gefühls nicht erwehren können, dass er an ihre beiden älteren Schwestern gerichtet war. Auf sie hatte niemand geachtet.

In ihrer neuen Familie war das ganz anders. Sie hatte die Chance auf eine innige Beziehung zu Mutter, wenn sie ihr nur diesen einen Gefallen tat. Shirina ging auf, dass sie bis eben noch unentschieden gewesen war. Was für eine Erleichterung, endlich eine klare Entscheidung getroffen zu haben, statt auf Zehenspitzen drum herumzuschleichen wie die Katze um den heißen Brei und nicht den Mut zu haben, sich dafür oder dagegen zu entscheiden.

»Würdest du Sehaj bitte sagen, dass er mich anrufen soll? Ich habe die Kontaktdaten für den Fahrer und die Adresse und alles verlegt.«

»Ach«, rief Mutter. »Warum hast du das denn nicht gleich gesagt? Das habe ich alles aufgeschrieben. Warte einen kleinen Augenblick, *beti*.«

Da war es wieder, dieses Wort, diesmal schier überfließend vor Zärtlichkeit. Der Druck auf Shirinas Brust ließ nach, und sie sank in die sauberen, kühlen Laken, die straff über das Bett gespannt waren. Sie würde sich kurz hinlegen und sich dann das Wasser aus den Haaren waschen. Durch das Bad im Sarovar war sie nicht unbedingt sauberer geworden, und der Sturz erschien ihr wie ein schreckliches Omen. Nun musste sie noch einmal ganz von vorne anfangen.

Auf dem Platz in der Mitte der heiligen Stadt wimmelte es jetzt am Nachmittag nur so vor Touristen. Ein Grüppchen Rucksackreisender drängte sich um die Statue zum Gedenken an das Jallianwala-Bagh-Massaker. Rajnis Wissen über das grausame Massaker von Amritsar war bruchstückhaft. In den Schulbüchern hatte nichts davon gestanden, und es war alles so lange her, dass sie überhaupt keinen Bezug mehr dazu hatte. Aber das herzzerreißende Mahnmal könnte genauso gut an jedes andere schreckliche Ereignis erinnern: Verzerrte, verzweifelte Gesichter von Männern und Frauen erhoben sich aus dichtem Rauch, aus hoffnungslosen Augen sahen sie den Betrachter an, manche mit weit aufgerissenen Mündern. Sie war noch ein kleines Mädchen gewesen, als sich am Goldenen Tempel ein weiteres Massaker ereignet hatte, aber sie konnte sich noch gut daran erinnern, wie ihre Mutter ununterbrochen vor dem Fernseher gesessen und mit angehaltenem Atem die Nachrichten geschaut hatte, eine Hand erschrocken auf der Brust. Jahre später sollte das Ereignis untrennbar mit Rajnis eigener Geschichte verwoben werden: Premierministerin Indira Gandhi hatte angeordnet, den Tempel von Soldaten stürmen zu lassen, um einen militanten Aufrührer herauszuholen. Überall im Hinterland von Punjab fanden Razzien statt, um Verdächtige zu fassen, und in den Städten kam es zu Demonstrationen und gewalttätigen Auseinandersetzungen zwischen Sikhs und Hindus.

Aus den Augenwinkeln schaute sie hinüber zu Jezmeen und Shirina, die das Denkmal mit unbefangener Neugier betrachteten – distanzierter, viel mehr bloße Zuschauer als Rajni. So viel war passiert, bevor Jezmeen und Shirina auf die Welt gekommen waren. Sikh waren in Indien gejagt worden wie Freiwild, und um sie zu demütigen, hatte man ihnen die langen Bärte und Haare abrasiert. »Wer weiß, ob es nicht hier auch mal so weit kommt«, hatte Dad Mum gewarnt und durch das Fenster nach draußen gespäht, als wolle er nachschauen, ob der grölende Mob schon vor der Tür stand. »Pass auf, was du vor deinen Hindu-Freundinnen sagst«, hatte er Rajni ermahnt. Aber in der Schule war Inder gleich Inder, und alle hatten viel zu viel Angst davor, als kleine braune Ausländerkinder zur Zielscheibe von Spott und Hänseleien zu werden, als dass sie sich gegenseitig das Leben schwer gemacht hätten.

Ein kleines Touristengrüppchen bahnte sich langsam seinen Weg durch die Menge, um vor dem Denkmal Fotos zu schießen. Shirina trat zu Rajni. Unvermittelt umwehte Rajni der Duft des blumigen hoteleigenen Duschgels, und sie sah, dass Shirinas Haare ihr adrett und frisch geföhnt auf die Schultern fielen. Hatte sie sich etwa heimlich aus dem Goldenen Tempel ins Hotel geschlichen, um zu duschen? Irgendwie verärgerte diese Vorstellung sie. Eine geschlagene Stunde hatten sie gewartet, bis Shirina endlich wieder aufgetaucht war. Bis dahin war das Mittagessen beinahe beendet gewesen, und für sie waren nur noch ein paar angekokelte Rotis von ganz unten im Stapel geblieben und ein bisschen Dal, das längst kalt geworden war.

Allein beim Gedanken daran knurrte Rajni der Magen. Sie legte sich eine Hand auf den Bauch, peinlich berührt von dem lauten Grummeln, aber Jezmeen hatte es trotzdem gehört.

»Ich könnte auch einen Happen vertragen«, meinte sie. »Bilde ich mir das nur ein, oder war das Essen aus dem Tempel bloß was für den hohlen Zahn?«

»Fand ich auch«, stimmte Rajni ihr zu. Das Schlimmste war, sie hatte allmählich die Nase gestrichen voll von indischem Essen. Hätten sie in Delhi, wo es auch chinesische und europäische Restaurants gab, doch bloß ein bisschen abwechslungsreicher gegessen.

»Da drüben gibt es ein paar Dhabas«, schlug Shirina vor und wies auf eine kleine Straße, in der sich ein indisches Restaurant ans nächste reihte. »An einem klebte sogar ein Aufkleber von Trip Advisor.«

»Aber da gibt's auch nur wieder dasselbe Zeugs, oder?«, sagte Jezmeen. »Ich weiß ja nicht, wie es euch geht, aber mir hängt indisches Essen schon zum Hals raus.«

»Mir auch«, gestand Shirina.

»Tja, wenn ihr meint«, brummte Rajni achselzuckend. Sie wollte sich nichts anmerken lassen, aber sie hätte morden können für einen richtig fetten, saftigen Burger. Schon seit sie vorhin hergekommen waren, hatte sie den zweistöckigen McDonald's sehnsuchtsvoll beäugt, und die Werbung für den neuen McFlurry, die ein ganzes Fenster einnahm.

Jezmeen und Shirina marschierten zielstrebig los. Rajni warf noch einen Blick über die Schulter nach hinten. Vor dem Denkmal standen Menschen mit geschlossenen Augen und beteten. Eine Frau mittleren Alters in Jeans und weitem Baumwolltop neigte den Kopf, küsste ihre Fingerspitzen und berührte dann den Sockel der Statue. Rajni fragte sich, ob sie das auch tun sollte – es erschien ihr irgendwie verwerflich, dem Denkmal einfach schnöde den Rücken zu kehren, um sich ein Softeis zu gönnen –, aber ihre Schwestern waren schon vorgegangen und hatten jeden Gedanken an die Toten und ihr Leid längst vergessen. Rajni hatte einen Bärenhunger. Sie sah Shirinas Haare in der Sonne glänzen, und wieder überkam sie ein Anflug von Verärgerung.

Vor dem Restaurant standen Männer und hielten Plakate mit Fotos beliebter Reiseziele aus der Umgebung hoch. »Himalaja«, rief einer. »Panoramatour.« Dabei wedelte er mit einem Plakat, auf dem schneebedeckte

Berge vor strahlend blauem Himmel zu sehen waren. »Wagah Border«, rief ein anderer. »Grenztourengrenztourengrenztouren«, leierte er frenetisch, als er die drei Schwestern auf sich zukommen sah.

»Nein«, erklärte Rajni strikt, aber Jezmeen ließ sich eine Broschüre von ihm mitgeben, bevor sie hineingingen.

»Ich habe gehört, das ist ein richtiges Spektakel«, sagte Jezmeen und blätterte in der Broschüre, während sie sich in der Schlange vor der Kasse anstellten.

»An der indisch-pakistanischen Grenze?«, fragte Shirina. »Was denn für ein Spektakel?«

»Die Wachablösung. Damit werben sie hier. Man fährt zur Wachablösung hin und kann sich alles anschauen. Ein unglaubliches Bohei. Habe ich mir schon auf YouTube angesehen.«

Rajni hatte es schon mit eigenen Augen gesehen, bei ihrer letzten Indienreise mit Mum. Ein paar Verwandte hatten vorgeschlagen, einen Tagesausflug dorthin zu machen, also waren sie alle zusammen in einem lauten, überfüllten Auto hingetuckert. Rajni erinnerte sich noch an die staubigen Straßen auf dem Weg dorthin und an die strengen, ernsten Wachposten an jedem Kontrollpunkt. Sie erinnerte sich, wie die Stimmung unter den Zuschauern auf der indischen Seite sich immer weiter aufgeschaukelt hatte. Das hatte Rajni richtig Angst gemacht. »Warum jubelst du denn nicht mit?«, hatte ein Onkel sie schließlich gefragt. Die dröhnende Musik und die fieberhafte Aufregung, die die Zuschauermenge erfasst hatte, hatten ihr eine Heidenangst eingejagt, und sie brachte vor Schreck keinen Ton heraus. Der Onkel hatte nur genickt und vielsagend gegrinst. »Ach ja, du bist Engländerin, darum.« Nett hatte das nicht geklungen. Rajni hatte da längst mitbekommen, dass sie für ihre Verwandten eine Ausländerin war, was sie, irgendwo zwischen Belustigung und Abscheu schwankend, ihrer Mutter auch so sagten, die Rajni daraufhin streng ins Gewissen redete. »Habe ich dich nicht mitgenommen, damit du mehr über unsere Kultur lernst?«, hatte sie aufgebracht gefragt, damit es auch ja jeder mitbekam, während Rajni innerlich vor Wut geschäumt hatte.

Shirina schien nicht allzu angetan von dem Vorschlag. »Wie weit ist das denn?«

»Ungefähr eine Stunde mit dem Auto«, antwortete Jezmeen.

Shirina schüttelte den Kopf. »Ich möchte mir ehrlich gesagt nicht noch mehr Strapazen zumuten als unbedingt nötig«, erklärte sie.

Jezmeen schaute Rajni an. »Und du, Raj? Ach komm, sag ja.«

Rajni sah Shirina an, die gerade ihr Eis bestellte. *Sie* wollte sich nicht noch mehr Strapazen zumuten? Rajni und Jezmeen waren es doch, die den schwierigsten Teil der Pilgerreise allein absolvieren mussten. Während Shirina irgendwelche obskure Verwandte besuchte – die *stinkreiche* Verwandtschaft ihres Mannes. Die ihr sogar einen Wagen mit Chauffeur schickte. Also, wer beklagte sich hier über irgendwelche Strapazen?

»Weißt du was, vielleicht komme ich tatsächlich mit«, meinte Rajni. »Die Fahrt ist nicht sonderlich beschwerlich, und das wäre doch eine schöne gemeinsame Unternehmung.«

»Wunderbar!«, rief Jezmeen begeistert. »Dann buche ich uns gleich eine Fahrt.«

Vier McFlurrys wurden ihnen aufs Tablett gestellt. »Wir haben nur drei bestellt«, sagte Rajni zu der Dame an der Kasse, die ihr daraufhin den Kassenbon zeigte. Vier McFlurrys.

»Zwei sind für mich«, sagte Shirina.

Was Rajni auch schon wieder ärgerte, obwohl sie gar nicht so recht wusste, warum. Es wirkte gierig, mehr als ein Eis zu essen, aber Shirina schien das kaltzulassen. Sie überließ es Rajni, das Tablett zu tragen, und gemeinsam gingen sie die Treppe hinauf und suchten sich einen ruhigen Tisch am Fenster. Unter ihnen wuselten Schlepper und Touristen durcheinander. Rajni sah zu, wie Jezmeen mit einem Mann, der einen Pappaufsteller trug, über eine Tour zur Grenze verhandelte. Er fuchtelte begeistert mit den Armen in der Luft herum. Als Rajni sich wieder zu Shirina umdrehte, stopfte die sich gerade einen großen Löffel Eiscreme in den Mund. Rajni sah, dass ihre Ringe verschwunden waren.

»Hast du deinen Ring ausgezogen?«, fragte sie.

»Ja«, antwortete Shirina. »Du weißt schon: Bescheidenheit ist eine Zier und so.«

War sie wirklich so ein arroganter Schnösel geworden? Zumindest kam es Rajni so vor. Dieser pompöse Angeber-Diamant hatte sie immer schon gestört, aber dass er jetzt weg war und aus welchem Grund – *Ich will den armen Leuten hier nicht meinen Reichtum unter die Nase reiben* –, störte sie noch viel mehr.

»Genau das habe ich gebraucht.« Shirina seufzte zufrieden und löffelte fleißig ihr Eis in sich hinein.

Rajni sagte keinen Ton und leckte aus reiner Gehässigkeit nur eine winzige Löffelspitze Eis. »Ich habe dich noch nie so viele Süßigkeiten essen gesehen«, stellte sie fest.

Eigentlich hatte sie erwartet, Shirina wäre es vielleicht ein bisschen peinlich mit dem Eis, und sie würde sich womöglich zu rechtfertigen versuchen. Aber nichts da. Shirina nickte nur und futterte unbeirrt weiter. »Im Urlaub kann man sich doch auch mal was gönnen.«

Wütend platzte Rajni heraus: »Wir sind hier aber nicht im Urlaub.«

Shirinas Löffel verharrte zwischen dem Becher und ihrem Mund. Sie sah aus, als posierte sie für Werbeaufnahmen, bis auf den Gesichtsausdruck, der eher verdattert wirkte. »Das weiß ich selbst, Rajni.«

»Ich weiß nicht, ob du das wirklich selbst weißt«, schoss Rajni zurück. »Wir sind aus einem bestimmten Grund hier. Wir haben einen Auftrag. Das ist kein lustiger Vergnügungsurlaub, wo man von Sehenswürdigkeit zu Sehenswürdigkeit flaniert.«

»Aber bei McDonald's Eis zu essen gehörte zu Mums großem spirituellem Plan, ja?«, gab Shirina spitz zurück. Rajni war baff, dass Shirina ihr so heftige Widerworte gab. Das war ja fast, wie sich mit Jezmeen zu streiten.

»Du nimmst diese Reise nicht ernst«, sagte Rajni. »Von Anfang an hast du es darauf angelegt, dich vor dem beschwerlichsten Teil zu drücken.«

»Ich habe dir doch schon gesagt, das ist alles in allerletzter Sekunde arrangiert worden. Ich habe meine Verpflichtungen. Du weißt doch selbst, wie schwer es ist, der Schwiegerfamilie etwas abzuschlagen.«

Rajni ignorierte Shirinas Verbrüderungsversuch gegen tyrannische Schwiegerfamilien. Kabirs Mutter hatte ihr mal ganz scheußliche Kissenbezüge genäht – türkise Stickerei auf sonnengelbem Stoff –, und bei jedem Besuch erwartete sie, dass die Kissen auf der Couch lagen. Rajni erinnerte sich noch daran, wie sie die Kissen vor Wut derart gewaltsam in die grässlichen Bezüge gestopft hatte, dass eine der aufgestickten Perlen abgesprungen und ihr ins Auge geschnellt war, weshalb sie im ersten Moment nichts mehr hatte sehen können. »Das tut einem in den Augen weh«, hatte sie sich bei Kabir beschwert, der nur die Achseln gezuckt und gesagt hatte: »Ist das denn wirklich so schlimm, Rajni? Kannst du nicht hin und wieder mal nachgeben?«

Rajni wusste also nur zu gut, was es hieß, eine indische Schwiegertochter zu sein. Aber dass Shirina nicht mal einen Anflug von Bedauern zeigte, war schlichtweg unverzeihlich. Man musste sich nur mal anschauen, wie gierig sie das Eis herunterschlang. »Und was war heute? Jezmeen und ich haben zusammen am Wasser gesessen und über Mum geredet, während du dich einfach, ohne uns Bescheid zu sagen, selbstständig gemacht hast.«

»Ich habe dir doch schon gesagt, ich habe die Widmung für Sehajs Familie gesucht...«

»Das weiß ich, aber genau darum geht es mir ja. Seit wann geht die Familie deines Mannes vor deine eigene?«

Shirina starrte sie an. Das Eis auf ihrem Löffel fing langsam an zu schmelzen. Rajni wollte hören, wie sie es sagte: Sehajs Familie war besser. Sie war reicher, sie war mondäner, sie war zur Hochzeit gekommen und hatte sie mitgenommen in ein komfortables Leben, wie sie es nie gehabt hatte, und darum war sie ihnen nun treu ergeben. Aber Shirina sagte kein Wort, und das war noch viel ärgerlicher, weil Rajni sich dadurch kleinlich und engstirnig vorkam.

Jezmeen kam fröhlich die Treppe hochgehopst und winkte ihnen mit einer Broschüre zu. »In einer Stunde werden wir abgeholt«, rief sie ganz außer Atem. »Auf dem Rückweg hält er an einem guten Restaurant.« Sie schaute erst Shirina an und dann Rajni, die sich gegenseitig in Grund und Boden zu stieren schienen.

»Ich hoffe, du hast nicht für mich mitbezahlt, ich bleibe nämlich heute Abend im Hotel«, sagte Shirina spitz. Dann stand sie auf und ging. Ihre beiden Eistüten nahm sie mit.

Elftes Kapitel

Außerdem möchte ich, dass ihr unseren Heimatstaat kennenlernt. Ihr Mädchen seid Britinnen, ja, aber die vielen Generationen unserer Familie vor euch haben alle in Indien gelebt. Ihr habt es im Blut – die Sprache, das Essen, einfach alles, und das verschwindet nicht einfach so, nur weil ihr anderswo aufgewachsen seid.

»Es geht darum, sich Zeit für die Familie zu nehmen, oder? Ich meine, wie oft sehen wir drei uns schon? Eigentlich nie«, sagte Rajni.

Sie waren seit zwanzig Minuten unterwegs, und Rajni regte sich seit der Abfahrt unentwegt lautstark darüber auf, dass Shirina sich ihrer Meinung nach bei dieser Reise nicht genug einbrachte. Jezmeen wusste noch immer nicht, was sie dazu sagen sollte. Sie war es gewohnt, dass Rajni gegen sie wetterte; Shirina dagegen war sonst immer ohne Fehl und Tadel. Aber so, wie Rajni jetzt in die Luft ging, musste die Wut schon länger in ihr gebrodelt haben.

»Das liegt nur an ihrer Schwiegerfamilie«, knurrte sie jetzt. »Sie folgt ihr wie ein Hündchen.«

»Aber ist es denn nicht immer so?«, meinte Jezmeen. »Vor allem in den ersten Ehejahren? Sie muss sämtlichen Verwandten ihre Aufwartung machen. War das bei dir damals anders?«

»Kabir hat mich begleitet. Und ich frage dich, wo ist eigentlich Sehaj? Warum stehlen seine Familienbesuche uns die gemeinsame Zeit? Schlimm genug, dass sie gleich nach Mums Beerdigung abgerauscht ist. Sie ist zu Sehaj zurückgelaufen, als sei es schier unerträglich, nur noch einen weiteren Tag mit uns zu verbringen.«

Vielleicht war es ja unerträglich, dachte Jezmeen und musste an Shirinas Ausbruch gestern im Zug denken. Jezmeen und Rajni hatten ihre Differenzen bezüglich der Details von Mums Trauerfeier zwar letzten Endes beigelegt, aber der Groll, den sie nach dem Streit gegeneinander hegten, hatte die Atmosphäre zwischen ihnen nachhaltig vergiftet.

Rajni war noch längst nicht fertig, ihrem Ärger Luft zu machen. »Du hättest sie sehen sollen, wie sie das mit der Bescheidenheit gesagt hat, als ich sie auf ihren Ring angesprochen habe. Die reinste Angeberei.«

Jezmeen schaute aus dem Fenster. Es war nicht so amüsant wie erwartet, ausnahmsweise auf Rajnis Seite zu sein. Sie hatte den Mund angewidert verzogen, als hätte sie gerade auf eine Zitrone gebissen. Bruchstücke eines Traums, den Jezmeen kürzlich gehabt hatte und in dem auch Shirina vorgekommen war, gingen ihr durch den Kopf. Sie hatten miteinander telefoniert, aber während des Gesprächs war die Entfernung zwischen ihnen immer größer geworden, bis schließlich eine von ihnen aufgelegt hatte.

Sie fuhren vorbei an weiten Wiesen und Feldern, gesprenkelt mit bunten Tupfen, die sich beim Näherkommen als Bauernhäuser und weidendes Vieh entpuppten. Die Straße war mit goldenem Staub überzogen. Am Straßenrand tauchten gelegentlich kleine Restaurants oder Gaststätten auf, vor denen Plastikmöbel standen. Nachdem sie Amritsar verlassen hatten, erschien der Himmel blauer und nicht so versmogt. Jezmeen spürte die heiße Nachmittagssonne durchs Fenster brennen und war heilfroh, im klimatisierten Wagen zu sitzen. Ihr Fahrer hatte ihnen vor der Abfahrt seine Karte gegeben. Tom Hanks, stand darauf. »Und wie heißen Sie wirklich?«, hatte Jezmeen gefragt. Aber er hatte nur ernst den Kopf geschüttelt und ihnen gesagt, er wolle nur Tom Hanks genannt werden.

»Ähm, Entschuldigung«, sagte Jezmeen jetzt auf Punjabi und beugte sich vom Fahrer nach vorne. »Könnten wir vielleicht innerhalb der nächsten zehn Minuten kurz an einer Raststätte halten?« Sie schaute aus dem Fenster, wo eine Tankstelle mit einem verrosteten, ausgeweideten Auto auf Backsteinen vorüberzog. Eine verschwommene schwarze Wolke aus unzähligen Fliegen schwärmte um eine der Öffnungen, wo vorher ein Reifen gewesen war. »Oder an einem Restaurant vielleicht?«

Der Fahrer nickte. »Tom Hanks bringt Sie zur saubersten Toilette weit und breit«, versprach er.

»Danke«, sagte Jezmeen. »Wissen Sie, Sie können uns ruhig Ihren richtigen Namen sagen. Wir sind schließlich keine Touristen. Wir können ihn aussprechen.«

»Tom Hanks«, beharrte er.

»Tom? Thomas? So haben Ihre Eltern Sie bei der Geburt genannt?«, fragte Jezmeen.

»Tom *Hanks.*«

»Okay«, brummte Jezmeen und strich schließlich die Segel. Sie sank zurück in ihren Sitz und schaute Rajni von der Seite an, die immer noch sichtlich sauer war. »Raj, vielleicht fühlt Shirina sich einfach nicht so wohl. Menschen stecken solche Fernreisen nun mal unterschiedlich gut weg. Vielleicht braucht sie einfach nur ein bisschen Ruhe.«

»Sie war doch ständig auf ihrem Zimmer«, gab Rajni zurück. »Da hatte sie genügend Zeit, sich auszuruhen.«

Das Auto wechselte die Spur und wurde langsamer, dann hielt es vor einem Restaurant: Ravi's Punjabi Dhaba. »Eins der besten«, versicherte Tom Hanks mit ausholender Geste, als er die Handbremse mit einem Ruck anzog.

»Gute Küche?«, fragte Jezmeen. Das Restaurant lang hinter einem Brunnen, und davor standen zwei Zelte zum Sitzen. Kinder spielten zwischen großen Topfpflanzen im Vorgarten Fangen.

»Das Essen ist nicht schlecht. Sieben von zehn, wenn Sie mich fragen. Aber die Klos, die sind ausgezeichnet.«

»Das reicht uns«, sagte Jezmeen.

Tom Hanks hatte nicht zu viel versprochen. Die Toiletten blitzten nur so, es gab Flüssigseifenspender, und die Waschbecken waren auf Hochglanz gewienert. Das Schloss an der Kabinentür ließ sich federleicht drehen. Ein Luxus, den Jezmeen schon fast vergessen geglaubt hatte, so oft, wie sie im Tempel und auf der Zugfahrt von Delhi Toiletten mit kaputten oder gänzlich fehlenden Schlössern hatte benutzen müssen. »Unser Fahrer weiß jedenfalls, wie man seine Kunden bei Laune hält«, stellte Jezmeen trocken fest, als sie neben Rajni am Waschbecken stand und sich die Hände wusch.

»Bestimmt karrt er ständig Leute wie uns durch die Gegend«, erwiderte Rajni.

»Wie das wohl so ist?«, sinnierte Jezmeen. »Er weiß, dass wir einen ganz anderen Standard gewohnt sind, aber eigentlich muss er uns doch für maßlos verwöhnte Gören halten.«

»So schlimm sind wir nun auch wieder nicht«, widersprach Rajni. »Ich habe mich nur einmal erschrocken, als er den Ochsen überholt hat, weil ich dachte, er drängt das arme Tier von der Straße.«

»Das meine ich nicht«, widersprach Jezmeen. »Denkst du nie darüber nach? Wie anders unser Leben heute aussehen würde, wenn wir hier aufgewachsen wären? Wir wären keine Touristen. Wir wären ... keine Ahnung. Ich wäre längst mit irgendeinem Kerl aus dem Dorf verheiratet worden. Wenn man einen Mann mit viel Land abbekommt, gilt das doch als gute Partie, oder? Ich könnte also von Glück sagen, wenn er ein paar Hektar Land hätte.« Sie wuschelte sich im Spiegel durch die Haare und klimperte mit den Wimpern.

Rajni ging nicht darauf ein. Ihr Gesicht wurde hart, so wie Jezmeen es vorhin schon im Goldenen Tempel gesehen hatte. Irgendetwas an dieser Reise ging ihr gewaltig gegen den Strich, und das hatte nichts mit Mums Tod oder Shirinas Einstellung zu tun. »Raj, ist alles in Ordnung?«

»Hmm? Ja, alles bestens«, antwortete Rajni und begann, sich geschäftig die Hände abzutrocknen. Der Handtrockner röhrte und übertönte Jezmeens sämtliche Gedanken.

Als sie das Restaurant gerade verlassen wollten, kam

ihnen ein Hilfskellner in schicker weißer Kurta mit Goldsaum hinterhergelaufen. »Madam, bitte, Ihre Rechnung.«

»Rechnung?«, fragte Jezmeen erstaunt. »Wir sollen dafür bezahlen, dass wir die Toiletten benutzt haben?«

Der Hilfskellner hielt Jezmeen die Rechnung vor die Nase, und sie warf einen Blick darauf. Ein Aloo Paratha, ein kleiner Chai. Tom Hanks saß an einem Tisch unweit des Brunnens und nippte genüsslich an seinem Tee. »Also gut«, brummte Jezmeen. Sie bezahlten die Rechnung und gingen dann zurück zum Auto und warteten, bis ihr Fahrer fertig gegessen hatte. Die Klimaanlage lief die ganze Zeit auf Hochtouren, und aus den Boxen dröhnte ein Bhangra-Beat. Als Tom Hanks schließlich zurückkam, bedankte er sich bei Jezmeen und Rajni höflich für das Essen.

»Nichts zu danken«, sagte Jezmeen.

»Aber es wäre nett gewesen, er hätte wenigstens vorher gefragt«, bemerkte Rajni im Flüsterton.

»Ist doch halb so wild«, flüsterte Jezmeen zurück. Langsam hatte sie die Nase gestrichen voll davon, dass Rajni sämtliche Inder unter Generalverdacht stellte. Wie konnte man nur so verbittert sein, dass man ständig dachte, alle Leute wollten einen über den Tisch ziehen?

»Macht er das jetzt bei jedem Zwischenstopp?«, fragte Rajni. »Sich was zu essen bestellen und uns bezahlen lassen?«

»Und wenn schon?«, zischte Jezmeen zurück. »Bestimmt musste er das sogar, weil die Toiletten im Restaurant nur für zahlende Gäste sind.«

Rajni fand die Antwort offenbar unbefriedigend, ließ

es aber gut sein, und Jezmeen konnte sich wieder ungestört der Landschaft draußen zuwenden. Entlang der zweispurigen Schnellstraße, vor dem Hintergrund endlosen Acker- und Weidelands, reihten sich von hohen Mauern umgebene Anwesen aneinander. Genau die Sorte Häuser, wie Tanten und Onkel sie so gerne bei Familienfeiern auf Fotos vorzeigten. »Das ist das Haus, das wir dort gebaut haben. Hat nur den Bruchteil dessen gekostet, was man in London für eine kleine Etagenwohnung bezahlt«, sagten sie mit einer Mischung aus Stolz und Hohn, als müsste die indische Wirtschaft es doch eigentlich besser wissen. Ausgestattet waren diese Häuser mit italienischen Ledersofas, die einmal rings um das gesamte Wohnzimmer gingen, und Küchen direkt aus dem Katalog, einschließlich der Geschirrserien und der »Trautes Heim, Glück allein«-Stickerei auf den Geschirrtüchern. Englische Landhäuser, mitten in Indien. Ganz anders als ihre sehr indische Einrichtung zu Hause in England. Wo auch immer die Menschen hingingen, immer schienen sie sich vergewissern zu müssen, irgendwie anders zu sein. Die Häuser standen das ganze Jahr über leer, bis auf den alljährlichen Sommerbesuch, wenn man Bedienstete einstellte, um die quietschenden Scharniere zu ölen und den Staub von den Möbeln zu wischen, und die Familien dann in dem Luxus lebten, den sich leisten zu können sie das Land verlassen hatten.

»Wir haben doch auch noch Familie in Punjab, oder?«, fragte Jezmeen. »Auf Dads Land?« Sie hatte nur eine sehr vage Vorstellung davon, wo Dads Heimatort eigentlich genau lag. Mum war ihren Fragen beharrlich ausgewichen, als sie einmal für ein Geschichtsreferat in der Schule danach gefragt hatte. »Such dir ein anderes Thema aus«, hatte Mum gesagt. »Es ist so viel passiert im Lauf der Menschheitsgeschichte, und du willst über einen Bauernhof in Indien referieren.« Jezmeen war enttäuscht gewesen. Danach zu schließen, wie Mum ihre Frage abgetan hatte, hatte Dad wohl keine weitläufigen Ländereien besessen, so wie die Patriarchen in den Hindi-Dramen, die Jezmeen damals so gerne geschaut hatte.

»Warst du eigentlich mal in Dads Dorf?«, fragte sie Rajni. Da war es wieder: Rajni, wie sie die Zähne zusammenbiss. Irgendwie schien Jezmeen ständig in unsichtbare Fettnäpfchen zu treten.

»Ich weiß gar nicht genau, wo das eigentlich ist«, sagte Rajni.

So schwer konnte das doch nicht sein, dachte Jezmeen. Sie brauchten bloß einen ihrer zahlreichen Onkel oder Tanten aus England anzurufen – zwar keine Blutsverwandte, aber sicher könnten sie ihnen den Ortsnamen oder eine Telefonnummer nennen. »Wäre sicher die letzte Gelegenheit für uns, da mal hinzufahren«, meinte Jezmeen.

»Das wollte Mum aber nicht«, widersprach Rajni streng.

»Und warum nicht?«

Rajni drehte sich zu ihr um und sah sie an. »Mum hat Dads Verwandtschaft in dem Brief ausdrücklich nicht erwähnt. Warum also sollten wir hinfahren und sie besuchen?«

»Ich verstehe das nicht«, erwiderte Jezmeen. »Gab es denn ein Zerwürfnis?« Jezmeen erinnerte sich daran, dass Dads Bruder ziemlich unangenehm gewesen war, als er sie damals vor Jahren mal besucht hatte. Weil Jezmeen die angespannte Stimmung unter den Erwachsenen im Haus mitbekommen hatte, hatte sie Rajni gefragt, wann der Onkel wieder wegfahren würde. Aber sie wusste nicht, was vorgefallen war. Das hatte sich alles zwischen den Erwachsenen abgespielt, und Rajni, die damals schon ein Teenager gewesen war, hatte sicher mehr mitbekommen als sie.

»Vermutlich«, antwortete Rajni.

»Was für ein Zerwürfnis könnte denn so schlimm sein, dass Mum gewollt hätte, dass wir nie wieder mit Dads Familie reden?«

»Diese Frage kann dir nur Mum beantworten«, brummte Rajni, aber Jezmeen wusste nicht, warum. Rajni schien irgendwas zu wissen, tat aber vollkommen ahnungslos. Die Reise mit Mum, als Rajni noch ein Teenager gewesen war und Tante Roopi sich derweil um Jezmeen und Shirina gekümmert hatte – da hatte sie Dads Familie kennengelernt, mit ihnen am Tisch gesessen, sie alle gesehen.

»Sie sind die einzige Familie, die wir noch haben«, hakte Jezmeen nach. »Meinst du nicht, sie würden uns mit offenen Armen empfangen? Vergangenes vergangen sein lassen und so?«

»So einfach ist das vermutlich nicht«, sagte Rajni und seufzte.

Jezmeen sah sich schon durch die Dörfer tingeln mit einem zerknitterten Zettel in der Hand, darauf eine mit Bleistift aufgemalte Karte und eine kaum lesbar hingekritzelte Adresse. Sie würde an die Türen klopfen und irgendwann das Haus der Familie finden. Die würde sie wie eine verlorene Tochter aufnehmen. Und das müssten sie auch, wo sie doch den ganzen weiten Weg gekommen und anscheinend durch Raum und Zeit gereist war. Während sie dann beim Tee mit Tanten und Onkeln zusammensaßen und plauderten, würde eine verschrumpelte alte Frau hereinkommen, die Jezmeen, von den unzähligen Falten im Gesicht abgesehen, bis aufs Haar glich. »Du siehst aus wie sie«, würden alle sagen. Und Jezmeen hätte fortan einen Bezugspunkt, so etwas wie ein Vorbild. »Ich komme nach meiner Großtante väterlicherseits«, würde sie den Leuten sagen. »Die Augen habe ich von ihr. Es heißt, sie habe früher einen ausgeprägten Hang zur Dramatik gehabt, aber der ist ihrer zunehmenden Demenz gewichen.« Es war eine Geschichte, die Jezmeen Wurzeln geben würde. Mit einer eigenen Familiengeschichte könnte man nicht mehr so einfach als oberflächlich und kaltschnäuzig abgetan werden.

Jezmeen wurde jäh aus ihren Gedanken gerissen, als sie wüst zur Seite geschleudert wurde, weil der Fahrer einem Wagen auswich, der sie viel zu dicht überholte. Sie klammerte sich an den Beifahrersitz vor ihr. Der andere Wagen, ein glänzender schwarzer Minivan, raste vor ihnen davon.

»Hurensohn«, schimpfte Tom Hanks aufgebracht. Dann guckte er kleinlaut in den Rückspiegel und lächelte Rajni und Jezmeen entschuldigend zu. Um gleich darauf so fest aufs Gaspedal zu treten, dass Jezmeen und Rajni unsanft nach hinten geworfen wurden.

»Was soll denn das?«, rief Rajni alarmiert.

»Madam, dieser Fahrer muss eine Lektion lernen«, sagte Tom Hanks.

»Nein, muss er nicht«, entgegnete Rajni entschieden. »Wir wollen nicht in einen Unfall verwickelt werden – bitte ignorieren Sie ihn einfach.«

»Sie verstehen das nicht, Madam«, erklärte Tom Hanks, den Blick noch immer fest auf den fremden Wagen geheftet. »Das war Absicht.«

»Ich weiß, dass man solche Zwischenfälle gern persönlich nimmt, aber ...« Noch ehe Rajni Tom Hanks beruhigen konnte, schwenkte er plötzlich und unvermittelt auf die Spur des schwarzen Minivans. Rajni kreischte los, laut und schrill wie eine Operndiva. »Warum machen Sie so was?«, fragte sie. »Das ist doch gefährlich.«

Tom Hanks antwortete nicht. Jezmeen schaute sich um und sah, dass der schwarze Minivan ihnen nun mit respektvollem Abstand folgte. Der Fahrer hatte seine Lektion offensichtlich gelernt. »Die denken doch sonst, die Straße gehört ihnen«, brummte er schließlich.

»Wer, die?«, fragte Jezmeen.

Wieder keine Antwort. Leute wie wir?, fragte sie sich. Leute, die nach Indien zurückkamen und in ihren Angeberautos zu ihren Protzvillen fuhren und alle wie Personal behandelten? Leute, die es sich leisten konnten, sich nur so zum Spaß von einem Fahrer zu einer Machtdemonstration zweier Atommächte kutschieren zu lassen, mitten hinein in einen blutigen Grenzkonflikt, der Menschenleben kostete? Jezmeen sah rüber zu Rajni. Die hatte tiefe Sorgenfalten auf der Stirn. Jezmeen konnte ihr ansehen, dass sie genau dasselbe dachte.

Es hatte sich nichts verändert. Zu diesem Schluss kam Rajni, sobald sie aus dem Wagen stieg und ihre Füße den staubigen Boden berührten. Ungepflastert und steinig. Beim Gehen sprangen ihr kleine spitze Kiesel an die Knöchel und kullerten in die Sandalen, als sie und Jezmeen über den Schotterparkplatz schlenderten.

»Hier meine Karte«, sagte Tom Hanks zu ihnen. »Nur, falls Sie mich auf dem Rückweg nicht wiederfinden.«

»Aber Sie warten doch dann sicher hier auf uns, oder?«, fragte Rajni. Sie hörte selbst den strengen Unterton in ihrer Stimme, aber es war ihr egal. Er hätte sie beinahe umgebracht, also konnte man es ihr wohl nicht verübeln, wenn alles, was sie zu ihm sagte, wie eine vorauseilende Schelte klang.

»Ich warte hier, Madam«, sagte er. »Keine Sorge. Aber hier stehen eine Menge Autos, und wenn nachher alle durcheinanderlaufen, ist es ein einziges Chaos. Sie wollen doch nicht aus Versehen ins falsche Auto steigen.«

Nein, das wollte sie wahrlich nicht. Ringsum standen Fahrer an ihre Wagen gelehnt und folgten mit den Blicken den Touristen. Rajni nahm die Karte und steckte sie in die Handtasche. Sie war plötzlich ihr wertvollster Besitz.

Unvermittelt spürte sie etwas Kaltes, Nasses an ihrer Hand, und als sie nach unten schaute, stand da ein kleiner Junge mit Pinsel und Farbpalette. Mit einem flinken Pinselstrich hatte er ihr einen orangen Streifen aufgemalt, die erste der drei Farben, die es für die indische Flagge brauchte. »Ich möchte das nicht«, teilte sie ihm mit. »Nein, danke.«

»Ach, komm schon, Raj«, protestierte Jezmeen. »Es

kostet nicht mal fünfzig Pence, und es ist witzig.« Sie hockte bereits neben einem anderen Jungen und hatte die Haare hinter das Ohr gestrichen, um sich von ihm eine Flagge auf die Wange malen zu lassen.

»Du siehst aus, als gingst du zum Karneval«, stellte Rajni fest, als Jezmeens Gesichtsbemalung fertig war.

»Fühlt sich auch ein bisschen an wie Karneval«, entgegnete Jezmeen. Popcornverkäufer und Getränkekarren standen entlang der krumm und schief verlaufenden Grenze zwischen Parkplatz und Straße verstreut. Der kleine Junge mit dem Pinsel ließ nicht locker, er lief Jezmeen und Rajni nach und pries laut seine Dienste an. Als er schließlich anfing, die indische Nationalhymne zu summen, gab Rajni nach.

»Aber nur eine ganz kleine«, befahl sie streng und hielt ihm die Hand hin. »Die lässt sich doch leicht wieder abwaschen, oder?«

»Natürlich«, antwortete der Junge. Mit einer ausholenden Handbewegung führte er den Pinsel dreimal quer über ihre Hand: orange, weiß, grün. Die Striche waren wellig wie eine im Wind flatternde Fahne.

Sie bezahlte ihn, dann gingen sie weiter und folgten der Menschenmenge zur Hauptsicherheitsschleuse. Hier wurden sie nach Geschlechtern getrennt – »Männer hier, Frauen da«, kommandierte der Wachposten und winkte dazu mit den Armen, um sie in die entsprechende Schlange einzuweisen. Alle wurden einzeln abgetastet, die Frauen allerdings von einem weiblichen Wachposten in einer mit Vorhang abgetrennten Kabine. Als Rajni schließlich an die Reihe kam, sah sie zu, wie die Wachsoldatin in ihrer Tasche herumstocherte, und hob folgsam die Arme, um sich nach Waffen abtasten zu lassen. Das erinnerte sie an die Geschichte einer ältlichen Verwandten, die von Punjab nach London geflogen war. Ihr allererster Flug überhaupt. Während der Abtastkontrolle am Flughafen hatte sie gedacht, sie würde zum Abschied umarmt.

Jezmeen und Rajni waren gerade auf dem Weg zu den Tribünen, als plötzlich Jubel und Sprechchöre einsetzten. Es war wie bei einem Fußballspiel – und genau so, wie Rajni es in Erinnerung hatte. Jezmeens vorfreudige Begeisterung war beinahe greifbar. »Guck dir mal die ganzen Leute an«, rief sie fröhlich. Sie stupste Rajni in die Rippen. »Ich weiß, du hast das alles schon gesehen, aber findest du es denn gar nicht aufregend?«

»Ist ganz nett, wenn man Militäraufmärsche mag«, meinte Rajni trocken. Schon die regelmäßigen Schulversammlungen waren ihr ein Graus – die höhnischen Spottgedichte der älteren Schüler, immer ein bisschen zweideutig und voller versteckter Spitzen und Insider-Witze gegen unbeliebte Lehrer. Sie verabscheute den wilden Applaus, die rauen Kommentare und wie alles ihrer Kontrolle zu entgleiten drohte, und wenn sie in die Gesichter der anderen Lehrer schaute – vor allem die der jüngeren Lehrer, denen das nichts ausmachte und die manchmal sogar mit einstimmten –, dann dachte sie immer: Du hast sie einfach nicht im Griff, darum. Und wie sie so mit Jezmeen auf die himmelragenden Tribünen zusteuerte, dachte Rajni, dass das wohl schon immer ihr Lebensmotto als ältere Schwester gewesen war. Sie trug die Verantwortung. Sie, niemand sonst, und niemand sonst hatte es – wenn man Mum glauben durfte – geschafft, die Sache so in den Sand zu setzen wie sie. Jezmeen und Shirina hatten ja keine Ahnung, welche Opfer Rajni gebracht hatte.

Jezmeen ging vor, die Betontreppe hinauf. Ein Platzanweiser wies auf ein paar freie Sitze und drängte die Leute, zügig Platz zu nehmen. Rajni und Jezmeen schoben sich durch die Reihe und landeten schließlich am anderen Ende der Tribüne mit Blick auf die pakistanische Seite. Die Grenze hatte Rajni verwirrt, als sie sie das erste Mal gesehen hatte – sie hatte einen Fluss erwartet oder ein tiefes, weites Tal, das die beiden Länder voneinander trennte, aber da war bloß ein unbefestigter Weg, höchstens ein paar Meter breit. Entlang der Grenze verlief ein hoher Eisenzaun, und Sturmwolken aus Stacheldraht sandten eine unmissverständliche Botschaft.

Die Musik auf der indischen Seite war ein einziges ohrenbetäubendes Dröhnen, so laut, dass das statische Knistern der Lautsprecher den Text übertönte. Die patriotische Bühnenshow begann, kaum dass Jezmeen und Rajni ihre Plätze eingenommen hatten, mit Schulkindern, die mit indischen Fähnchen in der Hand die Tribünen entlangliefen und auf die Bühne stürmten. Auf der Bühne angekommen, begannen sie im Kreis zu tanzen und zu klatschen, und winkten dem begeisterten Publikum mitzumachen. Die Zuschauer sprangen auf und gesellten sich zu ihnen, und bald war die ganze Bühne voller singender und tanzender Menschen, die ihr Land ausgelassen bejubelten und beklatschten. Eine Frau, die mit ihrem Mann in der Reihe vor ihnen saß, sah ihn an und sagte: »Komm, wir sind schließlich nur einmal hier.« Sie hatte einen unverkennbar britischen Akzent, reckte aber die Faust in den Himmel und schrie begeistert die Slogans der johlenden Menge mit.

Auf der pakistanischen Seite wurde nicht getanzt. Man hörte gedämpfte Musik, leise und beinahe gänzlich vom wummernden Bass auf der indischen Seite übertönt. Die Tribünen waren nur halb gefüllt. Rajni erinnerte sich noch gut an den hämischen Kommentar ihres Onkels über die freudlose Veranstaltung auf pakistanischer Seite. »Seht euch das an. Keinen Funken Stolz im Leib«, hatte er gesagt. »Und ihre Frauen dürfen gar nichts. Nicht mal vor Männern tanzen, so wie unsere.« Und dann hatte er zufrieden nickend den Frauen zugeschaut, die gerade halb so alt waren wie er und ihre Liebe zu Indien mit gekonntem Hüftwackeln zum Ausdruck brachten.

Rajni wollte sich gerade an Jezmeen wenden und ihr etwas sagen, als sie sah, dass der Platz neben ihr leer war und ihre Schwester gerade die Treppe hinunterrannte, um sich unter die tanzende Menge zu mischen. »Raj!«, rief sie mit einem Blick über die Schulter nach hinten. »Mach ein Bild!«

Rajni wartete, bis Jezmeen auf der Bühne stand, dann nahm sie ihr Handy und schoss ein paar Fotos. Alle Bilder waren leicht verwackelt, weil Jezmeen so wild herumtanzte, also versuchte sie es stattdessen mit einem Video. Nun scharwenzelte Jezmeen im Miniformat über das Display und warf die Hände in die Luft. Zwei kleine Mädchen fassten sie an den Händen, und sie reihte sich ein und lachte und bewegte den Mund zu dem Refrain, den sie eben zum ersten Mal gehört hatte.

Ein ganz ähnliches Video hatte es schon mal gegeben.

Aber das war lange her, und inzwischen war es längst auf dem Müll gelandet, zusammen mit all den anderen alten VHS-Kassetten, die sich mehr oder weniger in ihre Bestandteile aufgelöst hatten. Niemand hatte sich rechtzeitig darum gekümmert, die alten Kassetten zu retten und auf DVD brennen zu lassen, als einige Elektronikläden diesen Service noch anboten, und so waren sie verstaubt und vergammelt und irgendwann veraltet und unbrauchbar geworden. Rajni hatte es damals nach der Reise nur noch ein einziges Mal gesehen. Mum war der Star des Videos. Sie hatte getanzt, genau wie Jezmeen. Dieselbe überschäumende Selbstvergessenheit in ihren Bewegungen – Hüftwackeln und geöffnete Hände, als wolle sie nach dem Himmel greifen. Jahre später, ihre Hochzeit stand unmittelbar bevor, hatte Rajni eigentlich geglaubt, Mum noch einmal so tanzen zu sehen. Aber sie hatte sich geirrt. Mum hatte sich bei Rajnis Hochzeit im Hintergrund gehalten, tief gekränkt, dass Dads älterer Bruder ihre Einladung nicht angenommen hatte. Rajni hatte ihn nicht einladen wollen, aber Mum hatte darauf bestanden. Das gehöre sich so, dass er Dads Platz einnahm. Und außerdem sei es eine wichtige Geste der Versöhnung, ihnen die Hand zu reichen.

Rajni drückte auf »Stopp« und verstaute das Handy wieder in der Tasche. Sobald der Wachwechsel anfing, würde sie es sicher wieder herausnehmen und alles filmen – die im Stechschritt marschierenden Soldaten, die die Beine hoch in die Luft warfen, das demonstrative Öffnen der Tore, das ganze Tamtam, das sie veranstalteten, zur Machtdemonstration gegen den ungeliebten Nachbarn.

Jezmeens Gesicht glitzerte vor Schweiß, als sie schließlich zurückkam. »Du hast toll ausgesehen«, rief Rajni. »Genau wie Mum. Sie hat hier auch getanzt.«

»Ach, echt?«

Rajni nickte. »Sie hat hier neben mir gesessen, und als die Musik anfing, hat sie so mit den Schultern gezuckt.« Rajni versuchte, Mum nachzumachen. Sie schloss die Augen und ließ die Musik durch ihren Körper strömen.

Jezmeen lachte. »Mum konnte einem guten Lied einfach nicht widerstehen. Weißt du noch, bei Shirinas Hochzeit war sie kaum zu bremsen! Von den Frauen aus Sehajs Familie konnte da keine mithalten.«

Rajni erinnerte sich noch gut, wie sehr sie sich gefreut hatte, Mum in so ausgelassener Feierlaune zu sehen. Aber der Neid auf Shirina hatte ihr trotzdem einen kleinen Stich versetzt. Auf Shirinas Hochzeit hatte Mum getanzt, weil inzwischen viel Zeit vergangen war und Mum die Vergangenheit endgültig hinter sich gelassen hatte.

»Wie der batteriebetriebene Hase aus der Werbung«, stimmte Rajni ihr zu. »So war sie hier auch, nur fünfundzwanzig Jahre jünger und kerngesund. Nach Dads Tod hatte sie eine Ewigkeit nicht mehr getanzt oder gefeiert.« Rajni hatte plötzlich einen Kloß im Hals. Sie spürte Jezmeens Blick warm auf ihrem Gesicht, und sie schluckte schwer und verdrängte die Erinnerung daran aus ihrer Brust und dem Bauch, wo all die alten Ängste wohnten. »Sie hat getanzt wie eine Frau in der Blüte ihrer Jahre«, sagte Rajni leise. »Es war so ein Moment, wo man mitten in der Menge sitzt und drumherum ist ein riesengroßes Tohuwabohu mit Getränkeverkäufern und lauter Musik, und alle johlen und klatschen, und plötzlich ist es, als würde die Welt stillstehen, weil da eine Frau steht und tanzt, ganz selbstvergessen und glücklich, und einfach das Leben feiert.«

»Ich kann es mir gut vorstellen«, sagte Jezmeen leise und lächelte ein wenig wehmütig.

Rajni erwiderte ihr Lächeln. Das war eine schöne Erinnerung, um darin zu schwelgen, eine, die man nicht ausschmücken oder schönreden musste, wie so viele andere. Sie wusste, dass Jezmeen die Neugier auf ihre Herkunft gepackt hatte – dass sie gestern Tante Roopi erwähnt hatte, hatte Rajni gewundert. Sie hatte gar nicht gewusst, dass Jezmeen sich noch daran erinnerte, in der Zeit, als Rajni mit Mum in Indien gewesen war, bei ihr gewohnt zu haben. Kein Grund, Jezmeen von dem Streit zu erzählen und all den Ereignissen, die dazu geführt hatten. Kein Grund, irgendwem von den Schuldgefühlen zu erzählen, die Rajni trotz allem immer noch plagten, obwohl inzwischen so viele Jahre vergangen waren, seit sie von dieser Reise nach Hause zurückgekommen waren. »Ich kann nie wieder im Leben da hinfahren«, hatte Mum zu Rajni gesagt. »Ist dir das eigentlich klar? Begreifst du, was du angerichtet hast? Deinetwegen kann ich nie wieder nach Indien zurück.«

Zwölftes Kapitel

Die Nachrichtenanzeige von Jezmeens Handy blinkte. Niedriger Guthabenstand – zum Aufladen bitte jetzt 8801 wählen.

Unmöglich. Das konnte doch gar nicht sein. Seit sie in Indien waren, hatte Jezmeen ihr Handy kaum benutzt. Bis auf das Gespräch mit Cameron und die Nachricht an Rajni vom Polizeirevier. Das WLAN im Hotel war ein bisschen wackelig, und sie war gerade dabei gewesen, ihre E-Mails herunterzuladen, als die Verbindung abrupt abriss. In ihrem Posteingang war eine E-Mail von Cameron mit dem Betreff: Noch ein Rollenangebot für dich … Aber als sie darauf klickte, poppte die Benachrichtigung auf, sie sei nicht mehr mit dem Internet verbunden.

Sie wählte die angegebene Nummer und angelte die Kreditkarte aus dem Portemonnaie, mit der sie, während sie der Bandansage lauschte, ungeduldig auf der Kommode herumklopfte. Das Herz schlug ihr bis zum Hals. Camerons E-Mail könnte die ersehnte Erlösung sein, aber vielleicht war es auch bloß wieder eine Sackgasse. Die Hoffnung starb zuletzt. Der kleinste Hauch von Interesse seitens eines Produzenten oder eine Rolle, die ihren Durchbruch bedeuten könnte – nur darum hatte Jezmeen die Hoffnung noch nicht endgültig aufgegeben.

Zum Aufladen warten Sie bitte, bis Sie zu einem unserer Servicemitarbeiter durchgestellt werden. Seufzend griff Jezmeen zur Fernbedienung. Sie zappte sich gelangweilt durch die Sender und blieb schließlich bei BBC Lifestyle hängen. Eine Frau in einem gelb-grünen Kaftan schlenderte einen gekiesten Pfad entlang, der durch einen üppig wuchernden, mit Fackeln beleuchteten Garten führte, und dann zoomte die Kamera auf einen Tisch, der aussah, als sei er aus einem umgestürzten Baumstamm geschnitzt. Die Frau griff nach einem Glas Weißwein. Jezmeens Kehle war staubtrocken – der Wein wirkte so herrlich erfrischend. Die Frau nickte der Kamera zu, und ihr strahlendes Lächeln blendete Jezmeen fast. Dann nippte sie an ihrem Glas und schloss genießerisch die Augen.

»Ich hasse dich«, brummte Jezmeen.

»Ma'am?«

»Ach, Entschuldigung«, sagte Jezmeen zu dem verdatterten Hotline-Mitarbeiter. »Nicht Sie. Die Frau im Fernsehen.«

»Sie möchten Ihr Guthaben aufladen, Ma'am?«

»Ja – aber ich wüsste auch gerne, warum mein Guthaben so schnell aufgebraucht war?«

Im Hintergrund hörte man Tippen. »Ma'am, Sie haben Ihr gesamtes Datenvolumen innerhalb von vier Tagen aufgebraucht.«

»Ja, das weiß ich selbst. Ich frage mich nur, wie? Können Sie mir sagen, wofür es verwendet wurde?«

»Dafür müsste ich Sie mit einem unserer Experten verbinden. Bitte warten Sie …«

»Öhm, schon gut. Könnte ich einfach nur mein Guthaben aufladen?«

Zu spät. Sie hing schon in der Warteschleife. Auf Hindi plärrte ihr eine Bandreklame entgegen, gefolgt von einem flotten Refrain, der das Upgrade zum Familien-Paket besang.

»Hallo, mein Name ist Krishna, was kann ich für Sie tun?«

»Hallo. Ich frage mich nur, warum mein Datenvolumen so schnell aufgebraucht war«, erklärte Jezmeen. »Innerhalb von vier Tagen.«

»Ich schaue eben nach. Ihr Name, bitte?«

»Jezmeen Shergill. Der Name meines Vaters ist Devinder Singh Shergill.«

»Ihre Identifikationsnummer?«

»Wo finde ich die? In meinem Pass?«

»Ja, Ma'am.«

Jezmeen nahm ihren Reisepass und klappte die Hülle auf. Ein kleines Kärtchen fiel heraus und trudelte zu Boden. Sie las dem Mann am Telefon die Nummer vor.

»Ich sehe eben nach, Ma'am. Kleinen Augenblick bitte.«

Die Bandansage trötete ihr wieder ins Ohr. *Geld sparen mit Familienzeit*, sang der Chor. Jezmeen hob das Kärtchen auf. Es war ordentlich in der Mitte gefaltet, und als sie es aufklappte, hatte sie plötzlich das sehr bestimmte Gefühl, in jemandes Privatsphäre einzudringen, obwohl darauf nur ein Name und eine Adresse notiert waren.

Tejpal »Lucky« Singh, ACC Autovermietung
Dr. Wadhwa, Restoration Road Clinic
S.CO. 01-36, Sektor 9-C, Madhya Marg, Chandigarh

Alles in ordentlicher, leserlicher Handschrift, mit geschwungenen, wohlgesetzten Buchstaben. Jezmeen drehte die Karte um. Nichts. Wieder überflog sie, was da stand. Das waren bestimmt wichtige Kontaktdaten.

»Madam Jezmeen Shergill?«

»Ja, hier.«

»Ich habe mir gerade Ihren Account angeschaut, und es sieht aus, als sei Ihr Datenverbrauch außergewöhnlich hoch.«

»Das kann ich mir nicht vorstellen«, entgegnete Jezmeen. »Ich habe nur meine Mails gecheckt und ein bisschen im Netz gesurft ...« Sie brach ab, als ihr siedend heiß einfiel, wie sie an dem Abend in Delhi sturzbetrunken drei Folgen von *The Boathouse* gestreamt hatte. Anschließend war sie mit der vernichtenden Erkenntnis eingeschlafen, dass Polly Mishra tatsächlich eine außergewöhnlich gute Schauspielerin war.

»Okay, schon gut. Ich glaube, ich weiß jetzt, was passiert ist.«

»Kann ich sonst noch etwas für Sie tun?«

»Ja. Könnten Sie mir bitte mein Guthaben wiederaufladen?«

»Ma'am, einen Augenblick bitte, ich verbinde Sie mit unserer Guthabenabteilung.«

Jezmeen seufzte und ließ gottergeben abermals den Werbejingle in Endlosschleife über sich ergehen. Wieder schaute sie auf die Karte und überlegte, dass es wohl sinnlos wäre, sich auf die Suche nach ihrem Eigentümer zu machen – sie wusste ja nicht mal, wie sie in ihren Pass gekommen war. Aber diese ganze Reise schien ohnehin ein einziges Verschwinden und Wiederfinden zu sein. Nachdem sie von ihrem Ausflug an die Grenze zurückgekommen waren, hatte sie sich ein Schaumbad mit bergeweise Seifenblasen gegönnt, nur um dann entnervt festzustellen, dass in den Untiefen ihres Koffers nirgendwo ein Fön zu finden war. Gut, dass es bloß ein billiger Reisefön gewesen war. Ihr teurer Salonfön mit sieben verschiedenen Einstellungen und der PS-Stärke eines Kleinwagens lag zu Hause in London.

Irgendwann schien die Bandansage mit dem Werbeliedchen ans Ende gekommen zu sein, und die Leitung wurde abrupt unterbrochen. »Danke für den tollen Service«, brummte Jezmeen sarkastisch. Ihren Frust ließ sie an dem Kärtchen aus und zerriss es zu Konfetti. Gerade, als sie die Schnipsel schon in den Mülleimer werfen wollte, klingelte ihr Handy, und Camerons Name erschien auf dem Display. Jezmeen wusste nicht, ob sie es verkraften würde, sich weitere Angebote klischeeüberladener Rollen anzuhören, für die sie in Camerons Augen die perfekte Besetzung wäre, also ließ sie es klingeln und atmete erst einmal tief durch. Sie versuchte, die Weintante von der BBC zu channeln, die inzwischen mit einem Weidenkorb am Arm eine Kopfsteinpflastergasse irgendwo in Frankreich entlangschlenderte.

»Hallo, Cameron.«

»Hi, Jezmeen, wie geht's, wie steht's?«

Er klang vergnügt und munter, immer ein gutes Zeichen. »Alles bestens«, antwortete Jezmeen.

»Das freut mich«, sagte Cameron. »Endlich aufgehört, dich zu googeln?« Er lachte ein bisschen zu laut über seinen eigenen Witz, während Jezmeen keinen Pieps von sich gab. Verlegen räusperte er sich. »Es wird dich sicher freuen zu hören, dass der Shitstorm sich allmählich legt.«

»Ach?«, knurrte Jezmeen. Cameron hielt es allem Anschein nach für eine gute Nachricht, dass Jezmeen inzwischen nur noch ein ganz klein wenig Online-Prügel bezog und die »Kopf-ab«-Rufe sich auf einige wenige am Tag beschränkten.

»Ach, ja. In Amerika gibt es gerade einen Riesenskandal um den Finalisten einer Gesangs-Castingshow. Er soll online nach Simpsons-Pornos gesucht haben. Schon davon gehört? Das Netz brennt.«

»Nein«, sagte Jezmeen.

»Er muss sturzbesoffen gewesen sein, er hat nämlich seine Suchanfragen – versaute Fantasien, vor allem Marge Simpson betreffend – bei Twitter eingegeben und immer wieder auf Enter gedrückt. Er muss mindestens siebzehn Tweets verschickt haben, bis ihm aufgegangen ist, was er da eigentlich macht.«

Eigentlich wollte Jezmeen Mitleid haben mit dem armen Trottel, aber sie war viel zu erleichtert, dass das Internet eine neue Sau durchs Dorf trieb. Und nur ein klitzekleines bisschen gekränkt, so schnell in Vergessenheit geraten zu sein. Hätte Polly Mishra einen Fisch totgetreten, die Leute hätten sie wochenlang gehasst!, dachte sie, um sich dann wieder auf das Gespräch mit Cameron zu konzentrieren. »Dann hast du also was für mich?«, fragte sie hoffnungsvoll.

»Ich glaube, das wird dir gefallen. Keine konkrete Rolle, aber ein Treffen mit einem Regisseur, der gerade auf der Suche ist für seinen neuen Film, der in Indien gedreht wird.«

»Ein Treffen?«, fragte Jezmeen misstrauisch. »Kein Casting?« Das könnte bedeuten, dass der Regisseur so sehr von Jezmeens Potenzial überzeugt war, dass er auf ein formelles Vorsprechen verzichtete. Das Treffen könnte reine Formsache sein. Nur um sich zu vergewissern, dass sie nicht vollkommen verrückt war. Oder es könnte auch nichts weiter bedeuten. Ein unverbindliches Plauderstündchen bei einer Tasse Kaffee: Wir schauen mal, ob sich ein gemeinsames Projekt ergibt. Und dann hörte man nie wieder was.

»Ein Treffen«, bestätigte Cameron. »Aber er ist ganz heiß darauf, dass du bei seinem nächsten Projekt dabei bist. Der Regisseur heißt HC Kumar. Ich weiß nicht, ob du schon mal was von ihm gehört hast, aber es geht um eine zweisprachige Serie auf Hindi und Englisch, die in Bombay spielt. Ein Film Noir, Schrägstrich Krimi, Schrägstrich Thriller, mit einer starken weiblichen Hauptrolle – ich dachte, das passt zu dir. Und er hat großes Interesse.«

Jezmeen hatte nach »HC Kumar« kaum noch etwas mitbekommen. Am liebsten hätte sie das Handy in die Luft geschleudert und laut gekreischt. Ob sie schon mal was von ihm gehört hatte? Als Kind hatte sie alle Filme von ihm gesehen. »Wann will er sich denn mit mir treffen?«, fragte sie.

»Ich habe ihm gesagt, dass du gerade in Indien bist und Zeit hättest für ein Treffen. Kannst du Dienstag wieder in Delhi sein?«

»Dienstag«, wiederholte Jezmeen. Ihre Gedanken überschlugen sich. Am Dienstag würden sie und Rajni in den Bergen sein. »Können wir das nicht auf Mittwoch verschieben?« Sie kniff die Augen zusammen und wusste nur zu gut, dass sie gerade gefragt hatte, ob ihr Traumregisseur einen Tag auf sie warten würde.

»Das weiß ich nicht, Jezmeen. Er ist ein vielbeschäftigter Mann. Ich habe mir 16 Uhr am Dienstag notiert.«

Jezmeen Shergill in HC Kumars neuestem Film. Einen kurzen Augenblick gab sie sich ihren ausschweifenden Fantasien hin und sah sich einer strahlend hellen, verheißungsvollen Zukunft entgegengehen. Ihr Gesicht auf Hochglanzplakaten. Das Publikum, das sich fragte, wo sie so plötzlich hergekommen war, und warum sie ihnen nicht schon viel früher aufgefallen war. »Platz da, Polly Mishra«, würden die Kritiker sagen.

»Bist du noch da?«, fragte Cameron. »Ich muss ihm schnell Bescheid sagen. Wenn du es nicht schaffst, dann …«

»Ich schaffe es«, unterbrach Jezmeen ihn rasch. Sie wollte nicht, dass Cameron seinen Gedanken laut aussprach.

Jemand klopfte an die Tür. »Komme sofort«, rief Shirina. Der Zimmerservice in diesem Hotel war wirklich auf Zack. Sie hatte ihre Bestellung vor gerade einmal fünf Minuten aufgegeben. Hastig suchte sie ihre Sachen zusammen, um sich etwas überzuziehen. Nach dem Streit mit Rajni bei McDonald's war sie ins Hotel zurückgegangen und hatte in verschiedenen Stadien des Entkleidetseins herumgesessen, sich selbst bemitleidet und gehofft, sich irgendwie ein bisschen abkühlen zu können. Jedes bisschen Kleidung, selbst ein dünnes Baumwollnachthemd auf der Haut, war zu viel.

»Ich bin's.«

Shirina bekam ein T-Shirt in die Finger und zog es sich rasch über. Dann machte sie die Tür auf. Im Flur davor stand Jezmeen. »Darf ich reinkommen?«, fragte sie.

»Klar«, erwiderte Shirina und ging zur Seite, um sie durchzulassen. Jezmeen trat ins Zimmer und blieb linkisch vor der Badezimmertür stehen. »Du kannst dich ruhig setzen«, meinte Shirina. Sie schob den Kleiderberg beiseite, den sie vorhin beim Zurückkommen achtlos dorthin geworfen hatte. Nichts passte mehr wie früher. Was sie nur umso mehr störte, weil sie vorhin zwei Eis bestellt und beim Essen Rajnis Blicke gesehen hatte.

»Du rätst nie, wer mich unbedingt kennenlernen möchte«, sprudelte es aus Jezmeen heraus.

»Wer?«, fragte Shirina.

»Ein Filmregisseur. Dreimal darfst du raten.«

Shirina war zu müde zum Raten. Sie wollte bloß Antworten. »Ähm …«, stammelte sie und tat, als denke sie angestrengt nach. Jezmeen hopste ungeduldig von einem Fuß auf den anderen.

»HC Kumar!«, platzte sie unvermittelt heraus.

»Wow. Echt? Wahnsinn!«

»Ich weiß, ich weiß. Ich habe gerade mit meinem Agenten telefoniert, der ein Treffen organisieren will. Natürlich alles ganz unverbindlich, aber trotzdem wäre das ein Riesenschritt in die richtige Richtung.«

»Ist das nicht der, der in diesen Belästigungsskandal verwickelt ist? Der Typ, der vor einem Produktionsassistenten damit geprahlt hat, wie er jungen Schauspielerinnen Rollen verspricht, um sie ins Bett zu bekommen, und das wurde alles auf Band aufgenommen?«

Jezmeen machte ein langes Gesicht. »Wo hast du das denn her?«

»Das war doch dauernd in den Nachrichten. Der Typ, der bei diesem Blockbuster Regie geführt hat, der kürzlich in die Kinos gekommen ist.«

»Oh, ach so, nein, nein. Das ist HR Sharma. Anderer Regisseur.« Jezmeen lachte. »Puh, Shirina, jetzt hast du mir aber einen ganz schönen Schrecken eingejagt. Also, wie dem auch sei, er findet, ich könnte genau die Richtige sein für seinen nächsten Film, und er möchte mich persönlich kennenlernen. Ist das nicht der Hammer?«

»Absolut«, bestätigte Shirina. Sie war in Gedanken immer noch bei dem anderen Regisseur. Shirina erinnerte sich, eine Story gelesen zu haben, die jemand von einer Bollywood-Nachrichtenseite über den Skandal gepostet hatte. Der Post im Forum hatte jede Menge Views und Kommentare bekommen – die beliebtesten Antworten waren: »A) Glaubst du irgendwas, das auf dieser Schundseite berichtet wird? B) Wäre nicht das erste Mal in der Branche. C) Hat sie denn wenigstens die Rolle bekommen? Nie von ihr gehört. Könnte auch gekränkte Eitelkeit sein. D) Was genau heißt eigentlich ›Befummeln‹?«

Die letzte Frage hatte eine hitzige Debatte angestoßen, was als sexuelle Belästigung galt, bis die Moderatoren schließlich die Kommentarfunktion abgeschaltet und eine strenge Ermahnung gepostet hatten, die Gruppenregeln seien unbedingt einzuhalten und das Forum habe einen ganz anderen Sinn und Zweck, als Klatsch und Tratsch zu verbreiten. Shirina hatte den Artikel nicht kommentiert, aber am meisten hatten sie die Posts fasziniert, in denen behauptet wurde, die Leute heutzutage seien einfach viel zu empfindlich. »Heutzutage ist doch alles gleich sexuelle Belästigung oder Missbrauch«, schrieb eine. »Wo will man da die Grenze ziehen?«

Bei dem entnervten Ton, den die Frau angeschlagen hatte, war Shirina eigenartigerweise erleichtert zumute gewesen. Erst am Tag davor hatte ihre Schwiegermutter ihr einen heftigen Rippenstoß versetzt, weil sie die Nudeln hatte überkochen lassen. Shirina hatte Tränen in den Augen gehabt, während sie das stärketrübe Wasser vom Herd wischte, mehr vor Schreck denn vor Schmerz. Bis zur Zubettgehzeit hatte sie es geschafft, sich einzureden, Mutter habe es ja nicht böse gemeint – sie hatte Shirina nur warnen wollen, nicht ihr wehtun. Sie konnte vor Glück sagen, dass Mutter so schnell reagiert hatte.

Jezmeen war ins Badezimmer gegangen und begutachtete ihre Poren in einem runden Vergrößerungsspiegel. Dann fuhr sie sich mit den Fingern durch die feuchten Haare. »Hey, darf ich eben deinen Fön benutzen?« Sekunden später hörte man es lautstark summen.

»Wie war es an der Grenze?«, fragte Shirina, als Jezmeen schließlich fertig war.

»Hat Spaß gemacht«, antwortete Jezmeen und gönnte sich eine großzügige Portion von Shirinas Haarbalsam. »Die machen da eine ganz schöne Show – Brustgetrommel und Beinewerfen. Ich hab ein bisschen getanzt fürs Mutterland.«

»Wie patriotisch von dir.«

»Na ja, wo ich schon mal hier bin«, meinte Jezmeen.

»Aber es wäre schöner gewesen, wenn du auch mitgekommen wärst.«

Shirina nickte. »Ich mag nur keine Menschenmassen, weiter nichts.«

»Ich weiß«, sagte Jezmeen.

»Ist Rajni noch sauer?«

»Sie kriegt sich schon wieder ein.«

»Ich nehme diese Reise genauso ernst wie sie«, sagte Shirina. »Ich hoffe, sie weiß das.«

»Das weiß sie. Sie sitzt bloß manchmal auf ihrem hohen Ross – mach dir ihretwegen keine Sorgen.«

»Okay«, murmelte Shirina. Sie machte sich eigentlich gar keine Sorgen, aber sie wollte sich nicht mit ihrer Schwester zerstreiten, wo sie doch morgen nach Chandigarh abreiste. Wer wusste schon, wann sie sich wiedersehen würden? Sie plante in der nächsten Zeit keinen Besuch in London, und dass ihre Schwestern sie in Melbourne besuchten, stand völlig außer Frage. Sie würden sofort merken, dass sie ihren Job geschmissen hatte und ihr eheliches Heim ihre ganze Welt geworden war. Und sie würden dafür auf sie herabsehen.

Jemand klopfte an die Tür. »Zimmerservice«, rief der Hotelpage von draußen. Shirina öffnete ihm die Tür und ließ ihn ins Zimmer. Er trug das Tablett zu dem kleinen Beistelltisch in der Ecke des Zimmers und hob mit theatralischer Geste die Cloches – duftiger Basmati-Reis, eine dampfende Schüssel mit Gemüse-Korma, eine kleine Portion Rajita und zwei Gulab Jamuns, mit freundlichen Grüßen des Hotels.

»Ich hoffe, nach dem Dessert geht es Ihnen wieder besser, Madam«, sagte er und wies mit einem Nicken auf das Schälchen mit den Süßigkeiten. »Der Manager hat mir gesagt, dass Ihnen unwohl war – haben Sie ein Krankenhaus erreichen können?«

»Nein«, wiegelte Shirina rasch ab. »Ich meine ... ja. Nein. Ich brauchte doch keine Hilfe. Es geht mir gut.« Ihr entging nicht, dass Jezmeen im Badezimmer mucksmäuschenstill geworden war. Bestimmt belauschte sie das Gespräch. »Okay, dann, danke schön«, sagte Shirina und schob den Pagen beinahe zur Tür hinaus. Rasch angelte sie ein paar Scheine aus der Handtasche und drückte sie ihm in die Hand – viel zu viel Trinkgeld, aber sie wollte nicht, dass er noch irgendwas sagte.

Jezmeen erschien in der Badezimmertür und musterte die reichhaltige Essensauswahl. »Möchtest du auch was?«, fragte Shirina. »Es ist mehr als genug.« Sie wusste nur zu gut, dass es eigentlich noch zu früh war zum Abendessen, aber wenn sie nachher gemeinsam essen gingen, würde sie sicher schon wieder Hunger haben.

»Nein, danke.«

Shirina wich Jezmeens Blick geflissentlich aus und setzte sich auf einen Sessel. Geschäftig löffelte sie Reis in ein Schüsselchen und gab Korma darauf, während sie fieberhaft überlegte, wie sie Jezmeen das mit dem Krankenhaus erklären sollte.

»Ich war etwas übervorsichtig«, meinte sie schließlich, um ein verlegenes Gesicht bemüht. »Weißt du, nach meinem Sturz im Bad heute? Das hat so wehgetan, ich dachte, ich habe mir das Steißbein gebrochen.«

»Ach«, sagte Jezmeen.

»Mich macht es immer nervös, wenn ich hinfalle«, erklärte Shirina weiter. »Und es wird immer schlimmer, je älter ich werde. Als Kinder hatten wir Gummiknochen. Aber jetzt muss ich immer an Dad denken, wie er in der Dusche ausgerutscht ist und dann tagelang herumgelaufen ist, ohne zu ahnen, dass der Sturz ihn letztendlich das Leben kosten würde.«

Das konnte Jezmeen nur zu gut nachvollziehen. Nach Mums Beerdigung hatte sie Shirina gestanden, dass ihr der Gedanke daran, was sie womöglich alles umbringen könnte, oft nächtelang den Schlaf raubte.

Jezmeen nickte, schien aber noch nicht ganz überzeugt. Sie schaute sich um, als wüsste sie nicht, was sie sagen sollte. Womöglich bildete Shirina sich das nur ein, aber ihr war, als wäre Jezmeens Blick kurz an ihrem Bauch hängen geblieben, der sich ganz leicht unter dem T-Shirt wölbte. Sie straffte die Schultern und zog den Bauch ein. Ihr Gesicht wurde ganz heiß.

»Die letzten Monate waren echt hart«, sagte Shirina. Sie musste unbedingt etwas sagen, sonst würde Jezmeen es nicht gut sein lassen. Aber was könnte Jezmeen schon mit dem Geständnis anfangen, dass es Shirina bisweilen schwerfiel, sich an das Eheleben mit Mann und Schwiegermutter zu gewöhnen? Vielleicht war ein bisschen Ehrlichkeit gar nicht so verkehrt, damit ihre Schwester annahm, all ihre Probleme wären bloß harmlose Anpassungsschwierigkeiten. Manchmal gelang es Shirina sogar, sich das selbst vorzumachen.

»Stress im Büro, und wenn ich nach Hause komme, erwartet mich ein Berg Arbeit.« Wenn Jezmeen doch nur wüsste, wie Shirina die Tage zählte, bis sie wieder in den Flieger zurück nach Melbourne steigen konnte. Bis dahin wäre alles erledigt, und sie konnte wieder zurückkehren in das Leben, das sie sich immer ausgemalt hatte.

»Und zu Hause?«, hakte Jezmeen nach. »Wie ist es mit Sehaj und deiner Schwiegermutter – alles in Butter?«

»Ja«, erwiderte Shirina. »Sicher.« Aber die Antwort kam ein bisschen zu sehr wie aus der Pistole geschossen. Jezmeen musterte sie eindringlich. »Ich meine, ein bisschen Eingewöhnungszeit braucht man doch immer, oder? Wir sind schließlich erst ein paar Jahre verheiratet«, sagte sie ganz beiläufig. Sie musste an die albernen amerikanischen Sitcoms denken – wo die Schwiegermutter naserümpfend den Auflauf der Schwiegertochter beäugte und zuckersüß »Danke, Herzchen« sagte, während man das Publikum im Hintergrund kichern hörte. Shirina musste daran denken, wie Mutter ihr Brathuhn in den Müll geworfen hatte, weil es an ein paar Stellen ein bisschen angebrannt gewesen war. Shirina hätte sie einfach abgekratzt. Die Erinnerung daran saß ihr wie ein Dorn im Fleisch. Sehaj hatte seinen Teller nicht weggeworfen, aber er hatte nur die Hälfte gegessen, hin und her gerissen zwischen zwei Loyalitäten.

»Manchmal ist es nicht so einfach, weißt du?«, sagte Shirina. So viel konnte sie wohl sagen. Es war lange her, seit sie sich Lauren anvertraut hatte. Darüber, wie es war, mit Sehaj und seiner Mutter in diesem großen, stillen Haus zu leben. Doch selbst bei diesem kleinen Eingeständnis bekam Shirina prompt ein schlechtes Gewissen. *Du solltest eigentlich froh und dankbar sein.*

»Sie wirkte sehr reserviert«, meinte Jezmeen. »Aber ich habe sie ja auch nur einmal bei eurer Hochzeit gesehen.«

Shirina nickte. »Sie meint es nur gut, auch wenn sie in mancher Hinsicht schon sehr altmodisch ist. Aber dafür kann sie ja nichts.« An dieser Stelle hatte Lauren sie immer mit hochgezogener Augenbraue gemustert und etwas zum Thema »Verantwortung für das eigene Handeln übernehmen« gesagt. Fast erwartete sie dieselbe Reaktion von Jezmeen, aber zu ihrem großen Erstaunen hörte die ihr einfach nur zu. Shirina schob alle Gewissensbisse beiseite und die Stimme im Kopf, die ihr sagte, dass sie ihrer Schwiegerfamilie nicht den gebotenen Respekt erwies.

»Es sind die ganz kleinen Dinge wie, dass sie erwartet, dass ich beim Essen alles immer genau auf den Punkt richtig mache, oder dass die Wäsche so und nicht anders zu bügeln ist.« *Und sie tut mir weh.* Das würde Shirina nie sagen, das ginge dann doch zu weit. Sich über die kleinen, unbedeutenden Dinge zu beklagen, war nicht weiter schlimm. Die Foren waren voll von Threads, in denen es um Gewalt und Missbrauch ging, aber so weit würde Shirina nie gehen. Es wäre vermessen, ihre Probleme als Missbrauch zu bezeichnen. Sie hatte keine blauen Flecken, sie wohnte nicht in einer kleinen Hütte mit einer Schwiegermutter, die sie regelmäßig verprügelte.

»Was sagt Sehaj denn dazu?«

»Er hält sich lieber raus.«

»Er weiß, was bei euch im Haus vor sich geht, und hält sich lieber raus? Oder weiß er gar nichts davon?«

»Er weiß von nichts«, schwindelte Shirina. Sie musste daran denken, wie Sehaj wütend funkelnd am Tisch gesessen hatte, während Mutter vergnügt von irgendwelchen Mädchen erzählte, die ihr auf den Heiratsvermittlungsseiten *gefallen* hatten. »Natürlich muss am Ende der Sohn entscheiden, stimmt's?«, hatte sie gesagt und Shirina quer über den Tisch die Hand getätschelt. »Und er hat sich für dich entschieden.« Sie sagte es so süß, so herzallerliebst, dass Shirina nachher gar nicht mehr wusste, ob sie zu Recht gekränkt war, als sie schlaflos im Bett lag und ihr die Worte ihrer Schwiegermutter wieder und wieder durch den Kopf gingen. »Warum hast du denn nichts gesagt?«, hatte sie Sehaj gefragt und ihn an den Schultern gepackt und geschüttelt. Erschrocken hatte er sich aufgesetzt, mit glasigen Augen, weil sie ihn so abrupt aus dem Tiefschlaf gerissen hatte, und hatte gemurmelt, das sei den Ärger nicht wert.

»Kannst du mit ihm darüber reden?«, erkundigte sich Jezmeen.

»Nicht so richtig«, sagte Shirina vorsichtig. »Es ist schwierig, sich zwischen einen Mann und seine Mutter zu stellen. Vor allem, wenn er für sie der einzige Mensch ist, den sie noch hat.«

»Aber das ist doch dir gegenüber nicht fair«, erklärte Jezmeen. »Und ihm gegenüber auch nicht.«

»Ich weiß.« Shirina schloss seufzend die Augen. Wenn Jezmeen wüsste, wie viel sie um des lieben Friedens willen aufgegeben hatte, sie wäre außer sich. Die Sorge in ihrem Gesicht war bereits rechtschaffener Wut gewichen. »Das ist eine heikle Sache. Sie war lange krank, musst du wissen.«

»Wirklich? Was hat sie denn?«

»Sie hatte eine Hüft-OP«, erklärte Shirina. »Die Rekonvaleszenzzeit war lang und schmerzhaft. Ich musste ihr mit allem helfen. Sie braucht mich, damit ich ihr die Treppe hinaufhelfe, und sie kann das Bein nicht lange belasten, also türmt sich die Hausarbeit.«

Neben deinem Vollzeitjob spielst du auch noch die Krankenschwester für deine Schwiegermutter? Das war eigentlich die Reaktion, die sie erwartet hätte. Ungläubiges Erstaunen, Empörung, der Vorwurf, eine Idiotin zu sein, dass sie sich derart ausnutzen ließ. Lauren hatte Shirina immer ganz mitleidig angeschaut, und alles, was sie danach noch sagte, klang herablassend und besserwisserisch. Als wüsste Shirina nicht selbst, dass sie die Wahl hatte und sich nicht alles gefallen zu lassen brauchte.

Aber Jezmeen nickte nur und wartete ab, ob Shirina noch etwas sagte. Es war so still im Zimmer, dass Shirina hören konnte, wie draußen ein Koffer den Flur entlanggerollt wurde. »Nichts, was ich nicht irgendwie hinbekäme«, sagte Shirina, um Jezmeen zu beruhigen. »Es war echt stressig, mehr nicht. Aber die kleine Auszeit tut gut.«

»Von wegen Auszeit«, meinte Jezmeen grinsend. »Wir haben einen straffen Zeitplan, und die meisten Abende sitzen wir im Hotel fest, weil wir uns in einem nicht unbedingt frauenfreundlichen Umfeld bewegen. Darum wollte ich so gerne nach Goa – am Strand liegen, ganz frei und ungezwungen. Aber das kann ich wohl knicken.«

Shirina zuckte die Achseln, als wolle sie bei dem Gedanken daran, im Bikini am Strand zu liegen, nicht auf der Stelle alle Sachen zusammenpacken und Hals über Kopf zum Flughafen flüchten. »Urlaub kannst du doch immer noch machen. Bei dieser Reise geht es um die Familie«, sagte sie.

»Dann freust du dich darauf, Sehajs Verwandte kennenzulernen? Gibt's ein großes Willkommenskomitee, ganz großer Bahnhof, und du brauchst am Ende nicht mit den anderen braven Mädchen in der Küche zu stehen und die Hausarbeit zu machen?«

»Wir werden sehen«, meinte Shirina. »Die sind sicher nett.« In ihrer Fantasie hatte sie sich Sehajs entfernte Verwandte genauso ausgemalt, wie sie es mit seiner engeren Familie gemacht hatte, als sie sich gerade online kennengelernt hatten – warmherzige Menschen, die sie mit offenen Armen in die Familie aufnehmen würden. Immer, wenn sie es mit der Angst zu tun bekam oder sie nervös wurde beim Gedanken daran, was sie in der Arztpraxis in Chandigarh erwartete, stellte sie sich statt der Klinik die Familie vor, wie sie strahlend vor einem weitläufigen, von mehreren Generationen bewohnten Anwesen inmitten einer üppig grünen Landschaft Spalier standen, als der Wagen vorfuhr. Alle winkten ihr fröhlich zu. Sie konnten es gar nicht erwarten, sie bei sich willkommen zu heißen.

Dreizehntes Kapitel

Sechster Tag: Amritsar, Punjab
Erweckung des Gurus

Ehe die Sonne heute aufgeht, solltet ihr schon am Tempel sein, um einer bedeutenden Zeremonie beizuwohnen. Das Guru Granth Sahib, *unser Heiliges Buch, wird auch als elfter und letzter Guru des Sikhismus betrachtet. Jeden Morgen wird es erweckt und in den Tempel gebracht, wo Freiwillige den Schrein bereits bis in den letzten Winkel gereinigt und die Böden mit Milch gewischt haben. Beobachtet diese Zeremonie und rezitiert zusammen mit den anderen Sikhs dort und überall auf der Welt den Namen des Herrn. Anschließend macht ihr bitte Seva in der Küche und bereitet das Essen für die Menschen im Tempel zu, die früh aufgestanden sind, um wie ihr an der Erweckung unseres Gurus teilzuhaben.*

Es war noch so früh am Morgen, dass es Rajni vorkam, als schwebte sie irgendwo im Niemandsland zwischen Wachen und Träumen und ihr Bewusstsein verstecke sich noch unter jeder dicken Decke aus Nichts, hinter der, wenn sie sich schließlich auflöste, der neue Tag begann. Vorne am Tempeleingang stand sie mit Jezmeen und Shirina in eine Reihe gequetscht und wartete auf die Prozession, die jeden Augenblick vorbeikommen musste. Die Atmosphäre war ernst, aber feierlich – Rajni spürte die angespannte Erwartung im aufgeregten Flüstern ringsum. »Kommen sie endlich? Siehst du was?«, fragte Jezmeen mehrmals, als Trompeten tönten und die Menge unruhig wurde. Shirina stellte sich auf die Zehenspitzen und versuchte, an dem Menschenmeer vorbeizusehen, das sich über die ganze Stadt zu erstrecken schien.

Der Tempel, mit goldenen Lichtern geschmückt und strahlend weiß vor dem dunklen Himmel, war vor Sonnenaufgang noch atemberaubender. Im Gedränge der Gläubigen, die sie immer näher an den Sarovar schoben, fiel Rajnis Blick auf die unscharfe, auf dem Kopf stehende Spiegelung des Tempels. Das Wasser hatte etwas Ungreifbares eingefangen – die Essenz dieses Ortes. Dieses vage, verschwommene Abbild gefiel ihr noch besser als das eigentliche Gebäude. Der Tempel selbst war zu plastisch. Wie eine Erinnerung, die immer klarer und deutlicher wurde, je mehr man sie zu vergessen versuchte. Das im Wasser war nur ein Lichterspiel.

Handys auf Selfie-Sticks schossen in die Höhe wie schnipsende Finger eifriger Schüler, die sich im Klassenzimmer meldeten. Man hörte Gebete und Gesänge, die sich langsam näherten. Jezmeen war die größte von ihnen, und ihre langen Arme waren von Vorteil, um Selfies zu knipsen, aber sie machte kein Foto. Shirina auch nicht. Und Rajni musste sich eingestehen, der einzige Mensch, für den sie die Zeremonie fotografisch festhalten wollen würde, war Mum. Ohne sie gab es niemanden mehr, dem sie das hier zeigen wollte. Sie klopfte auf das Handy in ihrer Bauchtasche und lauschte auf den näher kommenden Gesang. Um sie herum wiederholten die Gläubigen im Chor Gottes Namen. *Waheguru.* Eigentlich war sie ja nur Zuschauerin, aber sie ertappte sich dabei, wie sie die Lippen zum Klang dieses Wortes bewegte, das in dem Haus, in dem sie aufgewachsen war, allgegenwärtig gewesen war. *Waheguru* hatte Mum immer geseufzt, wenn ihr beim Aufstehen das Kreuz knackte. Nach jedem Niesen und jedem Gebet, jedem Unglück oder jedem göttlichen Wunder hatte sie dieses Wort gemurmelt. Wenn man ihn brauchte, musste man nur *Waheguru* sagen, und Gott würde einen erhören.

Mum hatte Rajni die Geschichte mit dem elften Guru erklärt, als sie noch ein kleines Mädchen war, lange bevor Jezmeen und Shirina auf die Welt kamen. Es war der zehnte Guru der Sikhs gewesen, Guru Gobind Singh, der zu dem Entschluss gekommen war, der elfte Guru solle ein Buch sein, das alle Gesänge und Lehren seiner Religion in sich vereinen sollte. In jedem Tempel lag das schwere Buch auf einem eigens angefertigten Podest mit Baldachin, eingehüllt in viele Lagen schimmernden Stoffs, der bestickt und mit Quasten besetzt war. Erst viele Jahre, nachdem Mum Rajni das mit dem elften Guru erklärt hatte, fing sie an, das Gehörte zu hinterfragen. »Warum wollte er nicht, dass nach ihm noch jemand kommt?«, fragte sie. »Er wusste wohl, wie die Menschen sind«, erwiderte Mum. Es war kein Geheimnis, dass Mum das Vertrauen in die Menschheit verloren hatte. Dads Land in Punjab war verkauft worden, doch die Familie hatte den Anteil, der eigentlich Mum zugestanden hätte, einbehalten. Es seien bestimmte Voraussetzungen zu erfüllen, behaupteten sie, ergingen sich aber nur in Andeutungen, worin diese genau bestanden. Mum beschloss, daraufhin selbst nach Indien zu reisen. Es wäre einfacher, persönlich mit den Leuten zu verhandeln, statt kurzangebundene, viel zu teure Ferngespräche zu führen. Schon jetzt mussten sie knapsen, weil Dad nicht mehr da war.

Die Gesänge wurden lauter und eindringlicher. Trompeten bliesen, um die Ankunft des Buchs zu verkünden. »Da kommt es«, rief Jezmeen und zupfte Rajni aufgeregt am Ärmel. Ein Mann mit Turban und einem kleinen Jungen auf den Schultern trat vor sie. Rajni konnte nur ein paar flüchtige Blicke erhaschen, während die Menschen sich zusammendrängten, die Hälse reckten und Handys in die Höhe hielten, um alles zu filmen. Das Buch war in Gold gebunden und ruhte auf einer Sänfte, deren Ecken auf den Schultern vierer Männer ruhten. Sie durchschritten langsam die Menge, die sich vor ihnen teilte und mit jedem ihrer Schritte mehr zurückwich. Die Gesänge wurden immer lauter und jubilierender.

Das Gedränge setzte ein, sobald das Buch näher kam. Die Leute schubsten und schoben, rangelten darum, einen Blick darauf zu erhaschen, rempelten einander mit den Schultern an und versuchten, dem Buch durch die Menge zu folgen. Die Gesänge wurden unangenehm inbrünstig. Rajni lief der Schweiß den Rücken herunter, und sie wurde fast umgerissen. Sie packte ihre Schwestern an den Ellbogen und wollte sich bei ihnen unterhaken, aber plötzlich konnte man nicht einmal mehr die Arme heben. »Entschuldigung«, keuchte sie, wohl wissend, dass es nichts bringen würde. Die Menge wogte, und Rajni spürte die Gefahr, hinzufallen und in diesem Menschenmeer unterzugehen. Sie stemmte die Füße fest auf den Boden und versuchte, sich gegen die von allen Seiten pressenden Leiber zu stellen, als plötzlich ein stechender Schmerz ihren Knöchel durchzuckte. Sie schrie auf, aber niemand hörte sie. Ringsum riefen die Menschen immer weiter *Waheguru, Waheguru*, dieses Wort, das alles Leiden heilen sollte.

Als das Buch schließlich nicht mehr zu sehen war, ließ der Ansturm allmählich nach. Sobald sie wieder ein bisschen Luft bekam, zog Rajni ihre Schwestern aus dem Menschenstrudel. »Wollen wir nicht bleiben und uns anhören, welchen Vers der Priester vorliest?«, fragte Jezmeen.

»Das wird doch überall übertragen«, sagte Rajni und zuckte wieder vor Schmerz leicht zusammen.

»Warum hat Mum eigentlich nicht gewollt, dass wir an der Zeremonie teilnehmen?«, wollte Jezmeen wissen.

»Da wolltest du mitmachen?«, fragte Rajni. »Sah ziemlich anstrengend aus.«

»Sie hätten uns sowieso nichts tun lassen«, entgegnete Shirina. »Nur auserwählte Sikhs dürfen den Schrein vorbereiten. Alle Leute, die morgens früh um zwei putzen und die Böden mit Milch wischen, sind getauft.«

»Bestimmt überwiegend Männer«, meinte Jezmeen. »Es haben nur Männer die Sänfte getragen.«

»Und es sind auch hauptsächlich Männer hier«, stellte Rajni fest, als sie sich umschaute. »Entweder, es gibt da irgendeine Regel, oder die Männer haben sich einfach vorgedrängelt.« Nach Dads Tod hatte Mum seine Asche nicht selbst verstreuen dürfen. Einige entfernte Onkel und Cousins aus Indien hatten an ihrer Stelle die Totenrituale durchgeführt. »Wie gut, dass niemand uns vorschreiben wollte, wir dürften Mums Asche nicht selbst verstreuen, bloß weil wir Frauen sind.«

»Das ist einfach nicht richtig«, stimmte Jezmeen ihr zu. »Es kann weder für das eine noch für das andere irgendeine nachvollziehbare Begründung geben.«

»So sind halt die Regeln«, widersprach Shirina. Rajni war aufgefallen, dass sie heute noch müder aussah als gestern, aber bei ihrer energischen Widerrede wirkte sie plötzlich hellwach.

»Aber das heißt noch lange nicht, dass diese Regeln auch sinnvoll sind«, merkte Jezmeen an.

»Vielleicht wurde es bloß schon immer so gemacht«, gab Shirina zurück.

»Willst du damit sagen, wenn jetzt jemand käme und uns sagen würde, wir dürften Mums Asche nicht verstreuen, bloß weil wir Frauen sind, fändest du das in Ordnung?«, fragte Rajni.

»In Ordnung fände ich es nicht, aber wir müssten uns trotzdem daran halten«, erklärte Shirina. »Es ist eben, wie es ist.«

Wie vor den Kopf geschlagen sah Jezmeen sie an. »Aber …«, stammelte Rajni.

»Wir respektieren die Traditionen, oder nicht? Oder suchen wir uns nur die aus, die uns gefallen?« Noch nie hatte Rajni Shirina so flammend argumentieren gehört. »Was willst du denn?«, wendete sich Shirina herausfordernd an Jezmeen. »Willst du anfangen, in all den kleinen Dingen nach Ungerechtigkeiten zu suchen? Das wäre nämlich eine lange Liste, und du würdest nie ein Ende finden.«

Rajni und Jezmeen sahen sich an. Was war nur in Shirina gefahren? Eine Weile gingen sie schweigend nebeneinander her. Eine laute Ankündigung riss Rajni aus ihren Gedanken. Es war das Tagesgebet, das vorgelesen und per Lautsprecher nach draußen übertragen wurde. Jede Silbe wurde gefolgt von einem hallenden, scheppernden Echo, was es beinahe unmöglich machte, das Gesagte zu verstehen. Mum hatte früher jeden Morgen das Radio eingeschaltet, um sich die Live-Übertragung anzuhören. Wie viele andere Sikhs weltweit hatte sie auf die tägliche Anleitung gewartet, wie sie ihr Leben zu führen hatte. Der Goldene Tempel war das schlagende Herz des Sikh-Universums, das seine Botschaft in Abertausende Haushalte in Großbritannien und der ganzen Welt hinaussandte. Der Schmerz in Rajnis Knöchel machte sich immer deutlicher bemerkbar, und sie wünschte, um ihn verschwinden zu lassen, bräuchte es tatsächlich nicht mehr, als den Namen des Herrn aufzusagen. Na ja, schaden konnte es schließlich auch nicht. Mit jedem weiteren Schritt sagte sie stumm seinen Namen. All ihren Zweifeln zum Trotz glaubte sie, dass ihr das Gehen so ein bisschen leichter fiel.

Die Frühstücksvorbereitungen im Goldenen Tempel hatten schon vor Sonnenaufgang begonnen, und als Jezmeen schließlich mit ihren beiden Schwestern in die Tempelküche kam, drängten sich dort schon die freiwilligen Helfer. Ältliche Damen saßen auf den Matten und teilten Knoblauch mit den Fingernägeln. Die papiernen Schalen ließen sie auf ausgebreitetes Zeitungspapier fallen. Einige im Kreis stehende Männer bestückten eine gigantische Maschine, in der Teigbällchen auf einem Förderband zu flachen Rotis geplättet wurden. Jezmeen, Shirina und Rajni standen am Rand und drückten sich unschlüssig herum wie neue Schüler in der Schulmensa, weil sie nicht wussten, ob sie überhaupt gebraucht wurden. Erst als ein Grüppchen europäischer Rucksacktouristen hereinschneite und sich in einem Wirbel sandelholzduftender Dreadlocks auf die verschiedenen Arbeitsstationen verteilte, ging Jezmeen auf, dass niemand irgendetwas von ihnen erwartete. Also stellte sie sich einfach zu den Frauen, die das Geschirr spülten, das sich nach dem frühmorgendlichen Ansturm bereits stapelte. Rajni folgte ihr. Shirina verkrümelte sich in die hinterste Ecke der Küche – so weit weg von den beiden anderen wie irgend möglich.

Während sie allmählich in einen Arbeitsrhythmus fanden, wendete Jezmeen sich schließlich an Rajni. »Irgendwas stimmt nicht mit unserer kleinen Schwester«, tuschelte sie. »Was sollte denn der Ausbruch eben?«

Rajni schielte aus den Augenwinkeln rüber zu Shirina, die mit ein paar anderen Frauen auf einem Schemel hockte und Kartoffeln schälte. Lächelnd und nickend sah sie die Frau an, die ihr Platz gemacht hatte und ihr einen Schäler in die Hand gedrückt und einen Berg Kartoffeln zugeschoben hatte. »Keine Ahnung. Das war schon eigenartig.«

»Sie wirkt so unglücklich – gestern war sie kurz davor, mir das Herz auszuschütten. Sie verheimlicht uns irgendetwas. Ich glaube, im Grund graust es ihr vor der

Reise in dieses Dorf. Sie sieht so müde aus, findest du nicht? Und immer scheint sie in Gedanken.«

Rajni tunkte einen Edelstahlteller ins Seifenwasser und reichte ihn dann Jezmeen zum Abspülen. »Familienbesuche auf dem Dorf sind kein Kindergeburtstag«, raunte sie. »Nach ein paar Stunden hat sich der Reiz des Neuen abgenutzt, dann scharwenzelt niemand mehr um einen herum. Wenigstens ist sie nicht ledig. Ich war damals fünfzehn, und jeden zweiten Tag hat die eine oder andere Tante eine blöde Bemerkung gemacht, was für eine hübsche Braut ich doch abgeben würde.«

»Was hat Mum denn dazu gesagt?«, erkundigte sich Jezmeen.

Rajni zögerte. »Sagen wir's mal so: Sie ist nicht eingeschritten.«

»Aber du warst *fünfzehn*!«

»Ja, und Mum wollte sich um jeden Preis gutstellen mit der Verwandtschaft.«

»Wieso denn das?«

Wieder zögerte Rajni. »Der übliche Druck, die Familie zu Hause beeindrucken zu wollen, ihnen zu zeigen, dass man die alte Heimat nicht verraten hat, dass man sich nicht für was Besseres hält.« Rajni konzentrierte sich ganz darauf, einen hartnäckigen Fleck von einem Edelstahlbecher zu schrubben. Fast wirkte es, als wolle sie noch etwas sagen, aber dann ließ sie es doch bleiben.

»Ob wir vielleicht mal mit Shirina reden sollten?«, überlegte Jezmeen. »Uns mit ihr hinsetzen und sie fragen, was los ist? Vielleicht sagt sie dir ja die Wahrheit.«

»Warum sollte sie ausgerechnet mir die Wahrheit sagen?«, fragte Rajni. »Ihr beiden seid doch viel enger.«

»Aber du bist verheiratet«, entgegnete Jezmeen. »Hattest du denn nicht mit diesem ganzen Verheiratetenkram zu tun, als du Kabir geheiratet hast? Du musstest doch bestimmt auch so was machen und hattest deine Verpflichtungen, oder nicht?« Sie erinnerte sich noch, wie Rajni die Füße von Kabirs Verwandten hatte berühren müssen, als sie das erste Mal bei ihnen zu Hause war, und sie, die hinter ihrer Schwester gestanden hatte, hatte das damals als ungeheuere Demütigung empfunden. Niemals würde sie die Füße wildfremder Menschen berühren. »Ich werde bestimmt nie heiraten«, hatte Jezmeen unter dem Gelächter von Kabirs Verwandten laut verkündet. Mum war vollkommen entgeistert gewesen angesichts dieser Aussage.

»Ich habe nichts getan, was ich nicht tun wollte«, erklärte Rajni Jezmeen. »Ich hätte immer Nein sagen können.«

»Irgendwie drängt sich mir der Eindruck auf, dass Shirina sich diesen Luxus nicht leisten kann«, meinte Jezmeen. Sie beobachtete Shirina, die im Schneidersitz dasaß und mit gesenktem Kopf ihre Arbeit verrichtete. Hochkonzentriert schälte sie Kartoffeln und türmte sie dann zu einem ordentlichen Berg, statt sie wie die anderen Frauen einfach in einen Korb zu werfen. Jede Bewegung wirkte langsam und bedächtig, als versuchte sie, eine Rolle zu spielen.

»Was hältst du von Sehaj?«, fragte Jezmeen.

Fragend sah Rajni sie an. »Wie meinst du das?«

»Ich weiß bis heute nicht, wer er eigentlich ist. Das ging damals alles so schnell mit der Verlobung und der Hochzeit.«

»Aber Shirina hat es doch so gewollt«, widersprach Rajni. »Sicherlich musste sie sich erst mal an ein paar Sachen gewöhnen, aber das geht allen nach der Hochzeit so.« Nachdenklich tauchte Rajni die Hände ins Seifenwasser. »Obwohl das neulich im Café echt eigenartig war.«

»Was denn?«

»Vielleicht bilde ich mir das nur ein, aber als ich ihr erzählt habe, dass Mum mir immer alle möglichen Fruchtbarkeitsmittelchen andrehen wollte, war sie auf einmal ganz Ohr. Kurz danach kam deine Nachricht, deswegen habe ich nicht nachgehakt – und womöglich gab es auch keinen Grund dazu –, aber ich frage mich, ob sie und Sehaj womöglich versuchen, ein Kind zu bekommen? Vielleicht funktioniert es ja nicht. Nach meinen Fehlgeburten habe ich auch zugenommen und war furchtbar niedergeschlagen, weißt du.«

»Meinst du, wir sollen sie darauf ansprechen?«

»Ich hätte damals lieber nicht darauf angesprochen werden wollen«, erklärte Rajni. »Das ist so ein heikles Thema, Unfruchtbarkeit. Warten wir lieber ab, ob sie es von sich aus anspricht.«

Rajni trat einen Schritt zur Seite und zuckte merklich zusammen. »Wieder dein Knöchel?«, fragte Jezmeen. Bei dem kleinen Spaziergang hierher war Rajni zweimal stehen geblieben und hatte sich den schmerzenden Knöchel gerieben. Sie verzog das Gesicht und nickte. »Ich weiß auch nicht, warum der so wehtut. Ich bin schon so oft falsch aufgetreten.«

»Wir sind woanders«, meinte Jezmeen achselzuckend.

»Was hat das denn damit zu tun?«

»Braucht der Körper nicht seine Zeit, um sich an eine veränderte Umgebung zu gewöhnen? Die Haare werden strohiger oder weicher, die Augen trockener, die Träume kurioser und bunter.«

»Kann sein«, brummte Rajni. »Vielleicht verheilt es dann ja von selbst, sobald wir wieder in London sind.«

»Oder du könntest noch mal im Sarovar baden«, schlug Jezmeen vor. »Ich gehe auf jeden Fall nachher noch mal rein. So langsam glaube ich wirklich, er hat heilende Kräfte.«

»Ach bitte, Jezmeen.«

»Was denn?«

»Du weißt, dass das nicht hilft. Es ist nur Wasser.«

»Steig mit ein bisschen Gottvertrauen hinein, vielleicht wirkt es dann ja. Das Wasser nennt sich schließlich nicht umsonst ›Nektar der Unsterblichkeit‹.«

»Im übertragenen Sinne.«

Jezmeen verdrehte die Augen. »Ich *weiß*, Rajni. Ich glaube nicht, dass ein Bad im Sarovar mir auf magische Weise Unsterblichkeit verleiht.« Doch noch während sie das sagte, stimmte es sie traurig, das zugeben zu müssen.

»Mit deiner Schwärmerei für heilende Bäder klingst du ja schon fast wie Mum«, sagte Rajni. »Sie hätte sich noch selbst eingeredet, den Krebs besiegen zu können, wenn wir sie gelassen hätten. Mal ehrlich, ich dachte, du wärst ein bisschen skeptischer. Hat unsere Pilgerfahrt dich bekehrt?«

»Es ist schön, etwas zu haben, woran man glauben kann«, sagte Jezmeen. »Sonst weiß ich nicht, was wir überhaupt hier machen. Du?«

»Wir sind hier, weil Mum es sich so gewünscht hat.«

»Ich meine nicht hier, in der Küche des Goldenen Tempels. Ich meine *hier*. Unsere ganze Existenz. Was hat das alles für einen Sinn?« Jezmeen staunte selbst über diese Frage. Noch nie hatte sie das laut ausgesprochen, aber seit dem Zwischenfall mit dem Arowana quälte diese Frage sie. Sie hatte immer gehofft, berühmt und damit unsterblich zu werden. Stattdessen war sie nun bekannt für ihr größtes Missgeschick.

»Ach, ich weiß auch nicht. Im Moment versuche ich einfach, einen Tag nach dem anderen durchzustehen.«

Nun klang Rajni plötzlich wie Mum. Das Geseufze, das Gejammer darüber, dass das Leben nicht so war, wie sie es sich vorgestellt hatte.

»Fragst du dich denn nie, was danach kommt? Machst du nicht manchmal Sachen und fragst dich hinterher, warum du das alles eigentlich tust?«, bohrte Jezmeen nach.

Rajni drehte sich zu ihr um und starrte sie durchdringend an. »Wenn ich ständig über den höheren Sinn all dessen, was ich tue, nachdenken würde, bekäme ich nichts getan. Ich würde herumlaufen wie Mum: Rituale ausführen, die nichts bewirken, und Beten zu meinem Hobby machen, nur aus der Überzeugung heraus, dass das Leben nach dem Tod verheißungsvoller ist und weniger Enttäuschungen birgt als die Welt, in der wir leben.«

»Das hört sich an, als sei Mum eine verbitterte alte Frau gewesen«, sagte Jezmeen. »Sie wollte nicht sterben, um möglichst schnell aus dieser Welt zu scheiden.«

»Warum hat sie uns denn dann gebeten, ihr beim Sterben zu helfen?«, fragte Rajni.

»Das war doch nur, weil sie so gelitten hat«, flüsterte Jezmeen. Ihr stiegen Tränen in die Augen. »Soweit ich mich entsinnen kann, hast du nicht gerade gezögert.«

»Ich wollte Mum helfen, so gut ich irgend konnte«, widersprach Rajni. »Ich hätte nie gedacht, dass ich so lange nach ihrem Tod noch Albträume haben würde.«

Jezmeen starrte Rajni an. Dann träumte sie also auch von Mum? Rajni schrubbte schon wieder Teller. Ihr Gesicht war wutverzerrt, und sie scheuerte heftiger als nötig. So hatte sie auch an dem Tag im Krankenhaus ausgesehen, als Mum sie aus dem Zimmer gescheucht hatte und Jezmeen schnurstracks zum Schwesternzimmer hatte marschieren wollen, um irgendwem Bescheid zu sagen. Rajni hatte sie unsanft an der Schulter gepackt und ihr gesagt, sie solle es sein lassen. »Lass mich los«, hatte Jezmeen sie angeschrien und sich losgerissen. Dann hatte sie eine Schwester angesprochen, die gerade zufällig vorbeikam. »Entschuldigung«, hatte sie gesagt. Und dann hatte Jezmeen Rajnis Faust kommen gesehen, fast wie in Zeitlupe, und dann hatte der Schmerz ihre Wange durchzuckt wie ein Blitz, und die Zeit war wieder weitergelaufen wie vorher. Shirina hatte sich gegen die Wand gedrückt, die Hände vor dem Mund und die Augen weit aufgerissen vor Schreck. Die Schwester hatte sich zwischen sie gestürzt, und dann hatte man ihnen gesagt, sie sollten das Krankenhaus auf der Stelle verlassen.

Am nächsten Tag war Jezmeen nicht drangegangen, als Rajni wieder und wieder versucht hatte, sie anzurufen. Ein lilablauer Fleck schimmerte unter ihrem Auge, und während sie behutsam Concealer darauf getupft hatte, hatte ihr Handy beharrlich weitergeklingelt, bis irgendwann der Akku leer gewesen war. Merkst du's nicht, hatte sie gedacht. Eine Entschuldigung kann das nicht wiedergutmachen. Als sie irgendwann das Handy zum Laden eingestöpselt hatte, sah sie die Nachricht von Rajni: Geh ans Handy. Es ist wegen Mum.

Als sie hingefahren waren, um Mums Sachen abzuholen, hatte Jezmeen immer noch gehofft, sie sei einfach friedlich eingeschlafen und ihre Gebete seien erhört worden. Und trotzdem träumte sie immer noch davon, wie Mum das Schmucktäschchen öffnete und die Tabletten nahm, sich eine nach der anderen in den Mund steckte wie kleine Bonbons.

Vierzehntes Kapitel

Im vergangenen November

Sita sitzt in ihrem Bett im Krankenhaus und hat ihren Töchtern gerade den Brief vorgelesen. Nun faltet sie ihn ordentlich zusammen und legt ihn sich zufrieden in den Schoß. Es gibt nichts mehr zu sagen, aber sie räuspert sich, nur um das angespannte Schweigen zu durchbrechen.

Wie erwartet starrt Jezmeen sie fassungslos und entsetzt an. Wenn es nach diesem Mädchen ginge, würden alle Menschen ewig leben und nie erwachsen werden. Jezmeen gehörte in einen Film, konserviert auf einer Leinwand und wieder und wieder abgespielt, sodass sie auch in zehn, zwanzig Jahren kein bisschen gealtert wäre. Rajni hingegen nickt. Das sieht Sita als gutes Zeichen. Sie und Rajni haben diese Möglichkeit bereits unter vier Augen besprochen, aber sie hatte Sorge, wie Rajni reagieren würde, wenn es wirklich so weit wäre. Shirina hat die Stirn in tiefe Sorgenfalten gelegt, und sie schaut zwischen ihren Schwestern hin und her.

»Bist du dir sicher, dass du genug davon hast?«, fragt Rajni. Sie redet leise, obwohl Sita sich sicher ist, dass die Frau im Bett nebenan fast taub ist. Das merkt sie daran, wie laut das Radio nachmittags um sechs immer plärrt, wenn ihre Bettnachbarin die BBC-Nachrichten hört.

Jezmeen wendet sich an Rajni. »Du willst sie das doch nicht allen Ernstes machen lassen, oder?«

Rajni und Sita werfen sich einen Blick zu, der Jezmeen nicht entgeht. »Jezmeen, sie leidet«, sagt Rajni. »Sie möchte dem ein Ende setzen. Wir – sie – denkt schon eine ganze Weile darüber nach.«

Ein kleiner Versprecher, aber Jezmeen ist er nicht entgangen. Sita zuckt zusammen, aber nicht vor Schmerzen. Sie weiß, Rajni wird erklären müssen, was sie mit »wir« gemeint hat. Sie wird erklären müssen, dass Sita, sobald sie die Diagnose bekommen hat, wusste, was sie erwartete, und dass sie nicht vorhatte, sich an dieses Leben zu klammern, während ihr Körper unaufhaltsam zerfiel. »Was kann ich tun?«, hatte sie Rajni gefragt, und Rajni hatte im Internet recherchiert, wo in Europa es Möglichkeiten für Sita gab, ihrem Leben ein würdevolles Ende zu setzen. Sie hatten Broschüren heruntergeladen und Sitas assistierten Suizid zu ihrem gemeinsamen Projekt gemacht, bis die Wirklichkeit sie irgendwann eingeholt hatte. Die Kosten dafür wären astronomisch. Sie würden die bescheidene Summe, die beim Verkauf ihres Hauses in London zusammengekommen war und die Sita ihren Töchtern und ihrem Enkelsohn hinterlassen wollte, vollständig verschlingen. Ihr ganzes Leben hatte sie gespart, warum im Tod verschwenderisch werden? »Gibt es denn keinen einfacheren Ausweg?«, hatte Sita Rajni verzweifelt gefragt. Wie beendeten andere Menschen friedlich ihr Leben, die es sich nicht leisten konnten, in einer Schweizer Privatklinik einzuchecken?

Schon lange vor ihrer Diagnose hatte Sita den Tod immer als Welle gesehen, die den Menschen umfing und in den Schlaf lullte. Die Vorstellung, sich gemütlich ins Bett zu legen und in einen tiefen, ruhigen Schlaf zu fallen, war noch verlockender, seit die Schmerzen sie die meisten Nächte wachhielten.

Und dann fielen ihr die Schlaftabletten ein. Jeden Abend bekam sie die von den Schwestern. Sita fing an, sie zu sammeln, und für die Aussicht auf einen ewigen, friedvollen Schlaf nahm sie auch ein paar quälend lange, schlaflose Nächte auf sich. Sie erzählt ihren Töchtern das nur, damit es kein allzu großer Schock für sie wird. Außerdem müssen sie die Augen aufhalten, damit niemand sie an ihrem Vorhaben hindern kann. Es ist wichtig, dass sie nicht gestört wird.

»Versuch doch, mich zu verstehen, *beti*«, fleht Sita. Sie streckt eine zitternde Hand nach Jezmeen aus, sucht die Verbindung zu ihr. »Es wird nur noch schlimmer.«

»Sie haben noch nicht gesagt, dass es keine Hoffnung mehr gibt. Niemand hat gesagt, dass du sterben musst«, protestiert Jezmeen heftig.

Sitas und Rajnis Seufzen klingen genau gleich. Das erstaunt Sita, und sie merkt, dass Rajni es auch gemerkt hat. »Sie haben mehr als nur angedeutet, dass Mum nicht mehr gesund wird. Der Krebs hat gestreut, und die Chemo wirkt nicht mehr. Das heißt …«

»Das heißt, es kann immer noch ein Wunder geschehen«, fiel Jezmeen ihr ins Wort. »Man hört doch immer wieder von Spontanheilungen, selbst bei Todkranken – Krebs, Koma. Es gibt Gelähmte, die wieder laufen können. So was passiert.«

»Es wird nicht passieren«, sagte Shirina leise.

Sita ist ihrer jüngsten Tochter in diesem Augenblick sehr dankbar, auch wenn sie gerade erst hergeflogen ist, weil Rajni sie gewarnt hat, Sitas Tage seien gezählt. Doch selbst sie sieht ein, dass Jezmeens Hoffnung unrealistisch ist. Und es ist auch keine Glaubensfrage. Jezmeen glaubt nicht daran, dass Gott Sita helfen wird. Sie hofft auf ein medizinisches Wunder, eine unerklärliche Anomalie, die Sita in allerletzter Sekunde das Leben rettet. Eine kindlich-naive Art, die Welt zu sehen, aber hatte Jezmeen damals nicht genauso mit dem Tod ihres Vaters zu kämpfen gehabt? Sita hatte ihr immer wieder erklärt, er sei jetzt bei Gott, aber Jezmeen hatte sich jahrelang an die Überzeugung geklammert, ihr Vater sei gar nicht tot. Mit zwölf fing sie an, Fälle von Menschen zu recherchieren, die aus den unterschiedlichsten Gründen ihren eigenen Tod vorgetäuscht hatten. Sita weiß noch, wie sie sich aufgeregt hatte, als Jezmeen ihr die Geschichte von einem Mann in Amerika erzählte, der während eines Camping-Urlaubs mit der Familie einen unglücklichen Sturz von einer steilen Klippe inszeniert hatte. Jahre später entdeckte eine Freundin seiner Frau, die in einer anderen Stadt lebte, ihn im Hintergrund eines Bildes in einem Zeitungsartikel über eine Spendenaktion der örtlichen Schule. »Sei nicht so dumm«, hatte Sita Jezmeen angeherrscht. Es war schon schlimm genug, sich mit den unerledigten Angelegenheiten ihres Mannes herumschlagen zu müssen – aber sich dann auch noch vorzustellen, er wäre irgendwo in einer anderen Stadt und hätte noch mal ganz von vorne angefangen, während Sita sich abstrampelte, um über die Runden zu kommen? Nein.

»Und warum sagst du uns es dann?«, fragt Jezmeen. »Wenn du dich doch ohnehin schon entschieden hast.«

»Ich möchte nicht, dass es ein Schock für euch ist«, erklärt Sita. »Und ich möchte, dass ihr bei mir seid, wenn es so weit ist.« Sie zögert. »Ihr müsst unbedingt die Pilgerfahrt machen, die ich in meinem Brief beschrieben habe. Im Sarovar baden und Seva machen.«

Die Scham, die Sita überkommt, ist allmächtig. Was sie vorhat, wird Gott nicht gefallen. Suizid ist in ihrer Religion verpönt. Was ist das für ein Mensch, der sein Leben einfach wegwirft? Immer, wenn sie wieder eine Tablette versteckt, muss sie daran denken, und sie muss sich zusammenreißen, damit die Schuldgefühle sie nicht zerfressen. Das Leben soll geschätzt werden, nicht verschwendet oder leichtfertig beendet, und das weiß sie auch. Aber was, wenn das Leben ohnehin die reinste Verschwendung ist? Darauf zu warten, dass man stirbt, ist doch eigentlich dasselbe, wie schon tot zu sein. Wenn nicht noch schlimmer, weil man einfach unnütz Platz wegnimmt. Sie hat viele Argumente, die sie vorbringen kann, wenn sie Gott von Angesicht zu Angesicht gegenübersteht, aber keines davon ist wirklich hieb- und stichfest. Nur eins weiß sie ganz genau: Ihre Töchter haben noch genügend Zeit, um Vergebung zu erlangen. Wenn sie ihr helfen, indem sie Schmiere stehen, bleibt ihnen noch ein ganzes Leben, das in Gottes Augen wiedergutzumachen. Die Pilgerfahrt ist ein guter Anfang – Dienst am Nächsten, spirituelle Reinigung, eine anstrengende Wanderung zu einem heiligen Berggipfel. Alles genau beschrieben in ihrem Brief.

»Kommt schon, Mädels«, sagt Jezmeen gerade. »Das

ist doch lächerlich. Sie muss völlig übergeschnappt sein oder so was.«

»Ist sie nicht«, widerspricht Rajni entschieden. »Sie hat ständig Schmerzen, aber sie ist bei klarem Verstand. Ich halte das für keine schlechte Idee.«

»Aber dann würden wir …«

»Würden wir nicht.«

»… einen Suizid begünstigen.«

Die Worte hängen in der Luft wie giftiger schwarzer Rauch. Rajni verschränkt die Arme vor der Brust. »Und was wären wir, wenn wir einfach dastünden und zusähen, wie Mum leidet? Ich glaube, so einfach kann man nicht immer sagen, was richtig ist und was falsch, Jezmeen. Die Umstände …«

»Willst du Mums Leiden nicht beenden?«, fragt Shirina Jezmeen. »Das ist eine schmerzlose, würdevolle Art zu gehen, wenn sie das so möchte.«

Jezmeen scheint nicht mehr weiterzuwissen. Ihr Blick huscht zwischen ihren Schwestern und ihrer Mutter hin und her. »Natürlich will ich das«, stammelt sie. »Aber es ist nicht richtig. Nicht der richtige Weg.«

»Was wäre denn der richtige Weg?«, erkundigt sich Rajni.

»Haben die Ärzte nicht gesagt, sie werden dir die verbleibende Zeit so angenehm wie möglich machen?«

»Sieht sie aus, als sei ihr Leben angenehm?«, gibt Rajni spitz zurück. »Sie leidet. Wenn der Krebs sich im Körper ausbreitet, kann man nicht mehr viel machen. Es ist eine entsetzliche Qual – sie werden ihr Morphium geben gegen die Schmerzen, aber das ist auch schon alles an Lebensqualität: abhängig von einer Droge, gerade hoch genug dosiert, um sie zu betäuben, aber nicht hoch genug, um tödlich zu sein.«

»Jezmeen, versuch das doch bitte zu verstehen«, murmelt Sita, aber es ist nur ein halbherziger Versuch, ihre Tochter zu beruhigen. Die Schmerzen kündigen sich schon wieder an, und bald werden sie ihren ganzen Körper durchzucken wie elektrische Stromstöße. Alle drei Töchter merken, wie sie zusammenfährt.

»Mum?«, fragt Rajni unsicher. Sie streckt die Hand nach Sita aus, aber noch ehe sie ihre Finger berührt, zieht Sita ihre Hand fort. Das Schlimmste, was man ihr antun kann, während sie darauf wartet, dass der Schmerz zurückkehrt, ist, sie zu berühren.

»Lasst mich allein«, wispert Sita. »Ihr alle, geht ein Weilchen nach draußen.« Sie schließt die Augen und lauscht auf die Schritte ihrer Töchter, die über den Linoleumboden aus dem Zimmer schlurfen. Eine Erinnerung blitzt auf – Jezmeen und Shirina als kleine Mädchen, wie sie an einem frühen Sonntagmorgen durchs Haus schleichen und versuchen, die anderen nicht zu wecken. Sita hörte die gedämpften Geräusche und war hin und her gerissen, ob sie nun aufstehen oder einfach liegen bleiben sollte. Die Versuchung, im Bett zu bleiben, war immer groß, ganz besonders in jenen dunklen Tagen nach dem Tod ihres Mannes, und auch später, als die Gerüchteküche brodelte. »Alles gelogen, alles erstunken und erlogen«, hätte sie am liebsten laut geschrien, aber wer hätte sie schon gehört? Schließlich zog irgendwas sie wie ein unsichtbarer Faden aus den Laken und die Treppe hinunter, wo Jezmeen und Shirina kichernd zusammen auf dem Sofa saßen oder durch die Küche hopsten.

Sitas Gedanken werden von einem kurzen, spitzen Schrei unterbrochen. Sie weiß sofort, dass es Jezmeen ist, aber sie macht die Augen nicht auf, weil der Schmerz in ihr tobt und droht, all ihre Sinne abzuriegeln. Sie windet sich und wimmert und drückt die Ruftaste für die Schwester. Im Flur hört man schnelle Schritte, doch die bleiben vor ihrer Tür stehen. Schnell, denkt Sita. *Hilfe!* Sie weiß nicht, um wessen Beistand sie gerade fleht – den ihrer Töchter, den der Schwestern oder den Gottes höchstselbst. Das Schmucktäschchen liegt in ihrem Nachttisch. Jezmeen hat die Schublade zugemacht, sobald ihr aufgegangen ist, was Sita da von ihnen verlangt. Es ist eine Qual für sie, sich nach vorne zu beugen und die Schublade aufzuziehen, aber nachdem Sita den Notruf storniert hat, gelingt es ihr. Sie berührt die Tasche mit den Fingerspitzen und spricht ein Gebet für ihre Töchter.

Fünfzehntes Kapitel

Morgensonnenstrahlen tanzten auf dem sich kräuselnden Wasser des Sarovar und hielten Rajnis Blick gefangen. Wunderwasser. Langsam hinkte sie auf das Badehaus zu. Jezmeen und Shirina halfen noch in der Küche aus, aber Rajni brauchte eine kleine Pause. Die Hitze und der Lärm in der Küche, genau wie im Gurdwara in Delhi, waren bedrückend, und die ganze Zeit am Spülbecken zu stehen hatte den Schmerz im Knöchel nur noch verschlimmert. Sie sagte sich, sie wolle nur eben die Füße eintauchen, um den Knöchel ein bisschen zu kühlen. Ohne sich falsche Hoffnungen zu machen, im Wasser werde die Schwellung zurückgehen und die alte Verletzung verheilen.

Es war erst sieben Uhr, aber vor dem Frauen-Badehaus hatte sich schon eine Schlange gebildet, als Rajni sich dazugesellte. Ein bisschen aufgeregtes Geplapper war zu hören, genau wie gestern, aber heute Morgen waren viel mehr Teenager unter den Wartenden. Auch ein Grüppchen junger Mädchen in identischen weißen T-Shirts mit dem Aufdruck *Jugendleiter: Internationales Sikh-Jugend-Sommercamp* stand da und wartete. Rajni lauschte auf die vielen unterschiedlichen Akzente – etliche Amerikanerinnen, einige Australierinnen und dazwischen ein paar, die sie nicht einordnen konnte, vermutlich aus Südostasien und Afrika.

Ganz langsam schob die Schlange sich weiter. Das Mädchen vor Rajni krempelte die Beine seiner Jogginghose hoch, unter der kräftige Waden zum Vorschein kamen. Rajnis weher Knöchel pochte vor Schmerz. Er strahlte immer weiter, bis ins Knie und sogar bis hinauf in die Hüfte. Das war kein gutes Zeichen. Natürlich musste sie ausgerechnet jetzt an Mums Tabletten denken. In ihrer Erinnerung klimperten sie in einem Metallröhrchen, obwohl die Schmucktasche aus Stoff gewesen war und keinen Laut gemacht hatte. Stumm wie das Geheimnis, das Mum ihnen aufgebürdet hatte. Rajni schaute über die Schulter hinüber zum Langar, wo sie Jezmeen mit dem schmutzigen Geschirr stehen gelassen hatte. Glaubte Jezmeen allen Ernstes, sie sei die Einzige, die mit ihrem Gewissen zu kämpfen hatte? Dass es Rajni leichtgefallen war, mit Mum zusammenzusitzen und sich die Broschüren schicker Schweizer Privatkliniken anzusehen, in die todkranke Menschen zum Sterben gingen? Jedes dieser Gespräche hatte Rajni alles an Kraft gekostet. Sie war nach Hause gekommen und hatte mit Anil und Kabir darüber reden wollen, aber die waren meist schon längst im Bett, und sie hatte einsehen müssen, wie reibungslos das Leben auch ohne sie weiterging. Manchmal sah sie abends beim Nachhausekommen Licht unter Anils Tür und blieb unschlüssig davor stehen. Wie gerne hätte sie angeklopft und Hallo gesagt, befürchtete aber, schnöde abgewiesen zu werden. Er wollte immer nur zurück an sein Handy, raus aus dem Haus.

Sobald sie in das Badehaus kamen, vervielfachten sich Lärm und aufgeregtes Geschnatter. Laute Stimmen hallten von den Wänden wider. Rajnis Schweigen wirkte vollkommen fehl am Platz – alle anderen wirkten so ausgelassen und vergnügt, nur sie war allein. Verstohlen schaute sie sich nach anderen unbegleiteten Frauen um und sah eine ältere Dame, die gerade dabei war, ihre Sachen abzustreifen und ordentlich aufzufalten – zuerst die Tunika, dann den Salwar. Beim ohrenbetäubenden Lärm der schrill kreischenden und kichernden Mädchen zuckte die alte Dame zusammen, aber kaum war sie gemächlich ins Wasser gestiegen, wirkten ihre Gesichtszüge mit einem Mal ganz ruhig und entspannt.

Rajni krempelte die Beine ihres Salwar hoch, wohl wissend, dass dieses Wasser sie nicht heilen würde. Doch sobald sie ihre Füße ins Wasser tauchte, atmete sie unwillkürlich erleichtert auf. Das kühle Nass an den Sohlen, mit denen sie draußen auf den heißen Fliesen gestanden hatte, war herrlich. In kleinen Schrittchen schob Rajni sich an eine schützende Wand, während die Mädchen wild ins Becken stürmten. Manche waren ganz nackt, andere hatten nur die Tunika ausgezogen und wateten zum anderen Ende des Beckens. Rajnis Knöchel tat noch immer weh, aber das plätschernde Wasser lenkte sie ein wenig ab. Sie schloss die Augen und konnte sogar die Stimmen der Mädchen ausblenden. Eigentlich wollte sie am liebsten alles ausblenden, die schwarze Leinwand des vollkommenen Nichts vor Augen, aber sie hörte und sah Mum, Kabir und Anil. Die drei Menschen, deren Erwartungen sie schon ihr ganzes Erwachsenenleben lang unter einen Hut zu bringen versuchte.

Immer wieder tauchten in ihrem Kopf die Bilder von ihrem Streit mit Jezmeen an diesem Abend im Krankenhaus auf. Sie wusste auch nicht, was in sie gefahren war – gerade hatten sie noch in hitzigem Flüsterton miteinander gestritten, und im nächsten Moment hatte sie die Hand zur Faust geballt und ihrer Schwester einen solchen Haken verpasst, dass ihr Kopf zurückflog und beinahe gegen die Wand geknallt wäre.

Warum hatte sie das getan? Jezmeen hatte zu ihr gesagt: »Du musst verrückt sein, wenn du glaubst, das würde funktionieren.« Worauf Rajni erwidert hatte: »Denk mal darüber nach, nur ganz kurz. Dann wirst du einsehen, wie einleuchtend es ist.«

Das Wasser schwappte um Rajnis Füße, ein leichtes Kräuseln, verursacht von einem neuen Pilgerstrom. Diese Frauen gehörten nicht zu dem Jugendcamp – sie waren später dazugekommen und deutlich älter. Splitternackt ausgezogen wuchteten sie ihre schweren Körper ins Wasser. Selbstbewusst zogen sie ihre Bahnen und erzeugten dabei ihre eigene Strömung. Eine Frau tauchte ganz unter und kam dann, erst nach gefühlten Minuten, wieder an die Oberfläche. Ihre und Rajnis Blicke trafen sich. Nur ganz kurz, aber Rajni wurde plötzlich verlegen, weil sie selbst so stocksteif dastand.

»Raj.«

Verdattert drehte sie sich um. Am Beckenrand stand Jezmeen. »Was machst du da?«, fragte sie.

»Ich wollte mich nur ein bisschen abkühlen«, erwiderte Rajni. Tatsächlich tat ihr Knöchel schon nicht mehr ganz so weh. Die sanften Wellen hatten die Schwellung zum Abklingen gebracht und sie auf andere Gedanken gebracht. Aber das musste sie Jezmeen ja nicht auf die Nase binden.

Jezmeen fing an, die Beine ihres Salwar hochzukrempeln. Als sie ins Wasser watete, schaute die ältere Dame, die Rajni eben angesehen hatte, auf und nickte ihr zu. »Sie waren gestern auch hier«, sagte die Frau.

»Ja«, antwortete Jezmeen.

»War das Ihre Schwester, die da bei Ihnen war? Das junge Mädchen, das ausgerutscht und hingefallen ist?«

Jezmeen nickte.

»Geht es ihr gut?«

»Ich denke schon.«

Die Frau rieb sich das Gesicht mit Wasser ein und sagte: »Gut. Sie sollte auf sich achtgeben.«

»Wer war das denn?«, fragte Rajni verwundert und sah der Frau nach, wie sie wieder ging.

»Das war die Frau, die Shirina gestern aufgeholfen hat«, erklärte Jezmeen. »Sie hat irgendwas zu ihr gesagt, das Shirina völlig aus der Fassung gebracht hat.«

Rajni zuckte die Achseln. »Wirkte doch sehr nett. Hat sich bestimmt nur Sorgen gemacht.«

Jezmeen biss sich auf die Unterlippe und ließ die Frau nicht aus den Augen. »Denke auch«, brummte sie.

»Ist Shirina noch in der Küche?«

»Ja. Ich habe ihr gesagt, dass ich zum Sarovar gehe, aber sie wollte nicht mitkommen.« Jezmeen planschte ein bisschen mit den Zehen im Wasser. »Dein Fuß ist immer noch ein wenig geschwollen.«

Rajni schaute an sich hinab. »Na ja, ich hab ja auch keine Wunderheilung erwartet.« Sofort bereute sie ihre Worte oder zumindest, sie so laut gesagt zu haben. Ein paar Frauen hoben ruckartig die Köpfe und schauten sie vorwurfsvoll an. Alle anderen hier schienen tatsächlich ein Wunder zu erwarten.

»Ich sage bloß, vielleicht solltest du ihn nicht so viel belasten.«

»Ich tue mein Bestes.«

»Meinst du, du musst zum Arzt oder so?«

Die Sorge in Jezmeens Stimme wirkte etwas überzogen. »Nein, das geht schon«, versicherte Rajni.

»Denn wenn du zum Arzt musst oder ... ich weiß auch nicht ... dich die nächsten Tage ein bisschen schonen willst ...«

»Okay, was ist los?«, fragte Rajni gereizt.

»Wie meinst du das?«, gab Jezmeen zurück. Mit großen Augen schaute sie Rajni unschuldig an, aber ihre Schwester wusste ganz genau, Jezmeen suchte nur eine Ausrede, sich um den nächsten anstehenden Teil ihrer Reise zu drücken.

»Ich werde diese Pilgerreise zu Ende bringen, komme, was wolle«, erklärte Rajni entschlossen.

Jezmeen schluckte. »Kennst du HC Kumar?«

»Ist das ein Schauspieler?«

»Ein Regisseur. Mein Agent hat für mich ein Treffen mit ihm arrangiert. Morgen. In Delhi.«

»Aber wir fahren morgen nicht nach Delhi. Wir wandern zum Hemkund Sahib und meditieren und denken an Mum und verstreuen ihre Asche im See«, entgegnete Rajni ganz ruhig.

»Nein, ich dachte nur ... den größten Teil unserer Pilgerreise haben wir schon hinter uns. Wir haben uns wieder angenähert, wir haben Zeit miteinander verbracht, und ich habe weiß Gott viel an Mum gedacht während dieser Reise. Ist es denn wirklich so wichtig, dass wir diese Wanderung unternehmen? Und, ähm ...

fließt nicht alles Wasser am Ende ins Meer? Wenn wir also Mums Asche in einen Fluss streuen, liefe es doch auf dasselbe hinaus, oder?«

Allein beim Gedanken an diese anstrengende Wanderung pochte Rajnis schmerzender Knöchel noch heftiger. Aber sie könnten jemanden engagieren, der sie hinbrachte, ein bisschen improvisieren. Zwei ganze Tage einfach aus dem Programm zu streichen kam überhaupt nicht in Frage. Sie hatten A gesagt, also mussten sie jetzt auch B sagen. Sonst wäre die ganze Reise wieder nur ein gescheiterter Versuch, Mums irdisches Leben zu einem würdigen Abschluss zu bringen. Außerdem, wo sollten sie so schnell einen anderen Fluss hernehmen? Sollte sie Mums Asche am Ende wieder mit nach Hause nehmen und in London hinter dem Haus verbuddeln?

»Es ist nötig, weil wir deswegen hergekommen sind«, ermahnte Rajni Jezmeen. »Du bist nicht nach Indien gekommen, um zu einem Vorsprechen zu gehen.«

»Und was ist mit Shirina? Die kommt doch auch nicht mit.«

»Was willst du jetzt von mir hören? Dass ich sage, mach ruhig? Shirina hat ihre eigenen Pläne, also tu dir keinen Zwang an?«

Jezmeen straffte die Schultern. »Ich bitte dich nicht um Erlaubnis, das ist dir hoffentlich klar. Ich kann gehen, wann und wohin ich will.«

»Warum bist du dann noch hier?«, fragte Rajni gereizt. »Warum willst du mir unbedingt einreden, es wäre besser, die ganze Sache abzublasen?«

»Ich will nicht, dass wir uns wieder streiten und die

Reise so endet«, sagte Jezmeen. »Ich bin es leid. Und Mum hätte es sicher auch nicht gewollt.«

Rajni schnaubte verächtlich. »Ich glaube, wir sind schon lange nicht mehr bei dem, was Mum gewollt hätte. Also, tu, was du nicht lassen kannst.« Damit drehte sie sich kurzerhand um und wollte gerade davonwaten, als Jezmeen sie zu ihrem Erstaunen am Ellbogen fasste.

»Rajni, das könnte für mich eine einmalige Gelegenheit sein.« Jezmeens Augen schimmerten hoffnungsvoll. »Es ist wirklich wichtig.«

»Dann geh, Jezmeen. Du brauchst dir nicht von mir sagen zu lassen, was du zu tun und zu lassen hast.« Wer hörte schon darauf, was Rajni sagte? Anil ganz bestimmt nicht, dem war alles schnurz. Und auch Kabir interessierte es nicht. Manchmal war ihr, als stünde ihr das Wasser bis zum Hals und sie strampelte sich verzweifelt ab, während alle anderen ungerührt ihr Leben weiterlebten, ohne zu merken, dass sie in all den Erwartungen und Verpflichtungen unterzugehen und zu ertrinken drohte.

Wütend funkelte Jezmeen sie an. »Weißt du, du kannst manchmal echt ...« Ihr schien das richtige Wort zu fehlen, und sie ließ Rajnis Arm schließlich los. Mit beiden Händen malte sie einen quadratischen Rahmen um Rajnis Gesicht. *»Rajni«*, spöttelte sie herablassend. »Du bist so verdammt Rajni, dass du dich manchmal selbst überrajnist.«

»Ich verstehe kein Wort.«

»Dieses passiv-aggressive Getue. Immer sagst du, es ist alles in Butter, aber dein Gesicht sagt was ganz anderes. Du bist dermaßen durchschaubar! Man kann dir an der Nasenspitze ansehen, dass du nicht sagst, was du wirklich denkst.«

»Könnte daran liegen, dass ich immer, wenn ich sage, was ich denke, abgekanzelt werde. Auf einmal bin ich die Verklemmte, die keinen Spaß versteht und nicht einfach mal über einen Witz lachen kann.« Wie oft hatte sie mitbekommen, wie die Kollegen aus den Augenwinkeln zu ihr hinüberschielten, ehe sie einen Witz rissen? »Nur zu, ich nehm's nicht persönlich«, versicherte sie dann immer unbekümmert, aber hinterher hämmerte ihr der Schädel von dem dröhnenden Gelächter, wenn wieder jemand eine Bemerkung über weibliche Vorgesetzte machte oder über Immigranten, die England abwirtschafteten.

»Was ist denn bloß los mit dir?«, fragte Jezmeen. »Seit wir in Punjab sind, bist du die ganze Zeit so angespannt.«

»Nichts ist«, versicherte Rajni. Ein Automatismus. »Das ist halt alles nicht so leicht. Hierherzukommen im Gedenken an Mum und gleichzeitig nicht allzu viel darüber nachzudenken, warum wir eigentlich hier sind.«

Das Wasser kräuselte sich um ihre Füße. Die Frauen wateten aus dem Wasser und trockneten sich ab. Ein weiterer Schwarm Frauen strömte ins Badehaus – Touristinnen aus Ostasien, entweder Japan oder Korea, dachte Rajni. Ihr ehrfürchtiges Flüstern und die zögerlichen Schritte ließen Rajni verlegen werden, dass sie überhaupt redeten, geschweige denn, dass sie an einem solch heiligen Ort Mums Suizid diskutierten.

Jezmeen schaute Rajni von der Seite an. »Meinst du immer noch, es war die richtige Entscheidung?«, fragte sie leise. »Sie ganz allein im Zimmer zu lassen?«

»Wir hatten keine Wahl. Sie haben uns quasi vor die Tür gesetzt«, entgegnete Rajni. »Ich war so schockiert von unserem Streit, dass ich nicht einmal auf die Idee gekommen bin, wieder zu Mum zurückzugehen. Ich wollte nur noch raus und nach Hause.«

»Morgen sieht alles schon ganz anders aus«, murmelte Jezmeen. »Das habe ich damals gedacht. Ich dachte, wir gehen am nächsten Tag wieder ins Krankenhaus. Und der Brief, die Schmucktasche, diese ganze absurde Idee, das wäre dann alles längst Schnee von gestern.«

Rajni nickte. Womit sie nicht gerechnet hatte, war, dass Mum warten würde, bis die Lichter ausgingen und die Schwestern ihren letzten abendlichen Kontrollgang gemacht hatten. Sie hatte nicht damit gerechnet, dass Mum darum bitten würde, ihr ein großes Glas Wasser ans Bett zu stellen, und dass die noch unerfahrene Nachtschwester ihrer Bitte ohne Argwohn nachkommen würde, ungeachtet der Tatsache, dass Mum die meiste Flüssigkeit intravenös verabreicht bekam. Sie konnte es sich ganz genau vorstellen, fast als sei sie selbst dabei gewesen – Mum, wie sie abwartete, sich vergewisserte, dass niemand in der Nähe war, und dann klammheimlich das Schmucktäschchen herauszog. Es aufmachte und die gesammelten Tabletten anstarrte, vielleicht zögerte und noch ein Gebet sprach. Die ersten Schlückchen waren klein, eine Pille pro Schluck. Dann wurde sie langsam mutiger, steckte sich drei, vier Tabletten auf einmal in den Mund. Wie viele davon konnte sie schlucken? Sie wollte es so schnell wie möglich hinter sich bringen.

»Ich hätte auch nicht gedacht, dass sie die Pillen nimmt«, gestand Rajni. »Als ich es erfahren habe, dachte ich, sie hat es gemacht, weil sie Angst hatte, du könntest sie bei den Schwestern verpetzen.«

Jezmeen machte große Augen. »Du meinst, es war alles meine Schuld?«

»Das habe ich nicht gesagt. Ich habe gesagt …«

»Bestimmt hätte sie es nicht gemacht, wenn du sie nicht ermutigt hättest«, schoss Jezmeen zurück. »Sie wollte unseren Segen, nicht bloß, dass wir für sie Schmiere stehen. Am Ende war es ganz egal, dass wir nicht da waren.«

Rajni hob die Hand. »Ich will mich deswegen nicht mit dir streiten, Jezmeen. Es ist ganz gleich, wer schuld hatte und wer nicht. Und wenn Shirina mit ihrer Tirade im Zug recht hatte, dann hat Mum die Pillen geschluckt, weil sie es nicht mehr ertragen hat, dass wir beide uns ständig in den Haaren liegen.«

»Warum muss überhaupt irgendjemand schuld sein?«, fragte Jezmeen. »Mum ist tot. Ob sie nun unseretwegen gestorben ist oder uns zum Trotz – was macht das jetzt noch für einen Unterschied?«

Rajni fand Jezmeens Argumentation nachvollziehbar. Trotzdem fühlte sie sich schuldig. In ihren Träumen war sie es, die Mum eigenhändig die Pillen einflößte, während Jezmeen vor verschlossenen Krankenhaustüren stand und schreiend mit den Fäusten dagegen hämmerte.

»Ich hätte ihr eine bessere Tochter sein sollen«, wollte sie am liebsten sagen. All ihre Bemühungen, Mum einen würdevollen, schmerzfreien Tod zu ermöglichen, waren doch nur ein Versuch zur Wiedergutmachung all der zuvor verlorenen Jahre gewesen. Jezmeen konnte das nicht verstehen, sie war nicht dabei gewesen bei Rajnis und Mums Indienreise. Sie hatte keine Ahnung, wie anders alles für sie und Shirina hätte kommen können, hätte Rajni nur nicht diesen dummen Fehler gemacht.

Sechzehntes Kapitel

Wenn ihr euch auf die Abreise aus Amritsar vorbereitet, seid ihr Mädchen hoffentlich gestärkt und erholt und bereit, euch bei der nächsten Etappe eurer Reise gegenseitig zu unterstützen. Der Aufstieg zum Hemkund Sahib erfordert von jeder Einzelnen eine große Widerstandskraft und den unbedingten Willen zur Zusammenarbeit. Ihr müsst zusammenhalten und einander zur Seite stehen, weit mehr noch als bisher.

Shirina faltete die letzten Sachen zusammen und packte sie ordentlich in den Koffer. Jetzt nur noch ihre Toilettenartikel und danach die Schuhe. Dann wäre das Hotelzimmer genauso leer, wie sie es vorgefunden hatte. Aus reiner Gewohnheit hatte sie sogar das Bett gemacht. Dass manche Leute behaupteten, das Tollste an Hotels sei, die zerknüllten Laken einfach liegen lassen und jemand anderen das Bett machen lassen zu können, war ihr schier unbegreiflich. Eben das Laken an den Seiten eingesteckt und die Kopfkissen aufgeschüttelt, und schon sah alles viel ordentlicher aus. Und genau das brauchte sie jetzt. In ihrem Kopf ging alles drunter und drüber – der Name des Fahrers, der Name der Klinik, den sie sich immer wieder vorsagte, aus Angst, ihn zu vergessen. Sie hatte die Adresse auswendig gelernt –

diese komplizierte Abfolge von Zahlen und Buchstaben, die ihr ein bisschen vorkam wie ein Geheimcode oder die Koordinaten auf einer Landkarte.

Aber es war eigenartig, wie der Gedanke, einfach alles abzusagen, immer wieder verlockend am Rand ihres Bewusstseins aufblitzte. Es war, als stünde sie neben einer Flamme oder lehnte sich im obersten Stockwerk eines Wolkenkratzers aus dem Fenster. Irgendwo in einem kleinen Winkel ihres Kopfes wusste sie, dass sie noch immer die Wahl hatte. Dass sie in England aufgewachsen war, dass sie eine gute Schulbildung genossen, einen ordentlichen Beruf erlernt hatte – das alles war nicht umsonst gewesen. Sie war kein stummes, verhuschtes Dorfmädchen, das sich, widerstands- und willenlos, hierhin und dorthin karren ließ, immer unter den gestrengen Augen der Schwiegerfamilie.

Du darfst nicht zurückkommen, bevor das erledigt ist.

Das war sie, die knallharte Wirklichkeit. Shirina blieb schlicht und ergreifend keine andere Wahl, wenn sie ihre Ehe retten wollte. Noch nie hatte irgendwer ihr ein derartiges Ultimatum gestellt, und manchmal fragte sie sich, wie sie es so weit hatte kommen lassen können.

Ihr Leben lang hatte sie immer mehr zugehört als geredet, hingenommen statt aufbegehrt. Und obwohl sie das von Sehaj mehr als unfair fand, sah sie doch keinen Grund, jetzt mit ihm einen Streit vom Zaun zu brechen.

Shirina klopfte zuerst an Rajnis Tür. »Ich gehe nach unten«, rief Shirina.

»Sollen wir mitkommen?«, fragte Rajni. »Ich habe schon fertig gepackt.«

Shirina schüttelte den Kopf. »Schon okay«, murmelte

sie. Auf gar keinen Fall wollte sie jetzt mit Rajni Smalltalk machen müssen, während sie mit Blick auf die Uhr wartete, so nervös, dass sie befürchten musste, die Worte, die ihr auf der Zungenspitze lagen, könnten unversehens herausdrängen und sie verraten.

Rajni wirkte ein wenig gekränkt. »Dann nicht. Viel Spaß. Und schöne Grüße an Sehajs Familie.« Ihre Stimme hatte einen sarkastischen Unterton, und ihr Mund zuckte. Sie konnte zwar unmöglich wissen, wo ihre Schwester wirklich hinfuhr, aber trotzdem beschlich Shirina plötzlich ein ungutes Gefühl.

Über den Flur hörte Shirina es aus Jezmeens Zimmer klappern und scheppern. Sie trat an die Tür und klopfte vorsichtig. »Jezmeen, ich mache mich auf den Weg«, rief sie.

Jezmeen riss die Tür auf. Sie hatte zartrosa Wangen und einen hektischen Blick. »Mein Handy«, keuchte sie. »Ich glaube, ich habe es verloren.«

»Soll ich versuchen, es zu orten?«, fragte Shirina. Eigentlich hatte sie die FindMe-App schon wieder löschen wollen, aber noch hatte sie sie auf dem Handy. Sie öffnete den Stadtplan und sah Jezmeens Telefon als hellen Lichtpunkt im Tempel. »Sieht aus, als hättest du es am Sarovar liegen gelassen«, sagte sie.

Jezmeen fluchte leise. »Dann bringe ich dich nach unten«, sagte sie. »Ich schwöre, wenn ich weiter in diesem Tempo Dinge verliere, ist mein Koffer auf dem Rückflug nach London leicht wie eine Feder.«

In der Lobby war gerade eine Touristengruppe dabei auszuchecken. Die Hotelpagen arbeiteten im Akkord, wuchteten schwere Koffer hoch und hievten sie in einer hastig aufgestellten Menschenkette weiter. Shirina warf einen Blick auf die Uhr. Ein paar Minuten vor neun, beinahe Zeit zu gehen. Sie fragte sich, ob sie sich etwas ausgiebiger von ihren Schwestern hätte verabschieden sollen, aber was gab es noch zu sagen? Sie hatten alle ihren Teil getan. Sie waren hergekommen, sie hatten sich eingelassen auf diese Pilgerreise, die keine von ihnen hatte machen wollen, und was hatte es ihnen gebracht? Streitereien, hässliche Erinnerungen und kein bisschen der heilsamen Wirkung, die Mum sich davon versprochen hatte. Warum also das Ganze unnötig verlängern? Es war Zeit für den zweiten Teil ihrer Reise, und dann nichts wie nach Hause. Shirina wusste nicht, wann sie ihre Schwestern wiedersehen würde – sie hatte nicht die Absicht, sie in absehbarer Zeit in London zu besuchen. Es gab nichts, was sie an England vermisste, was sie nicht auch in Melbourne bekommen konnte. Ob sie sie wohl besuchen würden? Sie bezweifelte es. Es müsste schon etwas Außergewöhnliches passieren, damit sie sich alle wiedersahen. Eine Hochzeit vielleicht, falls Jezmeen jemals wen kennenlernte. Oder eine Beerdigung. Shirina schüttelte diesen düsteren Gedanken ab, erstaunt, dass er ihr überhaupt gekommen war. Es gab nur einen Menschen in ihrem Leben, der wohl irgendwann in absehbarer Zeit sterben würde, und das war ihre Schwiegermutter. Aber daran wollte sie gar nicht denken. Wenn sie zu lange daran dachte, würde sie es vielleicht durch Gedankenkraft Wirklichkeit werden lassen.

Draußen parkten Mietwagen in einer Reihe am Straßenrand. Der Bus der Gruppenreisenden war quer geparkt und versperrte allen den Weg. »Sagt dein Fahrer Bescheid, wenn er da ist?«, fragte Jezmeen.

»Muss er wohl«, antwortete Shirina.

»Uns hat gestern einer namens Tom Hanks an die Grenze gefahren, habe ich dir das schon erzählt? Seinen richtigen Namen wollte er uns nicht verraten.«

Shirina lächelte. »Ich glaube, das ist eine vertrauensbildende Maßnahme. Man weiß einfach, dass man in guten Händen ist, wenn jemand Tom Hanks heißt.«

Jezmeen prustete. »Das solltest du mal Rajni sagen. Sie war sich sicher, er würde uns alle umbringen, noch ehe wir die Grenze erreichen. Und, wie heißt dein Fahrer? Mr Speedy Gonzales?«

»Lucky Singh«, erwiderte Shirina.

Jezmeen drehte sich zu Shirina um und sah sie verdattert an. So ein ungewöhnlicher Spitzname war das auch wieder nicht, dachte Shirina, aber Jezmeen schien wie vor den Kopf gestoßen. »Okay«, brummte sie. Der Liftboy hielt ihr die Aufzugstür auf. Jezmeen umarmte Shirina und sagte: »Gute Reise«, dann flitzte sie los zum Tempel und schaute nur noch einmal kurz zurück, ehe sie endgültig von der Menge verschluckt wurde.

Das Handy in Shirinas Tasche bimmelte. Sie zog es heraus. *Benachrichtigungen:* Updates für FindMe erforderlich. Sie ignorierte die Benachrichtigung und deaktivierte stattdessen die App, dann warf sie das Handy zurück in die Tasche. Niemand brauchte sie zu finden. Sehaj und Mutter wussten, wo sie sein würde.

Rajni war gerade dabei, ihre Sachen für die Abreise aus Amritsar zu packen, als sie ihr Telefon leise klingeln hörte. Sie griff danach und merkte dann erst, dass es nicht auf dem Beistelltischchen lag. »Komme«, rief sie, als das gedämpfte Bimmeln anhielt. Sie musste es mit ihren Sachen zusammen in den Koffer gepackt haben. Als sie schließlich alles wieder aus dem Koffer geholt und auf den Boden geworfen hatte, hatte es längst aufgehört zu läuten. 9:27 Uhr: Ein verpasster Anruf von Nikhil, dem Privatdetektiv. Mit wild galoppierendem Herzen drückte sie auf Rückruf.

»Hallo, spreche ich mit Nikhil?«

»Ja. Und Sie sind Rajni, ja, Ma'am?«

»Ja. Entschuldigen Sie bitte, dass ich eben nicht drangegangen bin.«

»Gar kein Problem. Können Sie gerade sprechen?«

Rajni warf einen Blick auf ihre Sachen, die überall auf dem Boden des Hotelzimmers verstreut lagen. Auschecken musste sie erst in einer halben Stunde, und das Hotel konnte auch verdammt noch mal warten, wenn Nikhil interessante Informationen für sie hatte. »Ja«, sagte sie.

»Ma'am, wir haben die fragliche Dame, Davina, von einem unserer Partnerermittler in London durchleuchten lassen. Wir haben nichts Ungewöhnliches finden können – keinen vormaligen Ehemann, keine Kinder. Sie hat allerdings einen laufenden Kredit und im vergangenen Jahr eine zweite Hypothek aufgenommen …«

Aha!, dachte Rajni siegesgewiss. Geldgieriges Weibsstück!

»… aber unsere Recherchen haben ergeben, dass sie ihre Raten pünktlich bezahlt und nichts darauf hinweist, dass sie sich weiter verschulden wird. Also kann man

Geldgier als Motiv wohl ausschließen, was Sie beruhigen dürfte.«

»Ja«, brummte Rajni. »Mir fällt ein Stein vom Herzen.« Die Enttäuschung ballte sich in ihrem Magen zu einem Bleiklumpen zusammen. »Und sonst haben Sie nichts über sie herausfinden können?«

»Nein«, erwiderte Nikhil. »Aber wir stehen noch ganz am Anfang unserer Ermittlungen. Gut möglich, dass es weitere Enthüllungen geben könnte, wir wollten Sie nur auf dem Laufenden halten.« Er klang wieder sehr amtlich. Rajni hörte es im Hintergrund klicken. Ihr Handy pingte an ihrem Ohr. »Ma'am, ich habe Ihnen gerade einen Ordner mit Fotos geschickt, die wir von ihren Social Media Accounts zusammengetragen haben. Nichts Verfängliches, aber wenn Sie wissen wollen, was sie so tut und mit wem, dann könnte Sie das vielleicht interessieren.«

Rajni versuchte, die aufsteigende Übelkeit zu unterdrücken, die sich immer dann meldete, wenn sie mit Nikhil redete. Als Mutter war es ihre Pflicht, jeden Stein umzudrehen, sagte sie sich. »Danke«, verabschiedete sie sich von Nikhil, um sich schnellstmöglich die Fotos anzusehen. Vielleicht war darauf irgendetwas, das Nikhil entgangen war. Ihr siebter Sinn musste doch für irgendwas gut sein.

Der Anhang brauchte eine Weile zum Herunterladen. Rajni trommelte ungeduldig mit den Fingern auf der Kommode herum und fing an, ihre Sachen wahllos wieder in den Koffer zu werfen, diesmal ohne Rücksicht auf die Packbeutel. Es würde ohnehin alles zerknittern. Das Herz schlug ihr bis zum Hals.

Das erste Foto öffnete sich. Das war also diese Davina – kleiner und zierlicher als erwartet, mit schmalen Schultern und einer feinen, aristokratischen Nase. Auf dem ersten Foto hielt sie den Stiel eines Weinglases zwischen den Fingern. Sie lächelte und beugte sich zu ihrem Gegenüber vor. Rajni sah sofort, mit wem sie da zum Essen saß. Das Foto hätte auch grobkörnig oder von weit weg aufgenommen worden sein können: Rajni hätte die breiten Schultern und das verschmitzte Grinsen überall erkannt. Anil.

In dem Ordner waren noch mehr Fotos und Screenshots. Rajni ließ die Einzelaufnahmen links liegen und konzentrierte sich stattdessen auf die Fotos mit Freunden oder Anil. Sie wusste nicht, was sie zu entdecken hoffte, aber da sie nun wusste, wie Davina aussah, hatte sie keinerlei Interesse mehr daran, sich Konzert-Selfies von ihr anzusehen oder Jahre alte Urlaubsschnappschüsse in Skiausrüstung mit puderschneebedeckten Bergen im Hintergrund. In den Screenshots waren auch die Kommentare unter den Fotos auf ihren Social Media Accounts zu sehen – »Du Hübsche!«. »Danke, Süße, das ist so lieb!«, schien ihre Standardantwort zu sein. Rajni gab es ungern zu, aber sie war eine durchaus attraktive Frau.

Schließlich fand Rajni ein weiteres Foto von ihr und Anil. Er und Davina saßen zusammen auf einer Parkbank. An der Qualität des Bildes, am Licht und der Schärfe sah man gleich, dass es eine Profiaufnahme sein musste. Rajni klickte auf das nächste – es war eine Serie von Verlobungsfotos, wie ihr da schlagartig aufging. Auf einem Bild lag Davinas Hand auf Anils Brust. In einem anderen gab Anil ihr einen Kuss auf die Wange. Widerstrebend musste Rajni sich eingestehen, dass die beiden ein schönes Paar abgaben und sehr glücklich miteinander wirkten.

Sie scrollte durch die Kommentare unter den Screenshots und las, was andere dazu zu sagen hatten.

»Glückwunsch euch beiden!«

»Dav, der Kerl ist ein Glückspilz! Du STRAHLST ja richtig!!«

»Genug Pärchenfotos, wo ist der Ring??!! LOLLL!«

Pflichtschuldigst hatte Davina auf jeden einzelnen Kommentar geantwortet, immer höflich mit »Danke schön« und »Ihr lernt ihn bald kennen.« Immer gefolgt von einem Zwinker-Smiley. Auf den Kommentar zu dem Ring hatte sie geantwortet: »Musste ihn schon weiten lassen, ist das zu fassen? Ich habe Wurstfinger!« Gefolgt von zwei Zwinker-Smileys. Eine Freundin hatte darauf erwidert: »Wie ich sehe, fängt es bei dir auch früh an! Kenne ich! Im fünften Monat musste ich schon Steves Slipper tragen. Hab nie wieder in meine alten Schuhe gepasst!!«

Sie wussten es also alle. Rajni fragte sich, wie lange Davinas Schwangerschaft schon öffentlich bekannt war. Die Kommentare stammten eindeutig von Freunden, aber das hieß, dass sie es nicht mehr geheim hielten. Vielleicht hatten sie das auch nie. Vielleicht hatte Rajni es als Letzte erfahren. Was Anil so postete, wusste sie nicht, weil er sie überall blockiert hatte.

Rajni schaute sich die Fotos etwas genauer an. Davina sah eigentlich gar nicht schwanger aus, aber sie war ja auch noch ganz am Anfang. Rajni erinnerte sich noch so gut an diese erste Zeit – nicht nur, als sie mit Anil schwanger gewesen war, sondern auch bei der nächsten Schwangerschaft, die so früh endete, dass sie sich schwor, Kabir und Mum beim nächsten Mal nichts davon zu sagen, bis sie sich ganz sicher sein konnte – nach der Fehlgeburt waren alle am Boden zerstört gewesen. Doch auch die nächste Schwangerschaft endete vorzeitig, noch ehe sie überhaupt die Gelegenheit gehabt hatte, irgendwem davon zu erzählen. Also hatte Rajni auf das nächste Mal gehofft. Sollte sie noch einmal schwanger werden, schwor sie sich, sie würde es nicht wagen, auch nur daran zu *denken*, bevor die erste kritische Zeit überstanden war. Doch auch ihr heimlicher Vorsatz konnte nichts daran ändern – sie erlitt trotzdem eine Fehlgeburt, und es brach ihr trotzdem das Herz. Obwohl Rajni sich einbildete, die Geheimhaltung der Schwangerschaft, sogar vor sich selbst, habe dem Schmerz ein wenig die Spitze genommen. Man konnte nicht um etwas trauern, das man nie gehabt hatte. Nachdem der Arzt ihnen gesagt hatte, sie sollten es nicht weiter versuchen, hatte Rajni sich strikt verboten, auch nur an Schwangerschaften zu denken. Bei der Arbeit war sie immer die Letzte, die es mitbekam, wenn eine Kollegin schwanger war. Und erst, wenn sie die Schwangerschaft öffentlich gemacht hatte, fiel Rajni auf, dass die Kollegin zugenommen oder vermehrt wegen Krankheit gefehlt hatte. Immer, wenn sie eine andere Frau sah, die ein Kind erwartete, versetzte es Rajni einen kleinen Stich. Eigentlich hatte sie gedacht, sie hätte sich damit abgefunden, keine Kinder mehr bekommen zu können. Aber in diesen Augenblicken wurde sie an die Trauer und den Schmerz erinnert, die noch immer in den dunklen Ecken kauerten.

Lieber so tun, als seien sie gar nicht da.

Rajni sah sich Davinas Fotos etwas genauer an. Wenn man wusste, dass sie schwanger war, konnte man erkennen, dass sich unter dem engen Kleid ein winziges Bäuchlein abzeichnete. Auf dem Foto, auf dem Anil ihr einen Kuss auf die Wange drückte, lag ihre Hand auf seiner Schulter. Eine unberingte Hand. Der Verlobungsring war schon zu eng geworden für die geschwollenen Finger.

Genau wie bei Shirina.

Mit zusammengekniffenen Augen betrachtete Rajni das Bild. Dann navigierte sie zurück zum Handy-Menü und ging es durch, ohne zu wissen, was sie eigentlich suchte. Der Gedanke, Shirina könnte schwanger sein und es ihnen verheimlicht haben, war einfach zu absurd. Warum sollte sie das tun? Rajni erinnerte sich an das Gespräch mit Jezmeen heute Morgen über Sehaj.

Sie versuchte Shirina anzurufen, aber die ging nicht ans Telefon. Sie suchte sie auf dem FindMe-Plan, aber ihre Schwester war nicht mehr zu sehen. Nicht nur, dass ihr Account deaktiviert worden war, sie war verschwunden. Unvermittelt geriet Rajni in Panik. Je länger sie darüber nachdachte, desto sicherer war sie sich, dass Shirina schwanger sein musste. Wie ihr auf dem Weg zur Polizeiwache übel geworden war. Rajni hatte nur an Jezmeen und ihre Probleme gedacht und gar nicht weiter auf Shirina geachtet. Und was Shirina im Café über Töchter gesagt hatte.

Sehaj stand in Rajnis Kontaktliste gleich über Shirina.

Sie drückte auf seinen Namen. In Melbourne musste jetzt früher Nachmittag sein.

»Hallo?«

»Hallo. Hier ist Rajni.«

Eine Pause am anderen Ende der Leitung. »Rajni. Hallo. Wie geht es dir?«

»Gut, und selbst?«

»Gut. Wie ist das Wetter bei euch?«

Fragte er sich gar nicht, warum sie ihn anrief? Rajni kam das komisch vor, aber sie sagte nichts dazu.

»Ach, du weißt schon, Indien halt. Heiß, heißer, am heißesten«, scherzte sie.

»Hier drüben ist es ganz schön kühl«, sagte Sehaj. »Tankt so viel Sonne wie möglich.«

»Ja«, sagte Rajni mit einem leisen Lachen. »Hör mal, Sehaj, ich wollte ...«

»Und Kabir und Anil geht es auch gut?«, erkundigte sich Sehaj.

»Ja«, erwiderte Rajni. »Sehaj, wann hast du das letzte Mal mit Shirina gesprochen?«

»Das war ... gestern, glaube ich. Ist sie bei dir?«

»Nein. Sie ist unterwegs, um deine Familie zu besuchen. Wir haben uns vorhin verabschiedet.«

»Ach. Verstehe. Ist alles okay?«

»Ja, ich denke doch. Ich wollte nur ...«

Es klopfte an ihrer Zimmertür. »Raj, Raj! Ich bin's, Jezmeen. Schnell, mach auf!«

Rajni ließ das Handy fallen und rannte zur Tür.

Dort stand Jezmeen mit aschfahlem Gesicht. »Shirina«, stammelte sie. »Wir müssen sie holen.«

Siebzehntes Kapitel

Tom Hanks war der erste Fahrer, den Jezmeen am Ende der langen Reihe entdeckte, als sie aus dem Hotel hasteten. Er polierte gerade seine Außenspiegel und wackelte dabei mit den Schultern zu dem Beat, der aus seinen Boxen dröhnte. Jezmeen riss die Tür auf und schnallte sich auf dem Rücksitz fest. »Wir müssen so schnell wie möglich nach Chandigarh«, rief sie.

»Ihr Preis, Madam?«, fragte Tom Hanks und steckte den Kopf durchs offene Fenster. »Ich muss Ihnen leider einen Spätbucheraufschlag …«

»Egal was«, rief Jezmeen. »Bringen Sie uns einfach hin! Ich gebe Ihnen gleich die Adresse.« Die zerfledderten Reste des Kärtchens steckten in ihrer Tasche. Sie zog sie heraus und fing an, sie auf ihrem Schoß zusammenzusetzen wie ein Puzzle, während Tom Hanks ihr Gepäck im Kofferraum verstaute.

»Jezmeen, warte auf mich«, kreischte Rajni. Sie kam die Gasse entlanggehumpelt und kämpfte mit ihrem Rollkoffer, dessen Rad sich in einem Gullideckel verkeilt hatte. Zwei Männer mit Turban, die auf einer niedrigen Bank vor einem Saftstand saßen, standen auf, um ihr zu helfen. »Schneller, schneller«, knurrte Jezmeen mit zusammengebissenen Zähnen, während sie mit ansah, wie die Männer Rajni halfen, ihren Koffer zu befreien. Tom

Hanks stieg in den Wagen und schoss auf die Straße wie eine Rakete.

Entsetzt schrie Jezmeen auf: »Tom Hanks! Warten Sie auf meine Schwester!«

»Oh, Verzeihung«, stotterte Tom Hanks und guckte über die Schulter nach hinten. »Ich dachte, wir wollten schleunigst weg von ihr.« Er legte den Rückwärtsgang ein, und sie schleuderten zurück in die Haltespur und landeten genau vor Rajnis Füßen. Die Männer sprangen erschrocken beiseite und brüllten Tom Hanks an, der sich mit einem Winken entschuldigte. »Steig schon ein, Raj«, drängte Jezmeen. Tom Hanks warf Rajnis Koffer in den Kofferraum, schwang sich auf den Fahrersitz, und schon ging es los.

»Wir haben nicht mal richtig ausgecheckt. Hattest du irgendwas aus der Minibar?«, fragte Rajni, nachdem sie sich angeschnallt hatte.

Jezmeen gab keine Antwort. Sie versuchte, die Adresse auf dem Kärtchen zu entziffern. »Restoration Road, Frauenklinik«, sagte sie zu Tom Hanks. »Wissen Sie, wo das ist?«

»Das finde ich schon, Madam. Kein Problem. Erwähnte ich bereits, dass für die Verwendung des GPS-Systems eine Nutzungsgebühr erhoben wird?« Der Wagen schlingerte aus der schmalen Gasse und schoss auf die Hauptstraße. Jezmeen klammerte sich an den Sitz.

»Wir vertrauen diesem Kerl schon wieder unser Leben an?«, fragte Rajni halblaut, dann räusperte sie sich. »Tom Hanks, es stimmt zwar, dass wir schnellstmöglich dorthin wollen, aber wir würden gerne heil und in einem Stück ankommen, verstanden?«

»Ja, Madam«, erwiderte Tom Hanks. Der Wagen wurde langsamer, und Tom Hanks widerstand der Versuchung, den Laster auf der Nebenspur zu überholen. Eine Kuh hinten auf dem Laster glotzte mit großen traurigen Augen zu ihnen herein.

»Danke«, sagte Rajni zu Tom Hanks. Dann wendete sie sich an Jezmeen. »So. Sagst du mir jetzt, was zum Teufel hier los ist?«

»Shirina ist auf dem Weg in eine Frauenklinik, und ich glaube, ich weiß, warum.«

»Sie ist schwanger, stimmt's?«

»Hat sie dir das gesagt?«

»Nein«, erwiderte Rajni. »Ich habe bloß eins und eins zusammengezählt. Die geschwollenen Finger, die Übelkeit, die Gewichtszunahme. Ich frage mich wirklich, warum wir das nicht schon viel früher spitzgekriegt haben. Sehaj hat es auch gar nicht abgestritten.«

»Du hast mit ihm geredet?«

»Gerade eben, als du reinkamst. Aber er schien der Ansicht, Shirinas Schwangerschaft ginge mich nichts an.«

»Weil es ein Mädchen ist, und sie sie zwingen, es wegmachen zu lassen.«

Rajni schluckte schwer und starrte Jezmeen fassungslos an. »Woher weißt du das?«

»Erinnerst du dich noch an die alte Frau im Badehaus, die Shirina gestern hochgeholfen hat, als sie ausgerutscht ist?«

»Sie muss irgendwas gesagt haben, das Shirina aufgewühlt hat.«

Jezmeen nickte. »Ich habe mein Handy heute Morgen im Bad liegen gelassen, also bin ich noch mal hin, um es zu suchen. Sie war auch da. Sie hat mich gesehen und gesagt: ›Sagen Sie Ihrer Schwester, sie soll vorsichtig sein. Als ich mein drittes Kind erwartete, bin ich in der Küche ausgerutscht, und sie mussten sofort die Hebamme rufen, weil alle dachten, ich kriege auf der Stelle das Kind.‹ Und ich sage so schön: ›Meine Schwester ist nicht schwanger‹, und sie guckt mich an wie ein Auto. Und ich so: ›Sie kann nicht schwanger sein. Sonst hätte sie es uns gesagt.‹ Worauf die Frau zu mir sagte: ›Dann ist es sicher ein Mädchen.‹ Woraufhin ich sie gefragt habe, wie sie das meint, aber sie hat nur abgewunken, als wollte sie nicht darüber reden. Danach wurde mir dann plötzlich alles klar, und ich habe mich gefragt, wieso zum Teufel mir das nicht schon viel früher aufgefallen ist.«

»Ich bin auch nicht darauf gekommen«, sagte Rajni. »Dabei habe ich jahrelang auf die winzigsten Anzeichen geachtet, in meinen Körper hineingehorcht. Damals, als ich versucht habe, noch mal schwanger zu werden. Ich denke, ich bin davon ausgegangen, wäre sie wirklich schwanger, dann würde sie es überall stolz herumerzählen, so wie ich es liebend gerne gemacht hätte.«

Und da ergab Shirinas eigenartiges Verhalten plötzlich einen Sinn. All die eigenartigen Augenblicke während der Reise: Shirina, wie sie das kleine Mädchen im Zug geflissentlich ignorierte, wirklich eigenartig, weil sie Kinder sonst so liebte. Das schockierte Gesicht, als Jezmeen die Statistiken bezüglich der Mädchenmorde auf den Dörfern erwähnte. Und dann der seltsame Ausbruch nach der Erweckungszeremonie. »Meinst du, es gab einen Moment, in dem sie mit uns reden wollte?«, fragte Jezmeen sich laut.

»Sie hat mich einmal gefragt, ob Mum es bereut hat, nur Mädchen gehabt zu haben«, sagte Rajni. »Ganz ehrlich, ich wusste gar nicht, was ich dazu sagen sollte. Nachdem ich jahrelang vergeblich versucht hatte, ein zweites Kind zu bekommen, konnte ich irgendwann nicht mehr und habe Mum mein Herz ausgeschüttet. Worauf die nur wegwerfend meinte: ›Sei froh – das nächste hätte ein Mädchen sein können.‹ Oder als ich ihr sagte, wir wollten es doch noch mal versuchen, da hat sie gesagt: ›Pass auf, dass es kein Mädchen wird.‹ Als hätte ich darauf irgendeinen Einfluss! Mich hat das frustriert, aber Shirina muss von klein an mit solchen Bemerkungen aufgewachsen sein und ihr ganzes Dasein als unzumutbare Last empfunden haben.«

Jezmeen seufzte. »Ich wünschte, wir wären beide ein bisschen feinfühliger gewesen. Die ganze Reise über haben wir uns die Köpfe zerbrochen, was wohl mit Shirina los ist. Hätten wir sie doch einfach mal gefragt!«

»Ich dachte, es ist alles in bester Ordnung«, gestand Rajni. »Sie war Shirina, wie sie leibt und lebt – mit uns nichts zu tun haben wollen, aber für die Schwiegerfamilie ist ihr kein Weg zu weit.«

Vor ihnen säumte ein Dickicht aus Büschen und Sträuchern die Straße, und dahinter in der Ferne erhob sich eine Ansammlung neu gebauter kastiger Häuser – wohl eine weitläufige Familie, die ihr Immobilien-Imperium ausbaute, vermutete Jezmeen. »Aber was wäre denn für Mum so schlimm daran gewesen, wenn ihre Töchter Töchter bekommen hätten?«, fragte sie.

»Das Land ihres Vaters hätten sie nicht erben können, aber das ist doch für uns ohnehin unerheblich, oder nicht? Uns hat man kein Land vorenthalten, weil Dad sowieso keins hatte, und als sie noch jung war, waren die Regeln ohnehin ganz andere.«

Bei der Frage rutschte Rajni unbehaglich auf ihrem Sitz umher. Sie schaute aus dem Fenster und schien plötzlich das Interesse an dem Gespräch verloren zu haben. Jezmeen folgte ihrem Blick. In einer Lichtung zwischen den wild wuchernden Bäumen am Straßenrand sah man Flecken sonnenverbrannten Ackerlands. Pflüge und Weidetiere sprenkelten die Felder und Weiden. Die heißesten Nachmittagsstunden brachen gerade an, und obwohl sie rasend schnell durch die Landschaft Punjabs flogen, hatte Jezmeen das Gefühl, als liefe alles wie in Zeitlupe ab.

»Madam, ist Ihnen die Temperatur so angenehm?«, rief Tom Hanks nach hinten. Noch ehe einer von ihnen etwas sagen konnte, hatte er die Klimaanlage voll aufgedreht. Rajni war so in Gedanken, dass sie nichts davon mitbekam.

Wieso tat sie so geheimniskrämerisch? Jezmeen nahm die Schnipsel der Karte und stapelte sie aufeinander. Anscheinend verstand sie ihre Schwestern nicht einmal ansatzweise, obwohl die Reise sie doch eigentlich einander hatte näherbringen sollen. Sie konnte sich nicht daran erinnern, Shirina irgendwann in letzter Zeit noch einmal so nahe gewesen zu sein wie damals als Kinder. Selbst ihr Abstecher auf den Markt in Delhi hatte sich eher angefühlt, als müssten sich zwei alte Freunde widerstrebend zusammenraufen.

»Weißt du, ich habe das noch nie irgendwem gesagt«, setzte Jezmeen an. Die Erinnerung daran, auch wenn es schon so lange her war, tat noch immer weh, aber wenn Jezmeen wollte, dass ihre Schwestern ihr die Wahrheit sagten, musste sie damit anfangen. »Aber als ich acht war und Shirina fünf, wollte ich einmal samstags unbedingt in den Park. Du warst bei irgendeiner Veranstaltung von der Uni. Es war der erste schöne, warme Tag des Jahres, und wir hatten uns in den Kopf gesetzt, ein Picknick zu machen. Ich glaube, ich muss das mal im Fernsehen gesehen haben, wie eine Familie auf einer karierten Decke saß und Baguettes aß, und ich fand, es sah so elegant und weltgewandt aus. Wieder und wieder haben wir versucht, Mum zu bequatschen, damit sie mit uns in den Park ging, aber sie war immer zu müde. Sie hatte gerade ihren neuen Job als Zimmermädchen in einem Hotel in der Innenstadt angefangen und musste pendeln, und wenn sie nach Hause kam, war sie vollkommen erledigt. Also bin ich auf die Idee gekommen, einfach allein zu gehen. Wir haben ein paar Scheiben Brot aus der Vorratskammer geholt und die beiden braun gesprenkelten Bananen aus dem Obstkörbchen, und dann haben wir uns zur Hintertür hinausgeschlichen. Weit sind wir nicht gekommen – die Frau vom Zeitungskiosk an der Ecke hat uns gesehen, wie wir die Hauptverkehrsstraße entlangmarschiert sind, und hat uns postwendend wieder nach Hause gebracht. Aber Mums Reaktion war echt heftig.«

»Wieso, was hat sie denn gemacht?«, fragte Rajni.

»Sie hat den ganzen restlichen Tag nicht mehr mit uns geredet. Hat uns komplett ignoriert – es gab kein

Essen, nichts. Wir waren gerade mal zwanzig Minuten weg, aber irgendwas daran muss sie zutiefst gekränkt haben. Sie schien nicht einmal wütend zu sein. Es war mehr, als hätte sie … uns aufgegeben.«

»Und was habt ihr dann gegessen?« Jezmeen merkte, wie aufmerksam Rajni ihr zuhörte. Sie hatte die Hände fest im Schoß gefaltet und die Ohren gespitzt.

»Gar nichts. Wir haben ewig gewartet und schließlich den Kühlschrank durchforstet, aber Kochen konnten wir nicht, also konnten wir nichts von dem, was wir gefunden haben, essen. Irgendwann ist Tante Roopi vorbeigekommen, weil versehentlich Post für uns bei ihr eingeworfen worden war«, erzählte Jezmeen. »Wir haben ihr gesagt, Mum sei krank, und wir bräuchten dringend was zu essen. Sie hat keine Fragen gestellt, sondern nur kurz mit Mum gesprochen und angeboten, uns zum Abendessen mit zu sich nach Hause zu nehmen. Hat irgendwas erzählt, sie hätte Fish 'n' Chips bestellt, weil ihre Tochter eigentlich Freunde zum Essen mitbringen wollte, doch dann seien sie lieber ins Kino gegangen, weshalb noch mehr als genug da sei. Mum ist gleich wieder ins Bett gegangen.« Jezmeen seufzte. »Mum hatte noch mehr solcher Zusammenbrüche, wo sie plötzlich wie ausgeknipst war und nichts mehr mit uns zu tun haben wollte. Immer, wenn Shirina und ich irgendwie Schwierigkeiten bekommen haben, dann, weil ich mal wieder eine verrückte Idee ausgebrütet habe. Manchmal hat sie dir gesagt, was wir wieder angestellt haben, und dann hast du uns auch noch eine Standpauke gehalten. Schließlich hat Shirina sich immer mehr von mir zurückgezogen und wollte einfach nur noch eine brave Tochter sein, damit Mum sie wieder liebhat.«

Jezmeen schloss die Augen. Die Wahrheit hatte so lange in ihr gebrodelt und brach sich nun unaufhaltsam Bahn. »Meinetwegen wollte Shirina weg, raus aus dem Haus, weg von uns, von den ganzen Streitigkeiten. Sie wollte eine neue Familie, darum hat sie über diese Partnervermittlung einen Mann gesucht. Es ist meine Schuld, dass sie nach Australien geflüchtet ist, und ...« Sie musste blinzeln, um nicht zu weinen. »Eigentlich sollte ich Shirina das alles sagen.«

»Es war nicht deine Schuld«, sagte Rajni. »Hör mal ...«

»Ich weiß, du sagst jetzt, es war ihre eigene Entscheidung«, unterbrach Jezmeen sie. »Aber ich hätte mich mehr um sie kümmern sollen. In den letzten zehn Jahren hatte ich nur noch meine Schauspielkarriere im Kopf und habe meine kleine Schwester dabei vollkommen vergessen. Kein Wunder, dass Mum Töchter als Belastung empfunden hat.«

»Nur um das klarzustellen, *Kinder* zu haben ist nicht leicht«, sagte Rajni.

»Ich habe es ihr auch nicht unbedingt leicht gemacht. Es ist meine Schuld, dass Shirina schon als Kind hören musste, wie Mum solche Sachen sagt.«

»Das war nicht deine Schuld.«

»War es doch.«

Rajni schüttelte den Kopf. »Nein, war es nicht. Jezmeen, hör mir zu. Was Mum über Töchter gedacht hat? Das war alles nur meinetwegen.«

Achtzehntes Kapitel

Vor achtundzwanzig Jahren …

Im Jahr vor Dads Tod erlebte Punjab eine schlimme Dürre. Die in London lebenden Punjabi kannten kein anderes Gesprächsthema als das Wetter in der alten Heimat, und über ein Netzwerk aus Freunden und Verwandten, die halb hier, halb dort lebten, verbreiteten sich Nachrichten rasend schnell. Die schlechten Lebensbedingungen für Bauern in Indien, da waren Rajnis Eltern sich einig, waren ein weiterer guter Grund, dankbar dafür zu sein, dass sie in London lebten. Obwohl sie wie alle anderen auch besorgt auf den längst überfälligen Regen hofften, der die verdorrte Vegetation wiederbeleben und die aufgebrochene Erde tränken sollte. Manchmal hatte Rajni gar nicht mehr das Gefühl, noch in England zu sein. Es war, als hätte ein mächtiger Tornado das Haus ihrer Eltern aus Punjab losgerissen und mitten in London wieder fallen gelassen – der rauchige Duft der Gewürze aus der Küche und das Morgengebet aus Amritsar im Radio erinnerten Rajni immer wieder daran, wo sie eigentlich zu Hause waren. An dem Tag, als der Regen in die alte Heimat viele tausend Meilen entfernt zurückkehrte, hob sich die Stimmung im Haus jedenfalls merklich.

Dad wollte das Land daraufhin verkaufen. Es hatte ihn mitgenommen, die Geschichten von Bauern zu hören, die ihr Auskommen nicht mehr erwirtschaften konnten und so in den Suizid getrieben wurden. Beim Abendessen brachte er das Gespräch darauf, was prompt zu einem erhitzten Streit führte. Obwohl es gar nicht ihres war, sträubte Mum sich mit Händen und Füßen dagegen, das Stück Land in Punjab zu verkaufen. »Wenn wir das Stückchen Land nicht mehr haben, haben wir nichts mehr, wohin wir zurückkehren können«, sagte sie. Irgendwie wurde Rajni immer mulmig, wenn Mum Bemerkungen darüber machte, eines Tages wieder »zurückzugehen«. Sie erinnerte sich daran, wie sie einmal nach einem Schulball in der Grundschule nach Hause gegangen war, und ein Grüppchen Mädchen hatte sie umzingelt und auf eine schlammige Pfütze gezeigt. Kanaken-Land, hatten sie dazu gesagt. *Da gehörst du hin.* Rajni fand die Vorstellung schrecklich, sie könnten womöglich recht haben. Rajni gehörte nach Großbritannien. Aber manchmal hatte sie ihre liebe Not, Mum das plausibel zu machen, die stirnrunzelnd und missbilligend ihre Rocklänge beäugte und ihre Musik, ihre Vorliebe für westliches Essen und ihre Abneigung gegenüber jeglichen Zusammenkünften innerhalb der Punjabi-Gemeinde, wo all die vielen Tanten und Onkels die sagenhaften Erfolge ihrer Wunderkinder verglichen und in seligen Erinnerungen an Indien schwelgten. »Schnee von gestern«, hätte Rajni ihnen am liebsten gesagt, wenn sie wieder einmal wehmütig an die Vergangenheit zurückdachten. Sie waren jetzt in England, und es war Zeit, nach vorne zu schauen.

Im Oktober desselben Jahres kam Dads älterer Bruder Thaya-ji zu Besuch. Aus den Gesprächen ihrer Eltern wusste Rajni, dass Thaya-ji einige geschäftliche Fehlentscheidungen getroffen hatte und sein Stück Land noch während der anhaltenden Dürre weit unter Wert hatte verkaufen müssen. Er und seine Frau waren daraufhin nach Delhi zu ihrem ältesten Sohn gezogen, der gerade frisch verheiratet war. Von seinem Sohn abhängig zu sein und sich von Dad das Flugticket nach London bezahlen lassen zu müssen, weil er es sich selbst nicht leisten konnte, war eine Schande. Aber der Besuch war längst überfällig, weil Dad seinen Bruder schon seit Jahren nicht mehr gesehen hatte. Rajni fiel auf, dass ihr Vater immer aufgeregter wurde, je näher der Tag von Thaya-jis Ankunft rückte. Die Ferngespräche über die letzten Jahre hatten nicht viel Raum gelassen, um Thaya-ji von seinem Alltag in England zu erzählen, und Dad freute sich schon sehr darauf, seinem älteren Bruder alles zu zeigen. »Wir zeigen ihm sämtliche Sehenswürdigkeiten«, erklärte er. »Aber er will sicher auch zum Tempel, damit er sieht, wie eng der Zusammenhalt hier unter uns ist.«

Thaya-ji jedoch fing gleich, nachdem er aus dem Flieger gestiegen war, an, seinem offenkundigen Missfallen Luft zu machen. »Unsere Leute kommen den weiten Weg hierher, um Klos zu putzen?«, fragte Thaya-ji abfällig. Er meinte den Sikh, den er in Heathrow den Boden der Toiletten hatte wischen sehen. Rajni sah ihrem Dad an, wie sehr diese Bemerkung ihn, der lange, harte Schichten in einer Fabrik schuftete, weil sein indischer Universitätsabschluss hier nicht anerkannt worden war, kränkte.

Während der gesamten Dauer seines Besuchs wurde Thaya-ji es nicht müde, wieder und wieder zu betonen, wie wenig ihn Dads Leben in Großbritannien beeindruckte. »Das bekommt man alles auch in Delhi«, erklärte er, als er sie zum Einkaufen begleitete. »Das Wetter hier, schrecklich. Immer feucht und trüb – zittert ihr so gerne?«, spottete er. Dad ließ sich aus Respekt vor seinem älteren Bruder auf keinen Streit ein, selbst als Thaya-ji Mums Kochkünste kritisierte (»zu fad«) und Rajnis rostige Punjabi-Kenntnisse (»klingt wie eine *gori*«). Jezmeen und Shirina waren damals noch zu klein und wurden weniger streng beäugt.

Eines Abends, als Mum gerade den Tisch abräumte, erwähnte Thaya-ji Dad gegenüber, Mum habe nachmittags eine ganze Weile mit einem rotgesichtigen Engländer geplaudert, der an der Tür geklingelt hatte. »Du meinst den Mann, der die Wasseruhr abgelesen hat?«, fragte Mum. »Er ist gerade vom Familienurlaub in Norfolk zurückgekommen, und ich habe ihn gefragt, wie es war. Nur ein bisschen höflicher Smalltalk.«

»Ich meine ja nur, weil ihr Töchter habt«, sagte Thaya-ji. Das brachte er gerne als sanfte Mahnung an. »Ihr wollt doch bestimmt nicht, dass sie lernen, genauso vertraulich mit wildfremden Männern zu reden, oder?«

Rajni merkte, wie Mum später, als sie gemeinsam das Geschirr abspülten, vor Wut zitterte. Dad hingegen schien nichts davon mitzubekommen, oder wenn doch, so sprach er es nicht an. Das war vermutlich besser, als Thaya-ji zuzustimmen, dachte Rajni, aber sie wünschte sich, er hätte Mum vor seinem Bruder in Schutz genommen. Am nächsten Morgen kam der Briefträger just in dem Moment, als Rajni sich auf den Weg zur Schule machte, woraufhin Mum sie beiseitenahm und leise auf Punjabi zu ihr sagte: »Du musst nicht unbedingt lächeln und Guten Tag sagen, okay?« Rajni tat, als lenkte irgendwas in unbestimmter Ferne sie ab, während sie blick- und grußlos am Briefträger vorbeiging. Und sagte sich, dass Thaya-ji ja nur noch eine Woche blieb, und hoffte inständig, ihn danach nie wiederzusehen.

Aber am nächsten Tag hatte Thaya-ji schon ein neues Opfer für seine ätzende Kritik gefunden. Mum lernte endlich Autofahren, nachdem sie es jahrelang vor sich hergeschoben hatte und stattdessen mit dem Bus in die Stadt gefahren und zu Fuß auf den Markt gegangen war. Ihr Fahrlehrer kam aus der indischen Gemeinde und war frisch geschieden. Als Thaya-ji Mum nach einer Fahrstunde mit dem Fahrlehrer vor dem Haus halten sah, war er alles andere als begeistert. »Das schickt sich nicht«, erklärte er. »Es ist schon dunkel draußen. Was sollen denn die Leute denken?«

»Die werden denken, dass ich endlich meinen Führerschein mache«, entgegnete Mum. Ihre Stimme klang ganz ruhig, aber Rajni sah die Unsicherheit in ihrem Gesicht aufflackern. Mum guckte rüber zu Rajni, Jezmeen und Shirina, die zusammen am Abendbrottisch saßen. *Ich meine ja nur, weil ihr Töchter habt.* Wenn es alles Jungs wären, würde Thaya-ji sich vielleicht nicht ständig einmischen.

Thaya-ji lachte kurz und freudlos auf. »Du brauchst nicht wegen jeder Kleinigkeit mit mir zu streiten. Ich habe nur gesagt …«

»Du hast schon mehr als genug gesagt«, schnitt Mum

ihm spitz das Wort ab. Thaya-ji war so verdattert, dass er verstummte.

Für Rajni dagegen war Mum eine Heldin, weil sie es gewagt hatte, den Mund aufzumachen und ihm zu widersprechen. Es war aber auch höchste Zeit! Dad hingegen wirkte etwas verlegen, rutschte unbehaglich auf seinem Platz herum und sagte kein Wort. An diesem Abend hörte Rajni ihre Eltern später mit gedämpfter Stimme miteinander reden. Was sie sagten, war nicht zu verstehen, aber irgendwann hob Dad scharf die Stimme, und dann war das Gespräch abrupt beendet. Am nächsten Morgen war Mum gereizt und ständig in Gedanken. Sie drohte, Jezmeen den Frühstücksteller wegzunehmen, wenn sie nicht zügig aufaß. Als Rajni sich dann die Schultasche über die Schulter warf und aus dem Haus ging, rief Mum ihr nach: »Komm nach der Schule sofort nach Hause – nicht, dass du wieder mit Nadia ins Shoppingcenter gehst.«

»Aber …«, protestierte Rajni.

»Ach, suchst du etwa Streit?«, hatte Mum sie angefahren. »Du kommst nach der Schule sofort nach Hause.«

Thaya-jis restlicher Besuch verging unter erzwungenem Lächeln und angespanntem Schweigen. Mum schien kein Oberwasser zu haben, obwohl sie ihrem Schwager so vehemente Widerworte gegeben hatte. Sie wusste, dass sie eine Grenze überschritten hatte, und achtete sorgsam darauf, sich auf keinerlei Auseinandersetzungen mehr mit ihm oder Dad einzulassen. Dafür war sie ungleich strenger zu ihren Töchtern. Rajni bekam das besonders zu spüren – weil sie die Augen verdrehte, ihre Musik zu laut war oder sie irgendwas machte, das Thaya-ji als »zu Englisch« empfinden könnte. Die angespannte Stimmung zu Hause entging sogar der kleinen, erst vier Jahre alten Jezmeen nicht. »Wann fährt er wieder weg?«, wisperte sie eines Abends, als Rajni ihr gerade Glitzerlidschatten aufpinselte. Sie wollte unbedingt so aussehen wie Madonna auf Rajnis Album-Cover.

Beim Abendessen am Tag vor Thaya-jis Abreise versuchte Dad die allgemeine Anspannung mit einem Witz aufzulockern. Er war an dem Abend in der Dusche ausgerutscht und hatte sich den Kopf angeschlagen – nicht so fest, dass man sich Sorgen machen musste, aber trotzdem tasteten seine Finger immer wieder die Stelle ab und fühlten nach einer Beule. »Du hättest mich nicht schubsen dürfen«, sagte er grinsend zu Mum, die gerade Shirinas Teller auffüllte. Sie schaute erstaunt auf und schoss dann zurück: »Glaub ja nicht, ich hätte nicht schon mal daran gedacht.« Thaya-ji verzog keine Miene. Er starrte Mum nur durchdringend an. »Komm schon, guck nicht so finster«, hätte Rajni am liebsten zu ihm gesagt. Solche kleinen Witzchen machten ihre Eltern ständig miteinander, und sie war heilfroh, dass alles wieder wie vorher sein würde, sobald Thaya-ji endlich weg war.

An Dads Tod hatte niemand schuld. Er hatte nicht ahnen können, dass der Schlag von seinem Sturz schlimmer war als vermutet, vor allem, weil ihm hinterher weder schwindelig war noch übel. Die leichte Blutung im Hirn machte sich erst vier Tage später bemerkbar, als er gerade in der Fabrik ausgestempelt hatte. Einer seiner Vorarbeiter fand Dad zusammengesackt in der Nähe seines Autos, aber da kam jede Hilfe schon zu spät. Der Arzt nahm sich die Zeit, Mum, die die Schuld schnell bei sich suchte, ganz genau zu erklären, was bei einem Subduralhämatom passierte. »Alles meine Schuld«, schluchzte sie immer wieder. »Nein, Mrs Shergill«, widersprach der Arzt entschieden, »das war alles ein unglücklicher Zufall.« Aber genau jenes Unglück, nicht der Unfall an sich, war es, wofür Mum sich die Schuld gab. Rajni wusste nur zu gut, wie Mums abergläubischer Verstand die Welt sah. Im Geiste ging sie sämtliche Verfehlungen durch, mit denen sie den bösen Blick angezogen haben könnte. Sie hätte den sehnlich erwarteten Regen in Punjab nicht so ausgelassen feiern, und damit das Schicksal herausfordern sollen, indem sie jubelte, was für Glückspilze sie doch seien, weil sie in London lebten. Sie hätte nicht mit ihrem Schwager streiten sollen. Und sie hätte unter keinen Umständen eine so respektlose Bemerkung darüber machen sollen, Dad schubsen zu wollen.

Nachdem Dads Asche nach Indien verbracht und von seinen Brüdern verstreut worden war, nahm Mums abergläubisches Brimborium bislang unbekannte Dimensionen an. Rajni und ihre Schwestern trauerten auch um ihren Vater, aber Mums größte Sorge war es, sie durch obskure Rituale davor zu schützen, weitere schwere Schicksalsschläge erdulden zu müssen. Die Regeln waren noch dieselben wie vorher, wurden aber strenger und unnachgiebiger durchgesetzt. Regelverstöße wurden drakonisch geahndet, und die Strafen folgten einer Logik, die nur Mum verstehen konnte. Das Fenster frei zu lassen locke böse Geister ins Haus, weshalb Mum die Vorhänge Tag und Nacht geschlossen hielt und das Haus immer im Halbdunkel lag. »Ich will euch doch nur beschützen«, erklärte sie beharrlich, wenn die drei Mädchen sich in einer Reihe aufstellen mussten und sie mit einer Handvoll getrockneter Chilis und Vogelsaat ihre Köpfe umkreiste, um das Böse abzuwehren. Gebete aus dem Goldenen Tempel dröhnten unablässig aus den Boxen, und nicht einmal Rajnis Musik war noch zu hören.

Mum setzte auch viel mehr Hausregeln ein, als müsse sie nun, wo sie den Mädchen Vater und Mutter war, auch gleich doppelt so streng sein. Sie verhängte einen strikten Zapfenstreich und fragte Rajni wieder und wieder, was die Leute wohl über ihre Familie denken mussten, wenn sie sahen, wie Rajni im Bus mit Jungs redete oder in hautengen Jeans herumlief. Mum erklärte ihnen, sie müssten nun mehr darauf achten, wie sie nach außen wirkten, denn wo Dad nicht mehr da war, sei ihre Familie nur mit Mutter und drei Mädchen viel anfälliger dafür, zum Opfer bösartigen Klatschs zu werden. »Weiß Gott, wie ich euch alle einmal verheiraten soll«, bemerkte Mum seufzend. »Die Leute werden sagen: ›Diese Mädchen, die ohne Vater aufgewachsen sind? Mit so einer Familie wollen wir nichts zu schaffen haben.‹«

Es dauerte nicht lange, bis Rajni anfing zu rebellieren. Sie krempelte die Röcke um, kaum dass Mum außer Sichtweite war, schwänzte die Schule und fing an zu rauchen. Samstagsnachmittags tanzte sie sich mit ihrer Freundin Nadia in der Daylight Disco den Frust aus dem Leib, bis ihr die Kleider schweißnass am Körper klebten. Die Ohren klingelten ihr noch von der dröhnend lauten Musik, wenn sie eben so vor Einbruch der Dunkelheit nach Hause kam und gekonnt gerade so viel über ihre Lerngruppe in der Bücherei erzählte, dass Mum keinen Verdacht schöpfte.

Die kleine Shirina war es schließlich, die eines Tages

beim Stöbern in Rajnis Sachen eine Schachtel Zigaretten entdeckte. Ohne zu wissen, was genau das eigentlich war, schleppte sie ihren Zufallsfund fröhlich durchs ganze Haus, bis Mum irgendwann darauf aufmerksam wurde. Als Rajni nachmittags nach Hause kam, war ihr ganzes Bett übersät mit Dingen, die sie bisher sorgfältig versteckt hatte – kurze Röcke und Bandeau-Tops, die sie sich von Nadias älterer Cousine geborgt hatte, Zigaretten, ein Untersetzer, den sie aus dem Club hatte mitgehen lassen, und Fotos, wie Mum sie nie erlauben würde: Rajni, den Arm lässig um die Schultern eines Jungen, Rajni in einem weit ausgeschnittenen Top, die geschminkten Lippen in die Kamera gespitzt. Diese Fotos waren der unwiderlegbare Beweis für ihr Doppelleben. Rajni war ein bisschen stolz darauf, denn sie zeigten, dass sie nicht war, was die fiesen Mädchen über sie sagten.

Die Reise nach Indien verfolgte zwei Ziele. Das erste hatte Mum bereits ein paar Wochen, bevor sie Rajni auf die Schliche gekommen war, angesprochen. Es gab gewisse Unstimmigkeiten mit Dads Familie hinsichtlich des Verkaufs seines Landes. Das Land stand eigentlich Mum zu, aber immer, wenn sie Dads Verwandtschaft anrief, hatten sie gerade keine Zeit oder was anderes zu tun, oder derjenige, mit dem Mum sprechen wollte, war gerade nicht da. Nicht mehr lange, dann würde das bisschen Ersparte, was Dad ihnen hinterlassen hatte, nicht mehr ausreichen, um ihr Auskommen zu sichern. Der Erlös aus dem Verkauf von Dads Land in Punjab käme ihnen da gerade recht. Wenn Dads Familie Mum absichtlich aus dem Weg ging, führte kein Weg daran vorbei. Sie musste selbst nach Indien fahren und die Angelegenheit persönlich regeln. Außerdem wäre die Reise eine gute Gelegenheit für Rajni, ihre eigene Kultur ein bisschen besser kennenzulernen und zu ihren Wurzeln zurückzufinden. In letzter Minute noch ein zweites Ticket zu kaufen bedeutete zwar zusätzliche Kosten, war aber Mums Berechnungen zufolge jeden Penny wert. Der Preis, ihre Tochter den ganzen Sommer in England frei herumlaufen zu lassen, wäre ungleich höher gewesen.

Zuerst fuhren sie zu Mums Bruder in Punjab, wo sie die Tage mit endlos langen Verwandtenbesuchen und Samosas und dampfend heißem Tee verbrachten. Jeden Nachmittag saß Rajni im Wohnzimmer eines Cousins oder Onkels, von dem sie noch nie etwas gehört hatte, nickte höflich, wenn sie etwas gefragt wurde, und wand sich unbehaglich unter den neugierigen Blicken. Die Cousinen hatten buschige Augenbrauen, die noch nie eine Pinzette gesehen hatten, und trugen die Haare zu dicken Zöpfen geflochten. Rajni bildete sich viel darauf ein, deutlich gepflegter auszusehen. Immer, wenn sie mal das Telefon benutzen durfte, rief sie ihre Freundin Nadia an, die bei einem ähnlich öden Familienbesuch in Delhi festsaß. Im Scherz schmiedeten sie Pläne, Rajni zu befreien. »Wir könnten behaupten, du wärst gekidnappt worden. Britische Staatsbürgerin im Ausland entführt!«, gluckste Nadia.

Mum kam derweil kaum voran und watete noch immer aussichtslos durch den morastigen Sumpf der indischen Bürokratie. Dads Verwandte gingen meist nicht ans Telefon. Sie waren noch nie besonders nett zu ihr gewesen – nachdem sie drei Töchter geboren hatte, gab es noch weniger Gründe, sie in die Entscheidungen der Familie mit einzubeziehen. Als es Mum schließlich doch gelang, Dads Familie zu erreichen, wurde sie herablassend und verächtlich abgetan. Rajni sah mit eigenen Augen, wie sie wiederholt den Hörer auf die Gabel warf, frustriert nach einem weiteren erfolglosen Gespräch, das sie dem, was ihr rechtmäßig zustand, keinen einzigen Schritt nähergebracht hatte.

In Indien zu sein half Mum kein bisschen weiter. Langsam fing sie an, sich nach einem Anwalt umzuschauen, der ihr weiterhelfen konnte, aber hier musste alles erst von der Familie abgesegnet werden, und Mums Bruder wollte nicht, dass bekannt wurde, dass sie mit Mums Schwiegerfamilie im Streit lagen. »Das wird langsam peinlich«, hörte Rajni ihren Onkel zu Mum sagen. »Du wirkst so verzweifelt und verbittert.« Das war nicht das Bild, das sie ihren Nachbarn vermitteln wollten. Vielmehr war sie die Schwester, die es in England zu etwas gebracht hatte.

Das Bild, das sie nach außen abgab, war Mum wichtiger geworden denn je. Wieder sorgte sie sich darum, was die Leute über sie sagen könnten, und ob sie ihren Töchtern die Chance verbaute, eines Tages zu heiraten, wenn es sich bis nach London herumsprach, dass sie eigens nach Indien gefahren war, um nach dem Tod ihres Mannes die letzten Besitztümer zusammenzukratzen (das Land war einiges wert, aber bis die Gerüchte es bis nach London geschafft hatten, würde Mum als berechnende, geldgierige Witwe dastehen).

Der Stress zehrte an Mums Nerven, und sie wurde

immer unbeherrschter mit Rajni, die ihr Anderssein in Punjab wie ein Ehrenabzeichen trug. Rajnis Blick wurde glasig, wenn ihre Cousins und Cousinen maschinengewehrfeuerschnelles Punjabi sprachen. Sie verzog das Gesicht, wenn ihre Tanten scherzten, in ein paar Jahren sei sie im heiratsfähigen Alter. »In England heiratet man erst, wenn man die Schule abgeschlossen hat«, entgegnete sie spitz, wohl wissend, wie herablassend das klang. Sie machten einen Ausflug nach Amritsar und zum Grenzübergang Wagah, um sich die Wachablösung anzusehen, und Rajni tat nichts anderes, als zu schmollen und sich allem völlig zu verweigern.

»Meinst du, du bist zu gut für das alles hier?«, fragte Mum am Abend, als sie sich gerade fertig machten, um ins Bett zu gehen. »Habe ich dich dafür in England großgezogen, damit du hierher zurückkommst und auf alles und jeden herabschaust?« Das Mondlicht schien durchs Fenster und ließ ihr Gesicht kränklich blassblau schimmern. An der Grenze hatte Mum ausgelassen mitgetanzt und dabei glücklicher gewirkt, als Rajni sie seit Langem gesehen hatte. Rajni blinzelte die Tränen weg, aber so, dass Mum es nicht sah. Natürlich hatte sie ein schlechtes Gewissen, dass sie sich so unmöglich aufführte, aber sie wollte einfach nur so schnell wie möglich wieder nach Hause. Die ganze blöde Reise war ohnehin allein Mums Idee gewesen – war sie inzwischen nicht genug gestraft? Sie konnte es nicht erwarten, wieder in die Disko zu gehen und sich den Schmerz und den Frust von der Seele zu tanzen. Stattdessen mussten sie noch einen weiteren Besuch hinter sich bringen, vor dem es Rajni jetzt schon graute.

Der Besuch in Delhi auf ihrer Rückreise war nur dazu gedacht, dass Thaya-jis Familie nicht das Gesicht verlor. All den Unstimmigkeiten bei seinem Besuch in London zum Trotz mussten sie sich für die Gastfreundschaft revanchieren und Mum und Rajni für ein paar Tage bei sich einquartieren. Mum sah das als allerletzte Gelegenheit, Dads Landbesitz für sich zu reklamieren. Wenn jemand nachvollziehen konnte, wie schwer der Verlust wog, dann doch bestimmt Thaya-ji, der seinen Teil billig hatte verkaufen müssen, um seine Schulden abzuzahlen. »Vielleicht müssen wir ihm etwas vom Erlös unseres Landes anbieten, damit er uns hilft«, sagte Mum zu Rajni, als sie sich im Zug auf ihre Plätze setzten. »Versuchen kann man es ja mal.«

Thaya-ji und seine Frau empfingen sie zunächst sehr höflich, aber schnell wurde überdeutlich, dass die Spannungen des letzten Besuchs sich nicht einfach in Wohlgefallen aufgelöst hatten – Rajni entgingen die vielsagenden Blicke und die zahlreichen hämischen Bemerkungen über Mums Rückkehr nach Indien nicht. Dass er es Mum heimzahlen wollte, wurde eines Abends überdeutlich, als Thaya-ji anfing, von seiner Zeit in London zu erzählen. »Komisch, findest du nicht«, sagte er zu seiner Frau, in Hörweite zu Mum und Rajni. »Als ich in London angekommen bin, war das Erste, was ich gesehen habe, einer unserer Leute mit Wischmopp und Putzeimer. Das hat mich ein bisschen nachdenklich gemacht. Wie die Leute immer mit ihrem tollen Leben in der Fremde prahlen, aber aus der Nähe betrachtet ist es nichts als heiße Luft.«

»Sag jetzt nichts«, warnte Mum Rajni streng.

Die Atmosphäre in der Wohnung war erdrückend. Rajni konnte es nicht ausstehen, nett zu einem Onkel sein zu müssen, der sie so abfällig behandelte, aber Mum hatte sie ermahnt, keine Widerworte zu geben – er wolle sie nur zerknirscht und reumütig sehen, dann würde er ihnen bestimmt helfen. Mum erinnerte sich an Zeiten, als Thaya-ji sich großzügig gezeigt und Dads Ausbildung finanziert und sogar ein Stück Land verkauft hatte, um Dad den Neustart in England zu ermöglichen. »Es ist seine Pflicht, uns zu helfen«, erklärte Mum. »Darum wirkte er während seines Besuchs bei uns auch so arrogant – es ist ihm nicht leichtgefallen, etwas von seinem kleinen Bruder anzunehmen.«

Rajni hielt Mum für naiv, das zu glauben, aber Mum bestand darauf, dass Thaya-ji die Familie seines jüngeren Bruders nicht darben lassen würde. So etwas wäre ehrlos.

Drei Tage blieben ihnen noch in Delhi. Rajni fand eine Gelegenheit, nachmittags noch mal mit Nadia zu telefonieren, die ihr bei dieser Gelegenheit von Delhis aufregendem Nachtleben berichtete. Wovon Rajni allerdings nichts mitbekommen würde, wenn sie die ganze Zeit mit ihren Verwandten verbringen musste. Sie beklagte sich bitterlich bei Nadia, wenn sie wieder in England sei, hätte sie den ganzen Sommer im Haus verbracht wie eine brave indische Tochter. »Den ganzen verdammten Tag sitze ich hier herum und halte den Mund und langweile mich zu Tode«, jammerte Rajni. »Du hast wenigstens deine Cousine.« Nadias Cousine, eine Modedesignerin im ersten Studienjahr, hatte sie zum Einkaufen auf den Khan Markt mitgenommen und ihr einen Laden in Karol Bagh gezeigt, der unglaublich echt wirkende gefälschte Markenhandtaschen verkaufte.

»In ein paar Tagen bist du wieder in London«, versuchte Nadia sie zu trösten. »Und Ende August ist die Party zu deinem sechzehnten Geburtstag, auf die du dich freuen kannst. Denk bloß nicht, ich hätte das vergessen!«

»Ich glaube, ich halte das keine Minute mehr aus«, lamentierte Rajni. Sie unterbrach sich kurz, als ein Schatten über den Flur huschte – einer der Erwachsenen ging draußen vorbei. Einen Moment war es still, dann rief Mum aus der Küche. »Komm her und hilf uns mit den Rotis, Rajni. Rajni? Wo steckst du? Bist du schon wieder am Telefon? Die Anrufe sind nicht kostenlos, weißt du.«

»Hast du das gehört?«, fragte Rajni Nadia mit zusammengebissenen Zähnen. »Ich muss Schluss machen. Aber ernsthaft: Rette mich.«

»Komm doch heute Abend mit«, meinte Nadia. »Wir feiern deinen Geburtstag vor.« Sie gab Rajni eine kurze Wegbeschreibung und versicherte ihr, sie werde bestimmt wieder zu Hause sein, ehe irgendwer merkte, dass sie weg war. Rajni legte auf und versuchte, sich die Wegbeschreibung einzuprägen, obschon sie wusste, dass es viel zu riskant wäre, sich nachts heimlich aus der Wohnung zu schleichen. Nur noch ein paar Tage, sagte sie sich und ging dann in die Küche, um Mum zu helfen.

»Hier, du kannst den Teig kneten«, wies Mum sie an und drückte Rajni eine Schüssel Mehl in die Hand. »Aber tu nicht wieder so viel Wasser rein – letztes Mal waren sie zu klebrig. *Hai*, was machst du denn da? Hab ich nicht gerade noch gesagt, nicht so viel Wasser? Was für eine Schwiegertochter willst du mal abgeben, wenn du nicht mal ordentliche Rotis hinbekommst?«

Eine Schwiegertochter, die ihrem Mann sagt, er soll sich sein Abendessen gefälligst selbst kochen, wenn er nichts weiter tut als meckern, dachte Rajni aufgebracht, sagte aber lieber nichts. Nadias Angebot, abends mit ihr auszugehen, erschien ihr immer verlockender. Langsam begann in Rajnis Kopf ein Plan zu reifen – ihre Verwandten gingen meistens früh ins Bett, und weil sie sich auf dieser Reise immer das Zimmer mit Mum hatte teilen müssen, wusste sie, dass die schlief wie ein Murmeltier. Selbst der Verkehrslärm draußen vor dem Fenster konnte sie nicht wecken, und es müsste schon einiges passieren, damit sie mitten in der Nacht aufwachte und bemerkte, dass Rajni fort war.

Das Abendessen schien sich an diesem Abend ins Unendliche zu ziehen. Es dauerte unerträglich lange, bis schließlich alle ins Bett gegangen waren, und Rajni wusste, wenn sie erst einmal schliefen, würde sie schnell sein müssen. Unter dem Kissen hatte sie ein Trägertop und eine enge Jeans versteckt, die Mum ihr verboten hatte zu tragen, es sei denn, sie zog eine lange, weite Kurta darüber. Sie schnappte sich ihre Sachen und ihr kleines Schminktäschchen und huschte mucksmäuschenstill ins Bad, um sich dort umzuziehen. Ehe sie sich auf Zehenspitzen aus dem Haus schlich, ging sie Nadias Wegbeschreibung noch einmal durch. Es sah aus, als sei es nur ein kurzer Spaziergang über die Hauptstraße, und dann würde Rajni sich schon irgendwie zurechtfinden.

Ganz allein hinauszutreten in die frische, kühle Abendluft gab Rajni ein herrliches Gefühl von Freiheit. Die schmale Gasse war vollgestellt mit Styroporkisten aus einem nahe gelegenen Warenlager, und die Schatten schienen den Pfad zu verschlucken, aber Rajni ging unbeirrt weiter, getrieben vom kribbeligen Nervenkitzel ihrer kleinen nächtlichen Eskapade. Endlich konnte sie tun und lassen, was sie wollte. Sie wich einem Motorrad aus, das plötzlich ohne Vorwarnung die Straße entlanggerast kam. Der Fahrer musterte sie misstrauisch und rief ihr im Vorbeifahren irgendetwas zu. Rajni sah zu, dass sie schnell weiterkam, und hielt auf die fernen Lichter der Hauptstraße zu. Adrenalin britzelte in ihren Adern. Sie konnte es gar nicht erwarten, Nadia endlich wiederzusehen. »Sie halten mich wie eine Gefangene«, würde sie kreischen, sobald sie sich sahen.

Am Ende der Gasse angekommen musste Rajni einsehen, dass es bis zur Hauptstraße weiter war als angenommen. Eine bröckelnde Backsteinmauer, mit zerbrochenen Glasscherben gespickt, versperrte ihr den Weg. Dahinter lag ein verwinkeltes Stadtviertel mit niedrigen Wohnhäusern, krumm und schief wie alte wacklige Zähne. Zwischen den Gebäuden schimmerte Licht, aber Rajni war sich nicht mehr sicher, ob das wirklich von der Hauptstraße kam. Sie musste sich beeilen – Nadia wunderte sich sicher schon, wo sie blieb.

Rajni bog ab, einmal und dann noch einmal, aber immer, wenn sie glaubte, endlich auf dem richtigen Weg zu sein, landete sie in einer Sackgasse. Die ganze Gegend schien von allen Seiten in Dunkelheit eingemauert, und es gab Ecken, um die sie lieber einen großen Bogen machte. Um diese Zeit waren nur noch Männer unterwegs. Rajni fiel sofort auf – Unterhaltungen verstummten, wenn sie mit gesenktem Kopf vorbeihuschte. Johlend riefen sie ihr hinterher, laut und widerlich. Manche Männer liefen ihr nach und lachten glucksend, wenn sie immer schneller ging. Straßenhunde kratzten sich träge die Beine und starrten Rajni unbeteiligt nach, während sie verzweifelt den Weg zurück nach Hause suchte.

Irgendwie fand Rajni schließlich hinaus aus dem Gewirr von Gassen und Straßen und auf die Hauptstraße, aber Nadia war nirgends zu sehen. Rajni kam beinahe eine Stunde zu spät zu ihrer Verabredung, und sie hatten ausgemacht, sollte sie sich verspäten, wäre davon auszugehen, dass sie erwischt worden war. Doch nun erschien ihr die Aussicht, erwischt zu werden, mit einem Mal nicht annähernd so gefährlich, wie weiter allein hier herumzulaufen. Wenigstens wäre sie dann im Haus.

Rajni wusste instinktiv, dass die kleinen Mini-Supermärkte, die um diese Zeit noch geöffnet hatten, kein sicherer Zufluchtsort für sie waren, um sich dorthin zu flüchten oder um Hilfe zu bitten. Sie guckte stur geradeaus, um den lüsternen Blicken zu entgehen, die in vorbeihuschenden Männergesichtern aufblitzten. Sie wünschte, sie könnte nicht hören, was sie sagten. *Wie viel? Wie machst du es mir?* Vor Panik zitterten ihr die Knie, aber sie ging weiter, immer weiter, und fing fast an zu laufen, als sie schließlich eine Polizeiwache entdeckte.

In den frühen Morgenstunden kam Rajni zurück in die Wohnung, eskortiert von zwei Polizeibeamten. Über eine Stunde hatte sie auf der Wache warten und alle nur erdenklichen Fragen beantworten müssen, obwohl sie doch nichts Schlimmes getan hatte. Dem Beamten, der sie befragte, bereitete es offenbar ein teuflisches Vergnügen, es ihr so unbehaglich wie irgend möglich zu machen. Seine Blicke streiften über ihre bloßen Arme und blieben viel zu lange im Ausschnitt ihres Trägertops hängen. Ihr Make-up war verschmiert, und sie hatte die Arme vor der Brust verschränkt, als sie mit gesenktem Kopf durch die Wohnungstür marschierte, wohl wissend, wie sie aussah und was alle denken mussten. Ihre Verwandten standen da wie Schachfiguren, die nur darauf warteten, dass jemand sie bewegte. Mums blasses, erschrockenes Gesicht in diesem Augenblick sollte sie ihr ganzes Leben lang verfolgen. Aufgebracht zog sie Rajni am Ellbogen ins Schlafzimmer. »Was zum Teufel hast du dir dabei gedacht?«, kreischte sie. »Einfach so rauszugehen. Du hättest gar nicht mehr zurückzukommen brauchen!«

Diese Worte trafen sie am meisten. Mum hatte ja keine Ahnung, was für eine Todesangst Rajni ausgestanden hatte. Sie hatte geglaubt, nie wieder nach Hause zurückzufinden. Tränen schossen ihr in die Augen, während Mum weiter auf sie einschrie. Alles, was Rajni machte, war falsch, eine Enttäuschung, eine Schande. Was war das für ein miserables Vorbild für ihre kleinen Schwestern? Was würde ihr Vater sagen, wenn er das noch miterlebt hätte? Dass sie ausgerechnet jetzt Dad ins Spiel brachte, traf Rajni zutiefst, und sie schlug zurück, noch ehe sie wirklich wusste, was sie da sagte.

»Ach, aber du bist so ein grundguter, hochanständiger Mensch, was?«, brüllte Rajni. »Bestimmt hast du Dad geschubst und ihn umgebracht, weil du was mit deinem Fahrlehrer hattest.«

Es war, als würde der ganze Raum zu Eis erstarren. Rajnis Onkel und Tante hatten bisher wie schemenhafte Schatten am Rand gestanden, doch nun war sich Rajni ihrer Anwesenheit mit einem Mal unangenehm bewusst. Fast konnte Rajni sie sehen, die Fragezeichen über ihren Köpfen, nachdem sie diese Anschuldigung erhoben hatte. Nichts davon war wahr. Rajni wusste es, und Mum wusste, dass sie es wusste. Aber jetzt, wo sie die hasserfüllten Worte erst einmal ausgespien hatte, nahmen sie ein unheimliches Eigenleben an und sollten Rajni noch jahrelang verfolgen.

Für Thaya-ji war das der Tropfen, der das Fass zum Überlaufen brachte. Mum war des Landes nicht würdig. »Ich wollte dir ja helfen, aber wenn das stimmt, kann ich das nicht«, erklärte er und seufzte theatralisch. Das traurige Widerstreben war nur geheuchelt – Rajni sah es am Glanz in seinen Augen, weil er endlich eine gute Ausrede gefunden hatte, um Mum ein für alle Male loszuwerden. Das war ihre letzte Chance gewesen – wenn sie erst einmal wieder zu Hause in London waren, würde Thaya-ji mit den Anwälten reden und seinen Anspruch auf das Land geltend machen. Und wenn Mums Ruf erst einmal in Scherben lag, konnte niemand ihn mehr anfechten.

Bis der Klatsch sich auch zu den letzten Verwandten von Dads und Mums Familien herumgesprochen hatte, hatte die ganze Geschichte bereits apokalyptische Dimensionen angenommen. In den erlogenen Fantasiegebilden hatte Rajni sich mit einem Jungen aus dem Haus geschlichen, mit mehreren Jungs sogar, sie hatte nach Alkohol gerochen, sie war ins Haus getorkelt, sie war kaum noch ansprechbar gewesen, sie hatte den Polizisten ein paar kleine Gefälligkeiten erweisen müssen, ehe die sie nach Hause zurückbrachten. Mums Aussichten, das Land, das ihr zustand, auch wirklich zu bekommen, waren endgültig zunichte gemacht.

Neunzehntes Kapitel

Rajni merkte, wie aufmerksam Jezmeen ihrer Erzählung lauschte. Das war genau das, was ihre Schwester hören wollte.

»Ich habe mir immer die Schuld dafür gegeben, dass ihr es so schwer hattet«, gestand Rajni. »Ich weiß, dass Mum irgendwann wieder auf die Füße gekommen ist, aber du und Shirina, ihr seid damit aufgewachsen, dass nie genug Geld da war. Mum war immer mit den Nerven am Ende, und ich habe mir eingeredet, dass das alles meine Schuld war. Die ganze Sache hat mich zu Tode geängstigt.«

»Und da hast du dich geändert«, erinnerte sich Jezmeen. »Ich war noch zu klein, um irgendwelche Fragen zu stellen, aber ich weiß noch ganz genau, als ihr zurückgekommen seid, warst du plötzlich viel strenger. Du hast alle Schminke weggeworfen, die ich immer aus deinem Zimmer gemopst habe.«

»Die Schminke, die Klamotten, einfach alles. So hatte ich zumindest das Gefühl, irgendwas zu tun. Ich habe versucht mir weiszumachen, ich sei immer noch die Alte, ich bräuchte nur mal eine kleine Auszeit. Mit meiner kleinen Widerstandsbewegung habe ich der ganzen Familie furchtbar geschadet. Irgendwann« – sie seufzte –, »irgendwann bin ich dann zur Uni gegangen, habe Kabir kennengelernt und ihn geheiratet, kaum dass ich meinen Abschluss hatte. Die Streitereien mit Mum habe ich nicht vermisst.«

»Raj, du hast unserer Familie nicht geschadet«, sagte Jezmeen. »Das waren diese Verwandten. Sie haben gemeine Gerüchte in die Welt gesetzt, und sie haben Mum Geld vorenthalten, das sie dringend gebraucht hätte. Die sind unmoralisch, nicht du.«

»Das weiß ich doch selbst«, murmelte Rajni. Ihre Augen schwammen in Tränen. Hastig kramte sie in ihrer Handtasche nach einem Päckchen Taschentücher. »Ich weiß es, und doch weiß ich es nicht. Mein Kopf weiß, dass es nicht fair ist, mich für das alles verantwortlich zu machen. Aber es hätte ganz anders ausgehen können, für Mum und für euch beide.«

»Oder auch nicht«, meinte Jezmeen. »Dieser Bruder wollte bestimmt von Anfang an nicht mit dem Land herausrücken. Und wenn schon, Raj. Wir haben's überlebt. Wir hatten nicht die schlechteste Kindheit. Wir hatten ein Dach über dem Kopf. Tante Roopi war für uns da. Du warst für uns da.«

»War ich nicht. Ich habe bloß gemeckert und geschimpft und euch keine Minute aus den Augen gelassen, damit ihr Mum nicht so enttäuscht wie ich.«

»Hat nur leider nicht geklappt«, antwortete Jezmeen grinsend. »Einen Großteil meines Lebens habe ich damit verbracht, dir zu sagen, dass du mich mal kannst.«

»Und was ist mit Shirina? Sie muss so todunglücklich gewesen sein, dass sie weggelaufen ist und sich irgendwelchen wildfremden Leuten an den Hals geworfen hat.«

»Das ist doch nicht deine Schuld«, widersprach Jezmeen sehr bestimmt. »Du hast selbst gesagt, Mum habe nach Dads Tod viel zu viel Verantwortung übernommen. Du konstruierst Zusammenhänge zwischen Dingen, die Jahre auseinanderlagen. Als wärst du der einzige Grund. Wir treffen alle unsere eigenen Entscheidungen. Das hast du mir erst kürzlich noch um die Ohren gehauen. Und deinen Schülern und Anil sagst du das auch immer.«

Anil. Rajni schloss die Augen und legte den Kopf in den Nacken. »Anil hat seine Entscheidung jedenfalls getroffen«, wisperte sie.

»Wie meinst du das?«

Sie konnte es Jezmeen genauso gut erzählen. Die Verlobungsbilder würden sicher bald auch auf seinen Social Media-Seiten auftauchen. »Er hat sich verlobt.«

»Was? Ich wusste gar nicht, dass er eine Freundin hat.«

»Ich auch nicht. Sie ist sechsunddreißig.«

Jezmeens Augen wurden groß. Rajni holte tief Luft. »Sie bekommen ein Kind.«

»Scheiße auch«, brummte Jezmeen. Rajni zuckte zusammen, als sie sah, wie Tom Hanks bei ihrem Fluch die Ohren spitzte. »Entschuldigung!«, rief Jezmeen nach vorne. Er winkte nur zum Zeichen, dass ihn das nicht weiter störte. »Rajni, was zum Kuckuck?«

Rajni wischte mit dem Handrücken die Tränen fort. »Er will nicht auf die Uni, er will nichts mehr von dem, wofür wir so hart gearbeitet haben, er will mit dieser Frau eine eigene Familie gründen.«

»Aber warum hast du denn nichts gesagt?«, fragte

Jezmeen. »Hast du das schon die ganze Reise über gewusst?«

»Ja, aber ich glaube, ich wollte es mir selbst nicht eingestehen.«

»Das ist ja auch ein ganz schöner Brocken«, erwiderte Jezmeen.

»Ich glaube, ich habe einfach nie zugehört, was Anil wirklich will«, gestand Rajni. »Und jetzt hat er mich aus seinem Leben ausgeschlossen.«

»Jetzt fängst du schon wieder an und gibst dir für alles die Schuld«, stöhnte Jezmeen. »Hör zu, wenn Anil dich aus seinem Leben ausschließt, dann ist das seine Entscheidung. Du hast ihn nicht dazu getrieben. Du hast ihn zu keiner seiner Entscheidungen getrieben. Ich glaube ... die Sache ist doch die, wirkt er glücklich damit, wie die Dinge sich entwickeln? Kommst du damit klar?«

»Nein«, entgegnete Rajni. »Wie soll ich damit klarkommen, dass Anil nichts mehr mit mir zu tun haben will?«

»Vielleicht sieht er das ja ganz anders«, gab Jezmeen zu bedenken. »Es ist nicht das Leben, das du dir für ihn erträumt hast – aber das heißt doch nicht, dass es falsch sein muss.«

»Aber ...«

»Hör mal, Raj. Du hast gerade gesagt, es tut dir leid, dass du immer so hinter mir her warst und dass du so eine selbstgerechte, herablassende, hochnäsige Ziege warst. Es tut dir in der Seele weh, die Gelegenheit verpasst zu haben, eine richtig coole große Schwester zu sein, weil du den Stock nicht aus deinem Allerwertesten bekommen hast.«

So hätte Rajni das zwar nicht formuliert, aber sie ließ Jezmeen trotzdem unwidersprochen weiterreden.

»Es war schlimm, dass Mum immer versucht hat, dich in ein gesellschaftliches Korsett zu zwängen, oder? Es muss doch furchtbar gewesen sein, immer ihren Ansprüchen genügen zu müssen. Dass Mum an dem Abend mehr Sorge darum hatte, wie das alles nach außen wirkt, als dass dir nichts zugestoßen ist. Und jetzt sag mir nicht, dass das hier nicht genau dasselbe in Grün ist.«

»Ist es nicht«, widersprach Rajni. »Es ist mir egal, was die Leute denken.«

Jezmeen schnaubte. »Scheißdreck verfluchter verflixt noch mal«, tirilierte sie plötzlich aus voller Kehle. Tom Hanks guckte amüsiert nach hinten.

»Hör auf«, zischte Rajni. »Was soll denn Tom Hanks de...« Sie sah das vielsagende Grinsen auf Jezmeens Gesicht und unterbrach sich. »Das ist nicht dasselbe, Jezmeen. Er ist mein einziges Kind.«

»Also geht es darum, dass du nur eine einzige Chance bekommst, eine gute Mutter zu sein, und dass Anil diese Chance ist?«

»... möglich«, murmelte Rajni.

»Dann wäre es also was anderes, wenn du noch mehr Kinder hättest? Wenn du eine Tochter hättest?«

Wenn ich eine Tochter hätte. Es war nicht das erste Mal, dass Rajni sich fragte, wie ihr Leben wohl ausgesehen hätte, wenn das lang ersehnte Geschwisterchen für Anil doch noch gekommen wäre. Sie konnte Jezmeen keine Antwort darauf geben. Sie wusste nur, dass ihr das alles schrecklich unfair vorkam. Aber das war bei Dads

Tod nicht anders gewesen, und auch, als man ihnen das Land weggenommen hatte und als Mum Krebs bekommen hatte und dann gestorben war. Es war unfair, dass Shirina gerade in Chandigarh war, um etwas zu tun, von dem sie glaubte, es tun zu müssen, um ihre Ehe zu retten. Rajni schaute aus dem Fenster und sah, dass sie immer noch inmitten von Äckern und Weiden unterwegs waren und es unmöglich war, nicht daran zu denken, was sie verloren hatten.

Aber vielleicht konnte Rajni verhindern, dass sie noch mehr verlor. »Entschuldigen Sie, Tom Hanks?«, rief sie nach vorne.

»Verzeihung, Ma'am«, sagte Tom Hanks automatisch. Rajni sprach ihn sonst nur an, wenn er wieder mal zu schnell oder zu riskant fuhr.

»Können Sie bitte ein bisschen aufs Gas drücken?«, bat sie. »Wir müssen wirklich dringend nach Chandigarh.«

»Ma'am, wollen Sie wirklich, dass ich …?«

»Drücken Sie auf die Tube«, bestätigte Rajni entschlossen. »Bringen Sie uns so schnell wie möglich da hin.«

Das brauchte man Tom Hanks nicht zweimal zu sagen. Mit sichtlichem Vergnügen trat er das Gaspedal durch, und Wiesen und Felder ringsum verschwammen zu einem unscharfen, unendlich grünen Fleck.

Zwanzigstes Kapitel

Im Wartezimmer hing die Nahaufnahme einer pinkfarbenen Orchideenblüte. Sie erinnerte Shirina frappierend an das Bild in der Klinik in Melbourne, in der sie vor fünf Monaten gewesen war. Das musste doch ein seltsamer Zufall sein. Schließlich war es eher unwahrscheinlich, dass ein einziger Blumenfotograf ein weltweites Monopol für die Ausstattung von Geburtskliniken hatte. Aber es tröstete sie ein bisschen, dass Sehaj eine Klinik ausgesucht hatte, die ihren gewohnten Standards entsprach – die Ledercouches und der Flieder-Lufterfrischer hätten ebenso gut in die Klinik in Melbourne gepasst. Kein Dritte-Welt-Hospital, wie sie es sich in ihren schlimmsten Albträumen ausgemalt hatte, mit einer nackten Glühbirne, die von der Decke baumelte, und einer langen Schlange Frauen mit leeren Augen und ausdruckslosen Gesichtern, die teilnahmslos darauf warteten, dass sie an die Reihe kamen, die Zeit zurückzudrehen.

Sie fragte sich, wie lange Sehaj wohl die verschiedenen Optionen recherchiert hatte, bis er auf diese Klinik gekommen war – vielleicht kannte seine Familie den Arzt sogar persönlich? Er hatte ihr die Karte am Flughafen so hastig zugesteckt, dass für Fragen keine Zeit mehr gewesen war. Sie hatten immer nur ganz abstrakt über den Eingriff gesprochen. *Es machen lassen. Tun, was zu tun ist. Die Sache regeln.* Es gab einfach keine Zwischentöne, wenn jedes Gespräch unweigerlich eskalierte und in bösen Worten endete, gefolgt von anhaltendem Schweigen, das alle anderen Geräusche im Haus vervielfachte – das Wasser, das in den Rohren gluckerte, die Fenster, die im eisigen Wind rappelten.

Die Sprechstundenhilfe am Empfang rief ihren Namen. Ihr eigenes Gewicht zog Shirina nach unten, als sie sich auf die Füße mühte. Hier brauchte sie nicht zu tun, als sei sie nicht schwanger, aber aus reiner Gewohnheit ging sie betont lässig, als wäre die kleine Kugel gar nicht da. Die hatte sie immer noch sorgfältig versteckt – ein Glück, dass man es ihr nicht gleich von Anfang an ansah.

Am Empfang musste sie ihren Namen nennen und wie sie zahlen wollte. »Visa«, sagte sie und reichte der Dame ihre gemeinsame Kreditkarte, die sie sich mit Sehaj teilte. Die Sprechstundenhilfe gab ihr ein Klemmbrett mit einem ganzen Stapel an Formularen zum Ausfüllen. *Fragen zur Anamnese.* Mechanisch kreuzte sie die Kästchen an. Nein, nein, nein bei fast jeder Frage. Ein Pärchen kam ins Wartzimmer und setzte sich ihr gegenüber. Die Frau war schon wesentlich weiter als Shirina, und der dicke Bauch zeichnete sich unter ihrer langen, eleganten türkisen Kurta ab. Sie beklagte sich bei ihrem Mann über die geschwollenen Knöchel – »Guck dir das Elend mal an«, brummte sie und wies auf ihre dicken Füße. »Das geht auch nicht gleich wieder weg. Drima hat mir erzählt, ihre Füße sind zwei Größen größer geworden und nachher nicht wieder kleiner. Darum wollte sie auch kein Zweites mehr.« Ihr Mann erwiderte etwas

Unverständliches, und die Frau stupste ihn spielerisch gegen die Schulter.

Shirina gab der Sprechstundenhilfe das Klemmbrett zurück. Die warf einen kurzen Blick darauf und nickte. Hier vor der Tür taten sie noch, als sei das, was sie vorhatten, geboten und vollkommen legal. Sie war eine werdende Mutter, die zu einer Routine-Untersuchung hergekommen war – wie das Pärchen im Wartezimmer, das viel zu fröhlich wirkte, um aus irgendeinem anderen Grund hier zu sein. Hinter verschlossenen Türen würde sie abwarten, bis der Arzt ihr sagte, es gebe noch andere Möglichkeiten. Sie würden leise sein müssen, und der Arzt würde sie womöglich bitten, das Handy auszuschalten, um sich zu vergewissern, dass sie das Gespräch nicht heimlich aufzeichnete. Shirina hatte ein CNN-Exposé gelesen von einer Journalistin, die sich als Schwangere ausgegeben hatte und in einer vornehmen Vorstadtgegend von Bombay in eine Klinik gegangen war. Sie hatte ihr iPhone auf den Tisch gelegt, um das Vertrauen des Arztes zu gewinnen, hatte aber heimlich noch ein zweites im Futter ihrer Handtasche eingeschmuggelt.

Es war paradox, diesen Eingriff in Indien durchführen zu lassen, wo geschlechtsspezifische Abtreibungen strikt verboten waren. Die Ärzte hier durften den werdenden Eltern nicht einmal das Geschlecht des Kindes verraten. Aber es gab nun mal nichts, was man mit Geld nicht kaufen konnte, und Shirina wäre nicht hier, wenn sie es nicht so lange hinausgezögert hätte, wenn sie Sehaj und Mutter gleich die Wahrheit gesagt hätte, als sie erfahren hatte, dass sie ein Mädchen erwartete.

Sie musste an Mum denken, die die Pilgerreise Rajni zuliebe in den Sommer gelegt hatte. Sie hatte ja nicht ahnen können, dass der letzte Termin, zu dem Shirina die Schwangerschaft noch abbrechen konnte, just in die Zeit dieser Reise fallen würde. Vielleicht hatte Shirina es so lange vor sich hergeschoben, Sehaj schon in Melbourne die Wahrheit zu sagen, weil sie ganz leise hoffte, die Reise könne ihre Rettung sein. Dass sie nach Indien fahren würde und dann nach Melbourne zurückkommen und sagen: »Hoppla, zu spät.« Wie naiv sie gewesen war, ernsthaft zu glauben, es könne so einfach sein.

In der Anleitung des Schwangerschaftstests stand, es dauere fünf Minuten, bis das korrekte Ergebnis angezeigt wurde, aber Shirina war viel zu aufgeregt, um so lange zu warten. Seit Monaten versuchten sie es schon, aber diesmal fühlte es sich anders an: Ihre Periode war überfällig, und sie war die ganze Zeit unterschwellig müde und erschöpft. Gerade einmal eine Minute, nachdem sie auf das Stäbchen uriniert und es auf den Waschbeckenrand gelegt hatte, ging sie hin, um nachzuschauen. Die rosa Kontrolllinie erschien und wurde gleich dunkel. Shirina trommelte ungeduldig mit den Fingern und starrte auf das Stäbchen. Eine zweite Linie erschien. »Sehaj!«, quiekte sie aufgeregt und rannte aus dem Badezimmer. Es war Sonntagmorgen, und er lag noch faulenzend im Bett. »Du wirst Vater.«

Sehajs Gesicht. Shirina wünschte, sie hätte eine Kamera griffbereit gehabt. Seine Augen strahlten, und er grinste von einem Ohr zum anderen. Shirina krabbelte zu ihm ins Bett und gab ihm einen Kuss. Die ganze

Zeit hatte sie ihre Traurigkeit mit sich herumgetragen, wenn wieder ein Test negativ ausgefallen war. Sie hatte Mums Tod noch nicht verwunden und auch die hässlichen Streitereien zwischen ihren Schwestern nicht, und schwanger zu werden war der Versuch, dem Verlust eine neue Hoffnung entgegenzusetzen. Jetzt konnten sie und Sehaj endlich ihre eigene kleine perfekte Familie gründen.

»Wenn wir einen Jungen bekommen, nennen wir ihn nach deinem Vater, und wenn wir ein Mädchen bekommen, nach meiner Mutter«, sprudelte es aus Shirina heraus. Von den Hormonen wurde sie ganz gefühlsduselig. In ihrer Fantasie stellte sie sich Sehaj als liebevollen, völlig vernarrten Vater vor, der jedes Mal mit den Tränen kämpfte, wenn sein Kind morgens zur Schule ging. Als Kind hatte Shirina sich in ihren Tagträumen manchmal ausgemalt, wie es wäre, wenn ihr Vater noch lebte und er Mums viele Schwächen und Unzulänglichkeiten irgendwie ausgleichen könnte. Er würde sie beschützen und ihr immer zuhören. Er würde nicht zulassen, dass sie sich vergessen und verlassen fühlte.

Mit Sehajs Antwort hatte sie nicht gerechnet. »Das Erste muss ein Junge sein.« Shirina hatte über seine Entschlossenheit lächeln müssen, aber sie war auch ein wenig verunsichert. *Muss* ein Junge sein? Das war natürlich wieder eine von Mutters altmodischen Ansichten. Seit Shirina zur Familie gehörte, erklärte Mutter ihr ständig in genau demselben Ton, wie der Haushalt zu führen sei. Das Abendessen hatte um Punkt sieben auf dem Tisch zu stehen, ganz gleich, ob Shirinas Chef sie Überstunden machen ließ oder die Bahn Verspätung hatte. Shirina musste sich freinehmen, um sich nach der Hüft-OP um Mutter zu kümmern, erst ein paar Wochen, dann ein paar Monate, bis es schließlich nur sinnvoll erschien, dass sie die Stelle gleich ganz kündigte. Shirina hatte es immer vermieden, diese Anforderungen als etwas anderes als ihre heilige Pflicht anzusehen, wie Töchter sie ihren Müttern schuldig waren und Ehefrauen ihren Ehemännern – aber das Geschlecht des Kindes war doch etwas ganz anderes. »Wie meinst du das, es muss ein Junge sein?«, fragte sie lachend. »Das kann ich doch nicht beeinflussen.«

Nach kurzem Zögern hatte Sehaj in ihr Lachen eingestimmt. Er sagte ihr, das sei nur ein Witz gewesen, eine schlechte Parodie eines noch konservativeren Mannes. »Das sehen wir dann«, sagte er. Nicht gerade das, was Shirina von ihm hören wollte, aber für den Augenblick schob sie alle Ängste und Sorgen beiseite. Heutzutage konnte doch niemand mehr ernsthaft der Ansicht sein, die Frau sei verantwortlich für das Geschlecht des Kindes, oder Mädchen gehörten abgetrieben. Vielleicht in irgendwelchen rückständigen abgelegenen indischen Dörfern, aber doch nicht in einem aufgeklärten Haushalt in Melbourne oder London. Aus reiner Neugier recherchierte Shirina das Thema in ihrem Brautforum. Die Anzahl der Postings dazu machte sie sprachlos. »Schwiegerfamilie will lieber ein Mädchen!«, »Schwanger mit dem ersten Kind, und es wird ein Mädchen, irgendjemand das schon mal erlebt?«

Shirina fand das alles lächerlich, aber sie ertappte sich auch dabei, dass sie insgeheim hoffte, den Konflikt irgendwie umgehen zu können. Bitte, lass es ein Junge sein, bitte, lass es ein Junge sein, dachte sie wieder und wieder, als sie drei Monate später bei der Ultraschalluntersuchung auf der Liege lag. Ihre Wunschgedanken lenkten sie derart ab, dass sie auf die Frage der medizinisch-technischen Assistentin, wo denn ihr Mann sei, nur mit Nein antwortete. Die Frau lächelte und wiederholte ihre Frage. »Oh, Verzeihung. Er hat ein wichtiges Meeting, darum bin ich allein gekommen«, erklärte Shirina.

»Schwangerschaftsdemenz«, meinte die MTA mitfühlend. »Das hatte ich bei allen dreien meiner Kinder. Einmal habe ich die Wäsche statt in die Kommode in den Kühlschrank geräumt!«

Shirina nickte ungeduldig, während die Frau munter weiterplapperte und mit der Sonde über ihren Bauch strich. »Sie sehen aus, als könnten Sie Glück haben, genau wie meine beste Freundin«, fuhr sie fort und wies nickend auf Shirinas flachen Bauch. »Bei ihr hat man erst im sechsten Monat was gesehen – davor wäre niemand auf die Idee gekommen, sie könnte schwanger sein.« Shirina hatte den Blick fest auf den schwarzen Monitor geheftet. Er flackerte kurz auf, und dann hörte man die Unterwassertöne eines Herzschlags. Shirina biss sich auf die Lippen, um nicht aufzuschluchzen. Die MTA fuhr weiter mit der Sonde über ihren Bauch und wies dabei auf die verschwommenen Gliedmaßen des Babys, Arme und Beine, und als das Kind sich umdrehte, tauchten im Ultraschall kurz eine winzige Reptilienwirbelsäule, Nase und Kinn auf. Die Frau hielt einen Augenblick inne, wohl um die Spannung zu steigern. »Möchten Sie wissen, was es wird?«, fragte sie lächelnd. Shirina brach in Tränen aus, als sie erfuhr, dass sie ein Mädchen erwartete. Die MTA dachte wohl, es seien Freudentränen, und gab ihr ein Papiertuch zum Naseputzen.

Auf dem Weg vom Krankenhaus nach Hause wünschte Shirina sich inständig, die Ultraschalluntersuchung hätte kein eindeutiges Ergebnis erbracht. Die MTA hatte ihr vorher gesagt, das könne zuweilen vorkommen, wenn das Baby die Beine überkreuzte. Dann hätte es fürs Erste nicht in Shirinas Hand gelegen. Als sie zur Tür hereinkam und Mutters erwartungsvolles Gesicht sah, überkam sie der überwältigende Wunsch, ihr ungeborenes Baby zu schützen. »Sie konnten es nicht sehen«, schwindelte sie. Sie war eigentlich keine besonders gute Lügnerin, aber unversehens war sie schon dabei, Mutter die ganze Geschichte in glühenden Farben zu schildern – den Monitor, auf dem die Wirbelsäule, die Nase, das Kinn zu sehen waren, aber diese verflixten überkreuzten Beinchen, die nichts erkennen ließen.

Mutter nahm ihre Antwort so hin. »Dann finden wir es beim nächsten Mal heraus«, sagte sie. »Aber du darfst nicht zu lange warten, *han*. Wann ist dein nächster Termin?«

»In ein paar Wochen«, antwortete Shirina ausweichend. Zum Glück hatte Mutter offensichtlich noch nie davon gehört, dass man auch anhand eines Bluttests das Geschlecht des Kindes ermitteln konnte, sonst hätte sie Shirina sicher postwendend ins Krankenhaus zurückgeschickt.

Abends blätterte Shirina in ihrem Hochzeitsalbum. Das war ihr fast zur Gewohnheit geworden, seit Mum gestorben war, denn die schönsten Fotos von ihr waren dort drin – sie strahlte vor Glück übers ganze Gesicht und wirkte so fröhlich und voller Leben. Sehaj kehrte um sieben nach Hause zurück und kam nach oben, um sich fürs Abendessen frischzumachen. Im Schlafzimmer erwartete ihn Shirina, die noch ganz in die Bilder vertieft war. »Weißt du noch?«, fragte sie und zeigte auf ein Foto, in dem sie sich verstohlen einen innigen Blick zuwarfen, den der Fotograf eingefangen hatte. In ihrem Lächeln glichen sie sich wie Zwillinge. Sehaj hockte sich neben das Bett auf den Boden und küsste Shirina auf die empfindliche Stelle hinter dem Ohr, und sie wünschte, sie müsste ihn nicht anlügen.

»Wie war's? Alle Finger und Zehen vollzählig und ordnungsgemäß an Ort und Stelle? Kommt mein Junge nach seinem Vater?« Er warf sich stolz in die Brust.

»Es war toll«, erwiderte sie und wand sich innerlich. »Aber was es wird, war noch nicht zu sehen.« Sie klappte das Hochzeitsalbum zu. »Das ist ja auch egal, oder? Ob es ein Junge wird oder ein Mädchen? Warum müssen wir das unbedingt wissen?«

Sie spürte förmlich, wie Sehaj plötzlich stocksteif wurde.

»Bist du nicht froh und glücklich, dass wir ein Baby erwarten?«, fragte Shirina.

Sehaj seufzte und gab ihr einen Kuss auf die Stirn und sagte: »Es geht nicht unbedingt darum, was ich möchte. Es geht darum, was meine Mutter …«

»Aber sie wird sich doch bestimmt damit arrangieren, oder nicht? Das hast du schon öfter über sie gesagt, dass sie sich einfach erst daran gewöhnen muss.« Wie daran, dass du mich geheiratet hast, dachte Shirina. Mutter hielt nicht viel von dem Mädchen aus einer englischen Arbeiterfamilie, aber Sehaj hatte seinen Kopf durchgesetzt. Das könnte er auch jetzt wieder tun. Mutter brauchte nicht immer ihren Willen zu bekommen.

»Überleg doch nur mal, wie viel glücklicher wir sein könnten, wenn du nur hin und wieder auf sie hören würdest«, sagte Sehaj.

»Aber ich höre doch auf sie«, protestierte Shirina und hatte plötzlich einen Kloß im Hals. Mum hatte ihr gesagt, sie solle auf ihre Schwiegerfamilie hören, und sie hatte sich solche Mühe gegeben, brav und folgsam zu sein. Wie sehr musste sie sich denn noch verbiegen, um es ihnen recht zu machen? Wann war es endlich genug?

Sofort, als Sehaj merkte, wie Shirinas Stimme zitterte, nahm er ihre Hand und hielt sie fest in seiner. Sie dachte, er würde etwas sagen, um sie zu trösten. Doch stattdessen sagte er nur: »Ich habe gerade eine Menge Stress bei der Arbeit, Shirina. Das kannst du dir gar nicht vorstellen.«

»Nein, natürlich nicht, wie sollte ich auch. Ich habe meinen Job schließlich gekündigt, stimmt's?«, bemerkte Shirina schnippisch. Sie zog ihre Hand weg, als hätte sie sich an ihm verbrannt.

Sehaj stand auf und ging aus dem Zimmer. Shirina blieb den ganzen Abend im Schlafzimmer und ließ das Abendessen ausfallen. Die Übelkeit, die eigentlich gegen Ende des ersten Trimesters abklingen sollte, hielt immer noch an, und ihr war ohnehin nicht danach, schweigend mit Sehaj und Mutter am Tisch zu sitzen. Sie war wütend auf sich selbst und wusste doch nicht recht, warum. In ihrer Magengrube brannte, wohl jahrelang eingeimpft, die Scham, etwas falsch gemacht zu haben.

Das Schweigen, das diesem Abend folgte, war das Schlimmste, das Shirina seit ihrer Hochzeit mit Sehaj erlebt hatte. Jedes Knarzen der Bodendielen und jedes Zischen der Belüftung war wie ein Fanfarenstoß in der wortlosen Stille. Sie folgte ihr überallhin – zum Frühstück, ins Auto, ins Wartezimmer –, und sogar, als Sehaj am nächsten Morgen wieder mit Shirina redete, klang alles, was er sagte, knapp und brüsk. Jeder Satz vermittelte nur die eine, unmissverständliche Botschaft: *Wenn du die Dinge hier in Frage stellst, stehst du ganz allein auf weiter Flur.* Es erinnerte an die nagende Ungewissheit jener Tage, nachdem Mutter sie gegen den Taxifahrer gelehnt auf der Schwelle vorgefunden hatte – nur, dass Mutter sie diesmal nicht nur mit voller Absicht ignorierte; sie tat, als hätte es Shirina nie gegeben. Es war gruslig, sie fühlte sich wie ein Geist, und es erinnerte sie erschreckend an ihre eigene Kindheit. So konnte sie nicht leben.

Allmählich taute Sehaj wieder auf, und Shirina gab sich allergrößte Mühe, Schönwetter zu machen. Sie hatte zwar immer noch Fragen, was man eigentlich genau von ihr erwartete, sollte sich herausstellen, dass das Baby ein Mädchen war, aber die verkniff sie sich. Sie würden sie sicher nicht zwingen, die Schwangerschaft abzubrechen … oder? Manchmal schaute Shirina Sehaj über den Tisch an und fragte sich, ob er es ihr einfach ins Gesicht sagen würde. Auch darüber wollte sie lieber nicht nachdenken, also beschloss sie abzuwarten. Noch war es kein Problem, denn soweit alle wussten, erwartete sie einen Jungen. Die medizinisch-technische Assistentin hatte ihr einen errechneten Entbindungstermin genannt, und Shirina überschlug rasch im Kopf, dass sie während ihrer Indienreise die Vierundzwanzig-Wochen-Marke überschreiten würde, nach der eine Abtreibung nicht mehr möglich wäre.

Warum also hatte sie Lauren angerufen? Shirina hatte keine Probleme. Hatte sie vielleicht auf ein bisschen Verständnis gehofft? Oder war Lauren ihre einzige Freundin? Womöglich fürchtete sie sich vor den Gedanken, die ihr spätabends durch den Kopf spukten, wenn Sehaj leise schnarchend neben ihr lag? Gedanken daran, Sehaj und Mutter die Wahrheit zu sagen und zu tun, was sie tun musste, um den Familienfrieden wiederherzustellen. *Du bist noch jung. Du kannst es wieder versuchen. Man muss für die Familie auch Opfer bringen.* Einmal überlegte sie sogar, Rajni oder Jezmeen anzurufen. Aber die Scham war zu groß. Nachdem sie in der Hoffnung auf ein besseres Leben vor ihrer Familie in Sehajs offene Arme geflüchtet war, brachte sie es nicht über sich, ihren Schwestern zu gestehen, dass die Dinge alles andere als ideal waren. Sie brachte es ja kaum über sich, es sich selbst einzugestehen.

Das Erste, womit Shirina herausplatzte, als Lauren ans Telefon ging, war: »Ich vermisse die Arbeit.« Nicht »Hallo« oder »Hilfe«, aber Lauren verstand sofort, was sie meinte.

»Was ist los, Schätzchen?«, fragte sie besorgt. »Wo bist du? Bleib, wo du bist, ich hole dich.«

Shirina wusste, dass sie eigentlich schnell auflegen sollte, aber sie presste den Hörer nur noch fester ans

Ohr und war außerstande, sich zu rühren oder einen Ton von sich zu geben.

»Bist du noch da?«, fragte Lauren.

»Ja«, brachte Shirina mühsam heraus, dann nannte sie Lauren einen Treffpunkt. Meist hatte sie eine Stunde Zeit, nachdem sie Mutter zu ihrer wöchentlichen Physiotherapie ins St. Vincent's gebracht hatte. Das Kitchen Hand Café auf der Gertrude Street war recht ruhig, und es war unwahrscheinlich, dort irgendwelchen Verwandten von Sehaj zu begegnen, aber Shirina schaute sich trotzdem jedes Mal verstohlen um, wenn sie Lauren gegenüber Sehajs Namen erwähnte.

»Das ist emotionaler Missbrauch«, erklärte Lauren unumwunden. »Wenn du ihnen das Geschlecht deines ungeborenen Kindes verheimlichen musst, aus Angst, dass sie dich sonst zu einer Abtreibung zwingen könnten, dann ist das Missbrauch.«

Shirina musste den altbekannten Drang unterdrücken, ihren Mann und ihre Schwiegermutter in Schutz zu nehmen. Es war ein kultureller Unterschied, eine anerzogene Präferenz. Hatte sie nicht auch westliche Frauen oft genug sagen gehört, sie hätten gerne einen Jungen? Die Ausreden pulsierten wie Adrenalinstöße durch ihre Adern – angriffslustig, empört, *du verstehst das einfach nicht* –, aber anders als sonst ließ sie es einfach gut sein.

»Du musst da raus«, stellte Lauren nüchtern fest.

Ihre ruhige Entschlossenheit machte Shirina nervös. »Ich glaube, Sehaj zu verlassen wäre nicht unbedingt der richtige Schritt«, sagte sie nachdenklich. »Ich brauche bloß jemanden zum Reden. Meine Gedanken kreisen ununterbrochen, und ich kann nachts nicht mehr schlafen. Manchmal denke ich, es wäre einfacher, wenn ...« Sie konnte den Satz nicht beenden, aber Lauren wusste, was sie sagen wollte.

Sie redeten, bis Shirina wieder ins Krankenhaus musste und ihrer Freundin versprochen hatte, sich am nächsten Mittwoch wieder hier mit ihr zu treffen. »Ich bin so froh, dass du mich angerufen hast«, sagte Lauren und nahm Shirina fest in die Arme, ehe sie sich verabschiedeten und ihrer Wege gingen. »Halt die Ohren steif, okay? Und denk immer daran, es ist deine Entscheidung.«

In den darauffolgenden Tagen bekam Shirina immer wieder besorgte Nachrichten von Lauren.

Wollte mich nur mal melden. Wie geht's dir heute? Vergiss nicht, sie können dich zu nichts zwingen!«

Shirina antwortete mit Okay und löschte jede einzelne Nachricht. Außerdem löschte sie Laurens Namen aus ihrer Kontaktliste und prägte sich die ersten vier Ziffern ihrer Telefonnummer ein. Sie wollte nicht, dass Laurens Name ständig auf ihrem Display erschien – sollte Mutter einen Blick auf ihr Handy werfen, würde sie sonst sicher rasch misstrauisch. Lauren war kein guter Umgang für sie. Schließlich war sie es gewesen, die Shirina auf die schiefe Bahn gebracht hatte mit ihren Feierabend-Drinks. Je länger Lauren sie mit Nachrichten bombardierte, desto mehr ärgerte Shirina sich darüber. Es wäre verständlich, wenn du eine Weile weg wolltest von Sehaj. Es gibt Anlaufstellen für Frauen in deiner Situation. Shirina wusste Laurens Sorge um sie zwar zu schätzen, bekam aber langsam den Eindruck, dass sie maßlos übertrieb. Kein Grund, ihr gleich vorzuschlagen, Shirina solle ihre Familie verlassen.

Er kann nichts dafür, schrieb Shirina zurück. Er steht genauso unter Druck.

Das nennt man Gehirnwäsche, entgegnete Lauren. Kurz darauf kam eine weitere Nachricht. Entschuldige, das war wirklich unsensibel. Aber ich glaube, er kontrolliert dich weit mehr, als dir bewusst ist.

Shirina schrieb nicht zurück. Es wurde Mittwoch. Shirina setzte Mutter ab, dann marschierte sie in die entgegengesetzte Richtung zur Gertrude Street, immer weiter weg, bis sie schließlich in die Gärten hinter dem Parlament kam. Frisch verheiratete Paare kamen gern hierher, um auf den Stufen des herrschaftlichen Anwesens Fotos zu schießen, weil man die Schleppe des Brautkleids so herrlich dramatisch wie Schlagsahne die Treppe hinunterfließen lassen konnte. Shirina beobachtete ein asiatisches Pärchen, das vor der Kamera posierte. Die Luft war kühl, und dicke graue Wolken hingen schwer über der Stadt. Shirina wohnte zwar schon seit einem Jahr in Australien, tat sich aber immer noch schwer damit, dass der Juli hier mitten im tiefsten Winter lag. Der Bräutigam hielt einen schwarzen Regenschirm über die Braut, um ihre aufwendige Hochsteckfrisur vor dem böigen Wind zu schützen, der Regenschirme umklappte und Laub über die Wege wirbelte. Die Welt schien in mehrfacher Hinsicht Kopf zu stehen.

Als Shirina schließlich wieder zum Krankenhaus zurückging, um Mutter abzuholen, hatte sie sieben verpasste Anrufe von Lauren auf dem Handy. Shirina nahm an, Lauren würde irgendwann aufgeben, aber während sie sich gegen die Windböen stemmte, brummte das Handy in ihrer Handtasche beharrlich weiter. »Wer ruft dich denn da ständig an? Warum gehst du nicht ran?«, fragte Mutter mit zusammengekniffenen Augen, als sie ins Auto stiegen. Na toll, dachte Shirina. Das hatte ihr gerade noch gefehlt, dass Mutter glaubte, sie habe Geheimnisse. »Nur eine alte Kollegin«, erklärte Shirina. Am liebsten hätte sie das Handy einfach abgeschaltet, aber das hätte Mutter nur noch misstrauischer gemacht, also blockierte sie Laurens Nummer und ließ das Handy in das Fach zwischen den beiden Vordersitzen fallen.

Als das Telefon erneut klingelte, fädelte Shirina sich gerade hinter der Auffahrt auf die Schnellstraße in den fließenden Verkehr ein. Lauren konnte es nicht sein, also störte es sie nicht, dass Mutter ganz selbstverständlich dranging. Die einzigen anderen Anrufe, die sie unter der Woche nachmittags bekam, waren von penetranten Telefonverkäufern, die ihr irgendwas andrehen wollten.

»Hallo«, sagte Mutter streng. Eine Pause. »Nein, Shirina fährt gerade. Kann ich etwas ausrichten?«

Shirina hörte eine muntere Stimme am anderen Ende fröhlich losplappern. »Leg einfach auf, wenn das wieder so eine Umfrage ist«, sagte Shirina. »Die lassen sich nicht so leicht abwimmeln.«

Mutters Gesicht war wie versteinert, so aufmerksam lauschte sie in den Hörer. »Ja, das sage ich ihr. Wiederhören.« Sie drückte »Auflegen« und legte das Handy zurück ins Fach. Regen sprenkelte die Windschutzscheibe, und die Autos vor ihnen fuhren langsamer. »Das war das Krankenhaus, sie wollten deinen nächsten Termin bestätigen«, sagte Mutter.

»Okay, ich rufe sie zurück, sobald wir zu Hause sind.«

»Sie hat das Baby ›sie‹ genannt«, sagte Mutter.

Shirina umklammerte krampfhaft das Steuer. Sie schaltete den Scheibenwischer ein und versuchte verzweifelt, sich eine Lüge auszudenken, aber sie wusste, dass ihr die Anspannung nur allzu deutlich ins Gesicht geschrieben stand.

»Sie hat gesagt: ›Ich hoffe, der Kleinen geht es gut, und sie macht ihrer Mama mit der Morgenübelkeit das Leben nicht allzu schwer.‹« Shirina spürte Mutters bohrenden Blick auf der Haut. »Hast du uns etwas zu sagen, Shirina?«

Shirinas Wangen brannten vor Scham. Für den Bruchteil einer Sekunde überlegte sie zu lügen, aber damit würde sie das Unvermeidliche nur weiter aufschieben. Mutter musterte sie, als könne sie Gedanken lesen.

»Ja«, wisperte Shirina. Ihr erster Gedanke war, sich zu entschuldigen, aber sie brachte kein Wort hervor. »Ich hätte es euch sagen sollen«, flüsterte sie mit reumütig belegter Stimme.

Abends hörte Shirina Sehaj und Mutter leise in der Küche miteinander reden. Einmal erhob Sehaj die Stimme, wurde aber dann schnell wieder ganz leise. Shirina konnte kein Wort von dem verstehen, was sie sagten, aber als er schließlich zu ihr ins Bett kam, würdigte er sie keines Blickes. An den Tagen danach war das Schweigen so unerträglich und das ganze Haus so totenstill, dass Shirina irgendwann glaubte, das Blut in ihrer eigenen Brust pumpen zu hören.

Erst in diesem kleinen zärtlichen Augenblick am Flughafen hatte es sich wieder wie früher angefühlt. Shirina erinnerte sich noch, wie sie gedacht hatte: *Jetzt ist es vorbei*, als sie den Kopf an Sehajs Brust gelehnt hatte. Sie wünschte, ihre Erinnerung wäre dort zu Ende, doch dann hatte er ihr die Karte zugesteckt und ihr ein Ultimatum gestellt, und dann hatte er sich wortlos umgedreht und war einfach gegangen.

Die Sprechstundenhilfe rief Shirina auf und sagte ihr, sie solle in Raum 4C warten. Shirina klopfte. Eine Krankenschwester machte auf und wies sie an, sich zu setzen.

»Mrs Arora«, sagte Dr. Wadhwa. Hinter dem Drahtgestell seiner Brille blitzten seine Augen auf, als sei sie eine liebe alte Bekannte. »Sie sind aus Australien hergekommen.«

»Ja«, sagte Shirina.

Der Arzt ging mit Shirina eine ganze Fragenliste durch, die sie längst in- und auswendig konnte. In der wievielten Woche sie war und wie es ihr ging. »Bestens«, antwortete sie, denn im Lauf dieser Reise hatte sie sich selbst eingeredet, die Übelkeit, die sich auch im zweiten Trimester noch hartnäckig hielt, sei bloß die Reaktion ihres Körpers auf die schwüle indische Hitze.

»Gut«, sagte Dr. Wadhwa. Dann besprachen sie den Eingriff. Shirina nickte wie betäubt, während der Arzt ihr mit leiser, freundlicher Stimme alles über die Anästhesie erklärte und die Beschwerden, die sie mitunter danach haben könne. »Da wir einen sehr« – er räusperte sich – »weit entwickelten Fötus entfernen, könnte es etwas länger dauern, um sich davon zu erholen. Sagen Sie, haben Sie schon mal Probleme mit Blutgerinnseln gehabt? Oder Zysten?«

»Nein«, erwiderte Shirina.

»Bekannte Allergien gegen Medikamente?«

Shirina schüttelte den Kopf.

Er machte sich keine Notizen – vermutlich wollte er keinerlei Beweise hinterlassen, dachte Shirina. Verglichen mit dem großzügigen, offenen Wartebereich wirkte sein Sprechzimmer eng und vollgestopft. Die verkümmerte Topfpflanze auf der Fensterbank sah aus, als hätte sie auch schon bessere Zeiten erlebt. Die Krankenschwester war anscheinend in Personalunion auch Klimaanlagenreparateurin. Fachmännisch tippte sie gegen das vergilbte Gerät und erklärte: »Der Filter muss erneuert werden«, und zwar in einem Ton, aus dem sich schließen ließ, dass ein längeres Streitgespräch mit dem Arzt über die Anatomie der Klimaanlage und den genauen Sitz des Problems vorausgegangen war.

Ob der Arzt sie fragen würde, warum sie dieses Baby nicht wollte? Shirina wollte sich so gerne irgendwem erklären. Er wich ihrem Blick aus und rief die Krankenschwester von ihren Reparaturarbeiten fort, um Shirinas Blutdruck zu messen. Ein kleines Gerät wurde zu Shirina gerollt und ein Tablett ausgeklappt, auf das sie den Ellbogen stützen konnte. Die Schwester wickelte ihr eine Manschette um den Arm.

»Ich weiß nicht, ob ich das möchte«, platzte Shirina heraus.

Der Arzt verzog keine Miene. Shirina dachte, er hätte sie womöglich nicht gehört, aber die Schwester hatte aufgeschaut. Die Manschette um Shirinas Arm blies sich auf. Zuerst war es wie eine herzliche Umarmung, dann wurde es plötzlich unangenehm eng. Der Klettverschluss ratschte, als die Schwester die Manschette wieder abnahm.

»Ich muss mehr darüber wissen«, versuchte Shirina es erneut. »Was – was genau wird da gemacht?«

Lesen Sie nichts über den Eingriff, hatte eine Webseite geraten, die Frauen in ihrer Entscheidung zu einem Abbruch unterstützte. *Das würde Sie nur unnötig beunruhigen. Andererseits*, hieß es da, *fühlen Sie sich womöglich weniger ausgeliefert, wenn Sie genau wissen, was Sie erwartet. In diesem Fall wäre es wohl hilfreich, alles genau mit dem Arzt zu besprechen.* »Haben Sie viel Erfahrung mit diesen Eingriffen?«, wollte Shirina wissen.

Dr. Wadhwa und die Schwester warfen sich einen Blick zu. *Es ist ganz normal, vorher kalte Füße zu bekommen*, hatte die Webseite versichert.

Der Arzt beantwortete Shirinas Frage bezüglich seiner Erfahrung nicht. Er wirkte auch nicht gekränkt. Eher ein bisschen gelangweilt. Vielleicht waren andere Frauen ja genauso, dachte Shirina. Machten einen Termin – oder die Familien ihrer Männer machten einen für sie –, kamen in die Klinik, füllten die Formulare aus, und dann kamen ihnen die ersten Zweifel. »Verstehen Sie mich nicht falsch«, sagte Shirina. »Aber der Eingriff ist doch ziemlich riskant, oder?«

»Jeder Eingriff birgt ein gewisses Risiko«, entgegnete Dr. Wadhwa nüchtern. Er schaute auf das Klemmbrett, das die Schwester ihm gereicht hatte, als Shirina hereingekommen war. »Wir sorgen dafür, das bestehende Risiko so gut es irgend geht zu minimieren.« Er schaute auf und unterbrach sich kurz. »Die Familie Ihres Mannes und ich kennen uns schon sehr lange. Wir werden uns gut um Sie kümmern.«

Dr. Wadhwa wollte sie damit zwar beruhigen, aber irgendwie klang es fast wie eine Drohung. Er wendete sich wieder seinem Klemmbrett zu, ehe sie in seinem Gesicht noch mehr erkennen konnte.

»Sie möchten bald wieder schwanger werden?«

Shirina nickte. »Was, wenn das Nächste auch wieder ein Mädchen wird?«, fragte sie. »Und das danach?«

Dr. Wadhwa sah sie an und sagte: »Manche Frauen brauchen fünf oder sechs Anläufe, bis sie einen Jungen bekommen.«

Fünf oder sechs Schwangerschaften, fünf oder sechs weitere endlose Diskussionen mit ihrem Ehemann und ihrer Schwiegermutter. Aber vielleicht wurde es ja auch leichter mit der Zeit, und beim nächsten Mal würde Shirina nicht so lange zögern. Oder vielleicht würde es beim nächsten Mal ein Junge, und die Erinnerung an ihre erste Schwangerschaft würde langsam verblassen, ein kleiner Schluckauf in einer ansonsten perfekten Ehe.

Shirina wusste nicht, was passieren würde, wenn sie jetzt einen Rückzieher machte. Was war eine Ehe ohne Kompromisse? Rajni hatte ihr ein paar Artikel über das Geheimnis langjähriger glücklicher, harmonischer Ehen geschickt – *SO WAHR*, hatte sie über den Link geschrieben –, und »Geben« zog sich wie ein roter Faden durch alle Tipps.

Zuerst musste sie einige Zustimmungsbögen unterschreiben, ehe sie weitermachen konnten. »Selbstverständlich wird in diesen Formularen offiziell bestätigt, dass die Schwangerschaft nicht aufgrund einer Geschlechterpräferenz beendet wird«, leierte der Arzt unbeteiligt seinen Text herunter. Die Schwester reichte Shirina wieder das Klemmbrett.

Der Eingriff sollte gleich im Anschluss vorgenommen werden. Man werde sie sedieren, und sie werde nichts davon mitbekommen, versicherte ihr der Arzt. Danach würden Blutungen einsetzen, und in den nächsten Tagen sollte sie sich schonen. Sehaj hatte für Shirina eine Fünf-Sterne-Suite im Hilton gebucht. Da würde sie sich die nächsten drei Tage ausruhen und sich mit Zimmerservice, Wärmflasche und so viel Hindi-Schnulzen, wie sie nur sehen wollte, von den Strapazen erholen.

Frieden. Normalität. Heimkehr. »Du darfst nicht zurückkommen, bevor das erledigt ist«, hatte Sehaj am Flughafen zu ihr gesagt, als er ihr das Kärtchen in die Hand drückte. Es tut mir leid, dachte Shirina, als sie ihre Unterschrift unter die Zustimmung zu dem Eingriff setzte. Und wusste gar nicht so recht, bei wem sie sich eigentlich entschuldigte.

Einundzwanzigstes Kapitel

Wie viele Kreisverkehre brauchte eine Stadt?, fragte Jezmeen sich entnervt, als Tom Hanks den Wagen wieder und wieder um begrünte Verkehrsinseln mit kurz geschorenem Rasen steuerte. Hätte sie nicht so ein scharfes Auge auf Straßenschilder und Orientierungspunkte gehabt, sie würde glatt glauben, Tom Hanks sei in einen unendlich um sich selbst kreisenden Verkehrsstrudel geraten und finde nicht mehr den Weg hinaus. Jezmeen hatte keine Ahnung, was es bringen sollte, wenn sie jedes Verkehrsschild laut vorlas, an dem sie vorbeikamen – sie fand sich weder in dieser Stadt noch sonst wo in Indien irgendwie zurecht –, aber Chandigarhs ordentlich am Reißbrett geplante Straßen und manikürte Parks wirkten so geordnet, dass es schon wieder beruhigend war. Hier konnte Shirina nicht lange verschwunden bleiben.

Auch Rajni schaute sich interessiert um. Die lange Fahrt über hatten die Schwestern nicht mehr viel miteinander geredet, und Jezmeen wollte nur noch raus aus dem Auto. Sie brauchte ein bisschen Abstand zu dieser ganzen Geschichte, die Rajni ihr in der Enge des Wagens auf dem Rücksitz erzählt hatte. Und was sie über Anil gehört hatte, musste sie auch erst einmal verdauen. Wenn Rajni bald Großmutter wurde, dachte sie, was war sie dann? Großtante? Bei dem Gedanken wurde Jezmeen ganz übel.

»Madam, ich glaube, es ist da drüben in dem Einkaufszentrum«, sagte Tom Hanks. Die Straße war völlig verstopft mit Fahrzeugen aller Art.

»Wir müssen da hin, und zwar schnell«, kommandierte Jezmeen. »Könnten Sie uns einfach hier rauslassen?«

»Wo?«, fragte Rajni. »Er kann uns doch nicht mitten auf der Straße rauslassen.«

»Das dauert eine Ewigkeit, bis wir auf der anderen Seite sind«, widersprach Jezmeen. »Wir laufen einfach zu Fuß, die Autos werden uns schon durchlassen. Guck, andere machen das doch auch.«

»Nein«, protestierte Rajni. »Auf gar keinen Fall.«

»Rajni, wir müssen zu Shirina, ehe es zu spät ist.«

»Du willst also allen Ernstes, dass wir uns Hals über Kopf in den fahrenden Verkehr stürzen, vor rasende Geschosse in einem Kreisverkehr mitten in Indien?«

»Selbstbewusstsein, Durchsetzungsvermögen, Willensstärke«, erklärte Jezmeen. »Tom Hanks? Wir steigen hier aus, danke.«

»Nein, das ist keine gute Idee – Sie werden beide sterben«, erwiderte Tom Hanks ganz ruhig. »Warten Sie einen Augenblick.«

Zehn Minuten später hatten sie sich gerade einmal ein paar Meter fortbewegt. Jezmeen seufzte und wand sich ungeduldig. »Versuch noch mal, sie anzurufen«, schlug Rajni vor.

»Es geht nur die Mailbox dran«, sagte Jezmeen.

»Versuch's noch mal. Man weiß ja nie.«

Jezmeen tippte auf Shirinas Namen und lauschte auf das Telefon, das einmal klingelte, bevor die Bandansage kam, die dem Anrufer höflich mitteilte, Shirina sei augenblicklich leider verhindert. Nichts anderes hatte sie erwartet, weshalb sie sich wunderte, dass sie trotzdem so maßlos enttäuscht war. Und plötzlich kamen ihr die ersten Zweifel, ob sie Shirina so einfach würden aufspüren können, selbst in dieser akkurat durchgeplanten Schachbrettstadt.

»Was, wenn wir sie finden und sie nicht mitkommen will?«, fragte Jezmeen Rajni leise.

»Wie meinst du das?«

»Sie ist den ganzen weiten Weg hierhergekommen«, sagte Jezmeen. »Sie hat uns die ganze Reise über ihre Schwangerschaft verheimlicht. Und sie ist in ein Auto gestiegen und aus freien Stücken hierhergefahren. Vielleicht will sie gar nicht von uns gerettet werden.«

Rajni runzelte die Stirn. »Und warum nicht, Jezmeen?«

»Ich befürchte, Shirina glaubt, nur so ihre Ehe retten zu können«, antwortete Jezmeen. »Du weißt doch, dass sie immer den Weg des geringsten Widerstands geht, wenn es um Auseinandersetzungen mit Freunden oder Verwandten geht.«

»Aber das wäre nicht das letzte Opfer, das sie bringen müsste«, wendete Rajni ein.

»So läuft das halt. Wenn sie Shirina dazu bringen können, das für sie zu tun, werden sie immer erwarten, dass sie sich ihren Regeln beugt.«

Das Einkaufszentrum kam in Sicht, und Tom Hanks setzte zu einem präzise geplanten Ausbruchsversuch an. Halsbrecherisch lenkte er den Wagen durch eine Flut kreischender Motorräder und setzte Jezmeen und Rajni gekonnt an einer Stelle ab, die ganz eindeutig nicht zum Parken gedacht war. »Ich warte hier auf Sie«, erklärte er, während der Wagen ruckelnd zum Halten kam. »Und Madam, das wird schon werden. Ihre Schwester wird sicher heilfroh sein, Sie zu sehen. Denken Sie daran, was am Ende von *Captain Phillips* passiert.«

Jezmeen konnte sich nur noch vage daran erinnern, dass Tom Hanks am Ende dieses Films blutverschmiert dastand, bespritzt mit dem Blut der somalischen Piraten, die das Schiff gekapert hatten. In diesem Vergleich waren sie und Rajni womöglich die Marines, die sie erschossen hatten. »Danke«, murmelte sie nichtsdestotrotz, als sie die Tür aufstieß. Sie waren gerade dabei, eine Geburtsklinik zu stürmen – da waren jegliche aufmunternden Worte willkommen.

Die Luft war zäh vor Hitze. Jezmeens Blick überflog die Ladenschilder – das strahlende Blau von Domino's Pizza, der Hochzeitskartenladen, der gleich zwei Stockwerke einnahm, und die vollgestopften Schaufenster eines Küchenausstatters.

»Da«, sagte Rajni und wies auf ein Schild. Jezmeen fiel ein Stein vom Herzen. Die Klinik wirkte sehr seriös – immerhin war Shirina nicht bei einem schmuddeligen Hinterhofmetzger gelandet.

Der Empfang war verwaist, als sie die Glastüren aufdrückten und in den klimatisierten Wartebereich traten. »Hallo?«, rief Jezmeen. Sie suchte auf dem ausladenden Empfangsschalter nach einer Klingel, doch da war nichts außer einem Telefon und einem Stiftehalter aus grünem Glas. Eine übergroße gerahmte Nahaufnahme eines Auges in Schwarzweiß nahm die halbe Wand ein.

»Shirina?«, rief Rajni. »Wo bist du?« Ihre Stimme klang ruhig, aber Jezmeen konnte ihr die aufkommende Panik ansehen. »Was, wenn sie sie weggebracht haben?«

»Wohin sollten sie sie denn bringen?«, fragte Jezmeen.

»Weiß ich doch auch nicht«, sagte Rajni und sah sich um. »SHIRINA!«, brüllte sie. »WENN DU HIER IRGENDWO FESTGEHALTEN WIRST, MACH DICH JETZT BEMERKBAR!«

In dem Moment ging die Tür zu den Behandlungsräumen auf, und heraus kam eine etwas derangiert wirkende junge Frau in einem zerknitterten Salwar Kamiz. »Ach!«, rief sie. »Haben Sie einen Termin?«

»Unsere Schwester ist hier«, erklärte Rajni. »Shirina Arora. Sie wird gegen ihren Willen festgehalten, und wir nehmen sie jetzt wieder mit.«

Die Frau trat hinter den Empfangsschalter, als seien Jezmeen und Rajni eine Pfütze verschütteter Milch. Sie tippte etwas in den Computer und sagte dann: »Ich finde hier keine Shirina Arora. Ganz sicher, dass sie heute einen Termin bei uns hat?«

»Ja«, sagte Rajni.

»Versuchen Sie es mit Shirina Shergill«, schlug Jezmeen vor.

Die Frau schaute kurz auf den Monitor und schüttelte den Kopf. »Wir haben heute nur zwei Termine, und beide waren vormittags und sind längst erledigt.«

Erledigt. Wie nonchalant die Sprechstundenhilfe über diesen schwerwiegenden Eingriff redete. »Sie müsste genau jetzt hier sein«, entgegnete Jezmeen beharrlich. »Wenn etwas passiert ist, müssen wir das wissen.«

»Es war heute keine Shirina hier«, erwiderte die Sprechstundenhilfe ebenso hartnäckig.

Sie hatte offensichtlich Anweisungen erhalten, so zu tun, als sei Shirina nie durch diese Tür gekommen. »Ich weiß, dass gewisse Eingriffe nicht in Ihren Unterlagen aufgeführt werden, aber das ist wirklich eine ernste Sache. Sie wollte das nicht«, sagte Jezmeen. »Die Familie ihres Mannes hat sie dazu gezwungen.«

Wenn es möglich war, gleichzeitig interessiert und konsterniert zu gucken, dann war das Gesicht der Sprechstundenhilfe die perfekte Mischung aus beidem. »Sie haben sie *gezwungen*? Wieso?«

»Sie sind sehr altmodisch«, erklärte Jezmeen. »Sie haben diese bescheuerten überkommenen Ansichten. Hören Sie, ich weiß, dass sie hier ist, und wir alle wissen, warum sie hier ist, also Schluss jetzt mit der Scharade.«

»Sonst können wir auch selbst nachsehen«, drohte Rajni und wies mit einem Nicken auf die Glastür.

»Wenn Sie hier unbefugt eindringen, rufe ich die Polizei«, erklärte die Sprechstundenhilfe.

»Wenn hier einer die Polizei ruft, dann ja wohl wir«, schoss Rajni zurück. »Sie haben vielleicht Nerven, illegale Eingriffe durchführen und dann damit drohen, uns verhaften zu lassen.«

»Was ist denn daran illegal?«, fragte die Sprechstundenhilfe fassungslos. »Wenn es einer Frau lieber ist, den Rest ihres Lebens ohne …«

»Lieber ist?«, fragte Jezmeen. »So sehen Sie das?«

»Ja, lieber ist. Frauen sind nach dem Eingriff viel

selbstbewusster. Ihre Männer sind zufriedener. Sie sehen viel klarer. Darum hat ihre Schwiegerfamilie sie vermutlich dazu gedrängt.«

Selbstbewusst? Das hörte sie zum ersten Mal. Jezmeen kannte viele Gründe, warum Frauen dazu gedrängt wurden, Mädchen abzutreiben, aber mehr Selbstbewusstsein war nicht darunter. Das Auge an der Wand starrte sie, ohne zu blinzeln, durchdringend an. Ein eigenartiges Bild für eine Geburtsklinik, wo die Patientinnen sich sicher ohnehin schon beobachtet fühlten.

»Mir reicht's, ich gehe da jetzt rein«, erklärte Rajni entschieden. Und damit marschierte sie am Empfangsschalter vorbei und drückte entschieden die Glastüren auf.

Die Sprechstundenhilfe lief Rajni nach und rief irgendwas von unbefugtem Zutritt. Jezmeen nahm eine Visitenkarte aus dem Halter am Empfang.

Dr. Chopra Augenzentrum
Augenheilkunde und LASIK Operationen

Jezmeen wollte gerade nach Rajni rufen, als sie sah, wie sie am Ellbogen wieder hinausgeführt wurde. Rajni schüttelte die Frau ab. »Das war ein bisschen übertrieben, gleich so fest zuzupacken«, brummte sie verstimmt, nachdem die Schwestern sich entschuldigt hatten und Hals über Kopf aus der Klinik geflüchtet waren. »Ich wäre auch so wieder gegangen, nachdem ich den Sehtest an der Wand gesehen habe.«

Tom Hanks war gerade dabei, auf dem Parkplatz die Außenspiegel seines Wagens zu putzen, weshalb er sie nicht aus dem Gebäude kommen sah. Der Verkehr war inzwischen gänzlich zum Erliegen gekommen, und der Kreisverkehr ähnelte selbst einem Abstellplatz.

»Was machen wir denn jetzt?«, fragte Jezmeen. Rajni spürte ihre Panik, während sie auf dem schmalen Pfad vor dem Einkaufszentrum auf und ab lief.

»Versuchen wir doch noch mal, sie mit FindMe zu orten«, schlug Rajni vor. Vielleicht hatte Shirina die App ja wieder aktiviert.

»Haben wir vielleicht die Adresse verwechselt?« Jezmeen guckte wieder auf die Karte. »Ich glaube, die Hausnummern laufen aufsteigend in diese Richtung. Zweiunddreißig … vierunddreißig …«

»Sechsunddreißig!«, rief Rajni aufgeregt, als sie die Klinik am Ende der Häuserreihe entdeckte. »Los!«

Sie lief, so schnell sie konnte, und versuchte, den Schmerz in ihrem Knöchel zu ignorieren. Mum, es tut mir so leid, dass es in einer Katastrophe enden musste, dachte sie, als sie und Jezmeen vor dem Klinikeingang standen. Sie hatte sich so gewünscht, dass wenigstens eine Indienreise nach Plan lief – wenn schon nicht die mit Mum an ihrer Seite, dann wenigstens die mit ihr im Herzen. Sie wusste, dass Mum sich das auch für ihre Mädchen gewünscht hatte. Es stand zwar nirgendwo in ihrem Brief, aber Rajni glaubte fest daran, Mum müsse gewollt haben, dass sie Indien anders in Erinnerung behielt denn als einen Ort, an dem nur unangenehme, unschöne Dinge geschahen.

Vor den Glastüren blieben Rajni und Jezmeen unschlüssig stehen und zögerten. Keine von beiden wusste, wie sie das jetzt anstellen sollten. Fast war es, als hätten sie alle Entschlossenheit bei ihrem ersten Fehlversuch verpulvert. »Na los«, sagte Jezmeen und stupste Rajni an.

»Ganz sicher, dass wir hier richtig sind?«, fragte Rajni unsicher und schaute wieder nach oben. Da hing das Schild: *Restoration Road Frauenklinik*. Durch die Glasscheibe beäugte Rajni die Sprechstundenhilfe, die unter einem großen gerahmten Foto einer pinkfarbenen Orchidee saß. Hier waren viel mehr Menschen im Wartebereich, und Rajni wollte sie nicht verschrecken. Aus unerfindlichen Gründen entschloss sie sich daher, an die Scheibe zu klopfen. Die Sprechstundenhilfe schaute auf und winkte sie herein.

»Ähm, hi, hallo«, stammelte Rajni beim Reinkommen. Sie nickte den Leuten im Wartebereich zu, als seien sie mit angesprochen.

»Wir suchen unsere Schwester«, erklärte Jezmeen und marschierte entschlossen an den Empfangsschalter. »Shirina Arora. Sie ist gegen ihren Willen hier und WIR WERDEN NICHT WIEDER GEHEN, BIS SIE HIER BEI UNS IST! SHIRINA, KOMM SOFORT RAUS! SHIRIIIIINA!«

Zu viel, dachte Rajni bei sich, aber sie musste Jezmeen beispringen. Also fegte sie einen Kugelschreiber vom Empfangsschalter und funkelte die Sprechstundenhilfe finster an.

»Madam, kein Grund zu schreien«, sagte die Sprechstundenhilfe und stand auf. »Sie erschrecken unsere anderen Patienten. Nehmen Sie doch bitte Platz und beruhigen Sie sich erst mal, sonst muss ich leider den Sicherheitsdienst rufen.« Aufgebracht starrte sie Rajni an. »Und heben Sie bitte meinen Kuli wieder auf.«

»Ja, natürlich, entschuldigen Sie bitte«, murmelte Rajni betreten. Sie hob den Kugelschreiber auf und legte ihn wieder an seinen Platz, gleich neben dem Namensschild mit der Aufschrift *Majinder Bhatti.* Auf einem der Sofas saß ein Pärchen, das sich ängstlich aneinanderschmiegte und dem sich entfaltenden Drama zusah. Die Frau hatte schützend die Hände auf den kugelrunden Bauch gelegt, und ihr Mann sprang kurz auf, setzte sich wieder, stand dann abermals auf. »Hören Sie, wir machen uns Sorgen um unsere Schwester, und wir müssen mit ihr reden, und zwar jetzt sofort auf der Stelle. Ich glaube, sie hat einen Termin bei Dr. Wadhwa. Könnten Sie ihn bitte anrufen und ihm sagen, dass wir hier sind?«

Manjinder musterte Jezmeen und Rajni, als müsse sie sich erst vergewissern, dass sie keinem Streich mit versteckter Kamera auf den Leim ging. Der Mann setzte sich wieder und nahm beruhigend die Hand seiner Frau.

»Ihre Schwester heißt wie?«, fragte Manjinder.

»Shirina Arora«, antwortete Rajni.

»Ach, die Patientin war hier und ist schon wieder weg.«

»Weg? Wie, sie ist einfach wieder gegangen?«

»Vor ungefähr zehn Minuten, ja.«

Sie kamen zu spät. Rajni klammerte sich an die Kante des Empfangsschalters, um nicht das Gleichgewicht zu verlieren. Jezmeen vergrub das Gesicht in beiden Händen. Rajni hörte sie schluchzen und wollte sie trösten, war aber selbst viel zu entsetzt, um irgendwas Tröstliches zu sagen. Sie musste daran denken, wie sie Shirina das letzte Mal in Amritsar gesehen hatte. In ihrer Erinnerung war die kleine Kugel am Bauch unübersehbar, jetzt, wo sie wussten, was Shirina vor ihnen versteckte.

Manjinder räusperte sich. »Wenn Sie sie sehen, würden Sie ihr dann bitte dieses Formular geben? Sie hätte es eigentlich unterschreiben sollen und hat es dann vergessen. Sie war so schnell wieder weg.«

»Wie jetzt? Heißt das …?«, fragte Jezmeen. Sie sah Manjinder an. »Moment, hat sie es jetzt machen lassen oder nicht?«

Manjinder schüttelte den Kopf. Sie wies auf ihren Monitor. »Es war ein sehr kurzer Termin. Nach nicht mal einer Viertelstunde war sie wieder weg.«

Sie fassten sich an den Händen, und Jezmeen quiekte vor Freude ganz leise.

»Wo ist das Taxi hingefahren, wissen Sie das zufälligerweise?«, fragte Rajni.

»Keine Ahnung«, erwiderte Manjinder bedauernd. »Können Sie sie nicht anrufen?«

Rajni schüttelte den Kopf. Das Bild von Shirina, die sich im Hotel von ihr verabschiedete, wollte ihr nicht aus dem Kopf, als sie gemeinsam mit Jezmeen die Klinik verließ. Was sollte sie zu Shirina sagen, wenn sie sie das nächste Mal sah? Würden sie sie überhaupt wiedersehen, oder war das Shirinas letzte Geste, bevor sie ihrer Familie endgültig die Tür vor der Nase zuschlug? Der Schmerz, den dieser Gedanke ihr bereitete, war nur allzu vertraut – es tat genauso weh wie der Moment, als Anil zu ihr gesagt hatte, nichts und niemand könne ihn und Davina trennen. Was immer auch passieren würde, Rajni wusste, dass sie das mit Anil wieder hinbiegen musste. Sie wünschte nur, sie könnte jetzt gleich in den Flieger steigen und ihre Familie wieder in die Arme schließen.

Tom Hanks war nirgends zu sehen, aber das Auto stand noch da. Rajni zog das Handy heraus, um ihn anzurufen. »Was meinst du, wieso sie gegangen ist? Denkst du, sie wusste, dass wir kommen?«, fragte Jezmeen, während sie am Straßenrand standen und warteten.

»Wie meinst du das?«, fragte Rajni.

»Meinst du, sie wusste, dass wir auf dem Weg hierher sind, und hat sich entschlossen, einen Rückzieher zu machen, ehe wir hier auftauchen, um sie davon abzuhalten?«

»Weiß nicht«, brummte Rajni.

»Oder vielleicht ist sie auch einfach gegangen und hat sich entschieden, es nicht machen zu lassen?«, fragte Jezmeen hoffnungsvoll.

»Vielleicht«, sagte Rajni seufzend. »Aber so oder so, hierher wird sie nicht zurückkommen. Komm, suchen wir uns ein Hotel in Chandigarh. Heute Nacht bleiben wir hier. Wir können abwarten, bis Shirina anruft, oder ich versuche noch mal, Sehaj zu erreichen.«

Gerade wollte sie ihr Handy in die Tasche stecken, als es ganz unvermutet brummte. FindMe: Shirina ist online.

»Du lieber Himmel«, rief Rajni. Sie tippte auf das Display und sah Shirinas kleinen Punkt in der Anzeige. Er war genau über Rajnis und Jezmeens Punkten. Sie war hier? Rajni drehte sich auf dem Absatz um. Am Empfangsschalter saß Manjinder und ließ sie nicht aus den Augen.

»Sie ist da drin«, keuchte Rajni. »Sie ist da drin, Jezmeen, komm schnell!«

Hastig rissen sie die Tür auf, und Manjinder sprang auf und stellte sich mit dem Rücken vor die Tür zu den Behandlungszimmern. »Madam, wir haben strikte Anweisungen der Familie Arora …«

»Ich rufe die Polizei«, warnte Jezmeen Manjinder. »Ich sage ihnen, dass Sie meine Schwester gegen ihren Willen festhalten. Machen Sie sofort die Tür auf.«

Manjinder drückte sich mit dem Rücken gegen die Tür und begann, um Hilfe zu rufen. Das Paar im Warteraum flüchtete kopflos aus der Klinik und ließ Rajni und Jezmeen mit Manjinder allein. Sie versuchten, die Sprechstundenhilfe beiseitezuschieben, doch die war erstaunlich stark für so ein zierliches Persönchen.

»SHIRINA«, brüllte Jezmeen und versuchte immer noch verzweifelt, an den Türgriff zu kommen. »SHIRINA, KOMM DA RAUS!«

»Madam, ich befolge nur meine Anweisungen«, versuchte Manjinder sich zu verteidigen, während Jezmeen ihre Finger vom Türgriff zu lösen versuchte.

»Wie genau lauten denn Ihre Anweisungen?«, fragte Rajni.

»Der Arzt hat gesagt, Mr Arora habe angerufen, nachdem er erfahren hatte, Sie beide seien auf dem Weg hierher, und hat gesagt, wir dürften Sie unter keinen Umständen zu ihr lassen. Er hat gesagt, Sie seien gemeingefährlich, und Ihre Schwester wolle Sie nicht sehen.«

Sehaj musste mitbekommen haben, wie Jezmeen ins Zimmer geplatzt war, als Rajni gerade mit ihm telefonierte. »Hören Sie, gehen Sie einfach weg von der Tür, und wir übernehmen die volle Verantwortung. Wir behaupten einfach, wir seien reingestürmt und Sie hätten überhaupt nichts ausrichten können.« Das müssten sie wohl so oder so behaupten, denn wie es aussah, würde es ihnen nicht gelingen, diese Frau aus dem Weg zu schaffen.

»Das geht nicht«, sagte Manjinder. »Bitte, das kostet mich meinen Job.«

Irgendwas ging da auf dem Flur vor sich. Rajni sah es als Erste – eine Tür ging auf, ein Kopf erschien und schaute sich vorsichtig um, dann verschwand er wieder. Jetzt reicht's, dachte sie. Dass sie Jezmeen damals im Krankenhaus einen rechten Haken verpasst hatte, hatte sie im Nachhinein entsetzt und angeekelt, aber das hier war was ganz anderes. Sie beugte sich nach vorne und ging auf Manjinder los wie ein wilder Stier, der einem roten Tuch nachjagt, was diese immerhin genug erschreckte, um den Türgriff loszulassen. Blitzschnell hatte Jezmeen die Tür aufgerissen, und sie wieselten hinein. Kreischend jagte Manjinder ihnen nach und versuchte, Rajni am Gürtel zu packen und zurückzuziehen. Jezmeen gelang es, sich loszureißen und weiterzulaufen. Hektisch rüttelte sie am Türknauf und hämmerte mit der flachen Hand gegen die Tür. »SHIRINA!«, schrie sie. »SHIRINA, HÖRST DU UNS?«

Unvermittelt wurde Rajni von Manjinder mit vollem Körpereinsatz umgerissen. Mit dem Gesicht voran knallte sie unsanft auf den Boden, und es klingelte in ihren Ohren. Eigentlich wollte sie Jezmeen noch zurufen, sie solle bloß nicht stehen bleiben, aber der Sturz schien ihr den Atem verschlagen zu haben.

Hilflos musste sie mit ansehen, wie Jezmeen weiter

schrie und verzweifelt gegen die Tür hämmerte. Manjinder rappelte sich auf und versuchte Jezmeen wegzuziehen, aber es war zu spät. Die Tür ging auf, und heraus kam Shirina, die Augen vor Erstaunen weit aufgerissen. Sie sank in Jezmeens Arme, und Rajni brach in Tränen aus.

Zweiundzwanzigstes Kapitel

Siebter Tag: Wanderung nach Hemkund Sahib

Dies wird der schwierigste und lohnendste Teil eurer Reise. Ich hatte leider nie die Gelegenheit, selbst den Pilgerweg nach Hemkund Sahib zu gehen, als meine Gesundheit es noch zugelassen hat, und es war der erste Ort, der mir in den Sinn kam, als die Ärzte mir sagten, ich sei unheilbar krank.

Der Tempel ganz oben auf dem Berg ist der höchstgelegene Sikh-Gurdwara der Welt. Viele Menschen, die dort gewesen sind, beschreiben den Weg als Wanderung in den Himmel. Geht gemessen und andächtig und meditiert darüber, dass eure Fähigkeit, euch zu bewegen, zu klettern und den Kontakt zur Natur zu suchen, vergänglich ist. Was übrig bleibt, wenn Körper und Geist schwächer werden und vergehen, ist die unsterbliche Seele. Ihr werdet ein neues Gefühl der Dankbarkeit für euren Körper empfinden und für die gegenseitige Unterstützung, während ihr diese körperlich und mental anspruchsvolle Herausforderung angeht.

Hemkund Sahib liegt an den stillen, heiligen Wassern des Gletschersees Lokpal. Umgeben von sieben schneebedeckten Berggipfeln war es dieser See, an dem unser zehnter Guru meditierte und spirituelle Vollkommenheit und Einssein erreichte. Hier endet meine Reise. Ich möchte, dass meine Asche in den See gestreut wird, damit ich an demselben Ort in Frieden ruhe, an dem unser Guru eins wurde mit Gott.

Aus dem Hotel hatte man eine unverstellte Aussicht auf niedrige, flache Apartmentgebäude, aus deren sämtlichen Fenstern Satellitenschüsseln wie Pilze wucherten. Von ganz weit unten brandete gedämpft der nicht enden wollende Verkehrslärm herauf.

Wäre Shirina mit auf den letzten Pilgerweg gekommen, dann wäre alles ganz anders gekommen. Dann wäre sie, vorsichtig einen Fuß vor den anderen setzend, den mit Kieselsteinen übersäten Pfad entlanggegangen, während der Bergnebel die atemberaubende Aussicht vor ihr verschleierte. Die dünne Luft und die zerklüfteten Berggipfel hätten ihr das Gefühl gegeben, in einer ganz anderen Welt zu sein. Doch stattdessen war sie in Chandigarh, in einer Hotelsuite, die Rajni gestern telefonisch für sie gebucht hatte, während Tom Hanks sie vor der Klinik aufgegabelt und weggebracht hatte, garniert mit erbaulichen Plattitüden aus Filmen wie *Forrest Gump* und *Big*. Alles, wenn sie nur endlich aufhört zu heulen, muss er sich wohl gedacht haben, als er sie daran erinnerte, das Leben sei wie eine Schachtel Pralinen. Aber sie hörte nicht auf zu weinen, fast die ganze Fahrt über nicht – als bräche sich plötzlich alle angestaute Wut und Angst der vergangenen Wochen unaufhaltsam Bahn.

Das Hotel lag mitten in der Stadt, in einem Viertel voller Einkaufszentren und Plakatwände. In der Suite gab es für jede der Schwestern ein Zimmer, die alle miteinander verbunden waren. Shirina war nicht entgangen, dass Rajni die Verbindungstür zu ihrem Zimmer geöffnet und nicht wieder geschlossen, sondern angelehnt gelassen hatte. »Ruf uns einfach, falls du was brauchst«, hatte Jezmeen ängstlich besorgt gesagt, nachdem sie zu Shirina ins Zimmer gekommen war, um sich ihren Fön auszuleihen. Unschlüssig war sie danach in der Tür stehen geblieben, um schließlich irgendwann unverrichteter Dinge wieder abzuziehen.

»Geht's dir gut?«, fragte sie nun wieder und musterte Shirina, die vor dem Fenster auf einer Chaiselongue lag. Shirina nickte und versuchte, sich ihre Verärgerung nicht anmerken zu lassen. Sie verstand ja, dass ihre Schwestern sich Sorgen um sie machten, aber sie brauchten doch nicht auf Zehenspitzen um sie herumzuschleichen. Jetzt, wo sie alles über Shirinas Schwangerschaft und ihre Ehe wussten, taten sie, als steckte sie voller verschwiegener Geheimnisse.

»Hat Sehaj dich schon mal …?«, hatte Rajni irgendwann während der Fahrt hierher gefragt, geblinzelt und dann weggeguckt.

»Er hat mich noch nie geschlagen, nein«, antwortete Shirina. »Seine Mum schubst mich allerdings manchmal, und ständig reißt sie mir das Handy aus der Hand.«

Jezmeen schäumte vor rechtschaffener Wut. Am liebsten hätte sie Sehaj sofort angerufen und ihm die Meinung gegeigt. »Wie konnte er dir das bloß antun?«, fragte sie. »Der hat vielleicht Nerven, den Arzt vor uns zu warnen. Ich habe keine Angst vor ihm, nur damit du es weißt. Am liebsten würde ich ihn auf der Stelle anrufen und ihm sagen, was ich von ihm halte.«

Aber Sehaj war selbst voller Ängste. Shirina wusste ganz genau, würde Jezmeen ihn jetzt anrufen, er würde hastig eine Ausrede erfinden und dann einfach auflegen. Dass er sie wegen der Abtreibung nach Indien geschickt hatte, passte in die Reihe seiner üblichen Ausweichmanöver – dass er abends länger im Büro blieb, damit er sich nicht die Schilderung von Shirinas und Mutters neuestem Streit anhören musste, dass er beim Abendessen auf sein Handy starrte, wenn Mutter wieder einmal an Shirinas Kochkünsten herummäkelte. Er hatte viel zu viel Angst, um sich mit Mutters Verachtung für Shirina auseinanderzusetzen, also distanzierte er sich von Shirina, denn die war schließlich das Problem. Nachdem er ihr am Flughafen die Karte zugesteckt und ihr gesagt hatte, sie könne nicht wieder zurückkommen, bis das erledigt war, war er schleunigst gegangen, um jede weitere Auseinandersetzung zu vermeiden.

Shirina hatte immer geglaubt, Sehaj habe über sie viel mehr Macht. Fälschlicherweise, wie sich gezeigt hatte, als die Sprechstundenhilfe an die Tür des Sprechzimmers geklopft und dem Arzt gesagt hatte, da sei ein Anruf aus Australien für ihn. »Sie sagt, es sei dringend«, hatte die Sprechstundenhilfe gesagt, dann hatte sie einen kurzen Blick auf Shirina geworfen und war wieder aus dem Zimmer geeilt. Shirina hatte sich gleich denken können, dass es Mutter sein musste. Entschlossen war sie aufgestanden und hatte ihre Handtasche an die Brust gedrückt. Sie hatte jede nur erdenkliche Frage gestellt, die ihr eingefallen war, in der Hoffnung, Dr.

Wadhwa werde ihre Zweifel verstehen und Verständnis zeigen, ihr vielleicht sogar raten, es lieber nicht zu machen. Als der Arzt nach dem Gespräch wieder zurück ins Behandlungszimmer gekommen war, hatte er seine langjährige Freundschaft mit Mr Kamal Arora, Sehajs Vater, erwähnt. Es schien, als wollte er Shirina eindeutig zu verstehen geben, dass er der Familie nichts ausschlagen konnte. Er hatte Verpflichtungen und Verbindlichkeiten, die offenkundig den Ehrenkodex seines Berufsstands aushebelten.

Shirina stand nun zwar schon, schaffte es aber trotzdem einfach nicht, schnurstracks aus dem Zimmer zu marschieren. Irgendwie hatte sie das Gefühl, sie bräuchte jemanden, der ihr die Erlaubnis gab zu gehen. Sie griff nach ihrem Handy und sah darauf eine Benachrichtigung: Wollen Sie FindMe wirklich deaktivieren? Sie hatte es noch nicht bestätigt. Ohne weiter nachzudenken, drückte sie auf »Nein« und machte sich damit sichtbar, wozu auch immer das gut sein sollte. Dr. Wadhwa redete währenddessen leise mit der Schwester. Ein paarmal schauten sie verstohlen zu Shirina herüber, und ihr ging schaudernd auf, sollte sie jetzt wirklich gehen wollen, würde das nicht so einfach werden. Angst packte ihren Magen wie eine eiserne Faust und zwang sie stillzustehen, das Handy fest umklammert. Erst als Shirina schließlich den Tumult auf dem Flur hörte, riss der Lärm sie aus ihrer Schockstarre, und sie rannte zur Tür. Nie wäre sie auf die Idee gekommen, die Stimmen draußen könnten die von Jezmeen und Rajni sein. Sie wusste nur, dass irgendwer da draußen für eine willkommene Ablenkung sorgte.

Jetzt klopfte es an ihrer gemeinsamen Tür. »Herein«, rief sie. Rajni streckte den Kopf herein. »Alles gut bei dir?«, fragte sie wohl zum hundertsten Mal an diesem Tag. »Brauchst du irgendwas?«

»Alles gut«, versicherte Shirina. Vielleicht sollte sie sich nicht so dicht vor das Fenster setzen – bestimmt machte das Rajni nervös, obwohl es sich gar nicht öffnen ließ. »Danke noch mal, dass du uns das Zimmer organisiert hast. Das muss ja ein Vermögen gekostet haben, so kurzfristig.«

Rajni winkte ab. »Schon gut«, sagte sie. »Das Wichtigste ist, das es dir gut geht. Was macht die Übelkeit?«

»Kommt und geht«, antwortete Shirina.

Rajni trat ins Zimmer und hockte sich auf die Bettkante. Verlegen strich sie die Laken glatt, obwohl das Bett frisch gemacht und die Bettwäsche straff gespannt war. Es roch ganz leicht nach Rosenwasser im Zimmer, wohl von der Hochzeitssuite im selben Stock.

»Was möchtest du heute am liebsten machen?«, fragte Rajni fröhlich. »Wir könnten zuerst ausgiebig brunchen – du musst ja halb verhungert sein. Ich habe gesehen, es gibt ein paar nette Restaurants in der Nähe.«

»Rajni ...«

»Oder wir rufen den Zimmerservice. Du bist bestimmt todmüde. Zimmerservice wäre vielleicht doch besser.«

»Das ist wirklich nicht nötig«, wehrte Shirina ab.

»Was denn?«, fragte Rajni mit gespieltem Erstaunen.

»So zu tun, als hätte ich nicht mehr alle Tassen im Schrank. Ich würde mich wesentlich wohler fühlen, wenn du und Jezmeen aufhören würdet, mich zu behandeln wie ein rohes Ei.«

»Shirina, was du da gerade durchgemacht hast, war wirklich heftig«, entgegnete Rajni. »Du hast eine monumentale Entscheidung getroffen, und du musst erst noch verarbeiten, was das für deine Ehe bedeutet.«

Shirina schüttelte den Kopf. »Mir geht es gut. Sehaj und ich, wir werden ... es wird alles gut.« Ihr stiegen Tränen in die Augen. Daran, dass es auch anders ausgehen könnte, mochte sie gar nicht denken. Ihr Flug zurück nach Melbourne ging schon morgen, und sie wusste noch immer nicht, was sie jetzt machen sollte.

Sie hatte ihn aus dem Wagen angerufen und ihm eine Nachricht hinterlassen, dass sie die Klinik mit Rajni und Jezmeen verlassen hatte. »Ich mache es nicht. Ich behalte unser Baby«, hatte sie gesagt und war dann stumm in der Leitung geblieben, bis die Verbindung unterbrochen wurde. Sie wollte nicht einfach auflegen, aber sie fragte sich, was Sehaj sich wohl denken musste über die Minute Schweigen mit Hintergrundgeräuschen – Motorenbrummen, ihr Fahrer, der leise vor sich hinsummte.

»Wenn zwischen dir und Sehaj nicht alles wieder gut wird, ist das auch okay«, versicherte Rajni. »Du kannst nach London zurückkommen. Oder wieder nach Melbourne gehen, aber bei ihm ausziehen. Das liegt ganz bei dir.«

Shirina musste sich beherrschen, um sich nicht gleich wieder zu entschuldigen. Es war ihre Schuld, dass Rajni sich solche Sorgen machte und dass ihre Pilgerfahrt ganz anders verlaufen war als geplant. Was würde Mum denken, wenn sie das wüsste? »Ich weiß, ihr habt eine Menge mitgemacht«, sagte Shirina. »Ich habe euch das alles verheimlicht, und ich hätte es beinahe wirklich gemacht…« Ihr Blick ging hinunter zu ihrem runden Bauch. Schützend legte sie eine Hand darauf.

»Das Wichtigste ist, dass du in Sicherheit bist«, sagte Rajni nachdrücklich. »Niemand verurteilt dich dafür, dass du eine unerträglich altmodische Schwiegermutter hast. Ich wünschte, du hättest uns schon viel früher erzählt, was du da durchgemacht hast, aber Jezmeen und ich haben in letzter Zeit auch keinen Sinn gehabt für irgendwen oder irgendwas außer uns selbst.«

Wieder klopfte es an die Tür. »Hey, Oma«, rief Jezmeen Rajni grinsend zu, als sie mit dem Fön in der Hand ins Zimmer schneite. »Ich wollte dir den nur eben zurückbringen, Shirina. Also, wie sieht's aus? Was machen wir heute? Eine Stadtbesichtigung? Chillen am Pool?«

»Bleiben wir doch hier und schauen uns einen Film an«, schlug Shirina vor. Jetzt, wo sie ihre Schwangerschaft nicht mehr zu verheimlichen brauchte, wollte sie nur noch faul herumliegen und die Füße hochlegen. »Ich habe eben im Fernsehprogramm gesehen, dass ein alter Film von HC Kumar läuft.« Abrupt setzte sie sich auf. »Hey, solltest du den nicht eigentlich kennenlernen?«

»Ja«, antwortete Jezmeen. »Aber das hat nicht geklappt. Ein andermal vielleicht.« Ihr Lächeln, genau wie Rajnis fast überschnappend fröhliche Stimme, wirkte aufgesetzt. Shirina wartete ab, ob Jezmeen noch mehr dazu sagte, aber die zuckte nur die Achseln und fing an, die Schnur um den Fön zu wickeln.

Jezmeen hatte ihre einmalige Gelegenheit sausen lassen, um bei ihr zu sein. »Jezmeen, du hättest zu deinem Treffen gehen sollen«, rief Shirina. »Kannst du nicht noch ganz schnell hinfahren?«

»Ich habe meinen Agenten gefragt, ob wir den Termin verschieben können, aber HC Kumar ist ein vielbeschäftigter Mann. Er hat sich nicht mehr gemeldet. Aber nicht schlimm.« Jezmeen versuchte es lässig abzutun, aber Shirina hörte den enttäuschten Unterton in ihrer Stimme.

»Kannst du dich nicht morgen vor dem Abflug mit ihm treffen? Oder noch ein bisschen länger in Indien bleiben, bis du einen neuen Termin bekommst?«

»Darüber habe ich auch schon nachgedacht, aber ich kann es mir nicht leisten, hier herumzusitzen und darauf zu hoffen, eventuell einen Fuß in die Tür des indischen Filmbiz zu bekommen. Die Konkurrenz schläft nicht«, sagte Jezmeen. »Aber es ist schon okay, Shirina. Mum hat gesagt, ich soll ein bisschen realistischer sein, und vielleicht hatte sie ja recht. Bestenfalls wäre eine kleine Rolle für mich rausgesprungen, aber die Zeit läuft mir davon. Es könnte Jahre dauern, bis ich mich etabliert habe, und dann werden die Rollenangebote auch schon wieder weniger, weil ich stramm auf die Vierzig zugehe.«

Sie klang sehr überzeugt, aber Shirina kaufte ihr das nicht ab. »Warum schauen wir nicht morgen kurz bei ihm vorbei?«, fragte sie. »Auf dem Weg zum Flughafen?«

»Wo?«

»In seinem Büro oder seinem Studio oder wo auch immer«, meinte Shirina. »Wenn er da ist, kann er bestimmt ein paar Minuten Zeit für dich erübrigen.«

Jezmeen trat von einem Fuß auf den anderen und schien über Shirinas Vorschlag nachzudenken. »Und was, wenn er mich nicht mag?«, fragte sie kleinlaut.

»Online werden die schlimmsten Dinge über mich erzählt – warum sollte HC Kumar was anderes denken?«

»Er muss doch schon sehr angetan sein, Jezmeen. Warum hätte er dich sonst um ein Treffen gebeten, wenn er nicht zumindest mit dem Gedanken spielte, dir eine Rolle anzubieten?«, gab Rajni zu bedenken.

»Dann machen wir es also?«, fragte Shirina.

»Wir müssten früh los, damit wir unseren Flug nicht verpassen«, sagte Rajni.

»Okay, Oma«, sagte Jezmeen und grinste.

»Warum nennt sie dich dauernd Oma?«, fragte Shirina Rajni. »Wegen deines Knöchels?« Ihr war nicht entgangen, dass Rajni ein bisschen humpelte und an der Rezeption einen Eimer mit Eiswürfeln verlangt hatte, kaum dass sie eingecheckt hatten.

»Du hast es ihr noch nicht gesagt?«, fragte Jezmeen Rajni erstaunt.

»Anil und seine Freundin bekommen ein Kind«, erklärte Rajni. »Ich werde Großmutter.«

Anil wurde Vater? Verdattert starrte Shirina Rajni an. »Entschuldige, ich glaube, ich habe mich verhört.« Fragend sah sie Jezmeen an, die leise gluckste. »Aber er ist doch erst achtzehn, oder?«

»Danke sehr, und du brauchst gar nicht zu versuchen, die Überraschung zu überspielen. Ich war auch vollkommen nichtsahnend.« Rajni funkelte Jezmeen böse an. »Kommt, wir bestellen uns einfach von der Karte, was wir wollen, und bleiben hier und quatschen.«

»Und für mich und Oma Rajni gibt's Champagner«, rief Jezmeen fröhlich. »Wir haben noch gar nicht auf all die werdenden Mütter angestoßen.«

»Jezmeen, wenn du noch einmal Oma zu mir sagst ...«

Jezmeen kicherte und zielte mit dem Fön auf Rajni wie mit einer Pistole. Rajni nahm ein Kissen und schleuderte es nach Jezmeen, die sich blitzschnell duckte. Das Kissen verfehlte sie knapp. »Ganz schön agil. Für eine Oma«, rief Jezmeen und rannte lachend aus dem Zimmer. Rajni lief ihr nach, und ihr Kreischen hallte von den Wänden wider.

Shirina tätschelte ihren Bauch. Das Baby hatte sie letzte Nacht wachgehalten, weil es sich so viel bewegte, und heute Morgen hatte es sie einmal sogar richtig feste getreten. *Meine Tochter.* Wieder schaute sie aus dem Fenster. Die Stadt war grüner als Delhi, zwischen den Straßen wuchsen auf manikürten Grünstreifen Bäume und blühende Sträucher, und die Kreisverkehre waren mit sorgfältig arrangierten Blumen bepflanzt. Die offenkundige Ordnung überall strahlte eine große Ruhe aus, die Shirina guttat. Auch wenn sie nicht, wie von Mum eigentlich beabsichtigt, an einem heiligen Ort waren und in sich gingen. Eines Tages vielleicht könnte sie und ihre Schwestern diese Pilgerreise beenden, wie Mum sie vorgesehen hatte. Mit ihrer kleinen Tochter.

Dreiundzwanzigstes Kapitel

Achter Tag: Heimflug

Mit gebleckten Zähnen guckte Jezmeen in ihren Taschenspiegel, um sich zu vergewissern, dass sie keinen Lippenstift an den Zähnen hatte. Sie strich sich das Haar hinter die Ohren, was ihr aber zu spießig vorkam, also schüttelte sie die Haare auf, was dann wiederum zu zerzaust aussah, und kontrollierte abermals ihre Zähne. Diesmal hatte sie einen winzigen roten Fleck auf dem Schneidezahn. »Ich kann das nicht«, verkündete sie.

»Kannst du wohl«, versicherte Rajni nachdrücklich vom Beifahrersitz aus. »Hast du den bestmöglichen Ausgang visualisiert?« Das gehörte zu den Selbsthilfekniffen, die Rajni nach einer schnellen Internetsuche auf dem Handy entdeckt hatte. »Oder wie wäre es mit *Die Top Ten Mantren für Erfolg*?«

Das Navi an Tom Hanks' Armaturenbrett zeigte nur noch fünf Minuten bis zum Zielort an. Die ganze lange Fahrt von Chandigarh nach Delhi hatte Jezmeen sich immer wieder gefragt, ob das, was sie vorhatten, wirklich so eine gute Idee war. HC Kumar hatte sich nicht mehr bei Cameron gemeldet, um einen anderen Termin auszumachen, also hatte er womöglich längst eine andere Schauspielerin gefunden. Eine zuverlässigere.

»Was, wenn er das Arowana-Video gesehen hat und zu dem Schluss gekommen ist, dass ich ein mieses, fieses Miststück bin?«, fragte Jezmeen.

»Bestimmt hat er dich trotz des Videos kennenlernen wollen«, meinte Shirina. »Inzwischen hat es ohnehin jeder gesehen, es ist also ein gutes Zeichen, wenn er dich dessen ungeachtet kennenlernen will.«

»Wollte«, korrigierte Jezmeen sie. »Dann habe ich schnöde abgesagt, und jetzt denkt er sicher: ›Das hat man nun davon, wenn man einer Fischmörderin eine zweite Chance geben will.‹«

»Das denkt er ganz bestimmt nicht«, widersprach Shirina. »Ach!«, rief sie plötzlich, nahm Jezmeens Hand und legte sie auf ihren Bauch. Es dauerte einen kurzen Augenblick, und dann gab es einen kleinen Tritt gegen Jezmeens flache Hand. »Sie wünscht dir Glück.«

»Danke, meine Süße!«, gurrte Jezmeen hingerissen.

»Heißt das nicht eher ›Hals- und Beinbruch‹?«, fragte Rajni.

»Das sagt man im Theater«, meinte Shirina. »Oder kann man das auch beim Film benutzen?«

»Keine Ahnung«, sagte Rajni. »Ist aber so oder so eine komische Redewendung, oder?«

Jezmeen merkte zwar, dass ihre Schwestern alles taten, um ihr Mut zu machen, aber sie drohte trotzdem, in Selbstzweifeln zu versinken. Vorige Nacht hatte sie kaum geschlafen, was man ihr bestimmt ansah. Irgendwann hatte sie sich durch ihren mickrigen IMDB-Eintrag gescrollt und die kleinen Rollen angeklickt, die sie bisher gespielt hatte, manche davon so klein, dass es nicht einmal einen Link zu einer Beschreibung gab. Sie war ein flüchtiger Schatten, ein Jemand, der nur den Hintergrund belebte, während Licht und Kameras auf die viel größeren Stars gerichtet waren. Und dann ging Jezmeen dahin, wo man sie wiederholt gewarnt hatte, nicht hinzugehen – zu den Kommentaren unter dem Original des Arowana-Videos. Der Volkszorn hatte sich zwar in den letzten Tagen etwas gelegt, aber einige der fiesesten Kommentare darunter wurden immer noch hochgevotet bis ganz nach oben in der Liste. »Ich fasse es immer noch nicht, dass Menschen in anderen Ländern vor Kriegen fliehen müssen, und bei uns leben solche Menschen«, hieß es in einem der Kommentare. In einem anderen, den Jezmeen am liebsten mit einer Flut unflätiger Beschimpfungen erwidert hätte, stand: »Sieht ganz nach einem Publicity-Stunt aus – bestimmt versucht sie verzweifelt, Aufmerksamkeit zu erregen. Wette, die Produzenten ihrer Schrottshow haben das alles inszeniert.« Aber sich durch den endlosen Feed ungefilterter Meinungen zu scrollen machte nicht nur süchtig, sondern war auch selbstzerstörerisch. Jezmeens Gedanken gingen immer wieder zu Mum und was sie zu der ganzen Sache gesagt hätte.

»Ich wünschte, Mum hätte mir ein bisschen mehr zugetraut«, sagte Jezmeen zu ihren Schwestern. »Ich muss immer daran denken, dass sie gestorben ist in dem Glauben, bis ich endlich erwachsen bin, würde noch viel Zeit vergehen.«

»Das dachte sie wohl über uns alle drei«, meinte Rajni. »Für eine Mutter bleiben ihre Kinder immer Kinder.«

Danach sagten sie nicht mehr viel, bis Tom Hanks

ihre Ankunft am Connaught Place verkündete. Beim Anblick der georgianischen Säulen und der Bogenfenster des kaiserlich weißen Gebäudes schlug Jezmeens Magen einen Purzelbaum. *Du kannst das. Du wartest schon so lange darauf.*

»Ich brauche eben einen Moment«, flüsterte Jezmeen, als sie anhielten. Rajni und Shirina nickten und stiegen aus dem Wagen. HC Kumars Büro lag in einem hohen Turm mit getönten Fensterscheiben, neben dem die historischen Ladengeschäfte zwergenhaft klein wirkten. Jezmeen schloss die Augen und versuchte sich den bestmöglichen Ausgang vorzustellen. Sie sah sich mit HC Kumar, wie sie vor ihm stand und ihm die Hand gab. Wie er ihr versicherte, er sei tief beeindruckt von ihr und wolle seine nächste Hauptrolle mit ihr besetzen. Dann verwandelte er sich vor ihren Augen in einen riesengroßen Arowana. Jezmeen riss entsetzt die Augen auf. Sie schaute aus dem Fenster und sah, wie Rajni und Shirina auf das Gebäude zusteuerten. Was auch immer passieren würde, Jezmeen war froh und dankbar, dass ihre Schwestern bei ihr waren und mit ihr zusammen einen Plan ausgebrütet hatten, wie sie in HC Kumars Büro gelangen sollte.

Der Plan sah vor, die Wachleute auszutricksen, indem sie vorgaben, einen Termin zu haben. Sollte das nicht funktionieren, würde Shirina darum bitten, die Toilette benutzen zu dürfen. Niemand konnte einer Schwangeren verwehren, aufs Klo zu gehen. Jezmeen würde dann mitgehen, und gemeinsam würden sie versuchen, HC Kumars Büro ausfindig zu machen. Das war zwar kein wasserdichter Plan, und es konnte einiges schiefgehen, aber Rajni und Shirina hatten darauf bestanden, dass Jezmeen es wenigstens versuchte. Jezmeen sah das als allerletzten Versuch, ihre Karriere doch noch anzustoßen. Heute Abend ging ihr Flieger zurück nach London, und sollte es nicht klappen, würde sie entweder weiter versuchen, neue Rollenangebote zu bekommen, oder ernsthaft überlegen, sich einen anderen Beruf zu suchen.

Jezmeen sah Shirina winken und stieg aus dem Wagen. »Ich warte da drüben«, rief Tom Hanks, ohne näher zu erläutern, wo »da drüben« war, dann fuhr er die breite Prachtstraße hinunter.

»Die Türen sind abgeschlossen. Sie haben eine Gegensprechanlage«, berichtete Shirina, als Jezmeen zu ihnen kam. »Vielleicht sollten wir mit ihnen reden.«

Jezmeens Blick ging zu dem kleinen Kasten an der Wand. Man sah eine kleine Kamera, die ihr Gesicht drinnen sicher in Großaufnahme auf einem Monitor zeigte. Sie drückte den Knopf des Büros von HC Kumars Produktionsfirma und wartete.

Eine Stimme, fast verschluckt vom brüllend lauten statischen Knistern, rief: »Guten Tag, HC Productions.«

»Hi!«, erwiderte Jezmeen. »Ich habe einen Termin mit HC Kumar.« Achselzuckend sah sie Shirina und Rajni an, die ihr die gereckten Daumen zeigten.

»Und Sie sind?«

»Jezmeen Shergill.«

Man hörte es rascheln. Jezmeen schloss die Augen und hoffte inständig, ihr kleiner Trick würde funktionieren.

Die Stimme kam zurück an den Apparat. »Ms Shergill, ich sehe hier leider keinen Termin.«

»Okay, ähm, eigenartig«, stammelte Jezmeen. »Weil ... also, eigentlich sollten Mr Kumar und ich uns gestern schon treffen, aber ich habe es aufgrund eines familiären Notfalls nicht geschafft. Und da habe ich mich gefragt – hallo?« Das kleine Licht neben dem Knopf hatte aufgehört zu blinken, und das statische Knistern war verstummt.

»Ich glaube, sie hat einfach aufgelegt«, murmelte Jezmeen betroffen.

»Versuch's noch mal. Erklär ihr, dass er dich unbedingt kennenlernen will«, drängte Rajni.

Jezmeen drückte wieder auf den Knopf. »Hallo«, rief sie, sobald das Licht anging. »Wenn irgendwie die Möglichkeit bestünde, Mr Kumar zu sprechen ...«

»Er ist in einem Meeting«, entgegnete die Stimme. »Er hat viel zu tun, und ...«

»Ich muss aufs Klo«, platzte Shirina heraus und spähte mit weit aufgerissenen Augen in die Kamera.

»Im Einkaufszentrum auf der anderen Straßenseite gibt es Toiletten«, erklärte die Stimme freundlich.

»Hören Sie«, versuchte Jezmeen es abermals. »Es ist wirklich wichtig.«

»Das verstehe ich, aber er ist beschäftigt, und danach muss er seinen Flug nach Mumbai erwischen.«

»Könnten Sie eben bei ihm anklopfen oder so?«

»Ich bin schwanger«, verkündete Shirina. Rajni führte sie ab. Jezmeen nahm sich vor, Shirina nie wieder in einen Plan einzubeziehen, um an der Security vorbeizukommen.

»Ms Shergill, es kommen ständig irgendwelche Schauspieler ungebeten hierher und wollen Mr Kumar sprechen. Darum haben wir ein strenges Auswahlverfahren. Es tut mir aufrichtig leid.«

Jezmeen hatte plötzlich einen Kloß im Hals. Sie sah Rajni und Shirina an. »Das war's dann wohl«, sagte sie. »Gehen wir.«

»Aber Sie müssen doch irgendwas tun können«, kreischte Rajni in die Gegensprechanlage. »Wir sind von so weit hergekommen.«

»Raj, du brauchst nicht so zu schreien. Ich glaube, sie hört dich sehr gut«, sagte Jezmeen.

Wieder entschuldigte sich die Stimme. »Wenn Sie mir Ihre Kontaktinformationen dalassen möchten, kann Mr Kumar sich bei Ihnen melden.« Sie klang nicht sonderlich überzeugend.

»So eine Chance bekommt meine Schwester kein zweites Mal. Sie arbeiten doch selbst in der Branche, Sie müssen das doch verstehen?«, posaunte Rajni laut.

»Noch einmal, Rajni …«, setzte Jezmeen an. Sie wusste, dass Rajni sich nur Gehör verschaffen wollte, aber sie klang ein kleines bisschen durchgeknallt.

»Sie lassen mir leider keine andere Wahl, als den Wachschutz zu rufen«, sagte die Stimme.

»Davor haben wir keine Angst«, erklärte Rajni. »In Chandigarh ist uns zweimal mit der Security gedroht worden.«

»Nicht sehr hilfreich«, kommentierte Jezmeen. »Es ist vorbei, Raj. Das ist ein Zeichen.«

»Mir gefällt ihr Tonfall nicht«, brummte Rajni. »So hochnäsig.«

»Ich höre Sie immer noch«, flötete die Stimme.

Nun, da Jezmeen MC Kumar nicht kennenlernen

würde, hatten sie ein paar Stunden Zeit totzuschlagen, und Tom Hanks war nirgends zu sehen. Sie musste einsehen, dass sie sich selbst zum Scheitern verurteilt hatte – ihre größte Angst war es nicht, nie wieder eine Chance zu bekommen. Ihre größte Angst war es, eine Chance zu bekommen und zu versagen. Was, wenn HC Kumar sie kennenlernte und zu dem Entschluss kam, dass sie nicht die Richtige für ihn war? Sie hatte schon einen viel zu großen Teil ihres Erwachsenenlebens mit Castings und Vorsprechen und dem endlosen Warten auf Rückrufe, die nie kamen, verplempert. »Gehen wir«, sagte sie sehr bestimmt zu ihren Schwestern. Hier endete dann wohl ihre Karriere.

»Rajni?«, rief plötzlich eine Männerstimme hinter ihnen. Jezmeen und ihre Schwestern drehten sich um.

»Hari!«, rief Rajni. »Was machen Sie denn hier?«

»Ich arbeite hier – der Wachschutz wurde gerufen, weil irgendwer versucht haben soll, in das Gebäude einzudringen, also habe ich aus dem Fenster geschaut und Sie gesehen.«

Jezmeens erster Gedanke war, dass dieser Mann HC Kumar verblüffend ähnlich sah. Dasselbe silbergrau melierte Haar, dasselbe breite Lächeln wie der Regisseur, dessen »Hinter den Kulissen«-Videos sie so gerne sah. *Wie hoch ist die Wahrscheinlichkeit, dass sein Double im selben Gebäude arbeitet?*, überlegte sie.

Und dann traf die Erkenntnis sie wie ein Schlag. Das war er. Rajni kannte ihn. Rajni kannte ihn? So viele Gedanken und Fragen schossen Jezmeen durch den Kopf, dass ihr ganz schwindelig davon wurde.

»Shirina, erinnerst du dich noch an den netten Herrn,

den wir im, ähm … an dem Tag kennengelernt haben, als Jezmeen bei der Protestkundgebung war?«, fragte Rajni. Shirina nickte lächelnd. Rajni sah rüber zu Jezmeen. »Warum guckst du denn so komisch?«

»Ich bin Jezmeen Shergill«, stellte Jezmeen sich vor. »Ich glaube, wir sollten uns heute eigentlich kennenlernen.«

»Sie sind …?«, fragte Rajni.

»Ich bin HC Kumar«, sagte er. »Nennt mich einfach Hari.«

Vierundzwanzigstes Kapitel

»Bis vor ein paar Tagen hatte ich noch nie von Ihnen gehört«, gestand Hari. »Meine Tochter Parvana ist bei dem Frauenmarsch am India Gate ebenfalls festgesetzt worden. Sie hat mir erzählt, eine Schauspielerin, die von allen für Polly Mishra gehalten wurde, habe eine mitreißende, bewegende Rede gehalten, wie es ist, als Frau allein durch Indien zu reisen.«

Jezmeen strahlte übers ganze Gesicht. Das war wohl das erste Mal, dass sie den Vergleich mit Polly Mishra einfach an sich abperlen ließ. »Und darum haben Sie sich mit meinem Agenten in Verbindung gesetzt?«

»Ja. Anders konnte ich Sie nicht erreichen und habe gehofft, Sie seien vielleicht noch in Indien. Als Sie wegen eines familiären Notfalls abgesagt haben, dachte ich, Sie seien längst wieder auf dem Weg nach London.«

»Das tut mir wirklich aufrichtig leid – aber vielleicht haben Sie ja jetzt einen Moment Zeit?«

»Ja, kommen Sie doch mit nach oben. Aber wir müssen uns kurzfassen, ich darf meinen Flieger nachher nicht verpassen.«

»Ich muss wirklich mal ganz dringend aufs Klo«, flüsterte Shirina Rajni ins Ohr. »Meinst du, er lässt uns rein?«

»Warum lassen wir euch beide nicht ganz in Ruhe

zusammen plaudern«, schlug Rajni Jezmeen und Hari vor. »Shirina und ich machen derweil einen kleinen Schaufensterbummel im Connaught Place, und nachher treffen wir uns wieder hier.«

»Ja, warum nicht«, sagte Jezmeen, die schon zielstrebig auf das Gebäude zusteuerte.

Lächelnd sah Hari Rajni an. »Was für ein wunderbarer Zufall. Ich freue mich sehr über dieses Wiedersehen.«

»Wir haben uns gar nicht richtig voneinander verabschieden können, stimmt's?«, erwiderte Rajni. »Sie waren gerade zum Rauchen nach draußen gegangen, als Jezmeen rausgebracht wurde.«

»Und all die anderen Mädchen auch«, sagte Hari augenzwinkernd. Er folgte Jezmeen nach drinnen.

Rajni brauchte einen Moment, bevor sie begriff, was das Zwinkern zu bedeuten hatte. »Ich glaube, er hat es irgendwie gedeichselt, dass Jezmeen und all die anderen Mädchen freigekommen sind«, sagte sie zu Shirina, während sie gemeinsam zum Einkaufszentrum schlenderten. »Bestimmt hat er seinen Einfluss genutzt, um sie da rauszuholen – darum war er auch so gelassen, obwohl seine Tochter da drin war.«

»Vielleicht mischt seine Tochter sich deshalb bei den Protesten auch immer wieder ein«, überlegte Shirina. »Wenn sie Ärger mit den Behörden bekommt, muss ihr Vater nur ein paar Anrufe tätigen, und alles ist wieder in Butter.«

»In diesem Land zählt nur, wen man kennt«, hatte Mum einmal zu Rajni gesagt, nachdem sie frustriert den Hörer aufgelegt hatte. Es war ihr schier unmöglich gewesen, einen Anwalt zu finden, der sie ohne eine

Empfehlung von anderen Familienangehörigen in der Streitfrage um Dads Land vertreten wollte. Als Frau, allein in einem Land, das nicht mehr ihres war, hatte Mum es schwer gehabt, sich durchzusetzen.

Während sie so mit Shirina auf die Bogentüren des kolonialen Kaufhauses zusteuerte, musste sie die ganze Zeit an Mum denken. Ihr müdes Gesicht, als sie noch eine weitere Telefonnummer wählte, und wie hoffnungsvoll sie gewesen war, das Land von Thaya-ji zu bekommen. Mum glaubte an das Gute im Menschen. Sie glaubte auch an ihre Töchter, sonst hätte sie sie nicht auf diese Reise geschickt.

Die Urne lag noch immer in Rajnis Koffer. Shirina kam zurück von der Toilette, und Rajni meinte: »Wir müssen noch Mums Asche verstreuen.«

»Dafür kommen wir doch dann nächstes Jahr wieder, oder nicht?«, sagte Shirina.

Rajni schüttelte den Kopf. »Nein. Ich meine, ja, wir kommen nächstes Jahr alle wieder hierher, und dann steigen wir auf den Berg, aber ich will nicht unverrichteter Dinge nach London zurückfliegen.« Das würde sie zu sehr daran erinnern, wie sie Indien das letzte Mal verlassen hatte. In Schimpf und Schande, den Kopf schamgebeugt, den Schatten des Verrats über sich. Kurz nach ihrer Rückkehr nach Hause war Rajnis sechzehnter Geburtstag. Mum machte das nicht aus böser Absicht, sie schien ihn wirklich vergessen zu haben. Sie hatte eine Arbeit als Putzfrau gefunden, wo man sie jede Menge Überstunden machen ließ – harte Arbeit, für die sie im Morgengrauen aus dem Haus ging und erst spätabends wiederkam, lange nachdem Shirina und Jezmeen drüben bei Tante Roopi eingeschlafen waren. Das war der Moment, in dem Rajni beschloss, es müsse sich etwas ändern.

Jezmeen hatte gesagt, alle Flüsse flössen ins Meer, und sie hatte recht. »Fließt der Yamuna nicht auch irgendwann durch Delhi?«, fragte sie sich laut. Der Yamuna war ein Nebenfluss des Ganges, in dem häufig die Asche Verstorbener verstreut wurde. In einer von Jezmeens ersten E-Mails, als sie jeden einzelnen Tagesordnungspunkt der Reise diskutieren wollte, hatte sie ausdrücklich darauf hingewiesen.

»Wir könnten Tom Hanks fragen«, schlug Shirina vor. Rajni zog das Handy heraus, um ihn anzurufen, und sah, dass er ihr eine Nachricht geschickt hatte, um ihnen zu sagen, dass er hinter dem Büroturm auf sie wartete.

Sie entdeckten ihn in seinem Wagen, wie er gerade etwas auf seinem Handy anschaute. Als er Rajni und Shirina auf sich zukommen sah, winkte er sie heran. Seine Augen schimmerten feucht vor Tränen. »Das ist meine Lieblingsszene«, schniefte er. Es war die Szene aus *Verschollen*, in der Tom Hanks – der Schauspieler – seinen imaginären Freund verliert, den bemalten Volleyball.

»Ja, habe ich schon gesehen«, erwiderte Rajni. »Tom Hanks, wir wollten Sie fragen …«

Tom Hanks hob einen Finger, damit sie still war. Nickend wies er auf das Display. »WILSON!«, schrie Tom Hanks, der Schauspieler. »WIIILLLSONNN!« Rajni und Shirina schauten sich an, und Shirina zuckte die Achseln.

Die Szene war zu Ende, aber es sah aus, als lüde schon die nächste. Rajnis Blick fiel auf die Seitenleiste der

Videoanzeige – *Tom Hanks' Beste Szenen Playlist* hatte noch einige andere Videos in der Warteschleife. »Tom Hanks, wir brauchen Ihre Hilfe.«

Das holte ihn schlagartig zurück in die Gegenwart. Er legte das Handy beiseite und wollte schon den Schlüssel im Zündschloss drehen.

»Noch nicht«, bremste Rajni ihn. »Wir müssen noch auf unsere Schwester warten. Aber ehe Sie uns zum Flughafen fahren, könnten Sie uns bitte an einen Fluss bringen? Der Yamuna fließt doch hier irgendwo durch Delhi, oder?«

»Ja, richtig«, antwortete Tom Hanks. »Aber es könnte eine Weile dauern, bis wir da sind.«

»Ist es so weit?«, fragte Shirina.

»Weit nicht«, entgegnete Tom Hanks. »Ich kann es Ihnen auf dem Handy zeigen. Aber der Verkehr hier ist die reinste Hölle. Allein von hier zum äußeren Ring des Connaught Place zu kommen dauert eine halbe Ewigkeit, und dann müssen wir uns auch noch durch die Rushhour quälen.«

Rajni wollte auf keinen Fall Blut und Wasser schwitzen müssen, aus Angst, nicht rechtzeitig zum Flughafen zu kommen. »Fährt denn keine Bahn dahin?«, erkundigte sie sich.

»Doch. Nehmen Sie die Metro nach Indraparshtha Station, von da sind es noch fünf bis zehn Minuten zu Fuß. Sie können den Fluss dann gleich sehen.«

Rajni und Shirina schauten einander an. »Sicher, dass du es so machen willst?«, fragte Shirina.

Rajni nickte.

Als Jezmeen kurz darauf mit klopfendem Herzen aus dem Bürogebäude trat, stand Rajni da und hatte die Urne mit Mums sterblichen Überresten in den Händen. »Wie ist es gelaufen?«, fragte sie.

»Das erzähle ich euch später«, erwiderte Jezmeen, ohne den Blick von der Urne zu wenden. »Was willst du denn damit?«

»Wir dachten, wir könnten Mums Asche in den Yamuna streuen, der in den Ganges fließt. Ist gar nicht so weit von hier, und wir könnten noch früh genug zurück sein, damit Tom Hanks uns pünktlich zum Flughafen bringen kann. Indraparshtha Station ist bloß ein paar Haltestellen entfernt.«

Euch an den Flughafen bringen kann, dachte Shirina. Aber sie brachte es nicht über sich, das laut zu sagen. Gerade eben hatte sie ein einmaliges Angebot erhalten. Die phänomenale Chance, eine der Hauptrollen in einer neuen indischen Fernsehserie zu spielen. Die ganze Sache hatte nur einen einzigen Haken: Sie musste hier in Indien bleiben. Zuerst hatte Jezmeen noch gedacht, die Entscheidung sei eigentlich gar keine. *»Natürlich!«*, hatte sie gerufen. Aber Hari hatte ihr gesagt, sie solle es sich ganz in Ruhe überlegen, und prompt waren ihr erste Zweifel gekommen. Das würde bedeuten, aus London wegzugehen. Was sie letzte Woche nur zu gerne für alle Zeiten getan hätte, als sie zu dieser kurzen Reise aufgebrochen war. Aber jetzt gab es noch so viel anderes zu bedenken. All ihren Ärger über Indien hatte sie heruntergeschluckt, wohl wissend, dass sie nur zu Besuch hier war. Aber würde sie sich auch ganz alleine zurechtfinden?

Zum Glück brauchte sie nicht gleich zu erzählen,

wie es gelaufen war. Rajni und Shirina waren viel zu beschäftigt damit, Tom Hanks' Wegbeschreibung folgend die Metro-Station zu suchen. Rajni drückte die Urne fest an die Brust, während ein Pendlerschwall ihnen entgegenschwappte und sie mitzureißen drohte. Sie kauften Fahrkarten und gingen dann zum Bahnsteig. Die glatten Fliesenböden und die Klimaanlage dämpften den Lärm der Stadt über ihnen.

»Ich fragte mich, was Mum wohl dazu sagen würde, wenn sie wüsste, was wir vorhaben«, grübelte Shirina und legte schützend eine Hand auf ihren Bauch, während sie mit den anderen Passagieren ins Frauenabteil geschoben und gestoßen wurden. Schnell machte jemand seinen Platz für Shirina frei, die sich artig bei der Frau bedankte und sich dann setzte. Rajni und Jezmeen stellten sich neben sie.

»Mums Brief wimmelte nur so vor Ermahnungen, wir sollten wieder enger zusammenrücken und mehr füreinander da sein. Ich glaube, sie wäre glücklich, wenn sie sähe, dass wir das alle zusammen machen«, sagte Rajni. Die Bahn ruckelte abrupt und schleuderte Rajni auf Jezmeen, die automatisch die Hände nach der Urne ausstreckte. Rajni fing sich wieder und drückte die Urne mit einer Hand ganz fest an die Brust. Mit der anderen hielt sie sich an einer Stange fest.

»Oder sie würde sagen: ›Ich hätte mich doch begraben lassen sollen‹«, bemerkte Jezmeen glucksend. Rajni und Shirina mussten laut lachen.

»Also, erzähl, wie war es mit Hari?«, fragte Shirina. »Meldet er sich wieder bei dir, oder war das ein einmaliges Treffen?«

Jezmeen winkte ab. »Eins nach dem anderen«, sagte sie und wies mit dem Kinn auf die Urne. »Ich erzähle euch alles, sobald wir hiermit fertig sind.«

Man hörte eine unverständliche Ansage, dann hielt die Bahn an einer Station. Jezmeen musste unwillkürlich an den Tag der Protestkundgebung denken, als all die Frauen aus dem Bahnhof ins gleißend helle Sonnenlicht geströmt waren. Sie hatten nur so gebebt vor Wut und Energie. Und Jezmeen hatte das Gefühl gehabt, Teil zu sein einer aufregenden neuen Bewegung, gerade, weil sie die Pfiffe und anzüglichen Bemerkungen auf dem Weg vom Hotel zur Bahn noch im Ohr gehabt hatte. »Ihre Schwester hat mir erzählt, Sie haben ständig Ärger«, hatte Hari vorhin in seinem Büro gesagt und dabei verschmitzt gegrinst. Es hatte nur ein Witz sein sollen, aber Jezmeens Magen krampfte sich beim Gedanken daran zusammen.

Der Straßenlärm umfing sie, kaum dass sie die Station verlassen hatten. In der Ferne sah man den Fluss, aber sie mussten im Gänsemarsch über die wackligen Pflastersteine des Bürgersteigs bis zu einer Straßenkreuzung laufen. Ein vor Menschen überquellender Bus donnerte an ihnen vorbei und zog eine lange schwarze Abgaswolke hinter sich her. Jezmeen wusste nicht so recht, ob der Lack einfach ab war von ihrem Indienbild, oder ob sie nur mehr darüber nachdachte, weil sie jetzt in diesem Dilemma steckte. Aber ihr fehlte London. Und es fehlte ihr noch mehr beim Gedanken daran, dass sie es womöglich auf absehbare Zeit nicht wiedersehen würde.

Die Flussufer waren müllübersät. Leere Plastikflaschen

und Holzstückchen tanzten auf den Wellen. Zwischen all dem Abfall schauten Gräser heraus, schwarz und ölig. Was alles irgendwie zu erwarten gewesen war. Aber als Jezmeen Rajnis unsicheres Gesicht sah, fragte sie sich unwillkürlich, ob sie womöglich umsonst hergekommen waren.

»Wir müssen das jetzt nicht machen«, sagte Shirina zu Rajni. »Wir können immer noch mal zurückkommen.«

»Aber bis dahin hast du ein kleines Kind«, entgegnete Rajni. »Und Anil und Davina auch, und ich werde alle Hände voll zu tun haben, ihnen zu helfen. Bis auf die Sommerferien habe ich kaum Urlaub. Immer kommt was dazwischen, und am Ende verschieben wir es, und verschieben es, und verschieben es ...«

Jezmeen schaute sich um. »Wir könnten ein Stückchen weitergehen und einen hübscheren Ort suchen«, schlug sie vor. Sie hatte keine Ahnung, ob es hier hübschere Orte gab, aber Rajni und Shirina folgten widerspruchslos ihrem Vorschlag. Entlang des Ufers stand eine ganze Reihe hölzerner Verkaufsbuden. Die Leute in den kleinen Läden schauten ihnen neugierig nach, als sie vorbeigingen.

»Hier«, rief Rajni und wies mit einem Nicken auf ein Fleckchen, wo das Wasser sauber und klar war. Sämtlicher Müll war abgetrieben worden und hatte sich auf der anderen Seite gesammelt – vor einem kleinen Heiligtum. Jezmeen spürte die Sonne auf der Haut brennen. Der Himmel war von einem verschwommenen Blassgelb wie ausgedörrtes Gras. Es war zwar nicht der Lokpal See, aber es lag auch eine gewisse Schönheit darin, einen

Ort wie diesen für Mum zu suchen. Shirina faltete andächtig die Hände.

Rajni öffnete den Deckel der Urne und zögerte. »Wollen wir uns abwechseln?« Jezmeen und Shirina nickten, also ging Rajni langsam in die Hocke und machte sich daran, die Asche ins Wasser zu streuen. Sie wirbelte heraus und sprenkelte die Wellen. »Jetzt bist du wieder zu Hause, Mum. Ruhe sanft.« Rajni streckte den Arm aus und schüttelte abermals die Urne, und wieder stieb Asche heraus.

»Jetzt du«, sagte sie zu Shirina und wischte sich die Tränen aus den Augen.

Shirina blieb stehen. Sie nahm Jezmeens Hand und ließ sich von Rajni die Urne geben. Dann wisperte sie: »Danke, Mum. Danke, dass du uns wieder zusammengebracht hast. Danke, dass du uns das Leben geschenkt hast.« Dann ließ sie etwas Asche herausrieseln, wartete und sah ihr nach, wie sie auf dem Wasser davonschwamm.

Jezmeens Augen schwammen in Tränen, und sie sah alles nur noch durch einen Schleier. Am liebsten wäre sie davongelaufen. Es war nicht leicht, Mum so zu verabschieden. Wieder schnürte es ihr die Luft ab, und sie wollte am liebsten die Zeit zurückdrehen. »Los, Jezmeen«, drängte Rajni sanft. »Du schaffst das.« Aber Jezmeen schüttelte den Kopf und wollte Shirina die Urne nicht abnehmen.

Rajni und Shirina warteten. Ganz still standen sie am Flussufer, schauten zum Horizont und verloren sich in Gedanken. Schließlich nahm Jezmeen alle Kraft zusammen, um sich von Mum zu verabschieden. Laut zu sagen, so wie ihre Schwestern, hatte sie nichts. Es kam ihr vor, als habe sie viel zu viel zu sagen, als wolle sie noch so viele Gespräche mit Mum führen, statt ständig mit ihr zu streiten, auch über die banalsten Dinge. *Du musst mehr Verantwortung übernehmen.* Darum hatte Jezmeen auch so ein Muffensausen davor, in Indien zu bleiben. Was, wenn ihre Probleme sie auch hier fanden, sie wieder einholten und niemand da war, der ihr aus der Patsche half?

Die Wolken zogen weiter und ließen einen schmalen Streifen Sonnenlicht durchblitzen. Rajni und Shirina blinzelten und wendeten sich ab. Jezmeen schloss die Augen. Lichter tanzten in der Dunkelheit und formten sich dann zu bekannten Gestalten. Sie sah Mum in ihrem Krankenbett sitzen und Jezmeen beim Hereinkommen mit einem Nicken begrüßen. Genau wie damals, an dem Tag, als Jezmeen von einem Vorsprechen gekommen war. Nur, dass sie heute erfreulichere Nachrichten hatte. *Ich habe eine einmalige Gelegenheit bekommen*, sagte sie stumm. *Es könnte der Beginn von etwas Wunderbarem sein.* Mum hörte zu, ohne eine Miene zu verziehen. In ihrer Fantasie hörte sich Jezmeen Mum erzählen, dass sie so lange so hart gearbeitet hatte, und dass es an der Zeit war für einen echten Durchbruch. »Du musst mir ein bisschen vertrauen«, sagte sie.

Als Jezmeen die Augen wieder aufschlug, beleuchtete die Sonne jede noch so kleine Kräuselung des Wassers. Schützend hielt sie eine Hand vor Augen und streckte die andere nach der Urne aus. Shirina reichte sie ihr. Jezmeen drückte sie ganz fest an die Brust und musste daran denken, wie eigenartig es sich angefühlt hatte,

Mums schlaffe, knochige Hände zu halten. Jezmeen hatte keine Abschiedsworte für Mum. Aber sie nahm sich fest vor, etwas zu tun, das mächtiger wäre als alles, was sie je sagen könnte.

Sie drehte die Urne um und kippte die Asche ins Wasser. Sie schwamm auf der Oberfläche und malte einen dunklen, schwimmenden Schatten auf das Wasser, bis ein paar kleine Wellen alles verschluckten und mit sich fortspülten.

Fünfundzwanzigstes Kapitel

Meine Töchter, der Abschluss dieser Reise soll euch Ruhe und Frieden bringen. Zusammen zu reisen war sicher nicht immer einfach, aber vielleicht hat diese Fahrt durch Indien euch etwas gelehrt, das ihr in England nicht hättet lernen können. Ich kann euch nicht dazu verdonnern, mehr Zeit miteinander zu verbringen oder einander mehr wertzuschätzen. Ich kann euch nur in der Hoffnung verlassen, dass die Lektionen dieser Reise euch auch nach eurer Rückkehr nach Hause weiterhin begleiten werden.

Am Eingang des Flughafens Delhi mussten sie sich ein wenig überstürzt voneinander verabschieden. Passagiere strömten aus allen Richtungen zu den Drehtüren, und auf den Trolleys türmte sich wacklig das Gepäck. Ein Reisebus fuhr vor und fing an, ausdauernd und ohrenbetäubend zu hupen, damit die abgestellten Wagen ihm den Weg freimachten. Jezmeen und Shirina lagen sich in den Armen und wollten einander gar nicht mehr loslassen. Tränen liefen Shirina die Wangen hinunter und färbten Jezmeens blaue Bauernbluse dunkel.

»Pass gut auf dich auf«, sagte Rajni knapp, als sie an der Reihe war, sich von Jezmeen zu verabschieden. Fast war sie versucht, ihrer Schwester einfach kumpelhaft auf den Rücken zu klopfen und sich dann kopfüber in die Menschenmenge zu stürzen, um weitere schmerzhafte Gefühlswallungen zu vermeiden. Stattdessen umarmte sie Jezmeen kurz. Sie merkte, wie ihr die Tränen in die Augen stiegen, also wendete sie sich ihrem Koffer zu und sagte: »Also gut, los geht's.« Sie spürte mehr, als sie sah, wie Jezmeen in der Menschenmasse verschwand. Shirina wartete und winkte ihr nach, dann holte sie Rajni ein und ging mit ihr nach drinnen.

Nachdem sie eingecheckt und mit dem Handgepäck durch die Sicherheitskontrolle gegangen waren, sollten Rajni und Shirina beim Zoll den Namen ihres Vaters nennen. Der Beamte der Einwanderungsbehörde studierte Rajnis Passfoto und musterte sie dann lange und durchdringend. Das Foto war noch gar nicht so alt, aber Rajni war sich bewusst, dass sie vermutlich sehr verändert aussah. Mit jedem Jahr, das verging, fielen ihre Wangen ein bisschen mehr ein und die Lachfältchen gruben sich tiefer ins Gesicht.

»Schauen Sie bitte hierher«, sagte der Beamte. Rajni hatte gar nicht gemerkt, dass ihr Blick abgeschweift war. Am Schalter nebenan stand Shirina und unterhielt sich mit den Beamten. Bestimmt wegen der Änderung ihres Tickets in allerletzter Minute.

Aber Rajni sorgte sich trotzdem. Sie hatte nicht aufgehört, sich zu sorgen, seit sie Shirina in der Klinik gefunden hatten, obwohl sie sich solche Mühe gab, Shirina zuliebe fröhlich und vergnügt zu wirken. Im Wagen auf dem Weg hierher hatte Rajni Shirina gefragt: »Was willst du als Erstes machen, wenn wir wieder in London sind?« Ihre Schwester hatte nur die Achseln gezuckt.

»Ach, komm schon, sag's mir«, hatte Rajni sie gedrängt. »Wir gehen, wohin du willst. Vielleicht in das neue Ottolenghi-Restaurant? Ich war noch nicht da, aber alle sind total aus dem Häuschen. Oder eine Show am West End? Hast du in Melbourne irgendwelche guten Musicals gesehen?« Rajni ging plötzlich auf, dass sie jemandem das Londoner Touristenprogramm verkaufen wollte, der selbst sein ganzes Leben dort verbracht hatte. Aber sie war sich nicht sicher, ob London noch Shirinas Zuhause war.

Am Abend zuvor, während ihre Schwestern in der Hotelsuite einen Film angeschaut hatten, hatte Rajni Kabir angerufen. Seit ihrem nächtlichen Gespräch zu Beginn ihrer Reise hatten sie nicht mehr miteinander gesprochen, und so war das Telefonat jetzt sehr vorsichtig, gespickt mit langen Pausen, von denen Rajni wusste, sie wären nur zu füllen, wenn sie sich wieder gegenüberstanden. Nachdem sie Kabir von Shirina erzählt hatte und sie gemeinsam beschlossen hatten, dass Shirina erst einmal eine Weile bei ihnen wohnen sollte, erkundigte sie sich zaghaft nach Anil. »Es geht ihm gut«, sagte Kabir. »Er und Davina sind jetzt auf Wohnungssuche.«

Rajni versetzte es einen Stich, als sie das hörte, aber das würde wohl nie vergehen. Schließlich war er ihr Sohn, und er wurde jetzt viel schneller erwachsen, als sie es sich für ihn gewünscht hatte. Sie durfte darum trauern, während sie gleichzeitig für ihn da war. Sie atmete tief durch und sagte: »Ich möchte sie gerne kennenlernen. Vielleicht können wir sie zum Essen einladen, wenn ich wieder zu Hause bin?«

»Das wäre wirklich schön«, hatte Kabir gesagt. Rajni

konnte seine Erleichterung selbst durch das Telefon hören. Als Nächstes rief sie Nikhil an, den Privatdetektiv. Sie dankte ihm für seine Dienste und sagte ihm, er solle seine Ermittlungen einstellen. Nachdem sie ihm versichert hatte, sie werde ihr Geld ganz bestimmt nicht zurückverlangen, legte sie auf und löschte seine Nummer aus ihren Kontakten.

Jetzt nickte Shirina auf etwas, das der Beamte zu ihr sagte. Ihr Blick huschte zu Rajni, und dann nickte sie wieder. An der Wand hing ein Schild, das Passagiere anwies, sich nicht in diesem Bereich aufzuhalten, aber noch kam niemand, um Rajni zu verscheuchen. Allerhand Reisende gingen an ihr vorbei, gebeugt unter der Last klobiger Rucksäcke oder dickbauchiger Koffer, aufgebläht vor Mitbringseln, die sie hinter sich herschleiften. Erst da fiel Rajni auf, dass sie in Indien kein einziges Andenken für zu Hause gekauft hatte. In ihrem Gepäck war noch genau dasselbe wie bei ihrer Ankunft aus London, und doch hatte sich so viel verändert. Sie hatte jetzt eine ganz neue Beziehung zu ihren Schwestern – das, und stechende Schmerzen im Knöchel.

Rajni hatte sich auch gesorgt, als Jezmeen erklärt hatte, in Indien bleiben zu wollen. Rajni wusste nur zu gut, dass es für Jezmeens Karriere das Beste wäre, wenn sie hierbliebe, und sie gönnte ihrer kleinen Schwester den Erfolg so sehr. Aber sie wünschte, sie könnten alle zusammen nach London zurückfliegen. Sie erinnerte sich noch daran, wie sie mit Jezmeen und Shirina in die Läden gegangen war, als die beiden noch klein waren. Sie hatte sich bei ihren Schwestern untergehakt, eine auf jeder Seite. Manchmal, wenn Rajni zu schnell ging, stolperte Jezmeen und bat sie, ein bisschen langsamer zu gehen. Dann lächelte Rajni und sagte: »Hab deine kurzen Beine vergessen.« Woraufhin Jezmeen immer ganz große, lange Schritte machte, wie mit Siebenmeilenstiefeln. Als Mum sie gebeten hatte, gemeinsam diese Pilgerreise quer durch Indien zu unternehmen, hatte Rajni sich vorgestellt, wie sie im Wettlauf gegen ihre Schwestern durch Indien hetzte, atemlos und asynchron. Rajni wünschte, Mum könnte sehen, was die Reise bei ihnen bewirkt hatte. Sie stellte sich vor, Mum würde sie in Heathrow abholen und drei zänkische, zerstrittene Weiber erwarten, die es gar nicht abwarten konnten, einander endlich wieder los zu sein, und stattdessen kamen ihre Töchter fröhlich miteinander schnatternd aus dem Terminal und verabredeten schon das nächste große Wiedersehen.

Rajnis Handy in ihrer Handtasche summte. Sie zog es heraus, und im selben Moment kam einer der Beamten auf sie zumarschiert und wackelte streng mit dem Zeigefinger. Rajni ließ das Handy wieder in der Handtasche verschwinden und schaute über die Schulter. Shirina zeigte gerade etwas vor, das aussah wie der Abriss ihrer Bordingkarte von Melbourne nach Delhi. Der Sicherheitsbeamte winkte Rajni weiterzugehen. Sie ging, so weit sie konnte, ohne Shirina aus den Augen zu verlieren. Vor einem Duty Free-Laden kramte sie das Handy heraus. Es war eine Nachricht von Jezmeen:

Es ist mir wirklich schwergefallen, mich heute zu verabschieden, aber du sollst wissen, du hast all meine Liebe und meinen ganzen Respekt. Ich habe es dir nicht leichtgemacht mit der Organisation dieser Reise, aber das war nur, weil du dir immer schon so sicher warst, wo es langgeht, und ich das für mich erst noch herausfinden musste. Sag Kabir und Anil ganz liebe Grüße von mir – sie können froh und stolz sein, dich zu haben.

Rajni biss sich auf die Lippen. Sie ging in den Duty Free und schnupperte an einigen Parfum-Flakons, um die Tränen zurückzuhalten, aber sie liefen trotzdem, und jetzt roch sie zu allem Überfluss auch noch nach Pfingstrosen und Moschus. Sie las die Nachricht ein zweites Mal und ging auf »Antworten«, doch noch ehe sie etwas tippen konnte, kam eine weitere Nachricht von Jezmeen. Ein Bild mit drei grauhaarigen Omis, die sich mit Lockenwicklern in den Haaren mit vollen Weingläsern fröhlich zuprosteten. *Bald gibt's was zu feiern!*, hatte sie dazugeschrieben. Rajni musste lachen und ließ den Tränen freien Lauf.

Endlich wurde Shirina durch die Zollabfertigung gewunken und steuerte auf Rajni zu. Sie hatte ein breites Grinsen im Gesicht und wirkte ausgeruhter als auf der gesamten Reise.

»Alles okay?«, fragte Rajni.

»Ja, sie wollten bloß wissen, wieso ich mein Reiseziel so kurzfristig geändert habe«, sagte Shirina. Sie steckte den Pass wieder in die Hülle und verstaute ihn dann in der Handtasche.

»Und, was hast du ihnen gesagt?«

»Dasselbe, was ich Sehaj auch heute Morgen am Telefon gesagt habe. Ich will einfach nur nach Hause.«

Epilog

Shirina hatte Anaya gerade in dem kleinen Hinterzimmer, das eigentlich für die Hochzeitsgeschenke gedacht war, gefüttert, als ihr Skype-Klingelton zu zirpen begann. Jezmeen war ein paar Minuten zu früh dran. Shirina rückte den Ausschnitt ihres Kleides zurecht, setzte sich Anaya auf den Schoß und klickte auf den grünen Knopf.

Eine grauenhaft zugerichtete Jezmeen erschien auf dem Display, eine klaffende, blutige Platzwunde seitlich am Kopf. Sobald Anaya sie sah, fing sie an zu schreien wie am Spieß. Es dauerte ein paar Minuten, bis Shirina sie mit Auf-den-Knien-Hopsen und tröstlichem Auf-sie-Einreden wieder beruhigt hatte. »Schhhh«, flötete Shirina. »Das ist deine Tante Jezmeen aus Indien. Das ist bloß Schminke, Schätzchen. Sie spielt nur.«

Rajni steckte den Kopf zur Tür herein. »Alles in Ordnung?« Ihre Augen wurden ganz schmal, als sie ihre Schwester auf dem Handy-Display sah. »Ach, Himmel noch eins, Jezmeen, wie kannst du ein kleines Kind nur so erschrecken?«

»Ich konnte doch nicht ahnen, dass sie mich so sieht«, protestierte Jezmeen. Hinter ihr ging es zu wie in einem Bienenstock – Mitglieder der Filmcrew hasteten vorbei, redeten in ihre Mikros, schoben eine große Kamera auf einem Trolley vorbei. Jezmeens Haare waren streng zurückgekämmt und oben auf dem Kopf festgesteckt, wodurch die vermeintlichen Verletzungen umso besser zu sehen waren.

»Ich gehe mit ihr raus Enten gucken«, sagte Rajni zu Shirina. »Dann könnt ihr beiden euch in Ruhe unterhalten.« Anaya streckte fröhlich die Ärmchen nach ihr aus und bedachte Jezmeen mit einem letzten finsteren Blick, bevor Rajni mit ihr nach draußen ging.

»Nächstes Mal warnst du mich vor«, ermahnte Shirina Jezmeen. »Du siehst aus, als seist du in einen Mähdrescher geraten. Wie ein Mordopfer.«

»Eine Mordversuchsüberlebende«, stellte Jezmeen richtig. »Erinnerst du dich noch, am Ende der letzten Staffel hat mir dieser Mafia-Boss eins mit dem Knüppel übergezogen und mich dann, im Glauben, ich sei tot, einfach liegen gelassen und das Haus in Brand gesteckt. Aber der Undercover-Ermittler hat mich in allerletzter Sekunde gerettet.«

»Ich erinnere mich«, sagte Shirina. Sie und Rajni hatte es beim Staffelfinale vor ein paar Monaten fast nicht auf dem Sofa gehalten vor Spannung. Shirina hatte hinterher kaum schlafen können und Jezmeen geschrieben, nur um sich versichern zu lassen, dass ihre Rolle nicht gestorben war. Sie dachte, Jezmeen würde sie vielleicht auslachen, weil sie Fiktion und Wirklichkeit nicht auseinanderhalten konnte, aber als sie am nächsten Tag miteinander telefoniert hatten, war Jezmeen merklich angetan gewesen, dass ihre Serie ihren Zuschauern Albträume verursachte. »Es ist der Realismus in *Gesetzlos*, der die Serie so unwiderstehlich macht«, sagte Jezmeen. »Hari ist ein echtes Genie, was das angeht.« Und es war auch der Grund, warum die großen Sender in den USA und Großbritannien die Serie nun auch zeigen wollten.

»Und, wie ist die Party? Es tut mir so leid, dass ich nicht dabei sein kann«, sagte Jezmeen. Der unvorhergesehene Erfolg der Serie zwang sie dazu, die zweite Staffel gleich im Anschluss an die erste zu drehen.

»Wirklich schön«, antwortete Shirina. »Kabir und Rajni haben ein entzückendes Restaurant gebucht, gleich an einem romantischen Schwanensee. Das werden sicher bezaubernde Bilder von Braut und Bräutigam.«

»Wie geht es ihnen? Ich möchte nachher noch mit Anil reden und ihn beglückwünschen«, sagte Jezmeen.

»Sie strahlen um die Wette. Davina sieht umwerfend aus.« Das schlichte weiße Sommer-Brautkleid mit spitzenbesetztem Tuch, das Davina trug, war dezent und zurückhaltend, doch sie schien geradezu von innen heraus zu leuchten. Nur einer stahl ihr trotzdem die Show: ihr drei Monate alter Sohn Arjun in seinem winzigen Smoking-Strampler mit roter Fliege.

»Und wie geht es der Bräutigammutter?«, erkundigte sich Jezmeen.

Shirina schaute sich um, ob die Tür auch wirklich verschlossen war. Dann senkte sie verschwörerisch die Stimme. »Du hast echt was verpasst. Beinahe hätte es *einen Zwischenfall* gegeben.«

»Oooh, erzähl«, quiekte Jezmeen begeistert. Hinter ihr sprühte ihr eine Haarstylistin etwas in die Haare und ging dann wieder.

»Okay, also, vorhin wurden draußen vor einer großen Trauerweide Familienfotos geknipst. Alles sehr idyllisch, sehr fotogen, das Wetter spielt mit, und dann sagt der Fotograf aus heiterem Himmel, er möchte eine Aufnahme nur mit Rajni und Davina. Du weißt schon, einer dieser Fotografen, die einem sagen, man soll ganz natürlich sein und gar nicht auf ihn achten, und plötzlich ist man total befangen und weiß gar nicht mehr, wohin mit sich.«

Jezmeen schnaubte. »Vor allen, wo doch Rajni, wenn sie ganz natürlich ist, Davina am liebsten an die Gurgel gehen würde. Bestenfalls.«

»Haargenau. Er platziert sie jedenfalls vor dem Teich und ruft ihnen ständig irgendwelche Themen zu, über die sie sich unterhalten sollen – die vielen schönen Erinnerungen an ihre gemeinsame Kindheit, wie glücklich sie sind, dass der große Tag endlich gekommen ist –, und plötzlich geht uns auf, dass er sie für Schwestern hält.«

»HAHAHA. Und was dann?«

»Rajni teilt ihm eisig mit, dass sie die Mutter des Bräutigams ist, und er fängt an, hektisch zurückzurudern, und versucht sich herauszureden, das sei nur, weil sie so jung und frisch aussieht.«

»Wo wir doch alle wissen, dass es nur daran liegt, dass die Braut und die Mutter des Bräutigams altersmäßig nicht allzu weit auseinanderliegen.«

»Ja, aber es wird noch schlimmer, denn dann wollte der Fotograf Fotos von Rajni und ihren Enkelkindern machen.«

Jezmeen johlte. »Kindern, Plural? Er dachte, Anaya sei ihre Enkeltochter?«

Shirina nickte. »Und noch ein anderes Kind – ein kleiner Junge, der mit seinen Eltern die Enten gefüttert hat.

Eben war Rajni noch die Schwester der Braut, und ehe sie sich versieht, ist sie die Knusperhexe im Lebkuchenhaus.«

Jezmeen hielt sich den Bauch vor Lachen und prustete so heftig, dass sich eine Haarsträhne aus ihrer Frisur löste. Sofort war die Stylistin wieder zur Stelle, um alles zu richten. Zur Sicherheit rammte sie noch ein paar Haarnadeln in Jezmeens aufgetürmte Frisur. »O mein Gott. Das ist einfach göttlich, Shirina.«

»Du hättest sie sehen sollen! Sie hat dem Fotografen eine Standpauke gehalten zum Thema Takt und Umgang, und dass er die Mail hätte lesen sollen, die sie ihm geschickt hat, bezüglich der, sagen wir, etwas komplizierten Familienverhältnisse. Sie hat ihm einen Stammbaum gemalt und was nicht noch, damit er jeden beim Namen nennen kann und sämtliche Verwandtschaftsverhältnisse kennt, um das sonst so übliche Chaos zu vermeiden.«

»Schade, dass ich nicht dabei sein kann.« Jezmeen klang aufrichtig enttäuscht, die ganze Feier zu verpassen. Shirina war auch traurig gewesen, als sie gehört hatte, dass Jezmeen den ganzen Sommer über in Indien bleiben musste.

»Du bist dabei«, antwortete Shirina. »Du bist hier sehr präsent.« Sie sagte das nicht nur so daher, um ihre Schwester zu trösten – via Skype war sie bei sämtlichen familiären Großereignissen dabei gewesen, ganz gleich, wie der Zeitunterschied oder ihr Filmplan auch ausgesehen hatten. Irgendwann hatte sogar ein Entertainment-Journalist Wind davon bekommen und es in einem kürzlich erschienenen Porträt über Jezmeen erwähnt, das

Shirina ausgeschnitten und an die Kühlschranktür geklebt hatte.

Für das aufstrebende Filmsternchen kommt die Familie an erster Stelle, selbst an Tagen, die vollgepackt sind mit Shootings und Werbeauftritten. Während unseres Interviews erzählte sie uns, sie erwarte einen Anruf ihrer Schwester aus London, mit der sie jeden Tag telefoniere. Dabei würde Shergill die gemeinsame Kindheit gar nicht als allzu eng beschreiben. »Meine Schwestern und ich haben uns nicht immer gut verstanden«, gesteht sie. »Aber wenn man älter wird, merkt man irgendwann, wie wichtig einem die Menschen sind, die man immer als gegeben hingenommen hat.« Älterwerden wäre für viele andere Schauspielerinnen wohl ein heikles Thema, aber Shergill nimmt es einfach, wie es kommt. Erst verhältnismäßig spät ihren Durchbruch ins Filmgeschäft geschafft zu haben, zumindest verglichen mit vielen anderen Schauspielerinnen in Bollywood, habe ihr, so Shergill, zu dem dicken Fell verholfen, das ihr nun bei ihrer Rolle zugutekommt als Manika Kapoor, der Ermittlerin, die in HC Kumars preisgekrönter Serie Gesetzlos *gegen Korruption auf höchster Ebene kämpft.*

Jeden Tag las Shirina einen anderen Satz dieses Artikels. Sie war so unbeschreiblich stolz auf Jezmeen und so froh, dass endlich jemand ihr Talent erkannt hatte. Immer, wenn Anayas Blick an Jezmeens Hochglanzporträt hängen blieb, auf dem sie ganz offen in die Kamera schaute, deutete Shirina darauf und sagte: »Das ist deine Tante. Furchtlos und unerschrocken.«

Es klopfte an der Tür, und schon kam Rajni hereingewuselt, Anaya auf der Hüfte. »Hast du Windeln hier?«, fragte sie. »Ich glaube, da braucht jemand dringend eine frische Windel.«

»Ich mache das schon – dann kannst du in der Zeit mit Jezmeen reden«, sagte Shirina und nahm ihr Anaya ab. Verzückt atmete sie Anayas lieblichen Kleinkinderduft. Nie versäumte Shirina die Gelegenheit, das Gesicht im feinen Haarflaum ihres Babys zu vergraben. Schon bei ihrer Geburt hatte sie den Kopf voll schwarzer Härchen gehabt, die nun so lang waren, dass sie schon anfingen, sich zu locken.

»Hi Jezmeen, wie geht's?«, fragte Rajni viel zu laut.

»Alles bestens. Ich warte gerade darauf, dass es weitergeht, aber das wird wohl noch eine Weile dauern. Wir hätten eigentlich schon vor einer Stunde anfangen sollen, also ist es noch früh.«

Rajni grinste. »Ach ja, Indien.«

Während die Schwestern weiterplauderten, trug Shirina Anaya zum Wickeltisch, und plötzlich überkam sie wieder dieses eigenartige Gefühl, das sie manchmal hatte. Es war das Gegenteil einer außerkörperlichen Erfahrung, und eigentlich hatte sie immer gedacht, dass nur sie so etwas erlebte, bis sie Jezmeens Porträt gelesen hatte:

»Manchmal fühle ich mich übermannt von dem Eindruck, ganz zu sein, wenn Sie verstehen, was ich meine. Ich will wirklich nicht überheblich klingen und behaupten, ich hätte meinen Lebenszweck gefunden –

vermutlich ist es weitaus einfacher als das. Es ist nur das zutiefst befriedigende Gefühl, genau da zu sein, wo man hingehört.« Die Schauspielerin sagt über sich selbst, sie sei weder spirituell noch religiös, aber eine Indienreise mit ihren Schwestern im vergangenen Jahr, bei der HC Kumar sie entdeckte, habe sie gelehrt, die Unberechenbarkeit des Lebens anzunehmen.

Die Ansprachen und Trinksprüche waren alle eher zwanglos gehalten, ganz wie Anil und Davina es sich gewünscht hatten. Anils bester Freund Joshua erzählte eine denkwürdige Geschichte darüber, wie er und Anil einmal einen halsbrecherischen Stunt mit ihren Skateboards gemacht und anschließend das Video online gepostet hatten. »Wenn man bedenkt, dass seine Tante die Moderatorin von *DisasterTube* war, hätten wir es eigentlich besser wissen müssen«, sagte Joshua und zwinkerte Shirina verschwörerisch zu. Die schüttelte den Kopf zum Zeichen, dass sie die falsche Tante war, aber er war viel zu zufrieden mit sich und seiner Geschichte, um dieses kleine Missverständnis aufzuklären.

Während der Rede der ersten Brautjungfer, die nicht müde wurde zu betonen, dass es mit einer Freundin wie Davina nie langweilig wurde, schaute Shirina immer wieder verstohlen hinüber zu Rajni. »Mit Anil hatten wir nicht gerechnet«, bemerkte die Brautjungfer spitz. »Und mit Arjun haben die beiden wohl auch nicht gerechnet. Immer für eine Überraschung gut, unsere Davina!« Das glucksende Gekicher, das daraufhin die kleine Gästeschar ergriff, war Rajni sichtlich unangenehm. Sie hatte nichts übrig für Witze über versehentliche Schwangerschaften oder gravierende Altersunterschiede.

Anaya lag gemütlich in Shirinas Schoß, und die pummeligen kleinen Beinchen baumelten lustig aus dem Blumenmädchenkleid aus Tüll, das Davina ihr gekauft hatte. Es war wirklich süß, und vorhin, als sie Fotos von Anaya und Arjun gemacht hatten, wie sie zusammen im Gras saßen, da war Shirina plötzlich ganz traurig geworden. Es war ein eigenartiges Gefühl, ihre Ehe zu betrauern. Manchmal wusste sie gar nicht, was schlimmer war – Sehajs Unwille, um sie zu kämpfen, oder dass er nicht mehr Teil ihres Lebens war. Als im November ihre Tochter auf die Welt gekommen war, hatte Shirina längst die Scheidung eingereicht. Einerseits war sie erleichtert zu hören, dass er sich nicht mit ihr um das Sorgerecht streiten wollte, andererseits tat es ihr für Anaya in der Seele weh.

Ihre letzte Nachricht an Sehaj hatte sie noch immer nicht verschickt. Sie hatte sie so oft umgeschrieben, in so vielen verschiedenen Stimmungen, mit so vielen Fragen und endlosen Absätzen, dass daraus fast so etwas wie ein Selbstgespräch geworden war. Mit der Zeit hatte sie immer mehr Sätze löschen können, die einfach unwichtig geworden waren. Fragen wie, warum Sehaj sie überhaupt geheiratet hatte, wo seine Familie doch alles kontrollierte. Wütende Schimpftiraden über seine Mutter und den Schaden, den sie anzurichten versucht hatte, nur weil sie sich von einer anderen Frau bedroht fühlte, die ihr in ihren Augen den Sohn wegnehmen wollte. Löschen, löschen, löschen – es wurde leichter und leichter, und selbst ihre Traurigkeit war gedämpft und unterschwellig geworden. Es war wie die Trauer um Mum. Etwas, das zu tragen immer leichter wurde, je mehr Zeit verging. Nun hatte Shirina nur noch eins zu sagen, und es war ihr gleichgültig, ob Sehaj es wusste oder nicht. *Ich habe sie Anaya genannt. Das heißt Freiheit.*

»Schläft sie?« Shirina schaute auf und sah Davina vor sich stehen, Arjun auf dem Arm. Er hatte Anils große runde Augen und Davinas strahlendes Lächeln. Shirinas Blick ging nach unten, und sie sah, dass Anaya eingeschlummert war. »Ich habe sie wohl in den Schlaf gewiegt«, sagte sie. »Manchmal merke ich es gar nicht.«

»Geht mir genauso«, erwiderte Davina. »Ich hab mich neulich in der Supermarktschlange vor und zurück gewiegt, während Anil mit Arjun draußen gewartet hat. Die Kassiererin meinte zu mir, die Toiletten seien ganz hinten.«

Shirina lachte. Davina hatte eine offene, ungezwungene Art, die Shirina sehr mochte, und eine weitere frischgebackene Mutter in der Familie zu haben war ein wahrer Segen. Inzwischen hatten sie sich miteinander angefreundet und sahen sich weit häufiger als nur zum Abendessen im Familienkreis, zu dem Rajni seit ihrer Rückkehr nach London alle zwei Wochen einlud. Shirina hatte die ersten Monate bei ihr und Kabir in Anils altem Kinderzimmer gewohnt, ehe sie eine eigene kleine Wohnung gefunden hatte. Dort, wo Shirina und Anaya jetzt zu Hause waren, lächelte Jezmeens Bild vom Kühlschrank, und Rajni wohnte nur ein paar Straßen entfernt.

Anil, Kabir und Rajni kamen zu ihnen. »Eine wunderschöne Feier«, sagte Shirina zu Anil. »Siehst gar nicht so übel aus, wenn du dir ein bisschen Mühe gibst.« Anil grinste und rückte sein Revers zurecht.

»Er kommt nach mir«, sagte Kabir nicht ohne Stolz.

»Du meinst, wenn er sich keine Mühe gibt?«, prustete Rajni. Kabir guckte sie an und tat gekränkt.

»Wir haben uns einen herrlichen Tag zum Heiraten ausgesucht, findet ihr nicht?«, fragte Davina. Der Sommerhimmel war strahlend blau, und eine leichte Brise spielte mit den Enden ihres Tuchs.

»Man kann wohl sagen, die beste aller möglichen Lokalisationen«, pflichtete Anil ihr bei.

»Entschuldigung, was hast du bitte gesagt?«, fragte Davina.

»Die beste aller möglichen Lokali… Was denn? Was stimmt denn damit bitte nicht?«

»Es heißt ›Lokalität‹«, korrigierte Rajni ihn.

»Das ist doch gehopst wie gesprungen«, konterte Anil.

»Das sagt er auch immer über ›unbeächtlich‹«, meinte Davina zu Rajni.

»Hat er sich das immer noch nicht abgewöhnt? Anil, manchmal ist es fast, als wärst du nie zur Schule gegangen.«

»Hey Josh, komm doch mal kurz her«, rief Anil. Sein Trauzeuge kam mit großen Schritten auf sie zu. Auch diesmal erwiderte Shirina das Zwinkern nicht, mit dem er sie bedachte. »Wie würdest du sagen – ›Lokalisation‹ oder ›Lokalität‹?«

»Weder noch«, entgegnete Josh. »›Lokalismus‹«.

»Wie bitte?«, fragten Rajni und Davina wie im Chor.

»Ihr wisst schon, so was wie Globalismus, nur vor Ort, in einem Lokal, wo dann alle zusammenkommen.«

Rajni und Davina schauten einander fassungslos an. »Willst du es ihnen erklären, oder soll ich?«, fragte Rajni. Davina schüttelte bloß ganz langsam den Kopf.

Unvermittelt prustete Shirina laut los vor Lachen. Vom Beben ihres Bauchs aus dem Schlaf gerissen, rührte Anaya sich kurz, um dann gleich wieder einzuschlummern. Morgen, wenn Shirina wieder mit Jezmeen telefonierte, musste sie ihr das erzählen. Sie würde brühwarm berichten, wie Rajni und Davina sich zusammengetan hatten, um Anil und Kabir dermaßen die Leviten zu lesen, dass beide mit eingezogenem Kopf ihr Heil in der Flucht gesucht hatten. Sie würde Jezmeen erzählen, dass sie ihr fehlte, aber dass sie sich schon auf die Premiere der neuen Staffel freute. Sie konnte es kaum erwarten, Jezmeen endlich wiederzusehen, aber das war eine Überraschung, die sie und Rajni gemeinsam planten. Nächsten Monat, sobald Rajni Sommerferien hatte, würden sie mit Anaya nach Indien fliegen.

Danksagung

Es hat wirklich ein ganzes Dorf gebraucht, diesen Roman auszubrüten. Mein tiefster Dank gilt:

Meiner Agentin Anna Power, die immer an dieses Buch geglaubt hat, auch als ich selbst nicht recht wusste, was die Shergill Schwestern gleich wieder anstellen würden und wo die Reise hingehen sollte. Danke für die aufmunternden Worte, die mich wieder aufgerichtet haben, als ich es am dringendsten brauchte.

Das wunderbare Team bei HarperCollins, das mich stets begeistert angefeuert hat: Meine Lektorinnen Martha Ashby und Rachel Kahan, die mir unbezahlbares Feedback gegeben haben und immer nur einen Anruf weit entfernt waren, um die Knoten in meinem Kopf zu lösen. Fliss Denham und Camille Collins, die unermüdlich gearbeitet haben, um meinen vorherigen Roman zu bewerben, und ganz zweifellos auch für diesen alles geben werden.

2016 sind meine Eltern mit mir nach Indien gereist. Danke für diese grandiose Ausrede, Chai zu trinken, Pakoras zu essen und das Ganze dann als »Recherche« zu deklarieren. Danke allen freundlichen Bewohnern

Delhis, Amritsars und Chandigarhs für die Gastfreundschaft und die Geduld mit dieser besonders begriffsstutzigen Auslandsinderin.

Barrie Sherwood sollte mir eigentlich nur sagen, wie er das erste Kapitel fand, und wurde unversehens eingespannt, noch viel mehr zu lesen. Danke für deine positive Art, deine Begeisterungsfähigkeit und deine Geduld. Ich möchte irgendwann auch so ein großartiger Mentor und Lehrer sein, wie du es bist.

Meine Mit-Doktoranden an der NTU. Ihr wart viele, und obwohl ich kein Kapitel dieses Romans in euren Workshops vorgelegt habe, bin ich euch so dankbar für eure Unterstützung und den Beistand in meinem Leben während der Entstehung dieses Romans.

Jim und Lucy Lee haben mir ihr wunderschönes, mit Kunst und Büchern gefülltes Haus in Virginia geöffnet, um diesem Buch einen fliegenden Start zu ermöglichen. Danke, dass ihr mich streng ermahnt habt, mein tägliches Wortpensum einzuhalten, aber keine Fragen gestellt habt, wenn ich stundenlang in der Küche herumgelungert und meinem Laptop aus dem Weg gegangen bin.

Mitbewohner von Hollins Village, dem besten aller denkbaren Dörfer: Eure moralische Unterstützung und die virtuellen Umarmungen waren unsagbar wichtig für mich. Dieses Buch ist in der schwierigsten und herausforderndsten Zeit meines Lebens entstanden, einer

Zeit großer Umbrüche, und eure geduldigen Ratschläge haben mir geholfen, loszulassen und mich wieder dem Schreiben zu widmen.

All meine Freunde mit Schwestern. Zu viele in diesem Leben, um sie alle namentlich zu nennen, und bestimmt hättet ihr nicht mal im Traum gedacht, eure Geschwisterdramen würden es einmal in eins meiner Bücher schaffen. Ich habe das Gefühl, aus unseren Gesprächen unzählige komplizierte Hassliebe-Momente geschwisterlicher Beziehungen aufgesogen zu haben. Ich beneide eure Geschwister dafür, dass sie euch als Schwestern haben, und bin froh und dankbar, euch als Freundinnen zu haben.

Die Mitarbeiter von Trehaus, einem wunderbaren Co-Working Space mit angeschlossener Kinderbetreuung. Ihr habt mir Zeit und Raum gegeben, damit ich mich darauf konzentrieren konnte, dieses Buch zu Ende zu bringen. Danke, dass ihr mich in eure liebenswerte Gemeinschaft aufgenommen habt.

Paul, Spitzenklasse-Ehemann und -Vater. Immer, wenn ich sage: »Das kann ich nicht«, zuckst du nur die Achseln und sagst: »Natürlich kannst du das.« Du machst alles möglich.

Asher, wenn es mir eines Tages gelingt, sämtliche Klischees zu umschiffen, werde ich dir sagen, wie sehr du meine Welt verändert hast. Wie ich dachte, ich wüsste, wer ich bin, bis ich Mutter geworden bin, und wie unglaublich dankbar ich dafür bin, ausgerechnet deine zu sein. Aber bis dahin sage ich nur, ich liebe dich, und lass uns tanzen!

Glossar

Haldi Doodh oder Goldene Milch ist ein traditionelles ayurvedisches Getränk bestehend aus Milch, Kurkuma, Honig und Pfeffer. Es wird auch gerne als Hausmittel gegen Erkältungen und Halsschmerzen verwendet.

Mehndi oder auch Mehendi bezeichnet eine kunstvolle ornamentale Körperbemalung mit Hennapaste, die in Indien schon seit dem Altertum bekannt ist und rituellen Zwecken dient.

Harmandir Sahib, im Deutschen oft Goldener Tempel genannt, ist das höchste Heiligtum der Sikhs in Amritsar, erbaut vom fünften Guru der Sikhs, Arjun Dev.

Seva bezeichnet einen freiwilligen – meist spirituellen Dienst, der häufig in einem Heiligtum geleistet wird.

Hemkund Sahib ist ein Heiligtum und eine Pilgerstätte der Sikhs in Indien. Es ist Guru Gobind Singh, dem zehnten Guru der Sikhs, gewidmet und liegt an einem Gletschersee umgeben von sieben Berggipfeln.

Der **Salwar Kamiz** ist eine traditionelle Bekleidung, bestehend aus dem Kamiz, einem längeren Hemd, das locker über dem Salwar (der Hose) getragen wird. Seitlich ist es geschlitzt, um dem Träger oder der Trägerin mehr Bewegungsfreiheit zu bieten. Für Frauen gehört auch noch ein **Dupatta** genannter langer, breiter Schal dazu, der über eine Schulter, um den Hals oder über dem Kopf getragen wird.

Während der gemeinsamen Gottesdienste in den Andachtsstätten wird aus dem *Siri Guru* ***Granth Sahib*** vorgelesen. Das Heilige Buch der Sikhs ist die höchste religiöse Instanz und wird als der ewige Guru verehrt. In ihm befinden sich Lieder, Hymnen und Gedichte. Vorgelesen werden die Texte von einem **Granthi**, der das Heilige Buch ausgiebig studiert hat.

Tablas sind ein nordindisches Schlaginstrument, bestehend aus zwei kleinen Trommeln, die mit den Fingern beider Hände gespielt werden.

Ein **Langar** ist eine an ein Gurdwara angeschlossene Küche. Dort kochen Freiwillige für alle Besucher des Heiligtums, und jeder kann sich dort, unabhängig von seinem Glauben, verköstigen lassen.

Roti, auch Chapati genannt, sind ein ungesäuertes Fladenbrot, traditionell aus ungebleichtem Weizenvollkornmehl hergestellt.

Kirtan sind spirituelle Lieder, insbesondere Wechselgesänge, bei denen ein oder mehrere Vorsänger jeweils eine Zeile des Kirtans vortragen und die anderen Anwesenden diese nachsingen. Häufig besteht der Text nur aus den Namen Gottes.

Chappals sind handgefertigte indische Lederschlappen.

Eine **Kurta** ist ein schlichtes traditionelles Kleidungsstück, ein weites, kragenloses Hemd, das hauptsächlich von Männern getragen wird, aber auch Bestandteil des Salwar Kamiz ist. Neuerdings wird es auch gerne in Kombination mit Jeans getragen.

Panipuris ist ein traditioneller indischer Snack, den man an jeder Straßenecke bekommt. Er besteht aus runden, hohlen, knusprig frittierten Pfannkuchen, gefüllt mit einer Mischung aus aromatisiertem Wasser, Tamarinden-Chutney, Chili, Chad Masala, Kartoffeln, Zwiebeln oder Kichererbsen.

Bhaji oder auch **Pakora** bedeutet wörtlich übersetzt »Frittiertes« und bezeichnet in der indischen Küche Gemüse oder Fleisch, das in einem Kichererbsenteig in heißem Fett ausgebacken wird.

Sarovar ist die Bezeichnung für ein Wasserbecken. Die meisten Gurdwaras haben einen Sarovar, und viele Sikh glauben an die Wunderwirkung eines Bades in einem solchen Tempelbecken.

Kirpan nennt man einen Dolch oder ein Kurzschwert, der oder das von allen getauften Angehörigen der Sikh aus religiösen Gründen getragen wird. Er dient als Symbol der

Bereitschaft zu kämpfen, um sich selbst und seinen Glauben zu verteidigen.

Beti ist das indische Wort für Tochter.

Das Massaker von Amritsar, auch **Jallianwala Bagh Massaker** genannt, wurde am 13. April 1919 von britischen Soldaten verübt. Schauplatz war die nordindische Stadt Amritsar, zu den Opfern zählten Sikhs, Muslime und Hindus, darunter Frauen, Männer und Kinder, die gegen die Inhaftierung zweier nationalistischer indischer Führungspersönlichkeiten protestiert hatten.

Dhaba meint indische Hausmannskost, wie sie häufig auch am Straßenrand angeboten wird.